$ 23

6/21

Episodios de una Guerra Interminable

LA MADRE DE FRANKENSTEIN

colección andanzas

EPISODIOS DE UNA GUERRA INTERMINABLE

PLAN DE LA OBRA

I
Inés y la alegría
El ejército de la Unión Nacional Española y la invasión del valle de Arán,
Pirineo de Lérida, 19-27 de octubre de 1944

II
El lector de Julio Verne
La guerrilla de Cencerro y el Trienio del Terror,
Jaén, Sierra Sur, 1947-1949

III
Las tres bodas de Manolita
El cura de Porlier, el Patronato de Redención de
Penas y el nacimiento de la resistencia clandestina contra el franquismo,
Madrid, 1940-1950

IV
Los pacientes del doctor García
El fin de la esperanza y la red de evasión de criminales de guerra
y jerarcas nazis dirigida por Clara Stauffer,
Madrid - Buenos Aires, 1945-1955

V
La madre de Frankenstein
Agonía y muerte de Aurora Rodríguez Carballeira
en el apogeo de la España nacionalcatólica,
Manicomio de Ciempozuelos (Madrid), 1954-1956

VI
Mariano en el Bidasoa
Los topos de larga duración, la emigración económica interior y los 25 años de paz,
Castuera (Badajoz) - Eibar (Guipúzcoa), 1939-1964

Hoy, cuando a tu tierra ya no necesitas,
Aún en estos libros te es querida y necesaria,
Más real y entresoñada que la otra;
No esa, mas aquella es hoy tu tierra.
La que Galdós a conocer te diese,
Como él tolerante de lealtad contraria,
Según la tradición generosa de Cervantes,
Heroica viviendo, heroica luchando
Por el futuro que era el suyo,
No el siniestro pasado donde a la otra han vuelto.

La real para ti no es esa España obscena y deprimente
En la que regentea hoy la canalla,
Sino esta España viva y siempre noble
Que Galdós en sus libros ha creado.
De aquella nos consuela y cura esta.

Luis Cernuda, «Díptico español»,
Desolación de la quimera (1956-1962)

ALMUDENA GRANDES
LA MADRE DE FRANKENSTEIN

Agonía y muerte de Aurora Rodríguez Carballeira
en el apogeo de la España nacionalcatólica,
Manicomio de mujeres de Ciempozuelos,
Madrid, 1954-1956

TUSQUETS
EDITORES

Obra editada en colaboración con Editorial Planeta – España

© 2020, Almudena Grandes

© Tusquets Editores, S.A.– Barcelona, España

Derechos reservados

© 2020, Editorial Planeta Mexicana, S.A. de C.V.
Bajo el sello editorial TUSQUETS M.R.
Avenida Presidente Masarik núm. 111, Piso 2,
Polanco V Sección, Miguel Hidalgo
C.P. 11560, Ciudad de México
www.planetadelibros.com.mx

Diseño de la colección: Guillermot-Navares

Primera edición impresa en España: febrero de 2020
ISBN: 978-84-9066-780-4

Primera edición impresa en México: marzo de 2020
Segunda reimpresión en México: octubre de 2020
ISBN: 978-607-07-6645-9

Si necesita fotocopiar o escanear algún fragmento de esta obra diríjase al
CeMPro (Centro Mexicano de Protección y Fomento de los Derechos de Autor,
http://www.cempro.org.mx).

Impreso en los talleres de Litográfica Ingramex, S.A. de C.V.
Centeno núm. 162-1, colonia Granjas Esmeralda, Ciudad de México
Impreso en México –*Printed in Mexico*

Índice

0. Por las mañanas, alguien tocaba el piano   13

I. El asombro (1954).   19

II. La compañía (1955).   181

III. La soledad (1956)   351

IV. *La madre de Frankenstein*   515

La historia de Germán. Nota de la autora   531

Los personajes.   551

El sueño de la razón produce monstruos.

Título del grabado
número 43 de los *Caprichos*
de Francisco de Goya (1797-1799)

INVENTARIO DE LUGARES PROPICIOS AL AMOR

Son pocos.
(...)

Por todas partes ojos bizcos,
córneas torturadas,
implacables pupilas,
retinas reticentes,
vigilan, desconfían, amenazan.
Queda quizá el recurso de andar solo,
de vaciar el alma de ternura
y llenarla de hastío e indiferencia,
en este tiempo hostil, propicio al odio.

Ángel González,
«Inventario de lugares propicios al amor»,
Tratado de urbanismo (1967)

Por las mañanas, alguien tocaba el piano.

En el pabellón del Sagrado Corazón, donde se alojaban las señoras pensionistas de primera clase, los pasillos eran de tarima, madera de roble barnizada que brillaba bajo la luz del sol como un estanque de caramelo. Cuando la pisé por primera vez, apreciando la flotante naturaleza de las tablas que cedían bajo mi peso para crujir antes de recuperar la firmeza, no me di cuenta de que acababa de recuperar una sensación infantil. El suelo de la casa de mi madre, astillado, negruzco, ya no parecía de caramelo. Había pasado mucho tiempo, más del que yo había vivido fuera de España, desde que lo barnizaron por última vez.

Durante quince años me había esforzado por recordar los colores, las texturas, las sensaciones que había perdido, pero cuando regresé, todo me sorprendía. La rotundidad del sol de enero sobre los campos encogidos por la escarcha, la vastedad de las llanuras secas, la aridez de la tierra, la forma de las nubes, la silueta de las mujeres a las que veía cada mañana recogiendo agua en la fuente de la plaza, sus cabezas humilladas, cubiertas con un pañuelo, pero aquel piano no. Absorto en otro ritmo, el que producían mis pisadas sobre la madera, ni siquiera le presté atención hasta que la música cesó bruscamente cuando pasé por delante de una puerta. Sólo entonces recordé dónde vivía. España no era Suiza, las emisoras de radio españolas no emitían conciertos de piano a las doce de la mañana. Un segundo después, como si quisieran acompasarse con mi extrañeza, todas las campanas de Ciempozuelos repicaron al unísono para señalar la hora del Ángelus.

Todavía no me había acostumbrado a aquel ritual, el doctor Robles y sus discípulos abandonando cualquier tarea a las doce del mediodía para congregarse en el vestíbulo y rezar con fulminante devoción una oración fragmentada, en la que una hermana pronunciaba unos versículos a los que parecían responder los demás. La primera mañana no entendí lo que pasaba, y seguí hablando hasta que un compañero me cogió del brazo mientras apoyaba sobre sus labios el dedo índice de la otra mano. Él no se arrodilló, tampoco rezaba, pero se quedó quieto, las piernas juntas y las manos cruzadas en el regazo, hasta que los demás terminaron. Dos días después, comprobé que no era el único. Otro psiquiatra del equipo de Robles hacía lo mismo y eso, dejar lo que estuviera haciendo, acudir al vestíbulo, juntar las piernas, cruzar las manos, cerrar los labios, hice yo a partir de entonces. Pero en el pasillo del Sagrado Corazón estaba solo y me limité a escuchar el silencio un instante antes de seguir andando. Cuando llegué al final del pasillo, el piano había vuelto a sonar. Me quité los zapatos, deshice el camino muy despacio y la música no cesó.

Desde aquella mañana, siempre que podía, me refugiaba del Ángelus en el Sagrado Corazón, un edificio de aspecto señorial que parecía menos un sanatorio que un hotel, un antiguo balneario bien conservado, encerrado en un jardín antiguo, frondoso, de árboles altos, podados con sabiduría. Los otros pabellones también tenían jardines, también hermosos pero menos exuberantes, con menos flores en primavera y menos sombra en verano, como si la clasificación de las internas en cuatro clases, según el dinero que pudieran o no pagar, alcanzara incluso a la variedad de tonos del color verde que contemplaban desde las ventanas de sus dormitorios. En estos, la diferencia se marcaba aún más.

El alojamiento de la pianista era de los más caros, no tanto una habitación como una vivienda propia. Un pequeño salón comunicaba con el dormitorio, al que se abría también un cuarto de baño privado que no pude ver desde el pasillo. A ella la vi sólo de espaldas, sentada ante un piano de pared colocado frente a una ventana, a un lado de la cama. Había abierto la puerta lentamente, con todo el sigilo del que fui capaz, pero tuve la impresión de que aunque hubiera hecho ruido, no se habría vuelto a mirarme.

Era una mujer mayor, con el pelo blanco, muy corto. A la distancia desde la que la observaba, sin traspasar nunca el umbral, aprecié la buena calidad de su ropa, cada día distinta pero siempre negra, tan pulcra como si la hubiera cepillado antes de ponérsela. La limpieza era un atributo raro en una enferma mental, la dignidad, una condición insólita, pero nada resultaba tan extraordinario como el movimiento de sus dedos sobre el teclado. Yo no era un gran melómano, pero había escuchado muchos conciertos en mi vida. Mi madre, que se había ganado la vida como profesora de piano antes de casarse y volvería a hacerlo después de la guerra, nunca había dejado pasar un día entero sin sentarse a tocar. Además, en Neuchâtel y sobre todo en Berna, había tratado a varios músicos y a muchos pacientes que no lo eran antes de cultivar el arte como terapia. Por eso comprendí enseguida que aquella mujer era diferente.

La pianista del Sagrado Corazón no sólo interpretaba como una virtuosa, sino como una virtuosa perfectamente cuerda. La música que brotaba de sus dedos no sólo era exacta, tan fluida y melodiosa como la que producía el piano de mi madre, sino que más allá de su regularidad, la ausencia de pausas y errores, poseía una condición misteriosamente elástica. La pianista del Sagrado Corazón reinaba sobre las notas, gobernaba los acordes como si fueran seres vivos que subieran, y bajaran, y se acoplaran, y se separaran por su propia voluntad. Más que sonidos, creaba un bucle de armonía infinita que parecía haber existido siempre, porque no se detenía, apenas descansaba, cuando daba por terminada una obra y comenzaba otra. La paciente de la habitación 19 del pabellón de primera clase no sólo tocaba admirablemente un piano en cuya bandeja no reposaba partitura alguna. El teclado y su cuerpo se habían integrado para producir un único instrumento, tan poderoso que sabía reflejar todas las emociones humanas, desde la piedad hasta la ira. Pero aquella anciana vestida de negro aún guardaba más sorpresas para mí.

Por las tardes, alguien leía para ella en voz alta.

Desde que llegué a Ciempozuelos había destinado las mañanas a analizar las historias clínicas de las pacientes que el doctor Robles había sugerido para mi programa. Por las tardes me dediqué a entrevistar a las candidatas, hasta que descubrí que mi criterio no coincidía siempre con el del director del manicomio. Estudié otras historias con la esperanza de completar una lista idónea, y aquel propósito me llevó al Sagrado Corazón un día de mediados de febrero, a media tarde. Pretendía visitar a una interna para explicarle el programa y proponerle que se reuniera conmigo al día siguiente, pero al llegar no oí el piano. El silencio torció mis planes.

Me quité los zapatos y avancé muy despacio hasta la habitación 19. A medio camino distinguí un sonido inesperado, la voz de una mujer joven que cambiaba de entonación rítmicamente, formulando preguntas a las que ella misma respondía a continuación, como si interpretara a dos personajes distintos. Al escucharla fruncí el ceño, pero cuando apenas había tenido tiempo para procesar esa polifonía, otra voz ronca, cansada, deshizo mi confusión.

—Léeme eso otra vez.

La pianista emitió la orden en el tono seco, autoritario, de una mujer acostumbrada a mandar.

—¡Ay, qué pesada se pone usted! —su lectora poseía a cambio una voz bonita de timbre casi infantil, aguda como un cascabel—. Pero sólo un ratito, que es muy tarde, y si me retraso me va a caer una bronca que no vea...

Y repitió un diálogo de lo que supuse que era un tratado filosófico, porque se tropezaba de vez en cuando con la pronunciación de términos griegos cuyo significado seguramente desconocía.

—¡Hala, ya está! —dijo al terminar—. Mañana más.

—No —la dama autoritaria se opuso con energía—. Quédate otro rato, hoy has leído muy poco.

—Que no puedo, doña Aurora, de verdad —escuché el ruido de una silla que se movía, el roce del libro al posarlo sobre una mesa—. Tengo que irme ya.

Intuí que iba a abrir la puerta y retrocedí hasta el centro del pasillo con mis zapatos todavía en la mano. Eso fue lo primero que la lectora vio al descubrirme, pero la anciana la reclamó antes de que pudiera reunirse conmigo.

—¿Vas a venir mañana? —su voz había cambiado para dar paso a la urgencia de una niña pequeña, caprichosa—. Prométemelo, prométeme que mañana vas a volver.

—Pues claro —la joven sonrió, no para mí, y volvió sobre sus pasos para despedirse de la pianista—. ¡Qué cosas se le ocurren! Mañana a las cinco me tiene usted aquí otra vez.

Se inclinó sobre la paciente de la habitación número 19 y ella la rodeó con sus brazos, la apretó tan fuerte como si no estuviera dispuesta a dejarla marchar, apoyó la cabeza en su estómago, el rostro vuelto hacia mí, los ojos cerrados.

En ese instante la reconocí.

I
El asombro (1954)

Cuando el taxi se detuvo ante el portal de Gaztambide 21, sentí que me faltaba el aire. El resto de los síntomas se manifestó muy deprisa, antes de que tuviera tiempo para autodiagnosticarme una dolencia que habría reconocido a tiempo en cualquier otro paciente.

—¿Le pasa algo, señor? —el taxista se volvió a mirarme con el ceño fruncido—. Se ha puesto usted muy blanco. ¿Quiere que le lleve a la Casa de Socorro?

—No, gracias —me esforcé por ralentizar el ritmo de mi respiración aunque sabía que la opresión en el pecho aumentaría—. ¿Cuánto le debo? —así aprendí que al controlar la hiperventilación también se disparaba la frecuencia de las palpitaciones cardíacas.

Nunca antes había tenido un episodio de ansiedad. Miedo sí, mucho miedo y muchas veces, durante los bombardeos, en el coche que me llevó a Alicante, en el muelle del que nunca acababa de zarpar mi barco, en la celda de una comisaría de Orán, en el puerto de Marsella y después, en un interminable viaje en coche entre Francia y Suiza. Había tenido miedos grandes y pequeños, de mí mismo y de otras personas, miedo a morir, a que me mataran, a perder el control, mucho miedo, pero nunca ansiedad. Hasta el 21 de diciembre de 1953. Hasta que aquel taxista al que le dejé una propina desorbitada para poder salir a toda prisa de su coche, se paró delante de la casa donde había vivido yo, donde seguía viviendo mi madre, donde ya no vivía mi padre.

Tardé un buen rato en subir. Antes me paré a un lado del portal, dando la espalda a la calle, y abrí la bolsa de viaje para meter la cabeza dentro hasta que logré respirar normalmente. Mi corazón se fue tranquilizando poco a poco, pero la sensación de opresión bajó desde el pecho hasta el estómago y no se movió de ahí. Tenía ganas de fumar, pero el temblor de mis manos me advirtió que no me convenía. Comprendí que sólo tenía dos opciones, entrar de una vez en aquel portal o volverme a Suiza. Como mis piernas querían quedarse, salvaron sin esfuerzo los tres escalones que daban acceso al interior.

En el chiscón de Margarita, aquella anciana destemplada que olía mal pero a mí me caía bien, porque me daba un caramelo cada tarde al verme volver del colegio, un desconocido me miró de través y se levantó de su silla a toda prisa para preguntarme adónde iba. Desde que pisé el andén de la estación del Norte, me había enfrentado a Madrid como a un animal raro, un monstruo sujeto a una metódica, fantástica metamorfosis. Bajo la piel nueva, en algunos lugares aún transparente, de aquella que siempre había considerado mi ciudad, descubrí vestigios de un mundo conocido, aromas, detalles, sonidos familiares que se mezclaban en un paisaje ajeno, indiferente a mi regreso, con otros que nunca habría acertado a imaginar. No sólo habían cambiado las banderas. También el color de los tranvías, los escudos pintados en las puertas de los taxis, los uniformes de los municipales, las chaquetas de los barrenderos, los nombres de los cines, de las tiendas, de las calles, el modelo de las placas donde estaban escritos. Pero mientras explicaba al sucesor de Margarita quién era yo y por qué iba al primero derecha B, me di cuenta de que algunas cosas no cambiarían nunca. La arrogancia que enmascaraba la curiosidad de los porteros madrileños, por ejemplo. La hostilidad con la que se dirigían a los desconocidos. La facilidad con la que su antipatía se trocaba en una sonrisa obsequiosa al identificar a cualquier recién llegado susceptible de darles propina. Muy pronto descubrí que si algunas cosas no cambiaban fuera, otras permanecían inmutables dentro de mí. Mientras subía las escaleras, el corazón se me salía por la boca y sin embargo, en el sexto peldaño la realidad se dio la vuelta sobre sí misma, como si los infinitos engranajes de una máquina compleja, delicadísima, encajaran entre sí en un instante para proclamar que, aunque yo no lo creyera, Germán Velázquez Martín acababa de volver a casa.

Podía recordar al menos seis pares distintos. Mis favoritas eran unas chinelas de piel de color rosa muy claro, que dejaban sus talones al aire y enmarcaban los empeines en dos nubes de plumas pequeñas, finísimas, que daba gusto acariciar. Pero hubo más, unas verdes de pana en invierno, en verano unas babuchas de cuero amarillo que mi padre le había traído de Marruecos. Cuando hacía mucho frío usaba otras rojas, forradas por dentro de piel de borrego. Las últimas que se habían grabado en mi memoria eran de color azul marino, como las que estaba viendo en aquel momento, porque antes de que llegara a su lado, ella ya estaba allí.

Las zapatillas de mi madre, un infalible reloj viviente que tenía la costumbre de esperarnos en el descansillo con la puerta entreabierta a sus espaldas, anunciaban su presencia como un amoroso heraldo. Durante la niñez, cuando me había salido mal un examen o me había pegado en el recreo con algún compañero, nada me consolaba tanto como distinguirlas al fondo de la escalera, ni me desanimaba más que su ausencia. Pero ninguna emoción podía compararse con la que sentí en aquel momento. Quizás porque, a seis peldaños de distancia, distinguí ya el trabajo del tiempo en unos tobillos insospechadamente frágiles, la piel reseca y pálida de unos pies hacia los que corrí con una ansiedad repentina, distinta, que no me oprimía en el pecho pero dolía más.

—Mamá.

La piel de su rostro, tan fina y arrugada como la de mis zapatillas favoritas, me impresionó menos que su melena desaparecida, el pelo ralo y canoso, corto, que transparentaba ahora el contorno de su cráneo. Pero nada me preocupó más que el volumen que había perdido su cuerpo, la desconocida, huesuda delicadeza de los brazos que me rodeaban, la crueldad del aire que rellenaba el contorno de su cintura, el grito de sus costillas, visibles sobre la ausente redondez de sus caderas. Y sin embargo era ella, seguía siendo ella y estaba allí. Era mi madre y la llamé muchas veces, mamá, mamá, mamá, sólo por escucharme decir esa palabra, por pronunciar dos sílabas idénticas que muchas veces había temido no volver a pronunciar jamás.

—¡Ay, Germán! —musitó mi nombre mientras me abrazaba, y separó su cabeza de la mía para mirarme con una sonrisa abierta, las mejillas empapadas en llanto—. Germán, hijo mío, no sabes cómo me alegro... Ahora ya no me importaría morirme, de verdad te lo digo —y me besó muchas veces en los mofletes, haciendo ruido, como cuando era pequeño—. ¡Ay, cariño! Pero qué bien estás, y qué mayor, si eras un crío cuando... —me tocaba la cara, el cuello, los hombros, como si no pudiera verlos, y se echó a reír, y dejó de llorar—. No me puedo creer que estés aquí, aunque la verdad es que no entiendo... —tiró suavemente de mí para meterme en el recibidor y, aunque cerró la puerta, su voz descendió en un segundo, como un animal bien domesticado, hasta el volumen de un susurro—. Con lo bien que estabas en Suiza, sigo pensando que no deberías haber vuelto.

En la primavera de 1952, la Clínica Waldau fue seleccionada por un laboratorio farmacéutico que trabajaba en el desarrollo de la clorpromazina, un medicamento descubierto hacía sólo unos meses. El primer neuroléptico de la Historia fue recibido con desconfianza por los psiquiatras más prestigiosos de mi hospital, que no acertaron a intuir la magnitud de la revolución que estaba a punto de desatar. Su conservadurismo me dio la oportunidad de dirigir un ensayo clínico que cambiaría la vida de algunos de mis pacientes, y mi propia vida.

Me gustaba ser psiquiatra, pero mi trabajo nunca había llegado a emocionarme. Casi todos los días me sentía igual que un entomólogo que clavara insectos en un corcho, para observar durante cuánto tiempo eran capaces de seguir moviendo las patas y anotar cuidadosamente los resultados, pero aquella experiencia me convirtió en un médico de verdad. La nueva medicación no sólo funcionaba mucho mejor que los electrochoques, los comas insulínicos, los baños en agua helada y otras torturas terapéuticas. La clorpromazina curaba o, al menos, suprimía los síntomas de enfermedades que habíamos creído no poder derrotar jamás. Por eso, para contarlo, fui a Viena en septiembre de 1953.

El día que firmé la primera autorización para que pasara una semana con su familia, Walter Friedli estaba a punto de cumplir cuarenta y ocho años. Había ingresado en la Clínica Waldau a los diecinueve. Cuando lo conocí, a media mañana de un día de enero de 1947, apenas me miró. Levantó un instante hacia mí sus ojos claros, aguados, hundidos en las cuencas, y volvió a fijarlos en sus manos. No le interesaba yo, no le interesaba nada, no le interesaba nadie. Dormía muchas horas. No le dirigía la palabra al personal de la clínica ni al resto de los internos. Pasaba la mayor parte del día sumido en una apatía casi absoluta, sólo interrumpida por la energía con la que negaba de vez en cuando con la cabeza, pero por las tardes sufría enormemente.

A la hora de la merienda, se sentaba en el alféizar de una ventana de la galería. Siempre la misma ventana, a la misma hora, en la misma postura. Entonces sí hablaba, al principio en un murmullo, aunque el volumen de su voz se iba incrementando en proporción al tormento que le causaban las voces que escuchaba. Walter Friedli era esquizofrénico y tenía alucinaciones acústicas. Todas las tardes se peleaba con su madre, que había fallecido de un ataque cardíaco antes de que él cumpliera tres años, pero le culpaba de haberla asesinado. Recibía otras visitas, de personas a las que había conocido, de otras que jamás habían existido, y todas le perseguían con la misma saña, todas le acosaban, le insultaban, le exigían que hiciese cosas que no podía hacer. No puedo, gritaba, no puedo hacer eso, no puedo salir de aquí, sabes que no puedo... Durante un par de horas argumentaba, gritaba, desafiaba a sus enemigos, luchaba con ellos y, al fin, se rendía. Luego se echaba a llorar, cubriéndose la cabeza con los brazos para protegerse de los ataques del aire, que le dolían más que los golpes auténticos.

En la hora más triste de cada día, el señor Friedli se deshacía en sollozos como un animalillo inerme acosado por una manada de fieras. Así era exactamente como se sentía. Si el cielo estaba nublado, era difícil distinguir el color de las nubes del color de su rostro. Si llovía, el llanto manso, impotente, de su rendición parecía una prolongación natural del agua que empapaba los cristales. El crepúsculo y él se convertían entonces en una sola cosa, siempre la lluvia, la oscuridad, un cielo de nubes negras con forma humana. Ni siquiera los intensos contrastes de las puestas de sol del verano impedían que él siguiera lloviendo por dentro, porque el infierno donde vivía era insensible al clima, a las estaciones, a la luz. Sólo respetaba, con una puntualidad escrupulosa, la hora de su cita con los monstruos. Así vivía el ser más desamparado que yo había conocido, un hombre que estaba sano, que era fuerte, que tenía una hermana mayor que le quería.

Cada domingo, Marie Augustine Bauer, nacida Friedli, se arreglaba el pelo, se pintaba los labios, se ponía su mejor ropa para venir a visitar a Walter. Era una mujer encantadora, siempre amable, sonriente incluso en el instante en el que se sentaba en el alféizar, a su lado, e intentaba cogerle de la mano. Él a veces se dejaba. Otras no. A veces, Marie Augustine le hablaba de la madre de ambos. Le contaba que había sido una mujer muy buena, cariñosa, que le había querido mucho antes de morir durmiendo, sin la intervención de nadie. Walter hablaba con sus propias voces, como si no escuchara la de su hermana, aunque algunos domingos, después de un rato, guardaba silencio y parecía interesarse en lo que oía. Entonces era peor. Entonces la pegaba, la empujaba, la tiraba al suelo, pero Marie Augustine jamás se enfadaba con él. Se levantaba, se arreglaba la ropa, iba un momento al baño y volvía a su lado. Cuando se despedía de nosotros, sonreía una vez más y nos daba las gracias por cuidar de su hermano.

Por ella, más que por él, elegí a Walter. Cuando la clorpromazina empezó a dar resultados en los pacientes agudos, los que habían ingresado con brotes psicóticos o estados de ansiedad profunda, cuando empezaron a mejorar tan deprisa que ellos mismos me contaban cómo habían evolucionado sus síntomas, y comprendían lo mal que habían estado, y decidían que ya estaban en condiciones de volver a casa y hacer una vida normal, empecé a medicar al señor Friedli. Era un caso previsto en el protocolo. Aunque, en principio, lo que se esperaba de la clorpromazina era que mejorara las condiciones de vida de los agudos, el ensayo contemplaba la valoración de su efecto en los enfermos crónicos. Antes de explicar cómo había cambiado la vida de Walter, hice una pausa y miré hacia los asientos centrales de la octava fila.

En septiembre de 1953, en el simposio de neuropsiquiatría de Viena, intervine en una sesión dedicada íntegramente a los ensayos clínicos de la clorpromazina, junto con cinco psiquiatras de otras tantas clínicas europeas con los que había estado en contacto a lo largo del proceso. No teníamos límite de tiempo. La organización había reservado para nosotros una mañana entera, y ya habían transcurrido casi tres horas cuando tomé la palabra en penúltimo lugar. Sólo en ese momento, una señora rubia y muy alta, como una giganta de formas más obesas que opulentas, empezó a cuchichear en el oído del individuo sentado a su lado. Él era moreno de piel, más menudo, con la frente estrecha tan común en los europeos meridionales y el pelo fuerte, ondulado, muy oscuro aún pese a las canas, más amarillentas que blancas, que lo salpicaban. Al principio, pensé que sería italiano, pero me di cuenta a tiempo de que durante la intervención de mi colega milanés, la segunda de la mañana, había estado callada. Aquella valquiria madura sólo se interesó por Walter, sólo me molestó a mí. Así me di cuenta de que el destinatario de su traducción era español.

La Asociación Europea de Psiquiatría no había invitado a ningún psiquiatra del que jamás dejaría de ser mi país. Su exclusión no sólo representaba una toma de postura contra la dictadura de Franco. Era también una denuncia expresa de las doctrinas eugenésicas patrocinadas por el Estado franquista, y de la férrea aplicación de la moral ultracatólica que, al interferir continuamente con la práctica psiquiátrica, había provocado un dramático retroceso a épocas muy oscuras. Sin embargo, aquella mañana, dos especialistas muy célebres, uno belga, otro alemán, estaban sentados entre el público, pese a que la organización les había invitado a marcharse antes de que empezara el simposio en el que pretendían inscribirse. Aunque todo el mundo sabía que, antes de la derrota de Hitler, ambos habían pedido a los directores de algunos campos de concentración nazis que les enviaran cerebros de personas gaseadas para su estudio, las sesiones de Viena eran públicas y nadie les había impedido entrar a escucharnos. Pero si seguí hablando de Walter Friedli, si traté de transmitir al auditorio la euforia que me invadió cuando empezó a hablar conmigo, cuando me dijo que hacía algunos días que no escuchaba la voz de su madre, que había estado pensando que Marie Augustine tenía razón, que ella no podía acusarle de haberla asesinado, no fue por eso, ni porque la mujer rubia no se diera por aludida cuando dejé de hablar y la miré. Si seguí hablando fue porque el hombre sentado a su lado aprovechó mi pausa para sonreírme, y movió la mano en el aire como si estuviera seguro de que yo le devolvería el saludo.

Al terminar la sesión, me esperaba en el vestíbulo con una sonrisa aún más radiante. Avanzó hacia mí, abrió los brazos y me llamó por un nombre que sólo recordaba haber escuchado antes en otra voz.

—¡Piloto! —era mi padre quien me llamaba así, porque de pequeño quería ser aviador—. ¡Qué alegría volver a verte! Dame un abrazo.

Me dejé abrazar por él sin saber quién era, pero cuando sus brazos me soltaron, la expresión de su rostro, en especial la leve ironía que la curva de sus cejas imprimía sobre un gesto sorprendido y risueño a partes iguales, me resultó dolorosamente familiar.

—Claro —y le hablé en español, sin pararme a calcular cuánto tiempo hacía que no hablaba en mi lengua salvo conmigo mismo—. Claro, usted era... —hice una pausa para volver a mirarle y estuve ya seguro—. Usted era alumno de mi padre, ¿verdad?

—¡Justo! Pero no me llames de usted, hombre. Cuando levantabas esto del suelo —extendió el brazo con la mano en posición horizontal, para marcar la estatura de un niño de cinco o seis años— me llamabas Pepe Luis, así que...

Aquel diminutivo hizo todo el trabajo. Gracias a él, recuperé la imagen de un chico muy joven, delgado pero atlético, con cierto atractivo agitanado. Tenía los brazos largos, fuertes, y el pecho imberbe en contraste con la sombra perpetua de una barba negra, que se resistía al afeitado con tanta tenacidad como si no adivinara que su espesura sucumbiría al paso del tiempo. Todo eso rescaté de mi memoria pero, antes que nada, recordé que me caía mal.

Entre todos los discípulos de mi padre que solían venir a casa a cenar o a tomar una copa, él era el único que se comía a mi madre, su melena clara, sus costillas mullidas, sus caderas redondas, con los ojos. Volví a verle mirándola, siguiendo sus pasos por el salón con la misma devota fascinación con la que un niño habría mirado el mar por primera vez. Recordé la velocidad a la que se levantaba para ayudarla a recoger los vasos, las risas de ambos resonando desde la cocina, la mueca burlona de mi padre mientras negaba con la cabeza y los celos salvajes, terribles, que me inspiraba su inofensivo galanteo. Cuando se marchaba, mi madre se sentaba al lado de su marido y se quejaba sin dejar de sonreír, joder, qué pesado es Pepe Luis, deberías dejar de invitarle. Él respondía tomándole el pelo, anda, tonta, no te quejes, que en el fondo te gusta... Eso debería haber bastado para serenarme, y sin embargo, nunca desperdicié la ocasión de ser desagradable con él. Deja en paz a mi mamá, le decía. Te odio. Le voy a decir a papá que te suspenda. Mamá ha dicho que no quiere que vuelvas por aquí nunca más... Él se echaba a reír y levantaba los puños en el aire como si me invitara a boxear, o me cogía por la cintura para ponerme boca abajo. Entonces le odiaba todavía más. A punto de cumplir treinta y tres años, en el vestíbulo de la Facultad de Medicina de la Universidad de Viena, aquella hostilidad me inspiró tanta vergüenza que acepté sin titubeos su invitación a cenar.

Estábamos alojados en el mismo hotel. Cuando entré en el restaurante, esperaba una larga noche de evocaciones y nostalgia, pero me equivoqué. Su mujer, a la que me había presentado como Ángela pese al fuerte acento alemán con el que me saludó, no nos acompañó. Él no perdió el tiempo en excusar su ausencia, y ni siquiera me dio la oportunidad de disculparme por mi vieja enemistad.

—He venido hasta aquí por ti, Germán —anunció antes incluso de que el *maître* se acercara a nuestra mesa—. La clorpromazina me interesa muchísimo, por supuesto, como a todo el mundo, pero cuando vi tu nombre en el programa, no me lo pensé.

En junio de 1953, José Luis Robles era el director del manicomio de mujeres de Ciempozuelos, un puesto sorprendentemente ventajoso para un discípulo del catedrático de Psiquiatría de la Universidad Central de Madrid, que había sido condenado a muerte después de la guerra y se había suicidado en una celda de la cárcel de Porlier antes de que se cumpliera su sentencia. Pero eso tampoco me lo explicó antes de tiempo.

—Yo entendería perfectamente que me dijeras que no. Después de la muerte de tu padre, ejercer como psiquiatra en España... ¡Joder! No te creas que no lo comprendo. Pero compréndeme tú a mí. Eres un mirlo blanco, Germán, una oportunidad única. Entendería que me dijeras que no, pero mi obligación es intentar convencerte.

A esas alturas, yo ya había empezado a pesar y a medir, a calibrar factores con los que Robles no podía contar cuando tuvo la descabellada, aunque muy generosa idea de ofrecerme no ya un ensayo clínico, sino todo un programa de actuación en el manicomio que dirigía. Algunas de esas razones las desarrollaría después en voz alta, para explicarle mi decisión a mi madre, a mi hermana Rita, al profesor Goldstein, al propio Robles. Otras, las más profundas, me las guardé para mí, aunque resultaron más decisivas. Porque, a esas alturas, yo sabía que tenía que decir que no. Sabía que al principio diría que no. Pero presentía que al final acabaría diciendo que sí.

—Te conozco desde que eras un crío y tu padre me enseñó casi todo lo que sé, así que no te voy a engañar. Vivir en España no es un premio de la lotería, precisamente. Y te estarás diciendo que a mí no me ha ido tan mal, que estoy dirigiendo un hospital, ¿no?

—Sí —un camarero trajo el vino, lo sirvió y vacié media copa de un sorbo—. Estaba a punto de preguntártelo, de hecho.

—Ya, y lo entiendo, pero es que... —él también bebió antes de proseguir—. Nuestra profesión, en España... —y siguió bebiendo—. No sólo murió tu padre, Germán. Entre los fusilados, los exiliados y los depurados, la mayoría de los psiquiatras que yo conocí antes de la guerra han desaparecido. Los alumnos de Kraepelin, los discípulos de Freud, los becarios de la Junta de Ampliación de Estudios... Aunque sea difícil de creer, la verdad es que no queda ni uno solo en ejercicio. Muchos lograron marcharse al extranjero, y los que no pudieron están en su casa, malográndose como maestros, malográndonos a todos como discípulos. Nunca podremos aprender de ellos porque no van a perdonarles, a esos no, pero hace unos años llegó un momento en el que tuvieron que levantar la mano, habilitar a psiquiatras a quienes ellos mismos habían expulsado de la carrera, porque no tenían bastante gente para cubrir todos los puestos vacantes —levantó la cabeza para mirarme, se dio cuenta de que no le creía y volvió a beber—. Yo tuve suerte, eso es verdad. El hermano de mi mujer me ayudó mucho. Son alemanes, supongo que te habrás dado cuenta. A Ángela no le interesa la política. Está muy escarmentada, porque después de la derrota de Hitler, en su casa pasaron hambre. Todos los hombres de su familia eran del Partido Nazi y sólo uno logró escapar. Hermann había venido a España en 1936, como voluntario de la Legión Cóndor. Hizo toda la guerra con Franco, conoció a mucha gente, y justo después del armisticio, alguien le ayudó a cruzar la frontera con documentación falsa. Después se aclimató muy deprisa. Se casó con una aristócrata, hizo amigos poderosos, y en el 46 convenció a su hermana pequeña de que en Madrid estaría mejor que en Núremberg. La conocí al poco tiempo de llegar, nos hicimos novios enseguida y nos casamos sin demasiadas preguntas. En aquel momento, yo no sabía que mi cuñado estaba tan bien relacionado, pero cuando se presentó la ocasión... Digamos que lo único que tuve que hacer fue aparecer en el momento justo, en el lugar donde tenía que estar.

—Vallejo Nájera, supongo.

—Sí —y por fin dijo la verdad—. Vallejo.

Después de pronunciar ese apellido siguió hablando, no paró de hablar en toda la cena. Porque España seguía existiendo. Porque los españoles tenían que vivir. Porque, como yo comprendería, allí seguía habiendo enfermos mentales, ahora más incluso que antes de nuestra guerra. Porque alguien tenía que encargarse de ellos. Porque no estaba orgulloso de haber agachado la cabeza, pero tampoco podía permitirse el lujo de arrepentirse. Porque él no era rico, no había tenido la suerte de exiliarse, y tenía que comer, dar de comer a sus hijos. Porque la dirección del manicomio de mujeres de Ciempozuelos no era un cargo codiciado. Porque el importante, el prestigioso, era el de hombres, que dirigía el propio Vallejo. Porque el puesto que ocupaba no despertaba envidias. Porque el trabajo, a cambio, era más interesante. Porque España no desaparecería cuando Franco desapareciera. Porque mi país no podía seguir prescindiendo de gente como yo. Porque el exilio había representado una descomunal sangría de conocimiento. Porque no le costaba trabajo reconocer que la ciencia española había quedado en manos de los segundones. Porque los segundones, ignorantes, mediocres en su mayoría, eran hasta peores que los fascistas. Porque en España nadie estaba familiarizado con la clorpromazina. Porque eso me situaba en una posición inmejorable en el caso de que quisiera volver a casa. Porque él se comprometía a arreglar todos los trámites, a librarme del servicio militar, a allanar los obstáculos burocráticos que pudieran surgir. Porque la psiquiatría de mi país me necesitaba. Porque podría hacer grandes cosas por ella y por muchas mujeres que sufrían atrozmente. Porque si volvía a España, no tendría competencia. Porque mi carrera se impulsaría hasta alcanzar una cota a la que no sería fácil que pudiera acceder en Suiza. Porque, incluso así, podría planteármelo como una estancia temporal. Porque si quisiera volver a marcharme, él se comprometía a conseguirme un pasaporte sin restricciones. Porque ya había comentado el asunto en la Dirección General de Sanidad. Porque tal vez me gustaría volver a ver a mi madre, que ya debía de tener casi sesenta años. Porque me garantizaba que, si me incorporaba a su equipo en Ciempozuelos, nadie a quien yo no se la contara sabría nada de mi vida. Porque no iba a trabajar para Franco, sino para varios cientos de mujeres abandonadas a su suerte. Porque de todas formas, ni yo ni mi familia teníamos nada que reprocharnos.

—Al contrario —remachó—. Tu padre fue un hombre admirable. Desde el principio hasta el final.

Antes del café ya había descubierto varias cosas acerca de José Luis Robles. La más importante fue que no era un traidor, ni un chaquetero, ni un converso. Era algo mejor y peor, un hombre pragmático, con su poco de oportunista, su poco de cínico, al que no le importaba exhibir su triple condición. También era un hombre inteligente, ambicioso, que jugaba con las cartas boca arriba, pero sólo hasta cierto punto. Su oferta era una apuesta profesional basada en sus propios intereses, el prestigio que obtendría si su hospital fuera el primer manicomio de España en aplicar la nueva medicación. Eso también era malo y bueno a la vez. Si la aceptaba, yo sólo sería un peón, con suerte un alfil, en un tablero donde jugaba otro. Pero si no me lo hubiera dejado entrever, si se hubiera presentado ante mí como un represaliado honesto y virtuoso, jamás habría depositado en él ni un ápice de la escasa confianza que me inspiraba. Entonces no habríamos llegado ni al postre, y tuve la sensación de que lo sabía.

Le dije que necesitaba meditar mi respuesta y nos despedimos con un abrazo. Luego, durante el resto del simposio y en mi largo viaje de regreso a Berna, seguí pesando y midiendo, calibrando el tamaño, el volumen de mis propios porqués, las razones que no pensaba compartir con nadie. Cuando llegué a una conclusión, escribí a mi madre y ella se asustó tanto que me llamó por teléfono el mismo día que recibió mi carta.

—Piénsatelo bien, hijo mío. España ya no es el país que tú recuerdas y no se parece a Suiza, eso desde luego. Ahora todo es distinto...

Pero yo había cumplido treinta y tres años. Ya no era un muchacho que pudiera cultivar la vaga ilusión de volver cualquier día. Aquella podría ser mi última oportunidad de seguir siendo español, de romper la cadena de días iguales que muy pronto me habría convertido en un suizo más.

—Estoy segura de que allí vives mucho mejor. Aquí hay mucha miseria, Germán, miseria material y de la otra, de esa más todavía. Tú tienes la vida hecha allí, hijo, y ¿qué vas a hacer con tu mujer? Tienes que pensar también en ella...

Aunque echaba de menos muchas cosas, tan importantes como mi familia, tan nimias como la comida o la rotundidad de la luz, aquel sol salvaje, casi sólido, que no había vuelto a iluminarme, no me habría importado morir de viejo en Suiza si mi vida hubiera sido distinta. Pero el único vínculo que me retenía allí era mi maestro, un psiquiatra judío alemán que había escapado por los pelos de las cámaras de gas gracias a la ciudadanía que yo estaba a punto de rechazar. Samuel Goldstein siempre se había comportado conmigo como un segundo padre. Me había salvado la vida, me había acogido en su casa, me había introducido en su familia, me había alimentado, cuidado, guiado, patrocinado, sin más obligación que la lealtad que guardaba a mi padre muerto, a la amistad que ambos habían forjado durante sus años de estudiantes en Leipzig. Pero desde hacía tres años, para nuestra común desgracia, Samuel Goldstein era, además, mi suegro.

—Ya, ya me contaste que te habías separado, pero los matrimonios se separan, se arreglan, se reconcilian, yo qué sé... Si vuelves, ya no tendrá remedio. Perderás a Rebecca para siempre.

Yo quería muchísimo a aquel hombre, pero sabía que si me marchaba, aligeraría sus hombros y los míos de un peso equivalente. Mi matrimonio había resultado una ratonera en la que ambos estábamos condenados a hacernos compañía en una sociedad mutuamente amarga. No hemos tenido suerte, solía decir, sin llegar más lejos. No hacía falta. Pero aquella noche de Viena, mientras Robles hablaba por los codos, yo tampoco cené. Estaba demasiado concentrado en la promesa de una puerta que se abría lentamente, en el punto de luz que se divisaba más allá.

—¿Y el trabajo? Te voy a decir una cosa, José Luis no es de los peores. Ese por lo menos me cogía el teléfono cuando tu padre estaba en la cárcel, y vino a casa cuando murió, que fue como ir a su entierro, porque como no nos dejaron enterrarlo ni nos dijeron adónde se lo habían llevado, pues... Pero me imagino que se habrá vuelto como los demás, porque tú no sabes lo que es vivir aquí, Germán. La dictadura convierte en mierda todo lo que toca, créeme. Además, trabajar en un manicomio, fuera de Madrid, ahora mismo... Y con el puesto que tienes en esa clínica tan buena, creo que te equivocarías, en serio.

José Luis Robles vivía en España, donde no había de nada, donde faltaba de todo, pero sabía mucho de la profesión, y conocía muy bien el funcionamiento de los sanatorios psiquiátricos. Estaba seguro de que había hecho las averiguaciones precisas para descubrir que en la Clínica Waldau yo tenía un buen contrato, pero un contrato corriente. Por eso, porque mis jefes se sentían demasiado importantes como para ocuparse de una medicación nueva en cuyos resultados no confiaban, me habían invitado a dirigir aquel ensayo clínico que me convirtió en un psiquiatra mejor, pero también adicto a la mejoría de sus pacientes. Cuando volviera a Berna, mi margen para investigar con la clorpromazina se estrecharía mucho. Gracias a mi trabajo, su uso básico se había institucionalizado, y los desarrollos más complejos no iban a encargármelos a mí. Antes o después, volvería a sentirme como un entomólogo, un poco más sabio, sí, más poderoso, pero aproximadamente igual de frustrado. En España, sin embargo, todo estaba por hacer. Y el único que sabía cómo hacerlo era yo.

—Pero, sobre todo, Germán, prométeme que no vuelves por mí. Porque yo te agradezco en el alma todo el dinero que me has mandado durante estos años, pero ya te he dicho muchas veces que no lo necesito. Me las arreglo muy bien sola, de verdad. Tu hermana vive en un piso que está enfrente, al otro lado del jardín, viene a verme con los niños todas las tardes, Rafa gana un buen sueldo en una agencia de transportes... No me malinterpretes, hijo. Me muero de ganas de volver a verte, esa es la verdad, pero nunca podría perdonarme que arruinaras tu vida por mí.

Durante quince años seguidos, me había sentido culpable todos los días por no haber arruinado mi vida. Durante quince años seguidos, todas las mañanas me asqueaba el olor del café y todas las noches me torturaba la culpa de haberme acostado sin hambre. Casi todos los meses recibía carta de Madrid, una cuartilla de mi madre y otra de Rita, en la que se disculpaban por no escribir más a menudo porque los sellos eran muy caros. Al principio me daban noticias de mi padre encarcelado. Después ya no, aunque seguían contándome su vida. A mí me daba vergüenza contarles la mía. Por la mañana voy a la universidad, escribía, vuelvo a casa a comer, estudio un poco y a las ocho entro a trabajar en el restaurante... Nunca les confesé que en esa rutina plácida, fecunda, las dos estaban siempre presentes. Porque yo no hacía cola en la puerta de ninguna cárcel. Porque pagaba el sello que habían visto en el sobre con cualquier moneda de las que llevara en el bolsillo. Porque no cenaba sobras. Porque cuando necesitaba una pluma, un libro, un cuaderno, no tenía que hacer nada más que entrar en una tienda y comprarlo. Porque me sobraba todo lo que habían perdido, porque vivía la vida que les habían arrebatado, porque me había salvado mientras ellas se hundían en un agujero que también me pertenecía, un destino que debería haber sido el mío, una desgracia que compartían juntas y yo desconocía solo, sin ellas.

Nunca le conté eso a mi madre. Tampoco el 21 de diciembre de 1953, cuando nos cansamos de besarnos, de tocarnos, de mirarnos, de estar contentos y tristes a la vez. Pero no pude evitar fijarme en las ausencias. Con la única excepción del piano, todos los objetos que tenían algún valor habían desaparecido. Los huecos de las paredes, de las estanterías, de las repisas, me dieron otra clase de bienvenida antes de que sonara el timbre de la puerta. Después, todo fue más fácil.

—¿Qué, te ha echado mucho la bronca?

El tiempo parecía haber depositado en mi hermana todo lo que le había robado a nuestra madre. Jamás habría adivinado la clase de mujer en la que se había convertido, más delgada y más gorda de lo que recordaba, con la grasa justa, admirablemente bien repartida en la que, a pesar de dos partos, seguía siendo su esbelta silueta de siempre. Rita no sólo estaba muy guapa. Derrochaba esa clase de belleza reservada a las personas felices. Su piel, su pelo, sus dientes, brillaban con una luz secreta que parecía irradiar desde su interior para alcanzar hasta el último extremo de su cuerpo, pero no pude abrazarla hasta que mamá vino a hacerse cargo del bebé que llevaba en los brazos. Después sí. Después nos abrazamos durante mucho tiempo y, aunque las lágrimas llegaron hasta el borde de sus párpados, de los míos, ninguno de los dos lloró.

—Pues yo me alegro mucho de que hayas vuelto, Germán. Pero muchísimo —cuando ya nos habíamos soltado, me abrazó otra vez—. Muchísimo muchísimo, de verdad. Y ella también, aunque diga que no, porque... —se colgó de mi brazo para entrar en el salón y levantó la cabeza de pronto—. ¿Qué te estaba diciendo? Adivina lo que ha hecho para cenar, con lo mal que le sientan.

Cuando los probé, creí que los pimientos rellenos de carne de mi madre, el plato favorito de todas las etapas de mi vida, eran la última razón que necesitaba para estar satisfecho de haber vuelto, pero me equivoqué.

Tenía otro motivo para vivir en España, aunque tardaría algún tiempo en descubrirlo.

El 9 de junio de 1933, el timbre de la consulta de mi padre sonó a las nueve y media de la mañana.

Aquel día él no había ido a la universidad, ni yo al instituto. Nuestras clases habían terminado casi a la vez, pero mis vacaciones todavía estaban lejos. Tenía que preparar el examen final de francés, la asignatura que había atormentado mi infancia y se disponía a atormentar mi adolescencia. Las úes agudas estaban muy por encima de mis capacidades fonéticas, no era capaz de comprender el caprichoso uso de determinadas partículas que en mi opinión no servían para nada, y eso no era lo peor. Lo peor era que mi madre jamás se daba por vencida. Su cabeza sobre mi hombro, esto lo has puesto mal, aquí te has vuelto a equivocar, ¿pero todavía no sabes cómo se forma el pasado perfecto?, me daba más pereza que el libro y me asustaba más que un suspenso. Sólo conocía una manera de escapar a aquel asfixiante escrutinio. Cuando mi padre tenía que preparar clases, corregir exámenes o recibir a algún paciente al que no podía ver en otro sitio, cambiaba su despacho de la universidad por el pequeño piso que había alquilado en el bajo y yo salía corriendo detrás de él. En la consulta me concentro mejor, mamá. Abajo no hay ruido y hace menos calor, decía en verano, y está más calentito, aseguraba en invierno. Ella no se creía ni una cosa ni la otra, pero a su marido le gustaba pasar tiempo conmigo, aunque se metiera en su despacho mientras yo hacía como que estudiaba francés en la mesa de una cocina que no se usaba para otra cosa. Allí acababa de montar mi decorado, los libros, los cuadernos, los lápices, el tintero y la pluma, cuando aquella mañana sonó el timbre. ¡Germán, ve a abrir, que serán Eloy y el fontanero!, gritó mi padre sin levantarse de la silla, están mirando no sé qué de las tuberías... Pero no era el marido de Margarita. Y nadie venía a mirar las tuberías.

Mi memoria partiría para siempre esa mañana en dos mitades opuestas a partir del sonido de aquel timbre. Hasta aquel momento, evocaría una escena luminosa, el reflejo de un sol todavía joven, pero ya ambicioso, inundando el recibidor a través de las vidrieras del despacho, el presentimiento del calor sobre la piel. Entonces abrí la puerta y no pude sentir frío, pero eso es lo que recuerdo. Y recuerdo una bruma imposible, un resplandor grisáceo atravesando unos cristales fantasmagóricamente privados de color. No pudo ser así, pero algo de eso debió de pasar cuando descubrí a aquella extraña pareja.

No hacía mucho que el marido de Lucila, la carnicera del mercado de Vallehermoso, se había fugado con su dependienta. Una mañana, al volver de la compra, mi madre comentó que la pobre estaba despachando con los ojos rojos y la cara desencajada. Aquella frase me intrigó mucho. Pregunté cómo podía desencajársele la cara a alguien y nadie se molestó en responderme. El 9 de junio de 1933 lo aprendí en el rostro de un hombre algo mayor que mi padre, su mandíbula inferior caída, desconectada del resto de la boca, los ojos tan dilatados como si hubieran visto un fantasma. Eso no fue lo único que me enseñó. Nunca había visto a nadie tan pálido como la cera, ni gotas de sudor tan gordas, tan perfectamente redondas como las que se limpió antes de darme los buenos días. Al disolverlas, el pañuelo convirtió su cara en una máscara blancuzca y húmeda, semejante a la que ofrecen las estatuas de las fachadas de las iglesias bajo la lluvia. Parecía un ser de ultratumba, el fantasma de alguien que hubiera sufrido mucho, pero daba menos miedo que la mujer que le acompañaba.

A primera vista parecía una señora corriente. No mostraba ninguna señal de alarma o de dolor, nada fuera de lo normal excepto ella misma. Tenía cara de general romano, un aspecto en el que la altivez de una barbilla que tiraba de su cabeza hacia arriba no pesaba tanto como la nariz larga, picuda, igual que las de las brujas que dibujaba yo de pequeño. Sus labios eran tan finos que apenas se veían, pero sus ojos oscuros, levemente desenfocados, me miraron como si tuvieran el poder de taladrarme. Iba bien vestida, la cabeza cubierta con un casquete de tela oscura que le daría un calor terrible al cabo de un par de horas, y llevaba un collar de perlas, pendientes de oro, demasiadas joyas para consultar a un psiquiatra por la mañana temprano. Su serenidad contrastaba con el nerviosismo de su acompañante pero su voz, niño, ¿qué haces ahí parado?, vete a avisar al doctor, anda, era dura, tan áspera que hizo reaccionar al hombre que me pidió, con mucha más educación, que les hiciera el favor de ir a avisar a mi padre.

¡Papá, papá! Fui corriendo hasta el despacho y abrí la puerta sin llamar. No es Eloy, papá, tienes visita. Son un señor normal y una señora muy rara... Unas horas después, cuando ya habíamos recobrado la serenidad, él me felicitó por esa definición. Tienes ojo clínico, Germán, me dijo, la verdad es que nadie habría podido describirlos mejor. Después de lo que había visto y escuchado aquella mañana, recibí aquel elogio con orgullo. Siempre había querido ser aviador, pero acababa de decidir que estudiaría lo mismo que mi padre aunque él no se hubiera asustado menos que yo al recibir a sus visitantes.

Juan, doña Aurora, ¡qué sorpresa tan agradable! Al llegar hasta ellos comprendió que había escogido una fórmula de bienvenida equivocada y su sonrisa se esfumó. ¿Qué puedo hacer por ustedes? El señor me señaló con la cabeza, no tenemos mucho tiempo, Andrés, vamos a tu despacho, mejor. Mi padre ni siquiera me miró mientras los guiaba por el pasillo, pero al empuñar el picaporte volvió la cabeza, comprobó que les había seguido, me dijo que me fuera a estudiar. No lo hice. Su despacho comunicaba con otra habitación exterior por una puerta doble que estaba entreabierta. Me quité las zapatillas para no hacer ruido, me aposté detrás de la hoja fija y desde allí vi perfectamente las dos sillas situadas frente a la mesa de despacho de mi padre. Ni él ni sus visitantes me descubrieron mientras asistía en silencio a una escena que parecía arrancada de una pesadilla.

Verás, Andrés, el hombre hablaba con una hebra de voz ronca, ahogada, hemos venido porque esta mañana, hace poco más de una hora, doña Aurora ha matado a su hija. Así empezó todo. No podía ver la cara de mi padre, pero escuché su voz, el eco de un temblor apenas perceptible. ¿Cómo? No entiendo... El señor que se llamaba Juan sacó un bulto envuelto en un pañuelo de uno de los bolsillos de su americana, lo destapó para que su interlocutor pudiera verlo, se aflojó el nudo de la corbata y carraspeó, sin mucho éxito, para aclararse la voz. Le ha pegado a Hildegart cuatro tiros en la cabeza con este revólver. Luego ha venido a mi despacho y me ha entregado el arma. ¿Cómo?, volvió a preguntar mi padre, sin obtener otra respuesta que un chasquido de los labios de una mujer que se estaba impacientando. ¿Ha hecho usted eso, doña Aurora? Claro que lo he hecho, después de tomar la palabra cruzó las piernas. Verdaderamente, no sé por qué se asombran tanto, no tiene nada de particular... Yo escuchaba fascinado aquella voz firme, potente, segura de lo que decía, el mismo tono con el que cualquier amiga de mi madre, ella misma, habría comentado cómo habían subido los precios de los alquileres o a qué partido iba a votar. Hildegart era mi obra, explicó doña Aurora, y no me salió bien. Tardé demasiado en darme cuenta, pero ahora estoy segura. Todos mis esfuerzos han sido vanos, y después... Lo que he hecho es lo mismo que hace un artista que comprende que se ha equivocado y destruye su obra para empezar de nuevo. Al llegar a ese punto, mi padre ya se había recuperado lo suficiente como para avanzar algunas preguntas cautelosas. ¿No cree usted que Hildegart fuera un ser independiente? ¿No era una persona completa, en su opinión? Era una persona, reconoció ella, lo fue porque yo lo quise así, pero completa no. No podía serlo puesto que yo la plasmé, le insuflé mi propio espíritu. ¿Espíritu? Mi padre volvió a intervenir con suavidad. Perdóneme, doña Aurora, pero no sé muy bien qué quiere decir con esa palabra. ¿Alma le gusta más?, propuso ella, haciendo con la boca un ruido impreciso, a medio camino entre la risa y el bufido. Pues alma, entonces. Y no crea que no lo he notado. Esta mañana, en el momento de su muerte... Entonces se inclinó hacia delante, abrió las manos en el aire, se abandonó por primera vez a algo parecido a una emoción. En el segundo exacto en que dejó de existir, el alma que yo le había dado salió de su cuerpo y regresó al mío. Volvió a dejar sobre la falda la mano que acababa de apoyarse en el pecho y recuperó la indiferente compostura que había guardado hasta entonces. Ahora vuelvo a estar en posesión de mi alma completa. ¿Y por eso la ha matado?, no veía a mi padre pero oía el rasguido veloz, incesante, de su pluma sobre el papel. ¿La ha matado para recuperar el alma que le prestó? No. La he matado porque mi hija era buena, era espiritual, y merecía elevarse, volar. En este mundo cochino, mis enemigos habrían acabado por prostituirla y yo eso no lo podía consentir. ¿Sus enemigos? ¿Quiénes son sus...? Perdóname, Andrés.

El hombre que tuteaba a mi padre levantó una mano en el aire e interrumpió un diálogo en el que apenas había intervenido. Yo comprendo que esto es muy interesante para ti, percibí que ya había recuperado la voz, el color volvía poco a poco a su rostro, pero como te he dicho antes, no tenemos mucho tiempo. Doña Aurora me ha pedido que la asesore, que sea su defensor. Yo he aceptado, pero lo primero que tiene que hacer es entregarse. Por eso hemos venido a verte, para pedir tu opinión profesional antes de ir al juzgado. En principio, yo le he aconsejado que declare que obró por un arrebato, un impulso incontrolable, pero después me he quedado pensando, y... La acusación va a pedir un peritaje, por descontado. Nosotros pediremos otro y por eso prefiero saber qué opinas tú, que serás mi perito si te parece bien, antes de decidir lo que vamos a hacer. Mi padre guardó silencio durante unos segundos. ¿Fue así, doña Aurora?, preguntó por fin, ¿sintió usted de pronto la irrefrenable necesidad de matar a su hija? No, respondió ella con el mismo asombroso aplomo con el que había confesado su crimen. Lo tenía ya decidido desde hacía unos días. No podía hacer otra cosa, la situación era insostenible, ¿comprende?, porque ellos la habían convencido, mis enemigos le habían ordenado que se alejara de mí... Hasta aquel momento me había parecido una señora rara y una asesina corriente. A partir de entonces, me di cuenta de que había algo más. Ellos son muy poderosos, se agitó de pronto, su voz crispándose hasta el punto de que me costaba trabajo entender lo que decía, ellos, los agentes de las potencias internacionales, habían alejado a Hilde de mí. Se balanceaba en la silla de una manera extraña, moviendo los puños apretados, muy juntos, al mismo ritmo irregular con el que su cuerpo se inclinaba hacia la izquierda, se enderezaba, volvía a inclinarse siempre hacia el mismo lado. Su cuerpo no les interesaba, claro está, ellos querían apoderarse de su alma, prostituir su espíritu, yo lo veía venir. Hilde me había dicho que me dejaba, que se iba a vivir con una vecina, pero yo sabía la verdad, sabía que se marchaba para estar con ellos, para conspirar con ellos contra mí, ¿es que no lo entienden? Sí, doña Aurora, sí, yo la entiendo... La voz de mi padre la tranquilizó. La culpa fue de ellos, insistió con suavidad. Justo, la asesina asintió con la cabeza varias veces, por fin un hombre culto, y dirigió una mirada de reproche, muy fea, a su acompañante, un hombre inteligente. Creo que es un error, Juan, opinó mi padre mientras aquella mujer se arreglaba las tablas de la falda hasta dejarlas perfectamente rectas, le conviene contar la verdad. Pero entonces alegarán premeditación, objetó el abogado, y eso endurecerá mucho la pena. Ya lo sé, pero... Tú lo has dicho, habrá peritajes. Si mantiene esta misma versión, saldrá mejor librada, hazme caso. No estará usted sugiriendo que estoy loca, ¿verdad? Hasta ese momento no había entendido bien en qué discrepaban los dos amigos, pero la suspicacia de doña Aurora me lo explicó. No, volví a detectar la cautela en la voz de mi padre, yo no digo que usted esté loca. Sólo digo que tal vez le convenga que el tribunal crea que sí lo está. De ninguna manera, ¿me oye? Se levantó de la silla y empezó a moverse por la habitación a zancadas para parecer un general romano más que nunca. Eso sí que no se lo voy a consentir, se detuvo, se volvió hacia mi padre, le señaló con el dedo, de ninguna manera, ni a usted, ni a nadie. ¿Es que no lo entienden? Salió de mi ángulo de visión por la izquierda y regresó enseguida. ¿Alguien puede creer que no estoy en mis cabales?, gritó, mirando hacia la puerta tras la que me ocultaba. He hecho lo que tenía que hacer, me he portado como lo que soy, una madre, increpó a su abogado. ¿Qué se creen, que yo no quería a mi hija? La he matado para salvarla, por fin apoyó las manos en la mesa de mi padre, levantó la cabeza hacia él, entérense de una vez. Yo la hice y yo la he destruido, era mi prerrogativa, mi derecho... ¡Uy! Esa exclamación inauguró una nueva etapa, una transformación inesperada, tan radical como el giro más absurdo del mal sueño que nos había atrapado. ¿Y tú? ¿De dónde has salido tú?

Mi gata se había despertado. Después de salir de casa y bajar las escaleras detrás de mí, me había seguido a la cocina y se había quedado dormida en su sitio favorito, encima de una almohada vieja que yo había colocado en una esquina, sobre el viejo fogón de la cocina inútil. Me gustaba mirarla dormir mientras estudiaba o aparentaba estudiar, pero hacía un rato que me había olvidado de ella. Al despertarse vino a buscarme, se rozó un par de veces contra mis tobillos y lo que estaba pasando en el despacho le pareció más interesante. Aunque se coló por la puerta entreabierta sin hacer ningún ruido, su aparición resultó espectacular, no tanto por su voluntad como por la respuesta de una mujer que se olvidó de que había matado a su hija para cogerla en brazos y dejarse lamer el cuello, la garganta, el escote, mientras le dirigía palabras calientes, dulcísimas. Eres muy guapo tú, ¿a que sí?, eres precioso, hasta que estiró las dos manos para separar al animal de su cuerpo y mirar su sexo. Preciosa, perdona, eres preciosa, ¿sabes?, y se volvió hacia mi padre con una expresión risueña, el rostro de otra mujer, distinta de la que le había chillado un rato antes. ¿Es suya la gata? Es de mi hijo Germán, el niño que les ha abierto la puerta. ¿Y cómo se llama? *Greti*, se llama *Greti*. ¿Como la Garbo? No, no es por eso. Escogimos ese nombre porque es tigre al revés, y como tiene la piel atigrada... ¡Ah!, muy bien. Pues tienes un nombre muy bonito, *Greti*, le acariciaba el lomo, pero muy bonito, le rascaba en la mandíbula como si ya supiera que eso era lo que más le gustaba, vamos a ver qué hay por aquí, y se la llevó en brazos hasta el balcón, a lo mejor encontramos algún pajarillo... Ya te gustaría, ¿eh, ladrona? Su abogado la miraba con los ojos muy abiertos, un gesto abrumado, una consternación tan completa como si ya hubiera renunciado a procesar todo lo que le había pasado en dos horas escasas. ¿Lo ves?, mi padre le interpeló en un tono casi risueño, hazme caso, Juan. Esta tarde nos vemos y te lo explico mejor. Pero tiene que prometerme una cosa, doctor, la súbita enamorada de mi gata se dirigió a él como si hubiera recordado algo importantísimo. Prométame que va a esterilizar a este animal. Todavía es muy joven para eso, pero en dos o tres meses... En ese instante, *Greti* saltó de sus brazos y salió corriendo como si hubiera entendido lo que decía, tiene que esterilizarla, pobrecita, los gatos en las ciudades... Nos tenemos que ir, doña Aurora. Su abogado se levantó, se acercó a ella. Si no la esteriliza, cuando le llegue el celo se escapará, no sabrá volver, la atropellará un coche, un tranvía, y si no, estará preñada de cualquier macho callejero... Doña Aurora, se nos está haciendo muy tarde. A saber qué enfermedades tendrían los gatitos, por eso le digo que... Se quedó callada. Miró a don Juan. Miró a mi padre. Miró a su alrededor como si no supiera qué hacía en aquel despacho. Luego se acercó a la silla donde había estado sentada, cogió su bolso, se lo colgó del brazo. Vamos, sí, le dijo a su abogado, y salieron en silencio del despacho. Mi padre les acompañó a la puerta y aproveché para volver a la cocina tan sigilosamente como pude, pero él vino a buscarme enseguida. Se apoyó en la pared, cruzó los brazos y se quedó quieto, mirándome. Cuando levanté la vista del cuaderno, sus labios insinuaban una sonrisa que no llegó a madurar del todo. ¿Y a ti no te había dicho yo que te vinieras aquí a estudiar?

La visita de Aurora Rodríguez Carballeira a la consulta del doctor Velázquez se convertiría en uno de los momentos más transcendentales de mi vida, aunque aquella mañana no fui capaz de calibrar sus efectos. Ya, ya sé que me has dicho lo de estudiar, reconocí, pero desde que he abierto la puerta, era todo tan raro que no he podido resistir la tentación de enterarme... Le miré, busqué señales de enfado en su rostro, no las encontré y terminé de decir la verdad, creía que no me habías pillado. Y no te he pillado a ti, por fin sonrió, se acercó a la mesa, se sentó en la silla que estaba frente a la mía, asintió con la cabeza, he pillado a *Greti*. La he visto asomar el hocico, retroceder, moverse en círculos antes de entrar... Los gatos no se frotan con el aire.

Aquel día, pese a que acababa de cumplir trece años, mi padre dejó de tratarme como a un niño. Oye, papá, ¿puedo hacerte una pregunta?, como esa señora habla tan bien y parece tan normal... No tanto, me interrumpió, cuando la has visto te ha parecido muy rara. Sí, admití, eso es verdad, pero luego, al oírla hablar... No es que no sea rara, pero no todos los raros están locos. Muchos años después, cuando ya sabía que nunca podría preguntárselo, comprendí que a Andrés Velázquez le había gustado mi iniciativa, el interés que me había impulsado a desobedecerle, la osadía de esconderme detrás de una puerta. Aquella mañana no sólo no se enfadó, sino que habló conmigo como con un adulto. No censuró ninguna de mis preguntas, no me escamoteó una sola respuesta. Así descubrí que era cierto lo que sus alumnos decían, y al excelente profesor que era el catedrático de Psiquiatría de la Universidad Central de Madrid, mi padre.

Aquella mañana, en una cocina que no se usaba para guisar, me inició en la especialidad que algún día compartiríamos. Empezó por el principio, no les llames locos porque son enfermos. Aunque puedan impulsarles a cometer crímenes tan horribles como este, las enfermedades mentales son dolencias físicas, igual que las del cuerpo. Pero las del cuerpo se pueden curar, objeté, y en cambio, a los locos, o sea, a los enfermos de la cabeza... Esos no se curan. O sí, replicó él, yo espero que algún día podamos curarlos, y siguió hablando, alternando lo que sabía con lo que apenas podía intuir, ya hemos descubierto que muchas veces la causa de lo que llamamos locura es física, aunque todavía no entendemos qué es lo que falta, o qué es lo que sobra, en los organismos de esas personas... Se fue muy lejos, me contó por qué había elegido aquella especialidad, me habló de sus maestros españoles y de los alemanes, de las cosas que ahora sabía él y ellos no habían podido enseñarle cuando asistía a sus clases, de la evolución permanente del conocimiento sobre la mente humana, del presentimiento de que el avance decisivo estaba cerca. Entonces merece la pena que me haga psiquiatra, ¿no?, le pregunté, si falta tan poco... Mi cálculo le hizo gracia, pero recobró la seriedad enseguida. Sólo merecerá la pena si te apetece, si te interesa de verdad. Nunca lograrás hacer bien nada que no te apetezca hacer.

Eso fue lo más importante que me enseñó mi padre el día que decidí que sería psiquiatra. Sin embargo, cuando subimos juntos a casa y encontramos a mamá pegada a la radio, me había impresionado mucho más su diagnóstico de doña Aurora. He hablado muy poco con ella, me había dicho, todavía no estoy completamente seguro, pero yo diría que es una paranoica pura. La paranoia es una enfermedad muy misteriosa, porque no afecta a las facultades intelectuales. Los paranoicos se mueven, hablan y hasta razonan como las personas sanas, aunque no sobre las mismas premisas, porque su dolencia distorsiona gravemente la realidad... En ese instante recordó mi edad y comprendió que se había elevado demasiado. Lo que quiero decir es que llevan un ritmo de vida aparentemente normal. Pueden vivir solos, cuidar de ellos mismos, administrar su dinero, relacionarse con otras personas, casarse, tener hijos... En las actividades de todos los días no se distinguen de las personas sanas, ¿me entiendes? No sólo le entendía. Mientras le escuchaba, iba comparando cada una de sus afirmaciones con el recuerdo de la señora que acababa de marcharse, y su misterio me parecía cada vez más fascinante. Pero además, concluyó, doña Aurora no es una mujer corriente. Es muy inteligente, muy culta, se expresa muy bien. Está acostumbrada a hablar en público, tiene un vocabulario rico y maneja perfectamente las abstracciones, volvió a rebajar el tono, las ideas complejas, difíciles de captar. Por eso te ha hecho dudar.

No puede ser, mi madre ni siquiera bajó el volumen de la radio al vernos entrar, es que no me lo creo, una mujer como ella, que escribe artículos, que da conferencias, que sabe tanto de tantas cosas... Nos miraba como si no supiera qué estábamos haciendo en nuestra propia casa, un desconcierto absoluto paralizando su rostro, si es que no puede ser, no me lo creo... Cuando me senté a su lado, yo ya me lo creía todo. Había aprendido que existen paranoicos tontos y listos, brillantes y del montón, pero que todos tienen delirios persecutorios. Mi padre me había explicado sus síntomas con palabras más sencillas, pero le había entendido tan bien que, después de enterarme de que la megalomanía era otra característica de su enfermedad, dije algo que le impresionó. ¿Y cómo sabéis que los delirios de grandeza van por delante de los persecutorios?, le pregunté. A lo mejor, primero sienten que les persiguen y luego se les ocurre que, si les persiguen tanto, será porque son muy importantes. Quiero decir que no es que se crean que son Napoleón y que por eso les persiguen, sino que... Ya, ya, si te he entendido, me respondió él. Y tienes razón, asintió con la cabeza para concedérmela, yo también me lo he preguntado muchas veces, pero la verdad es que no lo sabemos. Mi madre tampoco sabía que Aurora Rodríguez Carballeira había venido a la consulta una hora y media después de asesinar a su hija. Al enterarse, se asustó tanto como si papá y yo hubiéramos corrido peligro.

No me digas que vas a defenderla... ¿Yo?, mi padre se echó a reír con pocas ganas, como si presintiera que no lograría ponerla de su parte, ¿cómo voy a defenderla yo, si no soy abogado? ¿No te he dicho que ha venido con Juan Botella? Él es quien va a defenderla. Me la ha traído porque quiere que sea su perito en el juicio, y le he dicho que sí, claro, porque... ¿Que le has dicho que sí?, mi madre saltó de la butaca en el mismo instante en el que su marido levantaba las dos manos en el aire para apaciguarla. Vamos a ver, Caridad, la sujetó por los brazos con suavidad, vivimos en un país civilizado, ¿no?, todos los criminales tienen derecho a la defensa... Ella volvió a sentarse y él continuó hablando con toda la convicción que pudo reunir, Juan es abogado, son amigos desde hace años, ¿qué quieres que haga el pobre? Y para mí es un caso interesantísimo, la verdad, no se tropieza uno con algo así todos los días... Sí, interesantísimo, su mujer le dedicó una mueca burlona, pues vaya... Pero luego se quedó pensando. Bueno, mira, haz lo que quieras, pero no me cuentes nada, ¿eh?, que te conozco. Lo único que falta es que te encariñes con ella, que anda que no te gustan a ti los asesinos... Mi padre se puso la mano derecha sobre el corazón, te prometo que me resistiré con todas mis fuerzas. Ella también intentó resistirse, pero acabó sonriendo a la cómica solemnidad de su marido. Me voy a la facultad, tengo que ver a gente, consultar un par de cosas... No me esperéis a comer.

Mi madre tampoco comió en casa ese día. Después de un rato, se levantó y me dijo que se iba a ver a su amiga Matilde.

Estará destrozada, la pobre, aventuró, era íntima de las dos, de la madre y de la hija... ¡Qué barbaridad!, y siguió hablando conmigo, o con su reflejo, mientras se ponía el sombrero ante el espejo del recibidor, una muchacha tan valiosa, tan inteligentísima, un prodigio, con lo orgullosa que estaba su madre de ella... Cuando se marchó, volví a encender la radio y escuché noticias sobre el crimen hasta que Herminia me llamó para comer. Después, le dije que no quería postre, me levanté y seguí hablando desde la puerta de la cocina. Me voy al instituto, tengo que estudiar francés y en la biblioteca me concentro... ¡Mentira!, mi hermana Rita me desmintió con la boca llena de natillas, odias el francés, me voy a chivar. ¿Tú qué sabes, mona?, valoré durante un instante la posibilidad de enredarme en una bronca y la descarté porque no me convenía. Hasta luego, Herminia. Y tú, chívate si quieres, aquel era el único método eficaz para desactivar a mi hermana, no me importa.

Yo había visto a Hildegart una vez, aunque sólo la reconocí cuando mi madre me recordó que nos la habíamos encontrado una tarde, en la puerta del Ateneo. Fue en diciembre del año pasado, habíamos ido al centro a comprar turrón, no me digas que no te acuerdas... Entonces recuperé una imagen difusa de una chica a la que en aquel momento no presté demasiada atención, pero que tampoco encajaba con las descripciones que publicarían todos los periódicos al día siguiente. Hildegart Rodríguez no era tan fea como su madre pero, en mi opinión, tampoco era guapa. Tenía cara de torta, una sombra de papada sobre el escote, las cejas gruesas y un cuerpo macizo, de matrona, que contrastaba con los tirabuzones sujetos con lazos de raso que enmarcaban su rostro. En eso fue en lo que más me fijé, porque me pareció un peinado impropio de una señora tan pedante.

Cuando la conocí, no sabía que tenía dieciséis años, y cuando lo supe, no me lo creí. No me interesó nada de lo que decía, pero tampoco pude ahorrarme la discusión que sostuvo con mi madre mientras yo tiraba discretamente de su manga sin resultado alguno. El día de su muerte, mamá me contó que Hildegart pretendía que convenciera a su marido para que se uniera a la Liga por la Reforma Sexual, una organización eugenesista internacional cuya sección española habían fundado, entre otros, doña Aurora y ella misma, y a la que mi padre nunca quiso sumarse aunque recibió muchas presiones de distintas personas para que lo hiciera. ¿Y quién soy yo para decidir quién tiene derecho a vivir y quién debe morir? Él mismo me explicó por qué aquel verano. ¿Qué derecho tiene nadie a prohibir que un ser humano se case y tenga hijos porque sea bajo, o feo, o tenga una enfermedad hereditaria, o la piel negra? Yo sé que hay muchos eugenesistas bienintencionados, que sólo aspiran a mejorar el futuro de la humanidad, lo sé, tengo algunos amigos entre ellos, pero hay muchos que opinan lo mismo que yo. El fin nunca justifica los medios, y quien se cree capaz de decidir sobre la vida de los demás, puede acabar creyéndose con derecho a decidir cualquier cosa.

Aquella tarde, en la puerta del Ateneo, mi madre no invocó estos argumentos. Se limitó a responder con evasivas a la insistencia de aquella señora que manejaba conceptos incomprensibles para mí, un discurso del que apenas logré entender las conjunciones y las preposiciones, porque ni siquiera conocía la mitad de los sustantivos a los que recurrió. Luego me contó que aquella chica era un ser extraordinario, una niña prodigio que había aprendido a leer y a escribir siendo casi un bebé, que obtuvo un diploma de mecanografía a los cuatro años, que a mi edad ya daba discursos, escribía artículos y hasta libros, que estudiaba en la universidad, y daba conferencias y era una líder para muchos jóvenes. Todo eso, y más, había hecho cuando su madre la mató. Y sin embargo, en su ataúd, Hildegart Rodríguez Carballeira parecía exactamente lo que era. Una adolescente, casi una niña.

El 9 de junio de 1933, cuando salí de casa después de comer con la cartera en la que llevaba un libro de francés que tampoco abriría aquella tarde, tuve miedo de que no me dejaran entrar en el Círculo Federal. No había ido nunca hasta allí, no conocía a nadie de aquel partido, pero en la Puerta del Sol me engulló una variopinta multitud que avanzaba en la misma dirección que yo había previsto tomar. Había personas de todas las edades, muchas mujeres, muchos jóvenes, incluso niños pequeños, pero muy poco dolor. Pensé que los madrileños que acudían al velatorio de su vecina más precoz se movían por motivos semejantes a la morbosa curiosidad que me empujaba, por más que intentara justificarme ante mí mismo arguyendo que yo había asistido a la confesión de su asesina y ellos no. Pero después de esperar casi una hora, cuando logré avanzar hasta el féretro, tampoco vi la menor huella de llanto en los ojos, los semblantes de los jóvenes federales que hacían guardia al fondo. Hacía muy poco tiempo que Hildegart Rodríguez se había pasado a su partido, pero en el PSOE, donde había militado durante cuatro años, tampoco la llorarían mucho. El periódico que había estado leyendo mientras hacía cola contaba que, después de su expulsión, había escrito un libro, *¿Se equivocó Marx?*, que los socialistas no le habían perdonado.

Si la hubieran visto con mis ojos, se lo habrían perdonado todo. Su imagen en el ataúd, el cuerpo cubierto de flores rojas y blancas, los colores del Partido Federal, los ojos cerrados, los agujeros de las balas en su rostro muy abiertos, pese a la pasta oscura con la que los habían rellenado sin pretender disimularlos, era tan conmovedora que hasta me arrepentí de haberla recordado gorda y sabihonda, repelente y sin gracia mientras estaba viva. Me habría gustado mirarla más tiempo, aprenderme mejor su rostro, pero la gente que estaba detrás de mí me metió prisa, y los compañeros de la difunta no me permitieron unirme a ellos. Quizás por eso, decidí que al día siguiente iría a su entierro, y para lograrlo ni siquiera tuve que mentir. Mi padre había salido de casa muy temprano. Cuando llamó a media mañana para anunciar que no vendría a comer, mi madre le preguntó si quería ir con ella por la tarde al Círculo Federal para despedir a Hildegart. Él le dijo que no podía, yo me ofrecí en su lugar y fui sorprendentemente aceptado en una pequeña comitiva de señoras asustadas que no pararon de hablar en todo el camino. Mientras repasaban las rarezas de doña Aurora, las actitudes que deberían haberlas alertado de lo que era capaz de hacer, el horror intrínseco en aquel crimen incomparable, yo miraba a mi alrededor e intentaba pensar por mi cuenta. Así reparé en algo muy importante. A pesar de la pena que me había paralizado ante el cadáver de su víctima, a pesar de la emoción que me había inspirado el desamparo de aquella muchacha muerta, a pesar de que comprendía perfectamente la repugnante magnitud de aquel crimen, no conseguí odiar a su asesina. No la odié entonces, mientras las amigas de mi madre se entretenían en enumerar los apabullantes méritos de Hildegart, y no la odiaría nunca, tan bien había aprendido la primera lección del profesor Velázquez.

Un merecidísimo suspenso en francés me regaló un verano madrileño en el que ni siquiera me quejé del calor. Mi única obligación era aguantar por las mañanas dos horas de clase con una profesora particular que mi familia había contratado como último recurso. Mi mayor placer eran las conversaciones íntimas con el psiquiatra que visitaba a la criminal todas las semanas en la cárcel de Quiñones, como perito de su defensa. Entre la obligación y el placer, dedicaba todo mi tiempo libre a devorar periódicos, sobre todo los reportajes que *La Tierra* empezó a publicar en la segunda mitad de julio. Su autor, Eduardo de Guzmán, se alternaba con mi padre en sus visitas a la cárcel de mujeres. Yo cotejaba las impresiones de ambos y consultaba mis conclusiones con el único de los dos que se sentaba a charlar conmigo al menos una vez al día, mientras desayunábamos juntos en algún café.

Mi padre y yo nunca habíamos estado tan unidos. Esa fue la principal deuda que contraje en el verano de 1933 con la parricida más famosa de la historia de España, pero no la única. Aurora Rodríguez Carballeira no sólo me descubrió una vocación. También me inspiró cierta confianza en mis aptitudes para desarrollarla. Me demostró hasta qué punto era capaz de apasionarme por los inextricables resortes del comportamiento humano y, más allá de mi profesión, trazó una línea decisiva en mi vida.

Cuando llegó septiembre y aprobé el francés con una facilidad inconcebible hasta para mí mismo, no sabía que estaría abocado a hablar en esa lengua durante muchos años. Tampoco podía imaginar que jamás lograría conversar con mi padre de igual a igual, de psiquiatra a psiquiatra. Pero nada resultó tan asombroso como lo que ocurrió al cabo de veinte años, cuando ya creía que no me quedaba nada por aprender.

En febrero de 1954, descubrí que Aurora Rodríguez Carballeira tocaba el piano todas las mañanas en la habitación número 19 del pabellón del Sagrado Corazón, en el manicomio de mujeres de Ciempozuelos.

Su historia clínica llevaba el número 6.966.

En el encabezamiento constaba que la paciente había ingresado en la institución el 24 de diciembre de 1935, a petición de su tutor y en virtud de una orden de la Audiencia. El diagnóstico tenía una fecha muy posterior, 30 de abril de 1942. La demora resultaba irrelevante puesto que no existía dictamen en sí, sólo dos preguntas sin tentativa de respuesta, comentario o anotación alguna. *¿Paranoia? ¿Esquizofrenia paranoica?* Eso era todo lo que la mujer que me había fascinado a los trece años había llegado a inspirar a los psiquiatras que la trataron durante casi dos décadas.

—Bueno, pues... —José Luis Robles se quedó mirándome con la boca abierta—. Si crees que tienes tiempo para ocuparte de una más... Pero la verdad es que no entiendo por qué te interesa tanto.

En alguna parte leí que había escapado. Tuve que leerlo, porque durante quince años mi contacto con España se había limitado a la correspondencia que sostenía con mi familia. En

Neuchâtel no vivían exiliados republicanos o, al menos, yo no encontré a ninguno. Suiza no había sido un país acogedor para mis compatriotas. El doctor Goldstein había escuchado que en Ginebra había un grupo organizado que se reunía para comer paella los domingos, pero aunque me animó a asistir a sus reuniones, nunca me decidí. Ginebra estaba lejos, yo estaba solo, en aquel país ni siquiera sabían lo que era el azafrán, no tenía ninguna historia heroica que contar e iba a echarme a llorar en el instante en que escuchara alguna. Ya estaba cansado de llorar, así que tuve que leerlo, o tal vez lo escuché en el barco que me alejó de España, o en la cuarentena que me vi obligado a pasar en su interior antes de obtener permiso para desembarcar en el puerto de Mazalquivir, o en otro barco que me llevó a Marsella. No me acordaba. Sólo sabía que durante quince años había estado convencido de que doña Aurora había huido. Cuando volví a encontrarla, mis prioridades profesionales se duplicaron. La clorpromazina no me interesaba más que llegar a convertirme en su psiquiatra.

—Yo la conocí, ¿sabes? El día del crimen, vino con su abogado a la consulta de mi padre y la vi, yo estaba allí.

La historia clínica número 6.966 era muy breve, menos de cincuenta páginas para contar veinte años de la vida de una señora muy rara, una asesina extraordinaria. Su extensión era engañosa, porque más de cuatro quintas partes del documento estaban fechadas en los años inmediatamente posteriores a su ingreso. Durante la guerra, mientras la República siguió existiendo, aunque estuviera lejos, aunque perdiera más territorio del que ganaba en cada ofensiva, aunque su derrota pareciera cada día más irremediable, mis colegas habían hecho su trabajo. La novela familiar de Aurora, su amor por su padre, su desprecio hacia su madre, su odio por su hermana, había sido descrita con solvencia profesional, pero sin demasiada pasión. Mucho más interés habían merecido los delirios de una enferma que se había autoasignado la prometeica tarea de reformar la sociedad para crear un mundo mejor. La crónica de sus primeros años como interna reflejaba el empeño de la paciente por elaborar un relato propio sobre la vida y la muerte de su hija. La madre de Hildegart había narrado su absoluta seguridad de haber concebido una hembra, el minucioso proceso de elección del hombre que la engendraría, la decepción que más tarde le inspiró su conducta, sus vanos intentos por cambiar el sexo del feto con el poder de su mente y, sobre todo, la derrota que supuso el descubrimiento de que la mala semilla de aquel sujeto había sido más fuerte que su amorosa determinación de concebir a una nueva mujer, redentora de los vicios y sufrimientos de la Humanidad. Hasta el final de la guerra, Aurora Rodríguez Carballeira habló por los codos, y quienes la escuchaban se interesaron por lo que decía. Hasta el 22 de diciembre de 1939.

—No te hagas ilusiones, Germán —a Robles no le hizo gracia mi petición, pero ya contaba con eso—. No vas a sacar nada de ella. Hace muchos años que vive encerrada en sí misma, en una apatía total.

En 1940 no se añadió a su expediente ni una sola palabra. A partir de 1941, las entradas se limitaban a informar, a menudo en una línea, de que la paciente se negaba a mantener contacto con los psiquiatras. No quiere nada de nosotros, se niega a venir al despacho, no quiere hablar. Cada una de estas frases resumía un año entero. En otros, pese a que se consignaban hechos tan relevantes como su obsesión por fabricar grandes muñecos de trapo con los que parecía intentar relacionarse, o el enorme sufrimiento que le produjo que el jardinero y unos cuantos mozos entraran en su cuarto para destruirlos, no existía la menor voluntad de analizar o interpretar una conducta que ni siquiera se narraba con detalle. A partir de 1941, los médicos que deberían haberla cuidado se olvidaron de pesarla, de tomarle la tensión, de describir su estado físico. Sin embargo, ella no se olvidó del día en que vivía. En diciembre de 1948 reclamó la libertad alegando que estaba privada de ella desde 1933, que su condena era a quince años de reclusión y que ya los había cumplido. Sabía que vivía en un Año Santo Compostelano y propuso que desde Ciempozuelos se solicitara su indulto. Este alarde de consciencia en una paciente que parecía haberse rendido, aparentemente sumida en la desorientación más completa, no llamó la atención de quien redactó su historia clínica. Tampoco despertó su interés.

—Yo no estoy muy seguro de que su apatía sea total —respondí con suavidad—. Toca el piano todas las mañanas, de memoria, sin partituras —estuve a punto de añadir que lo hacía también con emoción pero me mordí la lengua a tiempo—. Así fue como la descubrí. Aunque la música pueda representar un vehículo para encerrarse en sí misma, sentarse a tocar es un acto de voluntad, ¿no te parece?

—Bueno, pero toca mecánicamente, como si se rascara —no objeté nada a aquella estupidez, mi jefe se dio cuenta de que no tenía ganas de discutir y decidió que imitarme era lo mejor para los dos—. Pero de acuerdo, como quieras. A partir de hoy, puedes considerarla tu paciente.

El 1 de marzo de 1954 me convertí oficialmente en el psiquiatra de Aurora Rodríguez Carballeira. Una semana después, tal vez no lo habría conseguido.

Sólo llevaba dos meses trabajando con el equipo de Robles, pero me había sobrado tiempo para reconocer que mi madre tenía razón. España se había convertido en un país remoto, desconocido para mí. Siete años antes, cuando obtuve una plaza en la Clínica Waldau, mi experiencia como psiquiatra residente en la Maison de Santé de Préfargier me había ayudado a dominar en poco tiempo la mecánica del hospital, pero aquí todo era distinto. En Neuchâtel, casi la mitad de la plantilla de enfermería estaba integrada por monjas. Nunca había tenido problemas con ellas, pero no eran más que enfermeras con hábito, a veces más abnegadas, más sacrificadas que las demás, ni siquiera siempre. Sin embargo, todo el manicomio de mujeres de Ciempozuelos, los pabellones, el terreno que los albergaba y la institución en sí, eran propiedad de la Orden Hospitalaria de San Juan de Dios, aunque las llamadas enfermas pobres, las que no podían pagar su plaza, ingresaban por un convenio con la Diputación de Madrid, que subvencionaba su tratamiento. El hospital funcionaba con una dirección colegiada, el doctor Robles por una parte y la hermana Belén, superiora de la comunidad, por otra. Él me había asegurado que nunca habían tenido la menor fricción pero, de todas formas, yo andaba con pies de plomo. Por lo poco que nos habíamos conocido, y dejando al margen que ella era monja y yo no era creyente, aquella señora me había causado mejor impresión que mi jefe. Pero me resultaba muy extraño trabajar en un hospital donde apenas había mujeres que no llevaran la cabeza cubierta con una toca blanca con dos grandes alas terminadas en pico, como pájaros vestidos de negro que estuvieran a punto de echarse a volar.

La lectora de Aurora era una de las pocas seglares que trabajaban en el complejo. Era tan joven que conservaba en las mejillas el rubor sonrosado de la infancia. Menuda, de piel blanca, el pelo castaño claro, casi rubio, se distinguía de las demás auxiliares no religiosas por la espesa trenza que asomaba debajo de la cofia, bailando sobre su espalda a cada paso. Se llamaba María, y parecía la única persona de todo el manicomio capaz de relacionarse con la paciente de la habitación número 19 del Sagrado Corazón, pero no me resultó fácil hablar con ella. La primera vez, a pesar del susto que se había llevado al verme en el pasillo con los zapatos en la mano, se escabulló después de darme las buenas tardes, como si todos los días se tropezara con médicos descalzos que fisgaban detrás de aquella puerta. Luego me la encontré un par de veces en el pabellón de San José, el de las pobres, donde trabajaba. Una mañana nos cruzamos en un pasillo. Transportaba entre las manos una pila enorme de toallas limpias y me saludó con una inclinación de la cabeza, pero ni siquiera me dio los buenos días. Poco después la vi de refilón, sirviendo la comida a las internas sentadas en un banco larguísimo, ante una mesa adosada a la pared frente a la que comían como niñas castigadas. Me quedé un rato en la puerta, mirándola, y ni siquiera movió la cabeza hacia mí. Tuve la impresión de que había descubierto que estaba allí y no había querido verme.

—Es un caso especial —me contó Eduardo Méndez, el primer amigo que hice en Ciempozuelos—. Cuando vino a trabajar aquí, doña Aurora llevaba mucho tiempo pidiendo que alguien leyera para ella. Tiene la vista muy fatigada, sólo ve bultos, y nosotros lo sabíamos, claro, pero Robles nunca quiso enviarle a nadie. María la conoce desde que era pequeña porque siempre ha vivido aquí, su abuelo era el jardinero del sanatorio. Total, que pidió permiso para ir a leer a la habitación de doña Aurora en su rato libre, media hora que tienen para merendar, y lo juntó con el de las mañanas para poder estar allí una hora entera cada tarde. Por eso va siempre corriendo, la pobre, porque no se atreve a llegar con retraso a la lavandería, o a la cocina, lo que le toque. Y por eso no quiere hablar contigo. Sabe que lo que hace es irregular, y tiene miedo de que le prohíban volver. Aunque nadie lo entienda, la verdad es que quiere mucho a esa mujer.

—Ya, pero... Yo tampoco lo entiendo. ¿Robles sabe lo que hace? —Eduardo asintió con la cabeza—. Entonces, lo que no quiere es que lea en su horario laboral, ¿es eso? —volvió a asentir—. ¿Y por qué?

—Porque esa paciente no les gusta, porque les pone muy nerviosos —no especificó a quiénes se refería con aquel plural, y antes de que pudiera volver a preguntar, lo hizo él—. ¿Tú has leído su historia clínica?

La había pedido dos veces con el mismo resultado. La primera vez, la hermana que me atendió me dijo que tenía mucho trabajo atrasado, que volviera en otro momento. Cuando lo hice, otra me recomendó que hablara con el doctor Robles, porque ella no estaba autorizada a facilitar documentos de las enfermas. Sin embargo, Eduardo me la trajo al día siguiente, aunque Aurora Rodríguez Carballeira no se contaba entre sus pacientes.

—A mí me conocen —me explicó—. Yo siempre he vivido en España, no vengo del extranjero, no les doy miedo. Tienes que comprenderlo, Germán. Tú, aquí, entre tu historia, la de tu padre y la clorpromazina... Eres muy exótico, yo diría que hasta demasiado. Y el exotismo no es un valor que se aprecie en este país, ya te irás dando cuenta.

Después de pasar la Navidad de 1953 con mi familia, telefoneé a José Luis Robles para informarle de que ya estaba en Madrid, instalado provisionalmente en casa de mi madre. Se ofreció a hacernos una visita, pero ella me dijo que no le apetecía verle, no todavía, precisó, y quedamos en un café. Aquella entrevista solucionó todas las cuestiones prácticas con una sola excepción. Cuando le pregunté cuál era el mejor medio de transporte para ir y volver de Ciempozuelos a diario, me preguntó si conducía, y le respondí que sí, aunque no tenía coche. Me recomendó que consiguiera uno tan pronto como pudiera y me ofreció tres opciones. Descarté alquilar una casa en el pueblo y elegí el tren, porque pagar dos taxis todos los días me parecía un despilfarro, pero enseguida comprobé que no había escogido la mejor solución. La estación estaba muy lejos del manicomio, en el pueblo sólo había un taxi y el primer día llegué con retraso porque no encontré a nadie que me acercara. Por la tarde, mientras preguntaba en el mostrador de recepción qué podría hacer para ahorrarme otra caminata y llegar a tiempo al tren, el doctor Fernández me ofreció una plaza en su coche.

Roque Fernández, siempre Fernández a secas aunque su padre hubiera firmado siempre con dos apellidos, Fernández Reinés, era el psiquiatra más joven del equipo, pero no lo aparentaba. También parecía gordo, aunque no lo era. Su cuerpo grande y ancho, compacto, habría necesitado estirarse al menos diez centímetros más para conquistar la armonía que le faltaba, pero eso no era lo que más llamaba la atención en él. Cuando me pidió que le siguiera, me di cuenta de que hasta aquel momento no había llegado a escuchar su voz. Por la mañana, al saludarme, me había estrechado la mano sin hablar y así era como solía hacerlo todo. Taciturno, más que callado, su gesto grave, imperturbable, parecía revelar algún problema importante incluso cuando no existía el menor contratiempo, y no solía celebrar las bromas, ni siquiera los chistes de Robles. Su aversión a gastar saliva solía producir malentendidos como el de aquella tarde, porque el coche hasta el que me guio no era suyo, sino un taxi de Madrid ante el que ya nos esperaba el doctor Méndez.

Eduardo, el compañero que me había cogido del brazo y había atravesado el índice sobre sus labios mientras los demás rezaban el Ángelus, era un año mayor que yo y el complemento perfecto para el carácter de su amigo Roque. Esbelto y elegante, buen conversador, encarnaba al compañero ideal, divertido y muy simpático. Pronto descubriría que su capacidad de seducción mundana, traviesa, con un punto incluso frívolo, le había consagrado como el favorito de las pacientes tranquilas y de no pocas de las monjas que las cuidaban. Eduardo Méndez, que no era feo pero tampoco exactamente guapo, conquistaba la belleza con una facilidad pasmosa cuando sonreía. Su sonrisa era cautivadora, y la practicaba tanto que resultaba difícil averiguar de qué color tenía los ojos, porque se incendiaban de chispas doradas, como minúsculas partículas de miel, cada vez que sus labios se curvaban.

—Te has animado a venir con nosotros, qué bien.

Roque abrió la puerta del copiloto para sentarse al lado del conductor sin consultárnoslo y Eduardo se acomodó conmigo en el asiento trasero. Si uno apenas despegó los labios, el otro no paró de hablar en todo el viaje.

Los dos habían hecho un trato con un taxista de Madrid que era cuñado del hombre que había venido a recogerlos. Como la mayoría de los días teníamos el mismo horario, Eduardo me invitó a unirme a ellos, una oferta ventajosa para todos, porque dividiría entre tres el precio que habían acordado pagar cada mes. Cuando acepté, agradeciendo mucho su propuesta, ya me había dado cuenta de que Méndez me miraba con un interés que sobrepasaba la curiosidad corriente entre dos compañeros de trabajo que acaban de conocerse, aunque se limitó a hacerme preguntas sobre mi experiencia profesional. Mientras tanto, Fernández escuchaba en silencio o quizás dormía, porque no volvió la cabeza hacia nosotros ni una sola vez. Sólo al llegar a Carabanchel, se despidió hasta el día siguiente. Después, Eduardo me preguntó dónde vivía y descubrió que éramos casi vecinos.

Esa casualidad nos hizo amigos. Todas las tardes, a partir de aquel día, Arsenio, o su cuñado Marcelino, nos dejaba en la glorieta de San Bernardo, a medio camino entre la calle Gaztambide, donde vivía yo con mi madre, y la plaza de San Ildefonso, donde vivía él con la suya. Todas las tardes íbamos a la misma cervecería y nos tomábamos un par de cañas, o tres, antes de volver a casa. Con un vaso de cerveza por medio, Eduardo Méndez me contó muchas cosas. Que Roque no usaba su primer nombre propio ni la segunda mitad de su apellido, aunque fuera compuesto. Que no le gustaba hablar porque a su padre, Vicente Fernández Reinés, lo habían fusilado sin juicio en su ciudad, Valencia, en el otoño de 1939. Que nadie movió un dedo para ayudarle porque, pese a su excelente reputación como cardiólogo, era masón. Que su viuda habría preferido que su único hijo varón escogiera cualquier otro oficio, que no hubiera estudiado Medicina, que no hubiera pisado siquiera la universidad, lo que fuese con tal de evitarle el peligro de ser reconocido como hijo de su padre. Que Roque había respirado el terror de su madre durante tantos años que se había acostumbrado a vivir sin hablar. Que era una postura inteligente, porque lo mejor, en España, en 1954, era no abrir la boca. Que cuando no quedaba más remedio, también se podía hablar del tiempo, parece que mañana refresca, hoy sí que hace frío, como vuelva a llover, se van a perder las cerezas de mi suegro. Que el silencio era el único valor seguro, el único remedio eficaz contra el infortunio probable, hipotético y hasta inexistente, la infalible receta que se aplicaban por igual los ricos y los pobres, los más humildes y muchos poderosos. Que el doctor Robles, con todo su poder, no tenía menos miedo que la viuda de Fernández Reinés, ni hablaba del pasado más que su hijo. Que en los pueblos era más difícil camuflarse, pero en Madrid, en muchas oficinas, la gente no sabía por dónde respiraba el compañero que llevaba diez años trabajando al otro lado de la mesa a la que se sentaba cada mañana. Que muchas personas jóvenes se casaban sin conocer las ideas del novio, de la novia a la que se unían hasta que la muerte los separase. Que otros tantos españoles que ni siquiera habían sido bautizados comulgaban religiosamente todos los domingos. Que por las mañanas, cuando los abrigaban para ir al colegio, las madres recordaban a sus hijos pequeños que no tenían que contar a sus amigos ni una palabra de lo que hubieran oído en casa. Que por las noches, aunque las persianas estuvieran bajadas, pedían a sus hijos, y especialmente a sus hijas, mayores que apagaran la luz, no fuera a verla alguien desde la calle y descubriera que les gustaba leer en la cama. Que hablar, leer libros, sobre todo traducidos, comprar *La Codorniz* o besarse en la boca a la luz del día incluso en el seno del matrimonio eran actividades muy sospechosas, que podían llamar la atención de alguien que tuviera un conocido en la policía. Que la frase que se escuchaba más a menudo en todas las casas era: «Pase lo que pase, tú no te signifiques, por lo que más quieras». Que si nuestro país fuera un ser humano, cualquiera de los dos lo habríamos ingresado en Ciempozuelos hace muchos años y lo tendríamos achicharrado a electrochoques.

—Total que, ya ves —sonreía para dulcificar sus conclusiones—, en el fondo somos afortunados por trabajar en un manicomio. Así no cambiamos de aires al entrar y salir del trabajo.

Eduardo Méndez era sobrino de un caído por Dios y por España, hijo de un notario de derechas de toda la vida y de una dama de Acción Católica, pero aunque su desparpajo sugiriera lo contrario, ni siquiera él se sentía a salvo. Al entrar en la cervecería donde me explicaba en qué país vivíamos, cómo vivían los españoles en 1954, miraba a su alrededor para estudiar el panorama y siempre escogía la mesa que estuviera más aislada, aquella que tuviera menos oídos disponibles alrededor. Luego pedía una cerveza, se recostaba en la silla con aire indolente y se desabrochaba la americana para estar más cómodo pero nunca, jamás, propulsaba su voz por encima del volumen de un murmullo. Hasta que llegaba el momento de pronunciar determinadas palabras o algún nombre propio. Entonces se inclinaba hacia delante, apoyaba los codos en la mesa, acercaba su cabeza a la mía y, con gesto de conspirador, hablaba más bajo todavía. Nuestras conversaciones sólo tenían una zona de sombra, porque jamás hablaba de sí mismo, de las razones que sustentaban su disidencia. Yo nunca se lo pregunté, y él me pagó con la misma moneda mientras ambos pudimos permitírnoslo.

—¿Puedo hacerte una pregunta, Germán? —yo siempre le daba permiso con un gesto de la cabeza y él siempre se embalaba para frenar en seco casi inmediatamente—. Es que llevo tiempo dándole vueltas... No, nada, déjalo. No es asunto mío.

También hablamos de Aurora. Sin embargo, aunque me consiguió extraoficialmente su historia clínica y me advirtió a tiempo de que a Robles no le entusiasmaría mi propuesta, la madre de Hildegart no le interesaba demasiado. Recordaba el crimen, lo que habían publicado los periódicos, pero en los siete años que llevaba trabajando en Ciempozuelos, nunca se había acercado a ella. Eso no impidió que me hiciera otro favor.

—Buenas tardes, María. Me gustaría hablar un momento con usted, si puede ser.

El mismo día que mi jefe me autorizó a tratar a Aurora Rodríguez Carballeira, esperé en el pasillo, con los zapatos puestos, a que terminara de leer. Ella salió tan deprisa como un animal enjaulado que encuentra la puerta abierta y apenas me miró, pero cuando le hablé, paró en seco y se volvió hacia mí con el ceño fruncido, una expresión que no presagiaba nada bueno.

—Perdóneme —intenté anticiparme a su recelo—. Creía que el doctor Méndez la había avisado ya de que...

—Sí, sí —me interrumpió—. Si he hablado con él, pero... Lo siento, es que me ha extrañado mucho que me trate de usted.

—¿Le ha extrañado? —menos que a mí su objeción, pensé—. Pero si no la conozco... ¿Cómo se supone que debería tratarla?

—Pues de tú —y se dirigió a mí con el acento risueño de un adulto que se dispone a explicar lo más obvio a un niño pequeño—. Usted es médico y yo soy auxiliar. Los médicos no tratan a las auxiliares de usted.

—Yo sí —esbocé una sonrisa cauta—. Siempre lo he hecho. Hasta cuando las conozco.

—Ya, pero porque usted... —y de repente se acordó de algo—. ¿Tiene hora, por favor?

Le dije que eran las seis y cinco y salió tan disparada como si acabara de contarle que su vida corría peligro.

—Ahora no puedo hablar, de verdad —gritó mientras corría por el pasillo—. Tengo muchísima prisa.

—¿Y entonces? —salí corriendo detrás de ella, pero no la alcancé.

Debería haberlo pensado antes. Llevaba el tiempo suficiente trabajando allí como para adivinar que tratar a una auxiliar de usted era un rasgo más de mi indeseable exotismo, una manera de significarme más inocua, pero igual de extravagante, que mi voluntad de tratar a Aurora Rodríguez Carballeira.

El manicomio de mujeres de Ciempozuelos era un modelo a escala de la sociedad a la que pertenecía, una miniatura patológica de un país enfermo. Las reglas que se aplicaban sin que nadie las discutiera eran tan rígidas que las enfermas ricas no tenían ninguna clase de contacto con las pobres, más allá de las consultas de los psiquiatras y la sala de espera del médico general que las trataba a todas. No sólo no compartían personal, ni pabellones, ni patios, ni jardines, sino que hasta comían una comida distinta, que se servía en comedores muy diferentes entre sí. Las pacientes de pago de tercera clase se sentaban a una mesa tan larga como las de las pobres, pero en su comedor sólo había una, cubierta con un mantel y dispuesta en el centro de la estancia, no dos de madera desnuda, adosadas a las paredes como las de las cantinas. Tampoco se sentaban en bancos corridos, sino en sillas de madera, semejantes a las del comedor de segunda clase. En este último no había una sola mesa, sino varias, con estructura de madera y cubierta de mármol blanco. El estilo de los muebles, el suelo de azulejos, los grandes ventanales enrejados y los pequeños jarrones con flores que alegraban cada mesa, daban a aquella estancia un aspecto agradable e inquietante a partes iguales, como si fuera un café en el que se podía entrar pero del que jamás se lograría salir. Aquí, las pacientes podían comer solas o en compañía de hasta tres mujeres más, según su voluntad, y lo mismo ocurría en el comedor de primera clase. Este, con mobiliario de estilo castellano de madera maciza, aparadores y reposteros decorados con platos de cerámica pintada, grandes espejos en la zona alta de las paredes, parecía más un restaurante que el comedor de un hospital. Ni siquiera en una clínica privada, famosa, carísima, situada a las afueras de la capital del país más rico de Europa, había visto yo una división semejante, salas con treinta camas para las pobres, apartamentos con baño propio para las ricas. En un lugar así, que los médicos tutearan a las auxiliares debía de ser casi una obligación y sin embargo, tuve la sensación de que a la lectora le había hecho gracia mi extravagancia. Eso no me puso las cosas más fáciles.

Durante una semana entera la seguí sin descanso por los pasillos del Sagrado Corazón, por los de San José, por los de Santa Isabel, por los jardines, por los patios, por las galerías.

—Por favor, deje de perseguirme, doctor Velázquez —me pidió un par de veces—. A este paso, nos van a cantar coplas.

—Pero si yo no quiero perseguirla, María, si sólo quiero hablar con usted media hora. Lo que pasa es que no hay manera.

—Si es que no tengo tiempo, de verdad —cada vez andaba más deprisa, terminaba corriendo, y yo detrás de ella—. Tengo muchísimo trabajo...

Para mí era fundamental hablar con María antes de establecer contacto con Aurora. Necesitaba saber qué grado de relación había entre ellas para decidir si merecía la pena planificar una estrategia de acercamiento o establecer un periodo de observación previo. Necesitaba saber si el evidente afecto que la auxiliar sentía hacia aquella paciente era correspondido en algún grado y a qué se debía, cuál era su origen, de dónde venía la fortaleza del vínculo que impulsaba a una chica con semejante sobrecarga de trabajo a sacrificar cada día una hora libre, el único respiro del que disponía antes de terminar la jornada. Su resistencia me resultaba tan misteriosa que le propuse hablar con el doctor Robles o con la hermana Belén, lograr que la liberaran durante unos minutos para responder a unas cuantas preguntas.

—No, no, por favor, eso sí que no —el miedo que le inspiró mi oferta me resultó tan indescifrable como lo que dijo a continuación—. Pues sí, no faltaba otra cosa, como si no estuvieran hablando ya...

—¿Hablando? —le pregunté mientras huía una vez más—. Hablando, ¿de qué?

Eso también tuvo que explicármelo Eduardo Méndez.

—Vamos a ver, Germán, ¿tú de dónde vienes, de Suiza o de la estratosfera? —no supe qué responder y él lo hizo por mí—. De lo que se está hablando ya es de tu obsesión por María.

—¿Obsesión? —ninguna respuesta me habría escandalizado más—. Pero si yo sólo quiero...

—Ya, ya sé lo que quieres, pero es imposible —y levantó una mano en el aire para mandarme callar—. Sé que sólo quieres hablar con ella, sé que es una actitud justificada, sé que tu pretensión es perfectamente inocente, pero lo que tú no sabes es el problema que le buscarías a esa chica si la gente os viera juntos, un día sentados en un banco, otro día hablando en un pasillo... Y no digamos ya si la citaras en tu despacho una mañana, después de haberlo arreglado con Robles. Eso ya puedes ir quitándotelo de la cabeza, porque no puede ser, ahora no, aquí no. Además, María tiene un pasado... —se detuvo un momento a escoger un adjetivo— difícil. Ha tenido mala suerte, y no necesita que tú le busques problemas porque ya tiene ella de sobra. Yo lo sé porque... Bueno, porque lo sé.

—Pues tú lo sabrás, pero yo no entiendo nada. ¿Tú puedes hablar con ella y yo no?

—Claro. Porque yo siempre he vivido en España, porque no vengo del extranjero, porque no soy exótico... Ya te lo he explicado.

—Pero tú no eres el psiquiatra de Aurora y yo sí lo soy. María es la única persona que tiene contacto con ella, así que es evidente lo que pretendo. Si estás pensando en eso, te juro que no me entra en la cabeza que alguien pueda interpretar que lo que quiero es acostarme con ella.

—¿No? —Eduardo se echó a reír—. Mira, Germán, lo que no entiendo yo es cómo se te ha ocurrido... Bah, déjalo —hizo una pausa y volvió a sonreír—. Cómo se nota que Calvino era suizo. Ya no vives en un país protestante, a ver si te enteras de una vez.

—Bueno, en Neuchâtel hay muchos católicos...

—Seguro, pero serán católicos de chichinabo, no de calidad suprema, como los españoles y el turrón de Jijona. En eso no nos gana nadie, ¿qué te has creído? —me pasó el brazo por el hombro para obligarme a andar, a alejarme de allí, cuando una hermana que estaba regando las plantas nos miró por segunda vez, aunque era imposible que nos hubiera oído desde la otra punta del patio—. España es la reserva espiritual de Occidente, el país escogido por Dios, la más católica de las naciones, la hija predilecta del Espíritu Santo, de la Virgen María y del Papa de Roma. Y precisamente por eso, lo que está pensando todo el mundo es que, en efecto, estás loco por acostarte con María. ¿Que es absurdo, que es injusto, que es ridículo? Pues no. Es España. Aquí, las cosas son así.

—Pero es de locos —musité.

—Sí —me sonrió—, lo es. Pero eso también te lo advertí.

Al final, el propio Eduardo propuso una solución que no

tenía ninguna virtud más allá de su naturaleza, y no me quedó otro remedio que aceptarla. Fue él quien habló de nuevo con María, sin que nadie sospechara propósitos ocultos tras su iniciativa, para comunicarle que, a partir del lunes siguiente, yo asistiría a las sesiones de lectura para observar su relación con Aurora. Según él, dentro de una habitación y con una paciente como testigo, nadie pensaría mal de mí. Intenté explicarle que era todo lo contrario, que precisamente detrás de una puerta cerrada, con una testigo que sólo veía bultos, podía pasar cualquier cosa, pero ni siquiera me dejó acabar. Tú hazme caso a mí, que sé de lo que hablo, insistió. Y no se te ocurra llegar y salir con María, eso nunca, por lo menos al principio. Luego, ya, cuando se acostumbren, igual llamáis menos la atención...

Estaba impaciente por empezar, pero el lunes siguiente no pudo ser, porque era 8 de marzo, fiesta de San Juan de Dios, y en el manicomio de los hombres se celebraba una fiesta a la que todo el personal y las enfermas tranquilas teníamos la obligación de asistir. La celebración comenzó con una misa de campaña, una elección absurda en un recinto donde había una capilla donde habríamos podido estar todos mucho más cómodos, sin pasar frío. Pero después, al aire libre y a la vista de todos, pude acercarme un instante a la lectora de doña Aurora. Y allí, a continuación, sucedió algo que me demostró hasta qué punto Eduardo Méndez tenía siempre razón.

—Felicidades, María —cuando me acerqué a ella, estaba en un grupo con otras dos auxiliares, ambas seglares, y me corregí de inmediato—. Felicidades a todas.

—¿Por qué? —y se echó a reír como una cría—. Si aquí no hay ninguna Juana.

—Pero hay tres mujeres trabajadoras, ¿no? En muchos países del mundo, el 8 de marzo es el día de las mujeres trabajadoras.

—¡Anda! —replicó una, tan joven como ella—. Pues no tenía ni idea.

—Total, para lo que te va a servir... —apuntó la mayor de las tres.

—Gracias de todas formas, doctor Velázquez —María fue más amable.

Cuando estaba buscando una fórmula para decir en voz alta, delante de testigos, que le agradecía mucho que me permitiera asistir a sus entrevistas con doña Aurora y que intentaría por todos los medios no interferir en su lectura, alguien me tiró de un brazo.

—Germán, ven conmigo. Quiero presentarte...

En el verano de 1933, cuando nos quedamos solos en Madrid, yo estudiando francés, él visitando a la clienta de su amigo Juan en la cárcel de Quiñones, mi padre dijo algo que nunca podría olvidar. Si soy perito en el juicio por la muerte de Hildegart, testificaré que doña Aurora es una paranoica pura. Ese es mi diagnóstico y, sin embargo, aunque no vaya a preguntármelo nadie, estoy convencido de que su enfermedad no es más responsable del crimen que sus ideas, porque la eugenesia es una ideología criminal. Hizo una pausa, me miró y, como de costumbre, me lo explicó mejor. Quien se cree con derecho a suprimir a una parte de la población, matándola o impidiendo su reproducción, ya se ha otorgado a sí mismo una indulgencia previa y completa, se ha dado la absolución, como si dijéramos, antes de mover un dedo. El porvenir de la especie, la salud pública, la felicidad de los seres humanos, son paraguas tan grandes que pueden cobijar cualquier crimen. Y para una eugenesista como doña Aurora, o como Hildegart, aunque ella fuera víctima de sus propias ideas, para cualquier persona que exija que el Estado asuma la tarea de eliminar sistemáticamente a todos los deficientes, ¿qué más da una hija menos, una vida más? Lo entiendes, ¿verdad? Y lo entendí.

—Tenía muchas ganas de saludarle —Antonio Vallejo Nájera, director del manicomio de hombres de Ciempozuelos y coronel del Ejército Nacional, me estrechó la mano con una sonrisa que pretendía ser cálida, pero sólo sirvió para tensar sus labios de sapo—. Yo conocí a su padre.

—Mucho gusto —dije al estrechar la mano del ideólogo de

la eugenesia fascista española, creador de la teoría de que el marxismo era un gen perverso, intrínsecamente asociado con la inferioridad mental, que debía extirparse a toda costa, fusilando a sus portadores y arrebatándoles a sus hijos recién nacidos para entregarlos a familias intachables, que sabrían neutralizar su pésima herencia genética a través de la adecuada educación religiosa y patriótica—. Él me habló mucho de usted.

—Yo también tenía muchas ganas de conocerle —el sacerdote que había celebrado la misa metió una mano entre Vallejo y yo—. Soy el padre Armenteros, secretario particular de don Leopoldo Eijo Garay, obispo de Madrid-Alcalá y patriarca de las Indias Occidentales —se detuvo un momento a tomar aliento después de recitar de un tirón todas las dignidades de su jefe—, que por desgracia no ha podido acompañarnos. Su Eminencia está muy interesado en el programa que usted dirige. Su absurda idea de curar la locura... —hizo una pausa para dirigirme una sonrisa conciliadora a la que no respondí—. Estas criaturas —y movió el brazo como si pudiera estrechar con él a todos los enfermos que nos rodeaban— también son hijos de Dios, seguramente los más amados. El Señor los ha hecho así, ha querido que formen parte de su obra. Verdaderamente, es preocupante que estemos aspirando a corregir el plan divino.

—No lo creo —y me llegó el momento de sonreír—. Si Dios es el creador de todas las cosas, habrá creado también la tabla periódica de los elementos. La clorpromazina es sólo química y, por tanto, obra de Dios.

No creí haber dicho nada inapropiado. No había levantado la voz, no había empleado ningún término ofensivo, me había limitado a expresar una opinión que me parecía cargada de sentido común, pero Robles se puso blanco al oírme.

—Perdónele, padre —y humilló la cabeza al interceder a mi favor—. Él viene del extranjero, no...

—Nada, nada —Armenteros levantó la mano derecha en el aire como si pretendiera bendecirle y nos sonrió por turnos, primero a él, luego a mí—. Es usted muy insolente, joven, pero ese es el defecto de todos los científicos, ¿no? De lo contrario, nadie habría inventado la penicilina —aquel estúpido comentario cosechó un incomprensible coro de carcajadas al que no me sumé, aunque sonreí como si me hubiera hecho gracia—. Téngame al tanto de sus progresos, por favor —eso ya no me lo dijo a mí, sino a mi jefe.

Y sin embargo, a pesar de la tensión casi eléctrica que se acumuló sobre mi cabeza como si estuviera a punto de estallar una tormenta destinada en exclusiva a generar un rayo capaz de fulminarme, lo que más me conmovió de aquella tarde fue que, después de dos meses de silencio, Vicente Roque Fernández Reinés habló conmigo por primera vez.

—Y a ti... —me dijo mientras íbamos al encuentro de nuestro taxi, atreviéndose a formular la pregunta que había quemado la lengua de Eduardo Méndez tantas veces—. ¿Cómo coño se te ha ocurrido volver, si lo que estamos deseando todos es largarnos de aquí?

Y este, ¿de dónde habrá salido? ¿Quién le ha mandado que venga a verme? ¿Por qué me mira, por qué no habla? Yo no digo ni mu, por supuesto, pues sí, se ha debido creer que soy tonta. ¡Ya, tonta yo! Como si no me hubiera dado cuenta de quién es, de quién le envía. Lo malo es que tenga la vista tan débil, porque no le veo bien la cara, pero conservo mi cerebro privilegiado, superior, y he activado todas mis potencias. Se lo expliqué muchas veces a los médicos al llegar aquí y no me hicieron caso. Mi corazón, mis caderas, mis pechos, mis nalgas son de mujer, pero el cerebro, el cuello, los brazos, las piernas y la clavícula son completamente viriles. Si no se lo creen, que me hagan la autopsia cuando muera y ya lo verán. No conseguí transmitirle esta facultad a Hilde, ella era mujer de los pies a la cabeza, por eso se perdió. Las mujeres se pierden por el sexo, pero a mí ningún hombre me ha hecho sentir nada de la cintura para abajo. De ahí proviene mi fortaleza. Cada vez que él entra por la puerta, mientras hago que escucho a la mosquita muerta, me pongo en mi postura de pensar. Si mis piernas fueran femeninas, de tobillo redondo, no podría hacerlo, pero me basta con colocar la pierna izquierda sobre la derecha, apoyar el codo en la rodilla, la barbilla en el codo, girar un poco el cuerpo y así, gracias a mis partes masculinas en un cuerpo femenino, puedo seguir perfectamente su pensamiento sin que se dé cuenta de nada. Por eso sé que es uno de ellos y que está ahí, al acecho, esperando una oportunidad para atacarme. Claro que mientras estoy en la postura de pensar no puede nada contra mí, en esta postura soy invencible, porque mi cerebro es más fuerte que el suyo, yo soy más fuerte que él, más fuerte que nadie. Así fue como me enteré de que había perdido a mi hija. La tarde que vino aquel muchacho a hablar con ella estaba tan nerviosa, la muy tonta... ¿Y si viene a pedirme relaciones, mamá? Yo le dije que no se preocupara, cerré la puerta del gabinete, y desde allí, en mi postura, seguí todo lo que decían como si estuviera sentada entre los dos. Cuando aquel cabrón se marchó, le dije a Hilde que había hablado estupendamente, porque entonces ella era inocente y yo no sabía, no había descubierto su código. Mientras mi hija le decía que le agradaba mucho su compañía, que podían ser amigos, él debía de estar haciendo señales, moviendo las manos, no sé, algo tuvo que hacer para provocar una interferencia porque yo no me di cuenta, no comprendí... Pero luego se descuidaron. Confiaban tanto en su triunfo que me fueron dejando muchas pistas, hasta que una mañana apareció aquel vecino que pretendía vendernos una docena de huevos. ¡Una docena de huevos! Él, que era profesor, que no iba vendiendo por las casas, que no tenía gallinas, una docena de huevos... Y la criada le dijo que sí, pues claro, porque la tenían comprada a ella también, que se encerraba con mi hija en su cuarto cada tarde para leer noveluchas, novelas románticas de esas que cuestan dos perras y valen todavía menos, una mierda. Intenté impedirlo, pero Hilde se escondía para leer en el mismo momento en que la dejaba sola, así empezó con la tontería del enamoramiento. Y mira que lo expliqué todo en el juicio, que se lo conté al jurado con pelos y señales, pero no hubo manera de que lo entendieran. Primero el pretendiente, luego las novelas, después aquellos ingleses que la invitaron a su país, a dar unas conferencias, con la condición de que fuera ella sola, y al final, los dichosos huevos... ¿Qué iba a pensar yo, qué pensaría cualquier persona sensata? Menos mal que llegué a tiempo de echar a aquel sujeto. ¡Salga de mi casa ahora mismo! No queremos huevos, no le necesitamos y no quiero volver a verle por aquí, ¿me oye? La cara de susto que puso al escucharme, el muy cochino, pues porque le había descubierto, claro está, porque los huevos eran una señal, seguramente la última, la definitiva. Y entonces, ya, pues no me quedó más remedio que coger la pistola... ¿Y qué dice ahora esta pánfila? ¿Que si me estoy enterando de lo que lee? Pues claro que me estoy enterando, mema, que pareces tonta, yo me entero de todo y mejor que tú, que sólo juntas palabras sin entender lo que significan, anda que... Pero espera, Aurora, piensa, concéntrate. ¿No compraron ellos a tu criada? ¿Habrá comprado este a la mosquita muerta? Pero ¿qué van a querer de mí, si estoy vieja, medio ciega, si no me dejan salir de aquí, si nadie me toma en serio? Claro, que a lo mejor él sí sabe quién soy. A lo mejor me han mandado al más listo, porque como los tontos no pudieron destruirme... Si no es eso, ¿por qué viene, por qué me mira, por qué no habla? La mosquita muerta es un pedazo de pan, las cosas como son, será tonta del bote, pero es buena, no creo yo que... Aunque vete a saber, ellos son poderosos, son ricos, las potencias extranjeras, son los amos del mundo, y esta no tiene donde caerse muerta, así que... ¿No van a encontrar una manera de tentarla, de ofrecerle algo que quiera tener? Tengo que estar alerta. Hoy está como siempre, desde luego, no la han hecho enfermera, ni monja, ni nada, no lleva joyas, ha venido a trabajar, pero si no la ha comprado, ¿quién es este? ¿Qué hace aquí? Yo estaré casi ciega, pero no soy tonta. Mi cerebro es poderoso, y aunque mis ojos no vean bien, aún soy capaz de discurrir, de atar cabos. El otro día, cuando vino por primera vez, pensé que necesitaría que se acercara más para estar segura, pero no me ha hecho falta. Desde el principio descubrí algo extraño en él. Son las formas, los colores, que no lleva traje, como los demás, sino americanas y pantalones combinados, de *sport*, como si dijéramos. Y sobre todo, la cabeza. No sólo el pelo, que es demasiado claro, sino la postura. Este hombre no puede ser español, porque lleva la cabeza alta, los hombros erguidos, y aquí ya nadie anda así, los otros no andan así. ¿Qué otra cosa podría ser? Es uno de ellos, ellos no me han olvidado, nunca han dejado de perseguirme, y han vuelto. Es duro reconocerlo pero, por lo que se ve, sacrificar a mi hija no sirvió de nada. ¿Y tú qué dices, que te vas? Pues vete. Déjame sola, que lo estás deseando y yo estoy muy cansada. Tengo un cerebro viril en un cuerpo de mujer y seguramente por eso pensar siempre me da sueño. Ahora necesito dormir para seguir pensando, pero no te confíes. Voy a estar alerta, voy a pensar mucho, no vas a poder conmigo. A ti te lo digo, extranjero, con el poder de mi mente. No podrás conmigo. Eso nunca, jamás, ni lo sueñes.

Yo la quiero, siempre la he querido, eso fue lo primero que le conté al doctor Velázquez, y que ya sabía yo que no iba a entenderlo, porque nadie lo entiende. Pero él me dijo que me creía, fíjate, es la primera vez que me pasa. Me dijo que no le extrañaba y me preguntó por qué. ¡Uf!, le dije, eso es muy largo de contar. Inténtelo, por favor, para mí es muy importante saberlo...

¡Qué raro es ese hombre! Siempre tan suave, tan bien educado, con ese acento suyo tan particular, que habla español como si hubiera nacido aquí, bueno, porque parece que nació aquí, pero que dice las cosas como si las cantara, con una voz más ligera, más delgada que la nuestra. Es el único que nos trata de usted, el único que lo pide todo por favor, que eso ni el doctor Méndez, con lo bien que me cae, las cosas como son, pero al mismo tiempo... Dale que te pego, remachando el mismo clavo como una mula que da vueltas a la noria, sin rendirse jamás. Ningún psiquiatra de aquí es tan pesado, vamos, que yo no he conocido a ninguno tan maniático, ni parecido, así que tuve que acabar contándole mi vida, a pedacitos, eso sí, hasta que me cansé. Es que era un follón. Como sólo podíamos hablar un minuto al entrar y otro al salir del cuarto de doña Aurora, pues se me olvidaba por dónde iba, perdía el hilo y me repetía todo el tiempo. Total, que un día le dije, ¡hala!, se va a salir usted con la suya. El domingo que viene tengo la tarde libre, déjeme arreglarlo, nos vemos en una cafetería y le cuento lo que usted quiera. Eso fue ya en abril, porque antes no encontré a nadie que pudiera acercarme hasta el coche de línea. Si se lo hubiera pedido a Juan Donato, el casero, me habría llevado de mil amores y hasta Madrid, si hubiera querido, pero no tenía ganas de deberle un favor a ese. Al final me enteré de que el hijo de la panadera había quedado en Valdemoro con los de su quinta, me inventé que iba a ver a mis amigas de antes, de cuando trabajaba en el asilo de la calle Doctor Esquerdo, y él, que es muy buen chico, me llevó gratis hasta la parada de la camioneta. El doctor Velázquez se había ofrecido a pagarme dos taxis, me dijo que podría encargárselo a los conductores que le traen y le llevan todos los días, pero yo contesté que nanay, pues anda, claro, no faltaba más. Y antes de que me preguntara por qué, que es lo que hace siempre, preguntar el porqué de todas las cosas, que parece que no se cansa, le dejé muy clarito que no me fío yo ni de mi sombra, que no quería que la gente hablara, y que si en el pueblo se enteraban de que me pagaba taxis para ir a Madrid, pues ya se podía imaginar lo que iban a pensar... Entonces se quedó callado y con esa inocencia que tiene, que parece una criatura, a su edad, dijo unas cosas que me impresionaron.

—Porque van a pensar que vamos a Madrid a acostarnos, ¿no? —eso me impresionó porque estaba tan claro que no podía creer que tuviera que preguntarlo—. Pero ¿por qué tendríamos que ir a Madrid para eso? ¿Por qué no podríamos hacerlo aquí, en el cuarto de las escobas o en una habitación desocupada, con cama y todo? —eso me impresionó todavía más, porque me di cuenta de que llevaba razón, pero a mí nunca se me habría ocurrido pensarlo—. ¡Qué raro es este país! A la gente no le interesa otra cosa. Espían, critican, piensan mal de los demás, se santiguan porque es pecado, pero no saben hablar más que de sexo, no piensan nada más que en el sexo, es la obsesión nacional...

Eso último fue lo que más me impresionó, que hasta miedo me dio oírle hablar así, decir esas cosas como si hablara del

78

tiempo. Hacía muchos, pero muchos años que no oía yo esa palabra, sexo, pronunciada como si fuera algo corriente, sin importancia. Al escucharla sentí un repeluzno, frío y calor a la vez, y miré a mi alrededor para comprobar que nadie le había oído, que nadie podría ir contando por ahí lo que él y yo hablábamos en los pasillos, como si esa palabra tuviera filo, como si pudiera atravesar mis oídos, instalarse en mis tripas, estallar como una bomba, hacerme daño. Sin embargo, cuando era pequeña la oía casi todos los días y me parecía tan natural. Aquel domingo en el que por fin conseguimos quedar en Madrid, podría haber empezado por ahí, pero me pareció mejor empezar por el principio.

—Doña Aurora me enseñó a leer y a escribir. Tendría yo... Cinco o seis años, no me acuerdo bien.

A cambio, recordaba perfectamente todo lo demás menos cuándo la conocí. Yo nací en septiembre de 1932 y siempre, desde siempre, la recuerdo en el jardín del Sagrado Corazón, el más bonito de todos. Mi abuelo Severiano, bueno, mi único abuelo, porque otro no he conocido, era el jardinero del manicomio y solía llevarme con él por las mañanas, mientras mi abuela iba a la compra y arreglaba la casa. En esa época, cuando yo era una niña, doña Aurora estaba estupendamente, nada que ver con lo de ahora, no se parecía al resto de las pacientes, no se le notaba nada la enfermedad. Yo ni siquiera sabía que era una interna. Creía que era una señora que venía de visita, a cuidar de las plantas, a trabajar en el huerto, porque eso era a lo que se dedicaba. Le gustaban mucho las plantas con flor. Plantó hortensias, geranios, rosales de muchas clases, pero pasaba la mayor parte del tiempo en el invernadero, porque allí tenía un rincón donde se ocupaba de sus propios semilleros. Cultivaba claveles enanos, gitanillas, begonias, plantas aromáticas, y antes de regalárselas a las monjas, o a las otras internas, se las enseñaba a mi abuelo, le preguntaba por el riego, por los abonos... Esta mujer del demonio sabe más que yo, decía él a veces, y a mí me extrañaba que la llamara así, porque me parecía muy simpática. Si llevaba algún caramelo en el bolsillo, me lo daba nada más verme, y siempre me explicaba lo que estaba haciendo. Conmigo era muy paciente, muy cariñosa, y le gustaba cantar mientras trabajaba, canciones gallegas que me traducía entre estrofa y estrofa, letras tristes, pero muy bonitas, de hombres que se marchaban en barco para no volver y mujeres que se quedaban llorando en la orilla. Aprendí algunas y a veces las cantábamos a coro mientras trasplantábamos las plantitas, y ella me decía su nombre, de qué color serían sus flores, cuánto iban a crecer, cómo había que cuidarlas... Cada vez que alguna echaba un brote nuevo, aplaudía y daba grititos, como una niña. Aprendí muchas cosas de doña Aurora, porque me pegaba a ella todo lo que podía, la verdad. Era, con mucha diferencia, la persona más interesante que había conocido. Tampoco es tan raro, porque yo nací en un manicomio de mujeres y nunca había salido de allí.

Mi abuela me lo decía todos los días, mucho cuidado con las locas, tú no te arrimes a ninguna, y no me costaba trabajo obedecerla. Las locas, como las llamábamos en casa, me daban mucho miedo o mucha pena, así que me acostumbré a andar entre ellas sin mirarlas, y ni siquiera volvía la cabeza cuando alguna me chistaba, o me llamaba por un nombre que no era el mío, o se levantaba la falda para enseñarme lo que había debajo, pero doña Aurora era distinta. ¿Sí?, pues esa es la peor de todas, me decían mis abuelos, una asesina, que tendría que estar en la cárcel y no aquí... Yo no me lo creía. Debía de ser verdad que había matado a su hija, porque eso era lo que decía todo el mundo, que le había pegado cuatro tiros mientras estaba dormida, pero esa doña Aurora no podía ser la mía, la que yo conocía, tendría que haberle pasado algo, no sé, el caso es que yo no le tenía miedo, estaba segura de que no me haría ningún daño, a mí no, nunca. Y entonces, un día, en otoño, me preguntó por qué no iba al colegio. Yo ni siquiera había escuchado esa palabra, y le prometí que lo preguntaría en casa. ¿Usted sabe por qué no voy al colegio, abuela? Ella se echó a reír, eso no es para ti, me dijo, eso es para los que tienen perras. A la mañana siguiente se lo repetí a doña Aurora y se llevó las manos a la cabeza. ¡Qué barbaridad!, decía, eso no puede ser, voy a hablar con la madre superiora, esto lo arreglo yo... Y lo arregló, aunque le costó lo suyo.

Mis abuelos no quisieron ni oír hablar de llevarme a la escuela del pueblo. Allí sólo iban a enseñarme tonterías que no me iban a servir de nada, me dijeron, era mejor que me quedara en casa para aprender a guisar, a coser, a limpiar, porque esa iba a ser mi vida y cuanto antes me hiciera a la idea, mejor para mí. Doña Aurora se enfadó muchísimo pero se le pasó de repente. Yo creía que lo había olvidado, pero una mañana, al llegar al invernadero, vi que había colocado allí una mesa y dos sillas. Después trajo una caja muy grande de la que empezó a sacar cubos de madera pintada, muy bonitos, cada uno de un color, con un signo y un dibujo en cada cara. Era como un juego. A de abanico. B de bota. C de campana. Aprendí las letras muy deprisa, porque ella se alegraba tanto, se ponía tan contenta cada vez que respondía bien a una pregunta... Era como si me hubiera convertido en una plantita capaz de crecer, de florecer, bueno, lo que pasaba era exactamente eso, lo comprendí con el tiempo, pero entonces me daba igual y ahora también. Lo único que me importa es que nadie había valorado nunca de esa manera algo que yo hubiera podido hacer, aunque a veces se enfadaba conmigo, me echaba del invernadero, me hacía llorar. Eres la más torpe de los tres, me decía, la peor de los tres... Yo no sabía quiénes eran los otros dos, pero sabía que tenía que competir con ellos y eso me ayudaba a superarme, a hacer las cosas bien. Para mí era importante, porque cuando doña Aurora se enfadaba sí que parecía una loca. Cuando estaba furiosa, daba manotazos al aire, se metía los dedos en el pelo y se despeinaba, gritaba como las demás y luego no se acordaba de lo que había dicho. Y a mí no me gustaba verla así, porque entonces no me quedaba más remedio que creer que había matado a su hija, y me daba miedo que mi abuelo la oyera, y entrara en el invernadero, y me sacara a rastras, y no me dejara volver.

—Yo sí sé quiénes eran los otros dos —me dijo el doctor Velázquez en una cafetería de la Gran Vía, aquel domingo de abril—. Una, su hija Hildegart, desde luego. Y el otro, su sobrino Pepe, Pepito Arriola. Los dos fueron niños superdotados, ella más brillante, porque sabía leer y escribir a los tres años y empezó a ir a la universidad a los trece, eso lo sabe usted, ¿no? —asentí con la cabeza, aunque sólo había oído habladurías, una historia tan rara que parecía mentira—. El otro fue un concertista prodigio, un niño pianista que empezó a dar conciertos cuando era muy pequeño, con cuatro años. Ella lo crio y le enseñó a tocar.

—¿A él también lo mató?

—No —sonrió al escucharme, fue la primera vez que le vi sonreír—. Se lo llevó su madre, la hermana de Aurora, Josefa, cuando se hizo famoso. A ella le dolió mucho perderlo, y entonces pensó en tener un hijo propio que nadie pudiera arrebatarle. Esa fue Hildegart. Pero lo que me ha contado usted me interesa muchísimo. Parece evidente que la superdotación intelectual puede tener un origen genético, la propia Aurora fue una niña superdotada que se educó prácticamente sola, leyendo por su cuenta los libros de la biblioteca de su padre. Pero yo, que tampoco la odio, siempre he pensado que, además, debía de ser una pedagoga... —me miró, como si sospechara que yo pudiera no conocer esa palabra, pero sí la conocía, y asentí con la cabeza para invitarle a seguir—, una pedagoga extraordinaria. Y lo que usted dice, lo confirma.

Yo tampoco la odio. Esa fue otra de las cosas que me impresionó del doctor Velázquez, y que lo dijera así, como sin venir a cuento. Esa vez fui yo quien preguntó por qué y me contestó que él también había conocido a doña Aurora cuando era niño, que ya me contaría cómo, pero que antes quería saber más de lo que había pasado en el invernadero. Le extrañó que me dejaran a solas con ella, y a mí, bien mirado, en aquel momento me extrañó también, pero el caso es que así fue.

La curiosidad de ese hombre me obligó a pensar en voz alta, a buscar respuestas a preguntas que nunca se me había ocurrido hacerme. Lo que quería doña Aurora era que yo fuera al colegio, lo de enseñarme en el invernadero fue el último recurso, y había insistido tanto en mandarme a la escuela del pueblo que nadie podía desconfiar de sus intenciones. En aquella época, ella estaba encantada de vivir en Ciempozuelos, porque quería cambiar el mundo, la forma de organizarse de la gente, y que todos viviéramos en manicomios en vez de en pueblos o en ciudades. Ya sé que suena muy raro, pero hablaba mucho de eso, de que los psiquiatras tendrían el poder, como los sacerdotes de la Antigüedad, y no podrían casarse aunque tendrían harenes de mujeres exquisitas, así las llamaba, exquisitas, sacerdotisas del amor con las que podrían practicar sexo. Luego habría otros, los alienistas, que mandarían menos y a cambio podrían casarse si quisieran. Lo tenía todo tan bien planeado que decía que si un psiquiatra se empeñaba en casarse, porque se había enamorado como un bobo, pasaría a ser alienista, por muy inteligente que fuera. Ahora sé que todo esto era un delirio producido por su enfermedad, pero en aquella época yo la escuchaba y me sonaba muy bien lo que decía, y por eso... Las hermanas eran muy importantes para ella, las únicas mujeres que tendrían algo que hacer en su nuevo mundo. Las otras no, porque no tienen alma, eso decía, que las mujeres no tenemos alma, que somos incapaces de sentir de verdad, que no tenemos sensibilidad, sólo sensiblería, y que algunos animales son espiritualmente muy superiores a nosotras. Pero las hospitalarias eran la excepción, porque le parecían muy abnegadas, muy sacrificadas, las admiraba mucho, fíjate, y les hacía la pelota todo lo que podía. Aunque lo que es confesarse, nunca se confesó, iba a misa los domingos, y comulgaba y todo, sólo por caerles bien, para reclutarlas cuando llegara el momento, y les escribía unos poemas así, como beatos, sobre la Virgen santísima y Jesús sacramentado y todo eso, que no le pegaban nada, la verdad. El caso es que estaban a partir un piñón, doña Aurora y las hospitalarias, e igual de empeñadas en que yo me hiciera novicia para salvarme, porque las mujeres se pierden por el sexo, parece mentira pero en eso estaban todas de acuerdo. Yo creo que lo que más le gustaba a ella de las monjas era que fueran castas, que se comportaran como si no fueran mujeres, como si no tuvieran sexo, y así debió de convencerlas, prometiéndoles que iba a convertirme en una hermana en miniatura. A los médicos no les diría nada, porque le importaban un pimiento, decía que eran unos burros ignorantes que no se la tomaban en serio. Además, mi abuelo sólo obedecía a la superiora. Las monjas eran las que le pagaban el sueldo, las dueñas de la casa donde vivíamos, del huerto que cultivábamos, de los animales que criábamos, y él nunca se habría atrevido a llevarles la contraria. De todas formas, se las arreglaba para estar cerca mientras dábamos clase y todas las mañanas pasaba alguna hermana por la puerta a echar un vistazo, aunque no nos molestaban. La laborterapia era una de las bases de los tratamientos de Ciempozuelos, se insistía mucho en que las internas trabajaran. En principio la tarea de doña Aurora era el jardín, pero tuve la suerte de que las hermanas decidieran que enseñarme a leer y a escribir también era un trabajo, bueno y útil para las dos. La verdad es que aprendí como si jugara, casi sin darme cuenta, y empecé a escribir enseguida. Me había aprendido los cubos de memoria, y asociar los dibujos con las letras me pareció muy fácil. Ella se inventaba versos, canciones, la B era una señora embarazada, la R un señor con un bastón, la Q un gato muy gordo con un rabito, yo qué sé, pero eso no fue todo. Cuando acabamos con las letras, empezamos con los números, y después doña Aurora me enseñó muchísimas cosas más.

Al llegar a la cafetería, cuando él pidió un café con leche y yo un batido de chocolate, el doctor Velázquez había sacado un cuaderno para apuntar lo que iba diciendo, pero la historia que le conté le gustaba tanto que se olvidaba de escribir y de repente levantaba la mano, me pedía que parara un momento, escribía un par de frases y volvía a dejarlo. Intentaba que recordara las fechas, el año en el que había pasado cada cosa, pero en eso no podía complacerle. En 1942, cuando cumplí diez años, pasó lo de los muñecos, eso lo recordaba bien, pero no supe decirle más, sólo que antes, durante tres o cuatro, quizás cinco años, pasé mucho tiempo con doña Aurora, al principio siempre en el invernadero, luego ya ni siquiera. Se habían acostumbrado a vernos juntas, habían comprobado que no me hacía nada malo, y mis abuelos estaban asombrados por todas las cosas que aprendía, sobre todo porque podía hacer las cuentas mentalmente cuando íbamos a comprar algo a alguna tienda, y casi siempre encontraba la solución más deprisa que el tendero que apuntaba los precios en un papel. ¿Lo veis?, les decía yo, esto no es una tontería, esto sirve para pagar lo justo, para que no nos engañen, y se quedaban callados, no sabían qué decir. Entonces, cuando acabamos con las tablas de multiplicar, empezó lo bueno.

Doña Aurora encargaba muchas cosas para mí. Nunca me las regalaba, las guardaba ella, en su habitación, y me las enseñaba cuando le daba la gana. A veces me hacía rabiar semanas enteras, a veces me las daba enseguida, eso dependía siempre de su humor, y con el tiempo se fue volviendo cada vez más caprichosa, pero al principio me encantaba estar con ella en su cuarto. Por las mañanas, si no la encontraba en el jardín, iba a buscarla. Por las tardes, en cuanto que podía escabullirme, le hacía una visita. Solía alegrarse de verme menos cuando estaba tocando el piano. Entonces ni siquiera volvía la cabeza, pero yo me quedaba muy quieta, sentada en el suelo, y la escuchaba tocar mientras miraba a mi alrededor. Aquella habitación era como un bazar maravilloso. Doña Aurora tenía muchos libros, entre ellos un atlas con mapas desplegables, enormes, que me encantaba. También había enciclopedias repletas de dibujos de personas y animales y países y ciudades, nombres rarísimos que no había escuchado nunca, yo qué sé, el puerto de Sebastopol, por ejemplo, que nunca se me ha olvidado porque fue el primero de todos. Ella me enseñó que sólo tenía que buscar esa palabra en la página correspondiente para saber que Sebastopol era una ciudad portuaria situada en la península de Crimea, y luego buscaba península, y al final Crimea, y lo miraba en un mapa, y era como magia, como tener una llave que abriera todas las puertas del mundo... Así, sentada en el suelo de aquella habitación, aprendí muchísimas cosas que luego no me han servido para nada en la vida, esa es la verdad, pero me encantaba aprenderlas.

Cuando estaba de buen humor, si tenía ganas de tocar el piano durante mucho tiempo, doña Aurora me dejaba alguna cosa en el banquito que tenía a los pies de la cama. Lo que más me gustaba era el globo terráqueo. Me tiraba las horas muertas mirándolo, buscando nombres, haciéndolo girar, pensando en todos los sitios a los que podría viajar cuando fuera mayor, fíjate, yo que no he ido más que de Ciempozuelos a Madrid y de Madrid a Ciempozuelos. También me gustaba mucho un libro que tenía de plantas, porque había marcado con un papelito las páginas donde aparecían las especies que teníamos en el invernadero y venía su nombre en latín, cómo había que cuidarlas, dibujos de las hojas, de los pistilos, de las flores... En ese libro y en el invernadero, doña Aurora me contó que había dos sexos, el masculino y el femenino, me mostró los órganos sexuales de las plantas, me explicó cómo se reproducían, y cuando lo entendí, me enseñó cómo era el sexo de los humanos en unas láminas de anatomía. Le daba mucha importancia a eso, que algunos años más tarde nos costaría a las dos un disgusto, pero yo ya había aprendido que no me convenía contar en casa lo que aprendía con ella, ni el sexo de las plantas, ni las constelaciones de estrellas, ni las figuras geométricas, ni el solfeo, ni a saludar en inglés y en francés, que eso también me lo enseñó. Yo todo me lo guardaba para mí, y a mis abuelos les decía que iba a oírla tocar el piano, y como lo hacía tan bien y se escuchaba en todo el pabellón, pues...

—Perdóneme, María —el doctor Velázquez dejó de escribir y me miró—, pero lo cuenta usted como si su relación con doña Aurora hubiera sido idílica. ¿Ella no hacía cosas que le parecieran extrañas? ¿Nunca se enfadó con usted, nunca tuvo reacciones incomprensibles?

—Anda, claro —me eché a reír—, muchísimas, pues no faltaba más. Me echaba de su cuarto cada dos por tres, me decía que me fuera, que era mala, que era una burra, que no quería volver a verme... Nunca me pegó, eso no, y conmigo tampoco era rencorosa. Quiero decir que me echaba a gritos y al rato, me veía en el jardín y me llamaba, ven, María, vamos a ver si ya han crecido los pepinos... Yo me iba con ella y era como si no hubiera pasado nada.

—Y usted no la temía, nunca le tuvo miedo.

—¿Yo? —asintió con la cabeza, como si allí hubiera alguien más—. Ni pizca. Yo había nacido en un manicomio de mujeres, doctor Velázquez, siempre había vivido allí, así que me figuro que mis ideas sobre lo que era raro y lo que no, sobre lo que daba miedo y lo que no daba, se parecían muy poco a las de las demás niñas. ¿Usted sabe cómo me enteré yo de la muerte de mi madre?

Antes de terminar la pregunta, ya me había arrepentido de empezarla. No por Faustina, pobre mujer, sino por las historias que aquella llevaba enganchadas, desgracias como cerezas que nunca se pudieran sacar del frutero de una en una. Pero aunque intenté decirle que eso se lo contaría otro día, que no tenía importancia, él insistió, como siempre, y al final no me arrepentí. Porque en el fondo, aunque yo creyera que me daba igual, sí que me importaba saber la verdad.

Faustina era una enferma pobre, una pescadera del mercado de Legazpi que un buen día tenía una familia, un marido joven, dos hijas muy pequeñas, y en menos de un mes se quedó sola en el mundo. Una tuberculosis infecciosa se los llevó a los tres, uno detrás de otro, y su cabeza de propina. Al decirlo me acordé de con quién estaba hablando y me corregí enseguida, bueno, que tuvo un brote psicótico, que seguramente la enfermedad había empezado ya, y cuando se quedó viuda... El doctor Velázquez asintió mientras movía la mano en el aire, como si en aquel momento le parecieran superfluos mis esfuerzos por respetar la dignidad de una paciente. Claro que dignidad, la pobre Faustina tenía bien poca, la verdad. ¡Julianita, ven aquí!, me decía cuando me veía, ven, que te toca mamar, y se sacaba una teta vacía y blanda, un colgajo estampado de venas azules, mientras me reclamaba con la otra mano. Que vengas, te estoy diciendo, hay que ver, ¡qué condenada es esta niña!, tan pequeña y lo que sabe... Juliana, Julianita, era el nombre de su hija menor, que se le había quedado muerta en el pecho, mientras ella intentaba que mamara.

Faustina sí que me daba miedo, un miedo horrible, porque en cuanto que me descuidaba, me sujetaba por detrás, me daba la vuelta y me pegaba contra su cuerpo, y olía muy mal, siempre a sucia, a veces incluso a mierda. No era raro que tuviera los dedos manchados, así que yo me soltaba como podía y salía corriendo a buscar a una hermana mientras ella me seguía, gritando como lo que era, pobrecita. Hasta que una tarde, cuando iba con doña Aurora al invernadero, me agarró tan bien que no conseguí zafarme, pero me revolví y le solté una patada en la espinilla con todas mis fuerzas. Le hice más daño del que hubiera querido y entonces, mientras se frotaba la pierna con una mano, levantó la cabeza, me miró y durante un instante se acordó de todo, de quién era ella, de quién era yo, y de que no era su hija Juliana. Tú eres una puta igual que la madre que te parió, me dijo, que a tu madre la mataron los rojos por puta, reputa y requeteputa.

Yo apenas había conocido a mi madre. Sólo sabía que se llamaba igual que yo, María Castejón Pomeda, que me había tenido en la casa de mis abuelos y que enseguida, después de amamantarme unos meses, se había vuelto a trabajar a Madrid. Era dependienta en una confitería, eso también lo sabía, el Viena Capellanes de la calle de la Montera. Mi abuela guardaba como oro en paño una postal donde venía una foto del interior del local y me la había enseñado muchas veces, a la derecha estaban las mesas, al fondo el mostrador de los fiambres, a su lado la caja, a la izquierda la pastelería... Mi madre rotaba, pasaba un mes en cada puesto, pero siempre de dependienta, decía la abuela, ella no limpiaba ni nada, ya ves, como si eso importara mucho. Bueno, pues allí conoció a mi padre, que nunca he sabido quién era porque ella le llamaba por su nombre artístico, Armando Nosequé, a mis abuelos se les había olvidado el apellido, o eso decían. Por lo visto, era actor de teatro, tampoco muy bueno, un actor corriente, que hacía un papelito en una obra que estaban poniendo en el teatro Príncipe. Como el Viena Capellanes cerraba muy tarde, a la una de la mañana, la compañía solía ir a cenar allí después de la función, así se conocieron. Mi abuela siempre me ha contado que era muy guapo, moreno, con un hoyito en la barbilla y los ojos oscuros como carbones, del tipo de Valentino, según ella, pero está claro que yo no he salido a él, porque soy igual que mi madre menos en la boca. Ella tenía los labios finos y yo más gordos, como los de mi padre, me figuro, aunque no lo sé, porque nunca le he visto. Mi madre trajo a casa una foto suya, pero mi abuelo la rompió cuando dejó embarazada a su hija.

Y sin embargo, hasta que empezó la guerra, los dos venían a buscarme algunos sábados. De vez en cuando, ella llamaba por teléfono a las hermanas para decir que no hacía falta que mi abuelo fuera a buscarla al tren, que ya la traía su novio. Por lo visto, casi siempre venían en una camioneta muy cochambrosa, que debía de ser con la que iban los del teatro a hacer funciones por los pueblos, pero de vez en cuando aparecían con un coche de verdad, uno bueno, quiero decir... Me imagino que no sería suyo, se lo pediría prestado a alguien, pero el caso es que llegaban casi hasta la puerta, él se quedaba dentro y ella venía a por mí. Mi abuela dice que cuando mi madre me llevaba al coche en brazos, yo echaba las manos hacia delante, hacia él, y mi padre me metía dentro a través de la ventanilla abierta. Eso lo tenía siempre presente, porque le daba mucha rabia que yo le quisiera y a mí lo que me da rabia es no acordarme, porque era muy pequeña, claro... El caso es que, si me empeño, parece que me acuerdo de haber sentido algunas cosas, una barba que raspaba y que no podía ser de mi abuelo, porque su cara nunca me ha raspado, y una sensación de calor, unos brazos que me achuchaban, unos pechos grandes, redondos, mullidos como cojines, no sé, el calor sobre todo, y yo muy pequeña entre dos cuerpos muy grandes... Mi abuela nunca fue cariñosa. No es que fuera mala, qué va, era seca pero buena a su manera, y a mí siempre me ha querido mucho, desde luego, pero que no era de besar, de abrazar, eso no le salía. Y yo siempre he tenido la sensación de que a mí me besaron mucho, de que me achucharon mucho, y mi abuela no pudo ser, claro, y mi abuelo menos, y por eso... Aunque no sé, igual me lo he inventado y sólo son las ganas que tengo de que sea verdad, no estoy segura de nada. Lo único que sé es que cuando venían a por mí, no me traían de vuelta hasta el domingo por la noche. Mi madre doblaba turnos entre semana para poder venir a verme un sábado sí y otro no, y cuando venía con mi padre tampoco trabajaba los domingos, o a lo mejor sí, y yo me quedaba con él mientras tanto, no lo sé. Pero debían de quererme, ¿no? No podían tenerme con ellos en Madrid, pero nunca se olvidaron de mí, porque la última vez que ella vino a verme, vino él también y a mí me faltaba poco para cumplir cuatro años. Ese día fue el primer sábado de julio de 1936, y a mi padre le habían contratado para hacer un papel en una película. Se marchaba a Málaga el día 10 y mi madre le acompañaba, había cuadrado las fechas con sus compañeras para irse una semana de vacaciones. Estaba entusiasmada, orgullosísima de su novio y muy contenta. Les dijo a sus padres que como la película tuviera éxito, luego le saldría otra, y otra, y empezaría a ganar dinero de verdad, y antes de que se dieran cuenta, ya estarían casados. También les dijo que volvería muy pronto. Tenía billete de vuelta para el 19 de julio, pero nunca volvimos a verla.

—¿Murió en la guerra?

El doctor Velázquez acababa de llegar del extranjero pero, por mucha naturalidad con la que pronunciara la palabra sexo, ya había aprendido a bajar la voz cuando hacía falta.

—Sí —después de confirmarlo, le imité—. Bueno, en la guerra sí, pero que ella no estuvo en ninguna batalla ni nada. Fue una cosa muy rara. En realidad, ni siquiera lo sé seguro, porque... Algunos años después, una actriz de la misma película en la que habían contratado a mi padre escribió una carta a mis abuelos. No sabía sus nombres, ni la dirección, en el sobre ponía solamente «Jardinero del manicomio de mujeres de Ciempozuelos», eso lo sé porque el cartero me la dio a mí y yo ya leía muy bien, mucho mejor que mi abuelo. Debió de ser poco antes de lo de los muñecos, en el año 40 seguramente, o no, igual hasta en el 39, pero al final, porque la chimenea estaba encendida, y con lo tacaña que era mi abuela para la leña, eso significa que debía de hacer mucho frío...

Aquella mujer, que acababa de volver a Madrid después de pasar una temporada en la cárcel, se había despedido de mi madre cuando el ejército de Franco estaba a punto de tomar Málaga. Ella, Paquita se llamaba, había decidido quedarse allí, pero mi madre se había empeñado en irse a Almería andando, porque mi padre se había alistado al principio de la guerra y pensaba que en Málaga no podría volver a verlo, pero en Almería sí. Al despedirse, le había pedido que escribiera a mis abuelos para contárselo, pero como la detuvieron enseguida, no había podido. Luego no había vuelto a saber nada de María ni de Armando, pero como en la carretera de Málaga a Almería pasó aquella desgracia... En la carta no ponía nada más que eso, que pasó aquella desgracia, con unos puntos suspensivos detrás. Me acuerdo de cada palabra como si la estuviera viendo ahora mismo, aunque mi abuelo la tiró a la chimenea, con sobre y todo, en cuanto que terminé de leerla en voz alta. Yo pregunté qué había pasado en aquella carretera pero no me lo contaron. Mi abuela puso la comida en la mesa sin parar de llorar y mi abuelo salió afuera, pero cuando volvió estaba llorando también. Aquel día, ninguno de los dos comió, y después del postre, que fue una manzana, de eso también me acuerdo, me mandaron al cuarto de doña Aurora. Vete a hacerle una visita, anda, me dijeron, y me puse tan contenta que me olvidé de la carta. Cuando volví a casa ya era de noche. Nadie había ido a buscarme y eso era raro, pero más raro era que siguieran llorando los dos, después de tantas horas. ¿Qué le pasa, abuela?, pregunté, y ella me contestó que nada, que estaba triste y no sabía por qué, pero entonces mi abuelo le gritó, cuéntaselo, Maruja, ella tiene que saberlo, es su hija, ¿no? Y así me enteré de que a mi madre la habían matado los rojos.

Antes de llegar al final, había levantado la cabeza para mirar al doctor Velázquez a la cara. Al escucharme, se quedó como congelado, con la pluma en el aire y el ceño fruncido. Entonces me miró, y descubrí en sus ojos que doña Aurora tenía razón, que era verdad lo que me había contado aquella tarde. La pobre Faustina no debía de saber nada, claro, sólo lo que iba contando mi abuela, que a mi madre la habían matado los rojos en Andalucía, nada más que eso, pero mis abuelos sí lo sabían, ellos habían entendido el mensaje de Paquita porque si no, no habrían llorado tanto. Claro, que a mí no me contaron nada, todo lo contrario. Escúchame, María, me dijo mi abuela, muy seria, mientras desayunábamos al día siguiente de recibir aquella carta. A tu madre la mataron los rojos antes de que Franco entrara en Málaga, ¿entendido? Eso es lo que voy a decir yo y eso es lo que vas a decir tú, es muy importante que las dos digamos lo mismo... Luego me preguntó seis veces por lo menos cómo había muerto mi madre y yo contesté bien a todas las preguntas, y ni siquiera se me ocurrió preguntarle si lo que íbamos a decir era la verdad o no. Yo tendría siete u ocho años y pensaba en mi madre mucho menos que ahora, fíjate, qué raro, pero la verdad es que ni siquiera lloré cuando me contaron que había muerto, porque no me acordaba de ella y mi vida siguió siendo igual, nada cambió, hasta aquel día que me agarró Faustina. Y aquel día...

—Yo no sé lo que me pasó —seguí mirando a los ojos de aquel hombre que de repente se había convertido en un testigo, un sabio, alguien muy importante para mí—. Que me dio mucha rabia, o mucho miedo, vete a saber, que Faustina olía a mierda, que me había dado un susto grandísimo, no lo sé, el caso es que aquella tarde, en ese momento, se me olvidó todo, lo que me había dicho mi abuela, lo que yo le había prometido, lo que las dos habíamos contado hasta entonces, todo menos lo que había leído en aquella carta que mi abuelo había echado al fuego. Mi madre no era puta, chillé, era dependienta en una confitería, y la mataron los rojos mientras andaba por una carretera entre Málaga y Almería, que era donde estaba mi padre. Doña Aurora, que me llevaba cogida de la mano, me dio un tirón y me llevó a rastras al invernadero. Allí hizo una de esas cosas raras que dice usted, porque yo estaba llorando pero no me consoló, no me abrazó ni nada, al contrario, me echó una bronca tremenda. Así no podemos hacer nada, María, me dijo. Llorar es una estupidez, así que te vas a quedar sentada en esta piedra, por tonta, hasta que te tranquilices, y luego ya veremos. O si no, vete a tu casa, mejor, no quiero verte. No soporto a los llorones, y a las lloronas todavía menos. Eso me dijo y luego se metió dentro, y yo me senté en la piedra y no me moví de allí. Sabía que se le olvidaría que se había enfadado conmigo, que no tenía más que esperar a que saliera a buscarme, y aquella vez salió enseguida. ¿Y dices que a tu madre la mataron cuando iba andando desde Málaga hasta Almería?, me preguntó y le dije que sí. Entonces no pudieron ser los rojos, calculó, y estaba muy tranquila, muy segura de lo que decía. Tuvieron que ser los otros, porque Málaga fue leal durante un año, o casi, cayó más o menos al mismo tiempo que Ciempozuelos, y Almería siguió siendo de la República. Me acuerdo porque lo leí en los periódicos, primero en los republicanos y luego en los de Franco, cuando llegaron aquí...

Mientras hablaba, no había apartado los ojos de los del doctor Velázquez ni un instante. Necesitaba que me contara, que confirmara la versión de doña Aurora aunque, sin saberlo, yo ya sabía que era verdad, lo había aprendido aquella misma tarde. ¿Usted sabe que a mi madre no la mataron los rojos, abuela? Ella estaba delante del fogón, removiendo una cazuela con una cuchara de madera, nunca supe lo que había dentro porque aquella noche me quedé sin cenar. Al escucharme se quedó completamente quieta, como congelada, la cuchara tiesa dentro del guiso, los ojos clavados en la pared que tenía delante, y no supe interpretarla, no fui capaz de adivinar lo que iba a pasar y seguí hablando. Dice doña Aurora que tuvieron que ser los de Franco, porque... Nunca llegué a terminar esa frase. En aquella época mi abuela estaba gorda y le dolían mucho las piernas, era una mujer muy torpe, su marido se burlaba de ella por eso, pero en aquel momento se dio la vuelta tan deprisa que ni siquiera la vi, no vi sus ojos, ni su brazo, ni su mano, sólo sentí el golpe de la cuchara de madera que se estrelló contra mi mejilla con tanta fuerza que me tiró al suelo. Fue la primera vez que me pegó de verdad, y la última. También fue la primera vez que me abrazó de verdad, con todo el cuerpo, porque justo después de pegarme, soltó la cuchara y se arrodilló a mi lado.

Yo no entendía nada, no sabía lo que había dicho, lo que había hecho mal, y tampoco supe por qué me besaba tanto, por qué me acunaba de pronto como si hubiera vuelto a ser un bebé, meciéndome adelante y atrás mientras repetía que a mi madre la habían matado los rojos, los rojos, que los rojos eran los que mataban, que habían matado a mi madre igual que mataron a los hermanos de Ciempozuelos, eso lo repitió muchas veces, sin dejar de llorar ni de abrazarme, hasta que escuchó algo, lo presintió o lo olfateó con ese sentido de animal acorralado que acababa de crecerle por dentro. Entonces me dijo, ay, que ya ha llegado, ay, que ya está aquí... Se limpió las lágrimas, se levantó como si nunca le hubieran dolido las piernas, tiró de mí y volvió a abrazarme, de pie, mientras me hablaba al oído, que no se entere tu abuelo, que no se entere. En ese momento, él abrió la puerta y preguntó qué pasaba. Nada, dijo ella dándole la espalda, mientras me empujaba hacia mi cuarto, la niña, que le duele la barriga, a saber qué habrá comido... ¿Y esta cuchara?, preguntó él, al verla en el suelo. Nada, volvió a decir su mujer, voy a acostarla, enseguida te pongo la cena, Severiano. Y así me quedé yo sin cenar. Mi abuela me desnudó, me puso el camisón sin preguntarme si tenía hambre, y no dejó de hablar en un susurro, que no se entere tu abuelo, a tu madre la mataron los rojos, doña Aurora es una loca, no la hagas caso, y vuelta a empezar, que no se entere tu abuelo, a tu madre la mataron los rojos...

Estaba muerta de miedo, pero sólo me di cuenta de eso cuando se marchó, cuando me dejó sola, despierta, con la luz apagada y tiempo para pensar en lo que había pasado. Al principio creí que estaba enfadada, luego que estaba triste, pero cuando empezó a cuchichear al borde de mi cama su voz temblaba tanto que ni siquiera pronunciaba bien. Entonces comprendí que lo que tenía era miedo, aunque tampoco entendí por qué. Luego, con los años, se me ocurrió que igual no quería que las monjas se enterasen, porque como todo era de ellas, nuestra casa, el huerto, los animales, pues pensaría que igual despedirían a mi abuelo si se enteraban, aunque no creo que hubieran hecho eso, ¿por qué?, si mi madre no tenía la culpa de que la hubieran matado. Pero como en Ciempozuelos los rojos asesinaron tanto, pues ella pensaría que querrían vengarse. O no, a lo mejor simplemente tenía miedo porque sí, porque pensaba que lo más seguro era no hablar, que nadie supiera nunca nada de nosotros, no lo sé. Lo que sí sé es que a la mañana siguiente me desayuné un huevo frito. Ella me lo hizo para que le perdonara por el golpe que me había dado con la cuchara, para que no volviera a hacerle preguntas, para que me acordara siempre de lo que me había dicho. Eso no se me olvidará en mi vida porque no lo había hecho jamás, ni siquiera en mi cumpleaños.

Nosotros teníamos un gallinero, pero las gallinas eran de las monjas y mi abuelo siempre decía que los huevos eran sagrados, aunque sólo para nosotras, claro, porque de vez en cuando él sí se comía alguno. Y sin embargo, aquella mañana mi abuela robó un huevo para mí, y con el tiempo comprendí que esa fue su manera de decirme que me quería, que en aquel huevo robado había tanta ternura, o más aún, que en los besos y los abrazos que no volverían a repetirse con la abundancia que había derrochado después de pegarme. Mira lo que tengo para ti, me anunció mientras se lo sacaba del delantal, con una sonrisa de oreja a oreja. Y me fue explicando lo rico que estaría mientras lo cascaba, y le ponía un poquito de sal, y lo freía con el aceite muy caliente, para que la clara hiciera puntillas, y se sentó a mi lado para enseñarme cómo había que comerlo, hundiendo el pan en la yema, y se relamía mientras me miraba, como si le alimentara a ella más que a mí, porque los huevos fritos le encantaban. A mí no me gustan, porque me saben a la muerte de mi madre, al bofetón, al hambre y las lágrimas de aquella noche. Prefiero las tortillas a la francesa, claro que eso no se lo conté al doctor Velázquez, porque como él había vivido mucho tiempo en el extranjero, pues ya me imaginaba yo de qué pie cojeaba y además me lo habían contado en el sanatorio, que su padre era rojo, que había muerto en la cárcel. Por eso no le hablé de mi abuela, sólo de doña Aurora. Y sólo quería que me dijera la verdad, pero él me salió por peteneras.

—¿No le apetece dar un paseo, María? —antes de saber si me apetecía o no, levantó la mano para llamar al camarero y dibujó en el aire, pidiendo la cuenta—. Llevamos aquí sentados mucho rato. Yo creo que nos vendría bien tomar un poco el aire.

—Pues no sé...

En ese instante casi me guiñó un ojo, o sea, que me miró como si pudiera guiñarme uno teniendo los dos abiertos, y aposté conmigo misma a que me convenía decirle que sí. Cuando salimos juntos a la Gran Vía, comprobé que había ganado, aunque poco después ya no estaría tan segura.

—Me ha dado la impresión de que le gustaría saber lo que pasó en la carretera entre Málaga y Almería —me dijo, y le di la razón con la cabeza—. No es una cosa que se pueda contar en cualquier sitio, así que me ha parecido mejor que saliéramos de ahí. ¿Qué le apetece más, andar hacia arriba o hacia abajo?

—Me da igual.

—Entonces, hacia abajo...

Antes de llegar a la plaza de España me habló de su padre, que también era psiquiatra pero durante la guerra se había ocupado de dirigir los hospitales en el Madrid asediado, y ahí empecé a no entender nada. Luego me habló de un médico canadiense con un nombre muy raro, porque su apellido sonaba como a betún, que había venido aquí a hacer transfusiones de sangre y al que había conocido su padre, y seguí sin entenderlo. No entendí qué pintaba aquel médico en Valencia, ni por qué se le ocurrió ir a Málaga, sólo que, por lo visto, él había estado en aquella carretera y había escrito lo que vio. Para contármelo, el doctor Velázquez esperó a que estuviéramos los dos sentados en un banco, delante del Quijote.

—Fue en febrero de 1937 —él también empezó por el principio—. Me acuerdo de la fecha porque en aquella época yo vivía en Madrid, claro, y se me quedó grabada. Lo que ya no recuerdo bien son las cifras. Han pasado muchos años y supongo que ahora será imposible conseguir información aquí, en España, pero voy a contarle lo que pasó —hizo una pausa, tomó aire y me miró de una manera extraña, casi con recelo, como si acabara de darse cuenta de que tal vez yo no querría creerle—. Cuando Franco tomó Málaga, miles de personas decidieron irse andando a Almería. El camino era largo, la carretera muy estrecha. Al lado derecho del camino había un acantilado muy escarpado, que caía a pico sobre el mar. Al lado izquierdo, una cordillera de montañas no muy altas. Los refugiados tenían que andar en fila india, entre el mar y el monte, y no tenían escapatoria, ninguna manera de salir de aquella carretera, de desviarse a un lado, o al otro, sin tirarse al mar o trepar la montaña. ¿Se hace una idea? —asentí con la cabeza porque eso sí me lo podía imaginar, eso sí lo entendía—. Bueno, pues lo que pasó fue que, a medio camino, los franquistas empezaron a bombardearlos. Los atacaron por aire, por mar y por tierra al mismo tiempo. La aviación tiraba bombas desde arriba, los barcos tiraban bombas desde la derecha, los cañones y las ametralladoras disparaban desde el monte, por la izquierda. Hasta que aquella carretera se convirtió en una barraca de tiro al blanco. Eso fue lo que pasó.

Al terminar me miró. Esperaba una reacción que no se produjo, porque yo no abrí la boca, no fui capaz de hablar durante un rato muy largo. Había dejado de hacerme una idea de aquel paisaje y necesitaba toda mi atención, toda mi energía, todas mis fuerzas, para intentar comprender el sentido de las palabras que acababa de escuchar. Durante el tiempo que tardó en fumarse un pitillo, él siguió esperando en silencio, con gesto sereno. Luego frunció el ceño, me puso la mano encima del brazo, me preguntó si me encontraba bien y yo empecé a comportarme como una tonta.

—Es que no me lo creo... —balbucí, aunque enseguida me corregí, negando con la cabeza, porque esa frase no expresaba bien lo que sentía—. O sea, que no digo que usted mienta, pero me cuesta trabajo... ¿Y ellos no se defendieron?

—¿Quiénes? —me preguntó él a su vez, muy sorprendido—. ¿Los refugiados? —al asentir con la cabeza me di cuenta de que había preguntado una estupidez—. ¿Con qué? No podían, no tenían armas. Era gente que se había marchado de sus casas con lo puesto, mujeres, niños, ancianos, no eran soldados, no...

—Ya, ya —levanté una mano para indicar que lo había entendido—. Lo siento mucho, lo siento, es que... Es que nunca había oído nada parecido, perdóneme, pero me cuesta trabajo entender... ¿Y por qué lo hicieron?

—Eso no lo sé —hizo una pausa, desvió la vista hacia sus zapatos—. Bueno, sí que lo sé —y volvió a mirarme—. Lo hicieron para matarlos. Y lo consiguieron.

—¿A cuántos?

—No lo sé, miles. Tres, cuatro mil... No me acuerdo bien, pero por ahí debe de andar.

El número daba lo mismo. Eso fue lo que pensé al principio, que daba lo mismo porque mi madre era sólo una mujer, una única persona, pero Ciempozuelos tenía unos siete mil habitantes, y tres mil eran la mitad, y cuatro mil, más todavía. El número daba lo mismo, pero aquellos me abrumaron hasta tal punto que dejé de pensar en mi madre, y ni se me ocurrió preguntarme qué habría sentido ella al darse cuenta de que les disparaban, cuánto miedo habría pasado, de qué o de quién se habría acordado cuando comprendió que iba a morir, si es que había tenido tiempo para eso. El número daba lo mismo pero yo, que nunca había visto el mar, navegué en solitario entre aquellas cifras, aquellos ceros tempestuosos, altos como olas cada vez más encrespadas, más furiosas, ambiciosos como los dientes imposibles, afilados, de muchas ballenas que ya habían empezado a disputarse mi cadáver cuando el doctor Velázquez me preguntó si quería volver a Ciempozuelos.

—Sí —accedí, pero volví a corregirme enseguida—. No, no, todavía no... No sé, es que... Perdóneme.

—No, por favor, no tengo nada que perdonarle —su voz era suave, aún más delgada que de costumbre—, pero me gustaría hacerle una pregunta —hizo una pausa y esperó a que moviera la cabeza para darle permiso—. ¿Usted no sabía nada de esto? ¿No sabe nada de la guerra?

—No —respondí, pero eso tampoco era verdad—. Sí, aunque... No lo sé, la verdad. Ya no sé lo que sé ni lo que dejo de saber.

En ese momento, después de tantas rectificaciones, tantos titubeos, rompí a hablar, no dejé de hacerlo hasta que atardeció y aún después, porque se cerró la noche, sentí que estaba a punto de tiritar de frío, empecé a tiritar de verdad, me crucé la chaqueta sobre el pecho y no cerré la boca. Él me cubrió los hombros con su bufanda, se levantó para sentarse a mi izquierda, logró protegerme del viento y siguió escuchando en silencio, sin apuntar nada en su cuaderno pero con tanta atención como antes, como cuando todavía estábamos en la cafetería, y yo le hablaba de doña Aurora, y no tenía ni idea de lo que me estaba jugando en aquella cita inocente y culpable, limpia y clandestina, inofensiva hasta que el aire de una tarde de abril dejó de ser azul para empaparse del color de la sangre de mi madre.

Bajo esa luz húmeda y rojiza le conté primero lo que no sabía. Que Madrid no hubiera sido siempre de Franco, por ejemplo, porque siendo su capital, lo lógico era que hubiera sido franquista desde el principio. Y Valencia, pues lo mismo, añadí, y que era una ciudad demasiado importante para que él no la hubiera conquistado enseguida. Pensando en voz alta, me di cuenta de que a doña Aurora no debía de interesarle la guerra porque, a pesar de la cantidad de mapas que me había enseñado en su habitación, yo nunca había visto ninguno de España partida en dos. Tampoco me había contado nadie que la guerra hubiera durado tanto tiempo. Yo creía que había sido un paseo y eso era lo que sabía, que había habido una guerra y que Franco la había ganado, que los españoles lo estaban deseando porque la mayoría de sus enemigos eran rusos y los demás eran comunistas, separatistas que querían partir España en pedazos, que menos mal que estalló la guerra porque antes sólo había habido desorden y anarquía, que por eso ahora había paz y todo el mundo vivía feliz y contento, que los españoles necesitamos mano dura y no servimos para tener partidos y parlamentos como los otros países, que Franco lo sabía, que había echado a los rusos para que no nos invadieran y se quedaran con todo, que luego había habido una guerra mundial pero él no había querido participar para proteger a los españoles porque aquí ya habíamos tenido bastante con la nuestra, que Hitler se creía muy listo pero que Franco era más listo todavía, que como era gallego, si se lo hubieran encontrado en una escalera, los nazis no habrían sabido decir si subía o si bajaba, que los rojos hacían lo que les decían los rusos y habían matado a José Antonio Primo de Rivera, que era muy bueno, y muy guapo, y había fundado la Falange, que cuando le dijeron que tenían preso a su hijo y que lo iban a matar, el general Moscardó les contestó que el Alcázar de Toledo no se rendía, que Dios había querido que Franco ganara la guerra, que los rojos eran ateos, y quemaban iglesias, y hacían corridas en las plazas de toros con los curas y con las monjas, que les ponían banderillas y los estoqueaban al final para matarlos, que por eso la guerra había sido una Cruzada por la fe católica, que el Papa quería mucho a Franco y lo felicitó por su victoria, que le dio permiso para entrar en las iglesias debajo de un palio, como si fuera el Altísimo, que después de la guerra había habido muchos fusilamientos porque hubo que limpiar España de los asesinos rojos, que eran muchísimos, y que en Ciempozuelos se habían cargado a los hermanos del manicomio de hombres, más de treinta mártires inocentes que no habían hecho nada malo, que murieron sólo por ser frailes, y a los que el Papa iba a hacer santos cualquier día de estos.

—Sí —en ese punto me interrumpió—, eso lo sé. Y que el responsable fue un concejal al que llamaban «Caramulas», que si no mataron a más, fue porque algunos huyeron por el campo con los internos... Me lo contó Roque.

Pronunció aquel nombre como si yo supiera de quién me estaba hablando y esperé a ver si decía algo más, pero se limitó a negar con la cabeza, los labios cerrados.

—¿Roque? —así que tuve que insistir—. ¿Qué Roque?

—El doctor Fernández. Él me lo explicó todo con pelos y señales. Dijo que me convenía saberlo y tenía razón.

—¡Ah! Pero... —aquella respuesta me sorprendió tanto que cambié de tema sin darme cuenta—. ¿Usted habla con el doctor Fernández? Quiero decir, ¿él le habla a usted? Nosotras le

llamamos Mudito, como al enano de Blancanieves, porque...
—pero desanduve el camino, porque de repente comprendí de
qué estaba hablando—. El doctor Fernández es de los suyos,
¿verdad?

—¿De los míos? —le miré con atención, pero él no se puso
nervioso—. ¿Y quiénes son los míos, María?

—Pues... Los que mataron a los hermanos.

—No sé cómo piensa el doctor Fernández, pero le aseguro
que los que mataron a los hermanos no son los míos.

—Sí que lo son —insistí—. Los que iban contra Franco.

—Mi padre luchó contra Franco con todas sus fuerzas. Después de la guerra le metieron en la cárcel, lo condenaron a muerte, pero antes, cuando yo tenía trece años, me enseñó que el
fin nunca justifica los medios. Y no se me ha olvidado.

Le dije que eso no lo entendía muy bien y cambiaron las
tornas. Se levantó, decidió que íbamos a volver a andar para
que yo no me cogiera una pulmonía, escogió la calle Princesa
y la subimos despacio, hasta que encontramos un café que estaba casi vacío. Allí escogió una mesa apartada, pidió una cerveza, dos pinchos de tortilla, y me preguntó qué quería beber. Antes y después habló sin parar, me contó cómo había conocido
a doña Aurora, cómo había ido ella con un abogado a su casa
la misma mañana en que mató a su hija, cómo había confesado su crimen, cómo había descubierto que él no podía odiar-
la. Y que su padre le había contado que la eugenesia era una
ideología criminal, porque el fin nunca justifica los medios. Sin
que yo se lo pidiera, respondió a unas preguntas que me había
hecho a mí misma muchísimas veces, y sin embargo, sólo me
enteré a medias de lo que me estaba contando.

Necesitaba la mayor parte de mi atención para mantener
a raya una sospecha que se movía dentro de mí como un gusano diminuto pero muy voraz, que roía las paredes de mi cabeza,
que aplastaba con sus patitas todo cuanto contenía y teñía mi
memoria de un color desconocido, distinto. Cuando el doctor
Velázquez me preguntó si quería volver a Ciempozuelos, le res-

pondí que sí, salí con él a la calle y no me negué a que me pagara un taxi, pero antes de entrar en el coche, con el brazo apoyado en la puerta abierta, le miré, me atreví.

—Entonces, mi padre, si mi madre iba andando a Almería para verle...

Él asintió con la cabeza y no dijo nada, no hacía falta.

—Vamos a Ciempozuelos —le anuncié al taxista, aunque el doctor Velázquez se lo había dicho al pagarle la carrera—, pero no se meta por el centro del pueblo, por favor. Cuando lleguemos, ya le indico yo por dónde vamos a entrar...

Aquella noche, antes de acostarme, fui a ver a mi abuela.

Habría ido a verla de todas formas, porque aquel domingo no estaba de guardia en el Sagrado Corazón ninguna amiga mía y las demás ni se acercaban a mirar si necesitaba algo. Decían que como no pagaba, como estaba allí de caridad, pues no tenían por qué ocuparse de ella, así eran de simpáticas, y mira que el cuarto de mi abuela estaba pegado a los suyos, que por eso la dejaban estar allí, porque era el más pequeño, el peor del pabellón, que se conoce que al levantar el edificio no supieron qué hacer con aquella esquina y pensaron, ¡hala!, pues un cuarto más, pero salió con una forma tan rara, con una ventana tan pequeña, que no podían cobrar a nadie por él, bueno, no sé, el caso es que cuando tuvo el derrame, pues allí la metieron.

Al llegar, pasé por la cocina a saludar y Enriqueta me dijo que me había guardado la cena, pero yo todavía tenía el pincho de tortilla atravesado en el estómago y no me apetecía tomar nada más. ¿Te ha pasado algo?, me dijeron, anda, claro, pues no faltaba más, buenas son ellas para desperdiciar una ocasión de criticar, es que tienes una cara así, como muy rara. Qué va, contesté, si me lo he pasado fenómeno, es que estoy muy cansada, y antes de que siguieran preguntando, añadí que menos mal que me había acercado el marido de una compañera mía del asilo que trabajaba de taxista, porque como ellos vivían en

Pinto, pues no le había costado trabajo traerme, y que me iba a ver si mi abuela necesitaba algo, que a saber cómo me la encontraba... Y me la encontré hecha un desastre, claro, eso ya lo sabía yo.

Tuve que cambiarla entera, el camisón, los apósitos, las sábanas, y hasta me las arreglé para darle la vuelta al colchón con una mano mientras la sujetaba con la otra sobre mi hombro, como si fuera un bebé. No pesaba nada, pobrecita mía, se había convertido en un saco de piel lleno de huesos, con lo gorda que había estado ella siempre, y se quejaba con una vocecita que parecía el piar de un pajarillo viejo, inválido, un sonido agudo, casi metálico, que me hacía daño en los oídos de tan triste. Por eso volví a acostarla enseguida, pero muy despacio, y al hacerle la cama la moví más despacio todavía, poniendo cuidado en evitar que se le abriera la llaga del coxis. En el resto del cuerpo no tenía escaras porque yo estaba tan pendiente de ella como podía y todas las tardes le robaba unos minutos a doña Aurora para cambiarla de postura, pero esa no había podido ahorrársela. Siempre le hablaba mientras la atendía, le decía tonterías, como a los niños pequeños, que si estaba muy guapa, que si ya vería lo cómoda que la iba a dejar cuando acabara, que si la pomada le iba a aliviar mucho el dolor de la herida, esas cosas, pero aquella noche no pude despegar los labios. Aquella noche la miré a los ojos, aguanté los suyos, tan pálidos como si estuvieran empapados en agua, tan hundidos como si la piel seca, tirante, de las sienes no pudiera con ellos, tan fijos en los míos como si quisieran hablarme, pronunciar los sonidos que no habían vuelto a salir de sus labios. Por si me escuchaba, le conté que ya me había enterado de lo que pasó en la carretera de Málaga a Almería, y que me había puesto muy triste por mis padres, por los dos. Y como nadie me veía, y además me habría dado igual que me hubieran visto, pues me lie a llorar y ya no paré.

Ya había llorado así muchas veces, pero por ellos no, a ellos no les había llorado nunca. Había llorado por Alfonso y sobre todo por mí, por ser tan tonta, por creérmelo todo, por haberme aprendido de memoria las respuestas que leía en los consultorios sentimentales, esos buenos consejos que me habían hecho tanto daño. Había sido culpa mía. Aquellas revistas no hablaban de las chicas como yo, pero me empeñé en creer lo contrario, en confundir mi verdad con sus mentiras, en leerlas como si me las bebiera. Por eso había llorado, apenas por mi madre, jamás por mi padre hasta aquella noche, y me habría gustado haberlo hecho antes, haberlo hecho bien, a tiempo, pero no podía dolerme de la ausencia de dos desconocidos, sólo lamentar lo que no había sabido, lo que ya nunca sabría, y por eso lloré, sobre las vendas de mi abuela, sobre sus sábanas, sobre el peine con el que le atusé los pocos pelos que le quedaban para hacerle un moñete encima de la coronilla y sobre mis propias manos, y le mojé la cara, se la sequé con un paño, y ella me siguió mirando igual, con el mismo interés con el que me miraba siempre, sin parpadear, sin girar la cabeza, los ojos muertos, perpetuamente abiertos.

Cuando terminé de arreglarla, arrimé una silla a su cama, me senté a su lado y le hice las mismas preguntas que le habría hecho si hubiera estado en condiciones de contestarme, en el mismo orden, con el mismo tono, mi propia tristeza piando en mi propia voz. Fue una tontería, pero me sirvió para ordenarme la cabeza, para comprender qué me dolía más, qué respuestas, entre las que jamás obtendría, habrían sido las más importantes para mí. No se enteraría de nada, porque al cabo de un rato se durmió, pero yo seguí hablando con ella, a solas y con ella, hasta que terminé. Luego hice algo que tenía ganas de hacer desde hacía mucho tiempo, pero no encontré nada más que una vieja postal publicitaria de Viena Capellanes en la caja de cartón que yo misma había subido al maletero del armario cuando instalamos a mi abuela en aquella habitación. No había más fotos de mi madre que una copia de un retrato que yo ya tenía, y tampoco encontré rastro alguno de mi padre. No había cartas, ni postales, ni objetos que no conociera, sólo una colcha vieja, un costurero de madera desencolada, una imagen de la Virgen del Carmen, un par de figuritas de cerámica y un cenicero dorado, la mísera herencia de la que renuncié a tomar posesión por adelantado. Volví a meterlo todo en la caja y sólo me guardé en el bolsillo la foto de la confitería donde se habían conocido mis padres. Luego me fui a la cama y al día siguiente mi vida siguió como siempre, pero nunca volvió a ser igual.

—El 7 de septiembre de 1942, de esa fecha sí que me acuerdo, cumplí diez años y doña Aurora me regaló una muñeca.

Quince días más tarde, volví a quedar con el doctor Velázquez en el mismo café de la calle Princesa donde nos habíamos despedido la primera vez. Acordar la cita fue mucho más fácil, porque sin darme ni cuenta, yo había dejado de tener miedo, y ya no le rehuía cuando me lo encontraba por los pasillos, al contrario. Me paraba a saludarle, hablaba con él un rato, como había hecho siempre con el doctor Méndez, y no tardé en comprobar que aquellos encuentros breves, inocentes, tenían la asombrosa virtud de desactivar unas habladurías que probablemente había despertado yo misma sin querer, al escapar de él como un banderillero que corre delante de un toro. O quizás no. Quizás era que, como a mí me daba igual, ya no estaba pendiente a cada paso de lo que pudieran pensar, de lo que pudieran decir los demás. El caso fue que aquel domingo me fui a Madrid en taxi, tan pancha, y no se enteró nadie, que yo supiera.

—Era muy fea, ¿sabe?, pero era una muñeca, y hasta aquel día yo sólo había tenido una. Estaba muy bien hecha, eso sí. Doña Aurora sabía coser, y en aquella época aún veía estupendamente de cerca, con gafas, claro... Ya estaba haciendo sus muñecos, los grandes, aquel invierno había empezado a pedir tela, retales de cualquier clase, trapos viejos, ropa inservible, cualquier cosa que se pudiera coser. Cuando le preguntaban, decía que era para unos trabajos manuales que tenía pensados, así, sin dar más pistas, y las hermanas se conformaron con eso.

Anda, claro, a ellas, con tal de que trabajara... Pero no creo que nadie le llevara tanta tela como yo.

Empecé registrando el maletero del armario de mis abuelos, el baúl que guardaban debajo de la cama. No me atreví con los abrigos, pero arramblé con blusas y vestidos que, por el tamaño, debían de haber sido de mi madre, con pañuelos, bufandas, hasta un pañito de ganchillo del que mi abuela debía de haberse olvidado, porque nunca lo había visto encima de ningún mueble. Luego descubrí que la arpillera de los sacos de abono, del pienso que les dábamos a los animales, también se podía coser. Le pregunté a mi abuelo qué hacía con ellos y me dijo que sólo guardaba los que estaban enteros, aunque casi todos se rompían al vaciarlos porque estaban muy mal hechos. A partir de entonces, muchos rotos los hice yo con las uñas, para poder llevármelos, y cada vez que veía una bayeta olvidada en cualquier sitio, un paño de cocina sin ninguna hermana cerca, me los llevaba también, para que doña Aurora estuviera contenta conmigo, para que volviera a quererme, porque había cambiado mucho y ya nada era como antes.

—Primero fueron las plantitas —resumí para el doctor Velázquez—, luego fui yo, pero a partir de 1942 sólo le importaron sus muñecos. Dejó de cuidar el jardín, abandonó los semilleros y algunos días ni siquiera tocaba el piano. Se tiraba las horas muertas en su cuarto, cosiendo, y a mí me dejaba entrar, estar con ella, o por lo menos no me echaba, aunque no me hacía ni caso, la verdad. En aquella época estaba siempre muy excitada, muy contenta en apariencia, sonreía sin parar y hablaba sola todo el rato. A mí me asustaba oírla, porque creía que hablaba consigo misma, con los trapos, hasta que me di cuenta de que no, de que en realidad hablaba con el muñeco que estaba cosiendo, en el mismo tono con el que me hablaba a mí cuando me enseñó a leer. Este retal lo vamos a usar para tu cabeza, ¿sabes?, le decía, esta tela tan suave, mejor para las manos, y cosas así... Mientras tanto, yo miraba sus cosas, abría el atlas, el libro de las plantas, cogía el globo terráqueo y hasta leía el periódico, que no me importaba un pito, con tal de estar allí, a su lado, vigilándola de reojo. Para mí, doña Aurora era muy importante, su habitación, el lugar más maravilloso del mundo, la única puerta por la que podía salir del manicomio, ¿comprende?, y me daba cuenta de que estaba perdiendo todo eso, así que habría dado cualquier cosa a cambio de que ella volviera a ser como antes, y por eso me alegré tanto cuando me contó que había apartado unas telas para hacerme un regalo. Me pidió que no entrara en su cuarto hasta que estuviera acabado y tardó más de una semana en venir a buscarme, justo el día de mi cumpleaños.

Cuando por fin me entregó la muñeca, no quise darme cuenta de que tenía una cara que daba miedo. Los ojos, dos puntos muy negros rodeados por unas pestañas largas como patas, parecían arañas. La boca era un borrón rojo, una mancha sin labios, y el pelo, marrón oscuro, lo más corriente, aunque a lo mejor por eso a ella no le gustaba demasiado. Quería hacértela rubia para que fuera como tú, me dijo, pero por más que la he buscado, no he encontrado ninguna lana amarilla que se pareciera a tu pelo. Porque es una chica, añadió, torciendo la boca en una sonrisa desigual, los labios apretados, más fruncidos por un lado que por el otro, de eso te habrás dado cuenta, ¿no? En aquel momento, los ojos le brillaban como si tuviera fiebre y eran ojos de loca, después de aquel día ya no pude volver a dudar de que lo fuera. Le contesté que sí, porque era imposible no darse cuenta. Mi muñeca tenía tetas, dos bultos redondos, del mismo tamaño, uno un poco más alto que el otro, que sobresalían bajo el delantero del vestido infantil, de florecitas, con el que la había vestido, pero había más, y me lo enseñó enseguida, muy satisfecha. Es lo más natural del mundo, decía, lo más natural, mientras arrugaba las mangas para enseñarme el vello negro que le había pintado en las axilas. Luego le levantó la falda y pensé que a mi pobre muñeca se la estaban comiendo las arañas, porque los trazos negros del vello del pubis llegaban casi hasta el ombligo, que también tenía. La he hecho con vulva porque es mujer, como tú, y me agarró el dedo, lo pasó por la costura, ¿lo ves? Yo no sabía qué hacer, qué decir, pero doña Aurora sonreía, parecía muy contenta, muy satisfecha de su regalo, y opté por mentir, porque era lo más fácil. Es muy bonita, le dije, me gusta mucho, muchas gracias... Buah, ella movió la mano en el aire para quitarle importancia, no es más que una muñeca, una bobería. Entonces se me quedó mirando como antes, como cuando yo le importaba. ¿Quieres ver una cosa grande, importante de verdad? Y antes de que pudiera decir nada, me cogió de la mano y me llevó a su cuarto.

Estaba apoyado en una esquina, cubierto por unas mantas. Al principio ni me di cuenta de lo que era, parecía una montaña de trapos, pero doña Aurora empezó a hablar con una vocecita dulce, maternal, exagerando el cariño en cada sílaba mientras se acercaba a eso, a él, yo qué sé, es que ni siquiera habría sabido cómo llamarlo. Ahora no te pongas nervioso, hijo mío, le decía, tenemos visita, pero es una amiga, tú no te preocupes, y sobre todo, no te alteres, porque eso en tu estado sería fatal... Mientras hablaba, iba separando las mantas tan despacio como levanto yo ahora los apósitos de las heridas de mi abuela, y las doblaba para apilarlas a los pies de la cama. Lo tengo cubierto para que no lo vean esas brujas que vienen a limpiar, a mí me hablaba con su voz de siempre, más bien dura, casi áspera, que les tengo dicho que no hace falta, que ya limpio yo, y mejor que ellas, pero nada, no hay manera... Lo primero que vi fueron dos piezas alargadas de tela, como dos muñones, y eran las piernas, pero no lo entendí, no entendía nada de lo que estaba haciendo, nada de lo que decía. A él no le molesta la oscuridad, ¿sabes?, me explicó, porque todavía no ha madurado del todo, aún no ha abierto los ojos, tiene los párpados pegados, muy tiernos, la luz del sol le haría daño, y mientras hablaba, a veces para mí, a veces para él, seguía destapándole, doblando las mantas siempre con el mismo mimo. Descubrí que era un muñeco al ver los brazos, largos y caídos, rematados por dos manos grotescas. Cada una tenía un pulgar como una bola y cuatro dedos redondos, abultados como chorizos, aunque aún más gorda, más parecida a una enorme longaniza y tan larga que casi la mitad reposaba en el suelo, era la pieza que salía de su vientre. A los diez años yo no había visto a ningún hombre desnudo, ni siquiera a mi abuelo, pero por lo que me había explicado doña Aurora, por las láminas que me había enseñado, comprendí que su muñeco también tenía sexo, un pene gigantesco. Mira aquí, ¿ves?, ella apartó mi atención de aquel apéndice descomunal al señalar con el índice el pañito de ganchillo de mi abuela, por el que se transparentaba un retal rojo en forma de corazón. He colocado aquí el encaje que me trajiste porque, como está calado, cuando empiece a latir lo descubriré enseguida, podré ver cómo bombea la sangre a través de los agujeros, ¿sabes?, y eso me será de gran ayuda, te lo agradezco mucho... La cabeza era todavía más fea que la de mi muñeca. No tiene orejas, me atreví a señalar ante aquella pelota de trapo caída hacia delante. Pero tiene oídos, doña Aurora sonrió al mostrarme los dos agujeros que debía de haber abierto con una aguja de hacer punto, o algo así. Es que la cabeza no la he terminado todavía, reconoció, el cuello me está dando mucha guerra, voy a tener que entablillárselo, pobrecito, porque le pesa mucho el cerebro, por supuesto, eso es lo primordial, yo ya le estoy ayudando a desarrollarlo... Se acercó al muñeco, lo movió un poco hacia delante, tomó su cabeza entre las manos y, con tanta delicadeza como si estuviera manipulando a un bebé, la apoyó en la pared. Muy bien, se aprobó a sí misma antes de dirigirse a mí. Y ahora estate quieta, siéntate en esa silla de allí y no te muevas, ni se te ocurra hablar... La obedecí en silencio y sólo después explicó lo que iba a hacer. Voy a comunicarme con él, eso me dijo, que iba a usar el poder de su mente para transmitirle sus conocimientos.

—¿Y qué pasó después?

El doctor Velázquez no me había interrumpido ni una sola vez y se había olvidado de escribir, como cada vez que se quedaba prendado de una historia.

—Nada —ni siquiera sé por qué le dije eso, porque en realidad faltaba lo mejor—. Eso es lo más gracioso, que no pasó nada, casi nada. Doña Aurora se sentó en el borde de la cama y fijó la vista en la cabeza del muñeco. Estuvo así un buen rato. Luego dio un respingo, frunció el ceño y empezó a hablar con él, bueno, a hablar como si el muñeco le contestara. Así, le decía, así, claro que sí... Ya sabía yo que me ibas a entender. Luego cerraba los ojos, volvía a abrirlos, hablaba, se callaba... No era muy divertido, la verdad, pero cuando estaba a punto de marcharme, dijo algo que me dejó helada. En medio de una frase, como si estuviera escuchando lo que le decía, negó con la cabeza y se enfadó. No, dijo, por supuesto que no, no voy a cometer contigo los mismos errores que me llevaron a perder a tu hermana.

—¿Su hermana? —tuve la impresión de que el doctor Velázquez se había puesto hasta pálido, fíjate—. Pero entonces, ella...

—Era su madre, claro —sonreí, pero no logré hacerle volver del pasmo—. Eso no se lo contó a nadie, bueno, a los psiquiatras igual sí, aunque usted lo sabría, ¿no? Pero quiero decir que las hermanas, las enfermeras, no tenían ni idea. Cuando la veían acunándolo, metiéndolo en su cama para dormir con él, creían que estaba jugando, hasta alguna hubo que dijo que había retrocedido a la infancia, así, como dándoselas de lista, y eso que todo el mundo sabía que cuando era niña a doña Aurora no le gustaban las muñecas, que siempre contaba que, con muy pocos años, ya le dijo a su padre que no quería muñecos de mentira, que lo que quería ella era una muñeca de carne... El caso es que a mí me dijo que no me confundiera, que lo que estaba viendo no era un muñeco, o sea, que sí lo era, pero que dejaría de serlo cuando estuviera vivo, que lo que estaba haciendo era un embarazo, como si dijéramos, porque lo había creado igual que a su hija, por el poder de su mente y de su voluntad.

—Siga hablando, María, por favor —antes de que yo terminara la última frase, había empezado a escribir como un poseso, tan deprisa que ni siquiera hacía las líneas rectas—, cuénteme todo lo que recuerde.

—Pues eso, que después de terminarlo, se tiraba el día entero mirándolo, y a veces me dejaba entrar en su cuarto mientras lo hacía, y a veces no, según el humor del que estuviera. Y su humor fue empeorando, porque el muñeco no se movía, claro. Algunos días, la pobre lloraba con mucho desconsuelo, y eso me impresionaba, porque yo nunca la había visto llorar, pero de repente se animaba, me decía que lo había hecho todo mal, que acababa de entender qué era lo que fallaba... Una tarde me dijo que se había dado cuenta de que su error había sido despreocuparse del cuerpo, concentrarse sólo en el cerebro, pero que lo iba a arreglar. Entonces empezó a hacer cosas más raras todavía, porque lo miraba fijamente durante un rato, sin pestañear, y luego cerraba los ojos, abría las manos y levantaba los brazos muy despacio. Cuando llegaban a la altura de su cintura se levantaba ella también, y seguía moviendo los brazos con las palmas hacia arriba como si pretendiera dirigir al muñeco a distancia. Hacía fuerza con todo el cuerpo, ¿sabe?, tensaba los músculos de los brazos, de las manos, se estiraba como si levantara un peso, y cuando terminaba parecía un director de orquesta, con los ojos cerrados todavía y los brazos en alto, las manos tan crispadas como si sostuvieran algo. Pero cuando volvía a mirarlo, el muñeco seguía igual, pues anda, claro, ¿y qué otra cosa iba a pasar? Hace unos años, cuando estuve sirviendo en Madrid, vi una película... Ay, que no le he contado que a los quince años me fui a servir a Madrid, ¿verdad? —negó con la cabeza y una expresión tan seria como si cada palabra que pronunciaba le fuera poniendo cada vez más triste—. Bueno, pues allá que me fui, las hermanas me colocaron con una gente de mucho dinero, un médico que vivía cerca del Retiro. Y entonces, con Rosarito, que era otra chica que trabajaba en la misma casa, nos íbamos los domingos por la tarde al salón de la parroquia, porque daban cine gratis. Ponían películas muy antiguas, bastante malas, la verdad, y muchas del Oeste, que me aburren tanto que me dormía y todo, a pesar de los tiros, pero repitieron un par de veces otra que me impresionó mucho, creo que es muy famosa, igual la ha visto usted. Trata de un científico loco que hace un muñeco y logra darle vida. Tiene un nombre muy raro, como alemán...

—¿Frankenstein?

—Justo. Pues eso parecía doña Aurora, el médico ese. No tenía camilla, ni laboratorio, ni una ventana por la que entrara un rayo, nada de eso, pero lo que intentaba hacer era lo mismo, aunque su muñeco fuera de trapo, aunque no tuviera piel, ni tornillos... Cuando vi la película me di cuenta enseguida, porque la había visto a ella muchas veces intentando levantar al muñeco, enfadándose con él al terminar. ¡Muévete!, le gritaba, ¿por qué no te mueves?, y le zarandeaba, le daba patadas en las piernas, yo lo hago todo por ti, yo te he creado, te he dado mi alma, y tú no haces más que darme disgustos, eres un ingrato desalmado, le decía... Y volvía a llorar. Así se tiró hasta Navidad, poco más o menos, y luego yo lo estropeé todo. Sin querer, eso sí, pero fue culpa mía.

Yo no podía tener en mi cuarto una muñeca con tetas y con lo otro, por muchas florecitas que tuviera la tela con la que doña Aurora le había hecho el vestido, eso fue lo primero que pensé cuando me la dio, que iba a tener que esconderla para que no la viera mi abuela. Y estuve a punto de tirarla, ahora sé que eso es lo que debería haber hecho, pero me dio pena, porque ella la había cosido para mí y yo sólo había tenido una muñeca en mi vida, una pepona que me trajo mi abuelo de una feria y que un par de años antes había ido a parar a la basura, porque tenía una cabeza de celuloide que se abrió como una calabaza un día que se me cayó al suelo. Así que decidí esconderla en lo que llamábamos la leñera, que en realidad no era más que una pila de troncos adosada a la pared trasera de la casa, que tapaba una ventanita que daba al sótano. Sacando un par de leños, yo podía meter una mano y dejar en el alféizar cualquier cosa que no fuera muy grande. Aquel era mi escondrijo favorito, lo había usado ya muchas veces, y aunque vigilaba todos los días la altura de la pila, sabía que nunca había bajado hasta el nivel de la ventana. Allí estuvo escondida mi muñeca hasta que un día, en diciembre, cayó una nevada tremenda y mi abuela me prohibió salir de casa antes de irse a echar una mano en la cocina de San José, porque con la nevada no había llegado la camioneta que traía los suministros de Las Fuentes, la finca que abastece al manicomio, y hubo que improvisar la comida. Al salir, cerró con llave y el cielo se oscureció enseguida, tan de repente como si quisiera llevarle la contraria al amanecer. Aquella mañana llovió con tantas ganas como había nevado antes, por la noche, y yo estaba sola, encerrada, sin nada que hacer. Me aburría tanto que me acordé del regalo de doña Aurora.

Bajé al sótano sin saber si podría abrir la ventana desde dentro, pero no me costó ningún trabajo. Aunque los troncos la habían protegido del agua, la muñeca estaba tan helada que la abracé un rato, para calentarla, y se me ocurrió un juego que podría ser divertido, pero el sótano estaba casi a oscuras, no había luz eléctrica, allí no podía jugar. Mi abuela no me había dicho cuánto iba a tardar y cuando hacía eso solía estar fuera mucho tiempo, así que me fui a la cocina, que era también el cuarto de estar, la habitación donde lo hacíamos todo menos dormir, y senté a mi muñeca en una silla, cerca de la chimenea encendida, y arrimé otra silla para sentarme justo enfrente. Quería jugar a ser doña Aurora, e imité su voz mientras movía las manos igual que ella, vamos a ver, Rosalinda, le dije, porque aquella mañana le puse un nombre, así, como bonito, para compensarla por lo fea que era, tienes que concentrarte, ¿lo entiendes? Te voy a transmitir mi pensamiento... Antes de que tuviera tiempo de añadir nada más, distinguí el sonido de la llave girando en la puerta y casi al mismo tiempo la voz de mi abuela, en la cocina no hay ni ajos, fíjate, qué desastre, pero ni siquiera llegó a decirme que había vuelto a buscarlos. Cuando me vio parada en el centro de la habitación, con las manos juntas detrás del cuerpo, no me preguntó qué estaba haciendo allí, sólo me pidió que le diera lo que estaba escondiendo. ¿Yo?, intenté negarme, si no tengo nada. Que me lo des, exigió mientras avanzaba hacia mí, a ver esas manos... Yo retrocedí al mismo ritmo, dejé caer la muñeca al suelo con la esperanza de poder empujarla con el pie para esconderla detrás de la butaca de mi abuelo y lo conseguí, pero no pude impedir que lo viera todo, que me apartara con una mano, que la encontrara, y la recogiera, y se horrorizara. ¿Y esto qué es, brujería?, murmuró mientras se santiguaba, qué cosa más espantosa, por Dios bendito... Yo me fui corriendo a mi cuarto porque no quería estar delante cuando descubriera los bultos del pecho, y menos todavía cuando le subiera la falda, así que me acurruqué en la cama y pensé que iba a pegarme como la otra vez, cuando me estrelló la cuchara en la cara, pero aquel día todo fue distinto.

Dime sólo una cosa, María, cuando abrió la puerta tenía la cara tan blanca como los campos nevados que había visto por la ventana al levantarme, y estaba mucho más asustada que furiosa. ¿Quién te ha dado esta porquería? Ha sido doña Aurora, ¿verdad? Yo dije que sí, que me la había regalado por mi cumpleaños, y no me preguntó más. Ahora verá esa puta asesina sinvergüenza, gritó mi abuela, se va a enterar, y salió de casa pisando tan fuerte como si quisiera machacar una baldosa en cada paso. Yo me dije que debería seguirla, ir a enterarme de lo que pasaba, pero tenía demasiado miedo, como si haber aceptado aquel regalo me convirtiera en culpable de no sabía bien qué, así que me quedé en mi cuarto, en la cama, hasta que mi abuela volvió, muy pronto otra vez. Ven aquí, María, me pidió desde la cocina, y tampoco ahora parecía enfadada, aquel día no hubo golpes, tampoco besos. Cuando llegué a su lado, abrió la portezuela del fogón, que estaba encendido, y tiró la muñeca dentro. No puedes seguir viendo a esa loca, me dijo mientras la mirábamos arder, es una barbaridad, ya me lo ha dicho la superiora, que no se puede aguantar que pervirta a una niña pequeña con sus cochinadas... Lo dijo así, pervirta, porque no conocía el verbo pervertir. Yo tampoco lo conocía, pero me di cuenta de que estaba repitiendo palabra por palabra lo que le había dicho la hermana y no me atreví a preguntarle qué quería decir. Vente conmigo a San José, anda, que no quiero dejarte aquí sola. Así que me fui con ella, a ver qué iba a hacer si no, y en el manicomio no se hablaba de otra cosa. Las cocineras estuvieron muy cariñosas conmigo, me dieron leche, un trozo de pan con chocolate dentro, como si me hubiera puesto enferma de pronto, no sé, como si me hubiera caído, y me hubiera hecho daño, y me hubieran dado puntos... Hasta que la comida estuvo preparada, todas estuvieron más pendientes de mí que de otra cosa, pero cuando las hermanas se fueron a servirla, fue como si en la cocina se nublara el cielo de repente. Mi abuela se puso a recoger con otras dos vecinas del pueblo que venían a echar una mano cuando hacía falta, y había también una auxiliar, y dos novicias, una simpática y otra que tenía muy mala leche. Ella fue la que empezó, y yo, que había aprendido a los cinco años lo que era un pene, y una vulva, y el sexo, y el mecanismo por el que se reproducían los mamíferos, estaba allí callada mientras todas ponían a doña Aurora a parir, mientras la insultaban sin parar, guarra, monstruo, bruja, eso la llamaban hasta que una hermana venía a dejar una fuente vacía y llevarse otra llena, y entretanto me miraban, me acariciaban la cabeza, pero en cuanto que se quedaban solas volvían a insultarla, a amenazarla, a planear lo que iban a hacer con ella, y yo me sentía cada vez peor, porque pensaba que estarían echándole la bronca por mi culpa, aunque eso no habría sido nada en comparación con lo que pasó después.

—Entonces vino mi abuelo a comer con dos celadores, mozos les llamamos allí, ya sabe, y vinieron también el casero de Las Fuentes y su mujer, porque por fin habían despejado el camino y los acercaron en la camioneta —el doctor Velázquez había dejado de escribir y me miraba como si presintiera que aquella historia no iba a acabar bien—. Total, que se sentaron todos a comer, mi abuela les explicó lo que había pasado y allí se organizaron, aunque la idea fue de la novicia aquella que tenía tan mala leche. La muy asquerosa comentó lo de los muñecos que doña Aurora guardaba en su cuarto y propuso que fueran a destrozarlos, todos se acordaban de que llevaba casi un año pidiendo hilos y telas, y no sé si decidieron que esos muñecos tendrían que ver con la que me había regalado o si sólo tenían ganas de vengarse de ella por lo que me había hecho, fíjese, que a mí doña Aurora sólo me había hecho bien, y más que ninguno de ellos... —hice una pausa porque se me saltaron las lágrimas y no quería llorar, él se dio cuenta pero no dijo nada, y sacudí la cabeza, seguí hablando—. Total, que después de comer se fueron al Sagrado Corazón, mi abuelo delante, con el casero y los mozos, mi abuela y las otras mujeres detrás de ellos, y fui yo también porque nadie se dio cuenta, nadie se fijó en mí, ni me pidió que me volviera. Eso también lo he visto después en muchas películas, en esas del Oeste que me aburren tanto, cuando todos los del pueblo van andando por una calle de tierra a buscar a alguien para lincharlo, ¿sabe cómo le digo? —él asintió, lo sabía—, pues así estaban ellos, muy excitados, gritando y levantando los puños en el aire, con una pinta que, aunque todavía no lo había visto en el cine, hasta pensé que iban a matarla... Y eso fue lo que hicieron, poco más o menos.

La puerta de la habitación estaba cerrada aunque no tenía cerrojo y ellos lo sabían, tenían que saberlo porque nunca jamás había habido un cerrojo en ninguna habitación del manicomio, claro está, pero mi abuelo le pegó una patada a la puerta, la sacó de los goznes, entró en la habitación como un caballo desbocado, y como doña Aurora no estaba en el saloncito siguió hasta el dormitorio y la vio allí, sentada en la cama, hablando con el muñeco grande, porque para aquel entonces ya había empezado a hacerle un hermano, a ver si con ese tenía más suerte, me figuro, pero todavía no estaba acabado, tenía cabeza, pero era sólo una bola de trapo, y le faltaban los dedos de las manos aunque tenía un pene todavía más grande que el primero. A mi abuelo le dio lo mismo. Sacó la navaja que llevaba siempre en el bolsillo y le cortó el cuello como si estuviera vivo mientras los mozos que habían venido con él sujetaban a doña Aurora, que al principio se quedó tan pasmada como si no entendiera lo que estaba pasando, pero enseguida empezó a gritar como una energúmena, pidiendo socorro a los médicos, a las hermanas, llamándolos asesinos, criminales, ladrones, hasta que uno de los mozos liberó una mano para darle un bofetón que nos hizo llorar a las dos, aunque en mí nadie se fijó. Yo lloré en silencio, pero ella no dejó de gritar mientras mi abuelo acababa de acuchillar al muñeco pequeño y la emprendía con el grande, cortándole la cabeza, los brazos, las piernas, igualito que si fuera una persona, para destriparlo después con las manos, y mi abuela empezó a hacer lo mismo, y las demás mujeres la imitaron, todavía las estoy viendo, arrodilladas en el suelo, formando un corro, rodeaban a los muñecos como si fueran animales, eso parecían, una manada de alimañas devorando un cadáver, y en menos de cinco minutos en el cuarto de doña Aurora no había más que trapos, y entonces alguien dijo que había que traer un saco y llevarse toda esa basura, para que no pudiera hacerlos otra vez, pero no hizo falta porque allí había sacos, todavía quedaban algunos de los que le había llevado yo, y los llenaron de tela, y se los llevaron, y como estaban rotos, fueron dejando un reguero de trapos a su espalda, como un camino de retales de colores, y me acordé del cuento de Pulgarcito y me dio mucha pena. Doña Aurora estaba acostada de lado, mirando a la pared, con las piernas dobladas, las rodillas pegadas al pecho, hecha un ovillo, y yo no sabía qué hacer, no me atrevía a moverme, pero al final, cuando los últimos se marcharon y ninguno me dijo que me fuera de allí, me acerqué a ella, me tumbé en la cama, a su lado, y le acaricié la cara. Se volvió de repente, como si la hubiera pinchado con una aguja, y me tiró al suelo de una patada. Vete tú también, perra traidora, eso me dijo. Me llamó perra traidora y esas fueron las últimas palabras que me dirigió en muchos años.

Aguanté las lágrimas hasta el final mientras el doctor Velázquez me miraba de una manera nueva para mí, con compasión, pero sin humillarme. Nadie se había apiadado nunca de mí sin hacerme sentir inferior, pero aquella piedad daba calor, compañía, nos igualaba de una forma que no sabría explicar, y por eso me atreví a ir más allá, a explicarle cosas que no me había pedido que le contara, cosas que nunca le había contado a nadie.

—Me llamó perra traidora y con razón, como si supiera que había sido culpa mía, y ahí se acabó todo, mi vida entera se acabó. Se acabaron el puerto de Sebastopol, y el globo terráqueo, y las plantas del invernadero, se acabaron las palabras, y los diccionarios, y la música, se acabaron los libros, y las enciclopedias, y las historias, se apagó la luz, eso fue lo que pasó, que se apagó la luz y yo me quedé a oscuras con lo que me tocaba, la vida para la que había nacido, lavar, limpiar, planchar, ya me lo había advertido mi abuelo, eso era lo que me esperaba y eso fue lo que me encontré, ni más ni menos. Desde que doña Aurora me llamó perra traidora no volvió a pasarme nada interesante, el rosario por las tardes, la misa los domingos, el aburrimiento a todas horas, y eso que, como ya tenía diez años, mi abuela empezó a obligarme a trabajar en casa, a cuidar del huerto, pero daba igual, porque las cosas que hacía no me gustaban, no me importaban, no valían nada, y cuando arrancaba las malas hierbas, me acordaba de los semilleros y me dolía, cuando iba a buscar leña, me acordaba de mi muñeca y me dolía, cuando llevaba las hortalizas o los huevos a la cocina, tenía que cruzar el jardín del Sagrado Corazón, y el sonido del piano me partía el corazón de dolor... Todo me dolía hasta que me cansé también de eso, porque con el tiempo, el dolor aburre, ¿sabe? Por las tardes, en cuanto que tenía un rato libre, iba a la habitación de doña Aurora y me quedaba al otro lado de la puerta. Si estaba tocando, la escuchaba. Si no, a veces hasta me atrevía a entrar, porque antes nunca le habían durado mucho los enfados, pero aquel no se le pasó jamás, y una tarde me tiró un tintero a la cabeza, me hizo una brecha y ya no volví. Pero nunca he dejado de acordarme de ella, de cómo era el mundo antes, cuando mi vida estaba llena de cosas, de objetos preciosos, de historias fabulosas, de palabras mágicas, como Sebastopol, y me imagino que usted no lo entenderá, que le dará hasta pena escucharme, porque la verdad es que da lástima, ¿no?, echar tanto de menos a una loca, y asesina, encima, pero... Hace dos años, al volver a Ciempozuelos a trabajar como auxiliar, me contaron que se había quedado medio ciega, que llevaba años pidiendo que alguien leyera para ella por las tardes, que nunca le habían mandado a nadie, y me ofrecí. Es una tontería, y esto tampoco se lo va a creer, pero cuando volví a entrar en su habitación, se me saltaron las lágrimas de la emoción. Y todas las tardes me acuerdo de todo, y todas las tardes me sigue doliendo, parece mentira... Para mí, el cuarto de doña Aurora es como un espejo, me enseña la vida que yo creía que iba a tener y la mierda de vida que tengo, pero me gusta estar allí, entre todas esas cosas viejas y maravillosas, el globo terráqueo, el atlas, los libros, el piano... Esa habitación sigue siendo mi lugar favorito en el mundo —sólo en aquel momento empecé a escucharme, sólo entonces me di cuenta de lo que estaba diciendo, de lo que había dicho ya, y me sentí tan mal como si, en lugar de hablar, hubiera ido desnudándome muy despacio, al ritmo de una melodía imaginaria—. Perdóneme, soy una tonta. No sé por qué le he contado todo esto. A usted no le interesa y... ¡Qué vergüenza!

—No, no —y no sé por qué, a lo mejor para convencerme de que me estaba diciendo la verdad, alargó una mano, la puso sobre mi mano y hasta la apretó un poco antes de retirarla muy deprisa, como si él también acabara de darse cuenta de lo que había hecho sin pensar—. Me interesa mucho todo lo que me cuenta, María, yo... Había leído lo de los muñecos en la historia clínica de doña Aurora, pero jamás habría podido imaginar que hubiera sido así. La verdad es que ni siquiera lo entiendo, porque... ¿Puedo hacerle una pregunta?

—Claro —le sonreí antes de darme cuenta de que debía de

estar horrible, con toda la cara roja, inflamada y sucia de los churretones de las lágrimas—, para eso hemos venido, ¿no?

—Sí —él también sonrió—. El caso es que me cuesta mucho trabajo entender que pudiera pasar un episodio como este en un hospital para enfermos mentales. He leído en su historia clínica que doña Aurora se quejó a los psiquiatras de lo que le habían hecho, pero lo que no entiendo... ¿Nadie dio la orden de romper los muñecos? Por lo que me ha contado, entiendo que las hermanas no lo sabían, pero entonces... ¿Los médicos tampoco? ¿Ninguna autoridad avaló una acción como esa, entrar a la fuerza, con violencia, en el dormitorio de una enferma de pago, inmovilizarla y destruir sus propiedades?

—Pues... Que yo sepa, no. Allí, la única autoridad que hubo fue la navaja de mi abuelo.

—¿Y no hubo consecuencias después? Por la cara que me está poniendo, imagino que no despidieron a nadie, pero ¿no les degradaron, no les amonestaron siquiera?

—¡Ay, doctor Velázquez! —cuando entendí por dónde iba, me entraron ganas de echarme a reír, pero no lo conseguí—. El doctor Méndez tiene razón, pregunta usted unas cosas que parece un crío, a veces... ¿En qué país se cree que vive? Por supuesto que no pasó nada. ¿No dice usted que los psiquiatras de entonces escribían una línea por cada año de doña Aurora? ¿Y qué iba a pasar? Pues absolutamente nada, o no, todo lo contrario, porque mi abuelo estuvo muy orgulloso toda su vida de lo que había hecho, y los mozos también. Cada vez que entraba alguien nuevo a trabajar, se lo contaban, se reían... Yo no sabía que doña Aurora se había quejado a los médicos, pero lo que sí sé es que no la hicieron ni puñetero caso, debió de ser como cuando empezó a pedir un lector, poco más o menos. Por mucho dinero que pagara, una mujer como ella, que estaba sola, que no tenía a nadie que la protegiera, que había ingresado en el manicomio porque un juez la había condenado a un porrón de años de cárcel, que no podía elegir dónde quería vivir, no era nada, no valía nada, ¿lo entiende? ¿Es que en el hospital donde usted trabajaba antes, en el extranjero quiero decir, habrían despedido a alguien?

—En la clínica donde yo trabajaba, jamás habría pasado nada ni parecido. Ningún trabajador se habría atrevido a hacer algo así sin una autorización expresa. Tal vez, en un manicomio público, que fuera mucho más grande, que estuviera menos controlado... —se quedó un rato pensando—. No se lo puedo asegurar, pero lo que sí sé es que, si alguien hubiera hecho algo así, desde luego no habría sido a la luz del día, ni con testigos. Y si hubieran identificado a los culpables, habría habido consecuencias con toda seguridad. No sólo los habrían despedido. Seguramente la dirección los habría demandado, habrían ido a juicio, lo habrían perdido y tal vez, incluso, los habrían condenado a una pena de cárcel, aunque no hubieran llegado a entrar en prisión. Así que, ya ve... Habrían pasado un montón de cosas.

—¿En serio? ¿Hasta si la enferma fuera una asesina?

—Hasta si la enferma hubiera sido una asesina —precisó—, claro que sí. Porque ante todo habría sido una enferma, y maltratar a los enfermos es un delito. Por lo menos en Suiza.

—¿De verdad? Pues aquí no debe serlo —concluí, tan perpleja como él hacía un instante—. Aquí no pasó nada de eso.

—Ya veo... No me extraña que no le gusten las películas del Oeste, María —sonrió—. Se parecen demasiado a lo que ve todos los días.

No supe cómo tomarme aquella frase. No entendí si era un chiste, una ironía o un comentario serio, porque su sonrisa tardó en desvanecerse pero la expresión de su cara no era nada divertida, así que sonreí yo también, tampoco del todo, mientras nos traían la cuenta. Antes de despedirnos, me dijo que me agradecía muchísimo mi ayuda, que lo que le había contado le resultaría fundamental para intentar acercarse a doña Aurora, y que esperaba que siguiera colaborando con él si había ocasión. Luego, mientras esperábamos un taxi, en la calle, todavía me preguntó algo más.

—¿Cree que doña Aurora sabe quién es usted? Quiero decir... ¿Sabe si la ha reconocido, si se ha dado cuenta de que es la misma niña a la que le regaló aquella muñeca?

Le dije la verdad, que no tenía ni idea, porque aunque en aquel momento me pareciera mentira hasta a mí misma, la verdad era que nunca me lo había preguntado. Llevaba más de un año y medio leyendo para doña Aurora todas las tardes, pero ni siquiera eso había sido fácil. La primera vez me ignoró por completo, no sólo al verme entrar en su habitación, sino también mientras leía en voz alta aquel libro de botánica que me gustaba tanto cuando era niña. Cuando me despedí, no me contestó, y tampoco me saludó al día siguiente. Aquella situación duró casi un mes, hasta que un día me encontré encima de la mesa del saloncito un ejemplar de los *Diálogos* de Platón, y le pregunté si es que quería que le leyera ese libro, y ella asintió con la cabeza, pero no me dirigió la palabra hasta que empecé *Eutifrón*. No, ese no, me dijo, aquella fue la primera vez que me habló pero no dijo nada más, así que fui leyendo los títulos uno por uno hasta que asintió con la cabeza cuando llegamos a *El banquete,* y se lo leí, y al terminarlo, me habló por segunda vez, ya basta de Platón, dijo, y se levantó, y escogió ella misma el libro que quería escuchar. Desde entonces habíamos hablado muchas veces, pero nunca de nosotras, sólo de los libros, y tampoco habían sido verdaderas conversaciones, más que nada pataletas de doña Aurora cuando yo le decía que tenía que irme. Entonces sí que hablaba, y lloriqueaba, y protestaba como una niña pequeña, y a veces hasta me agarraba de la ropa, y se abrazaba a mí para que no me fuera, pero eso lo hacía sólo de vez en cuando, porque otros días no me decía ni hola ni adiós, ni siquiera me miraba. Era como si le diera lo mismo que yo estuviera allí, que leyera o no, porque ni siquiera reaccionaba si me callaba de repente, así que de vez en cuando hacía la prueba, cerraba el libro, lo dejaba encima de la mesa y algunas tardes protestaba, otras no.

Al día siguiente de mi segunda conversación con el doctor Velázquez, la encontré de buen humor. Estábamos leyendo un libro muy antiguo, que en Ciempozuelos nadie debía de imaginarse que existiera, porque estaba encuadernado en piel y el nombre del autor no figuraba en ninguna parte, sólo dentro. El caso es que en la biblioteca que doña Aurora se trajo de Madrid al ingresar, estaba la *Miseria de la filosofía*, de Karl Marx, y eso era lo que iba a seguir leyendo en voz alta aquella tarde. Pero antes de empezar, la miré, me levanté y me acerqué a ella, agachándome para que viera mi cara de cerca.

—¿Puedo preguntarle una cosa, doña Aurora? —no me contestó, aunque enfocó mis ojos con los suyos, que apenas veían brumas—. ¿Usted sabe quién soy? Nunca se lo he contado, pero yo soy María, la nieta de Severiano, un hombre que trabajó aquí como jardinero durante muchos años...

Su rostro no reflejó ningún cambio, la menor emoción, y supuse que eso significaba que no se acordaba de mí, pero insistí un poco más.

—Cuando yo era niña, usted y yo éramos muy amigas. Me enseñó a leer y a escribir en el invernadero, ¿se acuerda de eso?

En ese instante, tuve la sensación de que su rostro se iluminaba, pero fue sólo un espejismo.

—¿Tú no has venido a leer? —porque eso fue todo lo que dijo, mientras me empujaba con una mano para apartarme de ella—. Pues si has venido a leer, lee.

La primera consecuencia de mi relación con el doctor Velázquez fue comprender que la memoria de mi vida estaba custodiada por dos mujeres que ya ni siquiera sabían quién era yo.

—*Si el inglés transforma a los hombres en sombreros, el alemán transforma los sombreros en ideas. El inglés es Ricardo, acaudalado banquero y distinguido economista; el alemán es Hegel, simple profesor de filosofía en la Universidad de Berlín...*

Y en aquel momento no fui capaz de decidir si eso era bueno o era malo para mí.

¿Qué está pasando aquí? Piensa, Aurora, piensa, concéntrate, tienes que estar alerta porque te están tendiendo una trampa. ¿Pues no viene ahora el extranjero ese con una bata blanca? ¿Y por qué?, a ver, ¿por qué?, si no la había traído nunca antes. Y que es psiquiatra, dice, psiquiatra, ya, y yo me chupo un dedo. Y la mosquita muerta zumbando a su alrededor como una polilla, doña Aurora por aquí, doña Aurora por allí. Como con el otro, que ya le dije yo que no era trigo limpio, que le vi venir, pero de lejos. Mira que se lo advertí, pero es tonta de remate esta chica, igual que mi hija, si bien mirado es que son todas iguales, huelen unos pantalones y pierden hasta el seso, de verdad, qué asco de mujeres. Velázquez dice que se llama, sí, claro, ya podrían haberle buscado un apellido más corriente, pero a mí, como si me sale con que se llama Goya, porque no me va a engañar. ¿Y esas cosas que dice, quién se las habrá contado? La mosquita muerta no creo, aunque están conchabados como que me llamo Aurora. Ya sabía yo que antes o después iba a pasar esto, lo dije cuando apareció, ¿o no lo dije? A saber qué le habrá prometido, pero ella no puede saber nada de Botella y él sí sabe, él sabe de muchas cosas muy antiguas. Botella fue mi primer abogado, que luego le hicieron ministro y me abandonó, el muy perro. Pero ¿cómo está enterado él, por qué dice que lo conoce? Aquí están pasando unas cosas que no me gustan ni pizca. De entrada, que me hagan tanto caso de repente. Ya ni me acuerdo de cuándo vino un psiquiatra a verme por última vez y este ahora se me planta aquí todas las tardes a contarme patrañas para intentar confundirme. Porque, a ver, si es extranjero, ¿por qué dice que estuvo en mi juicio? Entonces tenía que ser un crío, así que... Desde que me da la tabarra, he descubierto que habla español muy bien, pero tiene acento de fuera. No mucho, intenta disimularlo, pero a mí no puede ocultarme nada porque mi mente es más poderosa que la suya, y en cuanto abre la boca me pongo en mi postura de pensar. Tengo que tener cuidado, estar muy despierta, y así no corro peligro. Lo que me escama es que no parece inglés, porque a este me lo han mandado los ingleses, a ver quién si no. Y es más listo que los otros, más peligroso, porque quiere que seamos amigos, he descubierto su plan. El otro día me dijo que ha leído mi historia clínica, que sabe que yo tenía razón en muchas cosas, que por supuesto que existe la vasectomía, que es el mejor método para esterilizar a los hombres. ¡Ahora me lo dice! Con lo que se rieron de mí los médicos de aquí cuando les hablaba de la vasectomía, ¡ahora viene él y me dice que llevaba razón! ¿Qué significa esto? Tengo que pensar muy bien en lo que está pasando porque ahora ya no van a intentar engañarme con una docena de huevos, ya no, ellos también han evolucionado, han perfeccionado sus métodos, su control mental, para ser aún más poderosos. ¡La vasectomía! ¡A estas alturas! No entiendo nada. Para empezar lo del acento, porque será inglés, pero por cómo habla, unas veces parece francés y otras, más bien alemán. Espera, Aurora, piensa, ¿será que no ha acabado la guerra? No, yo creo que tuvo que acabar, se acabaron las dos, la nuestra y la otra. Con lo burras que son, a las monjas no se les habría ocurrido engañarme en eso. Pero si la guerra se acabó, ¿por qué habla este con esos acentos, siendo inglés? El otro día me dijo que me vio cuando fui al juicio, vestida con un vestido negro de tirantes y con un ramo de claveles rojos en el brazo. ¿Y qué? Eso salió en todos los periódicos, habría podido ver mi foto en cualquier sitio. Nadie lo entendió. Yo fui así vestida para demostrar que soy un espíritu libre, que a mí no me doblega nadie, y llevé las flores en honor a Hilde, se lo expliqué al jurado, les dije que no tenía por qué parecer una pobre mujer culpable puesto que soy inocente, y lo que soltó después el tarugo del fiscal fue que me había mostrado desnuda ante el tribunal. ¡Qué tío más imbécil, y pensar que lo admitimos en la Liga por la Reforma Sexual! No sé en qué estaría yo pensando, es que me pongo mala sólo de acordarme. Y la otra... Anda que, tampoco es pesada, la tonta esta. ¡Cómo voy a acordarme de ti, si no te conozco! Que vienes a leer, pues muy bien, ya sabía yo que el presidente de la República acabaría accediendo a mi petición. ¿O habrá sido Franco? Vete a saber, en eso estoy un poco confundida. Pero el que sea no habrá condecorado a las hermanas hospitalarias, claro está, porque ellas eran quienes se guardaban mis cartas en lugar de echarlas al buzón, estoy segura, están todas contra mí, como no les han dado la medalla... Hay que ver, qué rencorosas son, y siendo religiosas, más feo, encima. Pero no pueden decir que es culpa mía, porque fui yo quien le pidió al presidente que las condecorara. Menos mal que en España todavía quedan personas de calidad, que se acuerdan de mí y tratan de aliviar mi sufrimiento. ¿Que si quiero que leas? Pues claro que quiero, a eso vienes, ¿no? Y el otro que espere un momento, pues no, que no espere, pero ¿quién es él para darme órdenes? Como vuelva a hablar de los muñecos, hago lo mismo que el otro día. Como me venga con la misma historia, me levanto, me meto en la cama y me tapo la cabeza, porque no me da la gana de acordarme de eso. Estoy muy cansada, ¿es que no lo entienden? No quiero recordar, no quiero, porque para conseguirlo tengo que ponerme en la postura de pensar durante todo el tiempo y eso me deja baldada, sin fuerzas. Yo no sé lo que está pasando aquí ni cómo hemos llegado a esta situación. Lo único que yo quería era que alguien viniera a leer, y hasta que llegó el extranjero, estábamos tan ricamente. La mosquita muerta venía, leía y se marchaba, y no me hacía preguntas, ni me daba la lata recordándome no sé qué de un jardinero ni esas cosas que dice, tan raras. Yo, si tengo que hablar de Hildegart, hablo, eso no me importa, pero de los otros no quiero hablar, porque me duele mucho todavía. Maté a mi hija, sí, porque estaba en mi derecho, era un boceto defectuoso y yo, como su autora, comprendí que no había alcanzado la perfección que esperaba. Pero a los otros me los mataron antes de que empezaran a vivir y eso no puedo perdonarlo. Soy una madre, ¿es que no lo entienden? Y a este paso me van a obligar a hablar. Un día de estos voy a tener que hablar, aunque sólo sea para mandarlos a los dos a la mierda.

La hermana Belén, superiora de la Comunidad de las Hermanas Hospitalarias, me citó en su despacho el último día de marzo, cuando ya no esperaba que mi encontronazo con Vallejo y el padre Armenteros diera más de sí.

—Muchas gracias por venir, Germán —me recibió con simpatía, aunque no tenía buena cara—. ¿Quiere tomar un café?

La reacción de Robles había sido exactamente la que esperaba. Después de haber inclinado la cabeza sin rubor ante el secretario del Patriarca, adoptó conmigo un tono jocoso, de hombre de mundo, para quitarle importancia a lo ocurrido. Ya ves cómo están las cosas ahora por aquí, esto te ha venido bien para entrenarte, ya no te volverá a pasar... Fue su manera de recomendarme que me guardara mis silogismos para mí, sin ahorrarme una sutil, velada advertencia. Eduardo y Roque, a cambio, fueron abrumadoramente explícitos. Su análisis del episodio, como síntoma de la situación de la psiquiatría en España, sembró de nubes negras, cargadas de lluvia, un panorama en el que había empezado a sentirme cómodo. Cuando la superiora me citó en su despacho, creí que sumaría un nuevo elemento a mi flamante lista de razones para volver a Suiza, pero me equivoqué.

—Verá, Germán, yo... —no levantó la vista mientras servía dos tazas de café—. Llevo quince días sin dormir, dándole vueltas a todo esto y... —pero en ese instante me miró—. Que el Señor me perdone.

Era una mujer flaca, fibrosa, alta para ser española, su edad tan indescifrable como la del resto de sus compañeras. Igual podía tener treinta y muchos que cincuenta y pocos años. No era guapa de cara, tampoco especialmente fea, aunque su aspecto habría mejorado mucho si se hubiera decidido a usar alguna crema. Tenía la piel tan seca que de vez en cuando se desprendían de sus mejillas pequeñas láminas transparentes, como escamas imposibles, muertas de sed. Al conocerla, tuve la impresión de que su carácter no estaba mucho mejor hidratado, pero después de un par de charlas atribuí esa sensación a su acento, más brusco que franco, tajante como un cuchillo. No se me ocurrió preguntarle de dónde era. Desde que la escuché hablar en su despacho, aquella tarde, dejó de importarme.

—Yo entré en la Orden a los dieciocho años y nunca me he arrepentido. Tenía una vocación muy fuerte y no me daba miedo el trabajo duro. Qué le voy a contar, usted es psiquiatra, sabe que no existe un trabajo más duro que este, y por eso... —se quedó callada un instante, como si buscara un hilo al que aferrarse para seguir hablando—. La enfermedad mental es la peor cárcel que existe. Es una cárcel que encierra hacia dentro, que atrapa a una persona y no la suelta jamás, y le arrebata todo lo que tiene, y la hace odiosa para su familia, para las personas que la quieren. A nadie le interesa ocuparse de los enfermos mentales, usted lo sabe, la sociedad prefiere actuar como si no existieran, y nos los traen aquí, los dejan solos, y la mayoría de las veces no vuelven a verlos nunca más. Yo he aprendido a distinguir a unas familias de otras, ¿sabe?, por la prisa con la que se despiden y, sobre todo, por la velocidad a la que se marchan. Todos salen al vestíbulo andando despacio, pero la mayoría acelera antes de llegar a la puerta, se van casi corriendo, y entonces me digo, a esos ya no los volvemos a ver. A la gente se le olvida que los enfermos mentales son personas, que necesitan dar cariño, y recibirlo, tener amigos, hablar de sus cosas. Piensan en ellos como si no fueran humanos porque así todo es más fácil, que existan los manicomios, que haya internos encerrados de por vida, que los atemos, y los encerremos, y les demos descargas eléctricas, y los metamos en bañeras llenas de hielo... No adivina por dónde voy, ¿verdad?

—No —reconocí—, pero estoy muy de acuerdo con usted. Y me impresiona mucho cómo lo cuenta. Tiene usted el don de contar historias, hermana.

—No lo crea —entonces la vi sonreír por primera vez—. Es que voy dando rodeos porque no me animo a decirle... Puedo contar con su discreción, ¿verdad?

—Desde luego —le aseguré, pero no le pareció suficiente.

—Lo que quiero saber es si puedo estar segura de que nunca, jamás, en ninguna circunstancia, le contará a nadie lo que voy a decirle.

—Se lo prometo —iba a añadir que lo prometía por la memoria de mi padre, pero me corregí a tiempo— por la salud de mi madre.

—Bueno, pues... —hizo una pausa y miró hacia arriba, como si pudiera ver el cielo a través del techo de su despacho—. Que el Señor me perdone si me equivoco. Yo no soy nadie para cuestionar la voluntad de mi Creador, pero como Él me ha hecho libre y capaz de pensar por mi cuenta, lo que yo creo es que al padre Armenteros le trae sin cuidado el plan de Dios, y a monseñor Eijo Garay le importa lo mismo de poco. Decir la verdad no puede ser pecado, y la verdad es que ellos hacen siempre lo que les dice Vallejo, que les paga con la misma moneda y les apoya en todo, y así van subiendo, los unos en los hombros del otro y viceversa. Yo no pretendo engañar a nadie, sé que no soy más que una monja de pueblo. No pude estudiar mucho, no he ido a la universidad, y a lo peor algún día tengo que arrepentirme de lo que estoy diciendo, pero soy hija de Dios, le he consagrado mi vida, y no puedo concebir que las enfermedades mentales sean un elemento imprescindible de Su plan para la Humanidad. Que Él me perdone, pero tampoco creo que el padre Armenteros esté convencido de que sea así. Para decirle toda la verdad, estoy segura de que sólo le dijo lo que Vallejo le había pedido que dijera, porque don Antonio no está dispuesto a que el doctor Robles aplique aquí la nueva medicación antes de que él pueda hacerlo en el manicomio que dirige. Además, nuestras internas sólo son mujeres, y qué le voy a contar... —hizo una pausa y apretó los ojos, como si hubiera estado a punto de pedirle otra vez perdón a Dios pero al final hubiera decidido que no era para tanto—. Honestamente le digo, si las cuerdas importamos poco, imagínese las locas, ellas son las últimas de todas las filas. ¿Usted sabe cuántas de nuestras internas son esposas de hombres poderosos que consiguieron ingresarlas aquí para quitárselas de en medio, inhabilitarlas y vivir tranquilamente con sus queridas? Aunque no fuera director de un manicomio masculino, una autoridad como Vallejo nunca aprobaría que las mujeres se beneficiaran de la nueva medicación antes que los hombres —hizo una pausa, espiró tan profundamente como si hubiera estado reteniendo aire durante muchos minutos y me miró—. ¿Me entiende?

—Perfectamente.

—Y sin embargo, yo voy a pedirle justo lo contrario. Porque tiene usted razón, si Dios es el creador de todas las cosas, la química tiene que ser obra suya. Y lo que yo siento es que usted es precisamente un regalo de Dios, que Él nos lo ha enviado para que alivie el sufrimiento de sus hijas, de todas estas mujeres que están presas en sí mismas, en sus cabezas y en sus corazones. Ayúdelas, Germán. Están enfermas, están solas, no le importan a nadie. Sufren de una manera que nosotros ni siquiera podemos imaginar aunque las veamos todos los días, y no podemos hacer nada por ellas, limpiarlas, sí, vestirlas, sí, acompañarlas, pero ¿qué es eso? Eso no es nada en comparación con el dolor que padecen, con esa tenaza que las retuerce por dentro y no descansa, y no las deja descansar. Usted es su única esperanza. Devuélvales su vida, la que la enfermedad les robó. Devuélvales la dignidad para que sean otra vez personas, para que recuerden cómo se llaman, a quién quieren y quién las quiere. Eso no puede ser otra cosa que hacer el bien, y hacer el bien nunca es pecado, ¿verdad?

Se había emocionado y no me extrañó. Había conseguido emocionarme a mí también. Aunque sólo llevara tres meses viviendo en España, fui muy consciente de la valentía de aquella mujer desarmada, de los riesgos a los que se exponía por obedecer a su conciencia antes que a los intereses de sus superiores. Su pasión me conmovió tanto como su capacidad para controlarla, sin dejarse llevar por la rabia, sin levantar la voz en ningún momento. Me habría gustado darle un abrazo, pero no me atreví. Tampoco le dije que me parecía admirable, aunque no dejé de admirarla a partir de aquel día.

—En fin, que Dios me perdone —dijo de nuevo, cuando logró recomponerse.

—Dios no tiene nada que perdonarle. Estoy seguro.

—¿Usted cree? —volvió a sonreír, y hasta se permitió una risita—. No sé, no sé... Ya debe de tenerme manía, con todo el trabajo que le he dado hoy.

—Le agradezco muchísimo todo lo que me ha contado, hermana. Nunca lo olvidaré, y haré lo que esté en mi mano por no defraudarla. Eso también se lo prometo.

Nos despedimos con un apretón de manos, y en la suya no hallé menos calor que en sus palabras. La hermana Belén fue la primera aliada que tuve en Ciempozuelos, pero el apoyo de una mujer poderosa no me determinó tanto a seguir adelante como la complicidad de una simple auxiliar de enfermería.

Eduardo Méndez me había dicho que parecía mentira que María Castejón quisiera tanto a doña Aurora, pero cuando desgranó para mí los motivos de su amor, sentí que el relato de su infancia era la única verdad completa, indudable, que había conocido desde que regresé a España. No podía concebir el calvario por el que había pasado mi madre. No podía imaginar la vida de Roque, la cárcel de silencio a la que se había desterrado por su propia voluntad. No podía calcular la violencia del combate que la hermana Belén habría librado consigo misma antes de decidirse a hablar conmigo. No sabía cómo mi hermana Rita podía ser feliz mientras militaba en un partido clandestino, ni por qué Eduardo se había apartado por su propia voluntad de la victoriosa casta a la que pertenecía su familia. Todos los días descubría algo nuevo y desconcertante, otro insospechado motivo para el asombro, pero la estampa de una niña rubia y pequeña, que le daba vueltas a un globo terráqueo sobre una alfombra mientras escuchaba a una mujer que tocaba el piano, era completamente ajena al mundo que me rodeaba. Aquella imagen venía de otro tiempo, de otro país, y se parecía tanto a las que yo podía recordar que tuvo la virtud de rescatarme de mi extrañeza como un bálsamo fantástico, más poderoso que la tristeza que la impregnaba.

Yo había tenido mucha más suerte que María Castejón, pero su camino y el mío se habían cruzado alrededor de una pianista, en un segmento concreto de dos infancias que, más allá del tiempo y la distancia, marcaba las fronteras de un territorio común. La verdad es que da lástima que eche tanto de menos a una loca, ¿no?, una loca asesina, me había dicho, y esas palabras me enfrentaron a mi propia pena como un espejo capaz de reflejar una pobreza distinta, y sin embargo idéntica. Todo lo que quedaba de la España que yo había conocido, del país donde había crecido, de la sociedad en la que me había educado, era la memoria de un invernadero con una mesa, dos sillas y una caja llena de cubos de colores, la implacable voluntad de la paranoica que se había empeñado en corregir el destino de una cría abocada a lavar, a limpiar, a guisar de por vida. Por eso no sólo comprendí su amor. Hallé algo profundamente respetable, casi sagrado, en la luz que alumbraba sus ojos mientras recordaba en voz alta la vida que había deseado, esa vida que tal vez habría podido ser, pero que nunca fue. Y su gratitud, su lealtad, su compasión, me impresionaron menos que el aplomo con el que sostuvo esa verdad ante mí.

134

Para una mujer tan joven, tan indefensa como María, en la situación, en la época, en el país donde vivía, habría sido mucho más conveniente presentarse como una víctima, acentuar los rasgos más siniestros de su relación con una enferma mental, reelaborar la memoria de su aprendizaje para hacerlo encajar en la manía pedagógica de una loca asesina. Pero aquella insignificante auxiliar de enfermería había escogido la verdad, se había obstinado tan tercamente en ella que no sólo se sentía culpable del episodio que había hecho empeorar la situación de doña Aurora. En la segunda de nuestras entrevistas, tal vez menos transcendental que la primera pero más iluminadora para mí, había estado a punto de perder la compostura al recordar que doña Aurora sólo le había hecho bien, más que cualquiera de las personas que asaltaron su cuarto para vengarse de los bultos y las costuras de aquella muñeca tan fea que le había regalado. Tantos años después, el dolor que las dos habían compartido a través de una puerta abierta, era lo que más la emocionaba de todo lo que había vivido en un manicomio de mujeres, el recinto que marcaba los límites de la única realidad que había conocido desde que nació.

María Castejón habría merecido una vida mejor que aquel sueño corrompido que había nacido muerto, pero la pesadilla en la que se había transformado desde entonces no era sólo suya. Eso fue lo que sentí al escucharla, que su experiencia de la alegría y de la desgracia, de la esperanza y la desolación, se parecía demasiado a la mía para que no fueran dos versiones distintas de la misma tristeza, y estaba tan arraigada en los corazones de la gente que andaba por la calle que, mientras brotaban de sus labios, sus palabras iban fabricando una metáfora de su país, del mío. La historia de la nieta del jardinero era un minúsculo fragmento de la historia de España, un pequeño párrafo de un capítulo que nadie se atrevería a escribir en ningún manual, pero su verdad era tan grande como todas las verdades que nadie se atreve a contar en voz alta. Al entregármela, me había enseñado un lenguaje, una clave capaz de descifrar todo lo que no entendía desde que regresé. Pero, sobre todo, había puesto entre mis manos un pico afilado, una herramienta capaz de abrir una brecha en la asfixiante urna de silencio que enrarecía el aire que todos respirábamos. Y la garantía de una complicidad que acabaría siendo preciosa no sólo para nosotros dos.

—María, va a pensar usted que soy un pesado, pero... ¿Puedo pedirle otro favor?

La descubrí a principios de marzo. No solía coger aquel atajo, pero la tarde anterior había ido a Santa Isabel a entrevistar a una paciente y me había dejado la carpeta allí. Crucé el jardín a primera hora de la mañana para recuperarla antes de ponerme a trabajar, y me sobresaltó el movimiento de lo que, a lo lejos, me había parecido un bulto de ropa estirado encima de un banco, junto a una caseta de aperos que lo resguardaba del viento. Todavía no se me había pasado el susto cuando una mujer de mediana edad se incorporó sobre un codo, abrió los ojos, las pestañas todavía pegadas por el sueño, me vio y volvió a tumbarse, tapándose la cabeza con una manta y la vana esperanza de no haber sido descubierta.

Nadie sabía nada de la mujer que dormía en el jardín. Es imposible, me dijo una hermana, con la helada que cayó anoche, se habría muerto... Pero yo la había visto, sabía que estaba viva, que no se había tumbado a descansar un momento antes de que empezara el horario de visitas. Estaba seguro de que había dormido allí pero dejé de insistir para no perjudicarla. Cuando aún estaba a tiempo de callarme, comprendí que nadie duerme al raso en invierno, por su propia voluntad, si tiene dinero para pagarse una pensión.

A principios de mayo, Robles me informó de que la clorpromazina que estábamos esperando desde hacía más de tres meses ya estaba en camino. Aunque a él le pareció un trámite innecesario, oficialmente no hace falta ni que firmen, me dijo, organicé mi agenda para entrevistarme con los tutores legales de las enfermas seleccionadas para el programa, e informarles de las características de la nueva medicación. No me resultó fácil conseguirlo. La mayoría de las familias no tenían teléfono y había que dejarles recado en bares o en tiendas. Algunas, esas a las que la hermana Belén había visto salir corriendo por la puerta del manicomio, nunca devolvieron la llamada. Otras escribieron para decir que no podían pagarse dos viajes en un mes, y que podría contarles lo que quisiera en su próxima visita. Así logré identificar a la mujer que dormía en un banco del jardín.

Rafaelita Rubio tenía veinte años. Era una de nuestra internas más jóvenes y ese no era el único de sus rasgos que llamaba la atención. Sus síntomas me recordaron desde el primer momento a los del señor Friedli. Esquizofrénica, con alucinaciones auditivas, había ingresado a los dieciocho años, poco antes que Walter, y como él, sólo se relacionaba con las voces que sonaban dentro de su cabeza. De vez en cuando, levantaba los ojos, sonreía y susurraba palabras sueltas, frases incompletas, sin sentido. Cuando hablaba con sus voces era posible ver su boca abierta. El resto del tiempo, hasta cuando la hacían llorar, permanecía siempre más apretada que cerrada. Sus conversaciones no desembocaban en episodios violentos hacia los demás, aunque en raras ocasiones se agredía a sí misma. Se tiraba del pelo, se hincaba las uñas en las palmas de las manos o se arañaba la cara. Incluso entonces, sus ataques eran breves, tan superficiales que nunca había sido necesario inmovilizarla, sólo asegurarse de que siempre tuviera las uñas cortadas al ras. Rafaelita era una víctima mansa de su enfermedad, una chica silenciosa y dócil, sumida en una depresión tan honda que había convertido su rostro en un dibujo plano, carente de expresión, de movimiento. Por su comportamiento, debería haber sido clasificada entre las enfermas tranquilas. Si convivía con las agitadas no se debía a sus alteraciones de conducta, sino a las que su aspecto podría llegar a producir en la conducta de los demás. Porque Rafaelita no sólo era una mujer hermosa. Era tan atractiva como yo jamás habría creído que pudiera llegar a ser una esquizofrénica.

En el sector de las agitadas había más control, más personal, un nivel de atención más exigente, más adecuado para prevenir complicaciones. También menos talleres, menos horas al aire libre y oportunidades para entretenerse, pero ella no las echaba de menos. Cuando salía afuera, Rafaelita posaba las manos en el tronco de un árbol del jardín, siempre el mismo, e iba moviéndose a su alrededor, dándole vueltas y vueltas sin detenerse hasta que sonaba el timbre. Mientras lo hacía, sus labios insinuaban algo parecido a un boceto de sonrisa, una expresión apenas perceptible y sin embargo relevante, porque a menudo era la única que lograba mover los músculos de su rostro en todo el día. Parecía disfrutar de aquellos pequeños paseos circulares, pero cuando el timbre la reclamaba, despegaba las manos del árbol, se las metía en los bolsillos y entraba en el pabellón sin rechistar, andando despacio. El resto del tiempo solía estar sentada en una butaca de mimbre, ante una cristalera orientada al jardín, y se pasaba las horas mirando al horizonte con sus ojos castaños, grandes, almendrados, festoneados por unas pestañas tan espesas que parecían pintadas al borde de los párpados. Sus ojos, inexplicablemente dulces, estaban tan apagados como si hubieran perdido la facultad de ver, pero incluso así era imposible no admirar su belleza. Y ni siquiera la perpetua tensión de sus labios soldados menoscababa el perfecto trazado de su nariz, la elegante curva de su mandíbula. Las líneas de su cuerpo no eran tan sutiles, y ahí radicaba el principal problema.

Rafaelita tenía dos pechos grandes y llenos, tan rotundos que su relieve se marcaba como un desafío bajo la manta con la que intentaban taparla en todas las estaciones del año. No era flaca, pero tampoco estaba gorda. La voluptuosa calidad de sus proporciones, la cintura estrecha, las caderas rellenas, los brazos carnosos, redondos, los muslos lisos, tan bonitos como las pantorrillas, actuaban como un reclamo sexual permanente en un recinto cerrado donde no se toleraban las tentaciones. Una norma tácita prohibía a los celadores acercarse a ella. Sólo la tocaban las hermanas, y aunque era una enferma pobre, no dormía en San José, sino en Santa Isabel. Asignada en principio a una sala de treinta camas, la trasladaron pronto a un dormitorio individual cuya puerta se cerraba con llave todas las noches, para evitar que otras internas asaltaran sus sábanas en cuanto se apagaba la luz.

Rafaelita Rubio fue la primera candidata que admití en mi programa, su familia la última de las que accedieron a entrevistarse conmigo. Cuando reconocí a su madre estábamos ya a mediados de mayo, y la clorpromazina no había llegado todavía.

—Yo no entiendo gran cosa de lo que me está diciendo, doctor —me había escuchado en silencio, sin interrumpirme nunca, sin preguntarme nada, sin dejar de mirarme a los ojos—. Pero si usted cree que mi Rafaela va a estar mejor...

Se llamaba Salud y era un modelo del deterioro que ya habría empezado a arruinar la hermosura de su hija si no hubiera sido una enferma mental. Antes de que me lo dijera, ya sabía que había trabajado en el campo toda su vida. Lo aprendí en su piel arrugada, en la aspereza de sus manos hinchadas y, sobre todo, en la pátina polvorienta, apenas perceptible, que se insinuaba en sus cabellos, en sus uñas, en sus ropas, como si la tierra la hubiera marcado de por vida, como si toda el agua y todo el jabón del mundo fueran incapaces de liberarla de su tiranía. Rafaelita se parecía mucho a su madre, pero había que mirarlas más de una vez para descubrirlo, porque sólo tenían una cosa en común. Las dos aparentaban más años de los que habían cumplido. Sin embargo, el atractivo que en la hija parecía un cartel publicitario, señalado por flechas rojas, iluminado con bombillas de colores, en la madre estaba tan enterrado entre los pliegues de una piel mate, cuarteada, dura como la tierra seca, que a primera vista ni siquiera parecía una mujer guapa.

—Haga usted lo que le parezca. Total, la pobre... —hizo una pausa y no encontró nada más que añadir.

Salud venía a ver a Rafaelita cuando podía, casi nunca una vez al mes, aunque sus ausencias no superaban el plazo de un trimestre. Aunque ella no se entere de que estoy aquí, me gustaría verla más, me dijo, pero no puedo. No tengo hermanas, sólo cuñadas, y para poder venir, tengo que mandar a mis hijos a casa de mis padres, que están muy mayores ya. Ella anda mal de las piernas, él está todo el día sentado, y me ayudan mucho, los pobres, esa es la verdad, pero ocuparse de los chicos les complica mucho la vida, así que... Salud vivía muy lejos, en un pueblo de Cuenca tan mal comunicado que cada viaje a Ciempozuelos le suponía dos noches fuera de casa. Las pasaba al raso, la primera en el jardín del manicomio, la segunda en un banco de la estación de ferrocarril de Tarancón, cubierta con las mantas que transportaba en un saco. A veces la gente me pregunta que qué vendo, ¿sabe?, sonrió, me toman por una buhonera, como voy siempre tan cargada... Me contó que era viuda y que tenía otros tres hijos, en principio sanos, aunque el pequeño, que sólo tenía siete años, era un niño triste, al que le faltaban las fuerzas para cualquier cosa. Mi Rafaela es la mayor, y después de lo que le pasó, yo ya no quería tener más críos, pero cuando mi marido volvió a casa pues... Ya ve usted.

No quise preguntarle de dónde había vuelto su marido en 1946, ni cómo había muerto dos años después, pero sí indagué en sus antecedentes familiares. Después de anotar que su abuelo materno se había colgado de una viga cuando ella era niña, igual que uno de sus primos, crucé los dedos mentalmente, aunque sabía de sobra que la esquizofrenia no era una enfermedad hereditaria. Le dije la verdad, que lo más probable era que su hijo tuviera una depresión, le di unos cuantos consejos, le pedí que lo vigilara, que me informara de su evolución en las próximas visitas, y le recomendé que no se angustiara antes de tiempo.

En 1954, tiempo era lo que me sobraba. Y no sólo porque tuve que esperar hasta mediados de septiembre para que Aurora Rodríguez Carballeira me dirigiera la palabra por primera vez.

—Vete a la mierda.

Para aquel entonces, todavía no había conseguido arrancar mi programa. La clorpromazina había llegado a mediados de junio, con más de un mes de retraso sobre la última fecha prevista. El doctor Robles convocó al equipo a una reunión para tratar del tema y achacó las razones a problemas administrativos. La burocracia y las aduanas, ya os podéis imaginar, ahí no tenemos nada que hacer... Antes de que terminara de decirlo, la hermana Belén puso los ojos en blanco, me miró, e inmediatamente después levantó la vista hacia el techo. Aposté conmigo mismo a que estaba pidiéndole perdón a Dios y sonreí, porque no podía sospechar que aquella reunión iba a ofrecerle nuevos motivos de arrepentimiento.

—Bueno, pues ahora que ya tenemos la medicación aquí... —Robles abrió las manos, las unió por las yemas de los dedos, volvió a separarlas como si estuviera ejecutando un truco de magia—. Tengo que pedirles a todos un poco de paciencia.

Cuando terminó de enumerar las razones por las que había decidido posponer el inicio del programa hasta el mes de octubre, la superiora de la comunidad de Ciempozuelos ya no hablaba con Dios, sino conmigo. Se lo dije, fue lo que leí en sus ojos, ¿o no se lo dije? Asentí en silencio y ella me respondió con el mismo gesto, pero después me agarró del brazo para que los dos saliéramos juntos, en último lugar.

—Esto no me huele bien —y no imploró el perdón de nadie antes de transmitirme sus sospechas—. No me creo ni una palabra, así que ándese usted con ojo, doctor Velázquez.

En ese momento, los dos nos dimos cuenta de que Robles nos había echado de menos en la comitiva que avanzaba por el pasillo, porque se volvió para buscarnos, nos encontró, se nos quedó mirando.

—Esta tarde voy a estar en mi despacho —la hermana Belén arrancó a andar muy despacio mientras seguía hablando en un susurro—. Venga usted a verme antes de salir y le invito a un café.

Aunque no logré tranquilizarla por completo, tampoco mentí al afirmar que los argumentos en los que Robles había apoyado su decisión tenían sentido para mí. En otras circunstancias, libre de la impaciencia que habían sembrado tantos retrasos sin justificar, yo mismo habría podido dictaminar que no era conveniente empezar el programa en verano. El efecto de las estaciones sobre los trastornos mentales graves era una cuestión muy controvertida, que había inspirado un debate que duraba ya más de un siglo. Aunque no todos los especialistas estaban de acuerdo, la mayoría de los estudios indicaba que el verano era la estación más peligrosa. No se había descubierto la causa, pero lo cierto era que los índices de ingresos en instituciones psiquiátricas y de suicidios consumados se disparaban en verano, para disminuir abruptamente en otoño. La hermana Belén me dijo que no lo entendía, que debería ser más bien al revés, porque el calor, la mayor duración de los días, la luz del sol... Al llegar a ese punto, se calló.

—Pero puede ser —añadió después de un buen rato—, puede ser... A veces, el verano hace cosas raras.

Esperé durante unos instantes una explicación que nunca llegó. Después fui completamente sincero con ella al admitir que no podía asegurarle que el principal objetivo de Robles no fuera apaciguar a los amigos del padre Armenteros. Pero cuando nos despedimos, ambos estábamos igual de convencidos de que nos convenía contar con la complicidad de los cielos encapotados y la melancólica lentitud de los días lluviosos para calibrar mejor los efectos del nuevo tratamiento.

Al día siguiente de dejarme sin trabajo, mi jefe me animó a tomar unas vacaciones.

—Vete un par de semanas por ahí, Germán. Aunque oficialmente no te correspondan, si el programa tiene éxito, lo más seguro es que el año que viene no puedas moverte de aquí. Eso sí, vete a primeros de julio, por favor. Todos quieren las vacaciones después, y alguien tiene que quedarse.

En mi memoria, Aurora Rodríguez Carballeira estaba asociada al verano. Su crimen, las visitas de mi padre a la cárcel, nuestras conversaciones sobre ella e incluso su juicio, en unos días muy calurosos de finales de mayo, evocaban en mí una temperatura, una luz semejante a la que me deslumbró cuando volví a trabajar al manicomio, a mediados de julio.

No había aprovechado las vacaciones para descansar, sino para mudarme. Aunque mi madre había intentado retenerme en la casa familiar, a finales de junio alquilé un piso que Rita había buscado para mí. Su marido, al que nunca sabía si llamar Rafa, como mi madre, o Guillermo, como su mujer, que me había prometido varias veces que algún día me contaría su historia pero nunca había encontrado el momento de hacerlo, me ayudó a instalarme. Sólo entonces, mientras me ayudaba a mover muebles y a apretar tornillos, me enteré de que, aunque trabajara en una empresa de transportes, era médico, igual que yo. Fue muy simpático conmigo pero, como a tantos españoles que había conocido desde que volví, no le gustaba hablar de sí mismo, y acabamos tan deprisa que no tuve tiempo de averiguar mucho más. Mi nueva casa era una vivienda de un solo dormitorio, pequeña pero suficiente, situada en la calle Hilarión Eslava, tan cerca de Gaztambide como para que mi madre sintiera que no me había ido del todo de su lado. Cuando resolví las cuestiones más básicas, decidí dedicar a Aurora Rodríguez Carballeira el verano que no iba a poder consagrar a la clorpromazina.

—Buenos días, doña Aurora... —el sonido de aquella voz a las once de la mañana la sorprendió tanto que levantó las manos del teclado y se volvió a mirarnos.

El lunes, 2 de agosto, desapareció de golpe la mitad de la plantilla del manicomio. Roque Fernández, el psiquiatra más antiguo entre los que no tenían poder suficiente para elegir la fecha de sus vacaciones, asumió las funciones del director. Intenté contarle mis planes y ni siquiera me dejó terminar. Haz lo que quieras pero no me dejes solo, me dijo. Después de prometérselo, interpreté que su permiso incluía a María Castejón y no me costó trabajo convencerla.

El primer día que me quedé a solas con Aurora, la madre de Rafaelita ya había dejado de dormir en el jardín. Después de pensarlo mucho, descarté acudir a Eduardo o a la hermana Belén, demasiado poderosos para resultar eficaces, y volví a pedirle un favor a María. Cuando le pregunté qué podríamos hacer, me dijo que ya se encargaba ella de todo, que en el manicomio no se tiraba nada, que sabía dónde se guardaban las mantas, los colchones viejos. Cuando le insistí en que no hacía falta que se precipitara, porque yo estaba pensando sobre todo en las noches de invierno, me preguntó si había pasado alguna vez una noche de verano tumbado a la intemperie en un banco de piedra. Cuando le pedí que no corriera ningún riesgo, porque lo último que yo quería era buscarle un problema con la dirección, se echó a reír y me dijo que no me preocupara, que ya se chivaría de mí si hiciera falta. Cuando asumí que mi plan nos convertía en cómplices de un pequeño delito y que, como delincuentes, deberíamos empezar a tutearnos, siguió tratándome de usted y recibiendo de mí el mismo tratamiento. Sin embargo, más allá de esa apariencia de formalidad, nuestra complicidad no dejó de crecer desde que Salud dejó de dormir al raso.

—He venido a verla con el doctor Velázquez —por eso, aquella mañana de agosto en la que entramos juntos en la habitación 19 del Sagrado Corazón, me agarró del brazo sin ningún miramiento para obligarme a avanzar—. Usted ya le conoce. Él suele venir conmigo de vez en cuando, por las tardes. Es psiquiatra, ya se lo conté, ¿se acuerda? Desde hace unos meses, es el psiquiatra que la trata, doña Aurora. Ahora, en verano, tiene más tiempo libre y va a venir a verla por las mañanas. Yo me voy, que tengo mucho que hacer. A las cinco vuelvo.

Hacía más de tres meses que la estudiaba, pero nunca me había quedado a solas con ella. Durante ese tiempo me había concentrado en su relación con María, pero no había dejado de observar cómo iba cambiando su actitud hacia mí. Al principio, su indiferencia era tan absoluta que concluí que no me veía. A medida que me fui acercando a ella, algunas tardes empezó a vigilarme con el rabillo del ojo. Otras, se comportaba como si yo no estuviera allí, pero incluso en esas ocasiones, la hostilidad que le inspiraba mi presencia se hizo tan evidente que María me pidió que me dejara puesta la bata cuando entrara en la habitación. Entonces empezó a hablarle de mí y ya conseguí que me mirara de vez en cuando.

En esa primera etapa avancé con mucha cautela pero, si alguna tarde la encontraba muy tranquila, hablaba un rato conmigo mismo para que me escuchara, sin hacerle preguntas ni esperar intervención alguna por su parte. Procuré alternar relatos del pasado, como su visita con Botella a la consulta de mi padre, los reportajes de Eduardo de Guzmán o el juicio que afrontó en 1934, con los datos de su historia clínica más halagadores para ella. Reconocí su precoz conocimiento de la vasectomía y alabé la no menos precoz seguridad con la que afirmaba la superioridad de la sexualidad femenina sobre la masculina, en contra de lo que parecía una evidencia universalmente establecida hasta hacía muy poco, pero no logré reacción alguna por su parte hasta que se me ocurrió evocar en voz alta el episodio de los muñecos. Aquella tarde me arañó la cara, se fue a la cama y se tapó la cabeza con las sábanas, pero tampoco me dirigió la palabra.

En agosto, cuando comprendió que no podía impedir que me quedara a solas con ella en su habitación, cambió de táctica. En el instante en que yo intentaba hablar, tocaba el piano, casi siempre *Cuadros de una exposición,* siempre con demasiada fuerza, aporreando las teclas sin piedad, como si estuviera deseando hacerlas saltar por los aires. Al terminar un fragmento, se me quedaba mirando con una expresión desafiante. Si me quedaba callado, permanecía inmóvil, con las manos sobre la falda, hasta que me marchaba. Si volvía a hablar, ella volvía a tocar. Cuando me di cuenta de que eso era lo que prefería, tocar y tocar, contestarme con los dedos sobre el teclado hasta lograr enmudecerme con su música, decidí estar callado y, al mirarla, casi podía ver cómo la rabia se iba espesando mientras crecía, cada vez más turbia, más sólida, más caliente y rojiza, en su interior.

En septiembre, cuando volvió Robles, dejé de pasar tanto tiempo con ella pero nunca dejé de ir a verla un rato todas las mañanas. Después de darle los buenos días, colocaba una silla al lado del piano, me sentaba y la miraba, sin decir nada más. Me daba cuenta de que mi actitud la hacía sufrir, y lo lamentaba, pero necesitaba que hablara conmigo, que reconociera mi presencia, aunque sólo fuera para saber por qué yo no le gustaba, qué clase de amenaza percibía en nuestra relación. Lo conseguí una mañana, cuando no llevaba en su habitación ni dos minutos.

—A la mierda —me dijo al fin, pronunciando perfectamente todas las sílabas.

—A la mierda, ¿qué?

—A la mierda tú, inglés —y me señaló con el dedo—. Vete a la mierda.

El 28 de marzo de 1939 abandoné España en el último barco que zarpó del puerto de Alicante.

Escúchame bien, Germán. El viernes, 23 de marzo, mi padre se había empeñado en ir a trabajar como cualquier otro día. Ya había empezado la desbandada. Aunque los hospitales seguían abiertos, muchos médicos y enfermeras en sus puestos, habían desaparecido la mayoría de los funcionarios, los chóferes con sus coches, los motoristas que conectaban unos centros con otros. Aunque en esas condiciones no tenía gran cosa que hacer, él siguió sentado detrás de su mesa hasta la hora de la salida. Después, en el tono tranquilo de los asuntos irrelevantes, comentó que hacía muy buena tarde, que podríamos volver a casa andando, que le habían ofrecido un pasaje en un barco para salir de España, que había decidido cedérmelo para que me exiliara en su lugar. Mientras le escuchaba, yo iba pensando en otras cosas. En que Madrid ya no parecía Madrid. En que apenas circulaban vehículos por las calles. En que el silencio se había convertido en un ruido atronador, insoportable, más estridente que las sirenas que alertaban de los bombardeos, más bronco que las consignas de los manifestantes, más ominoso que el estrépito de los motores de los cazas enemigos. Me preguntó si le había oído. Respiré hondo y no le contesté enseguida, porque acababa de presentir la primavera en el aire. Levanté la cabeza para mirar al cielo y un poco más abajo distinguí brotes nuevos en las copas de los árboles, lunares de un verde húmedo, tierno, que me aplastó de tristeza. Sí que te he oído. Porque la primavera que empezaba no era para nosotros. Pero no voy a irme, papá.

Por supuesto que te vas, él insistió sin alterarse, con la mirada fija en el horizonte. Yo tampoco le miré cuando volví a negarme. El billete es para ti y tienes que usarlo tú, le dije, yo no soy nadie, ni siquiera he llegado a ir al frente, tú eres quien ha trabajado para la Junta de Defensa, y ya sé que no has hecho nada más que coordinar los hospitales, pero de todas formas... Entonces se detuvo. Se volvió hacia mí, apoyó sus manos en mis hombros, me miró de frente. Yo tengo un salvoconducto especial, un documento que garantiza que Franco no podrá hacerme ningún daño, y al decirlo sonrió de verdad, con los labios, con los ojos, con toda la cara. Yo no había vuelto a ver esa sonrisa desde que empezó la guerra, y aquel no era un buen día para sonreír. ¿Un salvoconducto?, pregunté, ¿pero quién...? Pero nada, me interrumpió. Tú vas a hacer lo que yo diga porque no tienes ningún motivo para preocuparte por mí, ¿entendido? El lunes por la mañana, muy temprano, te irás a Alicante en una ambulancia. Esa no va a desaparecer, porque llevará a un par de peces gordos. Ellos ya saben que vas a usar mi billete, no tendrás ningún problema.

Veinticuatro horas antes, como no había más recaderos disponibles, me había mandado a Capitanía para entregar un sobre. El oficial que lo recogió tampoco tenía trabajo, así que me dio conversación. Durante un buen rato, comentamos que Franco no iba a durar mucho, que ya faltaba poco para que estallara la guerra en Europa, que ahora tocaba apretar los dientes y aguantar unos meses hasta que llegaran los aliados. Los dos estábamos igual de convencidos de que el futuro circularía en esa dirección, pero al día siguiente, mientras escuchaba ese pronóstico, mi padre negó con la cabeza y una sonrisa desganada, menos sarcástica que fúnebre, la única que solía tensar sus labios desde el verano de 1936. ¿Y cómo sabes tú lo que va a pasar?, le pregunté con voz destemplada, irritada por su suficiencia. No me contestó. Nunca había querido compartir su pesimismo, y aunque ya había descubierto que llevaba razón, aunque habíamos perdido la guerra, le repetí que no quería irme de España. No quería ser el privilegiado de mi familia, no quería dejarlos atrás, no quería tener otra casa ni otro país, no quería tener futuro, pero él apenas me dejó decirlo. Después, una por una, me fue cortando todas las retiradas.

¿Y qué te espera aquí, Germán?, seguía estando mucho más tranquilo que yo. De entrada, la cárcel, supongo, y si te libras de pisarla, ¿qué harás, a qué te dedicarás? No te van a dejar llegar a la universidad, de eso ya puedes ir olvidándote. Todo lo que has aprendido durante estos años no te servirá de nada, porque eres mi hijo, porque has trabajado conmigo, con mis amigos, ¿lo entiendes? Si te quedas aquí, con suerte serás dependiente de un ultramarinos durante el resto de tu vida, ¿y qué ganaríamos con eso? Hizo una pausa, arrugó la cara, comprendí que bajo su aparente caparazón de indiferencia, le dolía cada sílaba que pronunciaba. He intentado conseguir billetes para todos, pero no soy tan importante, sólo me han dado uno. Lo he pensado muy bien, y creo que lo mejor es que lo uses tú. Tengo un amigo en Suiza, un compañero de estudios de los tiempos de Leipzig, que se ha ofrecido a hacerse cargo de ti. Aprovecha la oportunidad, estudia, consigue un buen trabajo. Si esto termina pronto, podrás volver aquí a hacer algo que merezca la pena. Y si se alarga, que me temo que se alargará, desde el extranjero podrás ayudar a mamá, a Rita, más y mejor que desde dentro. ¿Y tú?, le pregunté, ¿por qué no hablas nunca de ti? Yo tengo un salvoconducto, ya te lo he dicho, y volvió a sonreír con las ganas de antes. Yo tampoco estaré aquí, tú tranquilo.

No lo adiviné. No fui capaz de identificar a tiempo la naturaleza del salvoconducto que invocaba, no me enteré hasta que ya era demasiado tarde. La mañana de mi partida vino a despertarme poco antes de que amaneciera, poco después de que yo hubiera logrado conciliar el sueño. Bajamos a la consulta sin hablar y me ofreció asiento frente a su mesa, como si fuera un paciente más. Aquí lo tienes todo, sacó un sobre de un cajón y lo vació delante de mí, alineando los documentos mientras los acariciaba como si pudieran apreciar el contacto de sus dedos. Tu pasaporte, tu cartilla de sanitario, por si acaso, que nunca se sabe, un poco de dinero que he podido reunir... Son francos franceses. Cuando llegues a Suiza, los cambias. Y tu billete, esto es lo más importante. Está a mi nombre, pero aquí tienes la autorización para usarlo, aquí estás tú, Germán Velázquez Martín, ¿lo ves?, tu número de cédula y todos los sellos del mundo. Para poder embarcar tienes que presentar a la vez el billete, la cédula y la autorización. No pierdas los papeles de vista, no te los dejes en ninguna parte, no se los des a nadie antes de llegar a la escalerilla del barco. Llévalos siempre encima, siempre, ¿entendido?

A los trece años, había empezado a tratarme como a un adulto. A los dieciséis, decidió que no podía estar sin hacer nada y me ofreció trabajo en su departamento. El 28 de marzo de 1939 me faltaba un mes y medio para cumplir diecinueve años y volvió a hablarme como si fuera un niño pequeño. No protesté porque, aunque no quisiera darme cuenta, nunca había vivido un momento más grave, más dramático que aquel. Había conseguido desterrar al último rincón de mi cabeza la idea de que me marchaba sin billete de vuelta. Sentía la clase

149

de excitación que se apoderaba de mí ante la perspectiva de hacer cualquier viaje y eso me bastaba. No quería pensar, no quería saber, no quería sentir nada más que eso. Hasta que mi padre volvió a pedirme que le escuchara.

Escúchame bien, Germán... Una hora más tarde, besé a mi madre, que estaba despierta, a mi hermana, que estaba medio dormida, y le abracé en el portal de nuestra casa para limpiarme en la solapa de su americana las lágrimas que no había sido capaz de tragarme. No conozco a tus compañeros de viaje, sólo sé que son dos, un alto funcionario de Exteriores que no sé qué pinta aquí, porque habría podido salir por los Pirineos, y un líder sindical... Pero cuando entré en la ambulancia me encontré con cuatro pasajeros, un hombre de unos cuarenta años, sin corbata, que apretaba la mano de una mujer de aspecto semejante al suyo, sentados ambos en los transportines de los enfermeros, y un señor bien vestido, que ocupaba la camilla con una chica que tal vez no era su hija, pero tenía edad para parecerlo. Que yo sepa, no viajará con vosotros nadie más... Antes de arrancar, el conductor me ofreció el asiento que estaba a su lado, me anunció que ya estábamos completos, dejé de pensar en las dos mujeres con las que mi padre no había contado. Ahora mismo es imposible calcular la cantidad de gente que está saliendo de Madrid hacia Levante... Cuando dejamos atrás Atocha no eran tantos, pero su número fue creciendo al mismo ritmo que impulsaba el mecanismo del cuentakilómetros, hasta formar dos columnas compactas que a menudo invadían la carretera, obligando al conductor a tocar la bocina para abrirse paso. Ha corrido la voz de que Alicante es la salvación, la gente cree que basta con llegar hasta allí para salir de España... Vi familias enteras, madres con bebés en los brazos, ancianos que cargaban con una silla de enea sobre la espalda, niños exhaustos que lloraban, adultos sombríos que tiraban de sus manos sin querer escuchar su llanto. Se van sin pensarlo, con lo que pueden llevarse a cuestas, es una locura, pero nadie escucha a nadie, nadie se cree ya los comunicados oficiales...

El arcén estaba lleno de maletas y baúles que sus propietarios habían abandonado cuando les faltaron las fuerzas para cargar con su peso. Algunas estaban cerradas, otras abiertas, su interior saqueado por quienes buscaban comida, sólo comida, porque habían desechado ropa, mantas, sombreros, bisutería, objetos que en cualquier otra circunstancia les habrían parecido bonitos, deseables. El conductor de la ambulancia está prevenido, tiene instrucciones de abandonar la carretera general y seguir por secundarias si intentan asaltaros... Todavía no habíamos salido de la provincia de Cuenca cuando dos chicos intentaron subirse al techo y el señor bien vestido, el único que tenía pinta de pez gordo, quizás porque estaba un poco menos flaco que los demás, tampoco demasiado, se puso a chillar como un loco, ¡vámonos, Mariano, vámonos, sal de la carretera pero ya! El ejército de la República todavía no se ha rendido, no faltará mucho, pero eso da igual... El chófer me miró antes de hablar con él, pero don Esteban, vi que tenía la cara blanca, las manos temblando de miedo, yo no sé por dónde vamos a, antes de que acabara la frase sonaron unos tiros por delante de nosotros y mis compañeros de viaje sacaron sendos revólveres de los bolsillos interiores de sus americanas. Durante mucho tiempo habrá demasiadas armas, demasiadas personas armadas en España... Ya voy, dijo entonces Mariano, ya voy, antes de girar a la derecha para avanzar un trecho campo a través y tomar un camino de tierra no más ancho que una pista forestal. Me imagino que no será un viaje tranquilo y por eso, aunque no sepas disparar... Lo último que vi al dejar atrás la carretera general fue una combinación azul cielo con encajes blancos, tirada en el asfalto, y un poco más allá, a una mujer joven, sentada en un mojón de piedra, con los codos apoyados en las rodillas, las manos sobre la cara. Toma, es un revólver como los de las películas, no está cargado, pero aquí tienes nueve balas, ahora te enseño a usarlo, es muy fácil... No pude verle la cara, pero me fijé en que tenía unas piernas muy bonitas, una melena corta de pelo castaño, espeso, brillante, las manos cuidadas, las uñas pintadas de rosa, y pensé que debía de oler muy bien. No digas tonterías, Germán, claro que la vas a usar, ojalá no haga falta, pero esto puede salvarte la vida... Quizás por eso, al verla tan joven, tan sola, tan derrotada, sentí el bulto de la pistola en el bolsillo interior de mi propia americana y el insensato impulso de usarla, de matar a alguien, por mi padre, por mí, por ella. Si alguien te amenaza, tiras al bulto y ya está... Muchas horas después, Mariano señaló hacia delante y me anunció que estábamos llegando a Alicante. Y te voy a decir una cosa que no te he dicho nunca, hijo mío... Entonces cometí la ingenuidad de pensar que ya había pasado lo peor. Te voy a decir lo contrario de lo que te he dicho siempre, hazme caso, Germán, no te apiades de nadie... Habíamos vuelto a salir a una carretera general repleta de gente, pero su aspecto era muy distinto al de la multitud que habíamos adelantado al salir de Madrid. No tengas compasión, porque te vas a encontrar con escenas durísimas, estoy seguro, pero es tu futuro contra el suyo, ¿entiendes?, dime que lo entiendes... Los que habían llegado hasta su destino estaban muertos en vida, sucios, exhaustos, sin fuerzas siquiera para envidiarnos, para levantar la cabeza y vernos pasar por su lado. El puerto de Alicante estará lleno de gente... Pero Alicante entera estaba llena de gente, las calles, las aceras, los portales, cabezas gachas, ojos húmedos, labios crispados, una tristeza que hacía daño, un dolor que dolía, una desesperación que transformó mi suerte en vergüenza. Esta tarde, cuando tú llegues, no cabrá ya un alfiler... Tuvimos que abandonar la ambulancia bastante lejos de la verja y sólo pude despedirme de Mariano, porque cuando me di la vuelta para decirles adiós, mis compañeros de viaje se habían marchado ya. Todos están esperando la oportunidad de subirse a un barco para marcharse de España, pero para eso haría falta que llegaran, que las democracias los enviaran, y por lo que se sabe, no está saliendo ninguno de sus puertos, así que... Don Esteban, el pasajero con traje y corbata, se abría paso entre la multitud a codazos, y creí que no habría otro camino para mí pero, al acercarme un poco más, distinguí a los soldados que regulaban la entrada al recinto del puerto. La mayoría de esas personas son iguales que tú, pero habrá de todo, gente con responsabilidades políticas, gente con responsabilidades penales, delincuentes que ya saben que acabarán en el paredón si no logran escapar... Me saqué del bolsillo el billete, la cédula y la autorización con todo el disimulo que pude improvisar, se los enseñé a uno de los soldados, me di cuenta de que me costaba trabajo respirar. Algunos serán culpables, la inmensa mayoría no, sólo será pobre gente que no quiere vivir en la España de Franco, pero todos estarán igual de desesperados... El soldado me dejó pasar con un gesto de la mano, me dijo que mi barco estaba atracado en el muelle, que fuera a buscarlo, y seguí respirando con dificultad mientras le escuchaba decirle al siguiente de la cola que tenía que esperar un poco, porque ya no cabía nadie más. Tú eres muy joven, Germán, y tienes lo que ellos están buscando, lo que están dispuestos a conseguir a cualquier precio... El soldado no mentía, dentro del puerto había más gente que fuera, militares, paisanos, mujeres enteras, ancianos llorosos, hombros erguidos, espaldas encorvadas, silencio, sollozos, la derrota pesando en las cejas, temblando en los labios, arrugando el ceño de todos los rostros, el pelo sin brillo, la piel mate, canas en las barbas de mejillas que aún no habían cumplido treinta años, hombres como torres que parecían ancianos, chicas quinceañeras que parecían ancianas, niños pequeños que parecían ancianos, una desolación unánime, una tragedia de carne y hueso cuyo corazón palpitaba a duras penas, resistiéndose a la muerte con la heroica terquedad de los suicidas que guardan su última bala para sí mismos. Pero piensa en mí, Germán, piensa que yo me pude marchar de España por el mismo camino que tú en el verano del 36, acuérdate de que pude marcharme y elegí quedarme, trabajar por la República hasta el final, que no se te olvide... ¿Y por qué yo sí y ellos no?, me dije mientras su humillación espesaba el aire y me llenaba la boca de polvo, ¿por qué yo, y no esa niña tan guapa que me está mirando como si estuviera a punto de pedirme algo que no puedo darle?, mientras probaba un sabor sucio a tierra removida que se solidificaba entre mis dientes, ¿por qué yo, y no ese teniente que mira al horizonte envuelto en una manta llena de agujeros?, mientras masticaba aquel polvo imaginario, aquel sabor auténtico, ¿por qué yo, y no esa madre que besa a sus hijos en la cabeza como si pudiera quitarles el hambre con besos? Pude irme a Inglaterra, a Estados Unidos, pude llevaros conmigo, tú lo sabes, Germán, sabes que pude irme y no quise, y por eso tú tienes ahora un billete para subirte a un barco, mi billete... Hasta que dejé de verlos, cerré los ojos porque no me sentía ni siquiera digno de llorar su llanto, y me quedé quieto, respirando por la boca, tragándome mi derrota, su derrota, la derrota, abandonado entre los abandonados, perdido entre quienes estaban más perdidos que yo, y durante un instante decidí quedarme a compartir su suerte pero algún barco, tal vez el mío, hizo sonar su sirena y volví a escuchar la voz de mi padre. El Gobierno de la República me ha concedido el derecho a exiliarme y yo quiero que te vayas tú, que te salves tú, acuérdate de eso, por eso te pido que no tengas piedad, que pienses sólo en ti, porque si no subes a ese barco fracasaré después de fracasar, volveré a perder la guerra después de haberla perdido... Mi barco se llamaba *Maritime,* era un carguero británico muy grande, aunque la pasarela, custodiada por dos marineros que fumaban tranquilamente, estaba tan desierta que parecía un espejismo, una imagen imposible de otro mundo que alguien hubiera recortado y pegado sobre una fotografía del puerto de Alicante. Ten muchísimo cuidado, por favor, no le enseñes a nadie el billete antes de tiempo, no le cuentes a nadie que lo tienes, ni en qué barco te vas a ir... Cuando me acerqué, uno de aquellos hombres me saludó en español con un acento peculiar, me dijo que era chileno y que el capitán no aceptaba más pasajeros, pero le respondí que yo tenía un billete para abordar su barco. Si alguien se da cuenta, intentará engañarte, robártelo, abusar de ti... *Stop,* en ese momento, don Esteban se acercó corriendo por el muelle, la chica joven que no era su hija cojeando detrás de él, porque en algún momento se le había roto el tacón de un zapato. Eso es lo que más miedo me da, Germán, porque la gente desesperada pierde la cordura, la dignidad, un hombre desesperado es capaz de cualquier cosa... *Stop,* don Esteban empezó a hablar con los marineros en inglés, pero el chileno le respondió en español para decirle lo mismo que a mí, que no aceptaban más pasaje, ¿y este?, me señaló con el dedo, el chico tiene billete, ¿tiene usted? Por eso quiero que me prometas que vas a tener muchísimo cuidado... Este billete no es válido, me lo arrancó de las manos, leyó el nombre de mi padre impreso en él, aquí pone Andrés Velázquez, ¿lo ve?, y él no es Andrés Velázquez, pero ese es mi padre, protesté, ya lo sé, pero no eres tú, don Esteban hablaba con el marinero sin mirarme a la cara, no eres tú, a saber de dónde lo habrás sacado, se lo habrás robado, ¡no!, grité, tengo una autorización, ya, entonces don Esteban me miró, eso es lo que dices tú, pero este papel no vale, ¿cómo que no vale? No existe nada más peligroso que la desesperación de un hombre, y no quiero ni pensar... No vale porque lo digo yo, me arrancó la autorización de la mano y la rasgó en cuatro trozos, ¿lo ves?, ya no hay autorización, tu padre tiene cáncer y no ha usado su billete porque sabe que se va a morir, pero eso no te da a ti derecho...

Siempre sabría lo que pasó después, pero jamás he sido capaz de recordarlo. Cuando mi viaje terminó, supe que aquel marinero chileno que no me dijo su nombre se enfrentó a don Esteban por mí. Que le dijo que era un huevón y que ahora sí que su novia no iba a subir al barco de ninguna manera, ni con mi billete ni con ninguno. Que don Esteban volvió a sacar su revólver y alguien disparó desde la cubierta al suelo, a sus pies. Que la gente se arremolinó a nuestro alrededor y yo no me había movido del sitio todavía. Que el capitán del *Maritime* apostó en la rampa a media docena de hombres armados. Que en medio del tumulto, el chileno me dijo algo y no le oí. Que me zarandeó, y como ni siquiera así me volví a mirarle, me cogió del brazo, tiró de mí. Que me llevó a rastras por el muelle hasta otro barco, obligándome a atravesar una muralla de personas que esperaban una oportunidad que no tendrían, porque ninguna nación del mundo estaba dispuesta a ayudarles, porque sus vidas no valían nada, porque su suerte no le importaba a nadie. Que habló en inglés con uno y me puso una mano en el hombro antes de marcharse. Que ese uno era otro marinero que volvió a cogerme del brazo para tirar de mí, que abrió una escotilla, que me empujó dentro. Que me encontré en una bodega oscura, llena de cajas, de baúles, de otras personas que debían de haber entrado por el mismo camino que yo. Que me senté en el suelo, doblé las rodillas, apoyé la frente sobre ellas, y les escuché hablar, hacerme preguntas que no contesté. Que pasaron unas cuantas horas, quizás tres o cuatro, hasta que el barco zarpó. Que en ese momento, mis compañeros de la bodega empezaron a aplaudir, a gritar, a llorar, a reírse, a saltar, y yo seguí sentado, inmóvil, con la cabeza sobre las rodillas, los ojos cerrados. Que se fueron todos y seguí respirando por la boca, incapaz de moverme, de pensar, de saber nada excepto que mi padre iba a morir, que me lo había dicho, que no había logrado interpretarlo. Todo eso supe, sin ser capaz de recordarlo después, hasta que me di cuenta de que no estaba tan solo como creía.

Cuando un ruido pequeño, misteriosamente grimoso, se abrió paso hasta el fondo de mis oídos, abrí los ojos y apenas llegué a ver nada, pero adiviné que las sombras que se movían a ras de suelo formaban parte de toda una nación de ratas. Entonces, sin ser consciente de haberlo decidido, me levanté y salí de aquella bodega por una escalera que me desembarcó en un corredor pobremente iluminado, donde las vi ya correr a sus anchas. Mi padre iba a morir. Me lo había dicho a su manera. Yo no le había entendido. El salvoconducto especial que iba a librarle de Franco era la muerte y tendría que haberlo adivinado. Por eso había seguido yendo a trabajar. Por eso había seguido visitando hospitales. Por eso estaba pendiente del teléfono de su despacho cuando ya nadie llamaba a nadie ni esperaba que nadie descolgara. Mi padre no iba a concederle a Franco el placer de condenarle a la pena capital porque ya estaba sentenciado. Él tenía la muerte asegurada, pero yo estaba vivo. Sólo lo descubrí gracias a la repugnancia que me inspiraron las ratas que corrían por las bodegas del *Stanbrook*.

Corrí yo también hasta que encontré una sombra de resplandor lunar, un camino hacia la cubierta. Mientras duró la travesía, no llegué a pisarla. Estaba demasiado llena de gente y no tenía fuerzas para seguir avanzando a codazos. Me quedé al otro lado de la puerta, viendo el cielo estrellado sobre una apretada muralla de cuerpos, y durante un instante me sobrecogió el silencio, tanta gente tan callada, hasta que un ronquido lejano me reveló que estaban durmiendo. El olor del mar certificó que en algún momento, sin darme cuenta, había vuelto a respirar por la nariz. No sabía en qué hora vivía. El barco había zarpado al atardecer, ya era noche cerrada, estaba muerto de cansancio, tenía sueño y no lo tenía. Me escurrí despacio hasta conseguir un hueco suficiente para sentarme en el suelo con las piernas dobladas y allí, rodeado de cuerpos sucios, que apestaban a humedad, a sudor, lloré durante mucho tiempo, hasta que me quedé dormido sin haber dejado de llorar.

Desde entonces hasta el crepúsculo del 29 de marzo de 1939, veintidós horas después de que el barco zarpara del puerto de Alicante, todo lo que hice fue levantarme para volver a sentarme en el mismo sitio y levantarme de nuevo después. Ni siquiera sabía adónde habíamos llegado cuando el *Stanbrook* atracó en el puerto de Mazalquivir. Sólo entonces, mientras una multitud que parecía llenar hasta el último centímetro cuadrado de espacio disponible se precipitaba hacia delante con la intención de desembarcar, logré pisar la cubierta, respirar aire fresco, dar tres o cuatro pasos. ¿Dónde estamos?, escuché una voz de hombre, no lo sé, la voz de una mujer que contestaba, me parece que han dicho que al lado de Orán, ¿y eso dónde es? Es en Argelia, respondí, estamos en Argelia, repetí, como si me extrañara el sonido de mi propia voz, en Argelia...

En 1934 había vuelto a suspender el francés. La responsabilidad fue sólo mía, pero en su origen estuvo de nuevo Aurora Rodríguez Carballeira. Su juicio se celebró en los últimos días de mayo y mi padre no sólo no testificó como perito. Estaba tan indignado porque se hubiera hecho coincidir el proceso por el crimen de Hildegart con el de los asesinatos de Casas Viejas, que ni siquiera lo siguió por la prensa. Yo no sabía si mi padre acertaba al suponer que habían intentado tapar con la popularidad de Aurora los asesinatos de veinte civiles indefensos en un pueblo de Cádiz, pero lamenté mucho que Eduardo de Guzmán decidiera cubrir para *La Tierra* el proceso contra el capitán Rojas, y no el que condenó a mi asesina favorita. A cambio, la actitud del doctor Velázquez, que no había vuelto a verla desde septiembre del año anterior, cuando su amigo Juan aceptó un ministerio y renunció a su defensa para no retomarla al cabo de dos meses, cuando le cesaron, me permitió perder el tiempo en la plaza de las Salesas durante tres días enteros. No me dejaron asistir al juicio porque era menor de edad, pero madrugué para ver llegar a doña Aurora y me quedé en la puerta de los juzgados, pendiente de los rumores que florecían en los corrillos, todas las horas que debería haber dedicado a estudiar francés. Después, la lectura apasionada de las extensas crónicas del juicio que publicaron los periódicos y mi propia pereza me estorbaron para preparar un examen final que suspendí justamente. Entonces no podía imaginar lo útil que me resultaría el francés a partir del 31 de marzo de 1939.

Hasta aquella mañana, nadie pudo bajar a tierra. Durante cuarenta y ocho horas de angustia, todos los pasajeros del *Stanbrook* compartimos la misma pesadilla. Cuando las autoridades francesas nos negaron el desembarco, cundieron rumores oscuros como nubes de tormenta, cálculos en principio razonables que se fueron cargando de miedo, de ansiedad, hasta proyectar sobre nuestras cabezas la tétrica sombra de un inmenso cadalso. No podíamos vivir en aquel barco eternamente. Si habíamos abandonado nuestro país para no llegar a ninguna parte, antes o después nos devolverían a España. Y allí, la simple condición de pasajeros del *Stanbrook* nos acarrearía un consejo de guerra con un único final posible. Ante esa perspectiva, la cubierta de nuestra salvación se convirtió en una réplica exacta del muelle del puerto de Alicante. Los gritos y los saludos, las risas y el júbilo del atardecer, desembocaron en una noche siniestra de llanto y desesperación. Por la mañana, se nos acercaron algunos barcos pequeños, lanchas y pesqueros en los que los exiliados republicanos de Orán vinieron a traernos comida, y el humor mejoró, porque la mayoría de nosotros no había probado bocado en más de cuarenta y ocho horas. Sin embargo, hasta que pude hincarle el diente al panecillo que me tocó en el primer reparto, ni siquiera me había dado cuenta de que estaba muerto de hambre.

El 30 de marzo, el capitán Dickson bajó a tierra para tratar con las autoridades de nuestro desembarco. Al día siguiente, ancianos, mujeres y niños pudieron pisar el muelle de Mazalquivir sin ningún trámite previo, pero los hombres fuimos interrogados y retenidos a bordo. El gendarme que me tocó en suerte entendió perfectamente todo lo que le dije, pero mi satisfacción por la soltura con la que conseguí hablar con él no duró mucho. No comprendí por qué me negaba el permiso para bajar a tierra y la segunda vez que se lo pregunté, me respondió que no insistiera más porque no estaba autorizado a explicármelo.

La lengua francesa, el cruel instrumento de tortura que atormentó mi infancia, se convirtió en la principal herramienta de mi vida cotidiana. En francés aprendí que todos los españoles en edad militar tendríamos que pasar una cuarentena a bordo del *Stanbrook* antes de bajar a tierra. En francés me informaron de que las autoridades coloniales francesas nos darían una comida al día y ninguna explicación sobre nuestro confinamiento. En francés respondí a un segundo interrogatorio en una comisaría de Orán, a la que fui conducido de inmediato en un primaveral mediodía de la segunda semana de mayo, cuando logré poner los pies en tierra firme. En francés expliqué mi situación, informé a un gendarme de que tenía algún dinero, le aseguré que el profesor Samuel Goldstein, miembro del cuerpo de psiquiatras de la Maison de Santé de Préfargier, el manicomio de Neuchâtel, en Suiza, se haría cargo de mí. En francés escuché que mi palabra no tenía ningún valor, que mi dinero alcanzaría para comprar un billete de barco de tercera clase a Marsella, que eso daba igual porque no estaba autorizado a abandonar Orán. En francés me explicaron que para mí sólo había dos futuros posibles, una invitación expresa del ciudadano suizo que se hubiera ofrecido a acogerme en su casa, siempre que proporcionara garantías suficientes al Gobierno de París de que no iba a quedarme a vivir en su territorio y llegara acompañada de un billete que sólo él podría comprar y enviarme, o un campo de trabajo donde me reencontraría con la mayor parte de mis compañeros del *Stanbrook*, que se estaban incorporando ya a las obras de construcción del ferrocarril transahariano. En francés, una variante horrible y cargada de faltas de ortografía, escribí una carta al doctor Goldstein, explicándole mi situación, rogándole que escribiera a mis padres para que supieran que estaba vivo y a salvo, ofreciéndome a devolverle el importe de mi billete si se decidía a enviármelo. En francés me relacioné con los gendarmes que me trajeron la comida y me vendieron tabaco durante el mes y medio que pasé en un calabozo de aquella comisaría, donde ocasionalmente tuve algunos compañeros franceses y argelinos, nadie con quien pudiera hablar en español. En francés me recibió el comisario, ante una mesa con un calendario en el que pude ver que estábamos ya en los últimos días de junio, para enseñarme la reserva de primera clase con destino a Marsella que había enviado el doctor Goldstein junto con una carta en la que respondía con total satisfacción a los requisitos que solicitaba el Gobierno de Francia. En francés me despedí del gendarme que me hizo firmar el oficio de mi puesta en libertad y me devolvió la bolsa de viaje con la que había salido de Madrid y los francos que había tenido la precaución de poner bajo su custodia al quedar retenido, pero no el revólver que me había dado mi padre, ni una pluma estilográfica de plata a la que le tenía mucho cariño, porque los españoles no estábamos autorizados a llevar armas, ni objetos que pudieran usarse como tales, en Orán. En francés canjeé mi reserva por un pasaje para un barco que zarparía al atardecer del primer día de julio, alquilé una habitación en un hotel barato, ordené una comida sabrosa y abundante como no había disfrutado en muchos meses. En francés abordé un buque de pasajeros que sólo se parecía al *Stanbrook* en su capacidad para surcar las aguas, y me dejé conducir a un camarote grande, lujoso, en la cubierta de primera clase, donde la moqueta, la madera barnizada, el mullido espesor de las almohadas, las tersas sábanas de lino, me inspiraron una tristeza que no había probado aún, la certificación irrevocable, definitiva, de que me había convertido en un exiliado, un apátrida condenado a vagar por el mundo sin poder regresar nunca a su hogar. En francés me saludó, al arribar al puerto de Marsella, un hombre de unos cuarenta años y aspecto sombrío, que sostenía un cartel con mi nombre y que, después de darme los buenos días, apenas volvió a hablar, mostrándome con gestos el camino hacia su coche, un Peugeot grande, no demasiado nuevo. En francés, pero con un acento extraño, me comunicó nuestro destino con una sola palabra, Neuchâtel, y cuando me señalé a mí mismo y pronuncié mi nombre, Germán, él sonrió para dejarme ver una dentadura irregular, con tantos dientes oscuros como ausentes, me imitó y me dijo que se llamaba Helmut. En francés, porque yo no sabía una sola palabra de su idioma, nos comunicamos a duras penas en un eterno viaje por carreteras repletas de coches de personas felices que se iban de vacaciones con los maleteros abarrotados de bultos, como si el mundo fuera un jardín placentero y la guerra un asunto remoto, ajeno desde luego a sus tranquilas preocupaciones. En francés le pregunté por dónde íbamos a pasar la frontera con Suiza, y se limitó a contestarme que no frontera, soltando una retahíla en alemán que no entendí en absoluto mientras dibujaba con el dedo en el aire un rectángulo sobre el que parecía escribir unos signos incomprensibles. En francés leí, cuando llegamos a un pequeño puesto fronterizo, que existía un carril reservado para coches con matrícula suiza, y comprendí al fin que el pobre Helmut no iba a secuestrarme, ni a matarme para robarme, como había temido en algunos momentos, durante las largas horas en las que había intentado comunicarme con él en vano. Y en francés le di las gracias y un abrazo cuando me depositó en la puerta de la casa de la familia Goldstein, a la hora de la cena del 4 de julio de 1939, tres meses y seis días después de que me despidiera de mi padre en el portal de nuestra casa de Madrid.

Samuel Goldstein me recibió con un abrazo aún más caluroso, antes de presentarme a su mujer, Lili, y a sus dos hijas menores, Else y Rebecca. En ese instante comprendí que lo primero de todo lo que tendría que hacer en Neuchâtel, sería empezar a estudiar alemán.

Los primeros días de octubre de 1954 fueron muy poco otoñales. El verano se diluyó lentamente en mañanas alegres, tardes templadas que consintieron que las internas siguieran saliendo al jardín, a disfrutar de una luz que se deshilachaba poco a poco, como si el sol estuviera recubierto por una gasa antigua, frágil, pero capaz de irradiar una ilusión de calor. En esos días amables, que transformaron el implacable secarral de Ciempozuelos en un espejismo de placidez, pude al fin arrancar el programa que me había impulsado a regresar a España.

La puesta en marcha de la nueva medicación imprimió a mis jornadas un ritmo frenético, estrictamente opuesto a la pereza del otoño. Después de tantos retrasos, el doctor Robles participó en los preparativos con un entusiasmo que parecía calculado para disipar cualquier sospecha de oposición a mi trabajo. Con su autorización, y las bendiciones de la hermana Belén, trasladé a las internas que había seleccionado, las agrupé en tres secciones del mismo pabellón y recuperé mis viejos hábitos de entomólogo. Conocía bien el proceso de los esquizofrénicos tratados con clorpromazina, pero los meses de inactividad y mi empeño por demostrar sus efectos me llevaron a anotar minuciosamente todos los cambios que pude observar en las enfermas sometidas al nuevo tratamiento, por pequeños que parecieran.

A principios de noviembre cayó por fin, de golpe, toda la lluvia que habíamos esperado en vano durante los dos últimos meses. Las nubes asfixiaron al sol que nos había bendecido más de la cuenta, la luz natural se convirtió en un bien rarísimo, y el frío resplandor blancuzco de los tubos de neón impregnó de tristeza la atmósfera de cada rincón del manicomio, desde la mañana hasta la noche. Mientras tanto, las enfermas tratadas con clorpromazina no dejaron de experimentar una lenta, progresiva mejoría que incrementó su vitalidad, al tiempo que apaciguaba su ánimo y debilitaba sus síntomas. Cada vez que nos cruzábamos por un pasillo, la hermana Belén me daba uno de esos abrazos que yo nunca me había atrevido a darle a ella. El doctor Robles manifestaba su satisfacción sin palabras, con una perenne sonrisa que no iba dirigida a mí, sino a sus posibles ascensos, aunque no dejara de darme las gracias por mi empeño. Y antes de que empezáramos a recibir visitas de los psiquiatras del manicomio de hombres, las hermanas me contaron que en Ciempozuelos no se hablaba de otra cosa.

En algunas pacientes, la medicación funcionó a corto plazo como un poderoso tranquilizante, sin efectos ulteriores, pero en otras obtuvimos resultados más felices. Como ya había sucedido una vez con Walter Friedli, después de un mes y medio de tratamiento Rafaelita Rubio empezó a comunicarse sucintamente con el mundo. De vez en cuando pedía lo que necesitaba con palabras e incluso sonreía a quien se lo proporcionaba. Cuando Eduardo y Roque vinieron a verla, el asombro que se dibujó en sus rostros me devolvió la expresión del mío en los días ya lejanos del ensayo clínico de Berna. Y hasta María Castejón se atrevió a invertir el sentido de nuestra relación para pedirme un favor.

—Verá, doctor, es que, mirando a Rafaela, el otro día me quedé pensando... —se puso colorada de pronto, como si le diera vergüenza lo que iba a decirme—. Ya sé que usted no puede tener favoritismos, que además ella es muy vieja y que lo que tiene no son exactamente alucinaciones. Sé que sus síntomas son distintos, pero...

—Por eso, María —anticipé mi respuesta a la pregunta que no se atrevía a hacerme—. Doña Aurora no es esquizofrénica, su patología es diferente. La clorpromazina no le haría efecto. Lo sé porque en el ensayo que hice en Suiza mediqué a algunos paranoicos y...

—Ya, ya —cerró los ojos, me puso una mano en el brazo para indicarme que no hacía falta que siguiera, y me di cuenta de que, aunque yo la había tocado algunas veces, era la primera vez que ella me tocaba—. Me lo imaginaba, pero tenía que intentarlo, ¿no? Porque es que, además, ella... —su sonrojo subió un par de grados—. Nada, nada. Me voy, que tengo mucha prisa.

En ese momento calculé que hacía más de una semana que no pasaba a ver a doña Aurora. El plazo de esa ausencia me habría impresionado más si un segundo después no me hubiera dado cuenta de que llevaba el mismo tiempo sin ver a mi madre. Cuando la llamé para preguntarle si aquella tarde iba a estar en casa, me preguntó a su vez, con ironía, que dónde quería que estuviera, con el tiempo tan bueno que hacía. Llevaba dos días enteros sin parar de llover y hacía mucho frío, pero en

Gaztambide 21 encontré todas las luces encendidas, un ambiente tan ruidoso como si se estuviera celebrando una fiesta. Reconocí la risa de mi hermana entre las que se oían en el salón. Rita había venido a pasar la tarde con los niños, pero no estaba sola. A su lado, en el sofá, encontré a una desconocida que se quedó con mis ojos y no me los devolvió.

No era una mujer guapa. Si lo hubiera sido, no me habría impresionado tanto. Había muchas mujeres guapas, casi todos los días me cruzaba con alguna, pero aquella era otra cosa. Tenía unos ojos preciosos, negros, enormes, que brillaban como el agua mansa de un pozo muy hondo, la nariz larga, muy fina, los labios demasiado delgados para una boca tan grande, una piel perfecta, que despedía el brillo de una superficie de cobre bruñido a conciencia. Llevaba el pelo, tan oscuro como los ojos pero mucho más pobre, recogido en un moño pequeño y apretado, a la altura de la nuca, un peinado que despejaba su rostro para acentuar su perfil afilado, de mejillas hundidas y pómulos salientes. No era una mujer guapa. Si lo hubiera sido, me habría resultado más fácil dejar de mirarla, advertir que no era la única visitante que se había acercado a ver a mi madre aquella tarde, fijarme en la mujer que estaba a su lado. Debía de ser su hermana mayor, porque aparentaba más edad y se parecían como dos gotas de agua, aunque no tenían nada que ver. Esa otra mujer, rasgos casi idénticos combinados en una cara corriente, tenía las piernas mucho más feas, pero igual de largas. Ella no. Mientras las recorría con los ojos, descubrí que llevaba un zapato ortopédico con cuña en el pie derecho. Aquel detalle no sólo no me desanimó, sino que aumentó mi fascinación hasta un punto en el que mi silencio llegó a hacerse embarazoso.

—Germán —Rita se levantó, me besó en la mejilla, me agarró del brazo—, te voy a presentar a unas amigas, aunque igual ya conoces a Pastora, ¿no?

Me clavó el codo en las costillas por si no me hubiera dado cuenta de que estaba ofreciéndome una salida airosa, que aproveché dócilmente.

—Creo que no —la chispa risueña que iluminó sus ojos me reveló que estaba acostumbrada a provocar ese efecto en los desconocidos—. Al principio me ha recordado a una familiar de una de mis pacientes, pero creo que no nos hemos visto nunca... —me adelanté, fui hacia ella, le tendí la mano—. Mucho gusto.

—Igualmente —la estrechó sin levantarse del sofá y giró la cabeza hacia su acompañante, como si pretendiera enseñarme la súbita, inexplicable belleza que el escorzo imprimía a su rostro—. Mi hermana...

Carmen sí se levantó. Al darle la mano, tuve que obligarme a mirarla, atrapado aún en la disparidad de sus voces. Pastora tenía una voz grave, incluso ronca, mucho más fea que la de su hermana, aunque se ajustaba admirablemente a los contrastes de su rostro, de su cuerpo. La voz de Carmen era fina, armoniosa, limpia como un cristal. En la garganta de Pastora resonaban los fragmentos a los que había quedado reducido un cristal semejante cuando se rompió en pedazos, y ese sonido me gustó más.

—Nos vamos ya —aunque no podría escucharlo mucho tiempo, porque se levantó por fin del sofá antes de que yo tuviera tiempo para sentarme—. ¿Sigue lloviendo?

—¡Ay, espera un momento, mujer!

Cuando iba a responder que sí, mi madre se levantó de un brinco y salió a toda prisa del comedor. Volvió enseguida, con algo encerrado en una mano que movió en el aire, hacia Pastora.

—Toma —eran unas medias que metió en un envoltorio de papel del que sacó otras primero—. Casi se me olvidan, te las doy en la misma bolsa que me has traído, ¿te caben en el bolso?

—Claro. Intento tenerlas para pasado mañana, a ver si te las puedo traer el sábado.

Si no hubiera llevado tanto tiempo sin ver a mi madre, la habría acompañado hasta el metro con cualquier excusa. Si no lo hice, fue porque ella habría protestado, desde luego, hijo, para un día que apareces, te vas corriendo, y eso no me convenía. Por eso me quedé, aunque esa decisión no me ahorró otra regañina.

—Hay que ver, Germán, cómo te has quedado mirando a Pastora. Ten cuidado, hijo, porque como es coja...

Entonces, Rita se echó a reír.

—No la miraba así por coja, mamá... —me miró y yo me reí con ella—. Por ese lado puedes estar tranquila.

En ese instante, mi sobrino Manuel tuvo el detalle de caerse encima del coche con el que estaba jugando en el pasillo y se hizo daño. Su llanto, que movilizó a su abuela en un instante, me permitió cambiar de conversación cuando volvió con el niño en brazos. Hablé de la marcha del programa, de los progresos de mis pacientes, de las sonrisas de Rafaelita, hasta que mi hermana miró el reloj, dio un chillido y empezó a abrigar a sus hijos.

—Te acompaño, que vas muy cargada —con Rita sí me atreví, y ella no quiso decirme que no.

El sábado siguiente, a media tarde, cuando localicé el taller de reparación de medias donde trabajaba y me metí a hacer tiempo en la cervecería que había al lado, ya sabía que Pastora se había quedado viuda en 1949. Su marido, un tal Sanchís, militante comunista infiltrado en la Guardia Civil, donde llegó a ser teniente, se había metido una bala en la sien con el arma reglamentaria después de liquidar a un guerrillero que pretendía traicionar a sus camaradas. Tras su muerte, Pastora abandonó a toda prisa el pueblo de la sierra de Jaén en cuyo cuartel habían vivido juntos y se vino a Madrid. Al principio se instaló en casa de su hermana, una buhardilla de la calle Buenavista que el partido ilegal donde militaban todos ellos usaba como piso franco para esconder a clandestinos, principalmente heridos que requerían una convalecencia prolongada. Mi hermana había ido a ver a uno de aquellos huéspedes cuando Pastora llamó al timbre. Así se conocieron, y aunque la viuda del guardia civil no se quedó allí mucho tiempo, porque durante dos o tres años estuvo obligada a ir a firmar a una comisaría cada quince días y a nadie le convenía que constara ese domicilio, nunca perdieron el contacto. En el último año se habían visto todavía más a menudo, porque mi madre y ella le llevaban siempre las medias que se les rompían. Pastora se las remendaba con el máximo descuento que autorizaba su jefa y solía pasarse por Gaztambide a la salida del trabajo, para que mi madre no tuviera que molestarse en ir a por ellas hasta la calle Arapiles. Rita no se explicaba que no hubiéramos coincidido antes, pero tampoco se detuvo mucho tiempo en los caprichos del azar. Me contó que Pastora vivía en una pensión, cerca de Quevedo, y que su hermana Carmen estaba empeñada en que volviera a casarse aunque ella no quería ni oír hablar del tema.

—A ver, yo entiendo a Carmen, porque la verdad es que Pastora, así, no está nada bien... —ya habíamos llegado a su casa y siguió hablando mientras les quitaba los abrigos a los niños, sentaba a la pequeña en una trona, preparaba el baño para el mayor—. Si encontrara un buen hombre, podría dejar de vivir de pensión, ganar tiempo para buscarse algo mejor que ese trabajo de mierda donde la explotan por dos pesetas, y hasta tener hijos, que ella dice que no puede, pero igual, cambiando de marido... Tampoco perdería nada, porque para la Guardia Civil es la viuda de un traidor. No cobra un céntimo de viudedad, no tiene vivienda, ni economato, ni derechos de ninguna clase, y si no la metieron en la cárcel después del suicidio de Sanchís no fue por falta de pruebas, sino para no darle publicidad al asunto. Desde el primer momento se lo dijeron, se lo repetían en la comisaría cada vez que iba a firmar, que estuviera callada, que como le contara algo a alguien tendría que pagar las consecuencias. Para ellos es una humillación haber tenido dentro a un comunista al que ascendieron, y condecoraron, y trataron como a un héroe, eso desde luego, pero nunca le han prohibido que vuelva a casarse, al contrario, yo creo que se quedarían más tranquilos y, a lo mejor, hasta la dejaban en paz. Para una mujer como Pastora, pobre y con antecedentes, ser independiente en esta mierda de país es muy difícil. Ella lo sabe, y le sobran pretendientes, como te puedes imaginar. Es una mujer muy especial, ¿verdad? Según como le dé la luz, a veces parece hasta fea, con esa cara tan dura, tan llena de huesos. Y tiene un tipazo, desde luego, pero también es coja, aunque tenga las dos piernas igual de bonitas. Yo no entiendo cómo puede sentarle tan bien la ropa con un zapato de tacón y otro de cuña, pero llama la atención con cualquier cosa que se ponga. Total, que tendría dónde elegir, pero... Cada vez que Carmen le dice que debería casarse, se levanta y se va. Yo creo que sigue estando enamoradísima de su marido, orgullosísima de él, y así, pues, ¿qué quieres? Ninguno le gusta más que para pasar el rato.

Cuando volví a cruzar el jardín para sentarme a cenar con mi madre, pasar el rato con Pastora me parecía un plan inmejorable. Sin embargo, el relato de Rita había infiltrado en mi ánimo una semilla de tristeza retardada que se activó al día siguiente, como si la humedad de una nueva noche de lluvia incesante la hubiera hecho brotar. En alguna esquina, difícil de distinguir a simple vista, la historia de Pastora, un matrimonio indeseable como solución, estaba conectada con el destino de María, esa niña que, a pesar de todo lo que había aprendido, se había convertido en la mujer que estaba prevista a base de limpiar, lavar y encalar paredes para borrar las huellas de los dedos manchados de mierda de las enfermas mentales. Para las mujeres pobres, con antecedentes, la independencia era muy difícil y la explotación, la humillación, la pobreza, se daban por descontadas. Mientras me apiadaba de Pastora comprendí que la compasión era una mala aliada para el deseo, pero al día siguiente la lluvia me pareció más triste que nunca, no encontré fuerzas para combatir su tristeza. Sin embargo, el sábado por la mañana salió el sol. La luz jugaba con los reflejos del agua como si aspirara a sembrar en los charcos de Ciempozuelos la semilla de una belleza que no merecían, la tarde que tenía por delante se convirtió en un horizonte amable, aquella mujer me gustaba demasiado como para renunciar antes de intentarlo.

Me bajé del taxi en la glorieta de San Bernardo, como todos los días, le dije a Eduardo que tenía un compromiso y me fui andando hasta la calle Arapiles. El taller de reparación de medias Chelito era un local con puerta de calle, pero por su aspecto y su tamaño más parecía el chiscón de una portería, un túnel angosto, húmedo. Bajo los potentes neones del techo, cuyo efecto reforzaban otras tantas lámparas de sobremesa que emitían una luz muy blanca, seis mujeres trabajaban inclinadas sobre los cilindros de metal en los que cada una recosía medias con una aguja eléctrica. El taller estaba amueblado con una mesa corrida, seis sillas y un mostrador, junto a la entrada, donde una señora leía una revista, sentada en un taburete de la altura ideal para controlar a las trabajadoras de un vistazo. La única decoración del local era un calendario del año anterior con todas las hojas arrancadas, pero detrás de la puerta de cristal, justo en el centro, un cartel indicaba los horarios del negocio, que los sábados cerraba una hora y media antes de lo habitual, a las siete en punto. No pude distinguir a Pastora porque debía de ocupar uno de los puestos más alejados de la puerta, pero no podía estar en otro sitio. Me tomé dos cervezas mientras la esperaba y, en efecto, al cabo de media hora, la vi salir del taller en último lugar.

Tic toc, tic toc, tic toc. Sus pasos producían un ruido tan dispar como la longitud de sus piernas, agudo el del pie izquierdo, calzado con un zapato de tacón, grave el del pie derecho, nivelado por una cuña ortopédica, pero aquella tarde apenas lo percibí. La vi venir directamente hacia mí, mirarme de frente como si nunca hubiera tenido la menor duda de dónde estaría yo aquella tarde, a aquella hora, y me puse tan nervioso que no encontré la manera de saludarla.

170

—¡Qué casualidad! —me sonrió con una ironía limpia, que no pretendía ser desagradable—. No me digas que pasabas por aquí.

—No, claro que no... Bueno, en realidad, sí, aunque... No sé qué decirte... —hice una pausa, menos para ordenarme la cabeza que para dejar de hacer el ridículo—. Estaba en la glorieta de San Bernardo, que es donde me deja el taxi que me trae de Ciempozuelos, y se me ha ocurrido venir a recoger las medias de mi madre.

—Ya —dejó de sonreír para mirarme con curiosidad—. ¿Y qué hacías tú en Ciempozuelos?

—Trabajo allí, en el manicomio de mujeres. Soy psiquiatra.

—¿En serio?

La relación con las mujeres siempre había sido conflictiva para mí. No se me notaba porque desde el principio de mi carrera había trabajado siempre en hospitales donde abundaba el personal femenino. Aunque normalmente eran mis subordinadas, no me costaba trabajo cultivar su complicidad, convertirme en su amigo. Sin embargo, cuando alguna me gustaba, nunca encontraba una manera de ir más allá. Mis intentos eran tan torpes que algunas de mis favoritas ni siquiera llegaron a darse cuenta de que eran intentos. Entre las que acertaron a detectarlos a tiempo, coseché muchos menos éxitos que fracasos, casi siempre por mi culpa. En mi juventud no solía acertar con la velocidad del cortejo. Casi siempre iba demasiado despacio, pero cuando aceleraba para subsanar ese error, el resultado era peor todavía. Mi matrimonio, lejos de resolver el problema, aumentó mi inseguridad, la sospecha de que las mujeres siempre serían un problema para mí. Pero cuando conocí a Pastora, esa deficiencia se convirtió en una ventaja, porque cualquier hombre con un abultado historial de seducciones habría sido incapaz de entender correctamente lo que estaba a punto de ocurrir.

—No te pareces nada a tu hermana, ¿eh?

Mi profesión le había interesado tanto que ella misma sugirió que nos tomáramos un café, que sus preguntas alargaron durante más de una hora. Después, decidió que lo mejor era que le llevara ella las medias a mi madre, tal y como habían acordado, aunque me dio permiso para acompañarla si quería. Desde que salimos a Quevedo iba pensando en la mejor fórmula para proponerle un nuevo encuentro, pero llegamos al portal de Gaztambide 21 y no se me había ocurrido ninguna, ni buena ni mala.

—Rita es tan echada palante, y tú tan tímido, en cambio... —se me quedó mirando y tampoco encontré nada airoso que decir—. ¿No vas a invitarme al cine, por ejemplo?

—Claro que sí, por supuesto que sí, cuando tú quieras.

Todo fue cuando ella quiso, como ella quiso, donde ella quiso. Y fue tan fácil, tan fluido, tan bueno para mí, que ni siquiera me di cuenta de lo que estaba pasando exactamente. Al principio, me limité a pensar que Eduardo Méndez no era tan sabio como parecía. Pastora no necesitó más de dos semanas para fulminar el laborioso manual de instrucciones sobre la teoría y la práctica de la vida en España que mi amigo había elaborado para mí durante casi un año. Dos semanas después de ir a buscarla a su taller por primera vez, decidió que aquel domingo no íbamos a ir al cine. Me citó a las cinco y media de la tarde en la boca de metro de Lavapiés y cuando le pregunté adónde íbamos, me sonrió.

—Vamos.

Echó a andar sin darme más explicaciones, y la seguí sin atreverme a adivinar el sentido de aquel paseo. Había salido con ella dos veces y ni siquiera nos habíamos besado en la boca. La había invitado a tomar un café antes de entrar en el cine, a una cerveza con una tapa al salir. Después, la había acompañado andando a su pensión, y el domingo anterior, en lugar de tenderme la mano, me había dado un beso de despedida en la mejilla, mucho y nada al mismo tiempo. Entretanto, en la oscuridad de la sala, había experimentado la agridulce emoción de tenerla cerca, el roce de su brazo, el olor de su perfume, el ritmo de su respiración. De momento me conformaba con eso, porque nos conocíamos desde hacía poco tiempo, porque me había aprendido de memoria las lecciones de Eduardo, porque recordaba lo complicado que había resultado acordar la cita más inocente con una auxiliar de enfermería para hablar de una paciente.

—Aquí es.

Ni siquiera solté la cuerda con la que ataba mi imaginación cuando sacó una llave del bolso para abrir el portal de un edificio estrecho, de tres pisos, en una calle, la de la Fe, donde yo no había estado en mi vida. Antes de entrar, me miró. Después atravesó el portal como si hubiera llegado hasta allí sola y empezó a subir por las escaleras sin volver la cabeza ni una sola vez, aunque aceleró el paso cuando el simétrico ruido de mis pisadas se acompasó con el irregular eco de las suyas. Así, a cierta inexplicable distancia, subimos hasta el segundo piso. Cuando aún no había llegado al descansillo, la vi pararse delante de una puerta, mirar hacia arriba para comprobar que no bajaba nadie por la escalera, mirar hacia abajo para asegurarse de que nadie me seguía. Luego abrió con llave sin decir una palabra. Subí despacio los peldaños que me faltaban y comprobé que estaba esperándome, sujetando la puerta como una invitación.

—Entra.

Sólo encendió la luz cuando traspasé el umbral. La poca luz que lograba emitir una bombilla encerrada en una tulipa de cristal amarillo y paredes gruesas, rugosas, me reveló que estábamos en el recibidor de un piso pequeño. Una cómoda estrecha, una foto de Santiago Apóstol enmarcada en cartón con la leyenda «Recuerdo de Compostela», y el olor a coliflor cocida que flotaba en el ambiente me indujeron a pensar que Pastora me había llevado hasta allí para presentarme a alguien, quizás un futuro paciente, pero no logré escuchar ningún ruido excepto el de sus pasos, que me guiaron por un pasillo muy corto, tic toc, tic toc, tic toc, hasta un cuarto de estar con las persianas entornadas. Allí se quitó el abrigo con parsimonia para dejarlo sobre una butaca, deshizo el nudo del pañuelo que llevaba alrededor del cuello, dio tres pasos hacia mí.

—Bésame.

Pero me besó ella. Ella cruzó las manos detrás de mi nuca, acercó su cabeza a la mía, metió la lengua dentro de mi boca. Yo sólo tuve que responder cuando se apretó contra mi cuerpo, y ni siquiera tuve que dar la orden. Antes de Pastora, España había resultado un estricto desierto sexual para mí. En once meses, sólo había salido con dos mujeres para no llegar a la cama con ninguna. Mi relación con la primera, una amiga de la novia de Roque, había terminado poco después de empezar, cuando me hizo saber que no estaba dispuesta a perder el tiempo, invocando la relación entre el calendario y el matrimonio que regía dentro de su cabeza. Aquella chica me gustaba, pero no tenía la menor intención de casarme con ella. La ruptura fue rápida, indolora, no tanto como la sucesiva. En verano, salí un par de veces con una secretaria de la empresa de mi cuñado, tan ñoña que dejé de llamarla antes de que tuviéramos tiempo de desembocar en las complicaciones cronológicas. Después apareció Pastora, aquel piso de la calle de la Fe donde me entregué como un náufrago que divisa una línea de tierra firme cuando está al límite de sus fuerzas. Ella fue el mar y fue la isla, fue la marea y el tronco salvador, fue la arena dorada de una playa infinita, el sol y la sombra de las palmeras.

—Ven.

Primero tiró de las solapas de mi abrigo hasta que lo hizo caer al suelo. Luego volvió a besarme, buscó mi mano, y cuando la encontró, separó su cabeza de la mía, me guio hasta la habitación contigua y se tiró conmigo, sin llegar a soltarme, encima de la cama. Nos desnudamos tan deprisa que apenas tuve tiempo de mirarla antes de que nuestros cuerpos chocaran como dos ballenas grandes, ansiosas, en una diminuta piscina de agua salada. Mientras su perfume sucumbía al olor mineral de la piel sudorosa, intenté conocerla con las manos sin separar mi boca de la suya, dibujar en mi cabeza el vertiginoso mapa de su relieve, recorrer sus lomas, sus planicies, la solidez de sus caderas, la elástica textura de sus pechos, pero apenas logré concluir un boceto muy rudimentario. Cuando mis labios intentaron avanzar por las rutas que mis dedos habían abierto, se quejó levemente, ay, empujó mi cabeza hacia atrás, me miró, y volvió a mandar con una sola palabra.

—Espera.

Pastora eligió el momento, la postura, marcó el ritmo. Después cerró los ojos. Se abandonó a sí misma, y durante un momento, al mirarla por fin, vislumbré lo que entendía por pasar el rato con un hombre. Eso, la inquietante sospecha de que me estaba usando como a un instrumento de carne, me ayudó a esperarla, a mantenerme alerta, acechando el instante de su explosión. La primera vez que contemplé el orgasmo de una mujer, ya me había acostado con varias y me asombró descubrir que nada, nunca, me había gustado tanto. Los orgasmos de Pastora fueron además preciosos para mí porque eran el único instante del tiempo que pasábamos juntos en el que llegaba a perder el control, el único medio a mi alcance para igualarme con ella gracias a mi propio orgasmo. Pero antes de que yo recobrara el aliento, ella volvía a tener ya las riendas en la mano.

—Eso no.

En los dos últimos meses de 1954, todo me pareció una bendición. Mientras aprendía el enrevesado código de lo que podía y no podía intentar, lo que me estaba permitido o se situaba más allá de las fronteras imaginarias del territorio vedado que una vez fue de Miguel Sanchís y nunca volvería a ser de nadie más, me sentí un privilegiado. Pastora nunca se entregó a mí, pero me dio muchas cosas que necesitaba, y el sexo sólo fue una de ellas. Cuando la conocí, mis expectativas se reducían, de lunes a sábado, al ámbito de Ciempozuelos, la clorpromazina, mi programa, sus resultados. Pero los domingos, mientras comía arroz con pollo en casa de mi madre, me miraba desde fuera, como si fuera un espectador de mí mismo, y la trivialidad de mi vida me abrumaba. Entonces, mientras repasaba mis rutinas, acostarme pronto, madrugar, trabajar, tomar un par de cañas con Eduardo, volver a casa, cenar poco y volver a acostarme pronto, me daba cuenta de que en Berna no hacía nada muy diferente. Pero en Berna nunca había sentido una limitación que me asfixiaba, no percibía que el aire que respiraba estaba sucio, no temía quedarme a solas por las noches, dar vueltas y vueltas en la cama mientras me repetía en vano que jamás habría debido marcharme de Suiza. Hasta que conocí a Pastora.

—Tengo que hablar con usted, doctor Velázquez.

El sexo fue lo mejor, pero no lo único. Pastora me convirtió en un hombre con un proyecto, con un secreto, en el único habitante de un país oculto en el que nadie más podía entrar. De día, las imágenes de su cuerpo me asaltaban por sorpresa, superponiéndose a los rostros de mis pacientes, a los textos de los informes, a las palabras que escuchaba en las reuniones. De noche, la disfrutaba a solas, recreándola en mi memoria con toda la precisión de que era capaz, y ni siquiera me acordaba de Suiza. Como no quería saber en qué clase de relación me había embarcado exactamente, no hablaba de Pastora con nadie. Ni siquiera mi hermana Rita, sin cuya ayuda nunca habría llegado a dar un paso en su dirección, sabía que me estaba acostando con ella. Sin embargo, a pesar de que mis reservas mantuvieron a raya la curiosidad de mis compañeros, hubo dos mujeres que no se dejaron engañar por mi silencio.

—Verá, ya sé que está muy ocupado con lo de la medicación nueva, y además... —María Castejón bajó la vista como si estuviera muy interesada en el aspecto de sus zapatos—. No se enfade, pero tengo la impresión de que está un poco distraído últimamente, así que... —sonrió brevemente, como para sí misma, y volvió a mirarme—. Que a mí me parece muy bien lo de que se distraiga, ¿eh? Anda, claro, pues no faltaba más, a ver si va usted a pensar otra cosa, pero el caso es que...

Mire, se lo voy a decir de una vez. Doña Aurora está muerta de celos.

—¿Qué? —si me hubiera dicho que la tierra era plana, no me habría sorprendido tanto—. Pero si no me hace ni caso. La semana pasada estuve un rato en su cuarto y no me dirigió la palabra. Estuvo media hora mirando por la ventana y no giró la cabeza ni una sola vez.

—Claro —asintió con la cabeza—, porque ella es así. Cuando lo mandó a la mierda, usted siguió yendo a verla, ¿no?, y lo único que hacía era insultarle. Pero de repente dejó de ir, y a ella le extrañó. Anduvo preguntando, la hermana Dolores le dijo que usted estaba muy ocupado con cuarenta internas a las que está tratando con una cosa nueva y... ¿Para qué queremos más? Se ha convertido usted en un perro traidor, que lo sepa. Ya sé que tiene mucho que hacer, pero se lo digo porque yo creo que si fuera a verla varios días seguidos, eso sí, para que crea que no hay nadie más importante para usted, a lo mejor hasta conseguía hablar con ella, fíjese...

Así comprobé que Aurora Rodríguez Carballeira era la única persona de este mundo capaz de rescatarme siquiera a ratos, superficialmente, del hechizo de Pastora.

El día que hablé con María era lunes. El martes, cuando supuse que ya no tenía a mi amante pintada en la cara, fui a verla a mediodía, estuve en su cuarto casi una hora y ni siquiera me miró. Pero tampoco intentó hacerme enmudecer con el piano mientras le hablaba del tiempo, del frío que hacía, del décimo de la lotería de Navidad que acababa de comprar, de la salud de mi madre.

El miércoles fui un rato por la mañana y la encontré tocando. Me senté a su lado y ni yo despegué los labios ni ella levantó los dedos de las teclas. Por la tarde volví y le expliqué mi programa de cabo a rabo. Qué era la clorpromazina, cómo funcionaba, cuándo se había descubierto, por qué había empezado a usarla, qué esperaba de ella. Doña Aurora no habló, pero me di cuenta de que escuchaba con mucha atención todo lo que decía.

El jueves no pude ir a verla por la mañana y cuando llegué, por la tarde, María estaba leyendo en voz alta. Cuando terminó, me quedé un rato más y le pregunté si le había interesado lo que le había contado el día anterior. No me contestó con palabras, pero sus labios dibujaron una despectiva sonrisita de superioridad que no logré averiguar si estaba dirigida a mí o a mi programa.

El viernes fui derecho a su habitación cuando llegué al trabajo y la encontré sentada en el saloncito, la bandeja del desayuno aún sobre la mesa.

—¿Qué? —me preguntó antes de que pudiera darle los buenos días—. Ya nos hemos cansado de las locas, ¿no? Ya hemos vuelto a acordarnos de la pobre doña Aurora. No, si ustedes no son tontos, qué va. Muchos experimentos de distracción pero, a la hora de la verdad, lo único que les importa es su plan, ¿verdad?, sus objetivos. Pues a mí no me engañan, que lo sepa. Y le voy a decir una cosa, mire por dónde...

Nunca me había dicho tantas palabras seguidas, y cuando se interrumpió para cruzar la pierna izquierda sobre la derecha, y apoyar el codo en la rodilla, y en la mano el mentón mientras giraba el cuerpo, no dudé de que iba a seguir hablando.

—Que le quede bien claro... —así fue, aunque jamás habría podido imaginar el giro que estaba a punto de tomar nuestra conversación—. ¡Uy!

Deshizo en un instante su postura de pensar y se inclinó hacia mí para mirarme de cerca con el ceño fruncido, la boca abierta y una expresión de sorpresa que no logré interpretar.

—¡No me diga que la mosquita muerta se ha salido con la suya! —el asombro se transformó en una mueca triunfal que remató con una carcajada mientras se daba una palmada en la rodilla—. No, si ya lo sabía yo, si lo sabía, pero no esperaba que usted... Pues mira, con lo tonta que es, ya ha sabido hacer algo a derechas.

Se me quedó mirando, muy sonriente, como si estuviera esperando una respuesta que no podía darle.

—Perdóneme, doña Aurora —avancé con cautela—, pero no sé de qué está hablando.

—¿No? Pues si no es la mosquita muerta será otra —volvió a mirarme y asintió vigorosamente con la cabeza—. Pero usted está acostándose con alguna, desde luego. Eso está tan claro como que yo me llamo Aurora.

La compañía (1955)

Cuando Eduardo Méndez le dio al taxista aquella dirección, no logré identificarla con ningún lugar conocido.

—¿Adónde vamos? —hasta entonces, sólo me había dicho que no hiciera planes para aquella tarde.

—Ya lo verás —me sonrió y no contestó a mi pregunta—. Es una sorpresa.

Era viernes y aquella noche iba a volver a helar. En el último tramo del camino, antes de que la amarillenta luz de las farolas deshiciera el efecto, los cristales del taxi parecían velados por una capa de humedad que presentía la escarcha. Había transcurrido poco más de una semana desde la noche de Reyes, pero Madrid parecía haberse desprendido ya de cualquier vestigio de la Navidad pasada. A cambio, el frío se había recrudecido como si quisiera recordarme la heladora atmósfera de los inviernos berneses, por los que no sentía nostalgia alguna.

—¿Aquí les vale? —Marcelino se detuvo en la esquina de la Cava de San Miguel con una calle corta y estrecha—. Es que, si no, voy a tener que dar mucha vuelta...

Cuando eché a andar detrás de mi amigo, creí que nunca había estado por allí. Pero al pisar aquella plaza cuadrada, el misterioso, venerable equilibrio de sus fachadas me obligó a cerrar los ojos. La plaza del Conde de Barajas acababa de darme un puñetazo entre las cejas. Entonces no se llamaba así, pero era la misma que pisé en un sofocante mediodía del mes de julio. Recordé el sol hirviendo sobre las manchas de sangre que conectaban entre sí los cuerpos desmadejados de las víctimas de un bombardeo, como en ese pasatiempo infantil en el que hay que unir los puntos para revelar un dibujo oculto. Recordé un puesto de socorro improvisado en un portal abarrotado de heridos, llantos, gritos, las voces de los enfermeros que habían llegado conmigo en la ambulancia, hay que identificar a los vivos, lo primero es identificar a los vivos, a los muertos ya los recogeremos después. Recordé los cadáveres que ayudé a levantar y a apilar contra una pared, y que vivos habían quedado muy pocos.

—No me gusta nada este sitio —le dije a Eduardo.

—Y te va a gustar todavía menos —me anunció—. Pero te conviene mucho venir conmigo. Hazme caso, que es por tu bien.

Entró con paso decidido y su soltura habitual por una puerta sencilla con un dintel de granito, mirando a su alrededor como si buscara algo. Cuando lo encontró, me guio por un pasillo que estaba desierto, aunque se escuchaban voces al fondo. Desembocamos en una antesala enorme. Junto a la pared de la derecha, sobre un lecho de paja rancio ya, reseco, seguía desplegado un Nacimiento de figuras de medio metro de alto y aspecto antiguo. Tal vez, cualquier español que no hubiera recibido una educación estrictamente laica para pasar después quince años en la Suiza de Calvino, habría identificado ya la atmósfera de aquel palacio con la jerarquía eclesiástica. Yo sólo lo descubrí gracias al tamaño y, sobre todo, a la calidad de unas tallas policromadas que seguramente llevarían la firma de algún imaginero famoso. Eran muy bonitas, pero ya me habían inspirado el deseo de salir corriendo cuando Eduardo me agarró del brazo para retenerme. Así me fijé en que, al fondo, sobre una gran puerta de madera que estaba cerrada, había un cartel donde se leía una sola palabra, CURSILLISTAS. Al otro lado, alguien daba un discurso.

—Tú hazte a la idea de que vienes a escuchar una conferencia y no te enfades conmigo, porque si no llego a traerte yo, te habría traído Robles y habría sido peor. Y otra cosa, la más importante... —antes de decirla, mi amigo volvió a mirar a su alrededor aunque estábamos solos, hablaba en un susurro casi imperceptible y no se oía ningún ruido más allá de la voz del orador—. Si te lo preguntan, tu programa no ha dado resultados. Estás muy decepcionado, que no se te olvide.

—Pero ¿qué dices? —a pesar de su advertencia, tenía muchas ganas de enfadarme con él y presentía a la vez que no debería hacerlo—. Yo no sé qué pinto aquí, Eduardo. Y no entiendo por qué...

—Lo entenderás, no te preocupes. Ahora tenemos que entrar, hemos llegado muy tarde.

Empujó la puerta con suavidad y me franqueó el acceso a una sala de dimensiones palaciegas, decorada con frescos de tema religioso en el techo y en la parte alta de las paredes. Uno de los extremos estaba presidido por un enorme crucifijo, tan inclinado que parecía a punto de desplomarse sobre el estrado que había debajo. Habría aplastado a los ocupantes de tres grandes sillones de madera de respaldo labrado, el del centro más alto y ancho que los demás, como el trono de un rey en su corte.

El lugar del monarca estaba ocupado por un hombre mayor, de aspecto todavía enérgico, vestido de una manera singular. En lugar de una sencilla sotana negra, como las que cubrían a sus acompañantes, llevaba un largo ropaje de seda roja, brillante, compuesto por una capelina, atravesada por un cordón del que colgaba una gran cruz de oro, y una túnica del mismo color. Bajo la capelina, sobre la túnica, lucía una especie de vestido blanco adornado con encajes. De sus hombros colgaba una capa también roja, cuyo extremo, decorativamente arrugado, crujiente como la falda del vestido de gala de una princesa casadera, se derramaba sobre el borde del estrado. Este atuendo, de aspecto perturbadoramente femenino, tan artificioso como un disfraz de la guardarropía de cualquier teatro clásico, contrastaba con su gesto. Quien más tarde aprendería que era el cardenal

Leopoldo Eijo Garay, obispo de la diócesis de Madrid-Alcalá, patriarca de las Indias Occidentales, tenía orejas de soplillo, una nariz importante, de perfil aguileño, ojeras marcadas y cara de mala leche. En el sillón situado a su izquierda, estaba sentado un sacerdote a quien no conocía. Pero el orador, de pie ante un micrófono que hacía retumbar una voz excesiva para un cuerpo tan pequeño, era el padre Armenteros. Reconocí su carita de ratón y sus gafas redondas, de montura fina, tan deprisa como nos identificó él a nosotros. Antes de que Eduardo cerrara la puerta, movió la mano derecha en el aire para señalarnos dos asientos libres sin dejar de hablar.

Frente a la imponente escenografía del estrado, los asistentes al acto ocupaban varias filas de humildes sillas de tijera dispuestas en semicírculo, como colegiales que estuvieran disfrutando de una función escolar. Al sentarme entre ellos me parecieron personas corrientes, aunque corregí enseguida esa impresión. No vi a ninguna mujer, pero ahí terminaba la homogeneidad de un público que parecía clasificado en dos grandes grupos. Aproximadamente la mitad eran jóvenes que aún no habían cumplido treinta años. El resto tenía más de cincuenta. Eduardo y yo éramos casi los únicos representantes del sector intermedio, pero eso no fue lo único que me llamó la atención.

El hombre que estaba sentado a mi izquierda aparentaba doblarme la edad. Seguía el discurso de Armenteros con todo el cuerpo, balanceándose adelante y atrás mientras apretaba un pañuelo blanco en la mano derecha. Antes de que pudiera conjeturar que estaba resfriado, se frotó los ojos con él como si quisiera limpiarse las lágrimas. *Recordad a vuestra madre, esa mujer humilde, esa trabajadora abnegada, que pasaba las noches en vela cuando enfermabais, que se quitaba la comida de la boca para alimentaros, que os vestía con vuestra mejor ropa para llevaros a la iglesia de la mano todos los domingos, recordad su orgullo y su alegría.* La expresión de mi vecino me animó a estudiar otros rostros en los que hallé indicios de una emoción semejante, mejillas húmedas, labios temblorosos. Algunos tenían los ojos cerrados. El mayor, casi un anciano, lloraba a moco tendido mientras se golpeaba el pecho con el puño derecho, al ritmo de las palabras que escuchaba. *¿No os enseñó ella a hacer la señal de la cruz? ¿No os llevó el dedo para que la trazarais cada mañana y cada noche sobre vuestro cuerpecillo infantil? ¿No os enseñó a rezar con la devoción verdadera de quienes no necesitan saber para creer, con la fe de las personas sencillas, que nunca han leído un libro pero resuelven las dudas, las preguntas que inspira el Demonio, mejor que los filósofos? Sí, en todo era ella mejor que vosotros.* Aunque intuía que Eduardo no me había llevado hasta allí por eso, aquella reunión era un festín para cualquier psiquiatra, un experimento de campo tan interesante que me habría gustado sacar una libreta para tomar notas. No me atreví, pero concentré toda mi atención en las reacciones que provocaba cada una de las palabras que estaba escuchando, mientras miraba a mi alrededor tan discretamente como podía. *¿Y de esa santa os vais a avergonzar, desgraciados? ¿Vais a seguir despreciando a vuestra madre, haciendo burla de su fe sencilla, de su sacrificio, de su devoción? ¿Creéis que así seréis más hombres? Yo sé que sí, que eso es lo que pensáis, que trasnochar, blasfemar, emborracharse, ir con mujerzuelas despreciables, satisfacer cualquier capricho de la carne, os hace más machos, más viriles, pero os equivocáis.* Armenteros sudaba dentro de la sotana mientras movía los brazos como las aspas de un molino. Debía de estar bien entrenado porque, aunque me parecía muy improbable, aparentaba ser sincero, creer honestamente en el sentido de las palabras que pronunciaba. A mi alrededor, su arenga obtenía un éxito clamoroso, aunque no afectaba de la misma manera a todo el auditorio. El arrepentimiento que provocaba una creciente cosecha de lágrimas en los hombres mayores contrastaba con la luz fanática que incendiaba los ojos de los más jóvenes. *Sois soldados de Cristo. Esa es vuestra misión, ¿y acaso existe un oficio más viril que la milicia? Sois soldados valientes, porque no existe coraje comparable al que inspira el sacrificio, la convicción de quienes combaten por un fin superior a sus propios intereses. No os dejéis engañar por quienes pretenden arrastra-*

ros al fango. Como los espartanos, como los macabeos disciplinaban su cuerpo para combatir con más fiereza en la batalla, así vosotros venceréis en el signo de Cristo. Armenteros iba y venía del amor filial al ardor guerrero, dando una de cal y otra de arena para complacer a la totalidad de su auditorio con un discurso perfectamente planificado. En el punto máximo de su intensidad, un joven de unos veinticinco años que estaba sentado delante de mí se dejó caer al suelo para postrarse de rodillas con los brazos en cruz. En ese momento, Eduardo me dio un codazo y cerré la boca. *Vuestro cuerpo es un templo, un recinto escogido por Dios para custodiar su luz y su palabra. No lo mancilléis. No lo agotéis en perversiones insanas. Mantenedlo puro, tan limpio como mantienen sus armas los guerreros. Sois los herederos de nuestra santa cruzada, los continuadores de la obra de tantos héroes, de tantos mártires que se alzaron en armas para defender la Iglesia de sus madres, para honrar el ejemplo sagrado de esas mujeres que les entregaron el tesoro de la fe, la prueba más pura y valiosa de su amor. España os necesita. Al entregaros a Cristo, os entregáis a la Patria.* Tras formular esa perfecta síntesis, el orador dejó caer los dos brazos, miró a su público, volvió a levantar el brazo derecho para hacer el saludo fascista y gritó dos veces, ¡Arriba España! ¡Viva Cristo Rey! Contesta, me susurró Eduardo, y contesté.

El siguiente orador tardó unos segundos en tomar la palabra. La complicación propia de su vestimenta, que obligó a sus dos acompañantes a inclinarse a sus pies para colocar bien su capa, como las hermanas de las novias en sus bodas, apaciguó los ánimos del auditorio. El aquelarre emocional que habían inspirado las últimas frases de Armenteros se había disuelto ya, todos los asistentes sentados, todos los ojos mirando hacia delante, cuando el cardenal deseó a los cursillistas un fin de semana fecundo en exigencia espiritual y amor a Cristo, antes de bendecirlos solemnemente en latín. Yo creía que la función terminaría con ese broche de oro, pero mientras Eijo Garay seguía de pie, con las manos unidas por las yemas de los dedos, el tercer ocupante del estrado dio un paso adelante y tres pisotones en el suelo para volver a dejarme con la boca abierta. *De colores, de colores se visten los campos en la primavera,* porque todos los asistentes entonaron a coro esa canción, *de colores, de colores son los pajarillos que vienen de fuera,* aquella melodía infantil que tenía una letra tan ñoña, *de colores, de colores es el arco iris que vemos lucir,* como si todo lo que acababa de oír hubiera sido una broma, *y por eso los grandes amores, de muchos colores, me gustan a mí,* pero no lo era, porque después de la segunda estrofa, cuando ya habían cantado el gallo, y la gallina, y los polluelos con su pío pío pío, el coro remató los colores de sus amores con nuevos gritos piadosos y patrióticos, arriba España, viva Cristo Rey. Sólo después, los soldados de Dios rompieron filas.

—Tranquilo, que ya queda poco —Eduardo plegó su silla, la levantó para apilarla contra una pared y yo le imité—. Ahora nos darán un vino español, pero no te emociones porque ese sí que será macabeo, de puro peleón...

—¡Eduardo! —el padre Armenteros vino hacia nosotros con los brazos abiertos—. Qué bien que hayas venido —y los cerró alrededor del cuerpo de mi amigo—. Y has traído al doctor Velázquez, qué placer volver a verle. ¿Qué le ha parecido nuestra reunión?

—Muy interesante —afirmé sin mentir ni pizca, mientras estrechaba su mano—. Me alegro mucho de haber venido.

—Ya sé que ustedes no pueden asistir al cursillo. Vendrán el doctor Maroto y el doctor Arenas, ¿verdad? —Eduardo asintió con la cabeza—. Son unos muchachos excelentes, desde luego. Aquí todos los apreciamos mucho, porque hacen una gran labor, pero alguna vez podrían quedarse ellos de guardia para que pudieran venir otros compañeros, ¿no creen? A ti te hizo mucho bien, Eduardo, no me digas que no.

—Por supuesto, padre, ya lo sabe usted —sus labios se curvaron en una sonrisa tan radiante que habría merecido un anuncio de dentífrico—. A mí, los Cursillos me cambiaron la vida.

Armenteros esbozó otra que se quedó a medias mientras le miraba de través, como si encontrara ofensivamente dudoso aquel alarde de sinceridad, pero la llegada de un cura joven que le cuchicheó algo al oído puso fin a nuestra conversación.

—Por supuesto, por supuesto —tranquilizó al recadero—. Vengan conmigo, por favor. Su Eminencia desea saludarles.

Eduardo se adelantó como si hubiera calculado que yo necesitaba verle besar el anillo del Patriarca para no meter la pata. Tenía razón, porque nunca se me habría ocurrido hacer algo así. El contacto de mis labios con aquella placa de oro labrado me pareció repugnante, pero Eijo fue muy amable conmigo. Se limitó a decirme que tenía muchas ganas de conocerme, que estaba al tanto de mi trabajo, y que esperaba que pudiéramos hablar con tranquilidad en otra ocasión, señalando con la cabeza la cola de asistentes que esperaba turno para besarle el anillo.

—Bueno, pues esto se ha acabado. Vamos a saltarnos el vino porque ahora habrá que tomar algo más fuerte, ¿no? —me miró y le di la razón con la cabeza—. Es lo mínimo que nos merecemos.

Salimos deprisa, sin despedirnos de nadie, y cuando volvimos a respirar el aire de una noche de helada, la plaza del Conde de Barajas me pareció un lugar hermoso, acogedor y hasta cálido, pero mi amigo insistió en buscar un refugio que estuviera más lejos y sólo se detuvo en un café de la calle Mayor, al borde ya de la Puerta del Sol.

—Lo que acabas de ver es el saludo y la bendición del cardenal a los participantes en un Cursillo de Cristiandad que se celebrará desde mañana al mediodía hasta el domingo por la noche en cualquier iglesia de por aquí —liquidó la mitad de su copa de un trago—. O a lo mejor en el mismo Palacio Arzobispal, que es donde hemos estado, por cierto. Eijo Garay le hizo saber a Robles, a través de Vallejo, que le gustaría mucho conocerte, y Armenteros me llamó para sugerir que esta sería la mejor ocasión. Supongo que ya te has hecho a la idea de que lo último que te conviene es desairar al Patriarca, y... A mí no me quedaba más remedio que venir, y pensé que estarías más cómodo hoy conmigo que cualquier otro día con Robles. Por eso te he traído.

Luego respondió a todas las preguntas que yo me había hecho en las dos últimas horas sin necesidad de que las formulara previamente. Así aprendí que los Cursillos de Cristiandad eran una especie de ejercicios espirituales patrióticos que se celebraban oficialmente desde 1949. Que su objetivo era atraer a la religión a los hombres españoles, tradicionalmente alérgicos a la Iglesia. Que por eso Armenteros insistía tanto en la virilidad y en la milicia. Que para lograr su objetivo era fundamental contrarrestar la idea popular de que los machos no iban a misa ni, mucho menos, examinaban sus vicios ante un confesor. Que excluían a las mujeres por la misma razón, porque la tradición afirmaba que la devoción religiosa era una tarea tan femenina como limpiar la casa o hacer ganchillo, y consideraban que no hacía falta estimularlas. Que los confesores se los recomendaban a las esposas cada vez que se quejaban de que sus maridos eran puteros, juerguistas o bebían demasiado. Que como también contaban con las bendiciones de la jerarquía católica, unida al Estado franquista en santo matrimonio, el Movimiento Nacional hacía proselitismo entre los afiliados de sus organizaciones para que se apuntaran a los Cursillos. Que con los requetés y los monárquicos les iba bastante bien, pero los falangistas eran más remisos. Que tenían mucho éxito entre los jóvenes, porque estaban adoctrinados desde la infancia, y con los hombres mayores, a los que el cuerpo ya no les daba de sí para grandes tentaciones pero veían la muerte cada vez más cerca. Que los pecadores contumaces de entre treinta y cincuenta años rara vez picaban. Que Arenas y Maroto, dos discípulos de Robles que tenían unos cinco años menos que nosotros, asistían siempre porque eran unos putos meapilas, pero además prestaban asistencia profesional a los cursillistas. Que los psiquiatras eran necesarios, porque en la catarsis de las conversiones en masa y el arrepentimiento público, se producían a menudo crisis de ansiedad e incluso brotes psicóticos. Que, aunque pareciera mentira, sin ser en absoluto viril, ni patriótico, ni devoto, el himno de los Cursillos de Cristiandad era *De colores*, esa canción más bien femenina que se cantaba siempre en las reuniones.

—Lo único que no sé es por qué, ni quién la eligió.

Entonces, entre la primera y la segunda ronda, me atreví a buscar una respuesta más.

—¿Y tú?

Eduardo me miró, se rio.

—Yo, ¿qué?

—Pues que tú... —hice una pausa para escoger bien las palabras—. Acabas de decir que no te quedaba más remedio que venir. Antes le has dicho a Armenteros que los Cursillos te cambiaron la vida y, que yo sepa, no eres creyente. Tampoco estás casado, así que no le haces daño a nadie si te vas de juerga y llegas tarde a casa. Te gusta beber, pero yo nunca te he visto borracho. Y, por seguir citando a Armenteros, si vas con mujerzuelas despreciables, sólo es asunto tuyo, así que...

—No voy con mujerzuelas despreciables —me dedicó una mirada tan intensa como si pretendiera examinar el fondo de mis ojos—. Pero tampoco voy con doncellas piadosas. ¿De verdad no lo sabes, Germán, no te has dado cuenta todavía?

—Eres homosexual —concluí, pronunciando cada sílaba muy despacio.

—Para ti, espero que sí —vació la copa y llamó al camarero—. Para los demás, soy un mariconazo de mierda, como te podrás imaginar.

Aquella revelación me explicó algunas cosas. No le había dado importancia a que Eduardo viviera con su madre porque, cuando le conocí, yo también vivía con la mía. No había nada femenino en él, ni en sus gestos, ni en su voz, ni en sus ademanes, aunque era extraño que un hombre tan seductor, tan aficionado a gustar, no tuviera pareja conocida. Hasta yo, que era un desastre con las mujeres, había conseguido tener una amante sin haber sabido nada de las suyas, pero sólo reparé en todo esto después de escuchar una confesión que tuvo la suplementaria virtud de explicarme su hostilidad hacia el régimen franquista. Lo único que me impresionó de verdad fue que, si él no me lo hubiera contado, quizás no habría llegado a descubrirlo por mí mismo.

—¿Vas a salir corriendo?

—¿Yo? —aquella pregunta me sorprendió—. No, ¿por qué lo dices?

—No sé, como te has quedado tan pensativo.

—Ya, es que estaba pensando... —le puse al corriente de mis últimas reflexiones y sonrió—. Mi primer jefe en la Clínica Waldau también era homosexual, aparte de un psiquiatra genial, que me enseñó muchísimo. No se exhibía, pero tampoco lo ocultaba. Todos los miembros de su equipo conocíamos a su pareja, porque era el que cocinaba cuando nos invitaba a cenar —le miré a los ojos y le hablé en el mismo tono en el que le habría hecho una promesa—. A mí me da igual con quién te acuestes, Eduardo, no es asunto mío. Y aparte de eso, los dos somos psiquiatras, ¿no? Sabemos mejor que nadie cuántas fantasías y cuántas estupideces circulan sobre ese tema.

—No te imaginas cómo te admiro, Germán, de verdad —sonreía y negaba con la cabeza al mismo tiempo—. Y tampoco te imaginas la envidia que me das. Eres como un marciano de esos que salen en las películas, ¿sabes?, los que se quitan la cabeza humana cuando llegan a su casa, por las noches, y resulta que son verdes, y tienen cuatro ojos, y dos antenas. Por eso no tienes ni idea de lo que opinan sobre la homosexualidad la mayoría de nuestros colegas españoles.

En 1941, Eduardo tenía veinte años, estudiaba Derecho y no le quedó más remedio que apuntarse a un Cursillo de Peregrinos de Acción Católica, el embrión de la organización que yo acababa de conocer. Fue una sugerencia del confesor de la señora Méndez, que no había parado de llorar desde que otro confesor, el de su hijo, traicionó un secreto al que debería haberse obligado. A los diecisiete años, en el colegio de Sevilla donde terminaba el bachillerato, Eduardo ya sabía que le gustaban los hombres y su deseo le hacía sufrir enormemente. Aunque desde que nació había vivido en Madrid, siempre pasaba los veranos en el cortijo de sus abuelos maternos, cerca de Carmona, y allí estaba el 18 de julio de 1936. La guerra ni siquiera le rozó. En octubre, sus padres se instalaron en la capital andaluza y matricularon a sus hijos en colegios de las mismas órdenes religiosas a las que pertenecían aquellos en los que habían estudiado hasta entonces. A los quince años, Eduardo se vio inmerso en el furioso torbellino del fascismo español, un movimiento peculiar que se alimentaba a partes iguales de la fanática exaltación del macho y la lacrimosa devoción por los altares. Los legionarios que desfilaban con camisas abiertas de manga corta y pantalones ceñidos, los regulares que se quedaban mirando con descaro sus muslos aún infantiles, embutidos en un pantalón corto, al cruzarse con él por la calle, alimentaban unas fantasías nocturnas que a la mañana siguiente, en la misa diaria, aprisionaban su conciencia como un bloque de hormigón. Cuando su peso se le hizo insoportable, cometió la imprudencia de contárselo todo a su confesor. Este puso al corriente de inmediato al director del colegio, que convocó a su vez a la señora Méndez aquella misma mañana. En una entrevista a la que el padre de Eduardo no asistió, le dijo que no se preocupara demasiado, que eran cosas de la edad. El chico sólo había pecado de pensamiento, era consciente de su falta y estaba muy predispuesto a corregirse. A continuación, le recomendó un tratamiento tan inocuo como ineficaz.

—Yo no sé dónde habría leído aquel hombre que comer carne era una práctica peligrosa, que excitaba los malos instintos, pero a mi madre no le vino mal. En Sevilla, la de ternera escaseaba y la de cerdo era cara, así que empezó a inflarme a legumbres y purés de patata, y cuando los demás comían chuletas, yo tomaba pescado. Los dos ayunábamos un día a la semana y rezábamos mucho, muchísimo. Ella me decía que era por los soldados que estaban en el frente, por la conversión de Rusia, por la toma de Madrid, pero yo me daba cuenta de que rezábamos por mí, y me sentía muy culpable. Luego la guerra terminó, claro. Volvimos a casa, murió mi padre, y enseguida, casi sin darme cuenta, pasé del pecado de pensamiento al de obra —al recordarlo, sonrió—. Él tenía treinta y cinco años, estaba soltero y vivía en casa de una hermana suya. Esa hermana era la madre de la mejor amiga de mi hermana Concha. En fin... —su sonrisa expiró en una mueca amarga, los ojos más fruncidos que cerrados—. Ya te puedes figurar la que se lio cuando nos pillaron.

En 1941, en aquel cursillo al que asistió a la fuerza, Eduardo conoció a otro homosexual, un hombre de cuarenta años y aspecto muy sombrío, casado, con hijos, que hablaba poco y daba la impresión de estar completamente doblegado. El primer día tomó la palabra para confesar en público sus pecados y su arrepentimiento en un tono de humillación tan impúdico que daba vergüenza escucharle. Pero a uno de los asistentes del director del cursillo, un sacerdote recién salido del seminario que se llamaba Pedro Armenteros, le impresionó tanto aquella intervención que le animó a compartir su experiencia con un joven estudiante que ya había pasado por las manos de tres psiquiatras madrileños muy conocidos. Los tres le habían asegurado a la señora Méndez que la homosexualidad era una simple enfermedad para la que existían curas eficaces. Desde la hipnosis hasta los electrochoques, Eduardo había experimentado todo un catálogo de soluciones terapéuticas que había dado sus frutos, depresión, insomnio, anemia, ansiedad. Aquel cursillista había transitado antes que él por el mismo camino, y sin reconocer explícitamente que su arrepentimiento era fingido, una simple estrategia para sobrevivir, le recomendó que se ingresara una temporada en el Sanatorio Esquerdo, una clínica privada rodeada por un inmenso pinar, en las afueras de Carabanchel. Y hasta le sugirió el nombre del psiquiatra que más le convenía.

—Alfredo Martín había sido uno de los discípulos predilectos del propio doctor Esquerdo. Como la guerra le pilló en zona nacional, nadie le molestó. En el 39 volvió a Madrid, recuperó su plaza en la clínica y, por suerte para mí, para muchos como yo, siguió aplicando las enseñanzas de su maestro discretamente, sin llamar la atención. Al poco tiempo de conocernos, me ofreció un diagnóstico asombroso. Mi trastorno primario era la culpa, me dijo, y eso era de lo que iba a tratarme. Podría decir que el doctor Martín me convirtió en un cínico, pero eso no sería justo con él. En realidad me enseñó a aceptarme, a convivir conmigo mismo, a disfrutar de las cosas buenas de la vida, sin renunciar a ninguna y sin ponerme en peligro. Pasé allí todas las vacaciones de verano y cuando salí era otro, una persona entrenada para ser feliz. Nunca podré pagarle a Alfredo Martín lo que hizo por mí, así que no he mentido a Armenteros hace un rato. A mí, los Cursillos me dieron la vuelta —asintió con la cabeza varias veces, como si se propusiera ofrecerme una garantía de sinceridad que no le había pedido—, cambiaron mi vida del todo. Abandoné Derecho, me matriculé en Medicina, decidí que sería psiquiatra. Le dije a mi madre que estaba curado, que había perdido el apetito sexual, que había decidido practicar la castidad.

—¿Y era verdad?

—¡Qué coño! —se echó a reír y en su risa regresó el Eduardo de siempre—. Pero al salir de la clínica, había vuelto a sentir que era una persona normal y nada volvió a ser lo mismo. Mi madre dejó de llorar, de decirme que la estaba matando, yo perdí la fe y dejé de confesarme, nuestra vida en común se convirtió en una tarea fácil, agradable para los dos. A cambio, Armenteros me elevó a los altares como símbolo viviente del éxito de los Cursillos de Acción Católica, luego de Cristiandad, eso sí. Desde entonces no pierde la oportunidad de exhibirme, pero puedo vivir con eso. Me parece incluso un precio muy barato para el bien que me hizo contra su voluntad.

—Y sin embargo... —aquella revelación no me había escandalizado, pero tampoco lograba terminar de creérmela—. No sé, pareces muy contento, muy seguro de lo que dices, pero...

Tal y como están las cosas, debe de ser muy difícil, ¿no? Quiero decir... ¿Cómo te organizas?

—¿Para ligar? —asentí y se rio—. Pues hago lo que puedo, como todo el mundo —y volvió a reírse—. Me va bastante bien, la verdad, aunque esté mal que yo lo diga. Sobre todo desde que empecé a trabajar y alquilé un piso pequeño, cerca de Legazpi, en una casa sin portero, en un barrio donde no me conoce nadie. Con el tiempo he acabado desarrollando un sexto sentido, una especie de brújula que señala a los hombres a los que puedo acercarme y a los que no. Y por lo demás... A mí me gusta ligar en la calle. No te puedes imaginar la cantidad de veces que he ligado en la Gran Vía. Y como sólo me interesa el sexo, y no creo en los amores para toda la vida, a veces hasta pienso que lo tengo más fácil que la mayoría de los heterosexuales que conozco. Yo no pago por follar, ¿sabes? No tengo que cortejar, ni comprar flores, ni bombones, ni caerle bien a la madre de nadie. Me acuesto con hombres que buscan lo mismo que yo, y nos entendemos muy deprisa. En comparación, las mujeres españolas... Ya te lo dije el otro día, follar en España no es un pecado, es un milagro. Bueno, para todos menos para ti.

Las hermanas hospitalarias, que proponían a Robles los turnos de trabajo, eran muy respetuosas con la vida familiar, sobre todo en Navidad. En Nochebuena y Nochevieja se suspendían las guardias para que todo el personal pudiera cenar en su casa, pero a Eduardo y a mí, solteros, sin hijos, nos asignaron la primera noche del año, que cayó en sábado. Salimos con retraso de Ciempozuelos y entramos en Madrid veinte minutos antes de la hora a la que había quedado con Pastora. Le pregunté a Eduardo si le importaba que el taxi diera un rodeo para dejarme en Antón Martín antes de llevarle a San Bernardo y no se me ocurrió que fuera a fijarse en la mujer que me esperaba en la puerta del Monumental.

No habíamos vuelto a ir a aquel piso de la calle de la Fe, del que sólo llegué a saber que era la vivienda de una camarada que aquel día había ido con sus hijos a ver a su marido, preso en Ocaña. A partir de la semana siguiente, nuestros encuentros adoptaron un nuevo patrón. Pastora solía ir a ver a su hermana Carmen los domingos por la mañana. Yo la recogía sobre la una, comíamos juntos en algún mesón situado entre Antón Martín y Tirso de Molina, y nos íbamos a dormir la siesta a lo que ella llamaba el hotelito, una casa de dos plantas, con un jardín minúsculo, que formaba parte de una colonia apartada, cerca de la plaza de toros. La dueña, que se llamaba Encarna y vivía de alquilar habitaciones por horas, acabó reservándonos, de domingo en domingo, uno de los dormitorios del primer piso, al que siempre se refería como la mejor habitación de su casa. Nos abría la puerta, cobraba por adelantado y no la veíamos nunca cuando nos marchábamos. Antes de abrir la verja que daba a la calle, Pastora me daba un beso en la mejilla, se despedía hasta el siguiente domingo, y echaba a andar hacia el metro tan deprisa como si la estuviera esperando alguien para apagar un incendio. El primer día intenté acompañarla y me dijo que no, que prefería ir sola porque tardaba menos, en un tono que me disuadió de insistir. Yo solía subir un trecho andando por la calle Alcalá para coger el metro en Goya. Me daba tiempo a ir a casa, a ducharme y cambiarme de ropa antes de llegar a las nueve en punto a casa de mi madre, que cada semana me decía que habría preferido que fuera a comer antes que a cenar, en el vano intento de averiguar por quién la había sustituido.

De domingo en domingo, eso era todo lo que Pastora estaba dispuesta a compartir conmigo, dos o tres horas por la tarde en el hotelito de doña Encarna, pero en enero de 1955, cuando Eduardo la vio de lejos en la puerta del Monumental, yo no aspiraba a nada más.

—¡Joder, y parecías tonto! Menuda suerte has tenido.

El lunes por la tarde, en nuestra cervecería habitual, no me dejó en paz hasta que se lo conté todo.

—Una viuda de treinta y tantos, estéril, que está buena, a la que le gusta follar y que no quiere casarse. Encontrar eso es más difícil que ganar el gordo de la lotería de Navidad, mira lo que te digo. Que sea coja es lo de menos. Algo tenía que tener, no te jode...

Entonces añadió que follar en España no era pecado, sino milagro, y después de reírme con él, me sentí un hombre afortunado. En el invierno de 1955 creía serlo, porque no echaba nada de menos. Mis objetivos profesionales se estaban cumpliendo con brillantez. Mi relación con doña Aurora progresaba más despacio, pero aunque sólo lograba sostener una conversación con ella de vez en cuando, había descubierto que al principio me tomaba por un agente de sus viejos enemigos y que ya no estaba tan segura de haber acertado en aquella sospecha. Aunque ganaba menos dinero que en Suiza, en proporción era más rico, porque los precios españoles, incluso los de bienes de lujo, como los taxis para ir y volver de Ciempozuelos o la habitación del hotelito de doña Encarna cada domingo, eran mucho más bajos. Sobre todo eso planeaba una sombra, una amenaza sin nombre, sin forma, de la que no podía culpar a nada, a nadie, porque había anidado en mi interior para crecer poco a poco, sin alarmarme, sin detenerse, como una oruga, un gusano, un parásito indeseable.

Aunque había bebido tanto como él, cuando salí con Eduardo de aquel café de la calle Mayor, me di cuenta de que mi huésped acababa de pegar un estirón. Más allá de su interés objetivo, mi experiencia en el Palacio Arzobispal me había devuelto la voz de mi madre, tan lejana aún cuando telefoneaba a mi piso de Berna, mientras me advertía que la dictadura convertía en mierda todo lo que tocaba. Pero el calvario por el que había atravesado mi elegante, sonriente compañero, había abierto grietas imprevistas en esa sencilla afirmación, como si unos dedos sabios, habilidosos, hubieran doblado una simple hoja de papel en los pliegues precisos para convertirla en un cuchillo afilado, capaz de perforar la piel, de abrir heridas. Su confesión me demostró que era posible admirar a alguien y compadecerle al mismo tiempo, que el orgullo puede crecer en la desdicha como una flor oscura, resistente. Yo también era afortunado porque no podía aspirar a ese galardón, pero aquella noche, más que celebrar mi suerte, sentí que me rebajaba, que me hacía inferior a las víctimas de aquella dictadura a la que me había aclimatado tan deprisa que ni siquiera yo mismo lo entendía.

Era una conclusión demasiado prematura pero, precisamente por eso, en el invierno de 1955 no fui capaz de descubrir su condición.

El 23 de octubre de 1939 me presenté como alumno oficial en la Universidad de Neuchâtel.

En el primer cambio de clase me fui al baño, eché el pestillo de la puerta y me fumé un cigarrillo a solas, evocando la fachada de la Universidad Central de Madrid, en la que durante tantos años había estado seguro de que empezaría la carrera algún día. Llegué a la segunda clase tarde y con un sabor amargo en el paladar, pero aquel episodio no se repitió.

El profesor Goldstein asumió la responsabilidad de mi itinerario académico. En Neuchâtel no podría terminar Medicina, aunque la universidad ofrecía un primer curso común a diversas titulaciones científicas que me permitiría incorporarme en el curso siguiente a la Facultad de Medicina de Lausana, donde él mismo impartía dos asignaturas de su especialidad. El viejo amigo de mi padre pensó que cambiar de ciudad por segunda vez, sólo tres meses después de instalarme en un país extranjero, podría resultar demasiado traumático para mí. Prefirió darme la oportunidad de adaptarme durante un año a la vida en Suiza, a Neuchâtel, a su casa, su familia, y acertó. Aquel hombre, al que la llegada de Hitler al poder había convertido muy deprisa en un experto en asilos y exilios, conocía mucho mejor que yo la vida que me esperaba.

En junio de 1935, Samuel Goldstein era un prestigioso profesor de la Universidad de Leipzig, que dirigía el servicio de psiquiatría infantil y juvenil, su área de especialización, en una clínica privada de la misma ciudad. Hasta entonces, su vida había sido una plácida sucesión de apuestas exitosas. Hijo de un comerciante rico, se había casado por amor con la heredera de un socio de su padre, había tenido cuatro hijos sanos y los había visto crecer sin grandes contratiempos. El día en que su vida empezó a tambalearse, la mayor de sus hijas estaba ya casada, embarazada del que sería su primer nieto. Cuando su mujer lo localizó en la clínica para decirle que su yerno había llamado ya dos veces y que sólo quería hablar con él, temió que el embarazo de Anna se hubiera complicado. Lili le confesó que ella había pensado lo mismo, pero que Karl-Heinz le había asegurado que no, que todo seguía yendo muy bien. Sin embargo, mientras pedía una conferencia con Lausana, al doctor Goldstein no se le ocurrió otra explicación para la urgencia del futuro padre.

Que no, él disipó sus temores con contundencia, Anna y el bebé están perfectamente, no se trata de eso. Escúchame con atención, Shmuel... Karl-Heinz Schumann era diplomático de carrera. Hacía poco más de un año que trabajaba en la delegación de Alemania ante el Comité Olímpico Internacional, coordinando los trabajos de preparación de los Juegos de la XI Olimpiada, que tendrían lugar en Berlín en 1936. Hijo, nieto y bisnieto de arios purísimos, hablaba varios idiomas, pero la lengua de los judíos del este de Europa no se contaba entre ellos. Sin embargo, aquel día pronunció el nombre hebreo de su suegro con un acento yiddish tan impecable que el doctor Goldstein se quedó mudo de asombro. Cuando vengas a Ginebra, el mes que viene... En abril de 1935, cuando había viajado con Lili a Suiza para celebrar la noticia del embarazo de Anna, el doctor Goldstein acababa de recibir una invitación para participar en un simposio sobre trastornos del aprendizaje, que se celebraría en la Universidad de Ginebra a finales de agosto. Ah, no, replicó a su yerno cuando aún faltaban más de dos meses para que se celebrara, he pensado que no voy a ir este verano, porque es mejor esperar a que nazca... Te he dicho que me prestes atención, Shmuel Goldstein. Sólo entonces, al reconocer en la voz de Karl-Heinz el acento de su viejo profesor de primaria, el doctor empezó a sospechar la naturaleza de la preocupación de su yerno. Por supuesto que vas a venir a Ginebra. Vais a venir Lili, tú, Willi y las niñas, lo he arreglado todo con el doctor Piaget. El consulado ha tramitado ya vuestros pasaportes. Traed ropa de invierno. Suiza es muy hermosa en otoño, y a lo mejor os apetece quedaros aquí hasta el nacimiento de vuestro nieto, ¿no? Es una tontería que volváis a Alemania en septiembre. Estaréis mucho mejor aquí, con nosotros...

Cuando tomó la palabra en aquel simposio al que había decidido no asistir, el profesor Goldstein ya sabía que Herr Gruber, jefe del Partido Nazi en la embajada de Alemania en Suiza, había invitado a cenar a Herr Schumann en mayo, aprovechando una de las visitas del diplomático olímpico a Berna. Después de alabar con entusiasmo la labor que estaba realizando ante el COI, le preguntó sin disimulos cómo se llevaba con su mujer. Karl-Heinz, más precavido, mucho peor pensado que su suegro, frunció los labios en una mueca escéptica antes de indagar en el sentido de aquella extraña pregunta. Así, con cuatro meses de antelación, se enteró de que era muy probable que a partir de septiembre tuviera que escoger entre la nacionalidad alemana y su matrimonio. El partido está trabajando en una legislación nueva, muy ambiciosa, reveló Gruber, y sería una lástima que la diplomacia del Reich perdiera a un hombre tan valioso como usted, con tanta proyección, tanta capacidad... Schumann pidió otra botella, agradeció la deferencia de su interlocutor, maldijo en voz alta la hora en la que se le ocurrió casarse con una judía y empezó a pensar por su cuenta. Si el profesor que había invitado a su suegro a visitar Suiza en verano no hubiera compartido apellido con el fundador de una marca de relojes de lujo, no habría podido hacer gran cosa. Pero aunque todavía no era la celebridad en la que se convertiría después, no le resultó difícil localizar a Jean Piaget, que accedió a colaborar con él desde el primer momento.

Karl-Heinz Schumann estaba en una situación ideal para salvar a la familia Goldstein. Cuando las leyes raciales de Núremberg se aprobaron por unanimidad en el VII congreso anual del Partido Nazi, sabía que, pese al gran aparato propagandístico con el que se dieron a conocer, no se pondrían en práctica hasta un año más tarde, sólo después de que terminaran las Olimpiadas de Berlín. También sabía que, a despecho de las esperanzas que alentarían durante la década siguiente los hebreos de toda Europa, resultaría muy difícil, casi imposible, obtener el estatuto de refugiado en Suiza por el supuesto de persecución racial. Por eso convenció al padre de su mujer de que aceptara el trabajo que le ofreció la Maison de Santé de Préfargier y se instalara en Neuchâtel, el cantón tradicionalmente más proclive a acoger extranjeros, antes de la fecha que él había elegido para poner las cartas boca arriba. Su caso era distinto al de su suegro, porque la raza no era el factor que amenazaba su seguridad. El 27 de julio de 1936, cuando se negó a volar a Berlín para estar presente en la ceremonia de apertura de la XI Olimpiada, solicitó documentación de refugiado político para él y su familia, alegando que había desertado por motivos de conciencia. Muchos representantes nacionales ante el Comité Olímpico Internacional, aproximadamente todos los que se habían opuesto a conceder a Hitler el premio de organizar unos Juegos, respaldaron su petición. Cuando Herr Schumann estrenó un flamante pasaporte de apátrida, el profesor Goldstein era un simple trabajador extranjero contratado por un sanatorio de Neuchâtel, con todos los permisos en regla. En ninguno de sus documentos constaba que fuera judío. Aunque el Tercer Reich le había retirado la ciudadanía, para el Estado suizo, que nunca recibió un comunicado respecto al psiquiatra que había abandonado su país con un pasaporte en vigor, siguió siendo alemán. A pesar de todo, no fue fácil.

Cuando Samuel Goldstein decidió fiarse de las advertencias de su yerno, los judíos alemanes aún vivían tranquilos, seguros de que las amenazas de Hitler eran fanfarronadas sin fundamento ni consecuencias. Frau Goldstein militaba en esa fantasía con tanto ardor que, durante los tres primeros años de su exilio, le hizo la vida imposible a su marido para intentar convencerle de que regresara con su familia a Alemania, el único país del mundo donde ella podría ser feliz. Nunca había querido entender por qué Samuel había escogido una ciudad donde se hablaba francés en un país donde tantas personas hablaban alemán. Cuando comprobó que su lengua materna no era exactamente la misma que se hablaba en la Suiza alemana, se resignó al francés al precio de abominar del dialecto suizo, de sus hablantes y del país en general. Menos mal que Sami nunca me hizo caso, me dijo cuando la conocí. La verdad es que yo creía que a los judíos no podía pasarnos nada peor de lo que nos había pasado ya, pero después de lo que le hicieron a Willi el año pasado...

Samuel y Lili Goldstein solían decir de sí mismos que eran muy poco judíos. No practicaban la religión de sus mayores, y si no habían renegado expresamente de ella, había sido por la pura despreocupación de los no creyentes. Tampoco hablaban en yiddish entre ellos, ni se lo habían enseñado a sus hijos. Se habían conocido en la universidad, en un grupo de amigos comunes del que formaban parte tanto judíos como gentiles, y siempre hablaban en alemán. Lili, que en realidad se llamaba Leah, estuvo de acuerdo con su marido en inscribir a todos los niños en el Registro Civil con dos nombres, el primero alemán, el segundo hebreo, aunque en la sinagoga, en la única ceremonia religiosa a la que les llevarían sus padres, recibieran sólo uno para tranquilidad de sus abuelas. Cuando me instalé en su casa de Neuchâtel, su hija menor, Rebecca, era la única que usaba su nombre hebreo, porque el alemán, Herta, no le gustaba. Ella misma me contó que, a cambio, su hermano, Wilhelm Baruch, ni siquiera respondía cuando alguien le llamaba por su nombre judío, no porque lo odiara o le diera vergüenza, sino porque no concebía que a nadie se le ocurriera pronunciarlo para referirse a él. Todos, hasta sus abuelas, le llamaban Willi. El doctor

Goldstein se sentía tan profundamente alemán, amaba tanto su patria, su lengua, su cultura, que no puso ninguna objeción a que su hija Anna se casara, unos días antes de cumplir dieciocho años, con el hijo menor de una familia numerosa de aristócratas arruinados de Sajonia, que le sacaba más de una década. Pero se llevó un disgusto terrible al enterarse de que, mientras estudiaba el último curso de la carrera de Música en el Conservatorio de Berlín, su hijo primogénito, el único varón, no había tenido mejor idea que enamorarse de una francesa.

Willi fue el único miembro de la familia Goldstein que se quedó en Alemania en el verano de 1935. Tenía veintitrés años, y era rebelde, indisciplinado, muy terco. Sus tres hermanas juntas no habían llegado a darles a sus padres tantos disgustos como él. Se había negado a estudiar en Leipzig, a hacer Medicina o cualquier otra carrera universitaria que pudiera considerarse seria, a reconocer que su talento musical no era lo suficientemente extraordinario como para garantizar su éxito como compositor. Empeñado en demostrar lo contrario, cuando empezó a trabajar para la UFA, la productora cinematográfica más potente del país, dejó de pedir dinero a sus padres y a ellos no les quedó otro remedio que reconocer que se mantenía bastante bien sin ayuda. Aparte de música para películas, Willi Goldstein componía jazz y piezas de cámara atonales, que a su madre le daban unos terribles dolores de cabeza. Muy bien relacionado en los círculos bohemios de la capital del Reich, tocaba el piano, el violín y el clarinete en varios grupos que actuaban en clubes nocturnos. Cada noche, cuando terminaba su actuación, se emborrachaba con los amigos que hubieran acudido a oírle tocar, entre ellos algunos dramaturgos, actores y artistas que se contaban entre los más célebres de Alemania. Así conoció a Yvonne, una chica francesa, dos años mayor que él, que trabajaba como oficiala en una exclusiva sombrerería de la Friedrichstrasse y redondeaba sus ingresos posando como modelo para pintores. Empezaron a vivir juntos unos días después de su primer encuentro. Willi la llevó enseguida a Leipzig, y aunque se la presentó a sus padres como una chica buenísima que sólo posaba vestida, al doctor Goldstein le pareció excesivamente francesa y no demasiado guapa. Sin embargo, en el verano de 1935, se ofreció a pedirle a Karl-Heinz un pasaporte para ella. Pero ¿qué dices? Willi se echó a reír al escucharlo. Yo soy músico, papá, ¿te acuerdas? ¿Y qué quieres, que deje Berlín para ser músico en Suiza? ¿Ha sido alguien, alguna vez, músico en Suiza? A ver, dime nombres... En ese punto, Lili Goldstein se puso de parte de su hijo para proclamar por primera vez las incomparables virtudes de la patria que iba a verse obligada a abandonar contra su voluntad. Su marido le pidió al hijo rebelde que al menos considerara la posibilidad de instalarse en Francia. En París sí se puede ser músico, supongo, ¿o allí tampoco? Willi siguió riéndose y se volvió a Berlín.

Si hubiera sido ario, habrían acabado por perseguirle igualmente, porque todo lo que componía e interpretaba, desde el jazz hasta la dodecafonía, pasó a ser considerado muy pronto música degenerada, racialmente infecta, indigna de la tradición nacional y ofensiva para los exquisitos oídos del melómano pueblo alemán. Como era judío, en septiembre de 1938 le obligaron a coserse una estrella amarilla en la ropa. Justo después, Yvonne le propuso que se mudaran a Leipzig porque en Berlín eran demasiado conocidos. Willi, que no volvía la cabeza si alguien le llamaba Baruch, que hasta entonces jamás se había tomado a Hitler en serio, que se consideraba amigo de Carl Orff y había cenado en casa de Albert Speer, que alardeaba de conocer a muchos nazis que eran tontos, pero buena gente, y le protegerían si alguna vez fuera necesario, por fin se había asustado. Después de que Yvonne hiciera gestiones con los representantes diplomáticos de su país, que se ofrecieron a repatriarla al instante pero le advirtieron que no podrían hacer nada por su novio, porque el Reich había suspendido indefinidamente los permisos de emigración de los judíos alemanes, decidió abandonar Berlín. Antes de viajar a Leipzig, se casó a toda prisa con su novia en la embajada de Francia, donde no regían las leyes de Núremberg, pensando que la ciudadanía adquirida por matrimonio podría llegar a protegerle. Después, los recién casados se instalaron, tan discretamente como pudieron, en la casa de los señores Goldstein, que llevaba tres años cerrada. Willi no le contó a nadie que había vuelto. No telefoneó a ningún viejo amigo. No subió las persianas de ninguna habitación orientada a la fachada principal de la casa. Sólo salía a la calle de noche, y ni siquiera así volvió a acercarse al barrio donde se encontraba el primer conservatorio donde había estudiado. No hizo falta. Dos meses más tarde, durante la noche que después sería bautizada como la de los cristales rotos, una turba de aparentes civiles enfurecidos rompieron todos los de la casa, la saquearon de arriba abajo, destrozaron lo que no se quisieron llevar y sacaron a sus dos habitantes con las manos atadas, entre los vítores de muchos espectadores apostados en la acera y el silencio abrumado de algunos vecinos que no se creían lo que estaban viendo. Entre ellos había un amigo al que el doctor Goldstein había escrito desde Neuchâtel y que telefoneó unos días más tarde para contarles lo que había pasado. Desde mediados de noviembre de 1938, no habían vuelto a saber nada más de Willi. Yvonne tampoco tenía noticias suyas porque aquella noche los habían separado. Ella había ido a parar a un local del Partido Nazi donde dejaron de violarla cuando un jefe la escuchó gritar que no era ni alemana ni judía, que era francesa y podrían llamar a su consulado para comprobarlo. Antes de entregársela al cónsul de su país, sus violadores la obligaron a firmar una declaración en la que reconocía que el trato recibido durante su detención había sido impecable. Después averiguó que lo más probable era que Willi hubiera sido deportado. Al volver a Francia, exigió que el nombre de Wilhelm Baruch Goldstein figurara en una lista de ciudadanos franceses desaparecidos en Alemania, aunque le advirtieron que no iba a servir de mucho. Cuando yo llegué a Neuchâtel, no había servido de nada.

En Leipzig, los Goldstein siempre habían sido ricos, hijos de ricos, nietos de ricos. En Neuchâtel vivían de un buen sueldo, pero sin rastro de la opulencia de antaño. En sucesivos viajes a Alemania entre el otoño de 1935 y el verano de 1936, mientras seguía gozando de las ventajas de la valija diplomática, Karl-Heinz había recuperado las joyas de su suegra y una parte de los ahorros del profesor, pero las propiedades inmobiliarias, las fincas y la participación en las empresas de sus respectivas familias se perdieron al mismo tiempo que las noticias sobre Willi. Tras el gigantesco pogromo del 9 de noviembre de 1938, los judíos alemanes dejaron de tener derecho a poseer fábricas, tierras, comercios e inmuebles en Alemania. Ocho meses después, cuando llegué a su casa, todo eso les daba igual. Frau Goldstein, que nunca había tenido que aprender a freír un huevo, se encargaba de las comidas y de las cenas. Else, que asistía a una escuela de arte por las tardes, limpiaba su cuarto y ayudaba a la asistenta que venía por las mañanas. Rebecca todavía iba al colegio, pero se encargaba de comprar el pan todos los días y ayudaba con la limpieza los fines de semana. Jamás les escuché quejarse de haber perdido al mayordomo, a la cocinera, a las doncellas y al chófer que tenían en Leipzig. Apenas los mencionaban y nunca con nostalgia, porque no eran capaces de lamentar otra pérdida que la de Wilhelm Baruch.

Durante muchos meses, viví bajo la permanente sombra de Willi. Sus padres me instalaron en el cuarto que habían reservado para él. Algunos muebles, la mesa de escritorio, la cómoda, el armario, provenían del que había sido su dormitorio juvenil en Leipzig. Allí estaba también su primer piano. Los libros que llenaban los estantes habían sido suyos, como los carteles enmarcados que decoraban las paredes. La alfombra colocada a un lado de la cama, vieja y deshilachada pero muy limpia, la había elegido él mismo a los doce años. Siéntete como en tu casa, me dijo Lili en un francés peor que el mío cuando me instalé, pero usa solamente los dos últimos cajones de la cómoda, ¿de acuerdo? Asentí mientras comprobaba que los reservados para mí eran los únicos que tenían la llave puesta en la cerradura. Verás que en el armario hay algunas perchas con ropa envuelta en sábanas blancas, no las abras ni las quites, por favor. ¿Tocas el piano? Confesé que no y mi negativa pareció aliviarla, como si garantizara la inmunidad del altar mayor de aquel santuario. La cama es nueva, me aclaró con una sonrisa, y el colchón, las sábanas, todo... A pesar de esa advertencia, o tal vez precisamente por ella, durante mis primeros días en Neuchâtel me sentí como el profanador de un recinto sagrado, un usurpador sin derecho alguno a apropiarse de un espacio ajeno, y cada mañana hacía mi cama con tanto cuidado como si Willi hubiera dormido en ella alguna vez. Esa sensación intensificó el dolor que sentía por mi propia patria perdida, mi propia familia abandonada, mi propia lengua en la que ya no podía hablar con nadie. La convicción de que era un privilegiado que no tenía derecho alguno a sufrir agudizaba mi sufrimiento. La memoria de los veranos del pasado, las excursiones con mi padre a Peñalara, las semanas que pasábamos en la playa todos juntos, el sabor de la horchata helada en cualquier terraza, durante las noches más sofocantes de los julios madrileños, todas esas contraseñas de una felicidad natural, simple, barata, que no volvería a vivir, convirtieron aquel verano templado, de sol cauto y madrugadas frías, en un tormento insoportable. Sin embargo, cuando llegó septiembre, me di cuenta de que Willi Goldstein, su historia, sus muebles, sus cosas, me hacían compañía.

Papá nunca habla del tema, me contó su hermana Else, que tenía la misma edad que yo y fue la primera amiga que hice en Suiza. Papá nunca habla de Alemania, de nada que tenga que ver con Alemania, pero mamá está convencida de que Willi sigue vivo, y yo también lo creo... Else, a la que nadie llamaba Ava, destinó sus vacaciones de verano a cuidar de mí. Me enseñó la ciudad, me presentó a sus amigos, me animó a recorrer el lago en canoa. Willi siempre se ha buscado estupendamente la vida por su cuenta, ¿sabes?, y es muy buen músico. A todos los alemanes nos encanta la música, a los nazis también... A mí me gustaba más estar a solas con Else que hacer planes con sus amigos, porque a ella no tenía que contarle mi historia, la guerra de España, los bombardeos de Madrid, el encarcelamiento de mi padre, palabras que me abrían un agujero en el estómago cada vez que las decía, aunque ya me las supiera de memoria, aunque estuviera cansado de repetirlas. Ella lo sabía todo, pero además era una refugiada, una apátrida, igual que yo. Esa desgracia compartida hacía posible que cualquiera de los dos pasara un largo rato en silencio o rompiera a llorar sin sentir vergüenza, ni la necesidad de darle explicaciones al otro. Pero Else casi siempre lloraba por Willi y acababa contándomelo. Yo creo que mi hermano estará tocando el piano, o el violín, en cualquier sitio, una cárcel, un gueto, un campo de prisioneros, donde sea, pero vivo, porque a los alemanes nos gusta mucho la música, porque un músico es siempre una persona valiosa para nosotros, ¿comprendes? Pero papá cree que está muerto. Está convencido de que lo han matado. No lo dice, pero yo lo sé, lo sé... Yo tampoco le dije nunca a Else que seguramente su padre tenía razón. Yo no era judío, no era alemán, nunca me habían obligado a coserme en la ropa ningún trozo de tela de ningún color, pero había convivido tres años con el fascismo, había estado en guerra con él y no había sido capaz de derrotarlo. Eso me había enseñado a desconfiar de la esperanza.

Las dos únicas personas de este mundo capaces de desplazar a Willi, al menos durante un rato, en el corazón de la familia Goldstein, eran Martin y Anneliese Schumann, los dos hijos de Anna, a quienes sus padres traían casi todos los domingos desde Lausana. En agosto de 1939, el gran acontecimiento fue que la pequeña Anneliese había aprendido a andar. Mientras sus abuelos y tías desfilaban detrás de su madre, para seguir sus vacilantes pasos por el pasillo, Karl-Heinz se sentó a mi lado, encendió un cigarro y me preguntó qué planes tenía para el futuro. Nacido muchos años después de que su familia hubiera dejado de ser rica, Herr Schumann había perdido el nivel de vida más alto del que había gozado en su vida al renunciar a la diplomacia nazi. No había salido mal parado, pero aunque seguía trabajando en el COI, se había convertido en un simple funcionario de un organismo multilateral, un trabajo muy prestigioso, muy bien considerado, cuyo sueldo no excedía sin embargo el nivel de lo decoroso. Como era el único miembro de la familia que sabía lo que significaba ser pobre, también era el más preocupado por el dinero. Cuando le conocí, estudiaba por las noches para convalidar su título alemán de Derecho, porque aspiraba a formar parte del gabinete jurídico del Comité, y su mujer se burlaba de sus afanes ahorrativos, que se extendían a aspectos tan vulgares del presupuesto doméstico como el precio del pescado que servía para cenar. Aunque era un hombre simpático, que siempre me había tratado con amabilidad, yo sospechaba que mi estancia en la casa de los Goldstein le parecía un dispendio, un gasto difícil de justificar con los ingresos de la familia. Por eso me apresuré a explicarle que iba a empezar a estudiar Medicina en la Universidad de Neuchâtel, que preparaba un examen para obtener una beca destinada a estudiantes extranjeros sin recursos, que estaba buscando un trabajo. Pues deja de buscarlo, me ordenó con una sonrisa complacida. Ya te he encontrado uno.

El 15 de septiembre salí muy satisfecho de un examen cuyo resultado sólo se haría público un mes más tarde. Al día siguiente empecé a trabajar en La Maison du Lac, un restaurante especializado en los pescados del lago que, durante mucho tiempo, se reduciría para mí a una cocina enorme y llena de gente. El dueño del local era un amigo de Karl-Heinz al que nunca conocí. El encargado se llamaba Mario, italiano, de unos cincuenta años, casado con una suiza y sin ninguna simpatía por Mussolini. *Lei ha lavorato prima come lavapiatti?* Al principio, mi jefe y yo hablábamos en nuestros respectivos idiomas y nos entendíamos bastante bien. Con el tiempo, ambos acabamos chapurreando la lengua del otro. Aparte de eso, en mi primer año de trabajo no aprendí nada más, porque mi tarea consistía en lavar platos y, sólo de vez en cuando, secarlos. El sueldo era pequeño, pero nunca me quejé. Cuando me ofrecí a entregárselo, la respuesta de Lili Goldstein, un abrazo tan estrecho como el que nunca había recibido de sus brazos, me desconcertó. No quiero tu dinero, me dijo con una sonrisa, no lo necesito, ¿sabes por qué? Negué con la cabeza y tardó un rato en explicármelo, hasta que logró dominar el temblor de sus labios. Yo sé que en alguna parte, alguna mujer como yo, polaca, prusiana, austríaca quizás, o húngara, quién sabe, estará cuidando de mi hijo Willi como yo intento cuidar de ti. Así que hazme un favor, gástate el dinero en lo que te apetezca, cómprate cosas bonitas... Comprendí que esa respuesta formaba parte de un ritual privado, un gesto supersticioso destinado a convencerse a sí misma de que su hijo estaba vivo y a salvo, a cargo de personas que lo querían, que cuidaban de él. Yo intenté decirle una vez más que nunca podría pagarles lo que estaban haciendo por mí, y ella movió la mano en el aire, como si quisiera alejar el eco de mi voz. Luego se limpió la cara con el delantal, me besó en la mejilla y se fue a la cocina.

Las palabras de Lili me arrancaron de las garras de una autocompasión a la que había dedicado demasiado tiempo desde que llegué a Neuchâtel. Pensar en mi padre, condenado a agonizar en una celda abarrotada de hombres desesperados, me dolía demasiado. Para distraerme, pensaba continuamente en su mujer, pero siempre en primera persona. Lo que yo la quería. Lo que yo la echaba de menos. La falta que a mí me hacía. Aquel día cambié de perspectiva. Desde entonces, recordé a mi madre con tanta ternura, tanta nostalgia como antes, pero con una nueva responsabilidad. Me propuse mirar el mundo con sus ojos, los ojos de una mujer que se llamaba Caridad Martín, y así la imaginaba en nuestra casa de Madrid, sus labios curvados en la exacta sonrisa por la que Lili Goldstein habría estado dispuesta a pagar cualquier precio. La veía segura y confiada, pisando fuerte por la acera de la calle Gaztambide, porque su hijo Germán, el que no habían podido arrebatarle, el que había logrado escapar de sus enemigos, sobreviviría lejos de ella. Aquella imagen me calentó el corazón y sembró en mi espíritu una determinación desconocida. En aquel instante decidí que no iba a gastarme ni un solo céntimo en cosas bonitas para mí, sino en ella. Que iba a aprovechar la beca que acababan de concederme para hacer la carrera más brillante que estuviera a mi alcance. Que iba a lavar platos mejor y más deprisa que ninguno de mis compañeros para llegar lo antes posible a ser pinche, o camarero, y ganar más dinero todavía para mandarlo a Madrid todos los meses. Que nunca jamás volvería a compadecerme de mi suerte. Eso tampoco fue fácil, pero lo conseguí.

Un domingo de junio de 1940, el doctor Goldstein me invitó a dar un paseo hasta el lago. Habíamos paseado juntos otras veces, nunca cuando sus nietos estaban a punto de llegar, pero no le di importancia a ese detalle. Hacía un día estupendo, claro, luminoso, aunque el sol no calentaba tanto como a mí me habría gustado. Durante mi primer año en Suiza, nada me había enseñado tanto sobre las trampas de la nostalgia como la luz del sol. Yo siempre había creído que odiaba los veranos de Madrid. La ferocidad del calor que caía encima de mi cabeza como una placa de hormigón activada por un motor que pretendiera incrustarme en el suelo. La aplastante victoria de los días sobre la pusilanimidad de unas noches que no lograban templar siquiera las paredes de mi cuarto. El sudor de mi cuerpo empapando las sábanas, mientras daba vueltas y más vueltas en la cama sin lograr adormecerme siquiera. En Neuchâtel había llegado a echar de menos hasta eso, y al cubrirme con una manta por las noches, sentía que aquel verano era una farsa, una ilusión traidora, fraudulenta. En Madrid jamás se me habría ocurrido sentarme en un banco al sol, a las doce de la mañana, en el mes de junio. Habría escogido la sombra fresca, deliciosa, de un árbol grande, e iría armado con una cerveza helada, que bebería despacio para notar cómo me iba enfriando por dentro poco a poco. En Neuchâtel ni siquiera me apetecía beber cerveza. Estaba pensando en eso, en que no tenía sed, cuando el profesor Goldstein me pasó un brazo por los hombros, me felicitó por las notas que había sacado, me contó que su amigo Andrés habría estado muy orgulloso de mí. Usó ese tiempo verbal y no otro. Habló en pasado, habló en condicional, y no quise darme cuenta. Le conté que mi sobresaliente en Anatomía era más mérito de mi padre que mío, porque desde el otoño de 1936 había asistido a muchas autopsias. Aunque él ya lo sabía, porque lo habíamos hablado otras veces, le expliqué una vez más que, en noviembre de 1936, papá me había ofrecido trabajo como voluntario de Sanidad en el Madrid sitiado. Había formado parte del equipo de una ambulancia desde entonces hasta que terminó la guerra. Sabía mucho de heridas abiertas, de músculos desgarrados, eso me había ayudado a sacar otro sobresaliente en Fisiología. En realidad, no he tenido que estudiar tanto, sonreí. Cuando me disponía a explicarle por qué, el doctor Goldstein levantó la mano. Luego pronunció mi nombre y distinguí un velo turbio sobre sus ojos. Por fin me contó que, al llegar a la fase terminal de su cáncer de estómago, mi padre le había dado su última lección a un par de presos amigos suyos. Les explicó lo que tenían que hacer para provocarle una muerte por asfixia que resultara indetectable para cualquier forense. Pero entonces, repetí como un imbécil, el alumno más incapaz de mi facultad, ¿mi padre está muerto? Él asintió con la cabeza y yo me levanté del banco como si acabara de acordarme de que tenía que ir a alguna parte. No me moví del sitio. El profesor Goldstein me abrazó, me mantuvo inmovilizado hasta que logré romper a llorar. Después me dijo que lo sentía muchísimo. Andrés Velázquez había sido el mejor amigo de su juventud, un hermano para él, yo lo sabía. Por eso lloró conmigo, antes de preguntarme si quería que diéramos un paseo alrededor del lago. No, le respondí, prefiero estar un rato solo. Se alejó sin decir nada más y esperé a perderle de vista. Luego alquilé una canoa, remé con furia hasta el centro del lago, solté los remos y me abandoné a un llanto nuevo, tan espeso, tan hondo como un vómito. Cuando volví a casa, eran ya las seis de la tarde. Karl-Heinz y Anna se habían vuelto a Lausana, todos estaban preocupados por mí. Acepté sus abrazos, se los devolví, uno por uno, y me fui a mi habitación para cambiarme de ropa. Aquella noche entraba a trabajar a las siete menos cuarto. Por el camino, me compré un bocadillo de salami con vegetales que no me supo a nada y me lo comí antes de entrar en el restaurante. Pero sólo cuando metí el primer plato sucio en el agua, fui completamente consciente de mi orfandad.

Mi madre había escrito al doctor Goldstein a mediados de mayo para contarle la muerte de su amigo y pedirle que no me diera la noticia hasta que hubiera terminado los exámenes. Cuando le escribí para que supiera que ya lo sabía, había dado todas las variedades del llanto por concluidas, aunque la muerte de mi padre me seguía doliendo como una herida infectada. Había pasado más de un año desde que nos abrazamos por última vez en Madrid, ante el portal de nuestra casa. Había vivido más de un año sin él, pero sentía su ausencia con más intensidad que nunca. Al hablar por teléfono con cualquiera, recordaba que ya no podría llamarle a ninguna parte, que no volvería a escuchar su voz. Al echar una carta al buzón, me daba cuenta de que jamás escribiría su nombre en ningún sobre. Al quedarme dormido, a menudo soñaba que seguía estando vivo, a veces conmigo, y nada me aplastaba tanto como la certeza de su muerte, que sólo llegaba unos segundos después del despertar. Pero nunca incumplí mi juramento. No me vine abajo, no cejé, no sucumbí al ensimismamiento, a la apatía de la tristeza. Estuve todo el verano doblando turnos, lavando platos después de las comidas y de las cenas. Y el último domingo de septiembre, me monté en el coche de Karl-Heinz y me fui a su casa como un miembro más de su familia.

Lausana era bastante más grande que Neuchâtel, pero no dejaba de ser muy parecida, una ciudad pequeña, bonita, situada al borde de un lago. Mi vida tampoco cambió mucho cuando empecé a vivir allí. El primer año ocupé la habitación de invitados de los Schumann y seguí lavando platos en La Maison du Lac, la casa madre de la sucursal de Neuchâtel, donde la cocina estaba organizada exactamente de la misma manera. Por las mañanas iba a la universidad. Al mediodía comía en casa lo que hubiera preparado Anna, y cenaba en el restaurante. Cuando libraba en domingo, iba con los Schumann a ver a los Goldstein. Pero en el verano de 1941, empecé a prosperar. De vuelta en Neuchâtel, fui al restaurante a pedir trabajo para las vacaciones y el director me dijo que no necesitaban refuerzos en la cocina. Me preguntó si estaría interesado en hacer una prueba como camarero y en octubre, cuando volví a Lausana, seguí trabajando en el comedor. Mi sueldo era más alto y Anna se había vuelto a quedar embarazada. Solicité plaza en una de las residencias de la universidad y acepté un dormitorio compartido, muy limpio y bastante espacioso, con otro estudiante de Medicina. Mi compañero de cuarto se llamaba Luca, había nacido en un pueblo pequeño, cerca de Locarno, en el Tesino, y su lengua materna era el italiano. Hablando cada uno en su propio idioma, como había hecho antes con mi jefe de Neuchâtel, nos hicimos amigos muy deprisa.

Al independizarme de todos los Goldstein, los de Lausana y los de Neuchâtel, para convertirme en el único responsable de mi vida, sentí una extraña mezcla de alivio, miedo y melancolía. Echaba de menos el cuarto de Willi, sus cosas, los cajones cerrados, su ropa envuelta en el armario, y sin embargo me sentía feliz cuando abría con mi llave la puerta de la residencia cada noche. Ya no vivía de prestado. Todo lo que usaba me pertenecía y nadie decidía por mí cuándo, dónde y qué iba a comer, a qué hora me acostaba y a cuál me levantaba. Mis rutinas eran muy parecidas a las de Luca, a las de centenares de jóvenes con los que me cruzaba por la calle, en la residencia o los pasillos de la facultad. En Lausana dejé de ser un refugiado para convertirme en un simple estudiante extranjero, mi pasado tan desconocido como el de los demás. Estaba muy satisfecho de haberlo conseguido, de no ser ya una carga para nadie, pero por un mecanismo misterioso, que no pude desentrañar, añoraba al mismo tiempo demasiadas cosas. Las conversaciones con el mejor amigo de mi padre. Los abrazos de Frau Goldstein. Los paseos con Else. Por eso me propuse comprimir la carrera al máximo, y todo lo que había aprendido en Madrid, durante la guerra, me ayudó a conseguirlo. En lo que debería haber sido tercero, tenía casi la mitad de las asignaturas de cuarto aprobadas y conseguí un trabajo en la Secretaría de la Facultad. No ganaba mucho más que en La Maison du Lac, pero tenía los fines de semana libres, y me aficioné a pasarlos en Neuchâtel. Así, en la primavera de 1943 emprendí un noviazgo inocente, templado y cálido al mismo tiempo, con Else Goldstein. Mantuvimos nuestra relación en secreto durante muchos meses, y el verano siguiente, cuando lo hicimos público, resultó que toda la familia lo daba ya por descontado.

Ninguna de las hermanas Goldstein era una belleza y sólo Rebecca, con su espesa mata de pelo negro, unos labios preciosos y los ojos muy oscuros, almendrados, era una mujer guapa. Else era la más fea y la mejor de las tres. Siempre se quejaba de su pelo de ratón, fino y quebradizo, castaño claro, y de sus ojos saltones, de un color celeste aguado, casi transparente, pero lo que más odiaba en su cara era la nariz, con una curva semítica muy pronunciada. Yo me reía de ella y me daba cuenta de que no me atraía físicamente en absoluto, pero seguía siendo el mejor amigo que tenía en Suiza, la única persona con la que podía permanecer callado mucho tiempo sin darle explicaciones. Me gustaba mucho estar con ella aunque, a pesar de mi escasa experiencia, me inquietaba aún más la falta de deseo sexual que me inspiraba. Ella tenía que darse cuenta pero no lo echaba de menos. A mí me preocupaba cada vez más, y sin embargo, a veces pensaba que si no me estuviera preparando para ser psiquiatra, tampoco me parecería tan importante. En mayo de 1945, cuando la Segunda Guerra Mundial llegó a su fin al mismo tiempo que mi carrera, la perspectiva de un matrimonio con Else me gustaba y me aterraba en la misma proporción.

Cuando le llamé para contarle que había aprobado la última asignatura de la carrera, el doctor Goldstein, que en 1942 se había convertido en el director del hospital donde trabajaba, me ofreció una plaza de residente en la Maison de Santé de Préfargier. Aunque insistió mucho en que el favor se lo haría yo a él si aceptaba, consideré seriamente si debía o no hacerlo. Era una buena oferta, la perspectiva de aprender de mi benefactor me apetecía mucho, y negarme a trabajar con él habría parecido una muestra de ingratitud. Aunque decirle que sí era asumir que me casaría con su hija, fui incapaz de decirle que no. Se puso muy contento, me recomendó que disfrutara de mi libertad, y quedamos en vernos a primeros de julio, a mi regreso del viaje con el que mis compañeros y yo íbamos a celebrar que al fin éramos médicos.

Nos hubiera gustado salir al extranjero, pero nos dedicamos a recorrer Suiza porque el resto de Europa estaba abierta en canal. Estuvimos fuera más de un mes y visitamos todos los cantones. Envié muchas postales a Neuchâtel y algunas cartas más largas a Else, desde los pocos lugares donde pensaba quedarme el tiempo suficiente para recibir una respuesta. Nunca me contestó, pero tampoco le di importancia. El correo suizo no es tan eficaz como la gente cree, me limité a pensar. De vuelta en Lausana, llamé a los Schumann y no los encontré. Tampoco respondían al teléfono en casa de los Goldstein. Eso ya me inquietó más, pero no tanto como no encontrar a nadie esperándome en la estación el 10 de julio. Antes de mi viaje, Samuel Goldstein me había insistido mucho en que fuera a Neuchâtel aquel día para presentarme a su equipo antes de que empezaran los turnos de vacaciones. Fui directamente al hospital, pregunté por él y su secretaria me dijo que no había ido a trabajar porque en su casa habían tenido una desgracia.

La desgracia había sucedido en realidad siete años antes. Pero sólo el 11 de junio de 1945, Samuel y Lili Goldstein se enteraron de que su hijo Willi había muerto degollado en la noche del 9 de noviembre de 1938.

Un barrendero lo encontró, atravesado sobre unos cubos de basura, a poco más de cien metros de su casa.

No había pasado ni una hora desde que lo sacaron por la puerta con las manos atadas.

Cuando estaba de buen humor, me llamaba por mi nombre.

—Me gustaría pedirle un favor, Germán.

—Lo que usted diga, doña Aurora.

En la primavera de 1955, nuestra relación había mejorado mucho. Aunque no me recibía siempre de la misma manera, su indiferencia había ido retrocediendo, su hostilidad había cambiado de forma. Algunos días no quería verme. Me pedía que me fuera porque mi presencia la obligaba a adoptar su postura de pensar y eso la agotaba, o se sentaba de espaldas a mí hasta que me marchaba. Por lo general me rechazaba con cortesía, gestos y expresiones que evocaban a la señora exquisitamente educada que había sido una vez. Sus brotes de furia se habían ido haciendo cada vez más raros porque, sin consultarlo con nadie, le había cambiado la medicación a finales del año anterior.

Yo sospechaba que sólo una parte de su deterioro, el que se debía a su prolongada permanencia en una institución para enfermos mentales, era irremediable. Pese a que su condición de interna rica le garantizaba un aislamiento que no estaba al alcance de las internas pobres, Ciempozuelos era un manicomio, y ni siquiera una mujer cuerda habría salido indemne de dos décadas de estancia manicomial. Además, el aislamiento era un arma de doble filo. Por una parte había impedido que empeorara por contagio, que la relación cotidiana con los síntomas de enfermas más graves, la necesidad de defenderse de la violencia o las agresiones de otras internas, hubiera agravado su estado. Por otra, los largos años de silencio y soledad transcurridos entre el episodio de los muñecos y la llegada de una lectora habían dejado su huella en un ensimismamiento tan profundo que, cuando la conocí, hacía difícil su relación con los demás. Pero, aparte de todo eso, descubrí que estaba sedada en exceso, atontada por los efectos de medicamentos que no necesitaba. Esos fueron los que suprimí muy lentamente, intentando minimizar todo lo posible la inevitable alteración provocada por la abstinencia. No me habría atrevido a hacerlo sin contar de antemano con la complicidad de María Castejón. Ella, que soportó los peores momentos del invierno, compartió conmigo la buena noticia de la primavera.

—Cuando venga la chica esa que lee —a ella nunca la llamaba por su nombre—, ¿usted cree que podríamos salir al jardín? Me gustaría, porque hace mucho tiempo que no tomo el sol.

Ni siquiera María sabía cuánto tiempo había pasado desde la última vez que doña Aurora había salido a tomar el sol.

—Desde que yo volví, creo que nunca —me dijo, después de pensarlo un rato—. La he sacado algunas veces para llevarla al dentista y al médico, eso sí. La sentaba en una silla de ruedas y cruzábamos el jardín, pero no me pedía que me parara en ningún sitio, se comportaba igual que si la empujara por el pasillo.

Por la tarde, cuando fui a buscarla, le pregunté si quería una silla de ruedas y negó con la cabeza.

—No veo casi nada, pero todavía soy capaz de andar perfectamente yo sola, gracias.

Luego se colgó de mi brazo y recorrimos el pasillo muy despacio. Doña Aurora se detenía de vez en cuando, hurgaba en su memoria para reconocer lo que ya no estaba segura de identificar con los ojos, fruncía el ceño, asentía con la cabeza, seguía andando. Aunque no habría estado muy seguro de poder explicar por qué, fue emocionante.

—¿Esa mancha verde es el junípero? —exclamó cuando llegamos a la escalera—. ¿Tanto ha crecido?

—Pues no lo sé, doña Aurora, pero tenga cuidado que vamos a empezar a bajar. Ahora hay un escalón... —mientras la ayudaba, vigilaba con el rabillo del ojo el corredor, donde algunas internas nos contemplaban con asombro—. Muy bien, ahora vamos a por el segundo... La verdad es que no sé mucho de plantas.

—La chica, la chica tiene que saberlo. Ella era la nieta del jardinero, ¿no? Claro, que no puede ser otra cosa que el junípero, porque siempre ha estado ahí, aunque a su lado había un castaño y no lo veo.

—¡Doña Aurora! ¡Doña Au! ¡Do Au... rora!

Margarita, otra de las internas del Sagrado Corazón, pasó a nuestro lado mientras bajaba los peldaños a toda prisa, como si pretendiera recibirnos al pie de la escalera. Allí flexionó un instante las piernas, abrió los brazos en un gesto teatral e imitó el sonido de los platillos, ¡tachán!, antes de empezar a hablar a tal velocidad que se atropellaba con su propia lengua y encabalgaba las frases sin terminarlas.

—Ay doña Aurora do qué alegría soy Margarita Marga ¿no se acuerda de? éramos muy amigas cuando la de años que hace la Virgen pero venga baje deme un anda que no la he echado de doña Aurora pero ¿es que no me...?

—¿Quién es esa loca? —me preguntó mi paciente en un susurro—. Que se vaya, no quiero verla —y se quedó parada en el penúltimo peldaño mientras Margarita seguía reclamándola—. Me vuelvo a mi cuarto, quiero volver a mi cuarto.

—No, ahora no —la retuve con suavidad por el brazo—. Ya casi hemos llegado.

María, que conocía Ciempozuelos mejor que yo, anticipó el revuelo que provocaría la primaveral salida de doña Aurora y me sugirió que fuéramos a la glorieta. Por la mañana me había enseñado aquel espacio circular, delimitado por un seto de arbustos, casi tan alto como una persona, que la protegería de la curiosidad de las demás. Por la tarde se adelantó para asegurarse de que cuando llegáramos allí no encontraríamos a nadie más. Pero, como de costumbre, estaba pendiente de todo. Tanto, que apareció justo a tiempo de llevarse a Margarita.

—Pero que no —la cogió del brazo con suavidad y empezó a tirar de ella—. Que es mi ami —le dijo que ya sabía que eran amigas pero que ahora tenía que dejarla tranquila—. ¿Adónde me? —le contó que eran las cinco y media y que en la cocina habían hecho un bizcocho para merendar—. No quiero que no quie —le prometió que si iba a pedirlo ahora, le darían el trozo más grande de todos—. No quiero ir —se ofreció a acompañarla para asegurarse de que podría mojarlo en una taza de chocolate—. Bueno si hay chocolate me quedo sentadita sí vamos me gusta a mí el choco mucho...

Hacía más o menos un año, en aquella época en que la perseguía por los pasillos sin comprender por qué no quería hablar conmigo, había descubierto su habilidad para resolver cierta clase de conflictos. Una mañana, mientras cruzaba el jardín para ir desde un pabellón a otro, escuché un estrépito de gritos que no lograban esconder la desesperación de una voz que aullaba, quejándose como una fiera encadenada. El escándalo provenía del dispensario médico y me pareció tan alarmante que cambié de rumbo para comprobar qué había ocurrido. María entró corriendo justo delante de mí, Eduardo tras ella. Los seguí hasta una sala donde una enfermera y tres hermanas aplastaban boca abajo contra una camilla a una paciente que intentaba escaparse, zafarse de la sujeción sin dejar de chillar. Nos enteramos de que estaba muy estreñida, el médico había prescrito que le pusieran un enema y no estaba dispuesta a consentirlo. Eduardo y yo, las máximas autoridades presentes en teoría, nos quedamos parados, mirándonos, sin saber qué decir. María sí lo sabía.

—¿Pero le han explicado ustedes lo que le van a hacer? —le preguntó a una de las hermanas.

—No —le respondió ella, tan perpleja como si ni siquiera se le hubiera ocurrido esa posibilidad.

—Pues hay que decírselo, mujer, para que no se asuste... —se dirigió directamente al extremo de la camilla y puso la mano sobre la cabeza de la interna—. Usted tranquila, doña Isabelita —mientras hablaba le iba acariciando sin parar la frente, el pelo—, que esto no le va a hacer daño. Al revés, se va a quedar usted muy a gusto cuando termine. No es más que un momento. Le van a meter un poco de agua por el culo, fíjese qué tontería, y no está fría, ¿a que no? —levantó la cabeza, se volvió hacia las demás y cosechó un unánime coro de noes—. Esto lo vamos a hacer por su bien, porque hace muchos días que usted no va al baño, no me diga que no...

—No, no —la pobre doña Isabelita respondió con un hilo de voz—. Si es verdad.

—Pues por eso... —María volvió a mirar hacia atrás, asintió con la cabeza y la enfermera cogió el enema que estaba preparado sobre una bandeja y empezó a pasarlo muy despacio—. Aunque usted no se lo crea, esta tontería le va a arreglar el problema. Cuando termine de entrar el agua en sus intestinos, va a tener usted unas ganas enormes de ir al baño y asunto concluido. Es una sensación un poco rara, pero no le está haciendo daño, ¿verdad? Tranquila, que queda muy poco. No se va a creer usted lo bien que va a estar luego, sin ese peso en la barriga... Ya está. ¿A que no ha sido para tanto?

Cuando doña Isabelita bajó de la camilla y salió renqueando de la habitación, Eduardo se acercó a María y le dio las gracias.

—Si no es nada —ella se quitó importancia—. Luego se meten conmigo, dicen que soy una blanda, pero es que hay que explicarles las cosas porque, si no, que te traigan aquí, que te pongan boca abajo, que te quiten las bragas... ¡Como para no asustarse!

Entonces me acerqué a ella y salió corriendo como una exhalación antes de que pudiera recordarle que teníamos una conversación pendiente. Eduardo me contó que no era la primera vez que María resolvía una crisis, porque las internas no le daban miedo. Los brotes, los gritos, las reacciones violentas que asustaban a las demás, resultaban familiares para ella. Había convivido con enfermas mentales desde que era niña y siempre las trataba, de entrada, como si no lo fueran, explicándoles las cosas, obligándolas a razonar. Muchas veces da resultado, concluyó, ya lo has visto. En ese momento me pareció una explicación suficiente. Un año más tarde, mientras la veía alejarse con

Margarita, camino de la cocina, creí que no hacía justicia a los méritos de aquella chica, que había nacido con el don de hacerles la vida más fácil a los demás.

—¿Lo ve? —le pregunté a doña Aurora—. Se ha ido, ya no se la oye. Vamos a la glorieta, por aquí, muy bien.

María había dejado el libro encima de la mesa y una manta doblada sobre el respaldo de una de las butacas de jardín que la rodeaban. Senté a doña Aurora, la tapé con la manta, y comprobé que seguíamos teniendo espectadoras. Unas cuantas enfermas se asomaban por el hueco abierto en el seto. Durante un instante pensé en alejarlas con palabras, pero temí que mi paciente volviera a asustarse y me limité a dar unos pasos hacia ellas. Eso no bastó para dispersarlas. Al girarme, comprobé que mi paciente se había puesto cómoda. Recostada sobre la butaca, con la cabeza apoyada en el borde, tomaba el sol con los ojos cerrados. Parecía disfrutarlo, pero no quise pasar por alto lo que había dicho antes.

—Doña Aurora —no se movió, no abrió los ojos, pero asintió con la cabeza como si me diera permiso para seguir hablando—. Antes ha dicho usted que María, la chica que va a su habitación a leer por las tardes, era la nieta del jardinero —hice una pausa y comprobé que mis palabras no la habían alterado en absoluto—. ¿Usted la conoce? ¿Se acuerda de ella?

Se apoyó en los brazos de la butaca para incorporarse levemente, abrió los ojos, me miró.

—Yo sé lo que sé y digo lo que tengo que decir —remató aquella misteriosa declaración con un final adecuado al tono profético, de pitonisa, en el que había hablado—. Eso es todo por ahora.

Luego volvió a recostarse y siguió tomando el sol en silencio hasta que María regresó.

—Siento mucho haber tardado tanto... —había venido corriendo, tenía las mejillas coloreadas, la respiración en un jadeo—. Es que lo del bizcocho era verdad, pero el chocolate he tenido que hacerlo yo... —se atusaba el pelo en el vano intento de devolver algunos mechones rebeldes a la disciplina de la trenza de la que habían logrado escapar—. Ya que me he puesto, he hecho de más, y he mandado a la cocina a las que estaban ahí fuera, espiando —por fin se sentó en una silla, tomó el libro, lo abrió por la página que había dejado marcada la tarde anterior—. Espero que las dejen merendar a ellas también, aunque no sé, porque esa cocinera es más antipática... Bueno, doña Aurora, vamos allá. Tenemos casi media hora.

—No —ella abrió los ojos, se incorporó del todo—. Hoy no quiero que leas. Hace tanto tiempo que no venía al jardín que prefiero que me digas lo que ves. Cuéntamelo.

María levantó mucho las cejas al mirarme e interpreté que aquel gesto era una invitación.

—Bueno —empecé por el principio—, estamos en la glorieta...

—No —me interrumpió enseguida—. Usted no, Germán, que no sabe nada de plantas —y se volvió hacia María—. Tú, cuéntamelo tú.

Ella dejó el libro cerrado sobre la mesa, miró a su alrededor, empezó a hablar.

—Lo que tenemos enfrente es el junípero. Es una mancha verde, muy grande, tiene usted que verla y ha tenido que pasar a su lado al bajar la escalera —doña Aurora se volvió hacia mí, sonrió, asintió con la cabeza—. Ha crecido muchísimo, porque el castaño de Indias que había al lado se secó, y ya no le hace la competencia. El saúco tampoco está. Lo arrancaron, claro, como dejó de bajar usted, que era la única que lo defendía...

—Nunca hay que arrancar las plantas. Y menos por una superstición.

—Ya, ya lo sé, pero vaya a decírselo usted a los jardineros, con la manía que les tienen a los saúcos... A cambio, plantaron una hilera de cinco cipreses que ya están altísimos. Si mira usted a su derecha los verá. ¿Se da cuenta? —doña Aurora volvió a asentir y ya no volvió a mirarme, toda su atención concentrada en la voz de María—. Tiene que verlos como cinco rayas verdes, muy derechas. Pues un poco más atrás sigue estando la rosaleda. No se puede imaginar cómo ha crecido aquel rosal de pitiminí que plantó usted. Hay que podarlo todo el tiempo, porque ocupa un arco entero pero, si lo dejáramos, se comería a todos los demás. Es precioso, con esa cantidad de flores rosas, muy claras, pero no se cansa de crecer...

Aquella tarde no hubo lectura. María tampoco se cansó de hablar, de describir con sus propias palabras, cálidas, precisas, el jardín que veíamos y el que doña Aurora había cultivado casi veinte años antes. En contra de una de sus costumbres más arraigadas, mi paciente no la interrumpió. Movía la cabeza al ritmo de las palabras que escuchaba, con tanta concentración como si estuviera remodelando su cerebro, extirpando imágenes caducas para sembrar en su lugar otras que sólo podía imaginar. Doña Aurora, que se había negado airadamente a reconocer a su lectora, que jamás había querido hablar con nosotros de los primeros años de su estancia en Ciempozuelos, asentía con mansedumbre a los recuerdos de María, y por primera vez desde que la conocía, me pareció una mujer capaz de haber sido feliz. Yo llegaría a experimentar algo parecido en aquella glorieta, el recinto que a lo largo de aquella primavera nos acogió en muchas tardes plácidas, divertidas, en las que mi paciente, a ratos, volvió a ser una persona mientras miraba a su alrededor a través de los ojos de aquella alumna que se había convertido en su profesora. Cuando no quería que ella hablara, durante las tardes en las que prefería quedarse recostada en la butaca, con los ojos cerrados, tomando el sol, nosotros la imitábamos. Juntábamos nuestras sillas y hablábamos en voz baja de tonterías, como dos colegiales que hubieran hecho novillos. De una forma o de otra, los ratos que pasaba en la glorieta se convirtieron en el mejor momento de mis jornadas de trabajo. No bajábamos al jardín todos los días, porque doña Aurora se cansaba, le dolían las piernas o decidía que no quería salir sin explicarnos por qué. Entonces yo intentaba convencerla por mi propio interés, porque mientras estaba sentado al sol, con María y con ella, se suspendían todas mis preocupaciones. Mi descanso era tan profundo que a veces hasta me dormía unos minutos. A doña Aurora le pasaba lo mismo. A María nunca. Ella era la más responsable de los tres.

Ni siquiera los progresos, mucho más prometedores, más consistentes, de las pacientes de mi programa, habían logrado emocionarme tanto. Al principio no entendía por qué, y hasta me molestaba, porque no me parecía justo. Después comprendí que, en los buenos momentos, cuando lograba aproximarse a la mujer que había sido una vez, Aurora Rodríguez Carballeira me devolvía a una mañana calurosa de junio de 1933, al despacho de la consulta, a mi padre. En su altivez y en su desamparo, en la brillantez de sus expresiones, en sus aires de grandeza y la ternura con la que cogía en brazos a alguno de los gatos que pululaban a su aire por el jardín, doña Aurora me regalaba retazos de una alegría pasada, irrecuperable ya. Era la única persona de este mundo con ese poder, yo lo sabía. Ese había sido el principal motivo que me impulsó a acercarme a ella cuando la encontré en Ciempozuelos, pero en la intimidad de la glorieta, bajo la protección de aquel seto circular que nos aislaba del resto del mundo, lo percibí como nunca antes.

—Oye —seguía resistiéndose a llamarla por su nombre, pero como nos sentábamos siempre en las mismas sillas, bastaba con que girara la cabeza en una dirección o en otra para que supiéramos a quién se dirigía—. ¿Y el invernadero? Porque aquí había uno, ¿no?

—Claro —la voz de María tembló ligeramente—, y sigue estando ahí.

—Me gustaría ir a verlo —sus labios esbozaron una sonrisa auténtica, lejos del altivo sarcasmo que solía curvarlos—. Bueno, lo que se dice ver, no voy a ver mucho, pero... Ya me entiendes.

A mediados de mayo empezamos a dar paseos. El invernadero nos mantuvo ocupados varios días antes de convertirse en un destino alternativo a la glorieta, porque doña Aurora no se cansaba nunca de recorrerlo. Aunque ya no era capaz de recordar los nombres de las plantas de un día para otro, le gustaba ir a verlas, acercárselas a los ojos, comprobar cuánto habían crecido.

—¿Esto son begonias?

—No, doña Aurora, son clavellinas.

—¡Ni hablar! Esto son begonias. ¿Tú qué te crees, que me vas a engañar a mí? ¿Piensas que soy tonta? La tonta eres tú, para que lo sepas, porque no ha nacido todavía nadie capaz de engañar a Aurora Rodríguez Carballeira. ¡Que no se te olvide!

Yo le había pedido a María que no le llevara la contraria. Le había explicado que estaba más despierta, más atenta, porque tomaba menos sedantes, pero que eso no afectaba a su enfermedad, al contrario. Aunque estaba dispuesto a correr ese riesgo, su mejoría podría llegar incluso a agravar algunos síntomas, porque doña Aurora jamás había olvidado a sus enemigos.

—Yo no sé... —una tarde lluviosa de marzo, cuando aún no me habría atrevido a esperar que llegara a salir algún día de su habitación, echó a María para quedarse a solas conmigo—. Dígame la verdad, Germán, por favor se lo pido. No soy más que una vieja, ya lo ve, encerrada aquí, ¿qué poder puedo tener? No valgo nada —y sin embargo, antes de seguir me dirigió una mirada oblicua, cargada de astucia—. Por eso no corre ningún riesgo si me dice la verdad. ¿Es usted uno de ellos?

—No, doña Aurora, no lo soy —me detuve un instante para escoger el mejor camino—. Sé a quién se refiere usted, a las potencias internacionales que intentaron secuestrar a su hija Hildegart, arrancarla de su lado. ¿Tengo razón? —asintió con la cabeza y proseguí, tratando de parecer calmado mientras me arrastraba por un campo de minas—. Al principio, quizás pensó usted que ellos me habían mandado para tenerla vigilada. Pero yo sólo soy su psiquiatra. No pretendo hacerle ningún daño, al contrario. Me alegro muchísimo de que se encuentre mejor.

—Ya... Ahora pienso con más claridad. Creo que estoy recuperando mis potencias. Me equivoqué con usted, porque ellos debieron encontrar una manera de intervenirme, de interferir mi pensamiento. En los últimos años no podía pensar bien, estaba como embotada, ¿me entiende? —asentí con la cabeza—. Y claro, cuando usted llegó... Yo me daba cuenta de que tenía que luchar contra ellos, volver a pensar, a razonar, pero no podía. Era como si tuviera la mente encarcelada —se sujetó la cabeza con las dos manos y empezó a moverla de un lado a otro—, aprisionada, ¿comprende?, cargada de cadenas, y no podía romperlas por más que lo intentara... Hasta que hace poco me di cuenta de que si usted hubiera venido a atacarme, a intentar acabar conmigo, no estaría mejor, sino peor, así que... Tengo que pedirle perdón, Germán, perdóneme. Usted no se imagina mi tormento, la tortura de estar siempre alerta, al acecho de todos los peligros, defendiéndome de ellos...

—Me lo imagino, doña Aurora. Pero no tiene usted que preocuparse por mí. Y yo tampoco tengo nada que perdonarle.

Le conté aquella conversación a María para alertarla de que cualquier motivo, incluso tan nimio como la discrepancia sobre la especie de una planta cuyas primeras hojas apenas asomaban unos milímetros del suelo, podía bastarle para sospechar que existía una conspiración organizada contra ella. Por eso le dábamos siempre la razón, y la dejábamos que se saliera con la suya hasta que las hojas crecían lo suficiente para que, además de verlas, pudiera reconocerlas con los dedos.

—¿Qué te dije? Eran clavellinas, ya lo sabía yo.

—Claro que sí, doña Aurora —ella me miraba, sonreía—. Si usted sabe de plantas más que nadie.

Aunque a veces, al mirarla, descubría un velo turbio empañando sus ojos.

—Es que es como si ahora ella fuera la niña pequeña y yo la adulta que le enseña las cosas. Parece una tontería, pero... —me confesó una tarde, al salir del invernadero—. Me acuerdo de aquellos cubos de colores, del puerto de Sebastopol, de todo lo que me enseñó aquí mismo. Y me da pena, pero me alegra a la vez. No sé, es una sensación muy rara, porque es como si hubiera vuelto, ¿no?, tampoco del todo, pero ya es tarde, ya no hay tiempo para... ¡Bah!, son cosas mías. No me haga caso, doctor Velázquez.

Desde que doña Aurora me dijo que le gustaría salir al jardín, mi relación con María también había cambiado. Nunca había sido tanto mi colaboradora como mi cómplice, pero las tardes que compartimos primero en la glorieta, después en el invernadero, fueron otorgándole poco a poco una categoría nueva, más valiosa. A partir de entonces, si hubiera tenido que escoger una palabra para explicar lo que representaba para mí, habría elegido *compañera*, porque nos hacíamos compañía mutuamente. No teníamos la confianza que se otorgan los amigos porque no estábamos en una posición de igualdad. Yo era psiquiatra, ella, auxiliar de enfermería, ambos trabajábamos en un lugar donde esas categorías representaban dos orillas opuestas de un abismo. Pero las alegrías de aquella primavera, su placentera calma, la serenidad que me inspiró el sol de abril para que la perfeccionara el sol de mayo de 1955, no habrían llegado a existir sin ella. El jardín nos regaló la oportunidad de fundar una sociedad armoniosa, autosuficiente, de tres personas. En la glorieta no cabía nadie más, y lo sabíamos. Los tres evitábamos por igual cualquier nueva incorporación, porque éramos conscientes de que un cuarto miembro habría deshecho un equilibrio perfecto.

Sin María Castejón, doña Aurora habría sido mucho más inasequible para mí. Yo no sabía los nombres de las plantas, ni dónde estaba el huerto, ni por qué había que encañar los tomates y los pimientos, pero no era sólo eso. María había nacido con el don de resolver conflictos, de hacer que las cosas fueran más fáciles para los demás. Su presencia me daba seguridad porque, aunque mi técnica había mejorado mucho, ella seguía manejando a doña Aurora mejor que yo. Era paciente, animosa, divertida, y compartía con Else Goldstein la virtud de saber estar en silencio a mi lado. Cuando tomábamos juntos el sol, no necesitaba hablar, ni escucharla, para ser consciente de que estaba sentada a mi izquierda, y presentía que, sin ella, aquel momento habría sido menos agradable. Lo justificaba diciéndome que, si María no existiera, tendría que estar pendiente del humor de doña Aurora en todo momento, y sin embargo, estar juntos nos liberaba a ambos por igual de aquella preocupación, pero eso no explicaba completamente lo que sentía. Pensé mucho en el valor de la compañía durante aquella primavera. Pensé tanto que no tuve ocasión de apreciar lo evidente. María Castejón era mucho más atractiva que Else Goldstein, pero mientras pasaba con ella el mejor momento de todos los días nunca me paré a pensar en eso. A cambio, su compañía me enseñó lo que echaba de menos en Pastora.

—No —su voz cortaba como un cuchillo—. No puedo.

A veces le proponía bajar por la calle Atocha para ir al Retiro, tomar un aperitivo en una terraza y comer allí, al aire libre. A veces, me ofrecía a pedirle el coche prestado a mi cuñado para hacer una excursión, tan corta como ir al Pardo o subir hasta Navacerrada. A veces, le preguntaba si no le apetecería llegar más lejos, pasar un par de días en una playa, al norte, al este, al sur, donde ella quisiera. A veces, al salir de la casa de doña Encarna, la animaba a que fuéramos al cine, a ver esa película de la que hablaba todo el mundo. A veces, intentaba quedar con ella entre semana para tomar una cerveza, para ir al teatro, para dar un paseo. A veces, le recordaba que ni siquiera sabía cuándo era su cumpleaños, que podríamos ir de compras, que lo más probable era que le debiera un regalo. La respuesta era siempre la misma.

—No.

Todos los domingos nos encontrábamos a la una en la puerta del Monumental. Todos los domingos íbamos a comer después a algún mesón situado entre Tirso de Molina y Antón Martín. Por fortuna dejaba nuestro destino en mis manos, pero las posibilidades eran muy limitadas. Sólo podía escoger entre cuatro locales y ninguno era un restaurante. Al principio, no lo entendía. En las tascas de Madrid se comía muy bien, a mí siempre me habían gustado los guisos, el cocido, la fabada, el pisto, los callos. Pero nunca conseguí arrastrarla a un asador o a una marisquería, nunca logré que aceptara media docena de cigalas o un cordero asado. Le preguntaba si no le gustaban y me contestaba que sí, que le encantaban, pero que no quería. Con el tiempo comprendí que Pastora me dejaba que la invitara a comidas baratas, que aun así ella no podría pagar con su sueldo, pero no quería que gastara en ella ni un céntimo más de lo imprescindible. Y me equivoqué.

—No —aquella vez incluso sonrió—. No es por eso.

Me dijo que se acostaba conmigo porque le daba la gana. Que nadie le iba a decir a ella con quién podía meterse en la cama y con quién no. Que le traían sin cuidado el pecado, la moral, la reputación y toda esa mierda de los curas y las beatas. Que no sentía en absoluto que dejarme pagar la comida y el hotelito la rebajaran o la convirtieran en una puta. Que si ganara más dinero pagaría la mitad de todo, pero que no podía porque su sueldo apenas daba para cubrir el precio de la pensión y la comida diaria. Que tenía que ahorrar lo poco que le sobraba por si necesitaba comprarse una falda o unos zapatos nuevos, aunque procuraba tratar muy bien la ropa y el calzado y en cuanto llegaba a su cuarto se ponía un camisón, una bata, y no se las quitaba hasta el día siguiente. Que por eso me dejaba invitarla. Que no pensara cosas raras de ella porque Pastora Muñoz había nacido mujer libre. Que siempre lo había sido y siempre lo sería, por más que esos hijos de puta siguieran intentando someterla. Pero que no quería cigalas, ni ir de excursión, ni tomar el aperitivo en el Retiro, porque ella era así, y yo sólo podía tomarla o dejarla.

—Así que no —resumía—. Gracias, pero no.

Entre no y no, nuestros domingos eran siempre iguales. La comida, el taxi, la mejor habitación del hotelito, dos horas en la cama, una despedida apresurada en la puerta y toda la semana por delante. Aunque era lo último que me habría atrevido a esperar, el sexo se fue contagiando poco a poco de monotonía.

Pastora jamás dejó de imponer la postura, el tiempo, el ritmo. Nunca me cedió la iniciativa. No me dio ningún capricho. No aceptó ninguna variante. Una tarde de abril, justo después de correrme, fui consciente de que iba a empezar a aburrirme. Sabía que no habría más repeticiones, que Pastora me abrazaría para hacerse la dormida, que a la hora exacta abriría los ojos, miraría el reloj y fingiría asombrarse de lo tarde que era. Mi humilde clarividencia me inspiró tanta tristeza que aceleré la partida, y a ella le pareció bien. No preguntó, no se quejó, no me retuvo. A partir de aquel día, nuestros encuentros fueron un poco más breves, más descarnados también. Pensé que a Pastora le daba igual, y volví a equivocarme.

—Yo te entiendo, Germán, pero tú no me entiendes a mí.

Aquella tarde se nos hizo casi de noche. La luz del día se deshacía perezosamente en un cálido anochecer del mes de junio cuando doña Encarna llamó a la puerta para pedirnos que nos fuéramos ya. Pastora llevaba más de tres horas hablándome de su marido. Dónde le había conocido. Cuándo se había enamorado de él. Qué clase de felicidad absoluta, espesa, casi sólida, había vivido a su lado. Cómo había muerto él. En qué carga insufrible se había convertido la vida para ella desde entonces.

—Yo sé que quieres más, Germán, y lo entiendo. Es lo que querría cualquiera, pero no tengo nada más que darte. Sé que nunca volveré a ser feliz, porque ni siquiera estoy dispuesta a intentarlo. Yo ya he sido feliz, todo lo feliz que puede llegar a ser una mujer. Ninguna felicidad nueva sería ni parecida, sé que eso es imposible, y aceptar un sucedáneo, una mala copia de lo que tuve, de lo que perdí, no sería una victoria, sino un fracaso. He pensado muchas veces en matarme para acabar de una vez, pero me da miedo hacerlo. No se lo he confesado a nadie, pero esa es la verdad, que soy una cobarde. A mi hermana le digo que no me suicido porque soy comunista, porque el Partido es mi casa, mi familia, porque mis camaradas me necesitan, pero es mentira. Me avergüenza decir que no me atrevo, pero no me da vergüenza follar contigo porque tengo treinta y seis años, y me hace falta, y eso sí podría arreglarlo yo sola, pero ya hay demasiada tristeza en mi vida, no sé si podría con más. Tú me gustas, Germán, y no creas que me gusta cualquiera. Pero lo que hacemos los domingos es lo único que puedes esperar de mí. No tengo nada más para ti.

Cuando terminó de hablar, dos lágrimas gordas y templadas, mansas, silenciosas, rodaron lentamente por sus mejillas. Aunque la ventana estaba abierta, el aire de aquella habitación se había enturbiado hasta resultar irrespirable. Tenía que marcharme. Levantarme de la cama, vestirme, salir por la puerta lo antes posible. Habría sido mejor hacerlo con la boca cerrada, pero no fui capaz de ahorrarle un último reproche.

—No quieres tener nada más para mí.

—No, no es eso.

Ella fue la que se levantó primero. Me dio la espalda, se vistió muy deprisa, se puso los zapatos y sólo después terminó de hablar.

—No es una cuestión de querer, sino de poder. Y yo no puedo, Germán, porque estoy muerta. Parezco viva, lo sé, pero estoy muerta. Me he ido secando por dentro hasta quedarme vacía. No puedes pedirme que te dé lo que no tengo.

Se acercó a mí, me besó en la mejilla y se fue a toda prisa.

—¿Y estás jodido? —me preguntó Eduardo al día siguiente.

—No sé cómo estoy —creí que era verdad pero en aquel momento descubrí que podía afinar más—. O sí, lo sé. Estoy triste, sobre todo eso, triste. Porque toda esa historia del héroe, y la muerte del héroe, y la viuda eterna, y la muerte en vida... Si lo disfrutara, pues bueno, cada uno disfruta con lo que puede, ¿no?, pero que lo pase tan mal... Me parece una mierda, la verdad.

—Mira que eres raro, Germán, único en tu especie, en serio te lo digo —y se rio con ganas, como si lo que acababa de escuchar le pareciera muy gracioso—. Anda, que los problemas que tienes, a quien se lo cuentes...

Antes de que siguiera hablando ya había adivinado lo que iba a decirme. Que en el caso de que..., tú ya me entiendes, para él Pastora no sería un problema, sino una bendición. Que qué más quería, si encima me había dicho que le gustaba follar conmigo. Que si lo que me apetecía era tener novia, que me buscara una, pero que Pastora no iba a ser. Que me olvidara de acostarme con ella antes de la boda y de un montón de cosas después. Que no se puede tener todo en esta vida. Que para tomar cañas, ya le tenía a él.

Todo eso era verdad. Pero era una verdad mezquina, sucia, una verdad española. La que sembraba el padre Armenteros en los Cursillos de Cristiandad. La que convertía el sexo en un artículo de estraperlo, el placer en una actividad clandestina, el cuerpo en un objeto de delito. La que vaciaba el corazón de las mujeres como Pastora para rellenarlo con una culpa ajena, implantada a traición, que había matado por asfixia, hacía ya muchos años, la libertad de la que seguía alardeando en vano. La que intoxicaba la imaginación de las muchachas, pintando de negro lo que debería ser rosa. La que humillaba el deseo de sus novios, sometiéndolos a la humedad rojiza, sórdida, de un sótano perpetuo donde las tinieblas se confundían con la luz del día. La que desvirtuaba la alegría, convirtiéndola en vicio, la felicidad, convirtiéndola en debilidad, la piel, convirtiéndola en un puente hacia el Infierno. Era una mierda de verdad, la cárcel portátil, de pura mierda, que aprisionaba los sentidos, el cuerpo y la mente de todos los españoles.

Eduardo Méndez, con toda su soltura, su elegancia de hombre de mundo, su afición al sexo de usar y tirar, no era una excepción. La frase con la que había empezado su discurso, *en el caso de que...*, tú ya me entiendes, no era producto de su famosa ironía, sino un fruto del terror que le inspiraba que el taxista que nos llevaba al manicomio pudiera sospechar siquiera la verdad. Por eso la había dicho en un susurro antes de elevar la voz para pronunciar el nombre de Pastora y el verbo follar. Él, que había renunciado de antemano a todo lo que no podía aspirar a tener, un amor, un novio, una pareja, acudía sin rechistar cuando el padre Armenteros silbaba, pero no era un cínico, sino un superviviente. Intentaba mantenerse vivo con dignidad, más allá de los barrotes de una celda entre los cuales la vida le arrojaba de vez en cuando alguna migaja. Con eso se alimentaba, y así tiraba para delante, elaborando su propio discurso sobre la libertad y una manera de vivir que afirmaba haber escogido, aunque otros se la hubieran impuesto a la fuerza. En realidad, no era tan distinto de Pastora. Estaba buscando una manera de decírselo sin ofenderle cuando repitió una pregunta a la que no había prestado atención la primera vez.

—No —respondí por fin—. No tengo nada que hacer en el aniversario de la Revolución Francesa.

—Muy bien —sonrió—, porque ese día es mi cumpleaños. Mi madre se ha ido a Cercedilla, a casa de una de mis hermanas, y ya que no vamos a poder tomar la Bastilla, por lo menos pienso dar un fiestón.

¿Estoy haciendo bien? No lo sé, estoy muy confundida... No, confundida no es la palabra. Estoy sorprendida, eso es, porque no entiendo lo que me pasa. ¿Por qué me acuerdo ahora de las cosas? Y no es sólo la cabeza, el cuerpo también me responde mejor, las piernas, por ejemplo. Claro, que antes no andaba y ahora ando. El ejercicio físico hace mucho bien, eso lo sé yo desde siempre, a Hilde se lo inculqué desde bien pequeña, la llevaba de paseo todos los días, aunque hiciera mucho frío, o mucho calor. ¿Y va a sacar usted a la niña, con la nevada que ha caído?, me decían las vecinas, la portera. ¡Mujeres ignorantes! Así se crio mi hija, sanísima, que no tuvo ninguna enfermedad, sólo las de la infancia, las que pasan todos los críos. Yo la abrigaba muy bien en el pecho, en la cabeza, en el vientre, le ponía unos guantes y ¡hala!, a la calle. Pero entonces yo estaba mejor, las cosas como son, era fuerte, estaba segura de lo que hacía, y ahora... No es nada raro que se me ocurriera bajar al jardín, con el tiempo tan bueno que está haciendo, pero ¿por qué no he bajado antes? Cuando vi el junípero, me quedé pasmada. ¿Cómo ha podido crecer tanto este árbol?, pensé, pero luego me di cuenta de que el problema no era el árbol, sino yo. ¿Cuánto tiempo ha pasado desde que no veo el junípero? Eso es lo que tendría que haberme preguntado, y la verdad es que no lo sé, no me acuerdo. No tengo ni idea de cómo vivía yo hace cinco años, por ejemplo. Porque hace cinco años ya estaría yo aquí, ¿no? Tenía que haber acabado la guerra, o... No

237

lo sé, supongo que sí, pero cuando intento pensar en eso, lo único que veo es un pegote, como si mi vida hubiera sido una nube gris, muy oscura, o una montaña de basura, un basurero cada vez más grande de muchos días iguales, todos del mismo color... Déjalo, Aurora, que te estás liando. Eso ya no importa. Tengo que pensar y ahora me resulta mucho más fácil. Pienso hasta sin ponerme en mi postura, así que... Lo que no me explico es por qué no me acordaba yo de la tonta del bote. ¡Ay, pobrecita! A lo mejor no está bien que la llame así, aunque tonta es un rato, la verdad, y sin embargo, de pequeña, hasta que se apartó de mí, era listísima. Pues claro, porque le enseñaba yo, lo poco que sabe lo aprendió conmigo. Eso tampoco lo entendieron nunca los médicos, ni el abogado, el jurado, nadie. Que Hildegart por sí misma no era nada, que su inteligencia era un reflejo de la mía, un producto de mi propia inteligencia, nada más. Pero fue a la universidad a los trece años, me decían, escribía libros, daba conferencias... ¡De mi mano! Siempre lo hizo todo de mi mano, ¿o no la acompañaba yo a clase? Todos los días entraba con ella en el aula. Era imprescindible, porque su inspiración provenía de mí. Yo le decía lo que tenía que hacer, le daba ideas, corregía sus faltas, y así todo, así siempre, pero nunca lo entendieron, nunca me creyeron. Por eso, cuando llegué aquí y descubrí a esa niña tan lista, pensé que se darían cuenta, que apreciarían mi poder, pero ¡qué va! Si es que yo soy una mujer de otra época. Siempre he estado adelantada a mi tiempo, y así me ha ido. Nadie me lo ha reconocido nunca, ni aquellos cochinos que me llamaron asesina ni después, los de aquí... Basta, Aurora, no te enredes en lo viejo y piensa en lo nuevo, que hay mucho que pensar. Lo que importa es que ahora me acuerdo de todo menos de su nombre. Aquí la llaman María, pero yo no me fío, aunque es la nieta del jardinero, claro que sí. Mira que me lo ha dicho veces desde que llegó el otro, y yo nada, ni idea, y de repente, un buen día... ¡Pues claro que te conozco, perra traidora! Eso me dije, lo que pasa es que ahora tampoco lo veo tan claro.

Lo de perra traidora, quiero decir, porque de repente me acuerdo de que ella estaba aquí aquella tarde, me acuerdo como si la estuviera viendo, apoyada en el quicio de la puerta, llorando... ¿Y por qué lloraba? Yo en aquella época estaba mucho mejor que ahora, y si la llamé lo que la llamé, por algo sería, ¿no? Pero luego, o sea ahora, aparte de leer, me cuenta todo lo que hay en el jardín y lo hace muy bien, como si me contara una historia, y no me guarda rencor. Porque está con él, debe ser, y él... ¡Ay, Aurora, ahí está la clave! La clave es ese hombre. ¿Quién es? Un psiquiatra, dice, y debe serlo, sí, por cómo habla, pero es algo más. ¿Cómo ha llegado a esta casa? ¿Quién le envía? A lo mejor, el presidente de la República no me ha olvidado y mientras tanto yo, aquí, venga a pensar mal de él. ¿Le habrá mandado para ayudarme? Porque me está ayudando, eso desde luego. Antes no podía pensar y ahora pienso, antes no salía de mi cuarto y ahora me voy de paseo todas las tardes. Él también tiene potencias, una mente poderosa, como la mía, más no, que se lo dije bien clarito el otro día con el pensamiento, no te creas que puedes más que yo porque no, eso nunca, y sonrió, como si me diera la razón. No me extraña porque tiene que saberlo todo, si ha venido a eso, yo lo noto. ¿Le habrán mandado los rusos? Mira que a mí los rusos nunca me han gustado, pero hasta ahora habían estado al margen, sin intervenir en mi vida, esperando a ver qué hacían los demás, y oye, si es para bien... Igual por eso tenía ese acento tan raro al principio, porque habla ruso. No se me había ocurrido hasta ahora, y es una pena, porque ya lo ha perdido. Ahora habla igual que los demás, aunque sigue andando más derecho, con la cabeza alta, y como los rusos están tan crecidos... Da igual, venga de donde venga es un hombre poderoso, eso seguro, porque lo único que no me ha mejorado es la vista, pero lo demás... ¿Por qué, Aurora, por qué? ¿Qué está pasando? Es como si mi cuerpo me escuchara, como si le hubieran salido orejas, entendimiento, no sé cómo explicarlo. Porque la otra noche estuve pensando... ¡Qué pena que ya no vea bien! La protección de Germán me hace más fuerte, su poder aumenta el mío, y si pudiera coser, podría hacer otra criatura, crear un hijo como aquellos que me mataron. Esta vez lo conseguiría, estoy segura, pero para intentarlo tendría que ver bien, y veo muy mal. Así me dormí, pensando en eso, y me desperté con un dolor en el vientre que hacía muchos, muchos años, que no sentía. ¡Era un dolor de regla, el mismo dolor de cuando me venía la regla, antes! ¿Y qué significa eso? Piensa, Aurora, piensa, concéntrate. Lo más importante es descubrir qué está pasando en tu cuerpo. Tu mente no corre peligro, porque sigue siendo superior a todas las demás. Tú tranquila, que eso no ha cambiado y no cambiará jamás.

Cuando el doctor Méndez me invitó a su cumpleaños, le dije que se lo agradecía muchísimo, pero que no creía que pudiera ir. ¿Por qué?, me preguntó, como si supiera que no tenía excusa, anímate, mujer, que eres muy joven para estar aquí metida todo el santo día... El doctor Méndez y yo éramos amigos. Aparte de que nunca podría pagarle el favor que me hizo cuando más lo necesitaba, él había sido el único psiquiatra de Ciempozuelos con el que podía hablar, el único que me gastaba bromas y sonreía al darme los buenos días, hasta que llegó el doctor Velázquez. Pero, dejando a un lado que no tenía nada que ponerme, yo no iba a saber estar en una fiesta con médicos, y sus mujeres, y esa clase de gente. A él se lo habría contado. El doctor Méndez había conocido a Alfonso, me conocía a mí, lo habría entendido, pero antes de que pudiera decírselo, me cogió del brazo y echó a andar conmigo por el pasillo. Es que he invitado a Germán, me dijo, y como él es tan raro y los dos sois tan amigos... Si no vas tú, igual se tira toda la noche callado, sin hablar con nadie, y me amarga el cumpleaños, ya le conoces.

Eso fue una puñalada. Pues anda, claro, porque era lo que me faltaba, la verdad. Y mira que estaba teniendo cuidado yo conmigo misma, pero fue oír aquello y empezar a contármelo todo al revés. Que si en realidad el doctor Méndez me había pedido un favor, que cómo iba a decirle que no, con todo lo que me había ayudado él siempre, que total, qué peligro podía haber en ir a una fiesta que además, para qué nos íbamos a engañar, estaría llena de mariquitas... Entonces me acordé de *Chicas, la revista de los 17 años,* y de que *no existe nada tan elegante como un vestido negro sencillo, clásico. Con unos zapatos de salón y un simple collar de perlas, ¡causarás sensación!*

Yo no tenía collares de ninguna clase, pero sí tenía un vestido negro, con lunares blancos, grandes. Era sencillo, discreto, el largo por debajo de la rodilla, no mucho, con un poco de vuelo, muy bonito. Además, tenía un cuello blanco, como de camisita de bebé, que no dejaba espacio para perlas, ni auténticas ni de las otras. No era de verano, pero tampoco tenía mangas, así que no iba a desentonar. Sólo me lo había puesto una vez, y habían pasado seis años desde entonces, pero me acordaba perfectamente de todo, porque para comprármelo había tenido que ahorrar el sueldo de un mes y medio. Cuando reuní el dinero que costaba, en el escaparate de la tienda donde me lo habían guardado sólo había bañadores y vestidos de verano, pero me dio igual. Te vas a asar con eso, me dijo Rosarito al ver que estaba forrado, y se ofreció a descoser el forro, pero no quise, por si lo estropeaba, aunque ella cosía muy bien, la verdad, mucho mejor que yo. Al final, me lo puse tal cual y no pasé calor. Anda, claro, pues no faltaba más, me pasaron tantas cosas aquella tarde que ni siquiera tuve tiempo para darme cuenta de eso. Cuando me lo quité, estaba medio convencida de que me lo había pasado muy bien. Cuando me metí en la cama por la noche, ya no estaba tan segura. Al día siguiente, lo habría roto en pedazos con las tijeras de la cocina pero no lo hice, porque me había costado demasiado dinero. Lo doblé, le di la vuelta, lo metí en el fondo de la maleta, para no verlo, y así viajó desde Madrid a Ciempozuelos en el verano de 1952, cuando volví a vivir y a trabajar en el manicomio.

—¡Qué guapa está, María!

La sonrisa del doctor Velázquez me devolvió el gesto burlón del estudiante de poco más de veinte años para el que lo estrené.

—¿Usted cree? —hija, qué tapada vas, pareces una novicia, es el típico vestido que mi madre le compraría a mi hermana pequeña para la comunión de un primo o algo por el estilo, ¿cómo se te ocurre ponerte algo así?, vamos a hacer el ridículo—. No sé, me lo he puesto porque no tengo otro, pero está muy pasado de moda.

—¿Sí? Bueno, yo de eso no entiendo —volvió a sonreír—, pero me parece que le sienta muy bien. La encuentro muy guapa.

—Muchas gracias —en *Florita* decían que nunca había que rebajarse a agradecer los piropos con palabras, *basta una sonrisa para que él comprenda que ha sabido agradarte,* pero seguro que en el país donde vivía el doctor Velázquez a los veinte años no había revistas como esa.

En septiembre de 1947, cuando me fui a servir a Madrid con quince recién cumplidos, tampoco existían revistas para chicas adolescentes en España. Faltaban un par de años para que apareciera la primera, pero la señora compraba *Lecturas* cada quince días, y Rosarito se abalanzaba sobre ella en cuanto que doña Prudencia salía por la puerta. Mira qué traje más precioso, me decía mientras pasaba las páginas a una velocidad frenética, y esta artista, ¡qué guapa!, esta otra creo que salía con Clark Gable... ¿Qué es un clargable?, le pregunté la primera vez que oí esa palabra, y me miró con los ojos tan abiertos que hasta le pedí perdón, por si la había ofendido, antes de que se echara a reír. Pero ¿tú de dónde sales? Pues del manicomio de mujeres de Ciempozuelos, le respondí y volvió a ponerme los ojos en blanco. Mujer, eso ya lo sé, era un decir.

Hasta que llegué yo a aquella casa, Rosarito sólo miraba las fotografías del *Lecturas.* Por eso pasaba las páginas tan deprisa, porque había ido muy poco tiempo al colegio, y como tenía que silabear en voz alta para descifrar cada palabra, pues se le escapaba el sentido de las frases, claro. Lee tú mejor, anda, me pedía. Yo intentaba que siguiera ella, porque así no iba a leer bien en su vida, pero se enfadaba conmigo, me llamaba asquerosa, antipática, me prometía que no iba a volver a ajuntarme nunca más. Total, que acababa leyendo yo, pero tampoco nos poníamos de acuerdo en los artículos. Aquella revista traía cuentos, páginas de novelas, pero a ella sólo le interesaban las chicas topolino, cómo eran, cómo hablaban, cómo se vestían, y los cotilleos sobre idilios y noviazgos de los actores de aquí, o de América. Anda, que la Amparito Rivelles, también, decía de repente, esa cambia de novio como yo de bragas, y se reía a carcajadas. A veces, cuando estaba animada, me reía con ella, porque era muy bruta pero tenía una manera de hablar muy graciosa. Lo malo era que, al principio, estaba animada muy pocas veces.

La muerte de mi abuelo había sido un golpe terrible, porque al desaparecer él, se hundió mi mundo con todo lo que contenía. Él siempre había sido un hombre muy fuerte, y aunque ya había cumplido sesenta y dos años, nunca había estado enfermo, que yo recuerde. Seguía haciendo lo mismo que había hecho toda su vida, levantarse al amanecer para trabajar en el huerto antes de marcharse al jardín, echar una mano a los caseros y hacer chapuzas en el manicomio en sus ratos libres. Siempre tenía muchas tareas atrasadas y se le iba el santo al cielo cada dos por tres, así que no me imaginé nada raro aquel día que mi abuela me mandó a buscarle a la hora de comer. Le había visto pasar por delante de casa un rato antes y por la dirección que tomó, adiviné que iba al huerto, no al grande, que era el de las monjas, sino al pequeño, uno que cultivaba él para nosotros. Habrá ido a coger unos tomates y se habrá liado con otra cosa, me dije, tan pancha, pero al acercarme a la cerca no le vi. Sin embargo tuve un presentimiento, fíjate, qué cosa más rara, como si supiera que estaba allí aunque no estuviera de pie. Y allí estaba, pues anda, claro, ¿dónde iba a estar si no?, caído encima de las tomateras, boca abajo, con una mano vacía, la otra agarrando un tomate todavía. Eso me pareció una buena señal, no sé por qué, así que me agaché a su lado, le di la vuelta, le limpié la cara de tierra y no dejé de sacudirle, de hablarle, de intentar que me hablara él, que dijera cualquier cosa. Pero no podía, porque estaba muerto y eso también lo supe sin saberlo, aunque saliera corriendo de allí, aunque llegara al hospital dando gritos, aunque agarrara de las solapas de la bata al médico de entonces, pobre hombre, que estaba comiendo tan tranquilo. Se llamaba don Arturo y era muy seco, pero aquel día corrió tanto como yo, total, para nada, para decirme lo que yo ya sabía, que mi abuelo estaba muerto. Se le había reventado la aorta, por lo visto. Durante muchos días, mientras madrugaba, y se vestía, y cogía la azada, y removía la tierra, y plantaba, y arrancaba, y cosechaba, las paredes de esa vena se habían ido consumiendo poco a poco, volviéndose cada vez más finas, más frágiles, tan delgadas al final como un papel de fumar, me explicó don Arturo. Hasta que se rompieron, y así murió mi abuelo.

—¿No tiene usted calor con esa chaqueta? —le pregunté al doctor Velázquez mientras dejaba en una silla el bolso y una rebeca finita que había traído para no ir enseñando los brazos por la calle—. Puede quitársela —le animé, mientras movía la mano en dirección a los invitados, la mayoría sin corbata, con la camisa desabrochada—, el doctor Méndez es muy liberal, ya lo está viendo.

—Sí, pero... —él miró a su alrededor y sonrió—. No se lo va usted a creer, María, pero durante muchos años he echado de menos el calor de Madrid, esta sensación de agobio que aquí odia todo el mundo. Ahora, hasta me gusta asarme con la chaqueta puesta. En Suiza no hace mucho calor en verano.

—¿No? —eso me pareció rarísimo—. ¿Ni siquiera hoy, el 14 de julio, quiero decir?

—Ni siquiera. En esa época, suele haber unos veinticinco grados de máxima y por la noche...

—¡María! —el doctor Méndez vino corriendo a saludarme cuando me vio—. Qué bien que hayas venido —me cogió de las dos manos en lugar de ofrecerme una—. Y qué guapa estás, qué vestido tan bonito llevas...

—Otro —miré al doctor Velázquez y sonreímos a la vez—. A este paso, me lo voy a poner para ir a trabajar todos los días.

—¿No estáis bebiendo nada? En la cocina hay un barreño de hielo lleno de botellines. Me temo que no hemos hecho sangría, pero en la nevera debe haber una botella de vino blanco abierta —en ese momento sonó el timbre de la puerta y nos dejó para ir a abrir—, lo digo por si te apetece, María...

—¿Lo ve? —el doctor Velázquez movió la cabeza como si quisiera darse la razón a sí mismo—. Los suizos ni siquiera tienen sed en verano. Voy a por una cerveza, ¿le traigo una copa de vino?

—Pues la verdad es que... ¿No le importaría traerme un botellín a mí también? Hasta que llegué a Madrid, nunca había probado la cerveza, y me costó aficionarme, ¿eh? Pero para el calor no hay remedio mejor, tenía razón Rosarito.

Mi abuelo murió a principios de agosto. Las hermanas se portaron muy bien, vinieron todas al entierro, pagaron una corona, cantaron en el funeral, que fue allí mismo, en la capilla, una semana después. Pero a la salida, la superiora de entonces me dijo que fuera a la cocina, que pidiera lo que quisiera para merendar, y se llevó a mi abuela a su despacho. Estuvieron allí más de una hora, y cuando vino a buscarme estaba seria, pero aunque le pregunté qué había pasado, no abrió la boca hasta que llegamos a casa y se puso a freír unas patatas para aprovechar las sobras del estofado que había hecho para comer. Nos hemos quedado en la calle, me dijo sólo después, eso es lo que ha pasado, y aunque no podía verla porque estaba delante del fogón, dándome la espalda, me di cuenta de que le temblaba la voz. Tenemos que marcharnos la semana que viene, porque va a venir otro jardinero, con su familia, y se meterá aquí, en nuestra casa, la única que he tenido yo en la vida, que tu abuelo y yo nos vinimos de recién casados, y aquí naciste tú, y aquí nació tu madre, y ahora llegarán unos extraños... En ese momento, soltó la espumadera, se tapó la cara con las manos y, a ciegas, se volvió hacia mí. ¡Ay, Severiano! ¿Por qué nos has dejado solas tan pronto? ¿Qué va a ser de nosotras ahora? Yo apagué la sartén, la abracé, la senté en una silla y me senté a su lado. No se preocupe, abuela, algo se nos ocurrirá, le dije, y ella negó con la cabeza, no, no, y me llevó la contraria con la voz pastosa, hinchada por el llanto, si ya se les ha ocurrido a ellas, a las monjas...

El lunes siguiente la ayudé a empaquetar y no tardamos ni media hora. A ver, si es que no teníamos cosas, sólo su ropa, la mía, y cuatro tonterías que no llenaron una caja de cartón. Luego la acompañé al pabellón de San José, a la habitación que tendría que compartir a partir de aquella noche con una lavandera bastante amiga suya, eso sí, y me marché. La superiora le había ofrecido trabajo en el manicomio, pero yo no tuve tanta suerte. Pero ¿por qué dices eso, chiquilla?, la hermana Anselma, que era cordobesa, se llevó las manos a la cabeza cuando le conté que prefería quedarme, trabajar en la cocina, en el lavadero, donde fuera, habría aceptado cualquier cosa, pero ella no quiso ni oír hablar de eso. ¡Si en Madrid vas a estar fenomenal! Te hemos buscado una casa buenísima, cerquita del Retiro, donde coloqué yo a una chica de mi pueblo, Rosarito se llama, ya verás qué bien vas a estar, ella te hará compañía y te enseñará todo lo que necesites saber. La hermana Anselma era un bicho. Muy graciosa hablando, eso sí, muy sonriente siempre, pero un bicho. Y sin embargo, ¿qué habría podido hacer yo? Pues nada. Tocaba irse a servir a Madrid, y allí que me fui.

—¿De verdad habría preferido quedarse en el manicomio, María? —el doctor Velázquez me miró con los ojos muy abiertos cuando se lo conté.

—De verdad, se lo prometo. Le parece raro, ¿no? —asintió con la cabeza y sonreí—. Pues me daba miedo venirme, esa es la verdad. Si es que yo no había conocido otra cosa que Ciempozuelos. El manicomio era mi casa y el pueblo el mundo, todo lo que había, como si dijéramos. A los quince años no es que yo no hubiera venido a Madrid, es que ni siquiera había llegado hasta Valdemoro. No tenía más familia que mi abuela y doña

Aurora, que también había sido un poco mi familia, así pensaba yo en ella, por lo menos, y las dos iban a quedarse allí, muy lejos, porque para mí, a los quince años, Madrid estaba lejísimos.

—Pero podría venir a verlas los fines de semana, ¿no?

—¿Los fines de semana? —qué cosas tiene este hombre, volví a pensar, ¿dónde se creerá que vive?, pero no lo dije, ¿para qué?, si no escarmentaba—. Yo sólo tenía dos tardes libres a la semana, los jueves y los domingos, desde que acabábamos de recoger la cocina después de comer hasta las nueve en punto, unas cuatro horas, y Rosarito también, no se vaya usted a creer que a ella le daban más por haber llegado antes... A los quince días de vivir en su casa, como lloraba mucho por las noches, el doctor Pérez Gutiérrez habló con las hermanas del asilo de aquí, el de la calle Doctor Esquerdo, donde había trabajado él como médico general durante muchos años. Sabía que todas las semanas mandaban una furgoneta a Ciempozuelos, a recoger comida de Las Fuentes, la finca del manicomio, ya sabe, y resultó que iba los miércoles. Así que, cuando se podía, porque había semanas que el transporte era por la mañana, la señora me cambiaba la tarde del jueves por la del miércoles para que pudiera irme a ver a mi abuela. La primera vez me hizo tanta ilusión que al entrar por la verja me eché a llorar, fíjese, lo boba y lo paleta que sería yo entonces. Pero luego... Aunque iba a verla siempre que volvía, doña Aurora seguía sin dirigirme la palabra. Ya no me tiraba cosas a la cabeza, eso no, pero se comportaba como si no me conociera, como si se hubiera olvidado de mí, en lo bueno y en lo malo. Y mi abuela siempre estaba trabajando a esas horas. Yo la seguía por los pabellones, como un alma en pena, y casi no teníamos tiempo para hablar, y como ella tampoco era cariñosa, pues... Eso ya se lo expliqué, ¿no? —asintió con la cabeza y me paré un momento para decidir qué iba a contarle a continuación, pero al final fui sincera—. Le va a parecer fatal, pero el caso es que pensé que, total, para dos besos que me daba en las mejillas, lo que hablábamos nos lo habríamos podido contar por teléfono. Porque luego volvía a Madrid y Rosarito me contaba que había salido con Merce, una chica que trabajaba en el primero, y que habían ido a la Gran Vía en metro a ver escaparates, y que se lo habían pasado muy bien, que la mitad de las veces era mentira, pues anda, claro, si ya lo sabía yo, si lo único que podíamos hacer cuando salíamos era andar y andar, para no gastar dinero, pero cuando ella lo contaba parecía mucho más divertido, y hasta me daba envidia, fíjese. Así que, entre unas cosas y otras, dejé de ir a Ciempozuelos todas las semanas. Llamaba a mi abuela los domingos y sólo me apuntaba a la furgoneta cuando me lloraba mucho por teléfono, una vez al mes, y a veces ni eso.

—No me parece fatal, María —sonrió antes de decirlo—, la verdad es que la entiendo muy bien. Yo también tuve que irme de mi casa, solo, a la aventura, y era mayor que usted, porque estaba a punto de cumplir diecinueve años, pero me fui al extranjero, así que... —se quedó pensando un rato y la huella de su sonrisa se evaporó enseguida—. A ratos duele mucho pensar en la gente a la que quieres, ¿verdad? Es muy feo, muy injusto, pero cuando te sientes muy solo te vuelves egoísta. Necesitas quererte mucho, pensar sólo en ti mismo y darte pena todo el tiempo para salir adelante.

—Sí —yo nunca lo habría contado tan bien—. Tiene toda la razón.

—¿Quiere otra cerveza?

—Bueno, pero antes... —señalé a su mano derecha—. ¿Me invita a un pitillo?

—Claro —abrió mucho los ojos antes de ofrecerme el paquete—. Perdóneme, no sabía que usted fumara.

—Y no fumo casi nunca —me acercó el mechero y aspiré con cuidado, como si no estuviera acostumbrada—, sólo en las bodas, en Navidad, cosas así —mentí con tanta soltura que hasta yo me lo creí—. Eso también me lo enseñó Rosarito.

Nuestra habitación estaba detrás de la cocina. Tenía dos camas, con una mesilla en el centro, una silla y un armario grandísimo, del que nunca conseguimos llenar ni la mitad. Teníamos también un aseo para las dos, un espacio minúsculo con un lavabo pequeño, un retrete y una bañera muy rara, cuadrada, con un escalón dentro. No es una bañera, hija, es un polibán, me corrigió Rosarito, dándose importancia. ¿Y para qué sirve?, le pregunté, porque ahí no puede bañarse nadie, no se cabe. Mujer, es una bañera de asiento, tú te sientas aquí, la llenas de agua y te bañas. Te bañas de la cintura para abajo, objeté, porque la parte de arriba... ¡Ay, qué pesada eres, María! Pues te duchas. Eso empecé a hacer yo, porque el único lujo de aquel baño era una alcachofa que había en el techo con muchos agujeros, aunque el agua, un hilito muy delgado que encima se cortaba de vez en cuando, sólo salía por el del centro. En verano daba gusto, pero en invierno pasaba tanto frío que, a veces, llenaba el polibán de agua caliente y me bañaba por partes, encogiendo el cuerpo hacia un lado y hacia el otro como los contorsionistas de los circos. Rosarito, en cambio, se bañaba todas las noches y tardaba un montón en salir. El segundo día que pasé en esa casa descubrí la razón. ¿Has estado fumando?, le pregunté por preguntar, porque entré en el baño después que ella y, aunque había dejado la ventana abierta, había una peste de humo que para qué. ¿Qué pasa, te molesta? Tuve que pararme a escoger una respuesta, porque en realidad no me molestaba, pero no me parecía bien. No es eso, dije al final, no me molesta, pero que una mujer fume está muy feo. ¡Ah!, ¿sí?, se echó a reír, pero ¿tú no ves a Pili, en cuanto que se van sus padres, echando humo como un jefe apache? Y doña Prudencia también fuma, rubio emboquillado, del caro, ¿qué te crees? Bueno, pero ellas... Tenía razón y no quise dársela, pero tampoco encontré una forma airosa de llevarle la contraria. Nosotras somos distintas, dije al final, y volvió a reírse. ¿Porque somos pobres y ellas son ricas? Ay, María, mira qué eres paleta, hija, más de campo que las amapolas, eres. ¡Espabila, chica, que ya no vives con las monjas de Ciempozuelos!

Rosarito me espabiló muy deprisa en más de un sentido. A ver, ¿quién ha hecho el baño grande? A la mañana siguiente, la señora entró en la cocina como una furia. María, se chivó ella enseguida. ¿Y cuántos litros de lejía has echado? ¿Qué quieres, que nos intoxiquemos? Todavía me están llorando los ojos. No se preocupe, doña Prudencia, Rosarito era chivata, pero buena compañera, que ya se lo explico yo todo... A mí me habían enseñado a limpiar los baños con lejía, porque era lo que más desinfectaba, pero allí había que usar otro líquido, que en teoría olía a flores. Pues no huele a flores, protesté, es lejía mezclada con colonia barata, y doña Prudencia no tenía los ojos rojos, que conste, que me he fijado... ¿Pero a ti qué más te da? Rosarito me ponía los suyos en blanco todo el rato. ¡Que esto no es un manicomio, ni un hospital, ni nada parecido! Si quiere el líquido rosa, usas el líquido rosa y sanseacabó, y si se infecta, peor para ella. Desde aquella mañana, hice todo lo que me decían, y durante una temporada creí que no se me iba a dar bien servir, pero luego me acostumbré, fíjate, pues anda, claro, a todo se acostumbra una. Anda, chato, échame cincuenta céntimos en la cuenta... Rosarito le ponía ojitos al chico del ultramarinos y se salía siempre con la suya. Toma, me decía antes de volver a casa, tu mitad. No lo quiero, le dije la primera vez, esto es robar. ¡Ay, Dios mío, pero qué tonta eres!, pues dámelo a mí, anda. El jueves, cuando fuimos al Retiro de paseo, ella se compró un cartucho de patatas fritas y yo nada, porque todavía no había cobrado y no tenía un céntimo. Y ya no volví a decirle que no.

—A mí, sisar no me importaba, porque Rosarito lo hacía muy bien. Nunca se pasaba de lista y cada vez lo hacía en una tienda diferente, siempre con los dependientes, que ganaban una miseria y estaban de nuestra parte, claro. Luego, doña Prudencia se ponía las gafas de ver, nos miraba a los ojos, muy seria, repasaba todas las cuentas y no se daba cuenta de nada, ¡qué mujer más tonta! Además, tampoco le robábamos tanto, una peseta, dos como mucho a la semana, que para ella no era dinero y a nosotras nos daba la vida, porque intentábamos guardar todo lo posible del sueldo, que era una mierda, tampoco se vaya usted a creer... Ella ahorraba para el ajuar, aunque no tenía novio ni nada, y yo por si venían mal dadas, porque como ya no tenía una casa a la que volver... —en ese momento me di cuenta de lo que estaba diciendo, y me puse colorada, pero por suerte aún no habían encendido la luz, aunque apenas entraba un rastro de claridad por los balcones—. Hay que ver, doctor Velázquez, qué cosas le estoy contando. Ya no quiero más cervezas, a saber lo que pensará usted de mí.

—Nada malo, María, ¿por qué cree siempre que voy a pensar mal de usted? ¿Qué he hecho para darle esa impresión?

Hacía un rato que nos habíamos sentado en un sofá, al fondo de un salón pequeño y alargado, separado del principal por unas puertas correderas que estaban abiertas. Desde allí, veíamos la fiesta como si estuviéramos sentados en el patio de butacas de un teatro, pero nadie nos reclamó ni vino a interrumpirnos hasta que llegó el doctor Fernández.

—¿Qué tal, Germán? —él se levantó para darle un abrazo y le imité sin pensarlo—. María, ¿cómo estás? —me tendió la mano y mientras se la estrechaba me sonrió, cosa rara en él, pero no tanto como lo que pasó a continuación—. Esta es mi novia, Rocío, Germán, tú ya la conoces —el doctor Velázquez la saludó con dos besos—. María trabaja con nosotros en Ciempozuelos...

Hasta que lo dijo, ni siquiera me había fijado en la chica que había llegado con él. Me llamó la atención porque era bastante, pero bastante mona, fíjate, que no me imaginaba yo que ese hombre, con lo poco que le gustaba hablar, se hubiera echado una novia tan maja. Y el caso es que no era feo, al revés, era bastante guapo para mi gusto, así, morenazo, con los ojos oscuros y mucho pelo. Marisa, una de las auxiliares con las que yo trabajaba en San José, había intentado hacerse la interesante con él al principio, pero no le había hecho ni caso. A ella se le ocurrió que igual era mariquita. A mí eso no me pegaba, pero sobre todo me daba lo mismo. El doctor Fernández no me hacía ni fu ni fa, pues anda, claro, si no abría la boca, ¿cómo iba a saber una cómo era ese hombre? Muy aburrido de entrada, ¿no?, eso de momento.

El doctor Velázquez me gustaba por todo lo contrario, aunque muy guapo no era, la verdad. Feo tampoco, o sea, quizás un poco más guapo que feo pero muy corriente, el pelo castaño, los ojos castaños, más alto que bajo, no mucho, más delgado que gordo, no demasiado, un hombre normal, de esos que hay a patadas, que te los cruzas por la calle y ni siquiera los ves. ¡Ah!, pero cuando le conocías, era otra cosa, y tan misterioso... Eso era lo que más me gustaba de él. Muy educadísimo siempre, muy cortés, muy tranquilo, y sin embargo, a veces, por la cara que ponía, su manera de mirar al doctor Robles, por ejemplo, me daba la impresión de que tenía un volcán hirviendo dentro del cuerpo. Y su interés por doña Aurora, su manera de tratarla, su preocupación por que la madre de Rafaelita dejara de dormir en el jardín, eso no lo habría hecho nadie, ningún otro psiquiatra del sanatorio. Y no era por bueno, a ver, que no digo yo que fuera malo, bueno era, pero que el doctor Méndez también era muy buena persona, mariquita y todo, y eso nunca se le habría ocurrido. No, el doctor Velázquez era misterioso porque tenía muchos secretos, y todo lo que decía, lo que hacía, tenía que ver con ese misterio. Era como un rompecabezas viviente, y no porque no hablara de sí mismo. Lo más gracioso era que sí hablaba. En la glorieta, mientras doña Aurora tomaba el sol, me había contado muchas cosas, los hospitales donde había trabajado, la familia con la que había vivido, y una vez, incluso, que había estado casado, aunque no había sido feliz y se divorció antes de volverse. Cuando le escuché, el corazón me dio un bote en el pecho y sentí como un agujero justo encima del estómago. ¡Divorciado! Eso sí que era gordo. No me contó más y no me atreví a preguntar, aunque me moría de ganas, pues anda, claro, a ver si no. Su mujer se llamaba Rebeca, como la de la película, eso fue lo único que averigüe. Que yo supiera, en Ciempozuelos nadie sabía que teníamos un psiquiatra divorciado, pero él dijo esa palabra con la misma tranquilidad con la que hablaba de sexo, como si fuera lo más natural del mundo, porque para él lo sería, claro. Hay que ver, lo raro que será vivir en el extranjero, ¿no?, con divorcio y a saber qué más, pensé entonces, es que no se lo puede una ni imaginar... Pues por eso, por su misterio, por sus secretos, hasta por su divorcio me gustaba el doctor Velázquez, aunque la novia del doctor Fernández me impresionó mucho porque era monísima, las cosas como son.

—¡Qué calor hace aquí! —él sí que se quitó la chaqueta y la corbata a las primeras de cambio—. ¿Os traigo unas cervezas?

—Sí, por favor, muchas gracias, Roque.

—Para mí no —le detuve cuando ya se había dado la vuelta—, que ya estoy un poco piripi.

—Que sí, Roque, tráele una a ella también —el doctor Velázquez volvió a sentarse, me miró—. Estar un poco piripi es una bobada, María, estamos en una fiesta, ¿no? Lo suyo es estar piripi del todo.

—Usted lo que quiere es que le cuente más cosas —sonreí.

—Claro que sí —sonrió, como si no le molestara reconocerlo—. Es que doña Aurora tiene razón. Explica tan bien los jardines, las plantas, las historias, que da gusto oírla. Es nuestra Scherezade particular.

—Pues... —le di el primer sorbo a mi tercera cerveza fría con la esperanza de que me templara la cara, de que apagara el incendio que esas palabras, da gusto oírla, habían prendido en mis mejillas, y escogí un camino—. ¿Usted sabe lo que son las chicas topolino? —negó con la cabeza y se echó a reír—. Yo tampoco lo sé muy bien, si quiere que le diga la verdad, pero eso era lo que se llevaba hace ocho años, en la época en la que entré a servir en la casa del doctor Pérez Gutiérrez. Él y su mujer tenían dos hijas, y las dos eran chicas topolino. De entrada, se habían cambiado el nombre. Isabel, la mayor, había decidido llamarse Bel, y Pili, que era más pequeña aunque iban muy seguidas, estaba empeñada en que la llamaran Nena, aunque todos, menos sus amigas cuando venían a buscarla, la seguíamos llamando Pili. Su madre se desesperaba con ellas, pero, vamos a ver, les decía, si el Topolino es un coche y vosotras no tenéis coche, ¿por qué seguís con la tontería? —imité la exasperación de doña Prudencia, los brazos estirados, los puños cerrados, y el doctor Velázquez se rio conmigo—. Las chicas topolino se distinguían por el largo de la falda, que a veces ni siquiera les tapaba del todo la rodilla, y, más que nada, por los zapatos. Llevaban unos con cuñas de corcho, enormes, que parecían ortopédicos y tenían la punta abierta, aunque sólo dejaban ver un poquito de la uña del dedo gordo. A la señora le parecían horrorosos y muy bonitos no eran, la verdad, pero convertían a cualquiera en una chica alta y a Rosarito le pirraban. Ella habría dado cualquier cosa por ser una chica topolino, e imitaba a las señoritas todo lo que podía. Los jueves, cuando íbamos al Retiro de paseo, tardaba un montón en peinarse. Se hacía un tupé, con mucha laca, y un moño de pega, con cuatro horquillas que se quitaba en cuanto que salíamos del portal, para dejarse el pelo suelto, igual que ellas. Luego, cuando se nos acercaban algunos soldados de permiso, que se nos acercaban siempre, les decía que se llamaba Rosi, les tendía la mano para decirles, encantada de conocerte, chico, se reía mucho en voz alta y todo le parecía un tostón, que era la palabra que no se les caía de la boca a las señoritas. Tú sí que eres un tostón, Rosarito, le decía yo cuando volvíamos a casa. Y a veces teníamos problemas, no crea, porque, claro, los soldados no sabían lo que eran las chicas topolino, y cuando la veían así, tan suelta...

—La tomaban por lo que no era —el doctor Velázquez completó la frase.

—Anda, claro, porque esa era la gracia, hacerse mucho la loca, la moderna, conducir, fumar, pero de lo demás... —hice una pausa y él asintió con la cabeza—, nada de nada. Sin embargo, como sólo existían las chicas topolino y las de la Sección Femenina, pues Rosarito tenía mucho éxito con los soldados, y eso que muy guapa no era, la pobre. Estaba muy flaca, se le marcaban mucho los huesos de la cara y tenía los ojos saltones. Por eso se arreglaba tanto, y cuando terminaba, entraba en el cuarto, se ponía las manos en las caderas, se balanceaba a un lado y al otro, como si fuera una modelo, y me preguntaba, ¿a que resulto? Yo asentía con la cabeza, pero ella se daba cuenta de que no resultaba mucho. Claro, decía, con estos zapatos tan feos... Entonces, un domingo que nos habíamos quedado solas en casa, porque toda la familia había ido a una boda, abrió el armario de la señorita Bel y se puso un vestido, unos zapatos, un sombrero, todo, el uniforme topolino completo. Ahora nos vamos al tontódromo, me propuso, y yo le dije que ni hablar, que ni en sueños, porque en el tontódromo, que era como llamaban por aquel entonces a la calle Serrano, nos podía reconocer cualquier amigo de las señoritas, y si luego contaba cómo iba ella vestida, hasta podríamos quedarnos sin trabajo y todo. Estuvimos discutiendo un buen rato y al final la convencí. Nosotras vivíamos bastante cerca del tontódromo, casi en la esquina de General Mola con Alcalá, y... —sólo entonces el doctor Velázquez frunció el ceño, y no lo entendí—. ¿No sabe usted donde está la calle del General Mola? ¡Si es famosísima!

—Pues, no estoy muy... —cerró los ojos, volvió a abrirlos y asintió con la cabeza—. Ya, ya, ya sé. Se me había olvidado, a veces me pasa.

—¡Ah! —no entendí qué era lo que se le había olvidado—. Bueno, pero sabe usted cuál es la que digo, ¿no? —aunque para lo que iba a contarle, eso daba lo mismo—. Total, que convencí a Rosarito de que se conformara con la calle Castelló. Por Serrano era muy peligroso pasearse, por General Mola, todavía peor, pero como las paralelas son más estrechas y tienen menos terrazas, me pareció más fácil que por allí no nos encontráramos con ningún conocido. Alcalá me pareció bien por todo lo contrario, porque era grande, ancha, y sólo tenía restaurantes y bares sin terraza, como para gente mayor. Total, lo que tú quieres es que te vean, ¿no?, le dije. Pues para eso da igual el tamaño de la acera, el caso es que nadie nos reconozca. Mi plan era llegar a Castelló por Alcalá, torcer por Jorge Juan a la derecha y volver a casa zumbando, pero nos reconocieron, vaya que si nos reconocieron... Íbamos las dos juntas, ella, que era más baja que yo, tambaleándose sobre aquellos zapatos tan altos, que parecían zancos, pero muy sonriente, con los hombros estirados y una postura como de figurín del *Lecturas,* cuando vimos en un portal a un grupo de chicos que estaban haciendo tiempo, como si esperaran a alguien. Nosotras íbamos por la otra acera, pero Rosarito se empeñó en cruzar, ay, vamos a pasar por delante, a ver si nos dicen algo, por favor, por favor... Y sí que nos dijeron. Nos llamaron chachas, y lo dijo el más guapo de todos, encima. ¿A quién te crees que engañas, chacha? ¿De qué vas disfrazada? Déjalas, si sólo son dos chachas, ¿es que no las ves? Rosarito se llevó un disgusto que no quiera usted saber... Intentó echar a correr pero pegó un traspié que casi se cae, menos mal que guardó el equilibrio en el último momento, porque era lo que nos habría faltado, ya. Los chicos se reían de nosotras, se siguieron riendo mientras cruzábamos otra vez la calle Castelló, nos gritaron, ¡chachas!, hasta que doblamos la esquina, y Rosarito venga a llorar... Llegamos a casa enseguida, y al final tuvimos suerte y todo, porque cuando acababa de colgar el vestido de la señorita Bel en su armario, se abrió la puerta de la calle. ¿Pero qué haces aquí tan pronto?, me preguntó doña Prudencia. Nada, que nos hemos venido antes porque a Rosarito le dolía la barriga, le dije, y si hubiera venido a verla, que no vino, se lo habría creído, porque la pobre estaba en la cama, de lado, hecha un ovillo y mirando a la pared. Pero, Rosarito, mujer, le dije yo, ¿por qué te pones así? Si somos chachas, esa es la verdad, es nuestro trabajo, pero trabajar para ganarse la vida no es una deshonra, ¿es que no lo entiendes? No sé si lo entendió, porque siguió llorando y se quedó dormida, y no la desperté. Aquella noche hice yo la cena, la serví sola, para dejarla dormir, y a la mañana siguiente ya estaba mejor, aunque se quedó tocada mucho tiempo.

—¡Qué historia más triste, María! —el doctor Velázquez volvió a mirarme con la misma compasión de aquel primer domingo que quedamos en la Gran Vía, esa piedad que daba calor y no humillaba—. Pobre Rosarito. Y qué mala suerte tuvieron al ir a encontrarse con esos cabrones.

—Bueno, no crea —intenté sonreír y me salió regular—. Los chicos del tontódromo eran todos por un estilo, no se vaya usted a pensar que los había mejores y peores, ¿sabe? —él no podía saberlo, pero yo había pagado muy caro aquel conocimiento—. Ahora, que no hay mal que por bien no venga, fíjese, porque ese mismo día se le pasó a Rosarito la manía de las chicas topolino y la convencí de que empezáramos a ir a la parroquia los domingos por la tarde, ¿se acuerda de que se lo conté?

Yo sería la Sherezade de la glorieta y todo lo que doña Aurora quisiera, pero me salté una parte, porque no le iba a explicar al doctor Velázquez lo pesada que se me ponía Rosarito por las noches, anda, claro, pues no faltaba más que eso. Hazme sitio, anda... La primera vez que se metió en mi cama, no llevábamos ni dos semanas durmiendo en el mismo cuarto. Yo me eché hacia la pared porque pensé que quería hablar, o que durmiéramos juntas, nada más, pero antes de que pudiera darme cuenta, me metió una mano por debajo del camisón y me cogió una teta, así, de entrada. ¿Qué estás haciendo, Rosarito?, le pregunté, y se echó a reír bajito. Pues lo que te haces tú, ¿qué te crees, que no me entero? Ya, pero..., le agarré la mano y la saqué a que tomara un rato el aire, yo con mis tetas hago lo que quiero, porque para eso son mías, ¿sabes?, tú no tienes nada que ver con ellas. ¡Qué tonta eres, María!, me dijo con esa voz de mujer de mundo que ponía ella a veces, y cuando quise darme cuenta, ya me había metido la mano dentro de las bragas. ¡Que saques esa mano de ahí, joder! Pero ¿por qué?, me dijo al oído mientras empezaba a moverla, si te lo haces tú, que yo lo sé, ¿por qué no dejas que lo haga yo? Pues porque no. Antes de que me diera cuenta de que me estaba gustando, la aparté de un empujón, me levanté de la cama y me senté en la suya. Porque yo hago lo que me da la gana con lo mío, pero no me apetece que me lo haga nadie más, y ya está. Desde luego, hija mía, qué antipática eres... La primera noche, todo se quedó en eso. Rosarito se levantó de mi cama, cada una se acostó en la suya y no hablamos más. Pero una semana después, o por ahí, tenía tantas ganas que me convencí de que se le habría pasado. ¡Qué se le iba a pasar! Y mira que no hice ruido, ¿eh?, ni pizca de ruido hice, pues se dio cuenta igual, fíjate. Si quieres, te termino yo, me dijo desde su cama. Que te calles, Rosarito, que pierdo el hilo. Pero, mujer... Total, que tuve que levantarme e irme al baño. Pues, mira, mejor, me dijo cuando volví, porque me calienta mucho que estés ahí, tú sola, dale que te pego. Pues no te preocupes, le contesté, que no va a volver a pasar. Y no pasó, pero ella siguió sacando el tema todas las noches.

Pues con la chica que había antes que tú, sí lo hacíamos, me decía. Pues conmigo no, qué mala suerte has tenido, contestaba yo. Pues no sabes lo que te pierdes, porque siendo dos, el gusto es mucho mejor. Pues mira qué bien, eso que has salido ganando. Pues no te entiendo, porque si no te hicieras pajas tú, todavía, pero eso es pecado, no sé si lo sabes. Pues claro que lo sé, pero mis pecados son como mis tetas, míos y de nadie más. Pues con lo pava que eres, si no me dejas a mí, va a ser difícil que te las toque alguien. Pues ya me las toco yo, no te preocupes. Pues lo que yo digo es lo mejor que hay para no quedarse embarazada. Pues lo que hago yo es igual de bueno. Pues no lo entiendo. Pues ni falta que hace. Y así, de pues en pues, seguíamos hasta que una de las dos se quedaba dormida, pero si Rosarito no me entendía a mí, yo tampoco la entendía a ella. ¿Tú no estás ahorrando para el ajuar?, le decía, ¿no te pasas la vida contándome cómo vas a mandar que te borden las sábanas? Pues entonces búscate un hombre, chica, y déjame a mí en paz. Es que lo cortés no quita lo valiente, me contestaba ella, porque los hombres hacen falta para casarse y tener hijos, eso sí, pero hasta que encuentre a uno que me guste, aprovecho el tiempo. ¿Y yo te gusto? No me contestó, y como estábamos a oscuras, cada una en su cama, no pude ver la cara que ponía. Pues mira, Rosarito, te voy a decir la verdad, tú no me gustas a mí, qué le vamos a hacer, y no es por ti, ¿eh?, es porque cuando me hago pajas sólo pienso en hombres, y si te dejo, y luego abro los ojos y te veo, pues no me va a gustar... Eso era sólo media verdad. Porque yo sería muy paleta. Sería muy pava, y muy boba, y todo lo demás, pero hasta yo, siendo como era, sabía que los favores se devuelven, y meter la mano en las bragas de Rosarito no me apetecía nada, pero nada de nada, y tampoco me parecía justo beneficiarme yo y que ella se quedara a dos velas. Como no me atreví a decírselo así de claro, para no ofenderla, no me dejó en paz hasta que encontró novio.

—Al principio, ella no quería venir, porque don Tomás, el cura, siempre se sentaba entre el público y sólo proyectaban películas sin besos. Por eso ponían tantas del Oeste, porque como no actuaban casi mujeres, pues no había manera de que las besara nadie. Pero luego... Todos los domingos iba por allí un chico que miraba mucho a Rosarito. Trabajaba en un taller de coches que había cerca y ella al principio no se fijó en él. Tuve que decirle yo que no le quitaba los ojos de encima para que decidiera que no estaba mal. Era muy alto, larguirucho, delgado... Tenía cara de pájaro, eso sí, la nariz tan grande como el pico de un loro, pero llevaba razón Rosarito. No era sólo que los hubiera peores, sino que él era muy simpático y nada meapilas, como muchos de por allí. Total, que gracias a Antonio vi muchas películas y descubrí una cosa mejor todavía. En el salón parroquial había dos estanterías llenas de libros. Cuando acababa la primera película, porque siempre hacían programa doble, encendían las luces y don Tomás decía que estaba abierto el bar. Ponían un tablero largo sobre dos borriquetas, y unos cuantos chicos y chicas, de los que cantaban en misa los domingos, hacían de camareros. Consumir no era obligatorio, pero casi. Siempre había que apoquinar algo de dinero, para los gastos del cine, decía don Tomás, aunque no sé qué gastos serían esos, porque el proyector era del año de la polca y, en vez de pantalla, ponían en la pared dos sábanas grandes, muy bien cosidas entre sí y muy estiradas. Las películas las mandaba el obispado, que lo decían siempre antes de empezar, para que se lo agradeciéramos. Se conoce que habían comprado unas cuantas y las turnaban entre las parroquias de Madrid, porque las repetían mucho... El caso es que, en el descanso, Antonio nos invitaba a una limonada, que eso era lo único que había para beber, aparte de cerveza, y compraba un cartucho de patatas fritas para las dos. La verdad es que las dos cosas estaban muy buenas, porque la limonada la hacía una señora de esas beatas que no salían de la iglesia, y como era rica, le ponía bastante azúcar, y las patatas eran de la churrería del barrio, que don Tomás compraba todos los sábados un saco enorme y obligaba a la churrera a regalarle los cartuchos de papel, o por lo menos, eso se contaba por allí. Total, que mientras ellos pelaban la pava, yo miraba los libros, y como el cura me veía, y no me decía nada, pues un domingo empecé a hojearlos...

—No lo entiendo —el doctor Velázquez me ofreció otro botellín, y ya había perdido la cuenta de los que llevaba, aunque el dueño de la casa nos había traído una bandeja de mediasnoches y me había comido yo sola más de la mitad—. ¿En la casa donde trabajaba no había libros? Porque, por lo que me cuenta...

—Sí, había muchos libros —confirmé, mientras atacaba otra medianoche de chorizo porque estaban muy ricas, tenían mantequilla por los dos lados—, pero no me dejaban leerlos. El despacho del doctor tenía las paredes forradas de estanterías, pero le pregunté a la señora si podía leer alguno y me miró como si le hubiera dicho algo malo. Seré muy cuidadosa, le prometí, lo trataré muy bien, pero no era eso, es que no le cabía en la cabeza que yo quisiera leer libros.

—¿Por qué? —el doctor Velázquez no lo entendió.

—Pues no lo sé, la verdad —eso no pude explicárselo, porque yo tampoco lo había entendido nunca—. A lo mejor se imaginaba que no sabía leer, o pensó que se lo iba a dar a otra persona, o que si me prestaba alguno iba a venderlo, no lo sé, pero me contestó como si la hubiera ofendido. Tú has venido aquí a trabajar, me dijo, no a leer. Ya lo sé, pero en mis ratos libres... Tú aquí no tienes ratos libres, ¿me oyes?, y como te vea yo con cualquiera de los libros de mi marido en la mano, como encuentre alguno en tu mesilla o en el armario, te vas a la calle inmediatamente, ¿me has entendido bien? Le dije que sí, que descuidara, y salió de la habitación resoplando y haciendo ruido con los tacones, habrase visto, con lo que me sale ahora la mocosa esta, decía...

—¡Qué simpática!, ¿no? —no lo sabe usted bien, pensé, acordándome de todo lo que pasó después—. Menuda imbécil.

—Pues sí, pero sin embargo, don Tomás me ofreció los libros que había en la parroquia. Ya llevaba yo más de un año trabajando en esa casa, y aunque nunca habíamos hablado, porque no confesaba él, sino otro cura más mayor, me conocía de vista, de misa y del cine. ¿Te gustan los libros?, me preguntó un domingo, en el descanso entre las dos películas. Mucho, le dije, ¿son suyos? No, no, y casi se echa a reír, yo no soy muy lector, me gustan más las películas de vaqueros... Me contó que los libros eran una herencia, como si dijéramos, que habían sido del marido de doña Albertina, la señora que hacía la limonada, y que cuando se quedó viuda, ella los llevó a la parroquia, para que los leyera la gente. ¿Yo, por ejemplo?, le pregunté, ¿puedo leerlos yo? Él se quedó un rato pensando y me preguntó mi edad. Tengo dieciséis, le dije, aunque estoy a punto de cumplir diecisiete. Lo primero era verdad, lo segundo mentira, pero de todas formas, me prometió consultarlo con doña Albertina y darme una respuesta el domingo siguiente. Y al final me dijo que sí, que podía escoger el que quisiera.

Por lo visto, la viuda se había ofendido mucho, y le había preguntado cómo podía imaginar él que ella llevara a la parroquia libros peligrosos o inmorales.

—¿Y era verdad?

—Regular —me eché a reír al acordarme—. Pero como ninguno de los dos los había leído... A ver, el marido de doña Albertina había sido notario y tenía muchos tomos de leyes, códigos, cosas así. Pero también había algunos libros de la Colección Araluce, muy antiguos, que habrían sido de sus hijos, supongo.

—Yo leía esos libros cuando era pequeño —al doctor Velázquez se le iluminó la cara de pronto—. Me gustaban mucho. Tengo que preguntarle a mi madre dónde están, aunque a lo mejor... —se calló, se quedó pensando—. Igual tuvo que venderlos, después de...

—Bueno —seguí hablando para sacarle del atolladero—, yo también había leído muchos. Doña Aurora se llevó a Ciempozuelos los que habían sido de Hildegart, y como sabía que eran para niños, empecé por ahí para que don Tomás no pensara mal de mí. Había uno que no había leído, *El hombre que vendió su sombra*, y me encantó, aunque ya había leído otros parecidos, de hacer tratos con el demonio y eso... Yo creo que lo que me gustó fue volver a leer, fíjese, volver a estar tumbada en una cama con un libro entre las manos. No se puede imaginar lo bien que me sentó. Mientras limpiaba, y fregaba, y hacía los baños, pensar en eso me ponía de buen humor. Y como los libros de Araluce eran muy pequeñitos, los metía debajo del colchón y doña Prudencia no se enteraba de nada, porque de eso Rosarito no se chivó, claro. Pero cuando me terminé todos los que había en la parroquia de esa colección...

En ese momento me arrepentí de haber empezado a hablar tan alegremente, fíjate. Y mira que había pasado el tiempo, y que yo ya estaba bien, y que el doctor Velázquez me gustaba, que no es que estuviera pensando yo en cosas raras, pues no faltaba más que eso, como si no hubiera tenido bastante ya, pero, vamos, que estar con él aquella noche, en casa del doctor Méndez, me gustaba. Me lo estaba pasando muy bien, mucho mejor de lo que esperaba y, sin embargo, durante un instante me arrepentí de haber ido a la fiesta, de haberme sentado a su lado, de haberle contado tantas cosas, porque es que no quería ni acordarme de Alfonso Molina, de cómo era cuando le conocí, de por qué me compré el vestido que llevaba puesto.

—¿Qué pasó entonces, María?

—Luego se lo cuento, voy a ir al baño primero.

Ahora mismo podría largarme, pensé, entrar en el salón por la puerta por la que he llegado, coger el bolso, la chaqueta, y salir pitando. Pero después de hacer pis, que me hacía falta, la verdad, con la cantidad de cerveza que había bebido, me dio rabia ser tan tonta todavía, después de haber sido tan tontísima durante tanto tiempo. Me acordé de Eduardo Méndez, de cómo me ayudó aquella mañana en la que me encontró llorando en el dispensario, y del doctor Velázquez, que se había portado tan bien con doña Aurora, y con Rafaelita, y con su madre, y que estaba esperándome en aquel sofá, el pobre, y me dije que lo que había pasado no tenía remedio, y que tampoco tenía por qué contárselo todo, que podría hablar solamente de los libros.

—Pues lo que pasó —dije cuando volví a sentarme a su lado— fue que, cuando me acabé lo que había de Araluce, me leí *Los miserables,* de Víctor Hugo, ¿sabe, no? —asintió con la cabeza y sonrió, porque no sólo conocía el libro, sino que adivinó lo que iba a decir yo a continuación—. Por eso le he dicho antes que yo creo que ni don Tomás ni doña Albertina tenían mucha idea de los libros que había allí, porque ninguno de los dos los habían leído. *Los miserables* era un tomazo, claro, no podía meterlo debajo de la cama, pero lo guardaba en mi maleta. Todas las noches tenía que hacer gimnasia, arrimar una silla al armario, abrir la maleta sin bajarla del maletero, sacar el libro y, por la mañana, cuando sonaba el despertador, guardarlo antes de lavarme la cara siquiera. Pero me daba igual porque me gustaba mucho y ya estaba un poco cansada de libros para niños, la verdad. Los jueves, cuando íbamos al Retiro, lo llevaba en el bolso, que tengo uno grande, de tela, de esos que llevan un aro de madera para agarrarlos, que me hizo Rosarito. Y mientras ella paseaba con Antonio, yo me sentaba en un banco y leía, y así adelantaba, porque por las noches se me cerraban los ojos de sueño, me quedaba frita aunque no quisiera... Luego Rosarito rompió con su novio y se enfadó conmigo. Me decía que era una aburrida, pero no dejé de leer y se acabó acostumbrando. Se compraba una bolsa de pipas y se las iba comiendo hasta que se le acercaba un soldado, y así, hasta que se reconcilió con Antonio... Total, que cuando me acabé *Los miserables,* como ya había aprendido a esconder tomos gordos, empecé con las Obras Completas de Pérez Galdós, que también habían sido del marido de doña Albertina.

—Pues muy beato no sería —el doctor Velázquez sonrió.

—¿Verdad que no? Eso pensé yo cuando me leí *Tormento,* que fue la primera y me encantó, pero tanto, tanto... Lo bueno de Galdós era que no se acababa nunca. Esos seis tomos tan gordos, ¡qué gusto! El caso es que doña Aurora también los tenía pero, claro, cuando yo iba a su cuarto a leer, era muy pequeña y me gustaban más otras cosas. Total, que en el verano de 1949, los señores me dieron dos semanas de vacaciones, que las del año anterior se las habían comido, porque como empecé a trabajar para ellos en septiembre del 47, dijeron que no me tocaban, pero en agosto del 49, me fui quince días a Ciempozuelos, con permiso de las monjas, claro está, y me llevé uno de los tomos de las novelas de Galdós de la parroquia. Me metí en el cuarto donde está ahora mi abuela, ese que tiene una forma tan rara, en el Sagrado Corazón, y aunque ella me interrumpía mucho, y me pedía que la ayudara cada dos por tres, me leí *Fortunata y Jacinta* dos veces seguidas. Es que cuando la terminé, no me apetecía leer ninguna otra cosa, así que me la empecé otra vez. Y no me arrepentí, no crea, me pareció un libro maravilloso.

—A mí también me lo parece —el doctor Velázquez asintió con la cabeza, muy despacio—. En la Universidad de Neuchâtel, donde estudié el primer curso de Medicina, había una biblioteca bastante buena. En la sección de español, tenían un ejemplar de *Fortunata*. Ya la había leído, pero desde que lo vi, lo saqué un par de veces y, siempre, mientras lo leía, sentía que estaba en Madrid. Le tengo mucho cariño a ese libro.

—Sí —eso me habría gustado decir a mí también, que le tenía cariño—. Es una novela buenísima.

Fortunata me enseñó muchas cosas pero, cuando me hicieron falta, no quise acordarme de ninguna. No quise reconocerme en su ingenuidad, en su pasión, en sus decepciones. Tampoco me dio la gana de reconocer a Juanito Santa Cruz, aunque el destino me lo puso delante de las narices, y ni siquiera eso fue lo peor. Me convencí de que vivía en una época distinta, una sociedad distinta, una realidad distinta. No me resultó difícil.

Mira qué revista ha salido... Cuando volví desde Ciempozuelos a Madrid, para hacer limpieza general una semana antes de que los señores dieran por terminadas sus vacaciones, Rosarito me recibió con un número de *Florita* entre las manos. Fíjate qué fotos tan bonitas, léeme lo que pone aquí, anda, me decía, y aprendimos las dos a la vez el lenguaje del abanico, *moverlo muy deprisa mirando a un muchacho a los ojos significa «te amo con locura»*, mientras limpiábamos los muebles de la cocina, *moverlo muy despacio puede significar «estoy prometida» o «no siento nada por ti»*, mientras abrillantábamos los cristales del salón, *si te tapas la cara con el abanico abierto, le estarás diciendo, «sígueme cuando me vaya»*, mientras echábamos lejía pura, de la buena, en los retretes, *si lo apoyas en la mejilla izquierda, le dices que sí*, mientras lavábamos, y tendíamos, y planchábamos la ropa blanca, *pero si lo apoyas sobre la derecha, le dices que no*, mientras sacudíamos las alfombras y pasábamos la aspiradora por todos los suelos. Qué gracioso, decía Rosarito, entusiasmada, vamos a ensayar. Yo sólo tenía un abanico de papel con un letrero de Fundador, de esos de propaganda, que me había regalado la señora un día en misa, pero ella se había traído de su pueblo uno antiguo, negro, pintado con florecitas, que había sido de su abuela y se abría y se cerraba muy bien, ris ras, haciendo ese ruido tan gustoso, ris ras, con un simple movimiento de la muñeca, y así nos tirábamos las dos toda la tarde, que si te digo que sí, que si te digo que no, que si me eres indiferente, y nos partíamos de risa. Rosarito, que antes se enfadaba tanto conmigo cuando me sentaba en un banco a leer, a veces ya ni quería que fuéramos de paseo. Mejor nos quedamos y leemos el consultorio sentimental, proponía, y yo le daba el gusto porque, después de nuestros malentendidos nocturnos, aquellas revistas nos estaban haciendo más amigas. Su sección favorita eran los consejos para pescar un novio, para darle celos, para saber si era infiel, para conservarlo. *Tu madre tiene razón, Corazón indeciso. Tienes que darte a valer, pero de ahí al desdén transcurre un trecho que no debes recorrer...* A mí me parecían una ridiculez, pero ella se los tomaba muy en serio. Si tú ya has pescado novio, Rosarito, le decía yo. Pues por eso, me contestaba, vuelve a leerme cómo se sabe si te está poniendo los cuernos, a ver si voy a tener que dejarle otra vez...

Después de Navidad, la señora nos pidió que limpiáramos a fondo el cuarto de los invitados, pero no se molestó en explicarnos por qué. A mediados de febrero conoceréis a mi sobrino Alfonso, el hijo de mi único hermano, el que vive en Santander. Está acabando Medicina en Salamanca, y en junio tiene que presentarse a un examen muy importante. El señor le va a ayudar, y para que vaya aclimatándose, conociendo a personas que le convienen, pasará algunos días aquí, con nosotros, yendo y viniendo hasta finales de marzo. Luego se quedará tres meses en esta casa, para poder ir a la academia de un amigo del señor y preparar su examen lo mejor posible, ¿está claro? Aparte de que doña Prudencia Molina no era una mujer muy lista, no entendí a qué venía tanta presentación, ni por qué siguió hablando después de que las dos respondiéramos a coro, muy bien, señora. Alfonso es un chico muy bueno, muy formal, y tiene novia, que os quede muy claro, porque no pienso volver a repetirlo. Mientras lo decía, nos miraba por encima de las gafas, como cuando repasaba las cuentas de la compra, con el dedo índice de la mano derecha muy estirado. A la primera tontería de cualquiera de las dos, vais juntas a la calle, estáis avisadas. Será estúpida, me dijo Rosarito entre dientes mientras la veíamos salir de nuestra habitación, total, habrá que ver al sobrinito, ¡como haya salido a su tía! Pero cuando llegó, hasta ella tuvo que reconocer que no se parecía a doña Prudencia.

Alfonso Molina era un chico muy guapo, de esos que son guapos pero guapos de verdad. No se parecía al Delfín, eso no, porque tenía el pelo oscuro, y unos ojos negros que echaban chispas. *La primera impresión es fundamental, Enamoradiza. Si él te atrae desde el instante en que os conocisteis, cuenta con que tú le atraes a él en la misma proporción...* No era tan alto como Antonio, pero había hecho mucho deporte de pequeño, en el colegio. Tenía un cuerpo atlético, con los músculos marcados en los brazos, las piernas largas, y una forma de moverse muy airosa, como si bailara sin bailar, sin hacer ruido. Cuando sonreía, enseñaba unos dientes perfectos, y sus ojos grandes, rasgados, tan oscuros como blancos eran sus dientes, brillaban igual que si tuvieran detrás una bombilla que acabara de encenderse. Pues no es para tanto, me dijo Rosarito cuando se lo conté. Anda que no, hija, pues claro que es... A mí me lo parecía, por lo menos, y cuando entraba por las mañanas en la cocina, en pijama, con el pelo revuelto y esas arrugas que se marcan en la tela al dormir, y me daba los buenos días manteniendo sus ojos fijos en los míos unos segundos más de lo imprescindible, sentía como un vértigo, como si todo lo que había dentro de mi cuerpo, el corazón, el estómago, las tripas, se juntara de golpe para separarse después y volver a su sitio muy despacio. ¿Quiere que le haga algo para desayunar, señorito?, le ofreció Rosarito la primera vez que estuvo solo con nosotras en la cocina.

Házmelo tú, María, ¿quieres?, me miró y todo el cuerpo se me amontonó en la garganta, dos huevos fritos, por favor, y al ir a coger la sartén, las manos me temblaban como si tuviera fiebre. *Cualquier detalle cuenta, Principiante. Aunque tú creas que no le interesas, los pequeños gestos, que busque caminar a tu lado cuando vais de paseo en grupo, que te pida o te ofrezca favores sin importancia, son más reveladores de lo que parece...* Tenía tanto miedo de que los huevos se rompieran que los eché en aceite bastante frío. Cuando comprobé que las yemas estaban enteras, lo subí de golpe y me quedaron muy bonitos. ¡Uy, con puntillas, qué ricos! Al dejar el plato en la mesa, le olí. Olía al calor de la cama, y a tabaco, y a sudor de cuerpo limpio. Justo como a mí me gustan, en ese momento me di cuenta de que todas las palabras que me decía tenían doble intención, muchas gracias, María.

No te metas ahí, chica... Rosarito se dio cuenta de todo, y se portó como una amiga, desde el principio hasta el final. Hazme caso, que tengo más años que tú, que he servido en tres casas y ya te digo yo que de ahí no vas a salir bien parada. Pero si no estoy haciendo nada, le decía, bueno, el desayuno le hice el otro día, ya ves. Que no, María, que te gusta más que comer con los dedos y se te nota. Hazme caso, mujer, que para eso los señoritos son más listos que el hambre y no dejan una viva, tú ya me entiendes. *Ya no vivimos en la Edad Media, Chica insegura. La posición social es importante, no cabe ninguna duda, pero si él te quiere de verdad, no representará un obstáculo insalvable...* ¡Ay, Rosarito!, no me digas esas cosas, que cualquiera que te oiga pensará que estoy deseando liarme con él. Y es que es lo que estás deseando, María, no me digas que no. Me lo habría esperado de otra, pero de ti, con lo lista que eres, todo el día leyendo libros, y que piques en esto...

La primera vez que me habló a solas, en abril de 1950, yo tenía diecisiete años, los mismos que aparecían en la portada de la revista *Chicas*, y estaba merendando en la cocina. No era un huevo crudo, sino una naranja, pero él entró sin decir nada, se apoyó en la mesa que había en el centro de la habitación, y se me quedó mirando de una manera que yo ya conocía, porque la había leído. ¿Y tú adónde sueles ir en tus tardes libres, rubia?, me preguntó a bocajarro. Al Retiro, respondí, y cuando sonrió, sentí que me faltaba el suelo debajo de los pies. ¿Al Retiro, como los niños pequeños? Volvió a mirarme igual que Juanito Santa Cruz, y me puse colorada, y ya no supe qué decir. ¿Y no te gustaría más ir a bailar? Yo ahora tengo mucho que estudiar, pero cuando haga el examen, me encantaría llevarte alguna tarde. Me han contado los compañeros de la academia que aquí, en Madrid, hay unos bailes que están muy bien. ¿Te apetecería? *El baile honesto, decoroso, es la tradición más antigua del cortejo, Danzarina. Si te gusta bailar, no me parece mal que aceptes la invitación de ese muchacho, siempre con el permiso de tus padres, claro está, y asegurándote de la honradez de sus intenciones...* Yo no tenía padres. Me gustaba bailar. No tenía ni idea de sus intenciones. Le dije que sí.

—Luego, ya, leer fue más fácil para mí, porque en el verano de 1950, la hermana Anselma, la superiora del manicomio, me ofreció trabajo en el asilo que la Orden tenía en Madrid y donde había trabajado antes mi jefe, el doctor Pérez Gutiérrez quiero decir, durante muchos años.

Ya me había comportado como una verdadera Sherezade, avanzando con una audaz pirueta desde la calle General Mola hasta el asilo de Doctor Esquerdo, cuando el doctor Fernández y su novia se despidieron de nosotros. Justo después se marchó la otra pareja que quedaba, y me convertí en la única mujer de aquella fiesta.

—Yo sabía que las monjas de Ciempozuelos podían trabajar como enfermeras y como auxiliares sin tener que estudiar para sacarse un título, pero...

—Ya —me interrumpió el doctor Velázquez—, eso también me lo contó Roque al poco tiempo de llegar. La verdad es que no me lo podía creer pero, bueno, ya sabes lo que me dice siempre todo el mundo. España no es Suiza, ¿no?

—Pues no lo sé, porque nunca he estado en Suiza, pero...
—me dio la risa sólo de pensarlo—. Me parece que no.

No había pasado por alto que me había tuteado. Era la primera vez que lo hacía, pero con la cantidad de cerveza que habíamos bebido, a pesar de que nos habíamos ventilado a medias todas las mediasnoches, no podía estar segura de si lo había hecho aposta o se le había escapado sin darse cuenta. En ese momento, miré hacia delante y vi al doctor Méndez besando en la boca a un chico muy guapo, más joven que él, al que no nos había presentado. Mi mirada se cruzó con la de otro invitado, que cerró enseguida las puertas correderas que separaban los dos salones, pero quedarme a solas con el doctor Velázquez no me perturbó tanto, ni me dio tanto miedo, como la excitación repentina, intensísima, que experimenté al contemplar aquel beso. Ya me imaginaba yo que los mariquitas se besaban en la boca, pues anda, claro, ¿qué iban a hacer si no?, pero nunca me habría imaginado que verlo pudiera gustarme tanto. Cuando recuperé el control sobre los músculos de mi cara y volví a mirar a mi acompañante, él me estaba sonriendo como si se hubiera dado cuenta de todo. Y entonces se me ocurrió una tontería, fíjate. Se me ocurrió que, a pesar de todo lo que había aprendido con Alfonso, de cómo me había engañado, de lo mal que lo había pasado, si en ese momento el doctor Velázquez se inclinaba hacia mí y me besaba, volvería a hacerlo, le devolvería el beso y todo lo demás, llegaría hasta el final y no me arrepentiría. Igual fue la cerveza, pero eso pensé, y más que pensarlo, lo deseé, y al hacerlo, comprendí que hacía mucho tiempo que no deseaba tanto algo, y me asusté, y después de asustarme, lo deseé todavía más.

—Nos han dejado solos —pero él no se parecía a Alfonso Molina, y en lugar de inclinarse hacia mí, sacó el tabaco, me ofreció un pitillo, encendió los dos y arrugó el paquete vacío para tirarlo sobre la mesa sin dejar de sonreír.

—Y yo le he dejado a usted sin tabaco.

—No se preocupe —volvió a llamarme de usted y me dio pena—. Tengo otro paquete —se lo sacó del bolsillo y me lo enseñó con un gesto de niño travieso—. Me estaba contando que las monjas no estudian para sacarse el título de enfermeras...

—Sí, pero lo que no sabía —me habría gustado más que me besara, la verdad—, era que yo iba a tener la misma oportunidad. La hermana Anselma me dijo que, si aceptaba su oferta y trabajaba dos años seguidos en Doctor Esquerdo, podría pedir el título de auxiliar de enfermería por prácticas, sin examinarme ni nada, sólo con un informe favorable de la directora. Y que luego, si quisiera, podría estudiar Enfermería sin dejar de trabajar. Cuando la escuché, vi el cielo abierto, porque aparte de que iba a ganar más dinero y podría vivir en el asilo, sin pagar un céntimo por la habitación, aquel plan me gustaba mucho más que servir en una casa. Lo que no sabía era que en Doctor Esquerdo había una biblioteca, y bastante buena, por cierto...

Tampoco supe nunca si doña Prudencia se había enterado, si no habría sido ella la que llamó a la hermana Anselma para decirle que ya no quería que trabajara más tiempo en su casa. Al principio pensé que era eso lo que había pasado pero luego me di cuenta de que no, y no sólo porque la señorita Bel iba a casarse en septiembre y ya no iban a necesitar tanto servicio, sino sobre todo porque a ver cómo habría podido enterarse la señora, a no ser que Alfonso se lo hubiera contado a sus primas y ellas... Pero tampoco, ¿y qué iba a contarles?, si no pasó nada, casi nada, eso fue lo peor, tanto tiempo ahorrando para comprarme el vestido sin sacar dinero de la cartilla, tantas noches en vela imaginando una historia de las que venían en *Chicas,* tanto empeño por no acordarme de Fortunata y encomendarme al consultorio de *Florita,* total, para acabar como acabamos.

Te va a llevar a un baile de chachas, como si lo viera, me dijo Rosarito. Yo nunca había oído esa expresión, pero sonaba tan mal que no me atreví a preguntar. Me dio igual, porque ella se empeñó en contármelo de todas maneras, que en los bajos de muchos cines de Madrid había unos salones de baile muy grandes, en los que dejaban pasar gratis a las mujeres los jueves por la tarde. Y allí, pues ya se sabe, van sobre todo soldados de permiso, los mismos que nos encontramos en el Retiro todas las semanas, muchachas como nosotras, que no tienen dinero para pagarse la entrada de un cine de estreno, y señoritos salidos, que las invitan a beber y las sacan a bailar, a ver si encuentran a alguna de la que aprovecharse. Y como son más guapos, y van mejor vestidos, y tienen más labia y más de aquí, se frotó con la yema del pulgar las del dedo índice y corazón de la mano derecha, que los sorchis, pues antes o después se la llevan a una al baño, o a algún pasillo oscuro, y le restriegan la cebolleta. Hay que ver, Rosarito, yo me asusté mucho al oírla, cómo lo cuentas, pero cómo va a ser eso, mujer, si él lo que me ha dicho es que tiene unos amigos en la academia que le han contado que... No quise seguir, pero ella se apresuró a ponerme al corriente de todo lo que no me apetecía saber. Pues eso, mujer, que había unos bailes muy grandes y muy bonitos, con unas pistas enormes y arañas de cristal en el techo, ¿a que sí?

No irás a echarte para atrás, ¿verdad? El jueves por la mañana, Alfonso entró de improviso en el cuarto de la señorita Pili cuando estaba haciendo la cama y se le ocurrió hacer una cosa que venía mucho en las revistas, fíjate, cogerme de las dos manos y acercar mucho la cabeza a la mía, sin tocarla con la suya, para hablarme al oído. Tengo muchísimas ganas de bailar contigo, María... Me lo dijo susurrando, pronunciando mi nombre como una promesa, y yo sentí que me derretía, que iba a fundirme igual que un cubo de hielo en un charco de agua, y las piernas me temblaban, y asentí con la cabeza pero él no tuvo bastante. Dime que sí, me pidió, y se lo dije, sí, y apretó su cara contra la mía y me dijo que estaría esperándome a las seis en punto en la puerta del baile, que estaba debajo de un cine que había en Conde de Peñalver. Luego se achuchó contra mí, pegó su cuerpo al mío durante un instante y se fue corriendo. Aquel día me tocó servir la comida y ni siquiera me miró.

Yo había pensado que sería un poco distinto, que quedaríamos a lo mejor en una esquina, cerca de casa, para ir juntos. Y aunque me di cuenta de que lo había hecho así porque no quería que nadie le viera conmigo por la calle, no quise darle importancia, sobre todo porque, cuando fui a pedirle que me prestara su bolso negro, Rosarito se me quedó mirando y me dijo que estaba guapísima y, sobre todo, elegantísima. ¡Hay que ver, María, al verte así nadie adivinaría que estás sirviendo! Ya me gustaría a mí tener esa pinta de señorita, y ese tipito... No era verdad, o por lo menos, no del todo. La piel de mis manos estaba tan enrojecida, tan áspera de andar con lejías y detergentes, que después de pintarme las uñas de rosa me quité el esmalte con acetona, porque me pareció que al natural llamaban menos la atención. Y el vestido era muy bonito, sí, pero sólo tenía unos zapatos negros, tan viejos que me deformaban los pies como si fueran unas zapatillas de andar por casa. De todas formas, me di cuenta de que me miraban mucho por la calle, pero cuando nos encontramos en la puerta del baile, Alfonso me criticó por cómo me había vestido. Me dijo que iba demasiado tapada, que parecía una novicia, que íbamos a hacer el ridículo, pero inmediatamente después se arrepintió, y antes de que tuviera tiempo de desmenuzar el significado de sus opiniones, me besó en los labios, sólo una vez, con mucha dulzura, y se me olvidó todo lo demás.

Aquel beso, que sólo había servido para apaciguarme, para impedir que me diera la vuelta y saliera corriendo, se convirtió en lo único de aquella tarde que podría recordar después como algo bonito, aparte de mi vestido. El baile tampoco estaba mal, un salón enorme, al que se accedía por una escalera curva, muy ancha, desde la que se veían muy bien las arañas de cristal que me había anunciado Rosarito. Estaba lleno de gente, pero Alfonso me cogió de la mano para guiarme y eso me gustó. Sus amigos de la academia estaban ya sentados en un sofá circular de terciopelo granate, que me habría parecido lujoso si no hubiera visto a tiempo los lamparones que lo salpicaban. Nos presentamos todos a gritos y comprobé que no había nadie desparejado. Las cinco chicas que acompañaban a los amigos de Alfonso tenían las manos tan rojas, tan ásperas como yo, pero enseñaban mucho más, porque llevaban vestidos de tirantes escotados, faldas ceñidas que les trepaban por los muslos, sandalias de verano, con los dedos de los pies al aire y las uñas pintadas. Alfonso me preguntó qué me apetecía beber y no supe qué decir. Pídete un San Francisco, maja, me animó la que estaba más cerca, que no emborracha y le ponen azúcar en el borde de la copa, está muy rico, ya verás... Le hice caso y el San Francisco me gustó, pero no me dio tiempo a acabármelo. Poco después de que el camarero me lo pusiera delante, cambió la música. Mientras bajábamos por las escaleras la gente estaba bailando el *tiro-liro*, luego pusieron *El cumbanchero*, todo muy alegre, muy movido, pero de pronto apagaron la mitad de las luces y sonó un bolero de Antonio Machín. Alfonso me sacó a bailar, me llevó a la pista, nos apretujamos en el centro, entre otras muchas parejas, para que no pudieran vernos desde fuera, me figuro, y me metió la lengua en la boca antes de que empezara a moverme. Todavía no se me había pasado el susto cuando me levantó la falda por detrás con las dos manos, me agarró el culo y lo apretó contra él.

Rosarito había oído hablar mucho de los bailes de chachas, pero no había ido nunca a ninguno, y por eso, sus advertencias se quedaron tan cortas como los consejos de las revistas. Al final, dio lo mismo que me gustara bailar o no, porque apenas llegamos a hacerlo. Sólo estuvimos de pie un rato, manteniendo el equilibrio gracias a las parejas que nos rodeaban, todos muy juntos, tan apiñados como en un vagón de metro que fuera llenísimo. Yo sentía que me faltaba el aire pero Alfonso debía de tener práctica porque, mientras estábamos atrapados en aquella muchedumbre que agobiaba y olía mal, se las arreglaba para mover las manos debajo de mi vestido con mucha habilidad, y me estrujaba los pechos, apretaba mis pezones para hacerlos crecer, me metía las manos debajo de las bragas para tocarme el culo, sacaba de vez en cuando la lengua de mi boca para morderme en el cuello y no hablaba, no habló hasta el final, cuando me dijo al oído, vámonos, anda, y me sacó de la pista, y hasta de la sala, porque me guio por un pasillo que terminaba en una puerta que, según el letrero que había encima, comunicaba con el cine que estaba arriba. Cuando la abrió, fuimos a dar a una escalera que estaba a oscuras y allí me apretó contra la pared, se apoyó en mí, frotó media docena de veces el bulto que le había salido contra mi tripa hasta que se corrió. ¡Uf!, dijo luego, y me besó en la mejilla, qué gusto, y luego en los labios, un par de veces. En ese momento tuve la sensación de que el tiempo volvía a pasar, como si su primera maniobra en la pista de baile lo hubiera interrumpido, abriendo un paréntesis de irrealidad, angustioso y helado como el clima de una pesadilla. Luego volvimos a la mesa y mi San Francisco ya no estaba. Se lo habrá llevado el camarero, me dijo Alfonso, voy a pedirte otro. Se fue a la barra y no sé si lo pediría o no, pero le vi hablando y riéndose con sus amigos, cada uno con una copa en la mano. Qué guapo es tu señorito, una de las chicas que estaban enfrente rodeó la mesa para sentarse a mi lado, qué suerte tienes... Tuve mucho tiempo para pensar en eso, para preguntarme qué me había pasado a mí, qué había sentido yo mientras él se restregaba contra mi cuerpo, adónde había ido a parar la excitación nueva, flamante, que había sentido al seguirle hasta la pista. Tuve mucho tiempo para responderme, pero tres cuartos de hora después volvieron a apagar las luces, y a poner boleros, y Alfonso vino a buscarme, y todo se repitió punto por punto, igual que la primera vez, sólo que ya no me asusté, porque sabía lo que iba a pasar, que él tardó más en correrse, y que después sí que me trajo otro San Francisco, se sentó a mi lado y me pasó un brazo por los hombros. ¿A qué hora tienes que estar en casa?, me preguntó después de un rato. Le dije que a las nueve y puso cara de susto. Vaya, pues ya son las ocho y veinte, tendrás que irte, ¿no? Le dije que sí, que mejor, porque no veía el momento de salir de allí, y me dijo que

276

me acompañaba. Yo entendí que iba a venirse conmigo, pero en el vestíbulo me besó en las mejillas, me achuchó un poco más y me dijo adiós. Intenté sonreírle y lo conseguí. Por el camino me sentí como una imbécil, pero logré llevarme la contraria con bastante éxito. Me dije que todo había salido muy bien, que lo que yo quería era liarme con Alfonso y acababa de liarme con él, que la próxima vez todo iría mejor. Por la noche, cuando nos acostamos, Rosarito quiso saber qué tal me lo había pasado y le dije que muy bien. Luego me dio por llorar, y aunque intenté no hacer ruido, ella se dio cuenta, se vino a mi cama y me abrazó, pero sin meterme mano ni nada. Me tuvo abrazada, simplemente, hasta que me dormí, y a la mañana siguiente no vi a Alfonso. Cuando Rosarito le preguntó a doña Prudencia si iba a despertarle, la señora respondió que el señorito ya no estaba. Se había levantado muy temprano y el señor le había llevado a la estación del Norte, para que cogiera el expreso de Santander, que salía a las siete en punto.

—Mi nuevo trabajo me gustó mucho, y no sólo por los libros, sino porque por primera vez en mi vida podía hacer lo que me diera la gana. Tenía que cumplir un horario, claro, pero aparte de eso, nadie me decía lo que tenía que comer, a qué hora tenía que volver, qué tenía que hacer...

—Sí, eso lo entiendo muy bien, porque fue lo mismo que me pasó a mí cuando llegué a Lausana y empecé a vivir en una residencia de la universidad —en aquel momento me di cuenta de que, para no parecernos en nada, el doctor Velázquez y yo teníamos muchas cosas en común—. Lo de tener una llave para entrar y salir a la hora que uno quiere es un triunfo, ¿verdad? Y lo de poder elegir la comida, aunque no tengas dinero y acabes comiendo siempre lo mismo...

En ese momento pensé que debía de ser tardísimo, porque por el balcón abierto ya no entraba aire caliente, sino un viento flojito que refrescaba mucho el ambiente y dejaba una sensación muy rica en la piel. El barullo que había en el salón cuando un invitado nos encerró para que no viéramos al doctor Méndez besando en la boca a aquel chico tan guapo se había ido amortiguando poco a poco, al mismo ritmo que el calor. Hacía un rato que habían bajado el volumen del tocadiscos, y ya no sonaban coplas, como cuando les habíamos escuchado corear a gritos *Amante de abril y mayo*, y *Ojos verdes*, y *Yo soy la otra, la otra*. En su lugar habían puesto una música rara, de esas americanas, sin cantante y con mucha trompeta, que entonaba muy bien con mi estado, porque estaba un poco borracha, la verdad, pero muy a gusto. El doctor Velázquez por fin se había quitado la chaqueta, la corbata, se había desabrochado dos botones de su camisa blanca y cuando le miré despacio, le encontré mucho mejor así. Me di cuenta de algo más importante todavía, porque si hubiera estado en las mismas condiciones, un cuarto cerrado, de madrugada, harta de cerveza, con otro hombre, seguramente habría tenido miedo, fíjate, me habría querido ir. Pero él no me parecía nada peligroso, al contrario. Me habría quedado toda la vida en aquel sofá aunque no me besara, aunque no hiciéramos nada más que hablar y hablar. Ni siquiera me paré a pensar qué iba a hacer después, cómo me las iba a arreglar para volver a Ciempozuelos, y por no querer saber, hasta renuncié a preguntarle qué hora era.

—Me he cansado de beber cerveza, María. Voy a ponerme una copa, ¿quieres una?

—Una copa... ¿De qué?

—Pues no sé qué habrá, coñac, o ginebra, me imagino.

—¡Ay, mi madre! —me dio la risa floja y él se rio conmigo—. Es que me voy a emborrachar.

—Bueno —él volvió a reírse primero—, es una posibilidad, desde luego.

—Vale, pero que no sea muy fuerte —después volví a reírme yo, y él me prometió que haría lo que pudiera.

Aproveché para ir al baño y cuando volví, me estaba esperando con cuatro botellas medio vacías sobre la mesa, una de coñac, una de anís, una de ginebra y otra de un licor blanco que tenía una etiqueta que no había visto nunca.

—¿Un sol y sombra? —me ofreció.

—No sé, no sé...

—He traído cacahuetes —se sacó un cartucho del bolsillo y lo vació sobre la mesa.

—Vale, un sol y sombra, entonces. Y que sea lo que Dios quiera.

Volvimos a reírnos como dos niños pequeños y entonces habló él, le dio una ventolera de esas de contarme su vida que yo ya conocía, porque en la glorieta le había pasado algunas veces, y estuvo un rato muy largo acordándose de Suiza, y de la familia alemana con la que había vivido, que eran judíos y los nazis les habían matado a un hijo de una forma horrorosa, aunque habían tardado muchos años en enterarse. Yo nunca había conocido a un judío, tampoco había visto nunca un nazi, que yo supiera, pero no quise preguntarle, por no parecer ignorante. Escuché aquella historia tan triste sin interrumpirle y me gustó mucho estar allí, con él, ventilándome un sol y sombra como si fuera el primero que me bebía en mi vida, que no lo era, pues anda, claro, no faltaba más, si nos atizábamos uno todas las tardes en el asilo de Doctor Esquerdo, que el camarero de la cafetería era muy simpático y nos los servía en tazas, como si fuera café, una mitad de coñac y la otra de anís. De todas formas, me comí la mayoría de los cacahuetes y me despejaron bastante, fíjate, qué cosa más rara. Así me enteré de que su mujer, aquella que se llamaba Rebecca como la de la película, era hermana de aquel pobre chico muerto, que era pianista, y componía música parecida a la que estábamos escuchando para tocarla en los cabarés por las noches. Me habría gustado enterarme de más, pero no pude, porque al doctor Velázquez le gustaba más escucharme que hablar.

—Y la pobre Rosarito... —me preguntó de pronto, como si se hubiera dado cuenta de que ya llevaba demasiado tiempo callada—. ¿Qué fue de ella, sigue trabajando en esa casa?

—¡Qué va! —sonreí a su curiosidad—. Se marchó un año después que yo. Ahora vive con una señora mayor, las dos solas en un piso enorme, en Alfonso XII. Sigue estando al lado del Retiro, lo único que ahora entra por otra puerta. Y está muy bien, la verdad, porque mangonea a su señora como le da la gana, aunque quiere casarse el año que viene, con Antonio, claro, que mira que han roto veces, pero al final acaban volviendo siempre. Desde que vivo en Ciempozuelos la veo menos, aunque hablamos de vez en cuando por teléfono, pero algunos domingos me voy a verla y me quedo a dormir en su casa, o sea, en la de su señora, mejor dicho.

—Y ¿por qué volvió a Ciempozuelos, María? Si quería quedarse y estudiar Enfermería en Madrid...

—Pues sí, eso quería, pero no tuve suerte, fíjese. Y eso que llegué a pagar la reserva de la matrícula para el curso 1952/53 en la Escuela de Enfermería de la Cruz Roja y todo, porque allí habían estudiado dos enfermeras seglares de Doctor Esquerdo que me contaron que merecía la pena, aunque estuviera muy lejos del asilo. Pero a mediados de julio, la hermana Belén, que yo todavía no la conocía, porque acababa de llegar para reemplazar a la hermana Anselma, que se había puesto enferma, me llamó por teléfono. Me contó que mi abuela había tenido un derrame cerebral y que los médicos habían dicho que lo más seguro era que no se muriera, pero que tampoco se recuperara. Así que no llegué a ir a clase ni un día, aunque me devolvieron el dinero, eso sí.

—Pero no lo entiendo... ¿Qué tenía que ver el derrame de su abuela con su carrera?

—¡Ay, doctor Velázquez! —sonreí a su asombro una vez más—. De verdad que hay que explicárselo todo, como a los niños pequeños.

—Vale, pues explícamelo todo —ya no sabía si era la tercera o la cuarta vez que me tuteaba, pero por ahí debía de andar—, pero deja de llamarme doctor Velázquez, por favor. Me llamo Germán.

—Bueno, pues le llamo Germán —pronunciar su nombre me impresionó mucho—. El caso es que las monjas me dijeron que mi abuela podía quedarse en el manicomio, pero de caridad, como si dijéramos. Porque no era una enferma mental, claro, pero además, aunque ella tenía la pensión de viudedad de mi abuelo, no había cotizado nunca, y con lo que cobraba, no daba para pagar la hospitalización, así que la hermana Belén me ofreció un trato, un buen trato, las cosas como son, que si hubiera seguido Anselma... Aunque a lo mejor, entonces habría podido acabar la carrera, fíjate, claro que no quiero ni pensar qué habría sido de mi abuela. Lo que me propuso la hermana Belén fue que ellas se quedaban con la pensión, me daban trabajo en Ciempozuelos, me pagaban un poco más que a las otras auxiliares, para igualarme el sueldo que cobraba en Madrid, y yo me ocupaba de cuidar a mi abuela, que la pobre no da mucho trabajo, ya la ha visto usted, hasta que consiguiera una plaza gratuita de la Diputación. Eso fue... En el verano del 52, hace tres años ya, pero me la denegaron, recurrí, y todavía sigo con el papeleo. A ver, que también podría haberla ingresado en un hospital de beneficencia e ir a verla de vez en cuando, la hermana Belén me dijo que eso no iban a poder negármelo, pero es la única familia que tengo y me dio cosa dejarla sola, prefiero cuidarla yo. Además, en Ciempozuelos estoy muy bien, el trabajo me gusta más que en Madrid. Al poco tiempo de llegar, empecé a leer para doña Aurora, el año pasado llegó usted y... —el sol y sombra me había soltado la lengua y me puse colorada, pero no encontré una salida airosa—. Total, que ahorro mucho más que cuando vivía aquí, por si algún día puedo volver a intentarlo, pero de momento...

—Qué mala suerte, María.

—Sí, fue mala suerte, pero peor para mi abuela, la pobre.

Y sin embargo, a la larga ninguna desgracia fue mayor que el golpe de suerte que me trajo el mes de marzo de 1953. Ha llegado el sustituto del médico, me dijo una de las ayudantes de cocina, una chica de una familia del pueblo que era un poco retrasada, y es de guapo... Movió la mano en el aire muy deprisa, de arriba abajo, varias veces, como hacía siempre que algo le parecía mucho, muy bueno o muy malo, yo no he visto un hombre más guapo en mi vida, María, de verdad, te lo juro. En aquel momento, empezaron a temblarme las piernas, porque ya sabía yo que las monjas siempre echaban mano de médicos de familias conocidas, siempre las mismas. No jures, Mari Carmen, una novicia que estaba amasando pan la regañó con suavidad, sin dejar de trabajar, que además no será para tanto, porque a ti todos te parecen guapos, mujer. Que no, hermana, que no, ¿usted lo ha visto? No, todavía no. Pues le digo yo que el doctor Molina la va a impresionar aunque sea usted monja, ya lo verá.

Perdóname, María. Eso fue lo primero que me dijo cuando consiguió hablar conmigo a solas. ¡Qué hijo de la grandísima puta!, fue lo que opinó Eduardo Méndez cuando se lo conté. Me porté muy mal contigo, me muero de vergüenza cada vez que te veo, por favor, perdóname, dime que me perdonas... No se lo había puesto fácil. Le evitaba como a una plaga, una amenaza, un enemigo mortal, porque desde aquella mañana, en la cocina, cuando ni siquiera estaba segura de que la pobre Mari Carmen estuviera hablando de él, me pasaba una cosa muy rara, o no, rara no, que me volví tonta perdida, eso fue lo que me pasó, porque cuando le vi por primera vez, al fondo de un pasillo... El mismo vértigo, el mismo calor, la misma sensación de haberme quedado sin suelo debajo de los pies, todo igual que en General Mola, tan igual que me pareció mentira, que ni yo misma me lo podía creer. Y mira que me esforcé en acordarme de lo malo, que no era difícil, porque bueno no había habido casi nada. Mira que me esforcé en acordarme de aquella pista de baile, de lo mal que olían los sobacos de la gente, del daño que me hizo mientras me apretaba los pezones, de la sensación de frío, de desamparo, con la que me quedé después de que se corriera contra mi vestido de lunares, todo eso me obligaba a recordar a todas horas, que me había sentido igual que si me hubiera dejado desnuda en un charco de agua fría una mañana de invierno, así mismo, pero mi cabeza se puso en contra mía, mi memoria me declaró la guerra, mi imaginación se hizo fuerte en el olor de su cuerpo recién levantado, en su manera de rozar mi mejilla con la suya en el cuarto de su prima Pili, en aquel beso breve, tan dulce, que me dio antes de entrar en el baile. Eso era lo único de lo que me acordaba, y no quería, así que volvía una y otra vez a lo peor, que había sido casi todo, hasta que empezó a mirarme, a sonreírme de lejos, sin llamarme, sin hacerse el encontradizo, sin forzar las cosas hasta que un día, cuando volvía de leer para doña Aurora, me crucé con él por las escaleras del Sagrado Corazón y me saludó, buenas tardes, María, pronunciando mi nombre muy despacio, como si le doliera. Yo le devolví el saludo, buenas tardes, doctor, y bajé un peldaño, luego otro, y otro más, antes de escuchar que esperara un momento. Entonces me pidió perdón por primera vez. Llevaba más de un mes trabajando en Ciempozuelos. No sabía que le habían contratado sólo para medio año. Cuando se fue, sí sabía que estaba embarazada.

Yo era muy joven, rubia, era muy tonto, y muy torpe, y tú me gustabas mucho, pero tanto, tanto... La segunda vez lo hizo mucho mejor, anda, claro, porque aspiraba a llegar mucho más lejos. No sólo no volvió a llevarme a bailar, sino que me fue cebando poco a poco, y un día me acariciaba la cara un instante, como sin querer, cuando nos encontrábamos en un pasillo, y al otro me daba sólo los buenos días, y al otro me decía que estaba muy guapa, cosas así. No creas que no me he acordado de ti, he pensado muchas veces en dónde estarías, y hasta le pregunté a mi tía cuando volví a Madrid en Navidad, así me enteré de que estabas trabajando de auxiliar en un asilo, pero no imaginaba que te encontraría aquí... Tenía razón el doctor Méndez. Era un grandísimo hijo de puta y todo lo que me contaba era mentira, pero daba igual, porque me seguía derritiendo cuando lo tenía cerca, porque se me doblaban las piernas y se me encogía el estómago de puro vértigo cuando me decía esas cosas, aunque no quisiera, aunque no me las creyera, a pesar de todo y de que Rosarito me había contado que aquella Navidad, en vez de preguntar por mí, le había preguntado a ella si no le gustaría ir a bailar. Fue muy raro, no sé cómo explicarlo, fíjate, porque lo hizo todo muy mal pero muy bien a la vez, y me mentía, pero era como si supiera que yo sabía que me estaba mintiendo, como si eso tampoco importara mucho. Hace un día estupendo, ¿verdad?, hasta que una tarde de mayo me lo encontré en la puerta del obrador cuando terminaba mi turno, no me apetece nada volver a casa, ¿quieres que demos un paseo hasta la plaza? Podemos sentarnos en una terraza a tomar algo... Yo no le contesté, sabía que no tenía que contestarle, pero volvió a decirme que estaba muy arrepentido, que le daba mucha vergüenza lo que me había hecho, que si no iba a perdonarle nunca, y esto último me lo dijo casi al oído, pegando su cara a la mía, y volví a olerle, después de tanto tiempo, porque me habría gustado cerrar la nariz, pero como no se puede, primero le olí, y después le dije que bueno. Al día siguiente, en el manicomio no se hablaba de otra cosa, porque Mari Carmen nos vio juntos cuando volvía a su casa y se lo contó a todo el mundo. Y a partir de ahí, nada tuvo remedio.

Lo que fue mala suerte, pero mala de verdad, fue que me gustara tanto acostarme con Alfonso Molina. Porque a otras mujeres ni siquiera les hacía gracia, yo lo sabía, me lo habían contado las locas, que desde siempre les ha encantado hablar de ese tema y pregonarlo todo a los cuatro vientos, y me lo había contado Marisa, que cuando el doctor Fernández no la hizo caso, se arregló con uno de su pueblo y volvió de las vacaciones diciendo que era una cosa asquerosa, pero a mí me encantó, la verdad. A lo mejor, después de todo fue porque ya me lo sabía, porque doña Aurora me lo había explicado en el invernadero, con las plantas, y luego en su cuarto, con aquellas láminas de anatomía, el pene, la vulva, el clítoris, la penetración y lo demás. Nadie me había preparado para que me metieran mano en un baile de chachas, pero había aprendido qué era copular, como lo llamaba doña Aurora, con la misma naturalidad, la misma facilidad con la que me había apoderado del mecanismo del cálculo mental. No me daba miedo, no me hizo daño, que según Marisa hacía muchísimo, pero sobre todo me encantó, a mi cuerpo le encantó, nos gustó tanto que ni él ni yo encontramos la manera de parar a tiempo. Y después me acordé muchas veces de lo que había ido diciéndome a mí misma mientras volvía andando a General Mola desde el baile de Conde de Peñalver, aquello de que la próxima vez iba a ser mejor, porque lo de mejor se quedó muy corto, la verdad. Fue además completamente distinto, sin prisas, sin agobios, sin vergüenza y sin dolor, los dos desnudos en una cama y su lengua tan suave como si fuera otra, tan delicada como si se hubiera vuelto de terciopelo. Y las tonterías que se me ocurrían, madre mía, aquellas ideas que me nacían solas en el centro de la cabeza justo después de correrme, y que si yo he nacido para esto, y que si ahora ya podría morirme porque nunca me va a volver a pasar nada ni parecido, y que si con ningún otro hombre del mundo podría sentir lo que siento con él... Eso sí que me dio vergüenza después, ser tan tonta, y mira que el doctor Méndez intentó quitarme esas ideas de la cabeza, anda, claro, porque a él todo le parecía de lo más normal. Se llama enamorarse, María, me dijo, nos pasa a casi todos, y todos pensamos que lo estrenamos, que nadie en el mundo ha vivido lo mismo que nosotros, lo único es que tú has tenido mala suerte. Luego se quedó pensando, me miró. O no, me dijo, a lo mejor también la has tenido buena, eso nunca se sabe... Yo tampoco supe qué decirle, pero pensé para mí que lo que me había pasado era algo más, algo parecido a esos brotes que les dan a las esquizofrénicas. Porque en el verano de 1953 nunca tenía bastante, siempre quería más y no pensaba, eso fue lo peor, que dejé de pensar pero del todo, fíjate, que hasta doña Aurora se dio cuenta, que llevaba un montón de tiempo sin hablarme y una tarde se me quedó mirando, me mandó callar, y volvió a decirme aquello de que las mujeres se pierden por el sexo. Añadió que me estaba comportando como una tonta de remate, que ya ni me reconocía siquiera, y yo me eché a reír, pues anda, claro, porque aquel verano nada me

285

daba miedo y todo me hacía gracia, como si hubiera leído en alguna parte que iba a tener suerte durante el resto de mi vida, como si no pudiera pasarme nada malo, como si me hubiera vuelto inmortal, así mismo me sentía. Lo único que yo quería, lo único que me importaba, era que llegara la hora de la salida, irme a Madrid en el coche de Alfonso, subir hasta su piso por unas escaleras cochambrosas que a mí me parecían hasta bonitas, fíjate, y meterme en la cama con él, y ya no había más, no existía nada más que eso, una cama como un castillo, como un mundo, como un planeta entero. Ni siquiera se me ocurrió que aquello pudiera acabar como acabó, por eso pensé después que me había vuelto loca, que había tenido un brote, algo, no habría sabido cómo explicarlo... Dormimos todas las noches juntos, ¿no?, me decía a mí misma. Nos levantamos todas las mañanas de la misma cama, vamos juntos a trabajar, salimos a dar una vuelta al atardecer... Eso, en realidad, sólo pasó las dos primeras semanas. Después, aunque cuando estábamos juntos todo era igual de maravilloso que al principio, o mejor todavía, ya empezamos a separarnos dos o tres días a la semana, y él se fue a Santander, o eso me dijo, que se iba a Santander, un par de veces. Sin embargo, cuando volvía, se las arreglaba para acercarse a mí sin que nadie le viera, pegaba su mejilla a la mía, y me decía que me había echado mucho de menos, que se estaba muriendo de ganas, y yo me lo creía, claro, porque igual era hasta verdad, y si no lo era, lo parecía. Aunque medio manicomio sabía que estábamos liados, él siempre guardó las formas, por tu bien, decía, porque a nadie le importa nuestra vida. Y decía nuestra, no tu vida, no mi vida, y para mí eso ya era bastante. En fin, que cualquiera más lista que yo lo habría visto venir, pero lo que más rabia me dio después fue darme cuenta de que si alguien me hubiera anunciado, punto por punto, lo que iba a pasar, yo habría hecho exactamente lo mismo.

Si vienes a pedir dinero, te has equivocado. No voy a darte ni un céntimo, María... A primeros de septiembre, el doctor Molina se esfumó, volvió a desaparecer sin despedirse, sin avisar, sin dejar señas. Eso también fue igual que la primera vez. Y el muy canalla se fue justo a tiempo, porque había pensado decirle que estaba embarazada el último día que le vi. Esta noche no puedo verte, cariño, me dijo, porque me llamaba cariño y todo, pues anda, claro, se sabía de memoria el repertorio completo, el doctor Robles me ha invitado a cenar en su casa. Bueno, pues hasta mañana, le dije con mi sonrisa de boba. Él asintió con la cabeza, me sonrió, no añadió nada, y ya no le volví a ver. El tiempo siguió pasando, mis pechos se hincharon, mi cintura empezó a ensancharse, me daba asco el café con leche de por las mañanas y nadie sabía nada de Alfonso Molina, el médico sustituto que se había marchado sin dejar señas y no llamaba nunca, y no escribía a nadie, y era como si se lo hubiera tragado la tierra. Entonces se me ocurrió aquel disparate, aquella idea pésima, que no la he tenido peor en mi vida. Y lo malo no fue que me presentara en General Mola para decirle a doña Prudencia que su sobrino me había dejado embarazada, qué va, no fue eso. Lo malo fue que lo hice pensando que, si se enteraba, quizás volvería, que vendría por lo menos a verme, a hablar conmigo, a decirme que iba a hacerse cargo del niño. Eso fue lo peor de lo peor, que fui a ver a doña Prudencia con esperanzas o, mejor dicho, para poder seguir teniendo esperanzas.

Ella me escuchó en silencio, sin interrumpirme, manteniendo la compostura, aunque yo veía su cara cada vez más pálida, los labios apretados, hasta temblando un poco al final. Pensé que era por compasión, que se estaba apiadando de mí, que iba a ponerse de mi parte, fíjate si me habría vuelto tonta yo, pero tonta de remate, que doña Aurora tenía razón, anda que no. Porque cuando habló, lo único que me dijo fue que no iba a darme ni un céntimo. Le contesté que no quería dinero, que no había ido a verla para eso, que sólo quería contarle mi situación para que Alfonso se enterara. Y entonces hasta se rio un poco, una risita que sonó ¡ja!, como se ríen los personajes de los tebeos. ¡Ja!, me dijo, ¿y por qué? Eso me desconcertó, la verdad, porque yo creía que el porqué estaba muy claro. Pues porque él es el padre del niño, respondí, y volvió a reírse de la misma manera, ¡ja! Bueno, eso es lo que dices tú, pero si te has acostado con él, puedes haberte acostado con cualquier otro... Aquella respuesta me asombró tanto que no supe qué decir, pero doña Prudencia sí sabía. Mira, chica, me dijo, cuando una se comporta como una fresca, ¡ja!, por no decir como una puta, ¡ja!, tiene que apechugar con las consecuencias. Haberlo pensado antes. Después de decir eso, se recostó en la butaca, cruzó las piernas y respiró hondo, como si ya hubiera pasado lo peor. Yo desde luego no voy a decirle nada a mi sobrino, y menos ahora que está a punto de casarse. Y tú, si eres inteligente, estarás tan callada como yo. Vamos a hablar claro. Aunque me hayas dicho que no quieres dinero, estoy dispuesta a darte una cantidad... En ese momento, me levanté y me fui. Tiré la silla y todo, de lo mala que me puse, y corrí por el pasillo mientras ella me seguía, pero vuelve aquí, gritaba, ¿adónde te crees que vas? No lo sabía. Cerré de un portazo, bajé corriendo las escaleras y deseé con todas mis fuerzas caerme, hacerme daño en la tripa, perder al niño, porque me acordé de Fortunata, a destiempo pero me acordé, y me di cuenta de que no quería tener un hijo de aquel cabrón, de que no quería criarlo para que me lo quitara doña Prudencia.

—Bueno, pues... —el doctor Méndez abrió la puerta despacio, después de anunciarse con los nudillos—. No sé si os habéis dado cuenta, pero son las cinco de la mañana y los que quedamos nos vamos a la cama.

—¡Las cinco de la mañana! —me levanté como si aquella hora fuera un petardo que me hubiera estallado justo debajo del culo—. Pero...

—Pero no pasa nada —entonces me di cuenta de que llevaba dos colchas en el brazo—. Podéis quedaros aquí a dormir tranquilamente. Me temo que todas las camas están ocupadas, pero en el salón hay dos sofás, y con este, tres. Tenéis donde elegir.

Dejó las colchas en una butaca, se acercó a mí, me besó en una mejilla.

—Muchísimas gracias por venir, María —después en la otra—. Me ha hecho mucha ilusión verte por aquí.

—Gracias a ti por invitarme, Eduardo —correspondí—, me lo he pasado muy bien.

—¡Ah! O sea, que a él le llamas por su nombre y le tratas de tú...

—Sí —me volví hacia el doctor Velázquez, comprobé que sonreía y dije una barbaridad sin pensarla antes—. ¿Por qué lo dice, está celoso?

—Pues mira... —pero nuestro anfitrión no le dejó terminar de explicarse.

—Bueno, eso ya lo arregláis entre vosotros —Eduardo se echó a reír, se acercó al doctor Velázquez, le dio un abrazo, y se marchó.

—Vaya, vaya... —Germán volvió a sentarse en el sofá, dio una palmada en el asiento donde había estado sentada yo toda la noche, y vació en mi copa primero la botella de coñac, luego la de anís—. Pues eso sí que me lo vas a tener que explicar...

—No puedo beberme eso —pero me dio la risa—, de verdad.

—Claro que puedes —él también se rio.

—Pero es que no puedo contárselo, porque fue una cosa que pasó... Es de la vida privada de Eduardo, como si dijéramos —entonces me di cuenta de que podía entenderme mal—. Que no estuvimos liados ni nada, no vaya a pensar... —pero después comprendí que era imposible que me entendiera mal—. Ya, que usted ya sabe...

—¿Que a Eduardo le gustan los hombres? —se rio todavía con más ganas—. A ver, María, si acabamos de verlo tú y yo, aquí sentados. Y no lo sé por eso, sino porque me lo contó él mismo. Somos muy amigos.

—No sé, no sé... —me paré un momento a pensar y al final se lo conté, para no tener que contarle nada más—. Bueno, lo que pasó fue que un día se presentó un chico en el manicomio, a preguntar por él. No debía de haber nadie en la puerta, o dijo que venía a ver a un familiar, eso no lo sé, pero entró en San José como Pedro por su casa y yo fui la primera que lo vio. Me pidió que avisara a Eduardo Méndez de que Silvestre, el de Ventas, había venido a verle, y añadió que iba a sentarse en un banco y no pensaba levantarse hasta que apareciera. Yo acababa de ver al doctor Méndez y fui a buscarle como si tal cosa, claro, pero cuando le dije el nombre... Si se hubiera llamado Paco, o Juan, igual habría tardado más en reconocerlo, pero cuando escuchó el nombre de Silvestre se le puso la cara blanca como un papel. María, por favor, haz que se vaya, me dijo. Ya te lo explicaré después, pero, por favor, haz que se vaya, que no hable con nadie, dile que iré a verle esta misma tarde, que te diga dónde y a qué hora, pero que se vaya ahora, ya... Total, que me fui a ver al chico y yo no sé qué me pasó, fíjate, pero por la forma en la que estaba sentado, como echado para delante en el banco, con las piernas abiertas, adiviné lo que pasaba, que ya sé que parece una cosa muy rara, pero no era postura para estar en el banco de un hospital, no sé cómo explicarlo... —lo que no sabía explicar en realidad era que aquel chico estaba sentado como si quisiera que se le marcaran los huevos debajo del pantalón, pero el doctor Velázquez debió de entenderme, porque asintió con la cabeza—. Pues le dije que Eduardo no podía venir, que estaba muy ocupado. Y antes de que me diera tiempo a explicarle lo de la cita, me dijo que le daba igual lo que estuviera haciendo, que lo suyo era más importante, que le había prometido que no iba a dejarle tirado y que tenía que cumplirle, eso lo repitió varias veces, que tenía que cumplirle... Pues mira, le expliqué yo, este hospital es de las Hermanas Hospitalarias, ¿lo entiendes? Aquí mandan las monjas, ellas son las dueñas de todo, así que si no te vas ahora mismo, y se enteran de lo que estamos hablando, van a despedir al doctor Méndez y ya sí que no va a poder cumplirte nunca, porque se va a quedar en la calle. Eso sí lo entendió, pues anda, claro, no faltaba más. Se quedó callado y aproveché para decirle que Eduardo estaba dispuesto a verle por la tarde, donde quisiera y a la hora que dijera. Y se marchó. Y a mí no me había costado nada hacer eso, ya ve, pero él me lo agradeció tanto que un domingo me invitó a comer, nos liamos a hablar y... Así nos hicimos amigos el doctor Méndez y yo.

¿Qué te pasa, María? Tienes una cara espantosa. Al día siguiente de mi visita a General Mola, Eduardo fue el único que se dio cuenta de que me había pasado algo, el único que se interesó por mí. Nada, le dije, y como se me estaban saltando las lágrimas, me fui corriendo al dispensario, que era el único sitio que sabía yo que estaba vacío, porque no había llegado nadie a sustituir a Alfonso todavía y las enfermeras hacían la ronda a aquella hora. ¿Qué te pasa, María?, vino detrás de mí, se sentó a mi lado, me hizo la misma pregunta por segunda vez, y me pidió que se lo contara por favor, por favor. Al final, le conté la historia completa, desde el principio, porque se lo tenía que contar a alguien, porque no podía seguir estando callada, porque en un par de meses se me iba a empezar a notar y más me valía ir haciéndome a la idea. Él se quedó un instante pensando. ¡Qué hijo de la grandísima puta!, dijo después. Me di cuenta de que el insulto le había salido del alma, y eso me reconfortó tanto que, sin darme cuenta, dejé de llorar. Luego me pidió que fuera sincera. ¿Quieres tenerlo?, me preguntó, dime sólo sí o no. Fui sincera y contesté que no. Pues entonces no hagas nada, no hables con nadie. Voy a hacer unas gestiones, a ver si puedo arreglarlo, tú procura estar tranquila y espera a que te diga algo... Al día siguiente, me preguntó qué horario tenía aquella semana y me citó para el viernes a última hora de la tarde en una dirección de la calle Magdalena. Es la consulta de un amigo mío, me dijo, no te preocupes, todo va a salir bien, yo iré contigo en un taxi. Cuarenta y ocho horas más tarde, dejé de estar embarazada. El médico, que era mariquita y se le notaba un montón, pero muchísimo más que al doctor Méndez, fue muy amable, hasta cariñoso conmigo, fíjate. Me explicó que ya estaba arreglado, que habían elegido esa fecha porque sabían que al día siguiente libraba, que descansara el sábado todo lo que pudiera y que volviera a verle tres días después. Cuando salimos a la calle, Eduardo me preguntó cómo me encontraba, y ya no me pidió que fuera sincera, pero volví a decirle la verdad. Me encuentro muy bien, le dije, porque ya no tenía miedo, porque ya no sentía angustia, porque me sentía igual que si acabara de estrenarme a mí misma. Hacía menos de un mes que había cumplido veintiún años y de repente me lo creía, me creí que volvía a tener la vida entera por delante y que Alfonso Molina nunca estaría en ella. No sé cómo voy a agradecerte esto, le dije, y él me respondió que sí lo sabía. No te sientas culpable, María, así es como quiero que me lo agradezcas. No les des esa satisfacción a esos hijos de puta. Me invitó a tomar algo, y me contó que cuando era un crío le habían intentado arreglar dándole electrochoques, descargas eléctricas en los testículos mientras le ponían fotos de hombres desnudos delante, y otras cosas horribles. Así que, cuando me daba por pensar que era una bruta, porque no tenía ganas de llorar, y una mala persona, porque no estaba arrepentida, y una insensible, porque no me deprimí y comía con apetito, me acordaba de las pinzas en los huevos de Eduardo y se me pasaba enseguida. Tres días más tarde ya había dejado de manchar. Su amigo me dijo que estaba muy bien, me explicó que podría tener hijos cuando quisiera, y me regañó por haberle llevado una caja de bombones, aunque empezó a comérselos allí mismo, que ya me imaginaba yo que le iban a gustar porque estaba bastante gordito. Por eso le conté al doctor Velázquez aquella noche lo de Silvestre el de Ventas, porque no me atreví a contarle lo de la calle Magdalena.

—Te estás cayendo de sueño —me dijo cuando me vio bostezar tres veces seguidas.

—Claro, me has tenido toda la noche hablando...

Esa fue la primera vez que le tuteé y ni siquiera decidí hacerlo. Él se levantó para que pudiera tumbarme en el sofá, me preguntó si estaba cómoda y le respondí que sí, porque el sofá era muy mullido, la verdad, pero además es que me quedé medio frita en cuanto que apoyé la cabeza en un cojín.

Antes de dormirme del todo, me di cuenta de que me estaba tapando con una colcha. Después se fue con el cenicero en la mano, volvió y me besó en la sien. De lo que sí me arrepentí fue de haberme puesto de lado, fíjate, porque pensé que, si hubiera estado boca arriba, me habría besado en los labios.

A la mañana siguiente, tenía una resaca espantosa y ya no estaba tan segura.

¡Ay, si ya lo sabía yo! Si siempre he sabido que no soy una mujer como las demás, que yo soy de otra época que sólo puede ser el futuro. Lo sabía, desde pequeñita lo he sabido, pero este regalo, esta oportunidad después de tanto tiempo, eso sí que no me lo esperaba. Y ahora tengo que estar más en guardia que nunca, no puedo descuidarme ni un segundo, nadie tiene que saberlo, y las monjas menos que nadie, porque a saber de lo que serían esas capaces si se enteraran, no quiero ni pensarlo... A él se lo tendré que contar, claro, pero a su debido tiempo. De momento se alegra mucho de verme tan contenta, pero piensa que es por el verano, porque ahora salimos al jardín todos los días, y a veces hasta comemos en la glorieta lo que trae María, que no será muy lista, pero cocina muy bien, que eso sí que no me lo figuraba yo. El gazpacho le sale muy rico y los filetes empanados todavía mejor, porque los hace al revés, primero el pan rallado y luego el huevo, y le quedan blanditos, jugosos, yo nunca los había comido así, claro que... Pero, espera un momento, Aurora, párate a pensar, a ver si la tonta del bote va a acabar echándolo todo a perder. Siempre se ha dicho que a los hombres se les conquista por el estómago, pero no creo yo que Germán, siendo un ser superior... Porque es un hombre poderoso, cada vez estoy más segura de eso, es especial, como yo, por eso es tan importante para mis planes. Él todavía no lo sabe, claro, y por eso tontea tanto con la otra, aunque sólo le sonríe, no la toca, que me he fijado muy bien en todo, pues buena soy yo para pasar algo por alto. El otro día les regañé para que lo sepan, para que se den cuenta de que a mí no me engaña nadie, les dije que ya estaba bien de tontería, y ella se rio como la boba que es, hay que ver, con lo lista que era esta chica de pequeña, pero él me hizo caso y se puso serio. Claro que, en realidad, ¿a mí qué más me da? Que tonteen todo lo que quieran, si yo, con un par de ratos sueltos voy a tener bastante. Y luego, cuando Germán haya cumplido su misión, podré modificar al fin el destino de la Humanidad, que es para lo que he nacido yo, para fundar una nueva sociedad. Sólo por eso, para eso, he venido a esta época desde el futuro. Durante toda mi vida me he preguntado qué pintaba yo aquí y nunca he encontrado otra explicación, lo que no me podía imaginar era que mi momento no había llegado todavía. ¡Y ya nadie podrá hacerme burla, como antes! ¿Y usted solita iba a arreglar el mundo, doña Aurora? Cuando llegué aquí, las monjas se reían de mí, se reían los médicos, los mozos, y eso que yo era amable con todos, que hasta iba a misa y comulgaba sin creer en ningún dios, como no creo, para caerles en gracia. Hasta versos les escribía, y mira cómo me lo pagaron, igual que cuando estuve en la cárcel, aquella vez que vino a actuar un grupo folclórico de Galicia, que estaba clarísimo que habían venido por mí, que soy gallega, para hacerme un homenaje, y las funcionarias se partieron de risa cuando se lo dije, si serían imbéciles, ignorantes, unas animales, eso es lo que eran, y que los animales me perdonen la comparación. Pero ahora todo será distinto. Ya nadie pensará que estoy loca, las naciones se pondrán a mis pies, mis enemigos comprenderán que he derrotado sus prejuicios, su crueldad, sus asquerosas maquinaciones... Esta segunda juventud que estoy viviendo es una ocasión de oro para mí, pero sobre todo, para el género humano. Porque no cometeré los errores del pasado, no me gastaré el dinero en comprar fincas donde instalar mis comunidades, no pagaré a colonos para que vivan de acuerdo con las nuevas reglas, todo eso fue fruto de mi debilidad de entonces, de mi juventud biológica, una juventud inmadura, irreflexiva, prematura, no como la de ahora. Hildegart fue fruto de aquel ensayo, de ahí sus defectos, la imperfección de un simple boceto. No conseguí ni de lejos lo que ambicionaba, pero aquel prototipo bastó para que todos se arrodillaran a sus pies y babearan de admiración ante ella, ignorándome a mí. No comprendieron que mi hija era como una pared blanca que refleja la luz del sol, un simple fenómeno óptico que sólo engañaría a un niño pequeño. Por eso me merezco esta oportunidad. Y cuando el mundo sepa de lo que he sido capaz, dejaré de ser un chiste, una loca, una enferma, para tomar posesión del poder que merezco, el que siempre le han negado a mi inteligencia, a mi ambición, a mi talento. Con ese horizonte, ¿qué más me da que Germán tontee con la tonta del bote? Que se case con ella si quiere, aunque... No, no, no, Aurora, no te confíes y piensa, tienes que pensar muy bien. Porque quien lo haya mandado, no lo ha hecho para que se case con una chica vulgar, eso no puede ser, quien lo haya mandado, lo ha traído hasta mí para que esté a mi lado, para que me acompañe en un proceso transcendental para el destino de la Humanidad. Así tiene que ser. Pero espera un momento, porque... ¿Y si no lo hubiera mandado nadie? Eso nunca se me había ocurrido, y sin embargo... ¿Puede ser que haya venido a mí por su cuenta? Es como mi alma gemela, desde luego, mi inteligencia complementaria, y a lo mejor lo sabe, lo ha sabido todo desde el principio, y si se enteró de que yo estaba aquí, pues... Igual no lo han mandado los ingleses, ni los rusos. Y si ha venido para cumplir su misión por su propia voluntad, tiene que saber lo que estoy pensando, estará al corriente de mis planes, ¿no?, y entonces... ¡Ay! Tengo que pensar todo esto bien, muy bien, porque ese detalle puede cambiarlo todo, para mejor, desde luego, pero de todas formas... Me va a doler la cabeza, estoy viendo venir que va a dolerme muchísimo la cabeza, y no me conviene. Ahora debería descansar, dormir un poco para fortalecerme, estar relajada para ayudar a mi organismo. Lamarck tenía razón, la función crea el órgano, eso es exactamente lo que me está pasando, que mi mente, mi voluntad, están cambiando mi cuerpo, creando el órgano que necesito para hacerlo funcionar, pero claro, estoy tan cansada como la primera vez, o más todavía, porque este rejuvenecimiento, a mi edad... No sé, a lo mejor me estoy precipitando. Con los dolores no me confundo, desde luego, todavía los recuerdo como si los hubiera padecido ayer, pero hasta que llegue el momento, debería estar más tranquila. Si me altero, puedo llegar a retrasarlo, y eso es lo último que me interesa. Ya habrá tiempo para pensar, y para tomar decisiones, más adelante. Primero, que el organismo actúe. Luego, ya veremos.

Después de comer, doña Aurora me pidió que la acompañara a su habitación.

—Venga conmigo, Germán —sus ojos relucieron de pronto como los de un gato goloso—. Si puede concederme unos minutos, me gustaría que habláramos de un asuntillo. No voy a entretenerle demasiado, que ya sé que tiene usted mucho que hacer, a ver, un hombre tan importante...

Nunca la había escuchado hablar así, en el tono impostado, sobreactuado, de una actriz madura que hace un papel secundario en un sainete. Sólo eché de menos el colorete y los collares de bisutería mientras me sonreía con un gesto que, si no me hubiera parecido absurdo, me habría atrevido a describir incluso como coqueto. Era, en cualquier caso, tan inédito en aquel rostro como la velocidad a la que movía las pestañas, la languidez del brazo que extendió lentamente para señalarme un camino que los dos conocíamos de sobra. Su actitud me inquietó, porque jamás, ni en 1933 ni después, la había visto en el trance de pretender seducir a nadie, y aunque no tenía sentido, eso fue lo que me sugirió su voz, sus movimientos. Hasta hacía muy poco tiempo, siempre había sabido interpretarla. Aquel día, ni siquiera entendí por qué había escogido un tono tan desagradable para dirigirse a su antigua alumna, su lectora, los ojos que miraban el jardín por ella.

—Tú no vengas, chica, que eres muy pesada, todo el día siguiéndonos como un perrito, qué barbaridad.

Hasta ese momento, siempre habíamos sido tres. Aunque en los últimos tiempos doña Aurora no se había portado bien con María, nunca había llegado a usar la primera persona del plural para excluirla. Ella se dio cuenta, me dirigió una mirada de asombro que no ocultaba que esas palabras le habían dolido, y en el silencio inmóvil que ambos compartimos, doña Aurora se arrepintió a medias de su sequedad.

—Que estaba muy buena la comida, ¿eh? —y volvió a ser la de siempre, a hablar con su propia voz, dura, casi áspera—. No creas que no te lo agradezco.

El 10 de septiembre de 1955, María Castejón había cumplido veintitrés años, y nos había invitado a comer para celebrarlo. Ella misma había hecho la comida, gazpacho y filetes empanados, el menú favorito de aquella ingrata.

En primavera, nos había dicho que le gustaría comer al aire libre y María se ofreció a llevarle a la glorieta el menú que se sirviera cada día a las internas de primera clase. Temí que las otras enfermas se quejaran, pero hacía muchos años que doña Aurora no salía de su habitación y estaban acostumbradas a no verla en el comedor. María, que era quien habitualmente subía su bandeja al segundo piso del Sagrado Corazón, fue muy discreta. Mi paciente disfrutó mucho de una nueva costumbre que sólo terminó con la llegada del calor africano que nadie más que yo apreciaba. En julio, cuando Robles se fue de vacaciones, cambiamos el horario de nuestras salidas al jardín a primera hora de la mañana. Entonces se reveló una virtud que la nieta del jardinero había mantenido oculta. Le gustaba cocinar, lo hacía muy bien, y cada dos por tres aparecía con un bizcocho, unas magdalenas o una tarta que se acababan muy deprisa, porque a doña Aurora le gustaban mucho los dulces.

—Pero no le conviene ganar peso —yo intentaba moderarla sin resultado—. Ahora que se mueve usted tan bien, tendría que tener más cuidado.

—Ya, ya sé, pero está tan rica... —tendía el plato para que

la cocinera le sirviera otro trozo—. ¿Qué quiere que haga, Germán? Para dos días que me quedan...

Después, a mediados de agosto, algo cambió. El clima ideal del verano tranquilo, placentero, incluso alegre, que ella había contribuido a sostener con su humor y su buen apetito se fue tensando poco a poco, para nublarse antes que los cielos de septiembre. La transformación de doña Aurora obedeció al patrón de su propio carácter, tan caprichoso, tan voluble que a menudo su ánimo cambiaba más de una vez, en direcciones opuestas, en el plazo de una hora. No fui capaz de desentrañar aquel fenómeno pero distinguí en el estado de mi paciente ciertos rasgos constantes, que se repetían en cada mudanza.

Cuando el calor empezó a apretar, ella misma sugirió que abandonáramos la glorieta y nos trasladáramos a un emparrado que estaba muy cerca del huerto. En uno de esos alardes de lucidez que seguían asombrándome, reconoció que allí nos picarían más los mosquitos, pero insistió en que estaríamos mucho más frescos porque el huerto se regaba a primera hora de la mañana. Antes de trasladarnos, estuvo un rato hablando con María y las dos decidieron poner sobre la mesa dos macetas, una de lavanda y otra de romero, para ahuyentar a los insectos. A la mañana siguiente, cuando las vio, se puso muy contenta. Comentó que íbamos a estar muy a gusto, nos contó que el calor no la había dejado dormir, y no hizo ni dijo nada que enturbiara nuestra armonía. María siguió leyendo algunos días, contando historias otros, llevando algún dulce casi siempre, y después de una larga temporada de serenidad, se produjo el primer episodio de una serie que se repetiría con cierta frecuencia a lo largo de un mes.

—¿Quiere un poco más, doña Aurora?

Porque aquella mañana no quiso repetir. Sin dejar de mirar a la repostera, se quedó callada, frunció los ojos, apretó los puños y se convirtió en una versión de sí misma que hacía mucho tiempo que no veíamos.

—Por supuesto que no. ¿Tú qué quieres, que engorde? ¿Crees que así te vas a salir con la tuya? —entonces se giró hacia mí con un brillo de astucia en los ojos—. Tenemos que hacer algo. Esto no puede seguir así.

—¿Algo? —le pregunté en un tono precavido—. ¿Con qué?

No me contestó. Permaneció en silencio, el gesto cada vez más crispado, golpeándose los muslos con los puños cerrados a un ritmo que sólo ella escuchaba mientras respiraba sonoramente por la nariz, como un toro furioso. Hasta que se levantó, arrancó las plantas de las macetas, las tiró al suelo y las pisoteó.

—¡Me dan alergia! —gritaba mientras tanto—. Tú lo sabes, sabes que me dan alergia, las trajiste para mortificarme, para que se me llenara la piel de ronchas... ¡Ah, pero te he descubierto! No vas a acabar conmigo, eso ni lo sueñes. Porque eres mala, pero eres más tonta todavía, tonta y mala, y además fea, eres muy fea, no sé si lo sabes, ¡una mujer horrible!

No estábamos preparados para aquel estallido y no supimos atajarlo a tiempo, pero antes de que se hiciera daño a sí misma, la sujeté y me la llevé del emparrado. Le propuse dar un paseo pero me dijo que no, que se quería ir a su cuarto. Cuando la acompañé hasta allí, cerró la puerta después de entrar sin decirme adiós. Al día siguiente, fui a verla y me dijo que llegaba tarde, que tendríamos que bajar al jardín enseguida si no queríamos asarnos de calor. La acompañé hasta el emparrado y, antes de sentarse, miró a su alrededor con un gesto de extrañeza.

—¿Y la chica? ¿No viene hoy?

La miré con atención y comprendí que había decidido comportarse como si no recordara lo que había pasado la mañana anterior.

—¿Quiere que vaya a buscarla?

—Claro. Que venga. Yo no entiendo lo que le pasa a esa boba, que se ahoga en un vaso de agua.

—Pues no lo sé, pero me imagino que ha supuesto que usted

no querría verla, porque ayer se enfadó mucho con ella. La llamó tonta, ¿se acuerda? Le dijo que era mala y muy fea.

—Y a usted no le parece fea... —me miró de través, sin lograr reprimir un destello de su vieja, conocida astucia.

—No es que no me lo parezca a mí, doña Aurora —esbocé una sonrisa cautelosa—. Es que María no es fea. Es bastante guapa. Estoy seguro de que eso es lo que le diría todo el mundo.

—Bueno, los gustos, ya se sabe, los hay para todos los colores —me miró un instante, sonrió y apartó la vista—. Pero, por lo demás... ¡A cualquier cosa le llama usted enfadarse!

La transformación que estaba teniendo lugar en mi paciente era tan compleja que no fui capaz de descifrarla antes de que ella pusiera sus cartas boca arriba. Sin embargo, descubrí muy pronto que la presencia de María se había convertido en un conflicto para ella. No estaba dispuesta a renunciar al jardín, a los dulces, a los paseos, la situación que, en definitiva, la había convertido en la paciente más mimada del manicomio después de quince años de abandono. Expulsar a María, el hada de las tartas, la contadora de historias, los ojos de repuesto que miraban el mundo que los suyos ya no veían bien, habría supuesto el fin de sus privilegios. No sólo porque yo podría enfadarme sino porque además, y sobre todo, ninguna hermana, ninguna enfermera, ninguna otra auxiliar habría sido tan paciente, mucho menos tan cariñosa, con ella como la nieta del jardinero. Descontando a Margarita, que seguía insistiendo en que antes eran muy amigas aunque mi paciente no dejara pasar la ocasión de desairarla, María y yo éramos las dos únicas personas de Ciempozuelos que le teníamos cariño a Aurora Rodríguez Carballeira y aún más. Éramos las únicas que la aguantábamos en una comunidad donde tenía una mala fama, de asesina, de egoísta, de altiva, de soberbia, que se había ganado a pulso. Era demasiado inteligente para no estar al corriente de todo esto, pero los primeros indicios del cambio que se estaba operando en su interior tuvieron que ver con la chica, como solía llamarla, y no porque la tratara con desdén. Eso sólo sucedía algunas veces, siempre en días tranquilos. En otros, que se fueron haciendo más frecuentes, empezaba por quedarse callada, en una actitud que parecía más relacionada con la introspección que con la ausencia. Se estudiaba por dentro, reparaba en algo que nosotros ignorábamos, y se volvía furiosamente contra María, aunque a veces repartía su violencia entre los dos o la volcaba en exclusiva sobre mí.

—Ya está bien de tontería, ¿no?

Cuando me lo dijo, me miraba como si estuviera en deuda con ella. Todavía no había pisoteado las plantas, pero advertí que la temperatura de su hostilidad había subido varios grados. Su rabia era sincera, caliente, muy distinta de la artificiosa frialdad que me indujo a adivinar que al principio me consideraba un agente enemigo.

—Debería darle vergüenza, Germán, un hombre hecho y derecho, perdiendo el tiempo con esas bobadas de colegiala.

Aquella mañana, mientras ella parecía dormitar después de haberse comido casi media tarta de limón, María me anunció que tenía algo para mí. Quince días después de amanecer en el sofá de Eduardo, había vuelto a Madrid para pasar el día con Rosarito, que quería darle en mano la invitación de su boda y contarle cómo era la casa que su novio había conseguido alquilar por fin a un conocido de un tío suyo, en el pueblo de Vallecas.

—Es muy pequeña, no se vaya a figurar, porque antes ni siquiera era una casa, sino el establo de los animales, que se conoce que el dueño ya no tiene ganado y ha decidido sacarle un dinero. Pero, bueno, con lo difícil que está la vivienda en Madrid, están contentísimos, pues anda, claro, no es para menos. Y van a tener que arreglarla ellos mismos, fíjese, porque no les da el dinero para albañiles, pero encontrar un alquiler que puedan pagar... Llevaban más de un año buscando y yo creía que no iban a encontrar nunca, así que me alegro mucho por ella, de verdad se lo digo. Pero ayer, por chincharla un poco, le dije, hay que ver, Rosarito, lo malo es que ahora ya no vas a poder ir al Retiro, con lo que te gusta... Ella me dijo que para qué quería el Retiro si iba a vivir en medio del campo, y se echó a reír, pero luego se dio una palmada en la frente, se fue corriendo a su cuarto y me trajo esto —se sacó una fotografía del bolsillo y me la tendió—. Nos la hizo un hombre de esos que se ponen en el parque con una cámara de las antiguas, que esconden la cabeza debajo de una tela, y todo. Antonio pagó dos copias, pero a su novia se le olvidó darme la mía, la guardó, y no se acordó hasta ayer. Mire, esta es ella, ¿ve? Y esta soy yo, claro. Se la he traído porque como le interesa tanto mi vida...

Era una foto pequeña, en blanco y negro, con la verja del estanque del Retiro al fondo. En primer plano, de cuerpo entero, posaban dos muchachas con uniforme de criadas, una bata de color claro, rosa o azul celeste, imaginé, y un delantal blanco con peto, rematado con unas ondas. La de la izquierda era una versión aún más juvenil de María Castejón, casi una niña de cara mullida, redonda, que sonreía de frente al objetivo. A la derecha posaba de perfil, con un punto de sofisticación postiza, aprendida, una chica algo mayor, con el pelo muy rizado, los ojos saltones y la cara larga como la de un caballo. Su cuerpo no era más atractivo que su rostro.

—Pues desde luego no resulta mucho —comenté, mientras las comparaba con mirada de soldado en tarde de permiso—. Y está un poco jorobada, ¿no?

—¡Ay, no diga eso, doctor Velázquez! —María se echó a reír—. A veces sí que anda un poco encorvada, como cargada de hombros, pero jorobada no es, pobrecita. Es que aquí estaba intentando posar como las de las revistas, y no le salió bien.

—Vale —sonreí—, retiro la joroba. Pero creía que lo de llamarme doctor Velázquez ya lo habíamos superado.

—Bueno, pues Germán.

—Y de tú. Tienes que llamarme igual que a Eduardo, que si no, me enfado, ya lo sabes.

En ese momento, doña Aurora inclinó un poco la cabeza hacia delante y abrió los ojos para dirigirme una mirada escandalizada. Un segundo después, estalló. Y si hubiera sido capaz de adivinar lo que tenía en la cabeza, me habría fiado de mi instinto, de mi experiencia, de mis ojos y mis oídos, porque la única explicación que se me ocurrió en aquel momento para justificar que me hablara en ese tono fue que estaba celosa. Como aún no sabía los planes que tenía para mí, no concedí el menor crédito a un diagnóstico que me pareció un disparate, y sin embargo me di cuenta de que, si no fueran imposibles, los celos de mi paciente tendrían fundamento.

Mi casa no estaba lejos de la de Eduardo pero cuando me metí en la cama, al amanecer ya del 15 de julio de 1955, miré el reloj y comprobé que eran las siete menos cuarto. Tenía la impresión de haber salido de la plaza de San Ildefonso casi una hora antes, y no entendí cómo había podido tardar tanto en llegar. Luego me pregunté por qué tardaba en dormirme, si llevaba casi veinticuatro horas despierto, pero antes de encontrar una respuesta ya había empezado a deslizarme por un tobogán de nubes espumosas que me precipitó en un sueño compacto, dulce, del que desperté saciado y con ganas de más al mismo tiempo. Mi reloj decía que era la una y diez de la tarde. Qué tontería, pensé, si es domingo, y me di la vuelta en la cama para seguir durmiendo, con una sensación de placer tan profunda que sentí su tibieza en la piel de todo el cuerpo, aunque se concentró en mi paladar como si fuera un sabor exquisito. No me lo había inventado. Era un sabor real, e intenté averiguar a qué alimento pertenecía mientras me dejaba atontar por el sueño, pero no lo conseguí. Con la última hebra de lucidez, me extrañé de haberme despertado tan pronto y todo se echó a perder en un segundo.

—¡Hostia! —exclamé, aunque nadie podía escucharme—. Hostia, hostia, hostia...

España no era Suiza, y la hermana de Pastora no tenía teléfono. Me obligué a levantarme, a ducharme, a vestirme, con la sensación de que me estaba torturando a mí mismo. Todavía no había terminado de pensarlo cuando la cabeza empezó a dolerme como si quisiera darme la razón. Entre salir en ayunas y ser puntual, escogí un café con leche en el bar de abajo. Antes de que me lo pusieran, miré el mostrador y se me antojó un pincho de tortilla, pero no me atreví a retrasarme más. Cuando un taxi me depositó ante la puerta del Monumental, no pasaban ni diez minutos de las dos, la hora de mi cita de todos los domingos.

Hasta aquel momento, siempre sabría muy bien lo que pasó. Podría reconstruir una secuencia de acciones concretas, exactas, vinculadas con el tiempo que marcan los relojes y avanza por las casillas de los calendarios. Pero al cerrar la puerta de aquel taxi, antes incluso de mirar a Pastora, recordé un tazón relleno de una deliciosa crema de tono amarillo pálido, símbolo y promesa de la felicidad. Ina, la tata de mi infancia, la primera mujer que me abandonó cuando decidió casarse con otro a mis diez años, batía durante mucho tiempo una yema de huevo con azúcar hasta lograr disolver por completo los granos blancos en una pasta clara, de aspecto casi gelatinoso, que brillaba bajo la luz como si fuera de oro. Era mi postre favorito. Me gustaba tanto que hasta me dolía tener que comérmelo, no poder conservarlo durante más tiempo. Sabía que en el instante en que hundiera la cuchara en el cuenco por primera vez, empezaría a terminarse, pero no podía esperar porque el paso del tiempo deshacía el milagro del tenedor de Ina, y el azúcar volvía a convertirse en azúcar, la yema en una baba cruda, sin gracia. El placer incluía la semilla de la pérdida, pero esa perspectiva, lejos de debilitarlo, lo hacía más intenso.

Hacía muchos años que no había pasado nada en mi vida que me devolviera el sabor de las yemas batidas con azúcar. Aquella mañana, sin embargo, su recuerdo me lo explicó todo.

—Hola —me acerqué a Pastora, la besé en la mejilla y extrañé el contacto de su piel en mis labios—. Siento el retraso.

Nos miramos un instante, en silencio, como dos pistoleros

que se miden a distancia antes de un duelo, y aquel mínimo plazo acogió con holgura toda la realidad. María Castejón era una yema batida con azúcar, un prodigio difícil, dulcísimo y extraño. A eso sabían sus palabras, aquellas historias pequeñas, tan insignificantes en apariencia, que habían tenido el poder de levantar sobre un sofá los muros de un castillo invisible, poderoso, con los ladrillos transparentes de una flamante intimidad. La voz de María, que había detenido el tiempo entre la plaza de San Ildefonso y la calle Hilarión Eslava, volvió a sonar en mis oídos, llenó mi cabeza de imágenes vulgares, preciosas, un polibán, unos zapatos con suela de corcho, un salón parroquial donde echaban películas de vaqueros los domingos, mientras miraba a Pastora e intentaba pensar como Eduardo Méndez.

Vamos a ver, Germán, has encontrado una viuda con ganas de follar y que además está buena, pero ¿qué más quieres? Ahora os vais a comer, que total, un pincho de tortilla te lo ponen en cualquier sitio, y luego ya sabes, dos polvos en una hora, tan a gusto, y a otra cosa. Te vuelves a tu casa, te metes en la cama, y a pensar en María o en lo que te dé la gana. Pero no desperdicies esta ocasión porque no vas a tener otra, ya lo sabes. Si no follas con Pastora, ¿con quién te crees que vas a follar? Que ahora vives en España, y aquí las cosas son como son. ¿Y lo vas a echar todo a perder por una cosa que ni siquiera sabes lo que es, cómo se llama? ¿Porque anoche te lo pasaste muy bien escuchando las historias de una auxiliar de enfermería, a la que sólo conoces de verla en el manicomio? Y cuando se acaben las historias, ¿qué? Anda, anda, llévate a esta a la cama y deja de pensar gilipolleces...

—Hoy no puedo quedarme, Pastora —tú no eres un mariconazo de mierda, Eduardo, pensé, pero yo sí lo soy—. Me han puesto una guardia a traición. He venido a decírtelo, lo siento mucho.

Ella me miró como si no se creyera ni una palabra. Luego bajó la vista, la desvió hacia los peatones que subían por la calle

Atocha y casi pude escuchar el ruido de los engranajes que se habían puesto en funcionamiento dentro de su cabeza. Estaba sumando y restando, igual que había hecho yo antes, pero eso no me afectó tanto como descubrir que su poder sobre mí había desaparecido. Cuando la conocí, me había atraído porque era una mujer rara, que no era guapa, sino algo mejor, distinto. Después, mi hermana Rita me había comentado que a veces, según el día y cómo le diera la luz, parecía hasta fea, pero yo nunca la había visto así. Aquella mañana, mientras decidía qué hacer conmigo en la puerta del Monumental, me pareció una mujer corriente, ni guapa ni fea, una como tantas.

—No pasa nada —dijo por fin, sonriendo un poco—. Nos vemos otro día.

Pero sigue estando buenísima. La voz de Eduardo suplantó a la de María para atacarme de frente y le di la razón, aunque no me lo creí del todo. Porque mientras miraba el traje de chaqueta gris, la blusa blanca, el pañuelo estampado que cubría la cabeza de aquella mujer, podía verla desnuda, con el pelo suelto, la cintura estrecha, las caderas redondas, las piernas abiertas. Era una imagen hermosa que de repente estaba lejos. Debería transmitir calor, pero apenas logró templar mi imaginación. No me pertenecía, no tenía que ver conmigo, y sin embargo seguía existiendo, estaba ahí, al alcance de mi mano. Así descubrí que era más sensible a las razones de Eduardo de lo que había creído al principio.

—Podemos tomar algo, si quieres —miré el reloj como si no supiera qué hora era—. Todavía tengo un rato...

—No —sonrió un poco más, abrió el bolso y buscó algo dentro—. Toma —era una tarjeta del taller de reparación de medias Chelito—. No me gusta que me llamen a la pensión, pero puedes llamarme al trabajo cualquier día, a la hora de comer —me dio la tarjeta, se acercó a mí, me besó en la mejilla—. De dos a tres que, si no, la jefa se enfada.

—Muy bien —saqué la cartera del bolsillo, guardé la tarjeta dentro y, cuando volví a mirar hacia delante, no la vi—. Te llamaré —grité, cuando me di cuenta de que ya había empezado a subir la cuesta.

Se volvió un instante, me miró y siguió andando, tic toc, tic toc, tic toc, el mismo ritmo que me había vuelto loco ocho meses antes. Cuando la perdí de vista, sentí un impreciso pinchazo de tristeza que no llegó a la frontera del arrepentimiento. Tampoco sobrevivió a las escaleras del metro, y aunque intentó resucitar ante el pincho que el camarero de mi bar favorito puso sobre el mostrador, se extinguió en el primer bocado. La tortilla de patatas estaba tan rica como siempre, pero nada, nunca, podría competir con la yema batida con azúcar de mi infancia. Pastora lo había leído en mi cara. Se había dado cuenta antes que yo.

Al día siguiente, cuando nos encontramos en la esquina donde nos recogían todas las mañanas, Eduardo sonrió al verme.

—Tenemos que hablar, pero ahora no —me dijo justo en el instante en que Arsenio paró su coche delante de nosotros—. Esta tarde, mejor.

Cuando llegamos a Ciempozuelos, me encontré con que doña Aurora no quería salir al jardín.

—He ido a verla y me ha dicho que le dolía un poco el vientre, que prefería seguir en la cama —María me informó en el tono objetivo, profesional, de cualquier otro día—. Yo no sé qué será, supongo que habrá comido algo que le habrá sentado mal.

Me limité a asentir con la cabeza y ella me miró, sonrió y se puso colorada al mismo tiempo.

—Yo no estoy mucho mejor, no crea. Todavía me dura la resaca —se echó a reír y me reí con ella—. Voy a ver si me tomo una aspirina o algo...

Seguí sonriendo porque no me atrevía a decir nada, como si tuviera miedo de aquella chica tan joven, con la que había trabajado sin ningún problema desde hacía más de un año. En realidad, lo que temía era cometer un error, dar un mal paso que deshiciera el hechizo, y que el azúcar volviera a ser sólo azúcar, la yema una baba cruda, sosa, antes de probarla. A ella debió de pasarle algo parecido, porque sin dejar tampoco de sonreír, se dio la vuelta para marcharse. Cuando no había avanzado ni tres pasos, se giró, me miró y me dijo adiós con la mano. No volví a verla aquel día porque no la busqué. En el corazón del placer no había brotado aún la semilla de la pérdida.

—Es una chica muy especial, y aunque sea tan joven, tiene una historia difícil.

Aquella tarde, cuando nos pusieron la primera cerveza, Eduardo, que solía bromear acerca de los asuntos más graves, se puso serio. A medida que su discurso avanzaba, siempre a trompicones, me di cuenta de que además estaba preocupado. No fui capaz de adivinar el motivo hasta que llegó al final.

—¿Te acuerdas que te lo dije cuando te dio por perseguirla por los pasillos? Ella... Bueno, hace un par de años se enamoró perdidamente del médico general del manicomio, uno que había venido a Ciempozuelos a hacer una sustitución. Estuvo aquí sólo unos meses, pero se conocían de antes, de cuando María estuvo sirviendo en una casa... ¿Eso lo sabes?

—Que estuvo sirviendo, sí —me pareció que aquella caña tenía un sabor raro—. Lo otro no.

—Pues es raro que no te lo haya contado nadie, porque fue un pedazo de escándalo. Él era un cabrón. Guapísimo, eso sí, un hombre espectacular, lo reconozco, pero el típico señorito hijo de puta, y ella... —chasqueó los labios como si tampoco estuviera disfrutando del sabor de su caña—. Ella tenía veinte años y no sé lo que le prometería él, pero se lo creyó todo, se entregó del todo, y la cosa no fue a mayores porque yo me enteré a tiempo, que si no... —hizo una pausa para mirarme, pero comprobó que le había entendido—. Total, lo de siempre, que él se marchó a no sé dónde, a casarse con su novia formal vestida de blanco ante el altar, y María no volvió a tener noticias suyas, nosotros tampoco, a Dios gracias. Al final no pasó nada, pero alguna gente se puso en contra suya, y el gilipollas de Maroto intentó incluso recoger firmas para que la despidieran por conducta inmoral, aunque antes de que reuniera media docena, la hermana Belén le dijo que no quería ni oír hablar de eso.

Hizo una pausa para pedir otra ronda y unas aceitunas gordas, rajadas, que a los dos nos gustaban mucho, pero cuando nos las sirvieron todavía no había encontrado la manera de seguir hablando.

—Te cuento esto, porque cuando os vi en mi casa, la otra noche... —entonces sonrió—. A lo mejor me equivoco, pero la impresión que tuve fue que aquello estaba echando chispas. Y, como tú no te enteras nunca de nada, pues a lo mejor hace falta que te diga que, entre la clorpromazina y los paseos con doña Aurora, esos mismos te tienen muchas ganas.

—No, eso no hace falta que me lo cuentes —yo también sonreí—. Hasta ahí llego.

—Mejor. En fin, que yo no soy un puritano, más bien lo contrario, aunque... Como todo se pega, igual el que no se entera de nada ahora soy yo, pero la verdad es que cuando invité a María a la fiesta, ni se me ocurrió que la cosa pudiera complicarse de esa manera.

—Pero si no se complicó —protesté—, no hicimos más que hablar.

—Bueno, Germán, hay muchas maneras de hablar... —buscó un camino, pero no lo encontró—. Total, que lo que quiero decirte... —lo intentó por segunda vez con el mismo resultado—. María es encantadora. Es muy mona y muy buena persona. Es generosa, es divertida, lista, y hasta culta... No me extraña que te guste. ¡Me gusta a mí, y no me gustan las mujeres! Pero lo ha pasado muy mal, ¿sabes?, no ha tenido suerte. Y lo que me da miedo... No te estoy diciendo que te cases con ella, no es eso, pero... —entonces cerró los ojos, negó varias veces con la cabeza, se la sujetó con las manos y después volvió a mirarme—. ¡Ay, no! Lo estoy haciendo fatal. Perdóname, parezco Maroto.

—Pues sí —volví a sonreír, aunque aquella vez me costó trabajo—, se te está poniendo la misma cara, pero creo que te entiendo. Lo que me estás pidiendo es que no vuelva a ponerla en una situación difícil.

—Eso es —reconoció—, que la cuides. Por supuesto, me parece estupendo que hagáis lo que os dé la gana, ¿qué voy a contarte yo, que soy una puta y me acuesto con cualquiera? Y sin embargo... María no es como yo. Ella es muy frágil, aunque no lo parezca. Y ya sé que tú tampoco te pareces en nada a Alfonso Molina, que es como se llama ese cabrón, pero España no es Suiza, Germán. Aquí, los médicos no salen con las auxiliares de enfermería. Aquí, sólo se acuestan con ellas y les arruinan la vida.

En ese momento, ante una versión de Eduardo Méndez que no había visto todavía en el año y medio que había pasado desde que nos hicimos amigos, me acordé de Pastora, de cómo nos habíamos despedido el día anterior, y sucumbí a una frenética secuencia de sensaciones contradictorias. Siempre me había gustado Eduardo. Le admiraba por muchas cosas y aquella tarde encontré un motivo más para admirarle. Sin embargo, al mismo tiempo, sospeché que no se lo merecía. No me pareció justo, ni siquiera razonable, que no le aplicara a Pastora, a las mujeres como ella, a los hombres como él mismo, que solía decir que era una puta, el código que le impulsaba a proteger a María. No se lo dije, pero intuí que el motivo tenía mucho que ver con los discursos del padre Armenteros, las madres santas, las mujerzuelas despreciables. Pastora estaba convencida de que no necesitaba la protección de nadie, pero su fortaleza era una fantasía voluntariosa, tan irreal como la libertad de la que alardeaba. Ella no era menos frágil que la nieta del jardinero, acaso más, aunque me habría llevado una bofetada si se lo hubiera dicho alguna vez. En otra época, o en otro país, el cariño de Eduardo por María, sus opiniones sobre una viuda a la que le gustaba follar, le habrían ennoblecido y envilecido a partes iguales. En España, no estaba tan seguro de que fuera así. Pero eso no me afectó tanto como las consecuencias que la advertencia de Eduardo proyectó sobre mi propia vida, el horizonte de soledad que se extendió ante mí después de escucharle.

—¿Te has cabreado conmigo? —la preocupación había vuelto a su rostro.

—No —sonreí—. Tranquilo, Maroto.

—¡Qué hijo de puta eres!

Después de aquello, pedimos otra ronda y nos reímos un rato, mientras las yemas batidas con azúcar retrocedían a toda prisa hasta el remoto territorio de mi primera infancia. Sin embargo, al día siguiente, después de pensarlo mejor, acabé poniéndome de parte de Eduardo. En las cuarenta y ocho horas escasas en las que me había atrevido a valorar la posibilidad de empezar algo con María Castejón, jamás había pensado en mí mismo como en un seductor despiadado, el típico señorito hijo de puta. Yo no era así, pero comprendí a tiempo que la situación de una auxiliar de enfermería en el manicomio de mujeres de Ciempozuelos me convertiría en lo que no era, lo que no quería ser, en el instante en que diera un paso hacia delante. España no era Suiza y nadie me había obligado a volver. Lo que había encontrado era lo que había, un país fracturado, fragmentado, donde nadie era libre en absoluto, ni siquiera para enamorarse fuera del carril social al que estaba asignado desde su nacimiento. Mi única oportunidad con María era que ella me eligiera, que ella decidiera, que escogiera el momento, las condiciones, y en nuestras circunstancias, que sucediera eso era más difícil que encontrar una viuda a la que le gustara follar. Pero si no renuncié a hablar, a coquetear con ella en la glorieta, en el invernadero, en el emparrado, no fue por animarla. Simplemente, había empezado a gustarme tanto que no lo pude evitar.

—No pierda usted el tiempo con esa chica, Germán.

Ese era el asuntillo que Aurora Rodríguez Carballeira quería tratar conmigo el 10 de septiembre de 1955, después de la comida con la que celebramos el cumpleaños de María Castejón. Y el mensaje que quería transmitirme le parecía tan urgente que no esperó a que llegáramos a su habitación.

—No crea que me importa —me dijo cuando escogió el pasamanos, en lugar de mi brazo, para subir por la escalera—. Lo que quiero decir es que, en cualquier otro momento me daría igual, pero ahora, cuando usted y yo nos estamos acercando a un instante que cambiará la historia de la Humanidad... —se volvió a mirarme, comprobó que no la había seguido, asintió con la cabeza—. Creo que es conveniente que no se distraiga, que esté usted concentrado en su misión.

—Perdóneme, doña Aurora —cuando superé el estupor que me había atornillado al suelo del jardín, subí corriendo media docena de escalones para ponerme a su altura—, pero no la entiendo. Me temo que no sé cuál es mi misión ni el momento transcendental al que se refiere.

—Ya, ya —sonrió, subió otro peldaño, se volvió hacia mí y me hizo una insólita caricia en la mejilla—. Me imaginaba que iba usted a decirme eso, no se preocupe. Las paredes oyen, ¿verdad? Por eso he alejado a esa pobre chica. Nuestros enemigos son tantos, y tan poderosos... —su sonrisa desembocó en una risita complacida, tan incomprensible para mí como todo lo demás—. Descuide, Germán. El proceso se ha puesto en marcha y todo va según lo previsto, eso era lo que quería decirle. Cuando llegue el momento, ya se lo comunicaré. Habrá pensado usted que soy una indiscreta, pero se equivoca. Lo único que pretendo es que esté usted tranquilo, atento. Ya sabe por qué.

—Pues...

—No, no diga nada. No hace falta. Todas las precauciones son pocas, tiene usted razón. No volveremos a hablar de esto hasta que sea imprescindible.

—Pero, doña Aurora...

No me dejó seguir. Atravesó el dedo índice sobre sus labios, lo apretó y se despidió de mí hasta el día siguiente.

Una semana más tarde, María me dijo que le había pedido que le llevara unos paños higiénicos, porque presentía que estaba a punto de volver a tener la regla.

El 3 de septiembre de 1945 me incorporé como psiquiatra residente a la plantilla de la Maison de Santé de Préfargier, el manicomio de la ciudad de Neuchâtel.

Aquel edificio de aspecto palaciego, imponente, y tan hermoso como el jardín que lo rodeaba, contaba con varios pabellones anejos. Uno de ellos albergaba tres apartamentos destinados a alojar a los residentes. Usted no lo necesita, claro, me dijo la secretaria del profesor Goldstein, que me había visto muchas veces en casa de su jefe, pero mi obligación es comunicarle que su contrato le da derecho a ocupar uno. Lo sé, le respondí, y tengo intención de instalarme cuanto antes. Madame Jeanneret me dedicó una mirada de asombro que no ocultó la incomodidad que le había provocado mi respuesta. Pero el profesor, yo no sé, yo creía... No se preocupe, Isabelle, sonreí para tranquilizarla. He tomado la decisión de acuerdo con él. Su familia no se ha recuperado todavía del golpe. Necesitan intimidad para superarlo.

No estaba mintiendo. Dos meses antes, cuando no encontré a nadie esperándome en la estación del tren, fue Madame Jeanneret quien me anunció la desgracia de la familia Goldstein. Fui directamente a su casa y al llegar, no me atreví a abrir con mi llave. Sobre la puerta, alrededor del llamador, colgaba una corona de flores de tela intensamente negras, como los crespones suspendidos de los balcones de la primera planta. No era sólo un color. En el umbral me detuvo una intuición sombría, la sensación de que las cosas también habían cambiado mucho detrás de aquellos muros. Los Goldstein que yo conocía, tan descreídos, tan cosmopolitas, tan poco judíos en sus propias palabras, jamás se habrían abandonado a una ostentación de luto semejante. Por eso, y para acatar la distancia que imponían aquellas flores siniestras, llamé al timbre, pero nadie vino a abrirme. Dejé pasar un par de minutos, volví a llamar y vi cómo se abrían los visillos de la ventana situada a mi derecha. Rebecca, vestida de negro, la cabeza cubierta por un pañuelo del mismo color que la favorecía mucho más que al edificio donde vivía, me sonrió como si se alegrara mucho de verme. Casi en el mismo instante, se giró hacia el interior de la casa, dijo algo, volvió a mirarme con los labios fruncidos en un mohín de fastidio, y extendió una mano para pedirme que esperara. Un segundo después, otra mano juvenil, femenina, que no era suya, corrió violentamente el visillo que se había atrevido a abrir. Creí reconocer a Else en la silueta que se transparentó a través de la tela, pero dudé de mis ojos, tan imposible me parecía asociarla con la escena que acababa de contemplar. Después de un rato, una versión muy deteriorada de Samuel Goldstein abrió la puerta con el sombrero puesto. En lugar de invitarme a entrar, salió a la calle, me abrazó y se dejó abrazar por mí. Mis manos se asustaron del volumen que su cuerpo había perdido en tan poco tiempo.

Su secretaria no había especificado el motivo de la desgracia de la familia, pero yo ya había adivinado que sólo Willi habría merecido aquel derroche de crespones negros. Su padre me lo confirmó enseguida, aunque necesitó más tiempo para atreverse a desmenuzar los detalles. Yo no tenía esperanzas de que siguiera vivo, tú lo sabes, me recordó mientras los dos seguíamos por instinto, sin habernos puesto de acuerdo previamente, el camino más corto hacia el lago. Eso ya no tiene remedio, no tiene sentido llorar, ni culparse de lo que pasó hace siete años. Los únicos culpables de la muerte de Willi son sus asesinos, pero su madre no quiere aceptarlo, ni siquiera acepta que me preocupe por ella, no entiende que ahora somos los vivos quienes tenemos que cuidarnos los unos a los otros... Yo ya había empezado a preocuparme por él, por la piel blanquecina, escamosa, de las manos que se rascaba continuamente, por el orzuelo que abultaba su párpado izquierdo, por el peso de sus hombros encorvados, culpables de que su sombra trazara sobre el suelo un ángulo agudo, la silueta de un anciano. No reconozco a mi mujer, Germán. Yo creía que sería una reacción pasajera, que volvería en sí cuando comprendiera que la pérdida de nuestro hijo es irreparable, pero mañana se cumplirá un mes y está cada vez peor. Por eso no he ido a buscarte a la estación, porque se me ha olvidado, sencillamente. Se me caen las cosas de las manos, me he caído yo, dos veces, mientras andaba por la calle, se me olvida lavarme los dientes, comer, lo más básico. Nunca me había pasado nada parecido. Siento mucho haberte dejado plantado, pero no soy capaz de concentrarme porque Lili se está volviendo loca, y ya ha pasado un mes desde que nos enteramos, ¿sabes?, un mes... Habíamos empezado a caminar alrededor del lago y aquel adjetivo cayó como una bomba sobre un panorama idílico de agua quieta con árboles al fondo. Samuel Goldstein era psiquiatra. Ningún psiquiatra habría dicho que su mujer se estaba volviendo loca en sentido figurado. Mientras tanto, los patos nadaban, los jóvenes remaban, los pájaros piaban. Aquella estampa pacífica, pacíficamente iluminada por un sol pálido, inerme, me pareció tan falsa de repente como un telón pintado que simulara la fachada de una casa que había ardido hasta los cimientos. La casa de Samuel Goldstein.

Dos días antes de viajar a Neuchâtel, al volver a Lausana tras mis vacaciones, telefoneé a casa de los Schumann para saludarles y no conseguí hablar con ellos. Sabía que Karl-Heinz había empezado a buscar el rastro de su cuñado justo después del armisticio aunque la última vez que le vi, antes de mi viaje, él mismo me había contado que era una tarea casi imposible. Como abogado del COI estoy en una buena situación para pedirles un favor a los aliados, pero hasta que revisen todos los expedientes que los nazis no tuvieron tiempo de quemar, pueden pasar años, me dijo. En el caso de que siga vivo, aparecerá por su propio pie mucho antes. Sin embargo, los aliados añadieron de forma rutinaria el nombre de Wilhelm Baruch

Goldstein a la larga lista de desaparecidos que circulaba por todas las comisarías de Leipzig desde la liberación de la ciudad, a mediados de abril. El soldado soviético encargado de revisar las denuncias en la más próxima a la casa de la familia optó por el orden cronológico. Y no tardó demasiado en encontrar, en la carpeta de noviembre de 1938, la declaración de un barrendero que había acudido a aquella comisaría para pedir que alguien fuera a recoger el cadáver que había encontrado atravesado sobre unos cubos de basura. El comisario envió a dos agentes y uno de ellos identificó a la víctima sin vacilar. Le conozco de toda la vida, declaró, y a continuación, para no despertar sospechas, añadió que su padre trabajaba en la panadería donde compraban los Goldstein pero que, aunque tenían la misma edad, él nunca había jugado en la calle con Willi porque sabía que era un judío asqueroso.

El 11 de junio era lunes, ¿sabes?, el día anterior Karl-Heinz había venido a comer con Anna y con los niños. Me pareció que no tenía buena cara, pero no me podía imaginar... Seguíamos caminando alrededor del lago porque, a pesar de su edad, de su situación, mi interlocutor no daba señales de cansancio. Al día siguiente, cuando mi secretaria me anunció que estaba esperándome en el despacho, me temí lo peor y acerté, claro. Sólo ha aparecido la declaración de ese barrendero y no creo que sepamos nunca nada más, aunque Karl-Heinz está ahora mismo en Leipzig, intentando averiguar dónde enterraron a Willi, y Anna se ha ido con él porque no soporta a su madre. Para Lili, encontrar esa tumba es muy importante, para mí no. Para mí, la tumba de mi hijo es la declaración de ese hombre. Le he pedido que me traiga una copia, porque no necesito más, pero ella... Se lo dije yo, ¿sabes? Bueno, en realidad no pude contarle nada, porque volví a casa a media mañana, le pedí que se sentara conmigo en el salón, me miró y leyó en mi cara lo que iba a decirle. Luego salió corriendo, se encerró en nuestro dormitorio y echó el pestillo. No me lo digas, gritaba, no quiero saberlo, no quiero saberlo... A la hora de comer, llegaron las niñas y hablé con ellas. Else salió corriendo exactamente igual que Lili antes, llamó a la puerta, dijo quién era y la dejó entrar. Tuvo tiempo de contarle a su madre los detalles, porque pasaron dos días juntas en el dormitorio, sin abrir, sin salir, sin comer nada. Mientras tanto, Rebecca demostró una entereza, un equilibrio que yo nunca habría imaginado. El primer día preparó una cena fría con lo que encontró en la despensa, abrió una botella de vino, me obligó a comer, a beber, y después me mandó a dormir a tu cuarto. He hecho la cama de Germán, me dijo, acuéstate, papá, tienes que descansar, ahora subiré arriba, a ver si consigo que ellas coman algo... Hizo todo eso sin parar de llorar. Supo convertir su dolor en energía, transformarlo en una fuerza que yo habría esperado de Else, quizás también de Anna, de ella no. Por la mañana, encontré en la mesa de la cocina un pan que todavía estaba caliente. Rebecca había salido a la calle, con los ojos hinchados, la cara desfigurada por el llanto, pero había salido, había comprado leche y pan, había hecho el desayuno. Aquel día estuvimos los dos juntos, los dos solos, y su ejemplo me afectó mucho, tanto que decidí ayudarla, porque no era justo que ella, que sólo tiene veinte años, cargara con todo el peso de aquella desgracia. Por la tarde dimos un paseo, nos sentamos en aquel banco donde te conté que tu padre había muerto, y allí conseguimos empezar a echar de menos a Willi, aceptar que nunca más volveríamos a verle, a tocarle, que tendríamos que seguir viviendo sin él. Y me acordé de ti, le conté a Rebecca que aquel día habías alquilado una canoa, que habías remado hasta el centro del lago y que allí, donde nadie podía verte, ni oírte, habías llorado hasta cansarte. Vamos a hacerlo nosotros también, papá, corre... En el centro del lago hablamos de Willi, recordamos anécdotas, historias, lo mentiroso que era de pequeño, lo seductor que se hizo de mayor, sus gamberradas, cómo le gustaba tocar el piano con los talones, con la barbilla, con los codos, cuando había invitados en casa... Nosotros habíamos llorado mucho ya, no como tú, y cuando devolvimos la canoa, nos fuimos a La Bella Italia, a tomarnos una copa de helado con fruta, con nata y con sirope, de esas que nos gustan tanto y que Lili nunca nos deja pedir, porque dice que tanto azúcar no puede ser sano. En aquel momento, por primera vez en aquella mañana, el doctor Goldstein sonrió. Después miró el reloj. Por cierto, deberíamos ir a comer algo, ¿no? Yo no tengo hambre, pero seguro que tú... Asentí con la cabeza mientras miraba sus manos, las pequeñas heridas que había abierto con sus propias uñas en la piel de sus dedos a fuerza de rascarse. ¿Hongos?, le pregunté, señalándolas con la cabeza. Pues no sé, supongo que sí, que serán hongos. También tengo una blefaritis, añadió, señalándose el ojo, y una bacteria intestinal, y dos o tres alergias repentinas... Todos los bichos oportunistas que existen en este mundo me han convertido en su hogar, pero no les hago mucho caso, no creas.

Aquella tarde, a las ocho y media, me subí en el último tren a Lausana con la misma maleta con la que había llegado por la mañana. No había visto a Else, pero al menos, ya sabía por qué. Mientras comía con más apetito del que había declarado en un restaurante pequeño, a orillas del lago, que siempre le había gustado más que La Maison du Lac, el profesor Goldstein terminó de contarme la triste historia de sus desgracias acumuladas, la suma del infortunio que, como las bacterias que le atormentaban, había acertado a brotar, a crecer, a hacerse fuerte en el centro exacto de su desdicha. Cuarenta y ocho horas después de la visita de Karl-Heinz, Lili y Else bajaron a desayunar a la cocina. Lo primero que pensé al verlas fue que se habían vestido de una manera muy extravagante, con trajes negros, de cóctel, y chaquetas del mismo color. No entendí que se habían puesto de luto hasta que mi mujer me miró y me dijo que todo era culpa nuestra, suya, pero sobre todo mía. Yahvé nos ha castigado, sentenció, y dijo Yahvé, ni siquiera Dios. Creí que aquella palabra me había hundido hasta que continuó hablando para hundirme más todavía. Me dijo que en realidad yo era el culpable, que ella nunca debería haber ido a una universidad de gentiles, que nunca habría acabado la carrera si yo no la hubiera animado a terminarla, que yo había sido el primero en darle la espalda al Dios de nuestros padres, en adorar al ídolo de la ciencia, en inculcar valores impíos en nuestros hijos. Había estado pensando mucho y había llegado a la conclusión de que la muerte de Willi era un castigo de Yahvé, por haberlo negado durante tantos años. Hemos negado nuestra sangre, a nuestro pueblo, hemos vivido siempre como si no fuéramos judíos, y han matado a nuestro hijo porque lo era, porque todos nosotros lo somos, ¿no lo entiendes? Yo la miraba, la escuchaba y no sabía quién era aquella mujer que había usurpado el rostro, el cuerpo, la voz de la mía. Llévame a la sinagoga, Shmuel, necesito ir a rezar, a pedir perdón y cubrirme la cabeza de ceniza. Entonces recordé en voz alta, en yiddish, una cita de la Guemará, la única frase piadosa que me sé de memoria, porque mi abuela la decía a todas horas. Aquel que reza para cambiar un suceso que ya ha ocurrido, reza en vano, pues ni siquiera Dios puede hacer que el tiempo retroceda. Es un precepto de la Guemará, Lili, una cita del Talmud, le expliqué, pero no me hizo caso. No me llames Lili. Me llamo Leah y necesito ir a la sinagoga.

Yo nunca había visto una sinagoga en Neuchâtel, pero el doctor Goldstein me explicó que, a sólo veinte kilómetros, estaba una de las más grandes y famosas de Suiza. Conocía bien La Chaux-de-Fonds, había estado allí muchas veces, con Else, con mis amigos, y recordaba un gran templo con planta de cruz y una cúpula en el centro, pero siempre había creído que era una catedral cristiana. Le conté a Samuel que Else nunca me había sacado de aquel error y él cerró los ojos, arrugó los labios antes de seguir hablando. Ya no se llama Else, me dijo. Ahora se llama Ava y está tan loca como su madre... ¡Ay, perdóname, Germán! No debería hablar así, no debería ser tan cruel con ellas, pero es que no las entiendo, no me entra en la cabeza, y Lili todavía, pero Else, que tiene veinticinco años, que no salga a la calle, y que cuando sale lleve la cabeza envuelta en un pañuelo... Me ponen enfermo, no lo soporto. Ahora están todo el tiempo juntas, haciéndonos la vida imposible a Rebecca y a mí. Anna se ha escapado, claro, ella ha podido porque está casada. No me llamo Devora, mamá, dijo la última vez que vino a vernos. No me llames Devora porque ese no es mi nombre. Yo me llamo Anna y soy alemana, igual que Willi, igual que tú. Después recogió a los niños, salió dando un portazo y no ha vuelto. A Lili se le había metido en la cabeza que tenía que ponerles nombres hebreos a nuestros nietos. Los había escogido ella misma y los niños no entendían nada, como te puedes imaginar. Baruch, tú te llamas igual que tu tío, lo sabes, ¿verdad?, le dijo a Martin, dime que lo sabes, a ver, ¿cómo te llamas? Empezó a zarandearlo y el pobre crío se echó a llorar... La primera vez que fueron a La Chaux-de-Fonds las llevé yo. Ahora van en autobús, con otros judíos devotos que han conocido, la única gente con la que se relacionan, pero el 13 de junio estuve esperándolas en el coche casi tres horas. Habían estado mucho tiempo hablando con el rabino, rezando por mí, me dijeron, pero también fueron de compras. En las tiendas que rodean la sinagoga habían comprado ropas de luto para todos, y objetos para el culto que yo ni siquiera me acordaba de cómo se llamaban, ni para qué se usaban. Ahora celebran el sabbath, ¿te lo puedes imaginar? Yo no, desde luego. Los sábados por la mañana me voy a trabajar y los domingos descanso, por más que Lili se ponga de rodillas delante de la puerta y se despeine con las manos para implorarme que observe la ley. ¿Qué ley?, le dije la primera vez que me hizo esa escena. Yo sólo respeto la ley suiza, Lili, que me obliga a ir hoy a trabajar, y eso es lo que voy a hacer. Luego, por la noche, me toca cenar a oscuras, a la luz de los candelabros, lo que Else y ella han cocinado el día anterior con las recetas que les dan sus nuevas amigas de la sinagoga, todo *kosher*, por supuesto, unas ensaladas lacias, un guiso con unos huevos cocidos no sé cuántas horas que me dan un asco espantoso, y pan dulce, que por lo menos está bueno. Pero yo soy alemán, igual que Anna. Aunque los nazis hayan matado a mi hijo, soy alemán, nací en Alemania, llevo toda la vida siendo alemán y nunca podré ser otra cosa, hablar otra lengua, pertenecer a otro país. A mí me gustan las salchichas, y ahora no puedo comer salchichas porque el cerdo es un animal impuro, así que muchos sábados por la tarde me compró una *Würstel,* me la como, y al llegar a casa digo que no tengo hambre, pero me siento culpable, absurda y estúpidamente culpable por haberme comprado una simple salchicha...

El recuerdo de la última *Würstel* que se había comido a escondidas le llenó los ojos de lágrimas. Entonces, mientras se rascaba las manos sin parar, hablé yo. Le dije que un mes era muy poco tiempo. Que la conversión religiosa no era una consecuencia inhabitual en un duelo. Que Else y su madre habían vivido convencidas, durante muchos años, de que Willi había sobrevivido porque era muy buen músico, porque creían que los nazis no serían capaces de matar a los buenos músicos. Que esa confianza traicionada había acentuado su dolor. Que Lili era la más alemana de toda la familia, la que más amaba y echaba de menos el país que había tenido que abandonar, y eso ahora intensificaba su culpa... Entonces, Samuel levantó la mano para mandarme callar con una sonrisa amarga. Todo eso lo sé, Germán, la teoría me la sé, yo también soy psiquiatra. Pero si te estoy contando todo esto, aparte de porque necesito hablarlo y no hay muchas personas con las que me atreva a hacerlo, es porque también te afecta a ti. Anoche sí me acordaba de que ibas a venir hoy y estuve hablando con Else. Sé que le escribiste desde Chamonix, desde Zermatt, desde Locarno y no sé cuántos sitios más, vi tus postales. También sé que no te contestó porque según ella, cuando se está de luto no se escriben cartas, pero le pregunté qué pensaba hacer contigo, porque antes de que nos enteráramos de la muerte de Willi erais novios, ¿no?, os ibais a casar... Asentí con la cabeza y volvió a arrugar toda la cara, como si le doliera seguir hablando. Entonces, aunque no había comido salchichas, me sentí culpable yo, porque adiviné que la súbita religiosidad de Else me iba a liberar de un problema que no me dejaba dormir por las noches. Su padre me lo confirmó. Else, porque yo no la llamo Ava, me niego a llamarla Ava, me dijo que ella ahora no podía pensar en casarse. Que, más adelante, si tú te convirtieras, si te circuncidaras y vivieras de acuerdo con la ley de Dios, podría pensárselo... A pesar de todo, las palabras del profesor Goldstein me asustaron, y él lo leyó en mi cara. No me mires así, Germán, me pidió. Ya sé que no te vas a convertir, pero a lo mejor sí deberías replantearte dónde te conviene hacer la residencia. Porque con Else ya no puedes contar, y a lo mejor tienes tú razón, y esta devoción fanática es como una enfermedad que se cura con el tiempo. Pero a lo peor tengo razón yo, y me temo que va a ser así. Anoche, mi hija me dijo que nunca había experimentado una paz semejante a la que siente ahora, que ya no llora por Willi porque sabe que está en los brazos de Dios, que eso la hace muy feliz, que Yahvé para ella no es un consuelo, sino un camino hacia la felicidad... En estas circunstancias, no quiero retenerte. Entenderé perfectamente que hagas la residencia en otro hospital, desde luego.

El 3 de septiembre de 1945 me instalé en un apartamento para residentes de la Maison de Santé de Préfargier. Mi casa, la primera a la que pude darle ese nombre desde que me marché de Madrid, era pequeña pero, acostumbrado a los dormitorios de invitados de los Goldstein, a la habitación compartida de la residencia universitaria que acababa de abandonar, a mí me pareció enorme. Tenía un salón con dos sofás y la cocina incorporada, un dormitorio con cama de matrimonio donde cabía además una mesa para estudiar, y un baño con bañera grande, todo un lujo. Es el mejor de los tres que tenemos, me dijo Madame Jeanneret cuando me lo enseñó, pero como sus compañeros de este año prefieren vivir en la ciudad... Ha tenido usted suerte, doctor Velázquez. Me di cuenta de que seguía sin comprender mi elección, pero no quise explicársela. Si su jefe no le había contado nada, no iba a hacerlo yo.

A pesar de su última oferta, tan generosa como todas las anteriores, no cambié de planes. Aquel hombre había sido más que un segundo padre para mí. Me había acogido, me había protegido, me había ayudado sin pedirme nada a cambio. Me había proporcionado una familia, un hogar, una seguridad sin la que no habría podido hacer nada interesante con mi vida. No podía abandonarle cuando todo lo que tenía, aquello que me había entregado como un regalo inmerecido, acababa de derrumbarse. Ni siquiera me planteé no hacer la residencia en Neuchâtel. Su manera de agradecérmelo consistió en no ofrecerme su casa para vivir. Pídele a Madame Jeanneret que te enseñe los apartamentos para residentes. Creo que te gustarán, a mí me parecen muy bonitos. Dan al jardín y tienen mucha luz.

Nunca me arrepentí de mi elección. Samuel Goldstein era una eminencia en su especialidad, y el mejor director de un hospital para enfermos mentales que conocería en mi vida. En Préfargier, a su lado, aprendí muchísimo sobre el sufrimiento y el miedo, los laberintos y las simas del espíritu humano. También sobre el duelo y la compañía. Pasábamos mucho tiempo juntos, porque él nunca tenía prisa por volver a casa, y a menudo paseábamos hasta el centro de la ciudad al atardecer, para cenar una *Würstel*, o dos, en un puesto callejero o en cualquiera de las dos tabernas alemanas que había en la ciudad. Hablábamos de su familia pero, sobre todo, de nuestra profesión, y no sólo porque el trabajo se hubiera convertido en su refugio. Desde que consiguió comer salchichas sin sentirse culpable, su mujer y su hija se habían convertido en su principal desafío, un problema inabordable para el que no cesaba de buscar remedios. Yo le apoyaba, le ayudaba, intentaba sostenerle y aprovechaba aquellas lecciones suplementarias, pero pronto comprendí que no encontraría una solución definitiva.

A principios de octubre de 1945, me contó que el domingo siguiente iba a comer con Karl-Heinz, con Anna y con sus nietos, en La Maison du Lac. Hacía más de tres meses que no los veía y estaba exultante. Rebecca le acompañó y les sentó tan bien volver a estar juntos, que retomaron la vieja costumbre de las comidas dominicales en aquel restaurante que seguía perteneciendo a un amigo de su yerno. Si no llovía, por la tarde paseaban por el lago. Si hacía mal tiempo, iban a tomar café en algún local. Cada semana, al despedirles, el doctor sentía que habían logrado recuperar un pedacito más de lo que habían sido antes de su desgracia. Cuando reunió unos cuantos, me invitó a unirme a ellos, y Anna y su marido me recibieron con alegría y ningún comentario sobre lo que nos había mantenido alejados tantos meses. Aquel otoño participé con placer en la reconstrucción de la familia Goldstein, y yo también me emocioné el domingo de noviembre en el que Lili apareció a la hora del postre. Anna se levantó cuando la vio entrar por la puerta. Corrió hacia ella, se abrazaron y tardaron un buen rato en soltarse. Cuando llegaron hasta nosotros, seguían enlazadas por la cintura y tenían los ojos húmedos. Los míos se secaron solos cuando la señora Goldstein llegó hasta mí, sujetó mi cara con sus manos, me miró y me besó en las dos mejillas. Mientras la abrazaba, comprendí del todo la soledad, el dolor de su marido. Porque yo tampoco la reconocí.

La sonriente, animosa Lili, que podía con todo, había desaparecido. Aquella mujer juvenil, rebosante de energía, que solía correr, más que andar, mientras se movía por la casa con el delantal puesto, no tenía nada que ver con la lentitud, la silenciosa compostura de la madre arrasada que parecía haber envejecido más por dentro que por fuera. Hasta sus abrazos, que habían sido tan importantes para mí, parecían haber adelgazado. Extrañé la solemne pesadez de sus movimientos, la parsimonia con la que se sentó en una silla, la velocidad a la que sus labios se movían, susurrando oraciones que no podía entender, y la expresión seria, casi severa, con la que besó y acarició a sus nietos. Estaba haciendo un esfuerzo para volver a ser la abuela que habían perdido, y aquel día los niños se dieron cuenta. Nunca logró ser la misma, pero los pequeños Schumann tampoco tardaron mucho en acostumbrarse a su palidez.

Leah, porque ya no tenía sentido seguir llamándola Lili pese a la insistencia de su marido, nunca comía con nosotros. Llegaba a los postres y, poco a poco, se fue comportando con más naturalidad, aunque seguía encarnando la imagen viva del dolor que había escogido para el resto de su vida. Else nunca la acompañaba. Ava te manda recuerdos, me dijo un domingo de diciembre, el último antes de Navidad. Me encantaría verla, respondí. Ella me acompañará algún día, me respondió, pronto, cuando esté preparada. La celosa guardiana de la ortodoxia, comentó Rebecca con una sonrisa cargada de desprecio. Su padre le dio un codazo, su madre hizo como que no la había oído y nadie volvió a hablar de la ausente. Sin embargo, el martes siguiente me llamó por teléfono. En la secretaría del sanatorio nadie le preguntó su nombre o no se acordó de anunciarme quién había llamado. Al escuchar su voz al otro lado de la línea me emocioné mucho más de lo que habría podido calcular. Cuando colgué, después de una conversación tan breve que apenas me limité a confirmar la cita que me propuso con casi quince días de antelación, me temblaban las manos.

Yo había querido mucho a Else Goldstein. Había sido mi primera amiga, mi apoyo, mi protectora, la mejor guía de la desconocida ciudad donde me había tocado vivir, la compañera leal de los momentos malos, y de los buenos. Nos habíamos hecho novios sin darnos cuenta, había tenido muchas dudas sobre si debería o no casarme con ella, pero eso no tenía nada que ver con mi amor. Yo nunca había estado enamorado de Else Goldstein. La había querido muchísimo. Y la habría seguido queriendo igual si la mujer con la que me encontré en un café del centro de Neuchâtel aquella tarde hubiera seguido siendo ella, aquella que estuvo a punto de convertirse en Madame Velázquez. Pero el agujero que se había tragado a Leah la había devorado aún con más apetito, más ferocidad. Su desaparición me dolería toda la vida. Jamás podría olvidar el flequillo liso, castaño, postizo, que asomaba por el borde del pañuelo que cubría su cabeza.

Cuando entré en el local no logré identificarla. Miré en todas las direcciones hasta que una joven campesina, cuyo atuendo llamaba la atención por el grado en que desentonaba con el de las restantes clientas del local, levantó una mano para identificarse. Fui hacia ella, pero no la reconocí hasta que llegué a su mesa. Llevaba un vestido ancho, largo, de lana gris, un gabán oscuro, sin botones, por encima, un grueso mantón estampado sobre los hombros y aquel pañuelo. Parecía una bailarina de cualquier grupo folclórico del este de Europa, pero era Else Goldstein, tapada de la cabeza a los pies. Cuando se lo dije, sonrió. Cuando añadí que dentro del café podía quitarse el pañuelo, me contestó que no me iba a gustar verla si lo hacía. Cuando me di cuenta de que ni el tono ni la textura de aquel flequillo se correspondían con los de su pelo verdadero, le pregunté si se había afeitado la cabeza. Sí, me respondió sin dejar de sonreír, en señal de duelo. Entonces cerré los ojos. Es una fase, escuché sin mirarla, no es un dogma ni un precepto, no me ha obligado nadie, lo he hecho porque he querido. Algún día me lo dejaré crecer y será más fuerte, más bonito. Siempre me quejaba de que tenía el pelo muy feo, ¿te acuerdas? Asentí, porque me acordaba, pero no encontré nada que decir antes de que llegara el camarero, tampoco después. Tú no lo entiendes, Germán, su voz también había cambiado. Siempre había sido dulce, pero antes no tenía el timbre azucarado, empalagoso, que me empachó aquella tarde. No puedes entenderlo porque no tienes fe, pero aún estás a tiempo de rectificar, de reparar esa desgracia. Yo ahora soy muy feliz. Y podríamos ser felices juntos, si tú quisieras...

No quería, así que, a partir de aquel momento, hablé yo. Le conté a toda velocidad lo que me había pasado desde que no nos veíamos. Enumeré las etapas del viaje que había hecho al terminar la carrera, las montañas a las que subí, los lagos en los que me bañé, los pueblos que visité. Le conté cómo era mi vida en Préfargier, mi apartamento, mi horario, los pacientes a los que trataba. Le hablé también de su familia, de su hermana Anna, de sus sobrinos, de nuestras comidas en La Maison du Lac. Hablé en solitario, durante más de media hora, para no dejarla hablar, pero no logré borrar de su rostro una beatífica sonrisa de superioridad que expresaba su piedad por mí, por mis errores, mi existencia privada de sentido. Cuando decidí que no tenía por qué soportarla más, llamé al camarero, pagué la cuenta y me ofrecí a acompañarla a casa. No, me dijo, no hace falta. Está a dos pasos y además, no quiero perjudicarte. ¿Qué pensarían de ti tus conocidos si te vieran por la calle con una devota como yo?

El primer sábado de mayo del año que acababa de terminar, sólo dos días antes del armisticio, Else había venido a verme a Lausana. Comimos en casa de los Schumann, con los niños, y salimos después a dar un paseo. Al atardecer, me pidió que la llevara a la residencia porque quería ver mi habitación. Las visitas femeninas estaban prohibidas en los dormitorios, pero se permitían en el resto del edificio. Burlar la norma era tan sencillo como esperar un rato en la cafetería a que el portero abandonara su garita y subir corriendo las escaleras, pero cuando llegamos al primer piso, le advertí que su visita aún podría malograrse. Si Luca estaba en la habitación con una chica, habría un calcetín asomando por debajo de la puerta. No lo vimos, pero le pedí que esperara un momento en el pasillo a que bajara la persiana, para que no la vieran desde los dormitorios del otro lado del patio. ¡Qué complicado es todo esto!, dijo entre risas. Luego entró, lo curioseó todo, me preguntó cuál era mi mesa, cuál era mi cama, de dónde eran las postales —la Puerta del Sol, la Plaza Mayor, el Ángel Caído— que había fijado con chinchetas sobre el cabecero, de qué trataba la novela en español que tenía en la mesilla. Cuando sacié su curiosidad, abrió mis cajones como si buscara algo. Luego sacó un calcetín, me lo tendió y me pidió que lo atravesara debajo de la puerta.

Ocho meses después, mientras la veía alejarse con su pañuelo y su gabán, arrebujada en aquel mantón que no podía protegerla del todo del aire helado de un atardecer de enero, recordé su cuerpo blanco y delgado, las pecas de su escote, sus caderas escurridas, y cómo me emocionó verla desnuda aunque su cuerpo joven, de piel tersa, no fuera especialmente hermoso. Ella puso las condiciones, trazó las fronteras, no me dejó penetrarla, y en la esquina iluminada con bombillas de colores desde donde la vi alejarse para siempre de mi vida, se lo agradecí profundamente. Pero el recuerdo de las horas que pasamos juntos en mi estrecha cama de estudiante, desnudos y abrazados, me hizo daño.

Ni Else ni Ava Goldstein estuvieron nunca preparadas para comer los domingos con su familia. Yo seguí viviendo en Neuchâtel, trabajando en Préfargier, acompañando a Samuel, hasta que, en la primavera de 1948, él encontró la manera de ayudarme por última vez. Has sido como un hijo para mí, Germán, un sostén más fuerte que mis propias hijas, pero cuando llega el momento, los buenos padres tienen que dejar marchar a sus hijos. Ya no haces nada aquí, no vas a aprender más de lo que has aprendido, y desde hace algún tiempo me siento culpable por retenerte. Cuando llegó a ese punto, intenté protestar, pero no me dejó. Claro que sí, te he retenido porque te necesitaba, necesitaba a alguien con quien hablar, alguien que me acompañara a comer salchichas, sonrió para certificar que estaba siendo sincero, pero ya no me hace falta. Lo que no tiene remedio, no se va a arreglar. Todo lo demás va mejor, y además... Va a salir una plaza en una clínica de Berna que te conviene mucho, y quiero que te presentes. No lo hago sólo por ti, lo hago también por mí, créeme. A los dos nos va a venir muy bien tomar un poco el aire por separado.

En marzo de 1948, me mudé a la capital del país. Aunque en la Clínica Waldau ya no era residente, me ofrecieron un alojamiento temporal que no acepté. Alquilé un apartamento, hice amigos, salí con chicas, y aprendí a vivir al margen de la familia Goldstein, aunque mantuve una relación fluida, constante, con Samuel. Sin habernos puesto de acuerdo, los dos la mantuvimos lejos de su ciudad. Aunque Neuchâtel estaba mucho más cerca de Berna que Lausana, algunos fines de semana quedábamos a comer en casa de los Schumann. Con más frecuencia, Samuel venía a verme, se quedaba a dormir en mi casa y pasábamos juntos un par de días.

Por eso, cuando sonó el timbre de mi apartamento un domingo de julio de 1949, y encontré a una Rebecca Goldstein veraniega, espléndida en su vestido estampado con flores, tentadores sus brazos desnudos, bronceados, preciosa su cabeza bajo el ala de una pamela de paja, le dije que su padre no estaba.

Ya lo sé, me respondió. No he venido por mi padre, he venido por ti. Estoy pasando unos días en Berna, en casa de una amiga, y de repente me he dicho... ¿Qué te apuestas a que, si vas a verle, Germán te invita a comer?

Eduardo Méndez se marchó cuando más falta me habría hecho tenerlo a mi lado.

—No puedo decirles que no, Germán —yo lo sabía tan bien que ni siquiera se lo había pedido—. Les debo demasiado.

El 1 de diciembre de 1955 empezó a trabajar en el Sanatorio Esquerdo, un hospital para enfermos mentales más pequeño, y mucho más bonito, que nuestro manicomio.

—Robles me ha pedido que me quede hasta fin de año, y por mí lo haría, no creas, pero me expongo a perder la plaza, porque lleva vacante desde finales de agosto y no pueden esperar más. Están desbordados. De hecho, querían que me incorporara en noviembre, pero he conseguido retrasarlo un mes.

El Sanatorio Esquerdo tenía, además, la virtud de estar en Madrid. En uno de los extremos de la ciudad, eso sí, entre Carabanchel y Aluche, pero hasta allí llegaban los tranvías.

—Estoy dispuesto a esperarte todas las tardes en San Bernardo, por eso no te preocupes. Nuestras cañas son sagradas pero, de todas formas, deberías venir a ver el sanatorio. Está en el centro de un pinar inmenso, ¿sabes? Los árboles son tan altos que no se ven las casas, ni las calles, nada. Desde allí, parece que Madrid está lejísimos. Estoy seguro de que te gustaría.

Le prometí que iría a verle cuando tuviera un hueco libre y no lo encontré en lo que quedaba de año. Todo lo que había conseguido construir en 1955 empezó a tambalearse antes de que Eduardo abandonara Ciempozuelos. La fabulosa menstruación de Aurora Rodríguez Carballeira fue el primero de mis problemas, pero no el más grave.

—Ya era hora de que me trajeras el desayuno...

A finales de septiembre empezó a llover y se acabó el jardín. Doña Aurora volvió a comer en su habitación, y muchas tardes, nuestros paseos se limitaron a recorrer la galería. Los cambios de humor del verano se agudizaron con el cambio de estación. Seguía teniendo picos de euforia pero, aunque nunca se quejaba, aunque a veces incluso sonreía mientras los comentaba conmigo, sus dolores empezaron a preocuparme. Compartí mis temores con el médico general y a mediados de octubre se ofreció a examinar a doña Aurora. Después, hablé con María. Ella siempre había sido partidaria de explicarles a las internas lo que les iba a pasar, pero en aquella ocasión no estuvo tan segura.

—Pues no sé qué decirte, la verdad... —ya había empezado a tutearme cuando no la escuchaba nadie más que yo—. Está tan rara, tan obsesionada con que le va a venir la regla que, si la avisamos, es capaz de pensar que vamos a hacer algo para impedirlo, y puede ser peor, provocarle una crisis, no lo sé. Igual es mejor decírselo en el momento, ¿no? Pero tienes que ser tú, porque conmigo ya ves cómo está...

Aquella mañana fuimos juntos a buscarla, pero doña Aurora no se fijó en mí cuando vio entrar a María Castejón sin la bandeja del desayuno, sus manos en cambio en las empuñaduras de una silla de ruedas.

—Pero... ¿adónde te crees que me vas a llevar, burra, más

que burra? —se levantó de un salto, retrocedió hasta apoyarse en la ventana, y de repente cambió de idea—. ¡Socorro, socorro! ¡Auxilio! ¡Socorro!

Sin dejar de pedir ayuda, avanzó hacia ella con los brazos extendidos, las manos abiertas como garras que aspiraran a cerrarse alrededor de su cuello, pero llegué a tiempo de interponerme entre las dos.

—Tranquila, doña Aurora, soy Germán —forcejeó conmigo con más fuerza de la que habría esperado—. Cierra la puerta, María —había gritado tanto que temí que algún celador acudiera a su llamada—. Si hay alguien fuera, que se vaya —pero mi paciente no dio señales de reconocer mi voz—. Soy Germán, doña Aurora, por favor, míreme... —me acerqué tanto a ella como si fuera a besarla, para ponérselo fácil—. Soy yo, el doctor Velázquez, ¿me reconoce ahora?

Cuando entornó los ojos para enfocarlos en mi cara, todavía me apretaba por los brazos, jadeando por el esfuerzo.

—Germán... —sólo entonces empezó a aflojar—. Pero ¿por qué me atacan? Es usted, usted me ha traicionado... No sé por qué me fie de sus intenciones, si yo nunca he podido fiarme de nadie...

—Nadie la está atacando, doña Aurora, créame —después de recuperar mis brazos, le acaricié la cara, la peiné con los dedos—. Yo jamás la traicionaré, y no permitiría que nadie se la llevara de aquí. Le he pedido a María que trajera una silla de ruedas porque está lloviendo y no quiero obligarla a caminar en ayunas. Pero sólo vamos al dispensario, aquí al lado, para hacerle unas pruebas. Por eso no le han traído el desayuno, pero le prometo que la llevaremos a tomar lo que le apetezca cuando terminemos. No vamos a tardar mucho. Quiero saber más de esos dolores que tiene en el vientre.

—¿Los dolores? —volvió a agitarse y me miró con los ojos agrandados por el asombro, la boca abierta—. Pero... ¿por qué me dice eso, Germán, si usted lo sabe? Usted... —asintió con la cabeza e hizo una cosa rara con los dos ojos, como si pretendiera guiñarme uno y no fuera capaz de coordinar ese movimiento—. No sé por qué me dice eso.

—Pues claro que lo sé, doña Aurora, qué cosas tiene... —adopté el misterioso susurro que más la tranquilizaba—. Pero conviene confirmarlo. Para eso son las pruebas. Quiero estar seguro de que todo está en orden.

—¡Ah! —y fue como si una luz se encendiera en el centro de su frente—. Si es por eso...

En ese instante, recuperó el maquillaje imaginario, los collares de bisutería de aquella actriz secundaria que parpadeaba de más en un sainete cuyo argumento sólo ella conocía. Sin dejar de sonreírme, avanzó contoneándose hasta la silla de ruedas y se sentó ella sola, dejando escapar un suspiro de satisfacción.

—Todo sea por llegar a buen puerto en las mejores condiciones, ¿verdad? —me miró y asentí con la cabeza—. Pero empújeme usted, si no le importa, ya que estamos juntos en esto.

Yo le había contado al médico que se trataba de una mujer de setenta y seis años que estaba convencida de que iba a volver a menstruar. Le informé de que padecía dolores pélvicos que parecían haber crecido en frecuencia pero todavía no en intensidad, y estuvo de acuerdo conmigo en que las perspectivas no eran buenas, aunque las hemorragias no se hubieran presentado todavía.

Cuando llegamos al dispensario, hice una presentación formal que le dio a mi paciente la ocasión de parpadear un poco más. Luego se portó muy bien. Se dejó sacar sangre sin protestar y, cuando el doctor le dijo que le gustaría explorarla, accedió con una risita.

—Voy a palparla un poco, ¿de acuerdo? —ella accedió con un movimiento de la cabeza—. Por fuera y por dentro, si me deja —y asintió por segunda vez—. Procuraré ser cuidadoso, aunque seguramente le haré daño. Si no lo soporta, no tiene más que decirlo.

—No se preocupe por eso —siguió riéndose mientras se tumbaba en la camilla—. Examíneme todo lo que usted quiera —y no se quejó, aunque la exploración debió de ser dolorosa.

—Muchas gracias —cuando terminó, el médico me miró con los labios fruncidos—. Es usted una paciente excelente.

—¡Menuda oportunidad ha tenido usted conmigo, doctor! En su vida habrá visto nada igual, ¿a que no? Fíjese en la suerte que ha tenido. ¿Quién le iba a decir a usted que iba a entrar en la Historia? Sólo con este ratito, se ha ganado un lugar en los manuales de medicina de todo el mundo. Gracias a mí, por supuesto, así que ya puede estarme agradecido.

Estuvimos en la consulta casi dos horas y lo aguantó todo sin protestar, Después le pregunté si tenía hambre y me respondió que la tenía, y feroz. Cuando María se la llevó a la cocina, estuve un rato hablando con mi colega. Aquella mañana no volví a ver a ninguna de las dos. Por la tarde, su lectora vino a buscarme y me dijo que doña Aurora no tenía ganas de nada.

—Se ha acostado después de comer y no quiere levantarse —me miró un momento, como si no se atreviera a preguntar, pero se decidió al final—. ¿Qué es lo que tiene?

—No lo sabemos todavía. Hay que esperar a los resultados, pero no soy muy optimista. Lo más probable es que tenga un tumor en el útero —María frunció un instante las cejas y propuso otra denominación, más frecuente en España.

—¿En la matriz?

—Sí.

—¿Cáncer?

—Puede ser, aunque no estoy seguro. Podría ser un quiste, un bulto benigno, pero parece demasiado doloroso para no ser maligno.

—¡Ay, qué horror! Pobrecita mía —y a pesar de lo mal que la trataba desde hacía meses, se dobló sobre sí misma como si acabara de recibir un golpe—. Ir a morirse ahora, con lo bien que estábamos... ¿Cuánto tiempo le queda?

—Ni siquiera sé si es un cáncer, María.

—Bueno —ella lo presintió, sin embargo—, pero ¿si lo fuera?

—Pues si fuera lo peor... Yo diría que un año, quizás menos. Cuando tengamos los resultados, afinaré más.

Se quedó callada, con los hombros encogidos, los brazos flojos, pegados al cuerpo. Sólo sus ojos, que se movían muy deprisa, sin fijar la mirada en ningún lugar, escapaban de aquella repentina inmovilidad. Mientras intentaba ahuyentar las lágrimas me pareció mucho más joven, casi una niña, y tan asustada como si el mundo sin Aurora Rodríguez Carballeira le diera miedo. En ese instante comprendí que me había equivocado. Me arrepentí de haber sido sincero, de haber hablado de una forma tan concisa, tan brusca, sin los rodeos por los que habría optado ante un familiar directo. Debería haber sido más cuidadoso con el amor de María. Su lealtad incondicional hacia aquella mujer dura, seca, a la que el sufrimiento no hacía menos desagradable, me conmovió una vez más, como me conmovía la pobreza de su vida, su infancia de niña sin padres en una casa prestada, el mundo reducido a las fronteras de un manicomio de mujeres, la pequeña e inmensa tragedia de una muñeca fea con vellos largos como patas de araña, el incomparable privilegio de una habitación con una paranoica y un piano, una paranoica y un globo terráqueo, una paranoica y una estantería llena de libros. Era mucha tristeza, dentro y fuera de sus ojos. Era tanta, y tan triste, que me arrastró hacia sí, arrancándome de la boca las palabras que había pensado decirle. Que doña Aurora tenía ya setenta y seis años. Que había tenido una vida larga y relativamente cómoda para una mujer en sus circunstancias. Que me comprometía a intentar procurarle la muerte mejor, más indolora, que fuera posible. Me di cuenta a tiempo de que esas palabras no servían. Cualquier consuelo convencional carecía de valor ante el dolor de aquella buena chica, que había sido capaz de derramar tanta ternura sobre una mujer que para el resto de la sociedad seguía siendo un monstruo, una asesina despiadada, un nombre maldito de la crueldad humana.

—Lo siento mucho, María.

Al final, eso fue todo lo que dije. Ella me abrazó, o la abracé yo para consolarla, y así estuvimos un buen rato, quietos y abrazados en el corredor del Sagrado Corazón, sin más compañía que un cielo feo, más marrón que gris, y la lluvia que azotaba las ramas del junípero, el viento que la empujaba de vez en cuando hacia nosotros. Nadie habría podido diseñar un escenario tan perfecto para una tristeza semejante, más triste aún por su rareza. Qué lástima, ¿verdad?, echar tanto de menos a una loca, y asesina, encima... Y sin embargo, aquel abrazo fue sincero, y fue armonioso, capaz de generar un calor propio que equilibró la fría certeza de la muerte que había venido a visitarnos, que se había instalado entre nosotros para anunciarnos que nunca volveríamos a ser tres en la glorieta. Ya éramos sólo dos, y yo también estaba triste. A mí también me dolía Aurora Rodríguez Carballeira, me había dolido desde que tenía trece años, aunque no fuera capaz de explicar por qué. El afecto que sentía por aquella mujer era más pequeño, más interesado y, sobre todo, mucho más vulgar que el amor de María, pero contribuyó a la fortaleza de un abrazo que se deshizo despacio y, sorprendentemente, entre sonrisas.

—Perdóname, Germán —ella habló primero, sin soltarme todavía—. Te prometo que no lloraré más.

—¿Por qué? —y la besé en el pelo, dos veces, casi sin darme cuenta—. Llorar es bueno.

—Ya —volvió a sonreír—. Eso decís siempre los psiquiatras.

Se apartó de mí con suavidad, y el aire que reemplazó a su cuerpo me hizo daño.

—Bueno, me voy, que tengo mucho que hacer.

A primeros de noviembre, los resultados confirmaron mis temores. Doña Aurora tenía un cáncer y María cumplió su palabra. No volvió a llorar, pero cuando me preguntó qué íbamos a hacer, si íbamos a contarle o no la verdad, no fui capaz de darle una respuesta. En quince días, los problemas se habían multiplicado a mi alrededor como las setas en un bosque después de la lluvia.

—Buenos días, Rafaela, ¿cómo se encuentra hoy?

—Pues muy bien, la verdad —y era tan cierto que hasta se acordó de devolverme la cortesía—. ¿Y usted?

Aunque los progresos de las pacientes de mi programa se habían ido igualando después de un año de medicación, ella seguía siendo nuestro mayor éxito. Desde que empezó a levantarse de la butaca de mimbre en la que había mirado el jardín durante años, la hermosura de su cuerpo oculta bajo una manta, resultó ser una persona bastante sociable, que disfrutaba de la compañía de los demás. Le gustaba hablar y no le daban miedo los extraños.

—Pues, verá, Excelencia, yo es que no me acuerdo muy bien de lo de antes...

Un buen día, un par de meses después de aquella recepción a los cursillistas en la que nos habíamos conocido, Leopoldo Eijo Garay me hizo saber por sus tortuosos conductos habituales, a través de Armenteros, que llamó a Robles para que hablara conmigo, que le gustaría invitarme a comer en el Palacio Arzobispal. A pesar de que era un hombre seco, de carácter rígido, poco expansivo, hizo un esfuerzo por ser amable conmigo. Yo lo aprecié, y me esforcé por estar a su altura. Le expliqué con detalle la historia de la clorpromazina, el desarrollo del ensayo clínico que había llevado a cabo en la Clínica Waldau, cómo habíamos arrancado el programa en Ciempozuelos y cuáles eran nuestras expectativas. Eduardo y Robles, que me acompañaron a aquella comida, hablaron muy poco. A cambio, el padre Armenteros me interrumpió cada dos por tres hasta que su jefe le pidió, en un tono más impaciente que el que empleaba conmigo, que me dejara hablar. Salí de aquella comida con buena impresión, y llegué a creer que mi contacto con el Patriarca no se prolongaría, pero Armenteros volvió a llamar a Robles seis meses después, a finales de septiembre. Cuando me enteré de que a don Leopoldo le gustaría venir a visitarnos para comprobar en persona nuestros progresos, respondí que sería un placer recibirle. No te fíes, me dijo Eduardo. No te fíes, me dijo Robles. Pero yo confié en Rafaelita Rubio y ella no me defraudó.

—Yo no soy ninguna Excelencia, hija mía —a Eijo Garay le hizo gracia la confusión—. Si acaso, puedes llamarme Eminencia.

—¡Toma, es verdad! Ya he metido la pata. Si me lo habían dicho las hermanas...

Rafaelita se puso colorada y miró a la hermana Belén, que hizo un gesto con la cabeza para decirle que su equivocación no tenía importancia. Luego, después de pedir perdón a nuestro visitante, al que aplicó el tratamiento correcto con cierto titubeo, siguió hilando con sus propias palabras, un lenguaje pobre, de muchacha inculta, un relato bien articulado, sin más lagunas que las inevitables en su situación.

—Pues eso, que yo, mayormente, no me acuerdo de mucho.

Rafaelita recordaba un árbol del jardín, pero no sabía por qué lo había elegido, aunque ahora le había dado por pensar que igual había uno parecido en su pueblo, cuando era pequeña, y por eso le gustaba darle vueltas y vueltas sin parar, apoyando las manos en el tronco. Lo de las vueltas se lo habían contado las hermanas. Ella no se acordaba. No sabía cuándo había empezado a hacerlo ni por qué le habría dado por ahí. Lo único de lo que estaba segura era de que antes tenía la cabeza llena de ruido. Un barullo tremendo, le explicó al obispo, que mayormente era sólo ruido pero otras veces traía voces, gritos más bien, según ella, alaridos de animales, y siempre un zumbido como de viento fuerte, que hacía ¡zummm!, ¡zumnm!, ¡zummm! Mientras lo imitaba, movía las manos en círculo a ambos lados de su cabeza con los ojos cerrados, los párpados apretados, la cara crispada por la memoria de su sufrimiento. Y cuando volvía a hablar, estaba más guapa que nunca, porque el silencio que le había procurado la nueva medicación había relajado sus músculos, suavizado su gesto.

—Entonces gritaba yo también, para que parara ese viento, ¿sabe usted?, para que se callara y no me dijera más cosas malas, que me daban miedo y me hacían daño, pero no sé cómo explicárselo. Las hermanas lo llaman brotes, a cuando me daba por chillar, pero como ahora no oigo el viento, pues ya no me dan. Suena muy raro, ¿no? Pues me gustaría contárselo mejor, pero es que, como el ruido empezó muy pronto y casi no fui a la escuela, soy muy ignorante.

—No te preocupes, hija. Lo estás haciendo muy bien.

Cuando terminó la entrevista, el Patriarca tendió la mano hacia Rafaelita y ella se la estrechó. La hermana Belén se le acercó corriendo para decirle que no, que lo que tenía que hacer era besarle el anillo. Mi paciente se puso colorada y lo besó tres veces para compensar su error, pero Eijo Garay no pareció darle importancia a aquella equivocación. Estaba demasiado asombrado, demasiado aturdido por sus propias equivocaciones.

—Es impresionante —fue todo lo que dijo mientras se despedía—. Impresionante... —y se marchó sin añadir nada más.

Era evidente que le habría complacido mucho más nuestro fracaso, aunque sólo fuera porque se habría ajustado mejor a las expectativas de su visita. Quizás por eso no volvimos a tener noticias suyas. Robles estaba tan satisfecho, tan orgulloso de Rafaela como yo mismo. Por eso, y aunque sabía desde el principio que él era reticente a los permisos, las altas temporales destinadas a reintegrar progresivamente a las pacientes a la vida familiar, unos días después de la visita del Patriarca me entrevisté con ella para proponerle un privilegio que se había ganado con creces.

—¿Le apetecería volver a su casa, Rafaela? —me sorprendió leer en sus ojos que la idea no le gustaba en absoluto—. No para vivir todo el tiempo, eso no. Usted vive aquí —asintió con la cabeza, más tranquila, y seguí avanzando con precaución—. Pero, por ejemplo, en Navidad, o en las fiestas de su pueblo, en alguna ocasión especial, ¿le gustaría volver a casa a pasar unos días? Podría ver a sus abuelos, a sus hermanos...

—No —me cortó—. Yo vivo aquí, esta es mi casa. Mi madre viene a verme.

—Lo sé —sonreí—, la conozco. Ella la quiere mucho, y va a seguir viniendo de todas maneras, pero a lo mejor, a usted le apetece volver a ver su pueblo, estar allí dos o tres días y volver aquí. Si usted quiere, podría hacerlo. Estoy seguro de que su madre vendría a buscarla y la traería después de mil amores —al escuchar esa expresión, sonrió—. La primera vez, hasta podríamos arreglarlo para que viajaran en un coche. Piénselo. Y si no quiere hacerlo, pues nada. No volvemos a hablar del tema y arreglado.

Asintió con la cabeza y no dijo nada más. Luego, el cáncer de doña Aurora me quitó el asunto de la cabeza. Pero justo después de recibir los resultados de las pruebas, una hermana vino a verme. Rafaelita le había contado que iba a volver a su casa en Navidad, y a pesar de su indiscreción, me alegré mucho de que hubiera tomado esa decisión. Cuando fui a verla, me contó que desde que habíamos hablado se acordaba mucho de su abuela, de los mantecados que hacía en Nochebuena, de los villancicos que cantaba, que las hermanas no se los sabían, y estaba tan entusiasmada que tuve miedo de haberme precipitado, aunque noviembre acababa de empezar. Le pregunté si sabía guardar un secreto y me dijo que sí. Le pedí que no le contara nada a nadie de su viaje al pueblo, porque ese era nuestro secreto y el doctor Robles tenía que darnos permiso. Eso lo entendió muy bien, porque en el manicomio había que pedir permiso para todo, pero por si acaso, después de hablar con ella, me fui a buscar a mi jefe.

—No está —me crucé por el pasillo con Arenas, que había ido al despacho de Robles antes que yo—. Ha ido a una reunión en la Dirección General, por lo visto.

—¿Otra vez? —aquella respuesta me extrañó—. Ayer estuvo allí.

—Pues hoy ha tenido que volver, me lo acaba de decir la hermana Lourdes.

Aquella monja, que hacía las veces de secretaria del director, me confirmó su ausencia y añadió que no tendría que esperar mucho para verle. Don José Luis acababa de llamarla para pedirle que me citara al día siguiente en su despacho, a las once de la mañana. La perspectiva de esa cita me puso de buen humor, y durante el resto del día me dediqué a prepararla, elaborando argumentos para convencer a mi jefe de que autorizara el viaje de Rafaela Rubio. Pero al día siguiente, cuando abrí la puerta de su despacho, comprendí que en aquella habitación no había lugar para mi optimismo.

Robles estaba de pie, de espaldas a la puerta, mirando por la ventana. La hermana Belén, sentada en una de las dos butacas situadas al otro lado del escritorio, miraba un documento con una expresión que me indujo a pensar que no lo estaba leyendo. Le temblaban las manos y su cara no tenía más color que el papel que oscilaba entre sus dedos. Cuando le di los buenos días, me miró y negó con la cabeza.

—Se acabó —me dijo solamente, tendiéndome aquel papel.

Era una comunicación oficial de la Dirección General de Sanidad, máxima autoridad responsable de nuestro trabajo en un país donde el ejército tenía tres ministerios y la salud de los ciudadanos ninguno. Era una orden de suspensión del tratamiento con clorpromazina que se venía dispensando a las enfermas del manicomio de mujeres de Ciempozuelos. Era un aviso de que se interrumpía el suministro del citado fármaco a partir del 14 de noviembre de 1955. Era una medida de obligado cumplimiento hasta nueva orden, so pena de incurrir en las sanciones correspondientes.

—Se acabó —repitió la hermana Belén cuando terminé de leer—. Era demasiado bueno para que nos dejaran en paz.

—Pero... —me desplomé en la otra butaca y no fui capaz de creerme lo que acababa de leer—. ¿Por qué? No lo entiendo.

En ese momento, Robles se dio la vuelta, se sentó frente a nosotros, me miró, y leí en su rostro que aquella derrota también le pertenecía.

—Yo lo he intentado, Germán —porque el fracaso le pesaba en los párpados—. Te juro que lo he intentado —tiraba hacia abajo de las comisuras de sus labios—. He estado dos días metido en el despacho del director general —imprimía una pátina verdosa, mate, a su piel morena, levemente aceitunada—. He llegado a proponerle que llamara por teléfono a Eijo Garay, para que le contara lo que vio cuando vino a vernos. Pero no ha habido manera, porque no se trata de eso. Al señor director general, el estado de Rafaela Rubio Fernández le toca mucho los cojones —entonces se dio cuenta de que no estábamos solos en el despacho—. Perdóneme, hermana, lo siento mucho. Es que estoy muy nervioso.

—No me extraña.

—Pero, entonces... —yo no entendía, porque no quería entender—. ¿Qué ha pasado?

José Luis Robles bebió agua, encendió un cigarrillo, se apretó el nacimiento de la nariz con las yemas de los dedos índice y pulgar de la mano derecha, respiró hondo y me explicó algunas cosas. Que en 1949 se había refundado la Asociación Española de Neuropsiquiatría. Que su presidente, por descontado, era Antonio Vallejo Nájera, auténtico caudillo de la psiquiatría nacional. Que, como yo seguramente sabría, Vallejo tenía un enemigo jurado, que se llamaba Juan José López Ibor. Que si Vallejo acaparaba los cargos, López Ibor tenía el poder que le daba haberse hecho millonario con su consulta privada. Que llevaba años engañando a la gente con tratamientos para revertir la homosexualidad, se decía que llegando incluso a la lobotomía, y afirmaba curar la depresión a base de pentotal sódico, un barbitúrico euforizante de duración muy corta que tenía enganchados a todos los depresivos de Madrid. Que sus pacientes se sentían tan bien cuando les inyectaban que, aunque el efecto no durara más de un cuarto de hora, todos volvían al día siguiente a por otra dosis. Que lo de la lobotomía era sólo un rumor que no le parecía demasiado fiable, pero lo del pentotal lo había visto él con sus propios ojos.

—Todo lo que te he contado hasta ahora es verdad —hizo una pausa sin apartar sus ojos de los míos—. A partir de aquí, sólo puedo suponer lo que ha pasado. Pero si tuviera que jugarme el sueldo de un mes a una hipótesis concreta, apostaría a que el único maldito punto en el que han logrado ponerse de acuerdo Vallejo Nájera, coronel del ejército español, y López Ibor, miembro del Opus Dei, ha sido la necesidad de suspender inmediatamente nuestro programa.

El director general no había pronunciado ningún nombre, ni para bien ni para mal. Le había contado, eso sí, que toda la profesión celebraba mucho nuestro éxito. Que él mismo estaba muy orgulloso del impulso que representaba para la ciencia española. Que quería agradecer expresamente al equipo del doctor Robles el trabajo realizado, pero que no podía dejar de manifestarle su inquietud. Que algunas voces autorizadas le habían sugerido que el tratamiento con clorpromazina era demasiado importante para circunscribirse a un único manicomio. Que diversas personalidades y asociaciones le habían solicitado que la nueva medicación fuera objeto de estudio en una próxima reunión de la Asociación Nacional de Neuropsiquiatría, que se celebraría en la próxima primavera y donde se planificaría adecuadamente su implantación en todo el territorio nacional. Que, si lo meditaba bien, el propio Robles comprendería que lo más indicado sería que la medicación estuviera disponible en todos los centros de salud mental del país, tanto públicos como privados, a partir de una fecha determinada. Que era imprescindible que todos los psiquiatras españoles recibieran la correspondiente formación antes de aplicarla. Que, después de meditarlo bien, él mismo había comprendido que no debería haber autorizado nuestro programa sin prever las consecuencias de esa decisión. Que el permiso que nos otorgó, y él era el primero en lamentarlo, había sido interpretado como un gesto de favoritismo, un privilegio infundado. Que en España nadie podía discutir el talento y la capacidad de don Germán Velázquez. Que desde la Dirección General se valoraba extraordinariamente la iniciativa de don José Luis Robles al reclutar a uno de los seis únicos psiquiatras europeos que habían dirigido ensayos clínicos del nuevo fármaco. Que, sin embargo, no podía dejar de informarle de la preocupación que inspiraba el hecho de que el único hijo varón del tristemente célebre profesor Andrés Velázquez, una de las mayores, si no la máxima autoridad de la ciencia psiquiátrica en la España roja, disfrutara de la posibilidad de convertirse en una figura prominente de la nueva psiquiatría nacional. Que, desde luego, los hijos no heredan los pecados de sus padres, pero que había descubierto que sus compañeros de Ciempozuelos, aun respetando y admirando su gran labor, no calificaban precisamente a don Germán Velázquez como afecto a la gran obra del Generalísimo.

—Eso no lo ha averiguado él solo, como comprenderás. Eso fue a contárselo alguien y ahí, el excelentísimo señor director general de Sanidad se cagó de miedo. Y ya no hubo más que hablar.

—Pero no podemos aceptar esto —protesté—. No podemos obedecer. Por Rafaela, por Sonsoles, por Luzdivina. Para ellas, esto sería una putada...

En ese momento, alguien llamó a la puerta con los nudillos.

—Buenos días —Arenas asomó la cabeza y dio un respingo—. ¡Uy, perdón! No sabía que estaban reunidos.

—Ya estábamos terminando —Robles se levantó, guardó la orden de la Dirección General en una carpeta, le puso una pila de libros encima y nos miró—. Mañana a las diez volvemos a hablarlo, si les parece bien.

Aquella tarde, le dije a Eduardo que no podía quedarme con él tomando cañas porque tenía que ir a ver a mi cuñado, y no mentí. No había parado de pensar en lo que se nos venía encima desde que salí del despacho de Robles y a última hora creí haber encontrado una solución para evitar un desastre que ni siquiera estaba en condiciones de cuantificar. Ni yo ni nadie sabía qué podría ocurrir si se suspendía bruscamente el tratamiento, porque nunca se había hecho nada semejante. Pero, por analogía con otros fármacos, era probable que las pacientes empeoraran hasta niveles que no habían padecido antes, retrocediendo hasta estadios críticos. Si no quedaba más remedio que retirarles la clorpromazina, deberíamos reducir la dosis poco a poco, estirarla al menos durante un mes. Pero aquel día era jueves, 8 de noviembre. Sólo faltaban seis días para el miércoles 14.

—Buenas tardes —la recepcionista de la agencia de transportes La Meridiana me sonrió antes de pulsar el botón del interfono—. Pues sí, ha tenido suerte. Don Rafael Cuesta está en su despacho. Es el último del pasillo de la izquierda.

Cuando llegué hasta allí, el marido de mi hermana Rita me estaba esperando en la puerta.

—Qué sorpresa, Germán. Pasa, por favor.

—Gracias —cerró la puerta y, como si supiera lo que iba a contarle, antes de sentarse soltó la cortina de tela que cubría el cristal, para que no nos vieran desde fuera—. He venido a pedirte un favor.

Le conté lo que había pasado sin entrar en mucho detalle. Tampoco pareció necesitarlo. Lo que necesitaba yo era que alguien transportara desde Berna una caja a mi nombre y, si hacía falta declarar el contenido, que el auténtico no constara en ninguna parte.

—O sea, un envío ilegal —recapituló.

—Pues... Me temo que sí.

Al escucharme, sonrió, y aquel gesto deshizo en un instante el semblante de modelo de El Greco que me había llamado siempre la atención cuando estaba serio.

—No te preocupes, son mi especialidad. Sólo dos cosas. Aunque lo más fácil es que no la abran, porque ya me encargaré yo de desviarla a la aduana que más nos convenga, siempre conviene colocar la carga en el fondo de la caja y rellenarla con otra cosa, bombones, latas de conserva, lo que se te ocurra. Y la segunda... —volvió a sonreír, esta vez para sí mismo—. ¿El origen no podría ser Zúrich? Tengo una entrega pendiente allí, de un cliente que comercia con antigüedades, en fin, es una historia larga de contar...

Si no hubiera estado tan preocupado por el futuro de mis pacientes, le habría invitado a una copa para tirarle de la lengua, hasta tal punto me habían intrigado aquellos puntos suspensivos. Pero él me dijo que todavía tenía trabajo que hacer y yo también estaba ocupado. Necesitaba pensar bien lo que iba a hacer, telefonear a Berna o, tal vez, a Neuchâtel, seleccionar a algún antiguo colega que estuviera dispuesto a ayudarme sin hacer preguntas. Cuando nos despedimos, Rafa me dijo que, para que mi caja llegara el día 15 por la mañana, porque el 14 era imposible, tenía que confirmarle el envío antes de las dos de la tarde del día siguiente.

—Y si no puede ser —añadió en el último instante, como si pudiera adivinar el futuro—, no pasa nada. Tú, tranquilo.

Aquella tarde todo salió bien. Mi primera opción, mi antiguo jefe de la Waldau, se ofreció a llamar a un colega de Zúrich que estaría dispuesto a colaborar con nosotros. Por la mañana, la euforia que me inspiraba la modesta esperanza de mantener el programa en funcionamiento gracias a ulteriores envíos, logró encender una luz en los ojos de la hermana Belén, pero Robles no dejó de negar con la cabeza mientras me escuchaba.

—No lo entiendes, Germán —dijo al final—. No lo has entendido. No me extraña, porque no es fácil, pero... Yo te agradezco mucho tu interés, tu propuesta y todo eso, pero no podemos hacerlo. Porque esto no es una cuestión política, aunque lo parezca. Si no fueras hijo de tu padre, se habrían inventado otra cosa, que eres protestante, adúltero, homosexual, anarquista, lo que fuera. Esto es un pulso por el poder, porque ahora mismo la clorpromazina es poder, y el poder, en España, es un derecho exclusivo de quienes ganaron la guerra. Y, aunque a mí me obligan a agradecerles todo el tiempo que me hayan perdonado, yo no la gané, y tú menos. Eso es lo que pasa, que las autoridades sanitarias de la España nacional se han dado cuenta de que estamos usurpando un trono que no nos pertenece, que sólo corresponde a los suyos. Por eso, lo que les pase a las pacientes no tiene importancia. Por eso, si fueras a contarles lo mal que lo va a pasar Rafaela cuando le quites la medicación, se dedicarían a dejarte hablar mientras resuelven el crucigrama del periódico. Así funciona este país, y todo es culpa mía, porque yo debería haberlo sabido. Fui un ingenuo, un gilipollas... —aquella vez ni siquiera se acordó de pedirle perdón a la hermana Belén—. Lo siento en el alma, te lo digo en serio.

—Pero... —ella conservó el ánimo más tiempo que yo—. Pero aunque se la quitemos al final, lo que dice Germán... Si pudiéramos retirarles la medicación poco a poco, ganaríamos tiempo y estarían mejor. Eso sí que podemos...

—No, hermana, no podemos —Robles volvió a negar con la cabeza—. ¿Usted se fía de todos los psiquiatras que trabajan en este hospital? ¿Usted cree que no van a preguntarle a alguno, o a varios, si Rafaela ha vuelto, o no, a quedarse muda, si Sonsoles ha vuelto, o no, a chillar por las noches, si Gertrudis ha vuelto, o no, a levantarse por la noche para coger un cuchillo de la cocina con la intención de matar a alguien?

—De todas formas —insistió ella con poca convicción—, a lo mejor merece la pena...

—¿Ir a la cárcel? Porque iríamos a la cárcel —hizo un gesto circular con la mano—, los tres. Eso también me lo advirtió el director general. ¿Usted cree que nuestras pacientes estarían mejor con nosotros en la cárcel?

—¿Y entonces? —pregunté yo, a modo de respuesta.

—Entonces hay que esperar. A que se reúnan en primavera, a que les aplaudan los colegas, a que salgan en la prensa, a que Vallejo acapare todo el protagonismo y López Ibor vuelva a arrepentirse de haber confiado en él... No queda más remedio que esperar hasta el verano como mínimo. Entonces, con suerte, podremos volver a empezar. Siempre que no hayas decidido volverte a Suiza, claro.

En diciembre, cuando las hermanas pusieron un Nacimiento

grande y bonito, antiguo, en uno de los soportales del patio de Santa Isabel, Rafaelita Rubio había vuelto a vivir en una butaca de mimbre.

Ya no sabía que tenía una abuela. Ni que hacía mantecados en Nochebuena. Ni que en su pueblo cantaban villancicos que no conocían las hermanas de Ciempozuelos.

A cambio, lloraba todas las tardes. Igual que Walter Friedli.

III
La soledad (1956)

Cuando estaba empezando a pensar que lo mejor sería volverme a Suiza, doña Aurora me pidió que la dejara embarazada.

—No se preocupe, Germán, que yo nunca he sido viciosa, nunca, ni de jovencita...

Aquel año, febrero no nos había regalado su tramposo, consolador anticipo de la primavera. De madrugada había vuelto a helar. La escarcha extendía un velo tenue, inmaculado, sobre el cristal de la ventana de la habitación 19 del Sagrado Corazón, y los delicadísimos cristales que insinuaban los invisibles dedos del hielo me llamaron la atención antes que la rotunda sonrisa de mi paciente, tal vez porque entonaban mucho mejor con mi estado de ánimo. Tanto, que ni siquiera me detuve a analizar aquella misteriosa bienvenida.

—¿Se ha abrigado bien, doña Aurora? —pregunté como si no la hubiera oído—. Hace mucho frío.

—¡Ah! Pero... —y de repente se echó a reír—. ¿Qué se ha creído, que vamos a hacerlo ahora? ¡No, hombre! Hay que ver, qué cosas tiene usted, menuda impaciencia... Tenemos que esperar al momento óptimo y estoy manchando todavía. De todas formas, cuando lo hagamos tampoco me voy a desnudar. Ya le he dicho a usted que no soy viciosa.

En ese momento comprendí lo que esperaba de mí y me convertí en un elemento más del paisaje que se adivinaba detrás de la ventana. El hielo se infiltró a través del muro, se introdujo en los poros de mi piel, me llegó al corazón y, durante un instante, fui solamente frío. Después sucedió algo más extraño todavía.

En diciembre de 1955 había escrito a las familias de las pacientes de mi programa. Pretendía prevenirles de lo que iban a encontrarse en sus visitas navideñas, porque veinte días después de la abrupta suspensión del tratamiento con clorpromazina, la involución se apreciaba a simple vista en todos los casos, pero no me atreví a contarles la verdad. En un lenguaje equitativamente técnico y piadoso, les eché la culpa de todo a las dificultades de importación del nuevo fármaco. Les aseguré que había sido un problema burocrático, que habíamos hecho todo lo posible por superarlo, que teníamos la esperanza de restablecer el programa a lo largo del verano de 1956. Al escribir aquellas cartas, creí ser plenamente consciente de mi fracaso. Me equivoqué, porque la verdadera plenitud llegó cuando empecé a recibir las respuestas.

Robles me recordó que me había advertido a tiempo que sería mejor no dar información ni pedir autorizaciones. Al escucharle, recuperé la sensación de escandalizada extrañeza con la que había acogido aquella recomendación, pero eso no me sorprendió tanto como la incredulidad que me inspiró aquel recuerdo. A destiempo, le di la razón. Dos años después de volver, por fin había aprendido que España no se parecía a Suiza. Me habría gustado rebelarme contra mi conformidad, pero no lo conseguí.

—Ya sabía yo que esto no iba a salir bien —Salud me sonrió con un gesto de resignación tan antiguo como la polvorienta pátina de tierra que llevaba incrustada en la piel—. A ver, una cosa tan buena, tan moderna, y sin pagar nada... Eso no podía ser para nosotros. Pero yo le quedo muy agradecida por todo, doctor. Que haya cuidado tan bien de mi Rafaela, que yo haya podido hablar con ella, que me haya reconocido... —en ese momento se le escaparon dos lágrimas que no lograron arruinar su sonrisa—. Lástima que no haya llegado a tiempo de ver a sus abuelos. A ellos les hacía mucha ilusión, pero...

¡Qué le vamos a hacer! Le he traído unos mantecados de los que hace mi madre, espero que le gusten. Le acabo de dar uno a Rafaelita, pero no ha querido ni mirarlo. En la falda se lo he dejado, pobrecilla.

Me tendió una caja de cartón atada con un cordel y la recogí con la sensación de que estaba viviendo una escena profundamente errónea. Pégueme, Salud, pensé mientras la miraba. Grite, le pedí en silencio, insúlteme, dígame que soy un sinvergüenza, un cabrón, que no tengo derecho a jugar con usted, a darle falsas esperanzas. Cáguese en mi padre, Salud, por favor. Haga algo, lo que sea, pero no se resigne.

—Muchas gracias —fue todo lo que le dije a cambio—. Yo lo siento en el alma, se lo aseguro. Habría hecho cualquier cosa...

—Lo sé, doctor, lo sé —ella me cortó antes de que pudiera seguir enhebrando excusas inútiles con fabulosas promesas—. No me lo diga, que eso lo sé.

La mayoría de las familias a las que escribí no me contestó. La reacción de los pocos que vinieron a hablar conmigo se mantuvo en una gama muy limitada de variaciones sobre la resignación de Salud. Y entre quienes vinieron a ver a las enfermas, algunos ni siquiera pasaron por mi despacho. Fui yo en su busca para escuchar siempre lo mismo, qué le vamos a hacer, es la voluntad de Dios, gracias por todo. El hijo de Gertrudis, un adolescente de catorce años, fue el único que me ofreció una reacción comprensible. Cuando fui a ver a su padre, le encontré sentado en un taburete, junto a la silla de una mujer que hablaba sola, moviendo las manos en el aire, sin dar muestras de reconocer al chico que le acariciaba las rodillas sin parar.

—¿Qué le ha hecho usted a mi madre? —al verme se levantó, vino corriendo hacia mí—. ¡Hijo de puta! ¿Qué le ha hecho? —me embistió con la cabeza en el estómago y me tiró al suelo—. ¿Por qué está así otra vez, por qué?

Cuando me levanté, su padre le estaba zarandeando. Me

interpuse entre ellos, a tiempo de evitarle al chaval el golpe que el adulto descargó sin querer sobre mi cabeza. Me hizo daño pero no me importó. Me lo merecía.

—No se disculpe, por favor, no ha sido nada, un accidente —le tranquilicé sin dejar de interceder por el chico—. Y no se enfade con su hijo, no le regañe, porque su rabia es comprensible, no me extraña que esté tan enfadado. Todo esto ha sido una desgracia y nadie lo lamenta más que yo, créame. Me siento muy culpable, pero le juro que no les he engañado. La medicación funciona, estaba funcionando, ya lo han visto ustedes. Lo que ha pasado no depende de nosotros, puede estar usted seguro. Las hermanas no han tenido nada que ver, los médicos tampoco. Ha sido el Gobierno, la Dirección General de Sanidad, los que han dado la orden de suspender el programa. Si hubiéramos podido hacer otra cosa, lo que fuera, yo le aseguro que ahora mismo...

Habría podido seguir enhebrando palabras con sentido, y sin él, durante el resto del día, pero el marido de Gertrudis levantó la cabeza y no fui capaz de afrontar su mirada. Me callé tan deprisa como si hubiera vuelto a golpearme con el puño, porque eso fue lo que sentí. La infinita tristeza de aquel hombre, que no decía nada mientras negaba sin parar con la cabeza, me partió el corazón, abriendo una grieta tan profunda que los contratiempos burocráticos, las envidias profesionales, la eugenesia fascista o los despachos de pentotal, nunca podrían rozarla siquiera. La clorpromazina suprimía los síntomas de la esquizofrenia, pero ningún tratamiento que yo conociera, ninguna receta de las que podría escribir en un papel, llegaría a curar jamás aquella humillación, la líquida oscuridad de unos ojos curtidos en el hábito de la desgracia, una resignación idéntica a la que Salud había sabido expresar con palabras. Yo no sabía qué decirles a aquellos ojos, y me arrepentí de haber hablado tanto. Sin embargo volví a hacerlo enseguida, para pedirle a su hijo que saliera conmigo a la galería. Pretendía separarlo de su padre, pero cuando el silencio dejó de ser consolador, cuando empezó a atronar en mis oídos con más fuerza que cualquier grito, le expliqué despacio, con palabras sencillas, lo que había pasado.

—No me lo creo.

Acababa de contarle que en el plazo de un año su madre habría vuelto a mejorar y me respondió levantándose para volver a su lado. Pero a medio camino se volvió, me miró.

—Siento haberle llamado hijo de puta antes —me dijo.

—Aunque sigues pensando que eso es lo que soy.

—Sí, pero su madre es como la mía. Ellas no tienen la culpa de nada.

Un rato después, los vi salir del edificio. El padre arrastraba al hijo por el brazo con la violencia que le inspiraba su propia desesperación. Presentí que al otro lado de la verja le pegaría por fin, aunque los golpes no estarían destinados a él, ni siquiera a mí. Le pegaría porque no podía pegarse a sí mismo. Le pegaría para pegarse con su pobreza, con el destino, con la enfermedad de su mujer, con la mierda de vida de los maridos de las esquizofrénicas. Si hubiera sido capaz de alcanzarle, de bajar las escaleras y cruzar el jardín a la velocidad precisa para detenerle, quizás lo habría intentado. Como era imposible, me abandoné a mi propia violencia, un eco de la suya que ascendía hasta mi boca como la regurgitación de un veneno muy amargo. Si hubiera podido pegarme con alguien, lo habría hecho yo también. Como tampoco podía pegarme conmigo mismo, me quedé quieto, mirando por la ventana, hasta que sentí dolor. En algún momento, sin darme cuenta, había empezado a clavarme las uñas en las palmas de las manos. Cuando las miré, encontré en cada una cuatro marcas rojizas, con la forma de otras tantas medialunas, que tardaron un buen rato en desaparecer. Mientras las miraba, más que en ningún otro instante de los que había vivido en España, en Madrid, en Ciempozuelos, desde que volví, comprendí lo que significaba que mis padres, los españoles como ellos, hubieran perdido la guerra. Porque la resignación de Salud, la conformidad del marido de Gertrudis, los golpes de los que se estaría doliendo su hijo al otro lado de la verja, eran el botín más preciso de todos los que había conquistado Francisco Franco.

En ese clima, como un volcán nevado, sometido en apariencia a los hielos de un invierno incapaz de templar la lava ardiente que lo va colmando poco a poco por dentro, terminó 1955 y empezó 1956. El año de mi rendición, pensé, de mi regreso a Suiza, de mi segundo y definitivo exilio. Había vuelto a casa, había ejercido mi profesión en mi país, había creído empezar muchas cosas y tenía las manos tan vacías como cuando llegué. En Suiza no me esperaba nadie, no me esperaba nada, salvo la perspectiva de otro comienzo que me convertiría sin remedio en un principiante profesional. No me apetecía volver a volver. No tenía expectativas que hicieran atractiva la idea de quedarme. Estaba solo, abocado a una soledad semejante en Berna y en Madrid. Allí, más triste. Aquí, más caliente, más cercana a la rabia. Pero la misma soledad. Hasta que, a principios de febrero, a doña Aurora se le ocurrió pedirme que la dejara embarazada y mi culpa empezó a hacerme compañía.

Yo no era responsable de su paranoia, pero sí de haber tomado decisiones excéntricas, incompatibles con la realidad del país donde vivía, el feudo de un general fascista asentado sobre los hombros de la Iglesia católica. Nadie me había mandado volver a vivir en España. Nadie me había mandado convertirme en el psiquiatra de Aurora Rodríguez Carballeira, cambiarle la medicación, sacarla de paseo, incentivar su euforia, los delirios que alentaba al borde de la muerte. Nadie me había mandado afirmar que, si Dios había creado el mundo, la tabla periódica de los elementos también era obra suya. Todo eso lo había hecho por mi propia voluntad, como informar a la madre de Rafaelita, al marido de Gertrudis, invitarles a comprobar la mejoría de sus seres queridos, proponer altas temporales, viajes a un pueblo de la provincia de Cuenca, hundirles en un pozo más hondo que aquel en el que habían vivido sin preocuparse nunca por medir su profundidad. Yo me había puesto de su parte para regalarles una cinta métrica, un pico y una pala con los que cavar su propia desgracia. Mis intenciones habían sido buenas, tan inocentes como las que me habían impulsado a perseguir a María Castejón por los pasillos dos años antes, pero se habían corrompido a traición, por el simple contacto con el aire que respirábamos todos los días. Porque España no era Suiza. Porque no se parecía a ningún país civilizado. Porque yo había vivido, había trabajado, había tomado decisiones como si no lo supiera.

—No digas tonterías, Germán —Eduardo intentaba consolarme por las tardes, en la misma cervecería donde me había enseñado todo lo que yo no había querido aprender—. ¿Cómo va a ser culpa tuya? —pero bajaba el volumen de su voz a tiempo—. Es culpa de este puto país —y lo adelgazaba hasta reducirlo a una hebra de sonido apenas perceptible—, de los hijos de puta que lo han convertido en un país de mierda.

Tampoco entonces le di la razón, al menos no del todo. Yo no tenía la culpa de la paranoia de doña Aurora, de la esquizofrenia de Rafaelita Rubio, pero era culpable de mi fe, de la suprema excentricidad de haberme permitido el lujo de cultivar esperanzas en un país radicalmente privado de ellas. Esa era mi culpa, la responsabilidad del propietario, el armador, el capitán de un barco que se iba a pique sin remedio.

—En los cuarenta estábamos peor y estábamos mejor al mismo tiempo.

Mi hermana Rita terminó de explicármelo un domingo de invierno, cuando nos reunimos en Gaztambide 21 alrededor de un cocido. Yo había ido volviendo progresivamente a ese redil, a medida que mi relación con Pastora expiraba de muerte natural. En otoño la había llamado algunas veces, habíamos quedado para repetir nuestro antiguo ritual, pero también el sexo había ido languideciendo poco a poco. Hasta que llegó un momento en que el hastío, el silencio, las preguntas y respuestas que los dos esquivábamos por igual, se hizo demasiado incómodo. Entonces, supongo que nos dejó de compensar al mismo tiempo. Nuestra última despedida fue trivial, un hasta luego que no me resultó doloroso, ni siquiera amargo, para desconcierto de mi madre. Ella nunca fue capaz de adivinar por qué había vuelto a comer en su casa los domingos, pero un día me vio llegar con tan mala cara que se atrevió a preguntar qué me pasaba.

—Si os lo cuento, voy a echar a perder la comida.

No pareció importarles, así que acabé contándoselo todo, hablando durante mucho tiempo, de la clorpromazina, de la orden de la Dirección General de Sanidad, de las explicaciones de Robles, del desconsuelo de la hermana Belén, de la madre de Rafaelita, del hijo de Gertrudis, de su padre, de su resignación, de mi impotencia. El cocido me gustaba mucho, pero casi no comí. Rita repitió garbanzos un par de veces mientras me escuchaba. Después, tomó el relevo.

—En los cuarenta, la gente no tenía nada que comer, pero tenía esperanza. La fe alimenta más que la comida, y estábamos convencidos de que los aliados invadirían España si ganaban la guerra mundial. Eso era lo que esperábamos todos, y esa idea nos ayudaba a soportar el hambre, las cárceles, las palizas. Todavía me acuerdo del discurso que le largué a una amiga mía en un banco de la calle Serrano, el día del consejo de guerra de su novio. No me acuerdo ya de la fecha, y eso que fui yo a Las Salesas, porque ella estaba trabajando y no podía. A finales del 41 sería, anda que no ha llovido, y en todos los sentidos, no creas... Cuando le dije que le habían caído treinta años, se le pasó de golpe la alegría de que no le hubieran condenado a muerte. La pobre se quedó hecha polvo, y yo, en vez de consolarla, la regañé. Ahora me acuerdo y no me lo puedo creer, pero eso fue lo que hice. Le dije que no pasaba nada, que lo importante era que no le iban a matar, que iba a vivir para ver cómo los aliados echaban a Franco de El Pardo, y volvían la República y la democracia... —cerró los ojos, frunció los labios, negó con la cabeza y su marido le cogió de la mano, se la apretó un par de veces—. Estaba convencida de que eso era lo que iba a pasar —le miró primero a él, luego a mí, sonrió y siguió hablando—. Parece una estupidez, lo sé. Es una estupidez, pero yo estaba segura de que después de tanto sufrir tendríamos un final feliz, todos estábamos seguros, y sin embargo, ahora... Fusilan menos, sí, las cárceles están más vacías, también, muchos presos han vuelto a sus casas, desde luego, pero nadie espera nada bueno ya. Sólo acostarse por la noche para que amanezca el día siguiente, y vivir un día más sin encontrarse por la calle con un policía, y volver a acostarse, todo igual, siempre lo mismo. La mayoría de los españoles no se atreven a aspirar a otra cosa y están resignados, claro, ¿cómo quieres que estén? —a esa altura de su discurso, nuestra madre se levantó y se fue—. Nos han pegado mucho, Germán. Nos han pegado tanto, que muchos se conforman con que no les peguen más. Y los demás, nos la jugamos todos los días, aunque a mí me compensa, desde luego. Porque todos vivimos en un cementerio, pero algunos estamos vivos todavía.

Los capitanes de los barcos que naufragan se hunden con ellos. Cuando doña Aurora me tranquilizó, asegurándome que ni de jovencita había sido viciosa, me acordé de las ratas que corrían por los pasillos de la bodega del *Stanbrook*. Mientras estuvimos a bordo, en cuarentena, no había vuelto a verlas. Tal vez bajaron a tierra antes que nosotros, pero yo no iba a seguir su ejemplo. Yo iba a hundirme con mi barco.

—Perdóneme, no sé si la he entendido bien, pero me parece... —al comprenderlo, me sentí mucho mejor—. ¿Lo que pretende usted es tener un hijo mío?

—En efecto —se echó a reír—. ¿Qué le parece?

—Pues...

En ese momento, volví a ser su psiquiatra. Después de darle tantas vueltas al rumbo que tomaría mi vida, me bastó un segundo para decidir que no iba a marcharme. Me quedaría en España, en Madrid, en Ciempozuelos, hasta que doña Aurora muriera, hasta que Rafaela Rubio volviera a acordarse de que tenía una abuela, hasta que Gertrudis reconociera otra vez a su hijo.

361

Quizás no era la postura más inteligente, pero bastó para llenarme de aire los pulmones, para despejarme la cabeza, para animarme a encontrar la manera más suave de hablar con mi paciente, esquivando por igual todos los sinónimos y derivados del término *locura*.

—Eso no puede ser, doña Aurora. Hace muchos años que usted dejó de ser una mujer fértil.

—¿Eso es lo que cree?

Me dedicó una sonrisa triunfal antes de levantarse de la butaca con una agilidad sorprendente. A cambio, el pinchazo que la obligó a detenerse de golpe y a sujetarse el vientre con las dos manos no me sorprendió en absoluto. Sus dolores tenían que ser cada vez más intensos aunque, ensimismado en mi propia derrota como estaba, ni siquiera se me había ocurrido pararme a pensar en la mejor manera de aliviarlos. Ella había decidido no darles importancia. En el instante en que pudo enderezarse, me miró, me sonrió y siguió andando hacia la cómoda.

—Esto es una guarrería, no crea que no lo sé —dijo mientras abría el primer cajón—, pero como me imaginaba lo que iba usted a decirme, he guardado... Aquí está —volvió a cerrar el cajón y vino hacia mí con un paño manchado de sangre en la mano—. No puede decir usted que le da asco, porque es médico. A mí sí que me da un poco, la verdad, pero... ¿Lo ve?

—Lo veo.

—Pues entonces ya puedo tirarlo al cubo de la ropa sucia.

Al darse la vuelta, un nuevo pinchazo la obligó a doblarse sobre sí misma.

—Démelo, doña Aurora, ya lo tiro yo —se lo quité de la mano, lo dejé caer al suelo y la acompañé a la butaca donde me había recibido—. El cubo está en el baño, ¿no?

—Sí —mientras iba hacia allí, la oí murmurar—. Yo no sé qué me pasa hoy, si a mí la regla nunca me ha dolido tanto...

Me acerqué a ella, le puse la mano en la frente, me ofrecí a ir a buscar un analgésico y no me lo consintió.

—Usted no se preocupe por mí, que hace muchos años que no he estado tan bien. Acerque esa silla, siéntese cerca de mí, ahí delante, que yo le vea... —sólo cuando cumplí sus instrucciones siguió hablando—. La naturaleza está de nuestra parte, ¿lo comprende? Lamarck tenía razón, Darwin tenía razón, la función crea el órgano, la supervivencia de la especie depende de sus individuos mejor adaptados, el futuro de la Humanidad depende de mí, siempre ha sido así, pero hasta ahora no lo había entendido, me precipité cuando aún no había llegado el momento óptimo, eso fue lo que pasó, Hildegart fue un error, siempre lo supe, siempre lo dije, pero nadie quiso hacerme caso, fue culpa mía, yo era joven, inexperta, me equivoqué, eso también lo he dicho siempre, cometí un error fatal, escogí al padre equivocado, ¿lo entiende?, ¿lo entiende?

Nunca la había visto tan agitada. Tenía la cara coloreada por una especie de furia interior, un fuego que ardía sin llama, y los ojos dilatados, las manos en constante movimiento. Se dirigía a mí con una vehemencia agresiva, pero aunque hablaba a una velocidad casi insoportable para mis oídos, su voz reflejaba con exactitud el tormentoso devenir de un pensamiento que fluía en oraciones lógicas, ordenadas, perfectamente construidas. A pesar de las apariencias, no era un discurso improvisado. Recordé sus misteriosos coqueteos del verano anterior, los celos que le había inspirado María, las señales que yo no había sabido interpretar, y concluí que había empezado a elaborarlo muchos meses antes, cuando empezó a sentir el dolor que la había confundido, que la había persuadido de que su voluntad era capaz de imponerse a los mecanismos de la naturaleza.

—Porque eso es lo que ha pasado —resumió—, que cuando usted llegó comprendí que no había aparecido por casualidad, que su presencia en mi vida tenía un sentido, aunque no lo entendí al principio, ya sabe que de entrada creí que era un agente de mis enemigos, luego me acordé de los rusos, porque como al llegar tenía usted un acento tan raro, pero después...

—Un momento, doña Aurora —y apreté sus manos con las mías—. Tiene que tranquilizarse, hágame caso porque...

—No, no, no, no, no —subrayó cada negativa con un violento giro de la cabeza—, no me diga nada, déjeme hablar, ya me contará quién le ha enviado o si ha venido usted solo, por su propia voluntad, tendremos mucho tiempo para hablar de eso, ahora lo único que importa es que su presencia bastó para que me sintiera mejor, que fue usted, usted, quien desencadenó el proceso. No se lo va a creer, pero cuando empecé a mejorar, cuando pude volver a pensar, una tarde me dije que era una pena que ya no viera bien, ¿sabe? Pensé que, si pudiera coser, fabricaría una criatura, como aquellas que me mataron, y así me dormí, y esa misma noche empezaron los dolores, mi cuerpo respondió a mi voluntad, ¿lo entiende?, no mejorándome la vista, como yo habría esperado, sino devolviéndome algo mucho más valioso, la facultad de concebir y de gestar un nuevo hijo, eso es lo que ha pasado, que la función crea el órgano, que la supervivencia de las especies depende de sus individuos mejor adaptados, que la especie humana depende de mí y me ha dado otra oportunidad, una más, la definitiva. Usted está aquí para eso, ¿se da cuenta?, está aquí para engendrar en mí al definitivo redentor de la Humanidad, el hombre nuevo sobre el que se levantará el destino de un mundo mejor, y es tan importante que necesito que me diga que lo entiende, que va a colaborar conmigo. La Humanidad no le perdonará si se niega y además será muy fácil, ya lo verá, porque yo no soy viciosa, el placer no me interesa, nunca he tenido placer con un hombre de cintura para abajo. Para concebir a Hildegart me bastaron tres veces y ahora tengo la intuición de que una sola será suficiente, pero necesito saber, dígame si puedo contar con usted, porque...

—Claro que puede contar conmigo, doña Aurora —no calculé las consecuencias que podrían desarrollar esas palabras porque lo único que me importaba era tranquilizarla, interrumpir a toda costa aquel delirio—. Siempre, ya lo sabe.

—¡Ay, qué alivio! No sabe usted la alegría que me ha dado.

—Pero —recordé nuestra visita al médico del manicomio y proseguí por un camino que sabía que le iba a gustar— como usted es especial y esto no le ha sucedido nunca en la Historia a ninguna mujer antes de ahora, no sabemos cómo se desarrollará el proceso. Como usted dice, debemos esperar al momento óptimo —me dedicó una sonrisa tan ancha que sus labios se asemejaron a las fauces de un animal—, ¿está de acuerdo conmigo en eso?

—En todo, Germán —asintió con la cabeza y la misma violencia con la que había negado antes—, en todo...

—Bueno, pues a mí me parece que lo fundamental ahora es que se sosiegue. La agitación no es buena para nada, así que lo que va a hacer usted ahora es esperarme aquí un momento. Vuelvo enseguida.

Salí corriendo de su habitación y fui a buscar a María Castejón.

—¿Qué? —su expresión me persuadió de que había sido tan incapaz como yo de anticipar las consecuencias de la menstruación imaginaria de doña Aurora.

—Luego te lo explico bien —le prometí—. Ahora lo único que necesitamos es sedarla. Yo voy a volver con ella para tomarle la tensión, que debe de tenerla por las nubes. Tú ve a buscar el analgésico más fuerte que encuentres, y si puede ser morfina, mejor.

Al día siguiente, mientras doña Aurora dormía, hablé con María en la hora de la lectura y me di cuenta de que algo estaba cambiando también en ella. Durante los últimos meses, la hostilidad de los acontecimientos había fulminado nuestra risueña sociedad del verano anterior. La yema batida con azúcar que había sostenido una ilusión azucarada, luminosa, en los días más calurosos del mes de julio, se había deshecho poco a poco mientras la realidad en la que había creído vivir se escurría entre mis dedos como una montaña de arena. Pero sus ingredientes seguían estando ahí, a la espera de cualquier tenedor sabio, capaz de reproducir el milagro. En los peores días de noviembre, en los días más tristes de diciembre, mientras las heladas de enero convertían mi fracaso en una rutina, María Castejón había estado a mi lado, animándome con palabras o con gestos, mínimos indicios de complicidad imperceptibles para los demás. Pero yo había apreciado su calor cada vez que me había puesto una mano en el hombro. Había registrado cada una de sus sonrisas, la solidaridad que encerraban sus muecas de desaliento. Creía haber interpretado correctamente todas sus señales, y sin embargo no logré entender la indiferencia que le inspiró el relato de mi conversación con doña Aurora.

—¿Qué te pasa, María? —le pregunté, cuando terminé sin que me hubiera interrumpido ni una sola vez—. Estás rara.

—¿Sí? —se esforzó por sonreír—. Bueno, en realidad estoy preocupada, porque tengo problemas y no sé cómo voy a arreglarlos.

—¿Problemas? ¿En el trabajo?

—Sí y no. O sea... —iba a explicármelo mejor, pero se mordió la lengua a tiempo—. Es una cosa un poco especial, pero no me preguntes, porque no te lo voy a contar —cuando intenté desobedecerla, levantó una mano en el aire—. Ya te enterarás, te lo prometo.

—¡Joder, María, te has vuelto tan misteriosa como doña Aurora!

Aquel comentario la hizo reír y le devolvió el ánimo que yo había echado tanto de menos unos minutos antes.

—Bueno, vamos a lo importante. ¿Vas a acostarte con ella o no?

Nos reímos juntos y seguimos hablando como si sus problemas se hubieran desvanecido ante la gravedad de los míos. Yo sabía que mi obligación era decirle a doña Aurora la verdad. Que tenía un cáncer en el útero. Que esa era la única razón de su sangrado. Que los dolores no cesarían. Que crecerían en frecuencia y en intensidad durante los meses que le quedaban de vida. Que las hemorragias podrían llegar a interrumpirse de vez en cuando, la muerte no. Eso era lo que debería decirle, pero no sabía cómo iba a reaccionar y temía que la verdad empeorara su estado, que volcara sobre su agonía un infierno suplementario, un dolor de más entre los atroces dolores que la aguardaban. Luego, además, estaba el asunto de la morfina. La tarde anterior había tenido que ir a la farmacia a firmar una autorización para la ampolla que había conseguido María y había comprobado que, entre las normas del manicomio, constaba la de no recurrir a la sedación salvo en casos excepcionales. Doña Aurora aún no era una enferma terminal, y su estado no me garantizaría un suministro constante de la droga durante el tiempo que sería necesario. Seguramente no era correcto procurarle a ella, y sólo a ella, una muerte plácida. Seguramente no se la merecía. Pero más injusto era aún el prejuicio religioso, presuntamente ético, que condenaba a las internas de Ciempozuelos a morir con dolor.

—Total, que estoy en una encrucijada —resumí para María—. No sé qué hacer.

—Tranquilo —ella miró el reloj, se levantó y me puso una mano en el hombro—. Ya sabes lo que dicen, mal de muchos, consuelo de tontos pero, por si te sirve de algo, puedes estar seguro de que lo mío es mucho peor.

El 8 de marzo de 1956 amaneció un día de perros, pero si don Leopoldo Eijo Garay hubiera podido venir a celebrar la misa de campaña de la fiesta de San Juan de Dios, nos hubiéramos calado hasta los huesos. Como le había anunciado a Vallejo Nájera que tenía mucho interés en venir, todo se retrasó dos semanas.

En aquella fiesta atrasada, en el jardín del manicomio de los hombres, identifiqué al fin al casero de Las Fuentes. Había oído hablar mucho de él, tanto de sus méritos como de su mala suerte, sin poder asociarlo con una cara. Era un hombre grande, pesado, que aparentaba al menos diez años más que yo y no debía de tener muy buen carácter, a juzgar por las dos rayitas blancas que revelaban la huella de su ceño fruncido en un rostro tostado, curtido por el sol y por el aire. Se llamaba Juan Donato Fernández y cuando llegué al manicomio de los hombres, estaba hablando con María Castejón, que fue quien me lo presentó.

—Mucho gusto —le tendí la mano y él la apretó con más fuerza de la que esperaba—. Soy el doctor Velázquez.

—Ya, ya sé... —y se quedó un instante pensando, como si no encontrara nada más que decir—. Pues parece que por fin llega el buen tiempo.

—Sí, ya era hora —eso fue todo lo que encontré yo, pero María nos rescató al mismo tiempo de un silencio que prometía hacerse embarazoso.

—¡Mira, ha llegado Eduardo! Qué bien, no sabía que iba a venir...

Yo tampoco lo sabía, pero me alegré mucho de verle. Mientras iba hacia él, volví a escuchar a mi espalda la voz del casero.

—Pero, María... —y al volverme, vi que intentaba retenerla por el brazo—. ¿Adónde vas? Tenemos que hablar.

—No, no —ella se soltó y corrió para ponerse a mi altura—. Otro día hablamos, Juan Donato, yo te busco, tranquilo...

Eduardo vino hacia nosotros, nos abrazó y los tres nos fuimos a una esquina del jardín. Desde allí, mientras charlábamos de tonterías, la hermana Belén me vio, hizo un gesto para reclamarme y le pedí un poco de tiempo con la mano abierta. Pero no se movió del sitio ni dejó de mirarme.

—Verá, Germán —me dijo cuando me reuní con ella—, yo necesito hablar con usted. Es muy importante, pero este no es el momento, ni el lugar. Tenemos que hablar a solas.

Usted era la que me faltaba, hermana, pensé, abrumado por la cantidad de misterios femeninos que se habían derramado sobre mí en los últimos tiempos, pero me limité a asentir con la cabeza.

—Venga a verme al despacho mañana por la mañana, ¿quiere?

—¡Uy! Mañana tengo un día muy complicado. El lunes...

—No, el lunes no —me cortó, dedicándome a cambio una sonrisa tan difícil que no consiguió compensar su brusquedad—. Venga mañana, por favor. No es un capricho. Necesito verle lo antes posible y no sé si el lunes seguiré estando aquí.

El 25 de agosto de 1950 me casé con Herta Rebecca Goldstein en el Ayuntamiento de Berna.

Después, su padre me pidió perdón muchas veces. Fue culpa mía... Yo tendría que haberte contado lo que pasaba, tendría que haberte explicado por qué se marchó de casa, por qué te buscó. Lo pensaba todos los días, no creas, pero lo habíamos pasado tan mal, ella había sufrido tanto, yo tenía tantas ganas de que fuerais felices... ¿Y si sale bien?, me decía, ¿por qué no va a salir bien? Estoy viejo, Germán, soy un viejo tonto, decrépito. Estas cosas nunca salen bien. Yo tendría que haberlo sabido, porque soy psiquiatra. Tú también lo habrías adivinado, y sin embargo, te casaste con ella sin saber... Perdóname, porque ha sido culpa mía. Aquel hombre que me había querido como un padre repetía una y otra vez la misma letanía, pero no llevaba razón. Lo que pasó no había sido culpa suya, ni siquiera de Rebecca. Fue la vida, una desafortunada consecuencia de que mi mujer y yo estuviéramos vivos o, si acaso, el último coletazo de la muerte de Willi Goldstein.

Las mujeres siempre habían sido un problema para mí, pero los hombres eran pan comido para la encantadora señorita que se presentó en mi casa un domingo de verano de 1949. Había apostado consigo misma a que la invitaría a comer, y esa fue la última decisión que tuve que tomar hasta que me sugirió que lo mejor era que le pidiera que se casara conmigo. Cuando lo hice, había cumplido treinta años sin acumular la experiencia necesaria para comparar a mi flamante esposa con las novias que, aparte de su hermana Else, no había llegado a tener. Había salido con muchas chicas, me había acostado con bastantes, pero nunca había aprendido a gestionar mi deseo. Cuando no me precipitaba, para equivocarme antes de empezar, tampoco lograba prolongarlo en el tiempo. Mis enamoramientos parecían abocados a cultivar un jardín de plantas mal regadas, de esas que se marchitan cuando aún no han terminado de florecer. Quizás no había encontrado a ninguna mujer que cumpliera todos los requisitos de una lista que ni yo mismo conocía demasiado bien. Quizás, después de tantos años de vida en casas ajenas, apreciaba demasiado mi independencia. Quizás, sencillamente, era así de torpe. Rebecca no curó mi torpeza, no le hizo falta. Era tan habilidosa, tan adorable cuando quería, que le bastó con implantarse en mi vida. A partir de aquel momento, se limitó a explicarme lo que ella había decidido que yo iba a hacer, el hombre que me convenía empezar a ser. Durante un año y medio me limité a seguir sus instrucciones y no me arrepentí.

Estoy buscando trabajo lejos de casa, declaró mientras caminábamos hasta un restaurante que le había recomendado su amiga Sandrine. Yo no tengo tanta paciencia como papá, y tampoco estoy casada con mi madre, así que no tengo por qué aguantar lo que aguanta él... Diez años antes, cuando llegué a Neuchâtel, aquella mujer de piel luminosa y curvas perfectas que llamaba la atención en las calles de Berna, era casi una niña. Tenía catorce años, la cara llena de granos, una silueta accidentada por la colección de bultos de grasa que se repartían aleatoriamente por su cuerpo, un humor impredecible y un olor corporal muy intenso, poco agradable. El exilio de su familia la había privado en buena parte de los mimos que suelen concentrarse en los hijos menores. Cada dos por tres reivindicaba ese privilegio con caprichos, berrinches que sólo conseguían crispar los nervios de su madre y sacar a Else de sus casillas. Pero aunque casi nunca lograba que su arbitraria voluntad se cumpliera, Rebecca gritaba más fuerte que su hermana. Después de cada bronca, Else se marchaba de casa dando un portazo para que las dos salieran derrotadas por igual de la pelea. Cuando estaba en casa, yo iba tras ella para escuchar siempre la misma canción.

No puedo más, no soporto a esta niña, de verdad... Parece mentira que no se dé cuenta de cómo estamos, en un país extranjero, sin noticias de Willi, y ahora, por si nos faltaba algo, con Alemania en guerra. Pero ella nada, ya lo ves, ella siempre a lo suyo, que si necesito comprarme un vestido como el de mi amiga Nicole, que si con estos zapatos tan viejos no pienso salir a la calle, que si no me voy a comer el estofado porque estas coles me dan arcadas... No sé qué se habrá creído. Es muy pequeña, Else. Yo intentaba apaciguarla hasta que descubrí que aquel comentario la enfurecía todavía más. ¡Eso, tú ponte de su parte! No sé por qué tienes que defenderla siempre... Pero yo no pretendía defenderla. Yo sabía, simplemente, que todas las adolescentes son igual de insoportables, porque mi hermana tenía la misma edad que la suya cuando me marché de Madrid. Y era idéntica, le contaba, los mismos llantos, los mismos gritos, los mismos caprichos en medio de una guerra. Pero seguro que se bañaba más, replicaba ella. Pues no sé qué decirte, yo procuraba llevarle la contraria con suavidad, poco más o menos, no creas... Nunca supe si Else le habló alguna vez a Rebecca de Rita, pero cuando llevaba un par de años viviendo en su casa, la menor de las Goldstein empezó a fijarse en mí. Hasta entonces me había tratado como si fuera un mueble, pero poco antes de que me marchara a estudiar a Lausana empezó a distinguirme como objeto predilecto de sus bromas, hasta de sus gamberradas. Después, cuando me convertí oficialmente en el novio de Else, se mantuvo a una distancia cautelosa, amable pero fría. Te has equivocado de hermana, Germán, me dijo una vez Lili entre risas, aquella risa suya aguda, cantarina, su risa de antes. No era más que una broma, pero mucho después, cuando ella ya no era ella, y Else ya no era Else, la recordé muchas veces.

Rebecca no sólo acabó resultando la más guapa de las hermanas Goldstein. Desde pequeña era, además, la más divertida, aunque sólo sabía usar su ingenio como arma ofensiva. A cambio, era también la peor estudiante de la familia. Las noticias sobre la muerte de Willi, la conversión de su madre, la soledad de su padre, interrumpieron sus estudios de Magisterio. Ya había repetido algún curso de bachillerato y, cuando volvió a la universidad, creí que no lograría licenciarse, pero me equivoqué. Mientras comíamos juntos en el restaurante favorito de su amiga, bastante peor que el que yo habría escogido entre los tres que más me gustaban, ya sabía que había conseguido el título de maestra de primaria en junio de 1948. El curso pasado estuve haciendo prácticas en una escuela de Neuchâtel, me contó, pero no puedo seguir viviendo en esa casa, de verdad. ¿Qué te voy a contar de mi madre? Ya sabes cómo está, y Else me hace la vida imposible. Se ha convertido en una santita, ¿sabes? Está todo el día persiguiéndome por la casa. Me dice que no hace falta que vaya a la sinagoga pero que tengo que asumir mi identidad, me habla en yiddish, se echa a llorar si enciendo la luz un sábado, si me pongo un vestido escotado para salir a la calle, si canto, si me río, está todo el día llorando o rezando, y me dice que es por mí, que la estoy matando a disgustos... ¡Me lo dice Else, Else, ni siquiera mi madre! Total, que nunca nos hemos llevado bien, pero ahora no puedo soportarla. Y Sandrine, mi amiga del colegio, ¿te acuerdas de ella? Asentí con la cabeza porque me acordaba, los mismos granos, los mismos bultos de grasa, los mismos incomprensibles ataques de furia. Bueno, pues ahora vive aquí, en Berna. Se casó hace tres años con un relojero... Yo lo llamo así aunque en realidad es el dueño de una fábrica pequeñita que hace relojes malos, para exportar, que se parecen a los más caros, y se está forrando, no creas. Parece que los americanos se los quitan de las manos. Total, que ella me dijo que me viniera a vivir aquí, que podía quedarme en su casa mientras busco trabajo y echarle una mano con los niños, porque ya tiene un bebé y está a punto de dar a luz, pero he tenido suerte, ¿sabes? He encontrado una sustitución en un colegio de las afueras, cerca de la clínica donde tú trabajas. Es un internado femenino muy caro, un colegio para niñas ricas de medio mundo, aunque tampoco es que paguen al personal demasiado bien. Pero, bueno, de momento voy a instalarme en casa de Sandrine y a ver qué tal. Me han ofrecido sólo media jornada, aunque con un poco más de suerte...

Todas las tardes, un hombre joven, de aspecto triste, con la piel muy blanca y el pelo rubio cortado a cepillo, se apostaba en la puerta del colegio. No aparentaba la edad suficiente para ser el padre de Thomas Meier, el niño de nueve años al que venía a recoger después de clase. Rebecca se fijó en él por eso y porque siempre estaba solo, lejos de los corrillos donde las madres charlaban para hacer tiempo hasta que sonaba el timbre. En aquella escuela, como en todas las de Neuchâtel, la lengua materna de la mayoría de los alumnos era el francés. Thomas lo hablaba muy bien, pero no tanto como el alemán de Alemania, el mismo idioma en el que Rebecca había empezado a hablar, una lengua distinta del suizo que los niños francófonos aprendían en el colegio. La joven maestra en prácticas charlaba con Thomas en la lengua materna de ambos, aunque el resto de sus compañeros no les entendieran siempre, no del todo. Así, lo que al principio parecía una travesura, acabó fabricando un vínculo especial entre ellos. Thomas buscaba a Rebecca en el recreo, la llamaba cuando se caía y se hacía daño, la esperaba para salir con ella de la escuela. El día que le presentó a su tío Kurt, Rebecca ya sabía que la familia de Thomas era de Hamburgo, aunque vivían en Suiza desde antes de la guerra, porque su padre había encontrado un buen trabajo en Zúrich en los peores años de la crisis económica. El niño le contó que la empresa le había trasladado a Neuchâtel unos años antes y otras muchas cosas. Que su madre estaba desesperada porque el francés no le entraba en la cabeza, que Thomas y sus dos hermanas le enseñaban una palabra nueva cada día, que el hombre que venía a buscarlo era el hermano pequeño de su padre, que había llegado a Suiza hacía sólo unos meses, que había encontrado trabajo como recepcionista en un hotel, que trabajaba de noche y dormía allí por la mañana, que comía todos los días en casa de su hermano y luego iba a buscar a Thomas a la escuela, mientras su cuñada recogía a sus dos hijas en un colegio distinto, femenino. Todo eso, mucho y nada, sabía Rebecca Goldstein de Kurt Meier el día que su sobrino Thomas la arrastró de la mano para presentárselo. Enseguida aprendería algo más. Cuando él la miró, experimentó un extraño temblor, que sacudió el interior de su cuerpo sin manifestarse en el exterior. Cuando estrechó su mano, sonrió sin querer, por la autónoma voluntad de sus labios. Cuando Kurt le devolvió la sonrisa, mucho gusto, dijo, sintió que se estaba quedando sin suelo debajo de los pies.

Durante mis últimos años en Neuchâtel, mientras trabajaba a las órdenes del profesor Goldstein en la Maison de Santé de Préfargier, había tenido muy poco trato directo con su hija menor. No había vuelto, ni siquiera de visita, a la casa de la familia, un santuario de recogimiento y oración donde sólo los amigos de Leah y Ava eran bienvenidos. Veía a Rebecca los domingos, cuando la mayor parte de los Goldstein se reunía para comer en La Maison du Lac pero, aunque nos besábamos con alegría al llegar y al despedirnos, casi nunca buscábamos la ocasión de hablar los dos solos, más allá de las conversaciones de la mesa. Mi relación con Karl-Heinz y Anna, que habían dejado de ser anfitriones para convertirse en amigos durante mis años universitarios en Lausana, me impulsaba a sentarme a su lado, y sus hijos reclamaban constantemente mi atención. Sin embargo, aunque no hablaba mucho con ella, todos los días oía hablar de Rebecca Goldstein, que sin haber dejado de ser el principal sostén de su padre, se había ganado un lugar entre sus preocupaciones. Se comporta como la persona más adulta de la casa y no sé si eso está bien, aunque le agradezco todo lo que hace. Se encarga de ir a la compra, de darle instrucciones a la asistenta, de pagar los recibos, de revisar el correo, y está siempre pendiente de Lili y de mí. Trata a su madre como si fuera una niña pequeña, confusa e inexperta, pero siempre con cariño, con menos naturalidad, pero yo diría que hasta con más respeto que antes. Sin embargo, con su hermana Else... Se llevan tan mal que, cuando coinciden, es imposible cenar en paz. Las dos son igual de incapaces de comprenderse mutuamente, igual de inflexibles, de radicales. A veces las miro y me parecen dos boxeadores que esperan, cada uno en su esquina, a que suene la campana para pegarse otra vez. Yo intento mediar entre las dos sin ningún éxito, y Lili lo único que hace es llorar, así que... En septiembre de 1949, cuando volví a ver a Samuel y le conté mi encuentro con Rebecca, le di la enhorabuena. Mientras las cosas se estabilizan, le dije, es mejor que las dos hermanas vivan separadas, ¿no? Así, por lo menos, se rebajará la tensión en tu casa. Sí, bueno, me dijo con poco entusiasmo, aunque no sé yo... ¿Qué es lo que no sabes?, pregunté por preguntar, sin sospechar que sus motivos tendrían alguna vez tanto que ver conmigo. Nada, nada, me respondió, supongo que tienes razón, que es mejor que se haya marchado de Neuchâtel.

La primera vez que besó a Kurt Meier, Rebecca Goldstein sucumbió a dos sensaciones contradictorias e igual de intensas. Sintió que había acertado, que había encontrado al hombre que llevaba esperando toda su vida. No podía dudar de eso porque sus labios, su piel, las yemas de sus dedos temblando de placer al rodear aquella nuca, no eran autónomos, ni tenían el poder suficiente para engañarla. Su cabeza, sin embargo, se resistió al hechizo. Mientras el resto de su cuerpo se entregaba con una alegría salvaje, profunda, casi solemne, a la intensidad de aquel beso, su cabeza presentía que estaba cometiendo un error, y no acertó menos que su piel. Ambas tenían razón. Cuando lo descubrió, todo había pasado muy deprisa y nada tenía ya remedio. Yo soy judía, lo sabes, ¿verdad? Era la tercera vez que se acostaban juntos en una habitación pequeña y deslucida de un hotel de lujo, el alojamiento reservado al personal en la última planta del edificio. Antes, Rebecca apenas había podido hablar de nada distinto de lo que acababa de pasar. La primera vez fue la emoción. La segunda, el placer. Pero aquella tarde, mientras se daba cuenta de que estaba aprendiendo a gobernar esas dos riendas a la vez, comprendió con exactitud lo que había hecho. Estaba en la cama con un hombre alemán de veintiocho años en enero de 1949. Cuatro años antes, cuando terminó la guerra, él vivía en Hamburgo todavía. Era seguramente demasiado joven para haber ido al frente desde el principio, pero después... Antes de despegar los labios, la hermana menor de Willi Goldstein experimentó una suerte de tristeza anticipada y la tentación de no hablar, de no saber, de seguir avanzando a ciegas por el mismo camino que la había llevado hasta allí, el mejor lugar donde había estado en toda su vida. Se atrevió a pensar que el destino había decidido por ella al disponer un cielo extrañamente azul en una templada mañana de noviembre. Aquel día, ella había abierto la puerta para irse a trabajar con un paraguas en la mano sólo para devolverlo al paragüero un instante después. Hoy no va a llover, se dijo, y sin embargo, a la hora de comer el cielo se pobló de nubes blancas, luego grises, por fin negras. Cuando el timbre marcó el final de las clases, estaba diluviando y Kurt Meier le ofreció su paraguas al verla salir sin ninguno en las manos. Téngalo usted, a mí no me importa mojarme, le aseguró, estoy acostumbrado. Ella pensó que aquel hombre debía de haber hecho la guerra, porque no tenía manos de campesino, y no se le ocurrían otros oficios para acostumbrarse a la lluvia que el campo y el ejército. Entonces lo pensó, pero lo olvidó enseguida porque la casa de los Meier estaba cerca, porque Kurt le dijo que iba a acompañar a Thomas y después, si le apetecía, podrían tomar un café, porque ella accedió con una sola condición. Invito yo, ¿de acuerdo? Es lo menos que puedo hacer, después de que se haya puesto usted como una sopa por mi culpa... Al día siguiente, él se propuso devolverle la invitación y aquel café vespertino se convirtió en una rutina que no duró mucho. La primera vez que Kurt la llevó a su habitación por la puerta de servicio del hotel, no había pasado ni un mes desde que le cedió el paraguas. Todo había sido maravilloso. Todo fue maravilloso hasta que ella le preguntó si había hecho la guerra. Sí, él contestó sin dejar de acariciarla y no apartó los ojos de los suyos. Me alisté voluntario con veinte años, en el 41. Ella no dejó de abrazarle cuando le respondió que era judía. Ya lo sé, Kurt sonrió, ¿qué otra cosa ibas a ser con ese apellido? Luego se puso serio y ella dio un paso adelante. ¿Y no te importa? No, pero entendería que a ti sí te importara.

Unos días después de presentarse en mi casa, Rebecca me llamó por teléfono para contarme que ya estaba instalada en Berna. Yo me había ofrecido a ayudarla y ella se había echado a reír. Si no voy a traerme nada, me dijo, dos maletas, ¿qué te crees?, soy pobre como las ratas... Cuando le pregunté si ya las había deshecho, me respondió que sí pero que no me llamaba por eso. Sandrine va a dar una cena el sábado por la noche. Si no tienes otros planes, me encantaría que vinieras y así la conoces, bueno, la reconoces, precisó, aunque con lo inmensa que se ha puesto no te va a resultar fácil, te lo advierto. Mientras la escuchaba reír de nuevo, decidí que no iba a contarle que tenía otros planes, porque la cena mensual de las enfermeras de la Waldau, que me invitaban por pura formalidad, me aburría bastante. A ellas no les importará que me excuse, pensé, mientras le preguntaba directamente a Rebecca la dirección de su amiga. Aquella noche, como si se hubiera coordinado con ella, Samuel también me llamó. Quería avisarme de que el domingo siguiente no podría venir a Berna, como tenía previsto. Le respondí que era una pena, porque el sábado iba a cenar con su hija y había pensado que podríamos comer los tres juntos al día siguiente. Se alegró mucho de que Rebecca hubiera entrado en contacto conmigo, pero yo no conocía los motivos de su alegría cuando llegué a casa de Sandrine con unos minutos de retraso. Aunque a mí mismo me pareciera mentira, después de tantos años seguía siendo demasiado español, y olvidaba con frecuencia las rígidas normas de cortesía de los suizos. Encontré una floristería abierta de milagro y me presenté con un ramo de rosas amarillas en una casa donde no esperaban a nadie más para cenar. Como seguía siendo demasiado español, cuando Rebecca me invitó había imaginado una reunión más multitudinaria, casi una fiesta, pero me encontré con una mesa dispuesta para cuatro, como una cena de parejas. En realidad, era una cena de parejas, y aunque nadie me lo había advertido, no me pareció mal. Quizás porque, de entrada, me dio la oportunidad de saludar a una embarazada gordísima y rubicunda, como si reconociera en ella a la espigada adolescente que solía venir a buscar a Rebecca a su casa de Neuchâtel vestida de tenista. Su marido no era mucho más esbelto. Parecía uno de esos gordos bonachones con bigotes que solían levantar una jarra en los anuncios de cerveza, pero era simpático y me cayó bien desde el primer momento. También desde el primer momento tuve la sensación de que aquella cena era una especie de exhibición, y yo el objeto presentado a examen. Rebecca quería que sus anfitriones me conocieran, pero no exactamente como al viejo amigo de su familia que era todavía. Mientras se colgaba de mi brazo para ir hacia la mesa, y se ocupaba de que mi copa estuviera siempre llena, y levantaba mi plato para que Sandrine me sirviera, se comportaba como si fuera mi novia y el desajuste no duró mucho tiempo. Hasta un hombre más inexperto que yo habría descubierto que aquella mujer joven, atractiva, enfundada en un vestido rojo que armonizaba admirablemente con la melena negra que llevaba recogida alrededor de la cara, quería cazarme. Yo me dejé porque, en ese aspecto, no sólo no tenía otros planes. La verdad era que nunca había tenido un plan mejor.

En 1949, Rebecca Goldstein descubrió que la vida podía ser a la vez infinitamente dulce y amarga hasta la devastación. Durante algún tiempo, creyó que podría cabalgarla sin renunciar a nada. Más tarde, intentó fragmentarla en dos cámaras herméticas, aisladas entre sí. Todas las tardes, al salir de la escuela, caminaba despacio hacia el hotel mientras Kurt acompañaba a Thomas a su casa. Él llegaba corriendo, y casi siempre la alcanzaba antes de que torciera por la estrecha bocacalle en la que se abría la entrada de servicio. Después, los dos eran tan felices como pudieran serlo dos seres recién hechos, sin memoria, sin conciencia, sin más armas que la avidez de una piel que nunca se saciaba. Rebecca alcanzaba tal plenitud que, cuando se separaba de él, creía flotar en el aire, avanzar en una ingravidez imposible, placentera, un palmo por encima de las aceras que conducían a su casa. Pero todas las noches, al sentarse a la mesa para cenar, caía bruscamente en el mundo real, un mundo despiadado donde se estrellaba contra la roca que era su madre enlutada, sorbiendo la sopa en silencio sin levantar la vista del plato, y aquel golpe le hacía daño. Por fortuna, ya no compartía dormitorio con Else. Cuando se enteró de que Willi estaba muerto, se instaló en su cuarto, un templo de la ausencia donde los muebles, los cuadros, los objetos, palpitaban al mismo ritmo que su desesperación. Rebecca Goldstein se desesperaba noche tras noche, porque sabía que tenía que separarse de Kurt Meier, que tenía que abandonarlo para poder seguir siendo ella misma, para lograr vivir en paz consigo misma, para vivir en paz. Esa idea le partía el corazón, pero no había otra salida, ninguna solución, y lo sabía. Así, adormecida por el dolor, se dormía, pero a la mañana siguiente, cuando levantaba la persiana para comprobar que había amanecido un día más, la luz vencía a la oscuridad y le llenaba la cabeza de extrañas ideas. No puede ser la primera vez que pasa algo así en el mundo, se decía, es imposible que sea la primera vez, y alguna ha tenido que salir bien... A partir de ahí, su imaginación se desbocaba. Podría hablar con él, se decía, explicarle la situación, convencerle de que se haga pasar por un suizo de lengua alemana, eso no es muy difícil, a lo mejor les extraña su acento, pero podemos decir que es de Turgovia, que siempre ha vivido al lado de la frontera con Alemania, o si no... Cuando llegaba a ese punto, convertir a Kurt en un impostor le parecía tan complicado que encontraba una solución más fácil. Podemos fugarnos, simplemente, irnos juntos a Hamburgo, donde no me conoce nadie. Puedo quedarme embarazada, o decir que lo estoy, y mis padres tendrán que comprenderlo, ya soy mayor de edad, soy adulta, tengo derecho a decidir sobre mi vida... Mientras desayunaba, abandonar a Kurt le parecía un disparate, un sacrificio innecesario, una estupidez, y cuando se iba a trabajar, lo único que le importaba era el sonido del timbre que, al cabo de la jornada, marcaría la hora de la salida. Así pasó el invierno, empezó la primavera, terminaron las clases. Así, una mañana de junio los dos se subieron a un tren para pasar una semana juntos en una casita alquilada en un bosque lejano, al borde de un lago. Y así, al volver a Neuchâtel, borracha de felicidad, Rebecca Goldstein decidió que iba a contarle la verdad a su padre.

¿Tú no te acuerdas de que un día, mientras me peleaba con Else, le dije que era yo la que iba a casarse contigo? Aquella tarde de primavera de 1950 todo parecía tan perfecto que ni siquiera eché de menos el sol de mayo en Madrid. Desde hacía casi tres meses, Rebecca vivía prácticamente en mi casa, aunque seguía teniendo ropa en la de Sandrine. Habíamos empezado a salir juntos a mediados de octubre y ella marcó un ritmo lento hasta Navidad, pese a que me confesó sus intenciones con una franqueza asombrosa desde el principio. Siempre me has gustado, Germán, eso lo sabes, ¿no? No fui capaz de responder a esa pregunta, y ella interpretó que mi silencio no era fruto de la ignorancia, sino una elegante forma de aquiescencia. Me gustas desde que era pequeña, pero no quiero equivocarme. Necesito estar segura de que esto no es una prolongación de mis fantasías de adolescente. A lo mejor sólo me gustabas porque eras el único chico que estaba a mano. O por fastidiar a mi hermana, que tampoco lo descarto, no creas... Cuando decía esas cosas se reía como una niña gamberra, y era imposible resistirse a su risa. Al principio, Else siempre estuvo presente entre nosotros, pero su figura fue palideciendo, deshilachándose poco a poco como el sudario del fantasma en el que se había convertido, hasta desaparecer casi por completo. Ni siquiera entonces me hice muchas ilusiones con Rebecca. Estaba acostumbrado a caerles bien a las mujeres, e incluso a gustar a algunas en un primer momento. El problema llegaba después, cuando todo se desinflaba antes de tiempo como un globo pinchado por una aguja que era yo mismo. Las dos únicas excepciones a esa regla se apellidaban Goldstein. Else me había abandonado por Yahvé. La primera vez que me acosté con Rebecca, tuve la sensación de que, si ella también me abandonaba, mi rival sería humano, porque era demasiado sensual, demasiado carnal, como para adorar a otra clase de dioses. Pero me acostumbré muy deprisa a su pasión porque era buena para mí, y ella no me ocultó los orígenes de su experiencia. El año pasado tuve un amante en Neuchâtel, ¿sabes? No era exactamente un novio porque lo llevábamos en secreto. Hacíamos pocas cosas juntos aparte de acostarnos, y sin embargo, llegué a pensar que nuestra relación podría tener futuro, pero me equivoqué. Aquello salió mal, no como lo nuestro. Su conclusión me impresionó tanto que renuncié a hacerle más preguntas sobre aquel hombre. Unas semanas después, reconocí que me acordaba de haberle escuchado decir que iba a casarse conmigo. Nunca lo había olvidado porque, justo después de aquella pelea, su madre me dijo que me había equivocado de hermana. Al enterarse, se echó a reír. Pues ya sabes lo que tienes que hacer, añadió, no sé a qué estás esperando. Le pregunté si quería casarse conmigo. Me respondió que sí.

Samuel Goldstein escuchó a su hija en silencio, en su despacho de Préfargier. Estaba sentado en su sillón, tras el escritorio que en algún momento ocultó sus manos, apoyadas en la mesa al principio, caídas o abandonadas sobre las piernas después. Rebecca, que volvería a vivir esa escena innumerables veces, nunca podría recordar en qué momento cambiaron de posición, pero apreció otros indicios de que aquel hombre inmóvil, tan impasible como una efigie de sí mismo, estaba comprendiendo cada palabra que oía. El primero fue el color que huyó paulatinamente de su rostro, una palidez que se asemejó al principio a la blancura de un lienzo para enriquecerse después con matices grisáceos, amarillentos, más propios de la piel de un cadáver. El segundo fue el llanto. Rebecca no había vuelto a ver llorar a su padre desde aquella tarde en la que alquilaron juntos una canoa para que ella remara hasta el centro del lago de Neuchâtel. En 1945, ante la irremediable certeza de la muerte de su único hijo varón, el llanto de Samuel había sido caliente, torrencial, abrupto como un cántaro que se derrama y se vacía de una vez. Cuatro años después, las lágrimas caían de sus ojos muy despacio, casi con esfuerzo, pero sin pausa. Rebecca Goldstein no pudo afrontar el llanto de su padre. Aceleró el final del discurso que había preparado, es el hombre de mi vida, sólo fue un soldado más, no cometió ningún crimen, yo no he querido que pasara esto, he intentado dejarlo pero no puedo, si os oponéis, arruinaréis para siempre mi felicidad, e imploró una respuesta de su padre, dime algo, papá, por favor, dime algo... Samuel Goldstein cerró los ojos, se limpió la cara, se estiró en la butaca y volvió a mirarla. Yo no puedo ayudarte, hija mía. Puedo comprender lo que te pasa, puedo no culparte, y no te culpo, pero cuando has empezado a hablar, he sentido que me estabas clavando un puñal en el corazón. No puedes pedirme que lo empuje con mi propia mano hasta que se parta en dos. A partir de ese momento, la voz de su padre se confundió en los oídos de Rebecca con el sonido de sus propios sollozos. Willi también era hijo mío. Yo también me duelo de su muerte y nunca me perdonaré por no haber sido capaz de evitarla. No puedo evitar que tú te entregues a un soldado del ejército que exterminó a tu hermano, a millones de inocentes como él, pero no me pidas ayuda porque no puedo dártela. Yo te querré siempre, Rebecca. No te maldeciré, como tal vez hará tu madre, no renegaré de ti, no borraré tu nombre... Antes de que Samuel Goldstein terminara aquella frase, su hija se levantó, fue hacia él, se arrodilló a sus pies. Perdóname, papá, perdóname... Aquella misma tarde, escribió una nota para Kurt Meier. Le dijo que le quería, que no podía volver a verle, que le quería, que la olvidara, que le quería. La mandó por correo al hotel donde trabajaba y empezó a pensar en qué iba a hacer con su vida. Lo primero, marcharse de Neuchâtel, y después... Mientras repasaba mentalmente el mapa de Suiza, se dio cuenta de que su amiga Sandrine y Germán Velázquez vivían en la misma ciudad, y se dijo que esa coincidencia debía de ser una señal del destino.

Mi familia no pudo venir a la boda. Daría lo que fuera por estar contigo ese día, hijo mío, pero es imposible... Mi madre le pasó el teléfono a mi hermana Rita y ella me lo explicó con más ánimo. No es por el dinero, así que ni se te ocurra gastarte un céntimo en ningún billete. A ti a lo mejor te parece raro, pero la verdad es que no nos dejan salir de España, ni siquiera tres días, ni siquiera para ir a tu boda, no podemos. Mamá es la viuda de un rojo que se suicidó en la cárcel y yo, aparte de ser su hija, estoy fichada, así que... Nunca nos van a dar un pasaporte. No lo conseguiríamos ni aunque le pidiéramos a la tía María Luisa que intercediera por nosotras, que a esa no le pediríamos nunca el favor, pero, vamos, que daría lo mismo. Nos encantaría ir, ya lo sabes, pero no hay nada que hacer... Me impresionó tanto que mi hermana pequeña estuviera fichada, que dejé de insistir. Leah tampoco vino a la boda. Aquella mañana nos llamó por teléfono justo después de que termináramos de hablar con mi madre y, como ella, nos deseó felicidad, aunque no bendijo a su hija. Tampoco le pasó el teléfono a Else, que se quedó con ella en casa, rezando porque Rebecca hubiera decidido casarse con un gentil ateo para vivir al margen de la ley de Dios. Samuel Goldstein no quiso contarle a ninguna de las dos que había estado a punto de consumarse una alternativa mucho peor. Yo tampoco lo sabía cuando me casé con Herta Rebecca Goldstein en una ceremonia civil muy sencilla. Después, fuimos a comer con nuestros invitados, Samuel

Goldstein, los Schumann con sus hijos, Sandrine, su marido, y mi jefe de la Waldau, que vino con su novio, al que presentó como a un amigo. Todos sonreímos mucho, pero a pesar del entusiasmo que intentó derrochar mi suegro, fue una boda templada, casi triste. A los novios nos faltaba mucha, demasiada gente. Aquella tarde, al volver a casa, mi mujer se encerró en el baño y estuvo allí más de una hora. Pensé que era normal, que ella también echaba de menos a su familia, y no le di importancia. Creí haber acertado, porque esa escena no se repitió.

Los primeros tiempos de mi matrimonio fueron plácidos, felices de una manera serena, sin sobresaltos. Rebecca y yo nos llevábamos muy bien, no discutíamos casi nunca. Ella sólo me puso dos condiciones. No quería volver a Neuchâtel, ni siquiera de visita, ni tener hijos demasiado pronto. Yo no tuve ningún inconveniente en aceptar, y por lo demás, nuestros gustos resultaron bastante compatibles. Íbamos al cine casi todas las noches, viajábamos a Lausana con frecuencia para ver a su hermana, recibíamos a su padre más o menos cada quince días. Yo me daba cuenta de que nuestra vida no se parecía demasiado a la resplandeciente existencia de los recién casados cuya pasión solía poner el punto final a las novelas con final feliz. Nuestro amor no brillaba como la luna llena, ni explotaba como un castillo de fuegos artificiales de todos los colores, ni convocaba la ansiedad, la zozobra de los celos. Era un amor tranquilo, que no dolía, ni secaba la boca, ni levantaba nuestros pies del suelo, una suma de emociones pequeñas, serenas hasta en la cama, a pesar de que funcionábamos muy bien. Así, yo fui feliz con Rebecca durante cierto tiempo, y estoy seguro de que ella fue, de la misma manera, feliz conmigo.

No le pedía más a la vida cuando, a mediados de febrero de 1952, Samuel me llamó al trabajo para contarme que Lili había tenido un infarto del que no estaba seguro de que pudiera recuperarse. Fui enseguida a buscar a Rebecca al trabajo y la encontré tan angustiada como imaginaba. Aquella misma mañana la llevé en coche a Neuchâtel y pasé con ella un par de días en la casa de sus padres mientras Leah luchaba contra la muerte. Pero uno de los dos tenía que volver a Berna a trabajar, y lo hice yo.

Rebecca se quedó en Neuchâtel tres días, luego una semana, después otra. Cuando volvió a casa, su madre estaba completamente recuperada y ella era una mujer distinta.

Después de que doña Aurora me pidiera que la dejara embarazada, jamás se me habría ocurrido pensar que otro embarazo pudiera llegar a afectarme más.

Al abrir la puerta de su despacho, la hermana Belén, el ceño fruncido bajo el travesaño de las gafas, miró primero a la izquierda, luego a la derecha, y sólo después de comprobar que no había nadie en el pasillo, me dejó pasar. Nunca había sido tan cautelosa, pero no tuve tiempo para pensar en sus motivos. Ella misma me los sugirió antes incluso de ofrecerme asiento.

—No me voy por mi propia voluntad, Germán.

Entonces sí me pidió que me sentara, me preguntó si quería un café, me advirtió que a lo mejor se había enfriado demasiado y le aseguré que no me importaba.

—La superiora de mi orden ha decidido trasladarme —hizo una pausa antes de añadir un chorrito de leche con los ojos clavados en el fondo de la taza—. A mí me gustaría quedarme, porque creo que sería más útil aquí que en un asilo de ancianos, pero... —volvió a callar mientras echaba en el café una cucharada de azúcar y la removía con tanto celo como si no tuviera nada más importante que hacer—. No me queda otra que obedecer. Nosotras... —comprobó la temperatura de la taza con los dedos antes de ponerla en el plato—. ¿De verdad no quiere que se lo caliente?

—No, está muy bien así —a aquellas alturas, ya me había dado cuenta de que pasaba algo grave, pero aún no imaginaba qué podría serlo tanto—. Muchas gracias.

—Pues, como le decía... —me dio la taza, volvió a su asiento, se resignó a mirarme—. Nosotras estamos sujetas a una disciplina tan estricta como la del ejército, y cuando pasa algo grave, lo primero que suelen hacer es trasladar a la superiora de la comunidad, así que...

En ese momento, se me quedó mirando y leyó en mi cara que no tenía ni idea de lo que estaba diciendo.

—No me diga que no lo sabe —cuando apenas se había destensado, su ceño volvió a fruncirse—. ¿No se lo ha contado nadie?

—¿Qué?

El café estaba helado y Rafaelita Rubio, embarazada de unos tres meses. De una noticia tan simple se podían extraer diversas conclusiones, todas pésimas. El embarazo no podía ser sino fruto de una violación. El violador había escogido con mucho cuidado el momento más favorable para sus intenciones. Un mes y medio después de que hubiéramos interrumpido el tratamiento con clorpromazina de un día para otro, Rafaelita volvía a tener la cabeza llena de ruido. Estaba deprimida, apática, había dejado de hablar, de relacionarse con los demás. No estaba en condiciones de pedir ayuda, mucho menos de defenderse por sí sola. En el desajuste producido por la inesperada suspensión del programa, no había vuelto aún al área de agitadas donde siempre había gozado de una protección especial. La violación debía de haberse producido en la segunda mitad de diciembre, y el traslado que devolvió a cada una de mis pacientes a su alojamiento original se retrasó hasta que pasaron las fiestas. El culpable se había asegurado de que su víctima no pudiera denunciarle. Tal vez, en el estado en el que se encontraba cuando sucedió, ni siquiera llegó a identificarlo. Si lo hizo, no iba a contarlo porque había dejado de hablar.

No era la primera vez que violaban a una interna en un hospital para enfermos mentales, y no sería la última. Yo estaba familiarizado con esta clase de agresiones, había tenido que afrontar episodios semejantes, provocados o padecidos por pacientes que estaban a mi cargo. Objetivamente, no existían razones para sustentar una reacción más violenta que la amarga serenidad con la que había gestionado aquellas crisis. Objetivamente, el anónimo violador de Rafaelita Rubio no era peor que otros violadores de esquizofrénicas, todos criminales, crueles, despreciables por igual. Objetivamente, no acertaría a definir después el origen de la furia que fue ascendiendo por mi garganta como un vómito de plomo caliente, la súbita violencia sin forma que rellenó cada pliegue, cada resquicio de mi cuerpo, un fuego blanco, helado, que solidificó en un instante todo lo que era líquido y siguió avanzando, enturbiando mis sentidos, pintando el mundo de rojo, de negro, de rojo otra vez. Estaba en el despacho de la superiora de la comunidad de Ciempozuelos y no sabía dónde estaba. Sólo supe que no podía seguir sentado, y entonces me levanté. Di algunos pasos por la habitación sin saber adónde iba, escogí una pared sin haberla comparado previamente con las demás, y le pegué un cabezazo. Nunca había hecho nada parecido delante de otra persona.

—Germán, por favor...

El dolor me devolvió a la realidad, un manicomio de mujeres que objetivamente no era distinto de cualquier otro excepto por el hecho de estar situado en un puto país al que jamás debería haber vuelto. Un país que era más fuerte que yo, que podía conmigo.

—Lo siento mucho, hermana —pero al verla a mi lado, pálida del susto todavía, me inundó una vergüenza tan súbita, tan roja como la cólera a la que no debería haberme entregado—. Perdóneme, no sé qué me ha pasado.

—Yo sí lo sé —me respondió sentenciosa, compasiva como siempre—. No se preocupe.

Me puso una mano en la espalda, me guio hasta la butaca como si fuera un niño pequeño, me empujó por los hombros para que me sentara y sólo después añadió algo más.

—Pero no va a arreglar nada haciéndose daño.

—Lo sé, pero es que... Ha sido culpa mía.

—¿Usted cree? —frunció los labios en un gesto escéptico, antes de volver a sentarse—. Pues mire, en eso no estamos de acuerdo. Yo creo que hay que repartir las culpas entre mucha gente. En primer lugar, y sobre todo, el culpable es quien lo hizo. Pero la verdad es que también es culpa mía, del personal que tendría que haber cuidado de Rafaela y no supo prevenir algo así. Es culpa del director general de Sanidad y de quienes le convencieron de que prohibiera el programa. Y también es culpa nuestra, suya, mía y del doctor Robles, en eso lleva razón, aunque usted es el menos culpable de todos. Pero si no hubiéramos obedecido, si hubiéramos seguido tratando a Rafaela, si al menos le hubiéramos retirado la medicación poco a poco, seguramente esto no habría pasado. Robles tenía sus motivos para convencernos, no crea que le considero más culpable que nosotros. Los tres decidimos cumplir la ley, que era lo que se suponía que teníamos que hacer, aunque supiéramos que era una ley injusta. ¿Y cuál va a ser el resultado de una ley injusta? Pues una injusticia. Ya sé que está muy mal que lo diga, pero si hubiéramos cometido un delito, ni siquiera en la cárcel me sentiría peor que ahora. Esa es la verdad, que el Señor me perdone.

Todos vivimos en un cementerio, pero algunos estamos vivos todavía. Mientras la hermana Belén negociaba con su Dios, como de costumbre, recordé las palabras de Rita, las comparé con las que acababa de pronunciar la monja que tenía delante, adiviné cuánto iba a echarla de menos.

—Supongo que no se sabe quién ha sido, pero... —estaba preguntando por preguntar, porque conocía la respuesta de antemano—. ¿Alguien ha dicho algo, ha visto a alguien?

—No. Eso no se sabe nunca, Germán, ya lo ha dicho usted. Ni se moleste en intentar averiguarlo, porque ya andan contando por ahí que en aquellas fechas vinieron unos electricistas a cambiar los enchufes, ¿se acuerda? —asentí con la cabeza, me acordaba—. Y luego, pues claro, tuvieron que venir unos albañiles a tapar los huecos que habían dejado los electricistas...

—Y eso es lo que más conviene —concluí por ella—, echarles la culpa a los albañiles, a los electricistas.

—Desde luego. Pero usted y yo sabemos que sería rarísimo que hubiera sido uno de ellos. Sin embargo, alguien que conociera bien a Rafaela, que supiera por lo que estaba pasando, un familiar de otra interna en la visita de los domingos, un celador, un... —médico, iba a decir, pero no se atrevió—. Eso me parece más probable, aunque lo único de lo que estoy segura es de que, sea quien sea, se ha salido con la suya, no lo dude.

Dejé pasar unos segundos antes de formular otra pregunta, mucho más importante no sólo porque desconociera la respuesta.

—¿Y qué va a pasar ahora?

—¿Ahora? —ella también se tomó su tiempo antes de contestar—. Pues nada, ¿qué va a pasar? Todos se pondrán de acuerdo en comportarse como si no hubiera pasado nada para conseguir que las cosas vuelvan a ser como siempre. Llegará otra superiora, eso sí, supongo que más estricta, más dura que yo, aunque no la conozco, no me han dicho quién va a sustituirme, del estilo de Anselma será, claro, que usted no conoció a Anselma... Tal vez tenga experiencia en sanatorios como este, tal vez no, pero ustedes seguirán trabajando a las órdenes de Robles. Esto termina conmigo, no van a echar a nadie más. Y Rafaelita, pues... —negó con la cabeza muy despacio—, dentro de seis meses se pondrá de parto, tendrá a su bebé, nadie hablará del tema y... Se olvidarán de mí.

Al escuchar ese pronóstico, me incliné hacia delante y, aunque ella era monja y yo no creía en ningún dios, apreté sus manos entre las mías. La hermana Belén no se quejó. Así tuve la oportunidad de apreciar una piel aún más seca, más áspera y escamosa que la que siempre me había raspado en los ojos cuando la miraba a la cara.

—Yo no, hermana —le dije la verdad—. Yo nunca la olvidaré.

—Bueno —ella se emocionó, pese al gesto desdeñoso con el que intentó disimularlo—, eso dice ahora...

No era una mujer risueña. Era inteligente, sincera, honesta, pero no cariñosa, ni siquiera simpática. No era fácil verla reír, pero cuando sacudió sus manos para liberarlas de las mías, improvisó una serie de débiles carcajadas. Fue una forma de agradecer mi lealtad, también un atajo para llegar a lo importante.

—Yo tampoco me olvidaré de usted, Germán. Nunca olvidaré estos años en los que nos han pasado tantas cosas buenas antes de que todo se echara a perder de esta manera, pero no le he pedido que venga para decírselo, ni siquiera para despedirme de usted... ¿No le apetece otro café?

—No. Y además tenía usted razón —sonreí—. Estaba helado.

—Ya... Se lo advertí. En fin, el caso es que le he llamado... Va a decir usted que quién soy yo para meterme en su vida, lo sé, pero... —y como no podía pedirle perdón a Dios porque no pintaba nada en aquello, resopló, me miró, y lo dijo de un tirón—. Yo lo que quiero es pedirle a usted que no se vaya, que no se vuelva a Suiza, como el doctor Robles dijo que haría. Me imagino que allí estaría mucho mejor, que nadie le prohibiría tratar a sus pacientes, que tendría una vida más alegre, más feliz, pero aquí hace mucha falta, créame. Ya sé que usted no es como yo, que no ha hecho votos de ninguna clase y no tiene por qué obedecer a nadie, mucho menos a mí, pero como yo me tengo que ir aunque no quiera, me quedaría mucho más tranquila sabiendo que usted sigue trabajando aquí... No, no es eso, no lo he dicho bien —hizo una pausa para levantarse las gafas y frotarse los ojos bajo la montura—. Lo de la tranquilidad no lo digo por mí. O sea, que no se lo pido para estar bien yo, sino por ellas, por todas estas mujeres tan desdichadas, que se merecen otra oportunidad. Si en verano, que ya será más bien otoño, puede volver a darles la medicación... Usted las conoce y está de su parte. Eso es lo más importante de todo, que usted está de su parte, que sabe cuánto sufren, y yo... Bueno, eso era lo que quería decirle, y perdóneme si le he molestado. Ya sabe que sólo soy una monja de pueblo. No fui a la universidad, ni siquiera acabé el bachiller, cuando me nombraron superiora creí que no estaba preparada para hacer este trabajo. Tenía mucho miedo de fallar, y eso me convirtió en una persona muy desconfiada. Sin embargo, sé que puedo fiarme de usted. Por eso me atrevo a pedirle que se quede.

Nunca había salido indemne de mis entrevistas con aquella mujer y la última no fue una excepción. Cuando me despedí de ella con un abrazo como el que no me había atrevido a darle todavía, sentí que desde aquel momento estábamos unidos por un hilo invisible que nos vincularía para siempre. Aunque nos alejáramos, nunca nos separaríamos del todo, porque un fracaso compartido une más que una victoria común. En nuestras respectivas soledades, las internas de Ciempozuelos, el recuerdo de su suerte y su desgracia, nos harían la misma compañía. Pensando en ellas, después de asegurarle que ya había decidido no volver a Suiza hasta que pudiera arrancar de nuevo el programa, le pedí que me escribiera cuando llegara a su destino. Me ofrecí a tenerla al corriente de todas las novedades y me respondió con una sonrisa apenas esbozada, un ángulo difícil para sus labios secos. Adiviné que nunca recibiría una carta suya porque le dolería demasiado mi respuesta, y no me importó. Aquella mujer me había otorgado un mandato y yo lo había aceptado. Ya había decidido quedarme, pero el embarazo de Rafaelita, la impunidad de los culpables, la factura que la hermana Belén iba a pagar en solitario aunque no le correspondiera, impregnaron aquella decisión dudosa, desganada, de una imprevista solemnidad. Me estaba quedando solo. Primero se había ido Eduardo Méndez. Ahora se marchaba la hermana Belén, y María Castejón, repentinamente absorta en sus pensamientos, cada día más seria, más cavilosa, se estaba marchando también, no sabía adónde, aunque siguiera viéndola todos los días. A veces la miraba y no la reconocía. No quería contarme lo que le pasaba, pero ni su rostro, ni su gesto, ni su ánimo, evocaban ya la gracia, la alegría generosa de nuestra Sherezade particular, aquella hada de las tartas que una vez me había sabido a yema batida con azúcar. Me estaba quedando solo otra vez, solo como antes, como casi siempre, pero los acontecimientos que se desencadenaron en el invierno de 1956, dotaron a mi soledad de sentido. Por eso, el embarazo de Rafaela Rubio me afectó más que el último delirio de una contumaz redentora de la Humanidad.

—¿Cómo se encuentra hoy, doña Aurora?

—Pues mal, muy mal, la verdad...

Marzo pasó, la hermana Belén se fue, la hermana Anselma volvió, y la pérdida de peso no era apreciable todavía. El dolor tampoco había empezado a ser constante, aunque sí lo bastante intenso como para que la tolerancia de aquella mujer resultara asombrosa.

—¿Quiere que le ponga...?

—¡No, no, no! Ese es el problema, ¿no lo entiende? Esas inyecciones que me pone la chica, ¿de dónde salen, eh? ¿Está usted al corriente?

—Por supuesto, doña Aurora. Son calmantes para...

—¡No! —con cada negativa se agitaba un poco más—. Usted se cree muy listo, pero ellos son más poderosos, ¡ah!, ellos tienen mucho poder, usted no se da cuenta —se levantaba de la silla, venía hacia mí, cerraba sus puños sobre mis muñecas, las apretaba con todas sus fuerzas—. Ellos están haciendo algo... Son las inyecciones, estoy segura, es culpa suya —me agarraba por las solapas para zarandearme—. No quiero inyecciones, no quiero pastillas, no quiero nada de nada, entérese de una vez —y me estrellaba los puños en el pecho—, porque lo que me está pasando es incomprensible, incomprensible, y son ellos, ellos, los que lo están echando todo a perder...

Doña Aurora Rodríguez Carballeira, aquella loca asesina, aquel monstruo del que la sociedad abominaba, nunca me había inspirado tanta compasión como en aquellos días feroces, turbulentos, en los que escogió soportar sin una queja un dolor atroz con la vana esperanza de que sus hemorragias cesaran durante un ciclo menstrual completo. Por eso, en la primavera de 1956, cuando calculé que no le quedarían mucho más de seis meses de vida, me decidí a hablar con ella. Me arriesgaba a perder el papel que me había asignado en su último plan para mejorar el mundo, y con él su confianza, pero tenía derecho a saber la verdad.

Escogí un momento dulce, una tarde de abril, casi mayo, tan templada y luminosa como aquellas que le habían inspirado el deseo de salir al jardín un año antes. Pero lo que me decidió a actuar fue su buen humor. Aquel día, el dolor le había dado una tregua, la hemorragia se había reducido a un parco goteo que alentaba sus esperanzas.

—Ya queda poco, Germán —me dijo con una sonrisa radiante al recibirme, mientras me enseñaba un paño teñido de rosa—. ¡Qué emoción!, ¿verdad?

—Claro, pero... —acerqué una silla a la suya, me senté, la miré y la vi tan contenta que por un instante sentí la tentación de echarme atrás—. ¿Puedo preguntarle una cosa, doña Aurora?

—asintió con la cabeza para autorizarme y tomé aire—. ¿Usted no ha pensado que puede estar enferma?

Levantó mucho las cejas para mirarme con una incredulidad amable, hasta risueña.

—¿Yo? —se puso la mano en el pecho para señalarse como si en aquella habitación hubiera alguien más—. ¡Pero si nunca he estado mejor! ¿Cómo sería posible que me volviera la regla a mi edad, si no?

—Ya —proseguí con suavidad—, pero lo que le estoy diciendo es que sus hemorragias, sus dolores, están relacionados con otra patología. No es cierto que vaya a volver a tener la regla, doña Aurora, y por eso...

—¡Uy! Usted ha bebido, ¿no, Germán? —se echó a reír, y su risa, misteriosamente juvenil, casi musical, impregnada de su coquetería de actriz secundaria en un sainete imaginario, me desarmó—. Pero ¿cómo no voy a saber yo lo que me está pasando! Quite, quite... Lo sé perfectamente, hombre, ¿qué cree usted, que no conozco mi cuerpo? Han pasado muchos años desde la última vez, pero aún me acuerdo de todo perfectamente, y...

Tiene usted un cáncer en el útero, doña Aurora. Aquella tarde lo pensé, pero no llegué a decirlo. Cuando lo hice, en un día mucho peor, tenía una ampolla de morfina preparada, escondida en el bolsillo de la bata. No se había levantado de la cama en todo el día. Sudaba mucho, se estaba retorciendo de dolor.

—Yo no sé qué me está pasando, si yo he sido siempre muy regular, tenía mis reglas perfectamente y ahora... Me duele tanto, tanto, que me voy a volver loca. No recuerdo un dolor como este.

—Tiene usted un cáncer en el útero, doña Aurora. Llevo mucho tiempo intentando explicarle...

—Pero ¿qué dice? ¡Está usted mal de la cabeza! O no, no es eso... —a pesar de su estado se incorporó, me agarró del brazo—. ¡Le han comprado, eso es! Nunca me lo habría esperado de usted, Germán, nunca habría creído que fuera usted un perro traidor, que me dejara sola, como todos, como todos...

Estaba tan débil, tan agotada por el dolor, que se dejó caer en la cama otra vez y empezó a llorar. Su llanto me impresionó tanto como a María Castejón le había impresionado una vez, y me inspiró la misma piedad. Cuando se volvió hacia la pared, para no verme, le inyecté la morfina sin avisar y ni siquiera se quejó. Después nunca volvió a preguntarme sobre su diagnóstico. Mientras tuvo fuerzas para hablar, tampoco me dejó volver sobre ese tema.

—¡Cállese, Germán! ¡Cállese, cállese! —si no la obedecía, reaccionaba como una niña pequeña—. Lalalalalá, no le estoy oyendo, lalalalalá...

Cuando la Dirección General de Sanidad nos prohibió seguir adelante con la clorpromazina, habíamos optado por cumplir la ley. Cuando la agonía de doña Aurora empezó a representar una tortura insuperable, decidí infringirla.

—Yo puedo conseguirte algo —me dijo Eduardo—. Puedo despistar de vez en cuando una ampolla por aquí, otra por allí, pero tengo una idea mejor.

El Sanatorio Esquerdo no sólo era el refugio ideal para los homosexuales madrileños de buena familia, que aparentaban someterse por su propia voluntad a un presunto tratamiento que les enderezaría para siempre, y esquivaban así a los jueces que pretendían procesarlos por escándalo público. Entre sus pacientes habituales se contaban especímenes mucho más raros.

—Ahora está fuera. Le dimos el alta hace un mes, pero no tiene la menor intención de renunciar a la morfina. Es una mujer interesante, ¿sabes? Vive separada de su marido, un marqués al que abandonó en una ciudad del norte, y es la amante de un general que está loco por ella, la trata como a una reina y se lo perdona todo. Pero para él, que ha sido ministro varias veces y no descarta volver a serlo, su adicción es un problema. Por eso, para cubrir las apariencias, la obliga a ingresar de vez en cuando. La última vez que vino, la recibí yo y tuvo el descaro de preguntarme si era imprescindible que suspendiera el consumo mientras estaba ingresada, dado que iba a volver a inyectarse en cuanto saliera de la clínica. Me quedé muy desconcertado, la verdad. Nunca me había pasado nada parecido, así que me puse serio y le dije que de ninguna manera podíamos autorizar que mantuviera un hábito nocivo mientras permaneciera bajo nuestro cuidado, pero que podía recomendarle otras clínicas donde a lo mejor tenía más suerte... —al recordarlo, Eduardo se echó a reír—. Me dijo que no, que a esas no la dejaba ir el general porque ya sabía lo que pasaba, y se quejó de que los maricones tuvieran más suerte que ella. Entonces me miró, sonrió, y me dijo que no me ofendiera, que no estaba hablando de mí —volvió a reírse—. Podría haberla mandado a la mierda, pero me hizo gracia y hemos acabado llevándonos muy bien. No me cuesta nada llamarla y encargarle morfina para ti.

—Para mí no —puntualicé—. Es para doña Aurora.

—Bueno, a ella lo mismo le da. Lo único es que, por supuesto, se la compra a un traficante. Supongo que no es barata. Y por supuesto, no es legal.

—Ya me lo imagino.

—Estarás cometiendo un delito —precisó con una sonrisa traviesa, como si le gustara la idea, y yo se la devolví antes de rematar aquella conversación.

—No me importa.

Cuando me despedí de Eduardo, aquella tarde de mediados de mayo, ni siquiera me paré a reflexionar sobre la frivolidad de la amante del general, la doble moral de los ministros del franquismo, el libertinaje que se toleraba en la cúspide de una sociedad que no consentía la menor desviación del puritanismo más rígido a quienes estaban en la base. Podría haber analizado lo que representaba que una dama de la alta sociedad consiguiera sin dificultad la morfina que se le regateaba a las moribundas de un manicomio. Todo eso habría resultado tan interesante como desalentador, pero en aquel momento sólo me acordé de la hermana Belén. Me pregunté cómo reaccionaría si llegara a enterarse de que me había convertido en un delincuente, e invoqué su benevolencia para absolverme, mientras la imaginaba pidiéndole perdón a Dios por apoyarme en el crimen. Aquella risueña indulgencia no duró mucho.

—La marquesa está entusiasmada —me dijo Eduardo la tarde que me entregó la primera caja que su amiga había comprado para mí—. Le he contado el caso por encima y le ha parecido muy emocionante ayudar a morir a una loca asesina.

—Con tal de que no lo vaya contando por ahí...

—No lo hará —me aseguró—. Primero, por la cuenta que le trae, y después porque le encanta ser la amante adúltera de un general y estar al margen de la ley. No se arriesgaría a echar a perder su diversión, no te preocupes por eso.

Aquella noche le invité a cenar y llegué a casa muy tarde.

—No te asustes, Germán, que soy yo.

Mi hermana Rita salió de alguna parte sin que la hubiera visto venir de ningún sitio, igual que los fantasmas de los cuentos. Pensé que si estaba en la puerta de mi casa a la una de la mañana era porque alguien se había puesto enfermo, pero no tuve tiempo ni de preguntárselo.

—No pasa nada, estamos todos bien, pero tengo un problema —cuando aún no me había tranquilizado, me asusté otra vez—. Tienes que ayudarme.

—Pero ¿qué...?

—Pero nada, no hables, vamos a subir a tu casa.

Se volvió hacia atrás, hizo una seña con la mano, y un hombre que estaba parado en la acera, como esperando a que apareciera un taxi libre, se unió a nosotros tan veloz y sigilosamente como si llegara del mismo cuento de fantasmas del que había salido mi hermana aquella noche. Los dos entraron en el portal detrás de mí y se quitaron los zapatos a la vez, en un movimiento tan bien coordinado como un paso de baile. Tanta armonía me puso nervioso y decidí acabar cuanto antes, pero cuando avanzaba hacia el ascensor, Rita me tiró de la chaqueta y señaló la escalera. Entendí que se habían descalzado para que solamente resonaran mis pasos en los peldaños, y subí dos pisos a la velocidad que ella escogió, porque volvió a tirarme de la chaqueta en el primer tramo para indicarme que fuera más despacio. No me volví a mirarles hasta que cerré la puerta y encendí la luz del recibidor. Sólo entonces me fijé en su acompañante.

—¿Este es tu problema?

Yo acababa de cumplir treinta y seis años y él aún no habría llegado a los cuarenta. Aunque no era exactamente guapo de cara, era un hombre atractivo, más que yo, y más atlético, aunque debíamos de pesar más o menos lo mismo. En cambio, medía dos o tres centímetros menos. Los dos teníamos el pelo del mismo color, el más vulgar de los castaños, él con alguna cana ya, pero si alguien nos veía de lejos o nos comparaba sin demasiada atención, podría llegar a confundirnos. Sin embargo, de cerca no nos parecíamos tanto. El amigo de Rita había pasado muchos años trabajando en el campo. Tenía la piel curtida, la misma indeleble pátina de tierra vieja que revestía con un velo mate, ocre, el rostro y las manos de Salud, aunque él llevaba las uñas muy cortas, inmaculadamente limpias. Más inmaculados aún eran sus dientes, que habrían sido perfectos si una de las paletas no estuviera partida, quebrada en diagonal como la hoja de un cuchillo.

—Sí —Rita me lo confirmó con una sonrisa—. ¡Qué listo eres!

—Ya, pues... Si es imprescindible, yo os la presto, pero no sé si colará.

Creía que el aspecto del desconocido bastaba para explicar el problema, pero mi hermana me dedicó un gesto de extrañeza idéntico al que ocultó la dentadura de su amigo.

—¿Qué es lo que no va a colar? —preguntó ella.

—Mi documentación —él sonrió primero—. El pasaporte no os lo puedo dar, porque no sé cuánto tiempo me quedaré en España, pero mi cédula... —mi hermana sonrió después—. ¿No es eso lo que queréis?

—¡Ay, Germán! —Rita se colgó de mi brazo para tirar de mí hacia el salón—. Después de todo, no vas a ser tan listo, ¿sabes?

—No sé —murmuré—, como he visto que nos parecíamos así, por encima...

—¡Pues es verdad! —y se me quedó mirando con la boca abierta—. Pero ni siquiera se me había ocurrido, fíjate...

Ese no fue el último malentendido de la noche. Tenía que guardar la morfina, así que les ofrecí algo de beber y luego me senté frente a ellos, que habían escogido el sofá. Éramos tres pero durante un rato, demasiado largo para mi gusto, sólo habló mi hermana. Desde pequeña, Rita había sido siempre muy mandona, pero lo de aquella noche fue demasiado. En un tono que habría persuadido a cualquiera de que era yo quien le estaba pidiendo un favor, me dijo que el desconocido era camarada suyo. Que sobre todo era muy amigo de su marido, desde los tiempos de la guerra. Que era un tipo estupendo. Que estaba en una situación muy difícil. Que lo habían puesto en lista y captura y necesitaba esconderse en alguna parte. Que no me molestara en ofrecerle alojamiento durante un par de días porque no sería suficiente. Que no podía decirme el tiempo que necesitaría estar escondido. Que no podía explicarme por qué andaban detrás de él. Que no iba a decirme cómo se llamaba. Que no podía recurrir a nadie más. Que no me había pedido nada desde que había vuelto. Que yo también tenía que contribuir a la lucha contra la dictadura. Que nunca me perdonaría que no les ayudara. Que yo era español, así que no podía seguir viviendo en España como si fuera un turista.

—¡Joder, Rita! —en aquel momento decidí que no la soportaba más—. No sé cómo te aguantan en tu partido... Mandas más que Stalin, coño.

Tras un momento de desconcierto, el desconocido se echó a reír. Mi hermana, que al principio me dedicó una mirada tan hostil como las que expresaban su odio hacia mí a los siete años, acabó sonriendo también.

—Me he pasado, ¿no? —asentí con la cabeza y se disculpó—. Es que estamos en un aprieto muy gordo.

—Ya me lo imagino, pero déjanos hablar. Y será mejor que me lo cuente él, ¿no? —me quedé mirándolo—. ¿Eres mudo?

—No —volvió a reírse y a partir de aquel momento todo fue más fácil—. No soy mudo.

—Estupendo —concluí—. Pues vamos a tomarnos otra copa y lo hablamos con tranquilidad.

No conseguí enterarme de mucho más, pero por lo menos logré intervenir en la conversación y que Rita empezara a preguntar en lugar de dar órdenes.

—¿Y en tu hospital? ¿No podrías esconderle allí?

—Yo trabajo en un manicomio de mujeres...

Entonces me acordé de Ciempozuelos. Ciempozuelos me llevó a doña Aurora. Doña Aurora me llevó a la morfina. Y la morfina, al fin, me llevó hasta Eduardo.

—Aunque puedo intentar una cosa. Necesitaría un par de días, pero lo más seguro es que funcione.

—¿Y puedo quedarme aquí ese par de días? —él hablaba con un acento andaluz peculiar, seco, concentrado, casi grave, muy distinto del tintineo de los sevillanos—. No quiero poner en peligro a tu hermana, por los niños y porque ella está fichada, así que...

—Sí, claro que puedes quedarte —ni siquiera me paré a pensar en lo que acababa de decir—. Pero te advierto que yo estoy todo el día fuera. Desayuno en la calle, no hago la compra...

—Puedo venir yo a traerle algo —se ofreció Rita—. Mamá tiene una llave, ¿no?

—Sí, eso estaría muy bien. Y otra cosa...

Cuando mi hermana ya se había levantado para marcharse, me dirigí al que había dejado de ser un desconocido.

—Si vas a quedarte aquí, y tengo que hablar de ti con un amigo, que creo que podrá esconderte, tengo que llamarte de alguna manera —él asintió, pero no me sugirió nada—. Te llamaré Pepe, ¿de acuerdo?

Los dos se echaron a reír con tantas ganas que adiviné que ese era su nombre real.

—Si quieres, puedo llamarte Paco —ofrecí.

—No, Pepe está bien, no te preocupes —volvió a enseñarme su paleta partida—. Hay muchos, y yo estoy acostumbrado.

A la mañana siguiente, llamé a Eduardo desde Ciempozuelos para recordarle que nos veíamos por la tarde donde siempre. Cuando le tuve delante, le expliqué en un susurro que necesitaba que ingresara a una persona en el Esquerdo durante unos meses porque le perseguía la policía, y sólo me hizo una pregunta.

—¿Es maricón?

—No lo sé, no creo —hice una pausa antes de ser sincero del todo—. Pero no quiero engañarte, Eduardo. Y entendería perfectamente que me dijeras que no —esperé a que el camarero terminara de limpiar la mesa contigua y rebajé mi voz hasta un volumen casi imperceptible—. Es comunista.

Mi amigo, en primer lugar, se echó a reír sin hacer ruido.

—Ay, Germán, estás peor que mi marquesa... ¡Hay que ver qué afición le has cogido a la delincuencia!

—Pues sí —yo no conseguí reírme tan silenciosamente—, eso parece.

Pero después, él tampoco se lo pensó.

—De acuerdo, tráemelo. Va a convertirse en un comunista maricón desde el mismo momento en que entre por la puerta, eso sí, espero que no le importe. ¿Tiene alguna documentación falsa?

—Media docena.

—Entonces el único problema es que alguien tendrá que pagar la factura. Yo puedo ingresarlo, ya me inventaré un diagnóstico, pero gratis no puede ser.

Mi cuñado nos llevó en coche hasta Carabanchel cuando no habían pasado ni cuarenta y ocho horas desde que mi hermana me metió a Pepe en casa. Ya conocía el camino. Aquella mañana había hecho el mismo trayecto con Rita, que se había encargado de pagar en metálico tres meses por adelantado. La fortuna de su marido, que debía de salir de alguna parte que no podía ser el despacho de la agencia de transportes La Meridiana donde me había recibido hacía unos meses, era un misterio para mí. Tampoco entendí por qué se quedó esperándome al otro lado de la verja después de abrazar a Pepe como si fuera su hermano.

—No me gustan los hospitales —fue todo lo que me dijo—. Nunca entro en ninguno.

Yo le acompañé hasta la puerta, donde nos estaba esperando Eduardo Méndez. Después de presentarlos, le tendí la mano.

—Mucha suerte.

Él no tuvo bastante con eso, y me abrazó.

—Muchas gracias, Germán —me dijo en voz baja, antes de soltarme—, nunca podré pagarte este favor.

Eso mismo pensaba yo, pero los dos nos equivocábamos.

¿Y si es verdad que estoy enferma? No, no puede ser, es imposible que esto salga mal después de haber llegado tan lejos. No puedo ni pensarlo, no puedo, es que se me parte el corazón de dolor, un dolor peor que el que tengo en el vientre. Que mi existencia no haya tenido sentido, que este hijo también se me malogre... ¿Y para qué habría venido yo a este mundo? Tranquila, Aurora, tranquila, tienes que serenarte, la ansiedad no es buena en tu estado. Vamos a pensarlo bien, tienes que concentrarte, tu cerebro es invencible, ya lo sabes. ¿Se equivocó Lamarck? No. Y Darwin, ¿se equivocó? No, no, rotundamente no. La función crea el órgano, la supervivencia de una especie depende de sus individuos mejor adaptados, esa es la verdad, una verdad que cambió la historia del conocimiento, la verdad que explica para qué he nacido, qué papel estoy destinada a jugar en el destino del género humano, pero este dolor... Este dolor no me deja ser yo. Se apodera de mi pensamiento, me absorbe como una esponja, me deja vacía, me arranca las vísceras y se las lleva lejos, una por una... A veces pienso que ya no soy más que dolor y no quiero, porque así empezó todo. Antes de las inyecciones, las cosas iban bien, el proceso seguía su curso, tenía dolores, sí, claro, ¿qué mujer no sabe que la menstruación es dolorosa?, pero presentía que mi objetivo estaba cerca, que todo iba como tenía que ir. ¡Me faltaba tan poco! Estaba a punto de volver a ovular, lo notaba, y entonces empezaron a ponerme esa porquería, ese veneno de mierda, y me decían que eran calmantes pero no es verdad, no puede ser verdad. ¿Qué se ha creído la tonta del bote, que me voy a creer lo que ella dice, que voy a fiarme de una bruta que no sabe nada de nada? Por eso se enfadó tanto cuando le dije que se había acabado, que no quería ni una más. ¡Si es morfina, doña Aurora!, me decía, lloriqueando como una boba. Ya, sí, eso le habrán contado, pero buena soy yo para dejarme engañar. ¡Qué va a ser morfina! La morfina no afecta a la fertilidad, y lo que pretenden ellos es arruinar mi plan, acabar conmigo. ¡Canallas! ¿Será posible que sigan siendo más poderosos que yo, que no se acabe nunca este tormento? Esas inyecciones pretenden torcer el curso de la naturaleza, revertir lo que yo he conseguido con tanto esfuerzo, convertirme en una mujer vieja, estéril... ¿Ves? Ya estoy llorando otra vez. Sólo de pensar que no voy a poder concebir a ese hijo, que la Humanidad estará condenada a arrastrar su existencia miserable durante toda la eternidad, que todos los días seguirán naciendo niños para sufrir hasta la muerte las injusticias de este mundo, me vengo abajo. Y no quiero rendirme, no quiero, me niego a renunciar a mi misión, pero me da miedo haber reaccionado demasiado tarde. A lo peor, las inyecciones ya me habían hecho su efecto, ya habían detenido... Pero no, espera, Aurora, piensa, tienes que pensarlo bien, porque... ¡Yo sigo manchando! Eso significa que mis ovarios han empezado a funcionar, ¿o no? ¡Pues claro que sí! ¿Qué otra cosa podría significar? Seguramente, este es el precio que tengo que pagar para... Ya lo dijo Germán el otro día, que lo que me está pasando nunca había pasado antes, que soy la primera mujer en la Historia capaz de menstruar a mi edad, y quizás por eso es todo tan difícil, tan lento, porque... ¿Cuándo empecé yo con esto? Ya ni me acuerdo, hace meses, ¿no?, pero si he conseguido que mis ovarios funcionen, ¿por qué no puedo conseguir que pare la hemorragia? ¡Ay, no lo sé! Es este dolor, que no me deja tranquila, que me impide pensar, razonar, activar mis potencias. Pero esto no puede ser un cáncer, de ninguna manera, ¿qué tendrá que ver el cáncer con la ovulación?, y si tiene que ver... No, que no, y ya está, lo que yo tengo no es un cáncer, no puede serlo, y sin embargo... ¿Por qué tengo malos presentimientos? No hablo de Germán, del niño, no, me refiero a lo que pasa dentro de mí, estos pensamientos tan negros que me asaltan, esta sensación de derrumbe que tengo a todas horas, como si el techo se me viniera encima, como si todo se estuviera acabando. Nunca me había pasado nada parecido, nunca había tenido tantas ganas de llorar, yo, que no he llorado nunca, que siempre he odiado a los llorones, pero ahora... Mi cuerpo siempre me ha hablado. Ahora también me habla, pero no quiero escuchar lo que dice porque Germán me está dejando sola, aunque venga a verme todos los días, me ha dejado sola porque duda de mí, yo lo sé, lo percibo. Él, que es un hombre extraordinario, un ser superior, se ha dado cuenta de que no podrá engendrar en mí al redentor de la Humanidad. Es consciente de mi fracaso, y por eso... No quiero ni pensar que le hayan comprado, no, eso tampoco puede ser, porque no me habría ayudado tanto, no habría colaborado conmigo durante tantos meses. Germán fue quien me inspiró este plan. Antes no me acordaba de nada, no podía pensar con claridad, y él hizo algo, no sé qué... En aquella época, cuando salíamos juntos al jardín, yo estaba mucho mejor que ahora, y así fue como descubrí la verdad, que la especie me había escogido para darme una oportunidad maravillosa. Por eso sé que no lo han mandado los ingleses, ni los rusos, sé que lo que pasa es mucho peor. Miro dentro de él y veo que piensa que estoy acabada. Veo su tristeza, su compasión, porque él vino a buscarme, él me encontró, y era tan difícil, había una sola mujer en el mundo, una sola mujer a la altura de su misión, y después de encontrarme, tener que renunciar... Pero entonces, ¿por qué quiere seguir poniéndome esas inyecciones? ¿Le habrá engañado la tonta del bote, con lo listo que es? ¿Le habrán embaucado mis enemigos, haciéndose pasar por aliados? ¡Ay, ellos son tan poderosos! ¿Es posible que esté haciéndoles el juego sin saber...? Debería hablar con él, ponerle en guardia, porque es eso o que me ha traicionado, y si me ha traicionado... ¡Qué horror, Aurora, qué injusto que no puedas fiarte nunca de nadie! Pero si se lo digo... Yo qué sé, si es que no puedo pensar, este dolor espantoso no me da tregua, y no puedo más, yo, que siempre he podido con todo, siento que no puedo, que me acabo de puro dolor, y tengo que poder, lo sé, pero... Estoy cansada, tan cansada... Debería dormir. Eso es lo único bueno que tienen las inyecciones, que me hacen dormir, y ahora mismo lo necesito, lo necesito, si entrara la chica por esa puerta le pediría que me pusiera una de esas cosas, porque ya no puedo más. Esa es la verdad, que no puedo...

Y entonces me acordé de los ratones, fíjate. Una de esas noches en las que no me podía dormir, mientras daba vueltas y más vueltas en la cama, descontando el tiempo que faltaba para que sonara el despertador, me acordé de aquellos ratoncitos blancos, pobrecillos, atrapados para siempre en esa jaula espantosa. Los había visto una vez en el cine, en el No-Do sería, o igual en una película, una de esas de monstruos en blanco y negro que ponía don Tomás en la parroquia cuando no le quedaba más remedio porque todas las de vaqueros estaban ocupadas. De eso no me acordaba pero de ellos, como si los estuviera viendo. La jaula era muy grande. Tenía paredes de alambre, por fuera y también por dentro, con unas puertecitas que podían abrirse para dejar libre un pasillo o cerrarse para atrapar a los ratones en un compartimento. Y en cuanto que se levantaba una de esas trampillas, los pobres corrían y corrían como desesperados, hasta que se tropezaban con otro muro de alambre. Entonces intentaban volver atrás, pero la puerta por la que habían salido ya estaba cerrada otra vez. Me dieron mucha pena esos ratones porque cuando yo era pequeña, en el jardín de Santa Isabel había una glorieta con una fuente. Estaba en el centro de un cuadrado de setos recortados, y sólo eran cuatro, pero abiertos por las esquinas, no por el centro. Total, que mi abuelo tuvo que acabar arrancándolos, porque algunas internas entraban y luego no sabían salir, y mira que era fácil. Pero lo de los ratones era distinto. Lo mío también.

En enero de 1956, en el entierro de la mujer de Juan Donato, el casero de Las Fuentes, empecé a convertirme yo en un ratoncito blanco. Estuve a punto de no ir, fíjate, porque conocía a Reme desde hacía mucho tiempo, pero la que se murió en la misma cama de la que no se había levantado durante años enteros ya no era ella. Pues anda, claro, si no podía hablar, ni moverse, sólo la cabeza, un poco. Nadie sabía qué le había pasado. Un buen día, cuando su hija pequeña todavía no andaba, se cayó, o sea, se debió de caer, eso fue lo que se imaginaron todos. Cuando su marido volvió, a la hora de comer, se encontró a la cría berreando en la cuna y a Reme tirada en el suelo, con los ojos muy abiertos. Me miraba, decía él siempre, me estaba mirando, pidiéndome socorro, como si yo supiera qué hacer... No lo sabía, claro está, así que cogió a la cría, subió a la camioneta con ella, se la sentó encima y, mientras la sujetaba con una mano, condujo con la otra hasta que llegó al manicomio. Después, mi abuela vino a casa corriendo y me mandó a la escuela a recoger al hijo mayor, para que lo trajera con su padre, pero no me explicó por qué. Como yo no sabía que Reme se había quedado tirada en el suelo de su casa, pues allá que me fui, tan contenta de darme una vuelta en vez de limpiar el fogón, que era lo que me tocaba aquella tarde. El hijo de Juan Donato, Juan a secas se llamaba, me caía bien. Le pregunté qué había aprendido, le enseñé una canción, le dejé que me contara un chiste que ya me sabía... Eso fue antes de que me marchara a servir a Madrid, o sea, que yo también era casi una niña, catorce años debía de tener. Y nadie me había contado lo que le había pasado a su madre, pero él nunca me perdonó por haberse reído tanto conmigo por el camino.

Ningún médico descubrió qué tenía Reme. Las hermanas llamaron a una ambulancia, la llevaron a Madrid, a un hospital, y con unas pruebas que le hicieron, comprobaron que no había sido un derrame, como pensaba don Arturo, el médico del manicomio, que fue el primero que la vio. Los de Madrid dijeron que no, que debía de haber sido una enfermedad, un virus raro o algo así, pero no supieron ponerle un nombre. Tampoco decirle a Juan Donato cuánto tiempo iba a vivir su mujer en ese estado, aunque creían que no sería mucho. Ahí se equivocaron, fíjate, porque vivió siete años más, casi ocho. Él decidió tenerla en casa porque podía tirar de su madre, que vivía en Pinto con una hija soltera. Se las trajo a las dos a Las Fuentes para que cuidaran de su mujer, de sus hijos, y así se convirtió en el ojito derecho de la hermana Anselma y de la comunidad de Ciempozuelos en general, las cosas como son. Las monjas le ponían siempre por las nubes. Todas decían que era un santo, un hombre buenísimo, tan sacrificado, tan pendiente de su mujer... Unos años después, cuando yo tuve que dejar mi trabajo en Madrid, con la matrícula pagada en la Escuela de Enfermería, para volverme a Ciempozuelos a cuidar de mi abuela, de mí ninguna dijo nada parecido, anda, claro, pues no faltaba más. Y sin embargo, nadie sabía mejor que yo que Juan Donato no era lo que parecía.

—¿Hoy no vas a preguntarme qué me pasa?

En el mes de mayo, cuando doña Aurora se plantó y dijo que no quería más morfina, volví a sonreír a Germán, a hablar con él igual que antes, cuando bajábamos al jardín y nos divertíamos tanto.

—Pues no lo tenía pensado, la verdad —me sonrió—. Como ya nunca me cuentas nada...

—Eso es verdad. Tenemos que hablar, pero no puede ser aquí. Ya buscaré el momento, porque... Bueno, es complicado.

Él levantó las cejas y puso los ojos en blanco, pero luego me miró con tanta atención como si mi cara fuera un mapa, y su impaciencia se evaporó. Cuando volvió a hablar, su voz tenía un acento grave, impregnado de sinceridad.

—Me tienes muy preocupado, María.

Juan Donato no era trigo limpio pero tenía un don, la habilidad de aparentar justo lo contrario. Para empezar, cuando se llevó a su madre a Las Fuentes, alquiló la casa y arrendó las tierras que su familia tenía en Pinto. Con todo lo que decían que era, tan sacrificado, tan desinteresado, y el mérito que tenía por no meter a su mujer en un asilo aunque habría vivido mucho más tranquilo, yo sabía que el dinero de los alquileres se lo quedaba él, así que hizo un buen negocio con la enfermedad de Reme y todo. Eso a mí me daba lo mismo, anda, claro, pues no faltaba más, a ver quién soy yo para meterme en la vida de nadie, y sin embargo, la forma que tenía de mirarme... Eso sí que era asunto mío. Porque cuando me fui a servir a Madrid nunca se había fijado en mí, que tampoco me extraña, porque yo era una mocosa, la verdad, pero desde que volví, en el verano de 1952, no me quitaba los ojos de encima. Y no era sólo que me mirara, era cómo me miraba, repasándome con los ojos de arriba abajo, o ni eso, porque a veces, si coincidíamos con una hermana por un pasillo o nos encontrábamos en la cocina, era capaz de estarse todo el rato callado, con los ojos clavados en mi escote, o en mis piernas. Me daba hasta un poco de miedo, fíjate, porque al principio no me hablaba nunca, sólo me miraba, pero no con codicia, todavía no, sino con pena, o eso me parecía a mí, que es que soy tonta pero de remate, como decía doña Aurora. Yo creía que me miraba como diciendo, ay, María, cuántas cosas me estoy perdiendo, soy todavía joven, mi mujer está inválida, prisionera en una cama, y el mundo está lleno de chicas como tú, y yo seguiré siendo siempre el marido de Reme... Eso era lo que yo sentía, lo que interpretaba entonces, y me daba lástima, anda, claro, porque era verdad que habían tenido muy mala suerte, primero Reme y después él, que de vez en cuando me dedicaba una sonrisa tímida, pesarosa, como si quisiera disculparse por mirarme tanto. Juan Donato no era trigo limpio, pero consiguió engañarme a mí también, las cosas como son, hasta que Alfonso Molina llegó a Ciempozuelos y dejé de ver, de mirar, de oír, de escuchar, de saber nada de lo que pasaba a mi alrededor. Después, todo fue diferente.

Cuando Alfonso se marchó, tuve que pagar el precio de lo que me había atrevido a hacer. El amor no contó para nadie,

410

claro, a nadie se le ocurrió que aquello hubiera sido amor. El único que lo entendió fue Eduardo Méndez, pero como era mariquita, pues tampoco podía defenderme en voz alta... Aunque lo hiciera en voz baja, yo se lo agradecí igual, porque si no se hubiera puesto de mi parte, creo que me habría vuelto loca. Y entonces, mientras el cabrón de Maroto recogía firmas para que me echaran del trabajo, cuando algunas de mis compañeras dejaron de hablarme y otras me hablaban a todas horas, preguntándome cómo se me había ocurrido hacer una cosa así, vaticinando que las monjas me echarían antes o después, recordándome que ya estaba marcada, que medio Madrid debía de conocerme, que lo peor para una chica de veinte años en mi situación no era el abandono de mi amante, sino la mala fama, y que ningún hombre querría tener ya nada serio conmigo, entonces, justo entonces, Juan Donato se quitó la careta, les dio la razón. Ay, María, y empezó a hablarme, a expresar con palabras lo que yo no había sabido leer en sus ojos, si tú quisieras, podríamos pasarlo tan bien... Yo no quiero pasarlo bien, le decía, y menos contigo. ¡Qué quisquillosa eres, mujer! Él no me tomaba en serio, nadie me tomaba en serio ya. Se reía con una risa gorda, como un gorila, y a veces hasta me tocaba, me rizaba con los dedos un mechón de pelo que se me hubiera escapado de la trenza, me ponía una mano en la cintura, me acariciaba el cuello, o la clavícula, no deberías ser tan exigente, ¿sabes? Tampoco estás en situación de elegir, y además, con lo que te gusta a ti... Y así empezó a darme asco, asco de verdad, un asco tan horroroso que no permití que volviera a dirigirme la palabra. En cuanto que le veía aparecer, salía disparada por cualquier pasillo o me encerraba en el cuarto de una enferma, la que fuera, para esperar a que se marchara. Luego, la hermana Luisa me echaba la bronca por haber llegado tarde al obrador o a la lavandería. Aquella monja amable, muy despistada, que nunca se había metido conmigo, era mi jefa e intentaba hacerse la dura, aunque no le salía bien, y a veces hasta pensé en contarle lo que me pasaba, pero no me atreví. Total, que andaba todo el día regañándome pero, a cambio, Juan Donato me convirtió en una experta en fugas. Me acostumbré a moverme por el manicomio corriendo y por eso, unos meses después, cuando Germán se puso tan pesado con lo de querer hablar conmigo a solas, no me costó ningún trabajo zafarme de él.

—¿Cuándo te vas de vacaciones?

Una tarde, ya en junio, doña Aurora me pidió que le pusiera una inyección de morfina y fui a buscarle para contárselo.

—Pues no lo sé. La verdad es que ahora, ya, me da igual —y me miró con esa cara de pena que se le ponía cada vez que algo, o alguien, le recordaba que su trabajo se había echado a perder—. En teoría no me corresponden, porque el año pasado me fui quince días y no me tocaban, pero si Robles me ofrece algo... Supongo que me iré al principio, no vaya a ser que de verdad se reúnan los psiquiatras españoles para autorizar la clorpromazina y me pillen de vacaciones.

—¡Qué bien! No sabía que fuera a ser tan pronto.

—Y no va a ser, María, no va a ser —su gesto de desaliento se acentuó mientras negaba con la cabeza—. Seguro que al final lo retrasan pero, por si las moscas, si me voy, intentaré que sea a primeros de julio.

—Bueno, pues avísame cuando tengas un par de días libres en Madrid.

—¿Por?

—No te lo puedo decir —y empecé a alejarme sin dejar de mirarle, andando de espaldas por el pasillo—. Es una sorpresa.

Reme no llegó a empeorar. Se murió, simplemente, de la noche a la mañana, el segundo día de 1956. Para aquel entonces, Juan Donato ya había dejado de buscarme, aunque tampoco se había olvidado de mí. Yo me daba cuenta por cómo me miraba y porque sabía que iba criticándome por ahí. Era amigo del padre de Mari Carmen, esa chica del pueblo, un poco retrasada, que trabajaba en la cocina. Ella no sabía guardar secretos, e igual que había ido contando en 1953 que me había visto con Alfonso en una terraza de la plaza, me contó a mí después que Juan Donato solía ir a comer de vez en cuando a su casa y decía que había que ver, lo estirada que era yo siendo tan pu... Nunca terminaba de decir esa palabra, pero movía la mano abierta de arriba abajo, muy deprisa, igual que aquel día que comentó lo guapo que era el doctor Molina. ¿Tú eres pu..., María?, me preguntaba. Yo le contestaba que no, que no hiciera caso de lo que decía Juan Donato, y ella me replicaba que sí, que había que hacerle caso porque era un hombre buenísimo, un santo, que ya lo decían las hermanas. Pero cuando Reme murió, hacía ya mucho tiempo que Mari Carmen no me venía con ese cuento. Por eso fui al entierro. Y aquel día, su viudo también me miró, pero de otra manera. Cuando me acerqué a darle el pésame, me lo agradeció con mucha educación, hasta con sentimiento. Hay que ver, pensé, cómo nos ablanda la muerte, si estaría yo en la inopia, fíjate.

En el entierro de Reme volví a ver a la hermana Anselma. A lo mejor ella ya sabía que iban a echar a la hermana Belén para volver a ponerla de superiora, pero todavía no nos habíamos enterado de que Rafaelita estaba embarazada, así que me sorprendió mucho encontrármela allí, a la izquierda de Juan Donato, recibiendo pésames como si fuera de la familia. ¡Qué alegría, María, cuánto tiempo!, me dijo cuando la saludé, como si se alegrara mucho de verme. Y después, mientras salíamos del cementerio, apretó el paso para ponerse a mi lado. Qué tragedia lo de Reme, ¿verdad?, y yo le dije que sí, que era todo muy triste. Pobre Juan Donato, tan joven, con una niña tan pequeña todavía... Ahí no dije nada, porque el viudo debía de tener casi cuarenta años, así que muy joven no era, y la niña iba a cumplir ocho, así que muy pequeña, pues tampoco, pero mi silencio no la desanimó. Claro, que Dios sabe escribir derecho con renglones torcidos, y las peores cosas pueden tener las mejores consecuencias... A lo mejor, si hubiera seguido hablando me habría enterado de adónde pretendía llegar, pero en ese momento alguien la reclamó, y se despidió diciéndome que aquella misma tarde tenía que marcharse a Valencia, donde vivía por aquel entonces, pero que ya sacaríamos un ratito para hablar las dos tranquilamente.

Encontró el ratito a los veinte días, después del funeral, que se retrasó más de la cuenta para que ella tuviera tiempo de volver, de sentarse al lado de Juan Donato y de sus hijos en el banco reservado en teoría para la familia de la difunta. Después, las monjas ofrecieron una merienda a los asistentes, poca cosa, vino dulce y pastas, suficiente sin embargo para que la hermana Anselma me agarrara y no me volviera a soltar. Últimamente, he pensado mucho en ti, María... Así empezó. Aunque a lo mejor tú creas que no, te tengo mucho aprecio, te conozco desde pequeña, no levantabas ni dos palmos del suelo la primera vez que te vi. Yo fui la que te encontró trabajo en casa de doña Prudencia, y cuando me enteré de lo que había pasado con su sobrino... Pero ¿dónde tenías la cabeza, mujer, cómo se te ocurrió desgraciarte de esa manera tan tonta?

No respondí a sus preguntas. Me habría gustado hacerlo, preguntarle por qué todos hablaban sólo de mí, pues anda, claro, a nadie se le ocurría que Alfonso pudiera haberme engañado, nadie recordaba, simplemente, que en lo que ella llamaba mi desgracia habíamos sido dos, que sin él, sin su cuerpo, sin su voluntad, yo nunca habría podido hacer lo que ella llamaba perder la cabeza. Me habría gustado preguntárselo, pero no lo hice. Bajé la vista y seguí escuchándola, rezando por dentro para que acabara pronto. Pero, en fin, ya ves cómo es la vida de las mujeres. ¿Por qué crees si no que la Biblia habla de vírgenes sabias y vírgenes necias? Tú has sido de las necias, María. ¿Cuánto tiempo duró tu arrebato? ¿Un mes, dos? Muy poco tiempo, pero las consecuencias no se borrarán jamás... Porque tú lo digas, pensé, bruja, que eres una bruja, y enseguida se llevó la contraria a sí misma, fíjate, como si hubiera podido escucharme. Eso parece, ¿no? Que siempre arrastrarás el baldón de lo que hiciste, que ningún hombre querrá ser tu marido, que tu mala fama durará más que tú. Eso es lo que te dicen todos, ¿a que sí?, que tu vida nunca será otra cosa que estar siempre soltera, sola, y seguir trabajando aquí, un día, y otro día, y otro más, hasta que te mueras... No supe qué decir y me puso un dedo en la barbilla, me levantó la cara para obligarme a mirarla. ¿A que es eso lo que crees? Pues no, tuve ganas de gritar, ni de coña, yo estoy aquí por mi abuela, por doña Aurora, anda, claro, pues no faltaba más, que cuando las dos se mueran no volvéis a verme el pelo. Eso es lo que te dicen todos, ¿sí o no?, volvió a preguntarme. Sí, respondí, y me sentí como una tonta, por pensar tanto siempre y no decir nada nunca, lo ha explicado usted muy bien. Pero no tiene por qué ser verdad, añadió, muy sonriente, fíjate qué suerte tienes, María, aunque no te la merezcas...

—Al final, me voy el 2 de julio, que es lunes —me avisó Germán con dos semanas de antelación—. Robles me ha dado otros quince días, como el año pasado, para completar el mes que me correspondería este año.

—El 2 de julio...

—Sí —me sonrió—. ¿No me dijiste que te avisara?

—Claro —yo también sonreí, aunque en aquel momento me dio pena que faltara tan poco, no poder alargar mi plan un poco más—. Voy a arreglar yo lo de mis vacaciones.

—Me tienes en ascuas, María —y por su forma de mirarme, adiviné que creía saber todo lo que iba a pasar—. Eres muy mala conmigo.

—Qué va —pero se equivocaba, porque sabía solamente la mitad—. Todo lo contrario...

No te figuras de lo que estoy hablando, ¿verdad? La hermana Anselma se rio como si se relamiera tras probar el exquisito sabor de mi ignorancia. Pues no, hermana, respondí, la verdad es que no se me ocurre... No esperó a que lo adivinara por mí misma. Sin dejar de reírse, me puso las manos en los hombros y hasta me sacudió un poco antes de pronunciar un nombre. ¡Juan Donato!, gritó casi. ¿Juan Donato?, pregunté yo mientras mis piernas empezaban a temblar, pero... No la entiendo, hermana, ¿qué tengo yo que ver con Juan Donato? ¡Ay, María, qué inocente eres! Me soltó por fin, negó un instante con la cabeza sin dejar de sonreír y me agarró del brazo. Vamos a dar un paseo para hablar de esto con tranquilidad, sin que nos escuche nadie...

Todavía estábamos en enero, hacía demasiado frío para salir al jardín, así que paseamos por los corredores, alrededor del patio, y ya era casi de noche, los neones estaban encendidos, yo nunca recordaría una luz más triste, un resplandor tan pobre y descarnado como aquel bajo el que nos vieron las locas, dando vueltas y vueltas como dos mulas enganchadas a una noria, una muy contenta, muy satisfecha de lo que decía, cada vez más risueña, más ruidosa, y la otra pálida, aterida, como si se estuviera secando por dentro. ¡Y date cuenta de qué hombre tan bueno es! Él, que lo sabe todo, que te vio aquí cuando... Bueno, vamos a decir que cuando perdiste la cabeza, pero te quiere bien, María, te quiere bien. Lo sé porque tenemos mucha confianza. La verdad es que yo le quiero como a un hermano pequeño, y cuando murió Reme se lo dije, ¿qué vas a hacer ahora, Juan Donato? Y no es que su madre quiera volverse a Pinto, qué va, si en Las Fuentes se está tan ricamente, la casa es magnífica, ¿tú la conoces? No, hermana, nunca he estado allí. ¡Pues te encantará! Es muy grande, con habitaciones amplias... Total, que Juan Donato me dijo que su madre se iba a quedar con él, pero que había sufrido tanto, todos estos años, que la verdad es que le gustaría volver a casarse. Pues claro que sí, le dije, porque me pareció lo más natural, y entonces, como sin venir a cuento, me habló de ti... En aquel momento, clavé los pies en el suelo y mis ojos se cerraron solos, por su propia voluntad, como si ya no tuvieran nada más que ver en este mundo. Pero ¿qué te pasa, mujer? Mis oídos siguieron soportando la voz de la hermana Anselma, sin embargo. ¡Si es un hombre buenísimo! No vas a encontrar un partido mejor, y sin embargo, él... Con cualquiera podría casarse, ya ves, con cualquiera, esa es la verdad, y está dispuesto a cargar contigo...

Dijo exactamente eso, que Juan Donato estaba dispuesto a cargar conmigo, como si yo fuera un peso, un fardo, un castigo que había que soportar con resignación. Pero yo no puedo casarme con Juan Donato, hermana Anselma, repliqué sin mirarla, la mirada fija en la puerta del cuarto de la plancha, al fondo del corredor. No puedo casarme con él porque no le quiero, ni siquiera me gusta, y me di la vuelta, perdóneme, hermana, ya es muy tarde, tengo que irme, y salí corriendo sin volverme a mirarla. Mi horario de trabajo había terminado, no me esperaban en ningún sitio, no me importaba quedarme sin cenar. Subí a la habitación de mi abuela, cerré la puerta, eché el pestillo y me senté en el suelo, al lado de la puerta. Ella miraba al techo con los ojos abiertos, tan muertos como siempre, y no me vio. Estuve allí por lo menos dos horas, sin moverme, sin hablar, sin hacer ruido, sin dejar de maldecir en silencio a Alfonso Molina, maldiciendo mi amor, mi estupidez, buscando salidas para escapar de la jaula en la que la hermana Anselma acababa de meterme. Aquella noche no me pareció difícil, fíjate. Las compuertas estaban levantadas, todavía podía largarme sin avisar, abandonar a la anciana que jadeaba en la cama de aquel cuarto sin saber quién era yo, quién era ella, abandonar mi vida, mis proyectos, que no eran nada, no valían nada en realidad. Por eso no me fui, por no ser tonta otra vez, porque pensé que podría marcharme en cualquier momento, pues anda, claro, creí que siempre estaría a tiempo de desaparecer, aunque una vocecita me decía que no. Esa vocecita, que estaba dentro y fuera de mí al mismo tiempo, que no me pertenecía ni más ni menos que a los ratoncitos blancos que jamás lograban salir de su jaula, me advirtió ya, aquella noche, que no iba a ser tan fácil, pero no quise escucharla.

Quiero que sepas que todo esto fue idea de la hermana Anselma... Después del funeral de su mujer, Juan Donato estuvo más de quince días desaparecido. Después vino a buscarme. Una mañana me lo encontré delante de la puerta de la lavandería, muy limpio, muy repeinado, muy oliendo a colonia, y si no lo conociera, hasta yo habría pensado que era un santo. Buenos días, Juan Donato, ¿me dejas pasar?, tengo que recoger unas toallas... Le estaba diciendo la verdad pero la voz me temblaba tanto que se fue adelgazando ella sola, hasta ahogarse al final, y el casero de Las Fuentes se dio cuenta. No se apartó de la puerta, pero sólo se atrevió a mirarme un momento. Después bajó la cabeza, empezó a darle vueltas a la gorra entre las manos como si no supiera qué hacer con ella, y siguió hablando. No es que yo no quiera casarme contigo, ¿eh?, añadió. No quiero casarme con ninguna otra, esa es la verdad. Y por fin se enderezó, dejó las manos quietas, volvió a mirarme. Si me dieras el sí, me harías el hombre más feliz de la Tierra, pero que yo no le pedí a Anselma que hablara contigo, que quede claro, eso lo hizo ella por su cuenta y... Bueno, yo ahora me tengo que ir, le dije, andando hacia atrás. No, no, espera un momento, María, quiero que sepas que estoy muy arrepentido de lo que te dije... Cerró los ojos, como si acabara de perder el hilo y eso sería lo que le pasó, porque yo ya había descubierto que estaba repitiendo, punto por punto, lo que la otra le había dicho que me dijera. A él jamás se le habría ocurrido decir por su cuenta que yo le haría el hombre más feliz de la Tierra, como en las películas, anda, claro, pues no faltaba más. ¿Y esa cursilada de que le diera el sí? Eso se lo había aprendido de memoria, ni más ni menos que lo que dijo a continuación. Yo nunca he querido ofenderte, María, te lo prometo. Tienes que comprenderme. Yo era joven, estaba muy solo, mi mujer muy enferma... Muy bien, Juan Donato, ya seguiremos hablando, ahora me tengo que ir.

Y tendría que haberme ido pero de verdad, en aquel mismo momento. Tendría que haber subido corriendo a mi cuarto, recoger mi vestido negro con lunares blancos y la postal del Viena Capellanes de la calle Montera, que eran las dos únicas posesiones que tenían valor para mí, y desaparecer. Pero seguí pensando mucho y no diciendo nada, como de costumbre, fíjate, porque estábamos a mediados de febrero y no quería regalarle la mitad de mi sueldo a las monjas, porque cada vez que pensaba en abandonar a mi abuela me echaba para atrás, y porque creía que tenía derecho a elegir con quién quería casarme, anda, claro, pues no faltaba más, eso creía, y que ni la hermana Anselma, por muy bruja que fuera, tendría el poder suficiente para torcer mi voluntad. Entonces nos enteramos de que Rafaelita estaba embarazada, y me dio mucha rabia, pero no se me ocurrió que eso tuviera nada que ver conmigo. Las trampillas empezaban a cerrarse, los pasillos de la jaula eran cada vez más cortos, las salidas más lejanas. Los ratones nunca se daban cuenta a tiempo de lo que se les venía encima. Yo no fui más lista que ellos.

—Buenos días, hermana Luisa, quería pedirle un favor... ¿Usted cree que podría irme de vacaciones la primera semana de julio?

Ella me miró con las cejas levantadas, porque hasta entonces, como no tenía adónde ir, siempre había trabajado las vacaciones, menos un año que me fui cuatro días con Rosarito a las fiestas de su pueblo, por la Virgen de agosto.

—Es que tengo muchas cosas que preparar —le expliqué—. De aquí al 15 de septiembre parece que hay mucho tiempo, pero no crea, que entre unas cosas y otras...

—Claro, claro —por fin sonrió y asintió con la cabeza—. No se me había ocurrido, pero me figuro que no habrá ningún problema. A las auxiliares os corresponden quince días, ¿no?

—Sí, pero para la otra voy a esperar a la primera de septiembre, por probarme el vestido y todo eso.

—Pues muy bien. Vete a hablar con la hermana Anselma...

—¿Y no le importaría ir a hablar con ella por mí? Al fin y al cabo, hermana Luisa, mi jefa es usted.

La suya no me había dado ni un solo día de tregua. El lunes 11 de marzo, para estrenarse como superiora de la comunidad de Ciempozuelos, ofreció un desayuno para conocer al personal y justo después me pidió que fuera con ella a su despacho. La nueva superiora es mucho más simpática que la otra, fue lo último que oí antes de seguirla por el pasillo, iy mucho más guapa, además! Nadie podría negar que era muy guapa, hasta demasiado para ser monja. La hermana Belén, a su lado, parecería un adefesio, pero a cambio era un pedazo de pan, una mujer tan buena que no necesitaba ser guapa por fuera, porque toda la belleza la llevaba por dentro. Anselma era otro cantar. Siempre tan suave como las mentiras que dejaba caer con mucha delicadeza, igual que si las estuviera bordando en un lienzo de altar, sabía combinar los gestos tiernos, delicados, con una campechanía de palabras cariñosas que inducía a todo el mundo a confiar en ella, a contarle lo que le interesara saber. Tenía una voz aguda, musical, con un acento cordobés tan fino como el cristal, tan melodioso que parecía que cantara en lugar de hablar, y le encantaba sonreír. Su boca de labios gruesos, muy bien marcados, tan rojos como si se los acabara de pintar, era lo más bonito que tenía, y quizás por eso sabía decir cualquier maldad sin que la sonrisa se le cayera de la boca. Yo la conocía de antes, pero aquella mañana me ofreció una exhibición.

¿Y cómo vamos, chiquilla? ¿Has comprendido ya lo que te conviene, o vas a equivocarte otra vez? Aquella mañana se me había roto una uña y la estuve estudiando durante unos segundos antes de contestar. Pues, verá, hermana Anselma, es que una cosa como esta hay que pensarla muy bien, ¿no? Porque ya le dije que Juan Donato no me gusta, pero igual, cuando le conozca mejor... Intentaba ganar tiempo, pero no lo conseguí. ¿Y cómo vas a conocerle mejor, si no quieres hablar con él? Ni siquiera le has dejado que se explique. Me ha contado que el otro día, en la fiesta de San Juan de Dios, intentó acercarse a ti pero te fuiste enseguida con el doctor Velázquez. Que hay que ver, María, ilo que te gusta a ti un médico! No es eso, hermana, lo que pasa... No, hija, no, y me sonrió como una de esas modelos que anuncian pasta de dientes en las revistas, tú no has entendido esto, no me has entendido todavía. ¿Quieres un café? Le dije que sí, por decir algo, y se levantó para ir hasta el carrito de servicio que estaba en la otra punta de su despacho. Pues, mira, me dijo desde allí, yo no sé si tú sabes que soy muy amiga de doña Prudencia Molina... No, no lo sabía, respondí en voz baja. Pues sí, somos amigas desde hace muchos años, nos tenemos mucha confianza... Toma, me tendió la taza, ya tiene leche y azúcar. Muchas gracias, hermana Anselma. ¡De nada, mujer! Ya me darás las gracias después, cuando te cases con Juan Donato y te arrepientas de tantos melindres. Se rio un rato ella sola, siguió hablando, y casi pude escuchar el ruido de las trampillas de mi jaula, bajando todas a la vez.

Pues doña Prudencia, que es una santa y un ángel de la caridad, contribuye con donativos muy generosos al seminario de nuestra orden, y me ha ayudado mucho durante estos años que he pasado en Valencia, ¿sabes? Negué con la cabeza y se quedó callada, esperando a que confirmara mi negativa con palabras. No, hermana Anselma, no lo sabía. Pues esa es la verdad y, claro, cada vez que vengo a Madrid voy a verla, porque es de bien nacidos ser agradecidos, y... En fin, como me preocupas mucho y sólo quiero lo mejor para ti, no lo olvides nunca, María, cuando me llamó la superiora de la Orden para pedirme que volviera a esta casa, fui a comer a la suya y estuvimos hablando mucho de ti, las dos solas. ¡Hay que ver, lo que nos gusta hablar a las mujeres!, y volvió a reírse, parece que no nos cansamos nunca. Así que ya te imaginarás lo que me contó... Aquella vez no perdí el tiempo en mover la cabeza. Contesté directamente con palabras porque no fui capaz de recordarlo, no sospeché a tiempo lo que doña Prudencia podría haberle contado. No, hermana Anselma, no me lo imagino. Antes de terminar de decirlo, vi una chispa de triunfo en sus ojos y me pregunté si habría metido la pata, pero enseguida descubrí que mis aciertos, mis errores, tenían poco valor en comparación con el objetivo que perseguía aquella mujer. Pues me contó que en el otoño de 1953, ya no se acordaba bien de la fecha, tú habías ido a verla para decirle que estabas embarazada de su sobrino Alfonso. ¿De eso sí te acuerdas? Clavé los ojos en mi falda y no contesté. ¿Te acuerdas o no, María? Sí, hermana Anselma, reconocí al fin, me acuerdo, el ratón miraba a su izquierda y no encontraba una salida, miraba a la derecha y veía una puerta que acababa de cerrarse, claro que me acuerdo. Pues al enterarse de que volvía a Ciempozuelos, doña Prudencia me preguntó por tu hijo, si había sido niño, si había sido niña, si se parecía a su padre, su voz era tan suave como las alas de una libélula resbalando por un vestido de seda, es lo más natural, ¿no?, su sonrisa brillaba como la luz de la primera mañana de verano, al fin y al cabo, ese niño sería de su familia, su rostro nunca me había parecido tan hermoso, pero yo le dije que no sabía nada de ningún niño, que tú no tenías ninguno... Porque tú no tienes hijos, ¿verdad, María? El ratón negó con la cabeza y empezó a vislumbrar su destino. ¡Pues no te puedes imaginar el disgusto que se llevó la pobre mujer! Que había pensado mucho en esa criatura, me dijo, que estaba muy arrepentida de no haberte ayudado, que habría podido adoptarlo, o por lo menos, ayudarte a criarlo. Y desde entonces, me estoy preguntando... ¿Dónde está ese niño, María?

No estaba preparada para contestar a esa pregunta. Tal vez, si hubiera sido capaz de adivinar adónde quería ir a parar, habría podido fabricar una respuesta mejor, decirle que había sido una falsa alarma, que la regla se me había retrasado por culpa de un quiste, yo qué sé, cualquier cosa, pero llevaba tres años procurando olvidar, extirpar de mi memoria aquella visita a doña Prudencia, aquella conversación con Eduardo, aquella consulta de la calle Magdalena y lo que pasó después. No había faltado a mi palabra. No estaba arrepentida, no me sentía culpable, quizás por eso había conseguido suprimir aquel recuerdo, enterrarlo en un pozo tan hondo que cuando la hermana Anselma me miró, mientras aquellos signos de interrogación flotaban en el aire para nimbar su cabeza como el halo de una Virgen, no supe qué decir. ¿No te acuerdas de lo que hiciste?, volvió a preguntar con una sonrisa que pretendía ser compasiva, hasta cariñosa, fíjate, y que por eso me dio más miedo todavía. Yo no hice nada, hermana, pero antes de decirlo desvié la mirada de la perfecta regularidad de sus dientes para volver a clavarla en mi falda, no fue culpa mía, lo perdí, simplemente... ¿Lo perdiste?, la hermana Anselma fingió sorprenderse mucho, ¿y cuándo fue eso? Tardé un rato en contestar, porque sentía que la boca se me había llenado de tierra. Pues a primeros de octubre de 1953. Y mientras hablaba, cada grano de tierra se convirtió en una piedra. Ya no me acuerdo del día, porque... Y las piedras se hicieron tan grandes que no fui capaz de pasar de ahí, pero ella siguió hablando, y llegó mucho más lejos. Pues fíjate, María, eso fue lo primero que pensé yo también, que podrías haber perdido el niño espontáneamente. Habría sido raro, ¿no?, porque siendo tan joven y estando sana... Pero, en fin, esas cosas pasan. Por eso, ayer por la tarde estuve hablando con las hermanas, mirando los registros de octubre de 1953, ¿y sabes una cosa? Ni siquiera en aquel momento levantó la voz, ni siquiera entonces me habló con brusquedad ni descompuso el gesto, sólo se quedó callada, para recordarme que estaba esperando mi respuesta. No, no sé nada, hermana. No, claro, tú no puedes saberlo, pero aquí llevamos la cuenta de todo, las altas, las bajas, las horas trabajadas, las incidencias de cada día, y por eso sé que en octubre de 1953 tú no faltaste ni una hora al trabajo. No fuiste a la consulta del médico. No pediste permiso para ir a un hospital, ni nada parecido. Y nadie recuerda que comentaras nada, ni de tu embarazo, ni de tu pérdida, así que... Me vas a perdonar, pero no me queda más remedio que pensar otra cosa. A aquellas alturas, hasta el ratón más tonto habría descubierto que estaba atrapado, pero yo ni siquiera me paré a pensar en eso, porque tenía demasiado miedo para pensar. Voy a ser muy honesta contigo, María. Hizo una pausa y aparté los ojos de su cara, como si su imperturbable sonrisa pudiera quemar mi indefenso cuerpecillo de ratona de pelo fino, blanco y sucio. Si mis sospechas se confirman, si resulta que pensando mal, acierto, como dice el refrán, tendrías un problema... Un problema serio de verdad. Porque abortar no es sólo un pecado mortal gravísimo, el peor que puede cometer una mujer. Abortar también es un delito, penado con la misma severidad que un asesinato, pues eso y no otra cosa es. Y si a mí se me ocurriera llamar a la policía, si les fuera simplemente con la sospecha de que una trabajadora de este hospital había cometido un delito tan horrible, no sólo te llevarían detenida de inmediato. Además te obligarían a denunciar a quienes te ayudaron a cometer ese crimen. Porque no pudiste hacerlo tú sola, ¿verdad?

Yo ya no respondía, no sabía si ella esperaba que lo hiciera, tenía mucho calor y mucho frío, las mejillas ardiendo, el pecho congelado, el estómago del tamaño de una avellana diminuta en la que cabía sin embargo todo el miedo del mundo. A la fuerza tuvo que ayudarte alguien. Y ese alguien también sería juzgado, eso por descontado, iría a la cárcel igual que tú y con más años de condena, o correría una suerte peor, quién sabe... Los jueces suelen juzgar con más severidad a los cómplices que a las culpables, los penales españoles están llenos de desgraciadas que creyeron solucionar un problema y acabaron buscándose otro mucho peor, y de médicos, de comadronas criminales, que cooperaron con ellas en el asesinato de sus propios hijos. Eso tampoco lo sabías, ¿a que no? Negué con la cabeza, y si en aquel instante hubiera podido pedir un deseo, habría escogido un rayo piadoso, una flecha de luz que cayera del cielo para partirme en dos mitades exactas, justo por la mitad. Y sin embargo, yo sé muchas cosas, María. Sé quién te ayudó. O al menos estoy segura de adivinarlo, porque en esta casa sólo ha trabajado un médico tan inmoral, tan vicioso como para prestar esa clase de ayuda. Y no hace falta que diga su nombre, ¿verdad? Volví a negar sin mirarla, aunque ya ni siquiera me consolaba escapar de sus ojos. Todo el mundo sabe lo amigos que erais. Así que esta es tu situación, y ahora... ¡Uy, qué tarde se nos ha hecho! Cuando digo yo que a las mujeres nos encanta hablar... Vuelve mañana a esta hora y terminamos nuestra conversación, ¿quieres, María? Y no te agobies, mujer, que todo tiene solución en esta vida. Entonces se levantó, vino hacia mí, me puso las manos en los hombros y, sin soltarme, con esa sonrisa suya de anuncio publicitario, añadió algo más. ¡Ah! Y otra cosita... Ahora mismo estarás confundida, aturdida por todo esto, y es posible que se te ocurra la tontería de largarte sin avisar. No lo hagas, te lo digo por tu bien. Eso sería lo mismo que reconocer tu delito, y entonces sí que no me quedaría más remedio que llamar a la policía. La que avisa no es traidora...

—Yo creo que es mejor que vayas tú, María —la hermana Luisa tardó unos segundos en responder—. Son tus vacaciones, ¿no?

—Claro —asentí, y estuve a punto de preguntarle si a ella también le daba miedo la superiora, pero no me atreví—, era por ganar tiempo.

—No te preocupes por eso, mujer. Total, para dos meses que te quedan de trabajar aquí... Seguro que lo entiende. Aunque os saltéis el banquete, una boda siempre es una complicación. Y, al fin y al cabo, ella va a ser la madrina, ¿no?

—Pues sí, eso parece.

El martes, 12 de marzo de 1956, la hermana Anselma no apareció por su despacho en toda la mañana. El miércoles tampoco la encontré allí, aunque me había dejado recado de que fuera a verla al día siguiente, a las nueve en punto. A aquella hora me estaba esperando en la puerta e hizo grandes aspavientos al verme. ¡Ay, María, qué mala cara tienes!, me puso una mano en cada sien, como si pretendiera poner mi cabeza en un marco, no te habrás puesto mala, ¿verdad?, y cabeceó con un gesto de preocupación mientras abría la puerta, a ver si estás incubando algo, mujer... No, hermana, no es eso, respondí después de sentarme en la silla de las visitas, es que llevo dos noches sin dormir.

Le dije la verdad, porque ya no servía de nada mentir. Durante las dos últimas noches y los días que las precedieron, mi cabeza no había parado de dar vueltas, moviéndose a tanta velocidad como los ratones por los pasillos de su jaula. Ellos buscaban siempre una salida, pero yo ya había renunciado a encontrarla. Sabía que la hermana Anselma hablaba en serio, pues anda, claro, ni se me pasó por la cabeza que estuviera exagerando. Ella era muy capaz de cumplir, una por una, todas sus amenazas, pero lo más importante no era eso. Lo importante de verdad era que yo nunca, jamás, denunciaría a Eduardo Méndez ni a su amigo, el ginecólogo gordito de la calle Magdalena. Esa fue la primera conclusión a la que llegué mientras miraba al techo desde mi cama durante horas y horas, fíjate, y no porque Eduardo me importara más que yo misma, porque no era exactamente así. Lo que comprendí fue que si le daba su nombre a la policía, yo ya no volvería a ser yo, nunca volvería a ser nada, sólo una mierda, eso sería hasta que me muriera, las cosas como son. Así que él me importaba, porque le quería mucho, y más me importaba yo, aunque me quisiera poco, pero lo importante no era el cariño. Lo importante era que, si le denunciaba, nunca podría volver a pronunciar la palabra «yo». Y como no estaba segura de tener la boca cerrada en una comisaría, decidí que lo mejor sería evitar cualquier tentación de abrirla. Cuando admití que eso significaba que no había salida para mí, me sentí más tranquila, fíjate, resignada no, pero casi serena, aunque ni yo misma entendía por qué. Luego sí. Luego me di cuenta de que los ratones no tenían imaginación, ni paciencia, ni una vida larga, suficiente para acechar el momento oportuno. A ellos jamás se les ocurría roer la alambrada, empujar para debilitarla en el punto donde las paredes se unían con el suelo, intentar fabricar una salida distinta de la que les negaban las trampillas, y al pensarlo me animé, aunque no fuera más que una fantasía, una trampa tonta que me ponía a mí misma. Yo lo sabía, pues anda, claro, no faltaba más, sabía que mi destino se llamaba Juan Donato Fernández y que tenía cuatro paredes de alambre, un techo del mismo material. De esa jaula no me iban a librar ni la paz ni la caridad, pero pensar que no tenía por qué durar siempre, que él podría morirse o yo arreglármelas para salir de vez en cuando, me ayudaba a soportar lo que se me venía encima. Y al mirarme, la hermana Anselma se dio cuenta.

Bueno, por lo que veo, ya has comprendido lo que te conviene, ¿verdad, María? Desde luego, hermana, respondí con un aplomo que me extrañó a mí más que a ella. Mi respuesta no le gustó mucho, pero no la comentó porque aquella mañana fui yo quien empezó la conversación. Si la he entendido bien, usted me propone que me case con Juan Donato y nos olvidemos de todo lo que hablamos el otro día. Es eso, ¿no? La hermana Anselma abrió mucho los ojos, como si mis palabras hubieran escandalizado su delicado corazón. Hay que ver, mujer, lo cuentas de una manera... Mira, voy a ser sincera contigo, olvidar, lo que se dice olvidar... Una cosa así nunca se olvida, pero... Yo no dije nada. Ella me miró y me encontró tranquila, muy distinta del animalito asustado al que había acorralado sin esfuerzo dos días antes. Dejó pasar unos segundos en silencio, y como no abrí la boca, no le quedó más remedio que contestarme. En fin, digamos que sí, concedió. Yo lo que quiero es que aproveches la oportunidad que la vida te ha puesto delante, que hagas feliz a Juan Donato haciéndote feliz a ti misma, que puedas tener hijos, y criarlos, y compensar los errores de tu pasado. Muy bien, respondí, pues me caso con él y ya está.

No dije más. Ella recibió mis palabras con una sonrisa triunfal, pero no se atrevió a sostenerla mucho tiempo, como si mis ojos reflejaran todo lo que habría añadido si hubiera podido permitírmelo. Que no sólo me iba a obligar a casarme a mí con un hombre al que no quería, sino que además iba a casar a su querido Juan Donato con una mujer que había sido capaz de abortar un hijo engendrado en lo que para ella nunca sería otra cosa que la desgraciada aventura de una muchacha viciosa, inmoral. Tuvo que ver eso en mis ojos porque, durante unos segundos, las dos nos miramos en silencio, sin hablar, sin movernos, tan tiesas como dos pistoleros a punto de desenfundar en una calle desierta. Ya verás como todo esto termina siendo para bien, mujer, ella disparó antes pero no me acertó. Su voz, repentinamente frágil, infectada de inseguridad, sonó hueca, más falsa que nunca. Ya verás como acabas agradeciéndome el bien que te hago... Seguro, resumí mientras me levantaba de la silla. Perdóneme, hermana Anselma, pero tengo que irme a trabajar. Y salí muy digna de aquel despacho, pero la dignidad no me estorbó para escuchar el ruido de las cadenas que unían entre sí los grilletes que aprisionaban mis tobillos.

Aquella noche aprendí que llorar es bueno para dormir, porque lloré mucho, lloré tanto como si me vaciara, y me quedé dormida sin enterarme. Juan Donato había venido a verme por la tarde. Me lo encontré tan limpio, tan repeinado, tan oliendo a colonia como la otra vez, en el umbral del dormitorio de doña Aurora, el mismo sitio donde había visto a Germán por primera vez. Dame un abrazo, María, me dijo, pero no lo hice. Me dejé abrazar por él, simplemente, y dejé que me besara en la frente, en las mejillas, pero yo no le besé. Me desasí de él, le miré, y no quise pensar que sería mi marido para toda la vida. Vamos a esperar un poco, Juan Donato, dije solamente. Necesito tiempo para hacerme a la idea de todo esto. Él asintió con una repentina mansedumbre, como quieras, pero me gustaría presentarte a mi madre, a mi hermana, que vinieras a casa a comer. Claro que sí, intenté sonreír y lo conseguí, el día que me invites...

A partir de aquel momento, comprendí que necesitaba reconciliarme con mi destino, acostumbrarme a la idea de que todas las noches me acostaría con Juan Donato para levantarme a su lado todas las mañanas, convencerme de que mi matrimonio podría acabar teniendo cosas buenas para mí. No me costó trabajo recopilarlas, porque llevaba toda la vida oyéndolas, que el roce hace el cariño, que dos que duermen en el mismo colchón se vuelven de la misma opinión, que las mujeres casadas tienen mucha más libertad que las solteras para entrar y salir sin que nadie piense mal de ellas, que son las dueñas de su casa, las que tienen el poder, que las solteras son unas fracasadas, mujeres superfluas, inútiles para la sociedad, que los hombres son como niños, que los que parecen más brutos acaban siendo los más dóciles, que los matrimonios por amor suelen acabar siendo un fracaso, que salen mucho mejor los que se conciertan por interés... Todo eso me sabía, pues anda, claro, no faltaba más, ni siquiera podía contar las veces que me lo habían dicho, pero no logré convencerme a mí misma, las cosas como son, es que no me sirvió de nada recordarlo porque no me lo creí. Lo intenté, fíjate, y pensé hasta en Rosarito, que yo siempre había creído que era como Eduardo Méndez, que le gustaban más las mujeres que los hombres, y sin embargo iba a casarse con Antonio casi al mismo tiempo que yo. Pero luego pensaba que con Antonio me habría casado yo también, pues anda, claro, mucho antes que con Juan Donato, porque era simpático, divertido, porque lo que se dice gustar, no me gustaba ni pizca, pero me caía bien y no me daba asco. Cada vez que llegaba a esa palabra me asustaba, me regañaba a mí misma por pensar así, me decía que no me convenía ir a mi boda como un cerdo va al matadero, y que tenía que pensar en cosas buenas de Juan Donato, porque si toda la comunidad de Ciempozuelos creía que era un santo, por algo sería... Eso tampoco me lo creí nunca, pero desde el día que fui a comer a Las Fuentes, ya todo me dio igual. Ese día, mientras lavaba los platos con mi futura suegra, ella me dijo que no creyera que la iba a engañar. Que sabía muy bien que yo era una puta, que había sido la querida de un médico, y que desde luego, si su hijo no fuera tan cabezón, ya le habría convencido ella de que no se casara conmigo, porque una sinvergüenza como yo no merecía convertirse en la mujer de un hombre decente. Mientras yo viva en esta casa, nunca serás feliz aquí, me dijo, que lo sepas. Y para demostrarme que iba en serio, se besó la cruz que había hecho con el índice y el pulgar de su mano derecha.

—¿Vas a estar en tu casa esta tarde? —el 29 de junio, viernes, me encontré con Germán en el cuarto de doña Aurora.

—Supongo que sí —me respondió, muy sonriente.

—¿Y tienes algo que hacer?

—Supongo que no —y la sonrisa no se había borrado de su boca.

—Bueno, pues dame tu dirección.

Desde que la hermana Anselma me dijo que Juan Donato quería casarse conmigo, no había vuelto a pensar en Germán. Me lo había prohibido a mí misma igual que un diabético se prohíbe el azúcar, igual que un alcohólico se prohíbe el coñac, pues anda, claro, porque pensar en él me hacía daño pero, sobre todo, porque Germán no era una solución. En las jaulas donde están atrapados los ratones blancos no se abren puertas milagrosas de la noche a la mañana, y en la mía tampoco iba a abrirse ninguna. Cuando era pequeña, mi abuelo me tenía prohibido acercarme al rincón donde guardaba unos bidones blancos que sólo manejaba él, siempre con los guantes puestos. Me explicó una vez que eran pesticidas, pero que para mí, como si fueran veneno. Alfonso me enseñó después, sin gastar palabras, que las ilusiones son más venenosas que los pesticidas, y bastantes problemas tenía yo ya sin ellas.

Por mucho que hubiera vivido en Suiza, por mucho que no entendiera España, por muy amable que fuera conmigo y aunque yo le gustara, porque sabía que le gustaba, las cosas como son, el doctor Velázquez nunca me rescataría de Juan Donato de la única manera posible, o sea, casándose conmigo. Eso era lo único en lo que se parecía al doctor Molina, fíjate, lo único, porque nos conocíamos desde hacía más de dos años y nunca había intentado nada, aunque los dos hubiéramos estado a punto muchas veces, aunque en el cumpleaños de Eduardo llegáramos a asomarnos al mismísimo borde del precipicio cogidos de la mano. Pero eso era una cosa, una boda era otra, y yo había pensado muchas veces en las dos. Sabía que Germán era muy distinto a Alfonso, y que si me tiraba al abismo con él, el resultado también lo sería. Él no me traicionaría, no me abandonaría de la noche a la mañana, no me engañaría con palabras dulces, promesas que no tenía la menor intención de cumplir, pero de ahí a que se casara conmigo... Pues anda, claro, es que ese era otro abismo, y bien distinto. Los médicos no se casaban con las auxiliares de enfermería, pues no faltaba más, nunca había visto ni un solo caso. Y si yo hubiera llegado a ser enfermera, si los dos trabajáramos en un hospital normal, a lo mejor, fíjate, pero en Ciempozuelos, en el manicomio de mujeres... Sin embargo, el verano anterior nos lo habíamos pasado tan bien en la glorieta, en el invernadero, que yo había pensado, pues bueno, que no se case conmigo, nos liamos en secreto y seguimos así hasta que se acabe, lo que dé de sí. Germán habría sabido guardar el secreto, yo lo sabía, él no me daba miedo, pero tampoco encontré el cabo de un hilo del que tirar para acercarlo a mí. Y luego llegó el cáncer de doña Aurora, y lo de su programa, y el embarazo de Rafaelita, y el traslado de la hermana Belén, que era su amiga, su aliada en lo de la medicación nueva, y empezó a estar tan triste, tan cabreado al mismo tiempo, que todo se hizo aún más difícil. Bueno, hay tiempo, pensé. Pero en el funeral de Reme aprendí que no, que para mí no había tiempo. Y entonces, cuando ya todo era imposible, fue cuando Germán empezó a gustarme de verdad.

En realidad me había gustado siempre, pero no como Alfonso, con aquella ansiedad que me encogía el estómago y me volvía loca, sino de otra manera. Germán olía a colonia Álvarez Gómez, así, sin más, pero me había devuelto a doña Aurora, me había contado la verdadera historia de la muerte de mi madre, me había enseñado a pensar en mi padre, y no sólo eso. Germán no me hacía temblar cuando me miraba, no me erizaba la piel cuando me tocaba, pero yo presentía que con él habría podido ser feliz, que habríamos podido ser felices juntos aunque no nos casáramos, y sólo de pensarlo, se me llenaban los ojos de lágrimas. Hablando con él, había vuelto a ser yo misma, la nieta del jardinero, la discípula de doña Aurora, la amiga de Eduardo, una mujer intacta, sin cicatrices, con toda la vida por delante. Eso era lo que perdería el día de mi boda con Juan Donato, mi futuro, el destino con el que había soñado a los seis años en el invernadero, un tesoro que creí perdido para siempre hasta que Germán Velázquez lo desenterró, y lo limpió, y me lo puso entre las manos. No podía echar a perder mi vida sin despedirme de los sueños que se me habían escurrido entre los dedos. No podía aceptar que me pusieran un yugo alrededor del cuello sin rebelarme ni un solo día. No podía sucumbir a la voluntad de los demás sin ejercitar, aunque sólo fuera una vez, la última, mi propia voluntad.

—Hola —a las ocho en punto de la tarde del 29 de junio de 1956, sólo tuve que llamar al timbre una vez.

—Hola —entré en su casa y, cuando cerró la puerta, me apoyé en ella y le miré.

Luego me besó y ya no volvimos a hablar en un buen rato.

Nada salió como yo lo había planeado.

No es que saliera mal, porque salió bien. Tampoco que fuera malo, porque fue bueno. Pero mientras besaba a Germán, mientras él me tocaba, mientras le acariciaba y me dejaba acariciar, mientras nos quitábamos la ropa, y nos mirábamos, y él me veía desnuda, y yo a él, mientras nos íbamos a la cama, y nos dejábamos caer sobre ella, y seguíamos besándonos, acariciándonos, no logré quitarme de la cabeza a Juan Donato ni un momento, fíjate, no pude dejar de pensar que aquella podría ser la última vez que besaba a un hombre que me gustaba, la última vez que me acostaba con un hombre al que hubiera escogido yo, y eso me puso nerviosa, y triste, y estuvo a punto de echarlo todo a perder. Luego ya no. Luego, cuando la promesa del placer presente se hizo más fuerte que la amenaza del matrimonio futuro, me olvidé de todo y disfruté de verdad, pues anda, claro, menos mal que eso no me lo perdí, pero duró muy poco, siempre dura muy poco, y cuando mis labios aún dibujaban una sonrisa de boba que habían tardado tres años en reconquistar, Juan Donato volvió a aparecérseme como si estuviera grabado en mis ojos, como si sólo pudiera verle a él en todo lo que miraba, como la maldición en la que se había convertido.

Aparte de eso, desde el principio me di cuenta de que lo que me pasaba con Germán era distinto a lo que me había pasado con Alfonso, peor en unas cosas, mejor en otras. No tenía sentido que me engañara a mí misma, y reconocí que aquella tarde mi cuerpo no respondía con tanta rapidez como tres años antes, aunque después se me ocurrió que tampoco me había acostado nunca con Alfonso cuando estaba a punto de casarme con otro. Mi deseo por Germán parecía más débil, pero a él no le había conocido en una casa donde estaba sirviendo, ni me había llevado antes a un baile de chachas, ni había desaparecido para dejarme con las ganas al día siguiente, así que tampoco tenía mucho sentido compararlos. Y así estaba, haciéndome un lío con mi propio pensamiento, cuando me abrazó, me atrajo hacia él y me habló desde muy cerca, nuestras narices casi rozándose, sin dejar de acariciarme.

—¿Por qué has venido, María?

—Pues... Menuda pregunta —y sonreí—. He venido para acostarme contigo.

—Ya —él también sonrió—. Pero no te he preguntado para qué, sino por qué has venido.

—Porque voy a tener que casarme con Juan Donato —respondí sin pararme a pensarlo, cerrando los ojos como si estuviera a punto de tragar una cucharada de un jarabe muy amargo—. No quiero, pero no hay más remedio.

—Y eso ¿por qué?

—¡Joder! Anda que no estás pesado tú con los porqués...

—Pues sí —se echó a reír—, ya ves.

Nada salió como lo había planeado. Yo sabía que tenía que contarle la verdad a Germán para que no se confundiera, para que comprendiera que aquello era un final, y no un principio, pero creí que el momento llegaría más tarde, fíjate, al día siguiente, incluso. Había calculado que él tomaría lo que yo le diera sin hacer preguntas porque eso sería lo que habría hecho Alfonso Molina, anda, claro, pues no faltaba más, pero no fue así porque los dos eran muy distintos, y mira que lo sabía, ¿eh?, pero no me acordé a tiempo. Total, que cuando empezó con las preguntas, estábamos los dos desnudos en su cama, a mí me había costado mucho trabajo llegar hasta allí y tampoco podía marcharme sin más. Por eso doblé mi lado de la almohada, me incorporé para recostarme sobre ella, me tapé con la sábana, miré al frente y me convertí en Sherezade por última vez para contárselo todo, bueno, casi todo. Algunas cosas me las guardé para mí, porque no quería darle pena a él, ni morirme de pena yo al escucharlas.

La casa de Juan Donato no era magnífica, como me había anunciado la hermana Anselma. Era más grande que la de mis abuelos, porque tenía un dormitorio más y un zaguán en la entrada, pero por lo demás, se parecía muchísimo, los mismos techos bajos, las mismas paredes encaladas, hasta el fogón era idéntico, fíjate, de la misma marca y el mismo tamaño que el nuestro, aunque el aire no olía igual. La casa de Juan Donato podría estar limpia, no digo yo que no, pero tenía un olor triste, agrio, en el que un remoto rastro de aroma a enfermedad, a las medicinas que había sudado la pobre Reme durante tantos años, se filtraba por debajo del tufo a comida de las casas mal ventiladas. Mi futura suegra no era partidaria de la luz, porque en pleno verano tenía las ventanas cerradas, las persianas bajadas para ahuyentar al calor, decía. En la penumbra en la que vivían, ni siquiera se veían bien las caras los unos a los otros, por eso no podría decir si limpiaban o no, aunque la limpieza era lo de menos.

La hermana de Juan Donato era la encargada de guisar. Parecía una giganta, porque era muy alta, muy corpulenta, más maciza que gorda, como las que salen en los desfiles con los cabezudos, pero aunque tenía una pinta que daba miedo, no descubrí si era simpática o no, porque apenas hablaba. Con el calor que hacía, sirvió para comer un guiso de garbanzos con acelgas, muy soso, que encima estaba hirviendo. Yo me lo comí sin protestar, quemándome los labios en la primera cucharada, e intenté ser simpática, las cosas como son. Repartí sonrisas a diestro y siniestro, igual que si estuviera sembrando un campo, pero la única que me respondió fue Cristina, fíjate, la hija pequeña, que quiso saber si había ido al cine, y me pidió que le explicara qué se sentía, y me preguntó si la llevaría a verlo cuando vinieran los hombres que proyectaban películas en la plaza. Le prometí que sí, que vendría a buscarla si a su padre le parecía bien. Juan Donato no dijo ni que sí ni que no, porque tenía bastante con mirarme todo el rato como si fuera un cazador con la escopeta cargada, yo una liebre saltando por el campo. Desde que se enteró de que íbamos a casarnos, estaba muy formal, muy educado de palabra, pero sólo me quitaba los ojos del escote o del culo para apartarlos de pronto y sonreír para sí mismo, como diciendo, menudos festines me voy a pegar yo con esta... Así que su madre contestó por él, y dijo en voz alta que bueno, que lo del cine ya se vería, y luego me miró de una manera que anticipó el discurso que me soltaría un rato después, mientras fregábamos los platos en la cocina.

Eso no se lo conté a Germán. Pues anda, claro, si yo había ido a Madrid para acostarme con él, y no tenía que volver a Ciempozuelos hasta el lunes siguiente, que no es que yo pensara quedarme en su casa una semana entera, y que además tendría que ir antes a darle una vuelta a mi abuela, pero vamos, que no le conté nada de la casa de Juan Donato porque esa historia se la bajaría a un potro, que era la expresión favorita de mi abuelo, aunque su mujer le regañara por decirla delante de mí cada dos por tres. Así que eso me lo salté, pero le conté lo demás, la enfermedad de Reme, las miradas de Juan Donato, las cosas que me había dicho después de lo de Alfonso, las que había ido diciendo en casa de Mari Carmen, la proposición de la hermana Anselma y que no tenía más remedio que obedecerla. Eso no lo entendió, pues anda, claro, porque así, a medias, parecía que la jaula no estaba cerrada, que podría coger mi maleta y largarme cuando quisiera, lo mismito que había pensado yo antes de enterarme de todo lo que sabía aquella mujer de mi vida. Vete, María, me dijo él también, no tienes por qué casarte con ese hombre si no le quieres, nadie puede obligarte a hacer una cosa así...

Yo le dije que sí, que había alguien que podía. Creyó que era mi abuela, se ofreció a encargarse de que la cuidaran, y tuve que decirle que no era ella, pobrecita mía, pero no se dio por vencido con eso. Siguió preguntando, y preguntando, hasta que me obligó a llegar al final, a un lugar hasta el que yo nunca habría querido llegar. Y resultó que ya lo sabía, fíjate, que sabía que yo había abortado y que Eduardo me había ayudado, porque se lo había contado él mismo como si fuese una cosa normal, o sea, a lo mejor eso no, pero sí una manera de resolver un problema. Y cuando me enteré de que Germán lo sabía pero le había dado igual, de que había seguido tonteando conmigo como si yo no me hubiera vuelto loca por otro hombre, de que me había seguido mirando con el mismo cariño, con el mismo deseo, antes y después de saber una verdad tan fea, pues entonces sí que me di pena a mí misma, fíjate, y me dio pena mi vida, todas mis vidas, la que había soñado para no poder alcanzarla nunca, la que podría haber compartido con él si las cosas hubieran sido de otra manera, la que me esperaba cuando me casara con Juan Donato para irme a vivir a una casa oscura y maloliente. Al pensar en aquella penumbra se me saltaron las lágrimas, y no de pena, ni de rabia por mi mierda de suerte, sino de una emoción triste, difícil de explicar. Lloré porque existía Germán Velázquez, porque existía Eduardo Méndez, porque yo los quería y porque ellos me querían a mí. Lloré porque de repente me sentí orgullosa de haber compartido unos años de mi vida con ellos, porque existía un mundo en el que me habría gustado vivir. Lloré porque estaba viendo ese mundo al otro lado de los barrotes de mi jaula, porque su imagen me consolaba de

436

la existencia de otro brutal, oscuro, que era el único que conocería. La verdad era que ni siquiera sabía muy bien por qué lloraba, las cosas como son, y ahí se acabó mi aventura de chica viciosa e inmoral, mi ventaja de mujer marcada, de la que no se espera que llegue virgen al matrimonio. Porque como no fui capaz de tragarme las lágrimas, pues ya no follamos más.

—Necesito cuatro fotos tuyas de carné, María.

El 17 de julio, dos días después de volver al trabajo, Germán me vio al fondo de un pasillo, movió la mano en el aire para pedirme que le esperara, y volcó en mi oído aquella extraña petición.

—¿Cuatro fotos? —fruncí el ceño y él atravesó su dedo índice sobre los labios, me apretó discretamente el codo, señaló hacia delante para sugerir que echáramos a andar.

—Sí, cuatro —añadió en un susurro—. En realidad sólo hacen falta dos, pero prefiero que te hagas cuatro por si alguna se estropea.

—Pero ¿para qué las quieres?

Entonces se adelantó y, andando hacia atrás, me miró y dijo exactamente lo mismo que le había dicho yo hacía un mes y medio.

—¡Ah! Eso no te lo puedo decir —y sonreía igual que sonreí yo entonces—. Es una sorpresa...

Aquella noche no volvimos a follar, pero hablamos mucho, como de costumbre. Empecé yo, también como de costumbre, mientras él me tenía abrazada, mi cabeza en el ángulo de su cuello, su brazo alrededor del mío, y empecé por el principio, por aquellos ratones blancos que había visto una vez en el cine, en el No-Do o en una película de monstruos, y de la jaula tramposa de la que no iban a poder salir. También le conté la pena que me había dado Cristina, la hija de Juan Donato, cuando me di cuenta de que ella era una ratoncita más, aunque ni siquiera supiera que estaba encerrada en una jaula invisible, porque nunca había visto una película y quería saber lo que se sentía. Eso me había impresionado mucho, fíjate, que no me preguntara cómo era el cine, ni qué pasaba, sino qué se sentía. Yo creía que iba a llevarme bien con ella, mucho mejor que con su hermano, y eso que la tonta de Mari Carmen me había dicho, hay que ver qué suerte tienes, María, vas a tener dos hijos ya criados sin haber tenido que parirlos... Ya ves tú, menuda suerte, pero en fin, así es la vida, porque parecía mentira que Rosarito y yo fuéramos a casarnos casi a la vez, ella con Antonio el primer sábado de septiembre, yo con Juan Donato una semana después. A mi amiga, que se moría de ganas, casarse le había costado muchísimo trabajo. En cambio, yo me había encontrado con una boda que no quería de la noche a la mañana, pero al final eso iba a dar lo mismo, porque las dos íbamos a estar igual de casadas, con ganas o sin ellas. Eso también se lo conté a Germán, y así, saltando de una cosa a otra, hablé y hablé, de mis intentos por convencerme de que Juan Donato podría ser un buen marido para mí, de la fama de hombre buenísimo que tenía entre las monjas, de que tal vez se la mereciera aunque yo no hubiera logrado creérmelo, y de que más me valía ir haciéndome a la idea de lo que me esperaba. Y me sentía tan bien, tan segura, mientras hablaba cobijada en su hombro, que acabé explicándole que no había ido a su casa a buscarle por él, sino por mí, porque cuando comprendí que seguramente nunca sería feliz con Juan Donato, por mucho que me empeñara en convencerme de lo contrario, pensé que al menos una vez tendría que acostarme con un hombre que me gustara, uno que hubiera elegido yo, y no la hermana Anselma. Le pregunté qué le parecía y no me contestó. Y creí que aquella vez no me había escuchado con atención.

—Voy a decirte una cosa, María. Si estás pensando en casarte con otro para escapar del casero, quítatelo inmediatamente de la cabeza.

—Pero... —me puse roja como un tomate aunque sabía que él no podía verme—. ¿No estarás pensando que yo...? —me incorporé sobre un codo, le miré y le encontré muy tranquilo—. De verdad, Germán, que yo no he venido...

—Ya lo sé —sonrió y todo—, si acabas de decirlo, ¿qué te crees, que no te he oído? Pero no estoy hablando de mí, sino de cualquier otro hombre. Hazme caso porque sé de lo que hablo. Mi matrimonio se fue a pique precisamente por eso. Los maridos sustitutos nunca son una buena solución.

—No te entiendo —le dije, por decirlo yo también, al menos una vez, y por ver si me enteraba de algo más, pero no picó.

—Da igual —porque siguió hablando como si le trajera sin cuidado lo que yo entendiera o dejara de entender—. Lo que importa es que tienes que desaparecer, María, tienes que esfumarte sin dejar rastro, ¿comprendes?

Volví a apoyar la cabeza en su hombro y me dejé llevar por su voz.

—Ya sé que te parecerá imposible, y es muy difícil, pero se puede hacer, yo intentaré ayudarte. Tienes que estar preparada para marcharte en cualquier momento, eso sí, y sin equipaje, salvo que podamos hacer coincidir tu fuga con la boda de Rosarito, por ejemplo, aunque no sé... Bueno, el caso es que nadie puede enterarse de esto, pero nadie, ni tu amiga, ni Eduardo, ni nadie en el mundo, ¿está claro? Y tú tampoco puedes levantar sospechas, eso es fundamental. Debes seguir pareciendo tan triste, tan ausente como has estado en los últimos meses, y cuando nos crucemos en el manicomio, tratarme como siempre, sin buscarme pero sin esquivarme, ¿de acuerdo? Si tu novio se entera de que tienes esperanzas de no casarte con él, todo se vendrá abajo, así que te conviene ser igual de cariñosa que ahora, o más todavía, decirle que te has dado cuenta de que es un buen partido para ti, que la boda te hace ilusión... Lo que se te ocurra, pero sin pasarte de la raya, porque si de repente te haces la enamorada, sospechará. Y cuando lleguen los del cine al pueblo, te vas a buscar a la niña y la invitas, eso por descontado...

Yo le escuchaba y no me creía ni una palabra de lo que decía, fíjate, pero su voz me arrulló, me acompañó hasta que me quedé dormida. Las ilusiones son más venenosas que los pesticidas, pero cuando se comparten, mejoran mucho. Eso aprendí aquella noche, en casa del doctor Velázquez, mientras él me preguntaba en dónde me gustaría vivir, en qué me gustaría trabajar, cómo me gustaría llamarme. Yo creí que era un juego, pues anda, claro, ¿y qué otra cosa iba a ser?, pero contesté a sus preguntas, y a ratos me reí, y él se rio conmigo, pero no le pregunté nada más, ni qué planes tenía, ni quién iba a ayudarnos, ni cómo íbamos a hacerlo, porque no me lo tomé en serio. Sin embargo, aquella fantasía dulce, risueña, me ayudó a dormir de un tirón por primera vez en muchas noches. Y a la mañana siguiente, todo empezó a salir ya como yo lo había planeado.

Lo primero que hicimos al despertarnos fue echar un polvo, que se pareció muchísimo a la idea de follar con Germán que yo tenía cuando se me ocurrió que iba a darme un homenaje. Fue un polvo risueño, divertido, como de película de aventuras, uno de esos polvos que echarían las damiselas que se enamoran de los piratas y están tan contentas mientras izan una bandera negra con una calavera y dos huesos cruzados, o las novias de los gánsteres, que se los comen a besos cuando vuelven a su escondite después de robar un banco. De eso me acordé, fíjate, y no de Fortunata, porque yo no había dejado de ser como ella, pero Germán no se parecía a Maxi, y mucho menos a Juanito Santa Cruz. Mi memoria escogió para nosotros las películas de aventuras, no sé por qué, a lo mejor por lo que él me había dicho la noche anterior de fugarme como una delincuente. Seguía sin creerme una palabra pero me dio igual, porque las enamoradas de los piratas, las novias de los gánsteres, hicieron por mí lo que no había sabido hacer yo sola, y borraron a Juan Donato de mi cabeza igual que si rebanaran la suya con un sable o le reventaran la frente de un balazo. Después nos duchamos, nos vestimos, bajamos a desayunar a la calle, volvimos a follar, y así seguimos hasta el martes a mediodía. Yo no entendí bien lo que pasaba, pero pasó, y lo que era bueno empezó a ser buenísimo aunque todo lo que hacíamos era una despedida, o a lo mejor, precisamente por eso. No esperaba que las cosas salieran así, fíjate, creía que antes o después me pondría triste, pero fue al revés, todo lo contrario. Cada minuto de aquellos días se convirtió en un tesoro, el tiempo más valioso, un instante irrepetible que no se podía desperdiciar, y así lo disfruté todo, el sexo, las conversaciones, el vino y hasta el sueño, porque volví a dormir como no dormía desde hacía meses, y al despertarme tenía mucha hambre de todo, y volvíamos a follar, a comer, a beber, como si el resto del mundo no existiera, como si a Juan Donato le hubiera partido un rayo, como si yo hubiera vuelto a ser la dueña de mi vida. El lunes siguiente estaba ahí, a la vuelta de la esquina. El 15 de septiembre sólo un poco más allá, pero yo sentía que tenía una vida entera por delante, todo el tiempo del mundo, horas y horas de risas, de placer, de una felicidad dorada, gratuita, que no tenía principio ni final. Sólo me acordé de Juan Donato para pensar que nunca, ni él ni nadie, podría quitarme el recuerdo de aquellos días en los que había logrado vivir una vida mía y diferente, la que yo quería, la que perduraría para siempre en la perpetua penumbra de su casa, de su cama.

—Tengo que ir a ver a mi abuela —y ni siquiera el martes por la mañana me vine abajo—. No sé cómo estará, porque cuando falto yo no le hacen mucho caso.

—Bueno —en los cuatro días que habíamos pasado juntos, había aprendido lo suficiente como para estar segura de que no iba a dejarme marchar sin más—. Pero puedes volver.

—Desde... —su lengua se metió en mi boca antes de que pudiera terminar la frase, pero él me entendió tan bien como le había entendido yo a él.

Me fui a Ciempozuelos en una camioneta que iba parando en todos los pueblos y llegué casi a la hora de comer. Ya había avisado de que volvería aquel día, así que nadie se extrañó de verme por allí. Le había contado a la hermana Luisa que iba a estar con una amiga en Madrid, viendo trajes y zapatos para las dos hasta el miércoles, y que después iba a irme con ella al pueblo de Vallecas para ayudarla a limpiar su casa. Rosarito estaba en el ajo. La había llamado por teléfono la semana anterior desde una cabina de Correos, para que no me oyera nadie, y no le pareció nada bien lo que le conté. ¡Hay que ver, María, lo que te gusta meterte en líos! Después de lo del otro... ¿Y si te pillan? Pues si me pillan, lo más seguro es que no me case con Juan Donato, así que eso que salgo ganando. Pues mira, no te falta razón, reconoció después de pensarlo un poco. Claro, que ella no sabía nada de la cárcel, porque tampoco le había contado lo otro, pues sí, anda, no habría faltado más, pero lo que me impresionó fue que no se le ocurriera decirme que, si no quería casarme, dijera que no y me largara de allí. Rosarito no lo dijo, ni siquiera lo pensó, porque daba por sentado que para una chica como yo, huérfana y pobre, con mala reputación, sin nadie que la defendiera, sería imposible oponerse a la voluntad de la superiora de Ciempozuelos, al deseo de un hombre dispuesto a casarse con ella, al sentido común de la sociedad. Así comprendí que las jaulas no siempre estaban fuera, en las amenazas y los chantajes de las personas que tenían el poder. También podían estar dentro, incrustadas en el cuerpo, en el espíritu de todas las mujeres perdidas que asumían mansamente un destino que no habían elegido, sólo porque otros habían decidido que lo que más les convenía era volverse decentes. Pues mejor la cárcel, me atreví a pensar entonces. Yo siempre pensaba mucho y no decía nada, las cosas como son, pero aquella tarde, cuando volví al manicomio de Ciempozuelos, habría pagado con gusto ese precio a cambio de cinco días más como los que acababa de vivir, fíjate. Sabía que estaba pensando un disparate, pero me dio igual. Y menos mal que iba a casarme con un santo, el mejor partido al que podía aspirar una mujer perdida como yo, porque cuando me bajé de la camioneta, mientras iba andando al manicomio, me crucé por la calle con Mari Carmen, que iba a la compra con su madre y se me quedó mirando con la boca abierta, moviendo la mano en al aire de arriba abajo, a toda velocidad. Hay que ver,

María, me dijo, lo guapa que estás y la buena cara que tienes. ¡Cómo se nota que vas a vestirte de blanco!, resumió, la muy simple, aunque la hermana Anselma ya me había advertido que mi traje de novia tendría que ser corto y negro, porque eso era todo a lo que yo podía aspirar.

Subí corriendo al cuarto de mi abuela y la encontré bien y mal al mismo tiempo. Había pagado a una compañera para que estuviera pendiente de ella en mi ausencia y no las tenía yo todas conmigo, pero mi primera impresión fue que no había tirado el dinero. Marisa la había lavado, la había peinado, le había cambiado las sábanas, había hecho por ella todo lo que hacía yo a diario, y sin embargo, al mirarla con atención, tuve la sensación de que algo estaba cambiando para peor. Hacía años que su respiración era un estertor permanente pero aquel día, el ruido que escapaba de la caverna en la que se había convertido su boca desdentada me pareció más frágil, más hueco que antes. Hacía años que la piel de su cara se pegaba a sus huesos como si nada se hubiera interpuesto jamás entre ellos, pero de repente la encontré más tirante, tan seca que tuve que pasar un dedo por sus mejillas para comprobar que Marisa le había puesto crema Nivea, como yo le había pedido que hiciera. Hacía años que mi abuela parecía un cadáver, una muerta ligada a la vida por un hilo finísimo, tan frágil que costaba trabajo creer que no se hubiera roto todavía, pero cuando la destapé, encontré sus piernas aún más descarnadas, las uñas de los pies misteriosamente oscuras, el vaivén de su pecho más brusco, casi violento. Y mientras volvía a lavarla, a peinarla, a moverla, intuí que no volvería a hacerlo muchas veces más.

—No te mueras, abuela, por favor... Hoy no, abuela, ahora no, por favor te lo pido —y la besé sin parar, en la cabeza, en la cara, en las manos—. No te mueras hasta que yo vuelva, por favor, abuela, por favor...

Marisa me miró con extrañeza cuando le conté que la había encontrado peor. Qué va, me dijo, si está igual que siempre.

Yo sabía que no, fíjate, pero lo comenté con un par de hermanas y ellas tampoco parecían haber apreciado ningún cambio. Así y todo, durante un instante pensé en quedarme. Lo pensé pero me fui, me contenté con anunciar que llamaría todas las mañanas para ver si había pasado algo y me fui corriendo, sin entrar a ver a doña Aurora siquiera, para llegar a la camioneta de las seis de la tarde. Y cuando volví a ver la cara de Germán, sentí más pena que nunca por mí misma, por lo que había vivido, por lo que iba a vivir, por lo que jamás volvería a repetirse. Porque entonces me di cuenta de lo viva que estaba, de lo joven que era, y de que el pasado no pesaba lo mismo que el futuro. Juan Donato había estado a punto de arruinar la última semana de mi libertad, el parco capital que se iba agotando poco a poco, como los granos de arena que atraviesan el estómago estrangulado de un globo de cristal, pero mi abuela estaba de mi parte. Eso pensé, pues anda, claro, eso tuve que pensar, porque me sentía culpable por haberla dejado sola, porque sabía que iba a morir, estaba segura de que iba a morir, pero el presagio de su muerte no me aturdió, no me paralizó, no empañó la felicidad efímera, breve y perfecta, que apuré hasta el final.

—Escúchame, María.

La última noche apenas dormimos. Tampoco cenamos. El sexo fue a cambio tan intenso como mi desesperación, y él se dio cuenta. En realidad fue culpa mía, fíjate, porque no tendría que haberle contado la treta que se me había ocurrido para salir de la jaula de vez en cuando. Tendría que habérmela guardado para mí, pero no quería ponerme triste, no quería pensar que aquello se había acabado para siempre, y por eso le dije que después de mi boda, a lo mejor el invierno siguiente, pues que podría contratarme. No era mala idea, porque él necesitaría una asistenta, las cosas como son, y tampoco le extrañaría a nadie que yo trabajara unas horas para una persona de confianza, eso si se quedaba en España, claro, porque si se volvía a Suiza... Por eso no debería habérselo contado. Por eso y porque entonces, por primera vez desde que le conocía, me miró con pena. No con aquella compasión que me hacía compañía y no me humillaba, sino con pena auténtica. Y lo último que yo quería era darle lástima precisamente a él.

—Bueno, eso ya lo veremos —se esforzó en sonreír, de todas formas—. Pero lo más importante ahora es que te acuerdes de lo que hablamos la otra noche, ¿de acuerdo? No te prometo nada pero, por si acaso, prométeme tú que vas a hacer las cosas como te dije.

Acaricié sus brazos lentamente, le miré a los ojos y empecé a despedirme de él, de todo lo bueno que me había dado.

—Te lo prometo.

Sonreí al decirle adiós y bajé las escaleras de buen humor, fíjate, como si lo que se había acabado justo después de empezar fuera a durar para siempre. Salí a la calle a las cinco de la mañana y disfruté del frescor del aire mientras recordaba gestos, detalles, la espalda de Germán cuando se giraba en la cama para mirar la hora en el despertador, el sol de la mañana filtrándose por las contraventanas de su balcón, la foto que tenía enmarcada en un estante, sus padres, su hermana y él sentados en una roca de granito, la sierra de Guadarrama al fondo, el cielo inmenso y él muy joven, casi un niño. Cuando llegó el tranvía todavía estaba excitada, satisfecha por mi aventura, pero al ver el nombre de Ciempozuelos en un cartel, en la camioneta que iba a conducirme a mi prisión, me vine abajo. La idea de que nadie podría arrebatarme nunca lo que había vivido ya no me consoló por lo que acababa de perder, pero mantuve el ánimo hasta que ocupé mi asiento, junto a una ventanilla tan sucia que transparentaba a duras penas la luz del amanecer, como si pretendiera anunciarme el futuro. Después, todo pasó muy deprisa.

El 9 de julio de 1956 entré a trabajar a mediodía y mi abuela, de mi parte hasta el final, aún vivía. Murió unas horas después, al filo de la medianoche. Al llegar no la había encontrado peor de como la dejé, pero al atardecer tuve un mal presentimiento y, cuando corrí a su cuarto, la impresión de que había dejado de respirar. El médico me llevó la contraria con suavidad. Todavía respira, dictaminó, pero es cuestión de horas, y se ofreció a ir a avisar al capellán. Yo se lo agradecí, me senté en un taburete, junto a la cama, agarré a mi abuela de la mano y no quise pensar dónde había estado, qué había hecho veinticuatro horas antes. Estaba tan mareada como si me hubiera emborrachado y eso era más o menos lo que me había ocurrido, fíjate, aunque el origen de mi borrachera no hubiera sido el alcohol, sino tantas emociones tan seguidas, tan profundas, tan contradictorias a la vez.

Mi abuela nunca había sido cariñosa, pero yo la acaricié sin parar mientras estuvimos las dos solas. Tampoco había sido nunca de dar besos, pero la besé mucho, todo lo que pude, y la llamé como a ella nunca le había gustado llamarme a mí, cariño, cielo, preciosa mía... Hasta que distinguí un cántico aún más meloso, y mucho más triste, que se acercaba despacio por el pasillo. Las hermanas cantaban himnos cuando acompañaban al capellán a la habitación de una moribunda, yo lo sabía. Había visto esa escena muchas veces, las velas, el incienso, el paso solemne del sacerdote que portaba la custodia entre las manos, las monjas de voz trémula desplegadas a su alrededor como una rítmica escolta de túnicas blancas. Aquella noche, para mí no fueron un consuelo, sino una tétrica amenaza, y por eso no me volví a mirarlas. Seguí sentada, aferrada a la mano de mi abuela como un náufrago se aferraría al único leño que flotara en el mar, mientras ella recibía la extremaunción y el capellán depositaba en su lengua una hostia que no iba a ser capaz de tragar, que ni siquiera se disolvería en su boca reseca, desprovista del húmedo consuelo de la saliva. Sólo aparté la vista de su rostro cuando aquel hombre se dirigió a mí. Lo siento mucho, María... Me levanté y recibí un abrazo protocolario, su cuerpo alejado del mío en la distancia que exigía el decoro, pero agradecí sus palabras porque me parecieron sinceras. O no se había enterado de la noticia de mi boda o había sido capaz de adivinar todo lo que no habían querido contarle, porque me puso una mano en la mejilla y añadió en un murmullo, tienes que tener mucho ánimo ahora que te has quedado sola, pobrecita.

Cuando mi abuela expiró, su habitación estaba llena de gente. Cuando su pecho subió por última vez con una fuerza misteriosa, para no volver a levantarse más, me tiré sobre su cuerpo y unos brazos me levantaron. Sólo entonces me di la vuelta y vi a la hermana Anselma dirigiendo el rosario, a todas sus hermanas rodeándola y, al fondo, a Juan Donato, que había venido con su madre y con su hijo mayor. Él avanzó hacia mí enseguida, como si quisiera demostrar quién era ahora mi familia, y me estrechó entre sus brazos para enseñarme que Germán Velázquez no olía solamente a colonia Álvarez Gómez, él a musgo, a charco de agua sucia, a esos pedacitos de algodón donde doña Aurora me había enseñado cómo germinaban los garbanzos cuando era una niña. Te acompaño en el sentimiento, chatita, me dijo. Me llamó chatita y entonces me rompí. Mientras lloraba chillando, como no recordaba haber llorado en mi vida, me dejé caer y él me sostuvo, me sentó en una silla, me cogió de la mano y se quedó de pie, a mi lado. Luego llegó mi futura suegra y me besó en las mejillas, azuzó a su nieto hacia mí, besa a María, que va a ser tu madre, y yo recibí sus besos, los de la hermana Anselma, como si mi cara se hubiera convertido en una máscara de madera, y todas las monjas fueron viniendo, vinieron los mozos que estaban de guardia, mis compañeras y hasta dos médicos, y todos me hablaron, me besaron, hasta que la hermana Luisa intentó mandarme a la cama. Mañana va a ser un día muy largo, María. Vete a descansar, nosotras amortajamos a tu abuela... Le dije que no, que a mi abuela la amortajaba yo, pero que podía ayudarme si quería. ¡Ay, Severiano!, recordé, ¿por qué nos has dejado solas tan pronto? Ella me había enseñado lo que había que hacer mientras amortajábamos juntas a su marido. Cuando até un pañuelo alrededor de su cabeza, dejé de llorar, pero la pena no me abandonó.

A la mañana siguiente, Juan Donato me estaba esperando para desayunar conmigo en la cocina, pero no era el único.

—¡María!

Eduardo Méndez pronunció mi nombre, me rodeó con sus brazos, me besó en la cabeza y no añadió nada, porque entre él y yo no hacían falta más palabras.

—Lo siento mucho, María —Germán me abrazó con más cautela, posó apenas los labios en mis mejillas para besarme, me miró como si quisiera penetrar mi cabeza con sus ojos—. La muerte es siempre una catástrofe, pero esto es lo mejor que podía pasar. Tu abuela ya no vivía, porque lo suyo no era vida, sino una condena. Ahora ella es libre, y tú también. Las dos os habéis liberado.

En aquel instante creí en él, en lo que me estaba diciendo. Quizás fue una ilusión o un acto de pura desesperación, quizás me empujó la necesidad de creer en algo que no fuera el musgo que criaba el cuerpo de mi novio, pero al escucharle, tuve la impresión de que había escogido algunas palabras, vida, libre, liberarse, con la intención de transmitirme un mensaje oculto. Le miré, le vi asentir imperceptiblemente con la cabeza, y empecé a seguir sus instrucciones allí mismo.

—Ya conocen ustedes a Juan Donato, ¿verdad? —fui hacia él, me colgué de su brazo, sonreí—. Es mi prometido, vamos a casarnos el 15 de septiembre.

—Felicidades, María —dijo el doctor Méndez, con el mismo gesto con el que me había dado el pésame.

—Enhorabuena a los dos —añadió el doctor Velázquez, más sonriente—. Siempre es un alivio recibir una buena noticia después de otra tan triste.

—¿Triste? —el animal de Juan Donato frunció el ceño un instante—. ¡Ah!, sí, la muerte de su abuela dice, ¿no? —pues anda, claro, pensé, porque muy listo tampoco eres—. Bueno, va a ser una cosa muy sencilla, sin banquete, porque mis hijos aún están de luto por la muerte de su madre, así que...

—Pero están ustedes invitados —rematé yo, y no volví a mirarlos hasta que les dije adiós, después del entierro.

El 15 de julio de 1956, lunes, Germán volvió al trabajo después de sus dos semanas de vacaciones. El miércoles me fui hasta Valdemoro al salir de trabajar, con la excusa de pedir precio en la única floristería que había en la comarca y, aparte de eso, me hice las cuatro fotos que me había pedido el día anterior. Las recogió él mismo el martes de la semana siguiente, porque me daba miedo seguir faltando de Ciempozuelos.

Desde la muerte de mi abuela, pasaba la mayor parte de mi tiempo libre en Las Fuentes. Después del entierro fui allí a comer y sólo volví al manicomio a dormir. La hermana Anselma me dijo que podía quedarme más tiempo, pero le conté que prefería seguir trabajando, porque allí eran tan amables conmigo que no me dejaban hacer nada y me acordaba de mi abuela a todas horas. Ella sonrió y me dio un abrazo. Lo ves, ¿tonta?, me dijo al oído, ¡si sabré yo lo que te conviene! Yo le devolví el abrazo, la besé en la mejilla y le di mucho las gracias. Pues sí, tenía usted razón, hermana, hay que conocer a las personas para saber cómo son... Todas las tardes, después del trabajo, Juan Donato estaba esperándome en su furgoneta para llevarme a Las Fuentes, y de vez en cuando hacía una parada en un soto que quedaba a medio camino entre el manicomio y su casa. Vamos a sentarnos un ratito a la sombra, me propuso la primera vez, y me levantó la falda antes de que pudiera darme cuenta. Yo salí corriendo y desde la carretera le grité que no, que hasta la boda, nada, y que como volviera a intentarlo, iba a contárselo a la hermana Anselma. Bueno, accedió a negociar, pero siéntate aquí a mi lado, por lo menos, y se conformó con tocarme las tetas por encima de la ropa mientras nos besábamos en la boca. Al principio no hacía nada más, pero después fue cogiendo confianza y empezó a hacerse pajas con la mano derecha, pegando mi cabeza a la suya con la izquierda para que no pudiera verle. Cuando notaba que había terminado, yo le sonreía como si no me hubiera parecido mal y le pedía que se diera prisa, no fuera a echarnos su madre de menos. Por el camino me iba contando todo lo que me iba a hacer después de la boda, pero al llegar a Las Fuentes, se echaba una siesta y me dejaba un rato en paz. Las mujeres de su familia tenían la costumbre de sentarse a tomar el fresco delante de la puerta todas las tardes, y desde que se resignaron a la boda, siempre sacaban una silla para mí. Ellas no hablaban y yo tampoco, pero antes o después llegaba Cristina y nos íbamos las dos a pasear, a coger flores, a ver a los animales. De vez en cuando, en los momentos de desánimo, pensaba que así sería el resto de mi vida, una ratona grande y otra pequeña en una cárcel sin puertas, inmensa como el campo que nos rodeaba, la seca monotonía de un paisaje al que no se le veía el fin. De vez en cuando, las horas parecían días, los días semanas, las semanas meses, y sin embargo, cuando Germán abrió la puerta de mi jaula, pensé que todo había llegado demasiado pronto.

—Te vas el domingo, pasado mañana —porque aquel día era 26 de julio, porque sólo habían pasado tres días desde que recogió las fotos que me había hecho en Valdemoro, porque no me esperaba tantas prisas—. ¿Me has oído?

—Sí, lo que pasa es que... Pero... ¿Tan pronto?

Estábamos en el cuarto de doña Aurora. Ella ya no nos veía, no nos escuchaba, estaba dormida casi todo el tiempo, pero yo le hacía una visita todas las tardes, a la misma hora, por si Germán tenía que darme algún recado. Cuando me dio aquel, el único importante, doña Aurora abrió los ojos y nos miró. Aunque volvió a cerrarlos enseguida, él me agarró del brazo y me llevó al saloncito.

—No me digas que prefieres quedarte —me lo estaba diciendo en broma, pero yo le contesté muy en serio, para que no hubiera ninguna duda.

—No, ni hablar, quiero irme. Pues anda, claro que quiero —me acordé de la polla de Juan Donato y me dio una especie de risa tonta—, eso es lo único que quiero en este mundo —y justo después, la misma polla me dio ganas de llorar—, lo que pasa es que no me puedo creer que vaya a marcharme de verdad.

—Pues ve creyéndotelo —se sentó en el diván y me senté a su lado—. La hermana Anselma se va mañana a su pueblo, a ver a su familia. Se quedará allí unos quince días. Va a coger un tren nocturno y Juan Donato la llevará a la estación. Me lo ha contado todo ella misma esta mañana, mientras organizábamos las guardias del verano. Lo ideal sería que tú te las arreglaras para irte con ellos, pero si no puedes, tendrás que encontrar como sea una manera de estar en Madrid mañana por la noche. Yo estaré en casa esperándote. Lo tengo todo preparado. El domingo 28 de julio, a las siete de la mañana, estarás en un tren camino de Valencia. Ya te he sacado el billete y todo. Pero no se te ocurra llevar una maleta, ¿de acuerdo? Lo que te quepa en el bolso y nada más.

Me incliné sobre él y le besé. Sabía que no era seguro, que las puertas de Ciempozuelos no tenían pestillo, que cualquiera podría entrar y descubrirnos, pero el deseo fue más fuerte que yo. Él me devolvió el beso, pero recuperó antes la sensatez.

—Mañana por la noche —me miró como si lo que acababa de decir fuera una promesa, y se marchó.

Me quedé un buen rato sentada en el diván del saloncito de doña Aurora, sintiendo que me temblaba todo el cuerpo. No podré hacerlo, pensaba, no seré capaz, no va a salir bien, no podré hacerlo... Y sin embargo, aquella misma tarde empecé a poder. Aquella tarde fui capaz de comportarme por primera vez como la mujer que los demás creían que había sido siempre, y me transformé en una verdadera puta, una puta auténtica, cuando Juan Donato paró la furgoneta en el soto. Espera, le dije antes de que se me echara encima, que quiero enseñarte una cosa, pero vente aquí, detrás de los árboles, para que no nos vean... Él me hizo caso, se recostó contra un tronco y yo me quedé de pie, delante de él, y empecé a desnudarme despacio. ¡Quieto!, le ordené antes de terminar, que todavía no has visto nada. Cuando me quedé en ropa interior, un sujetador viejo con las hombreras deshilachadas y unas bragas blancas de algodón, que tenían las gomas dadas de sí, abrí el bolso y saqué mi vestido negro con lunares blancos. Ahora que ya has visto lo que hay debajo, le dije sonriendo, a ver qué te parece lo que hay encima... Me puse el vestido, me subí la cremallera y di una vuelta sobre mí misma. Estoy pensando en hacerme el vestido de novia igual que este, con el mismo corte, el mismo vuelo. ¿Te gusta? ¿Que si me gusta?, me preguntó, y sólo entonces me di cuenta de que se había bajado la bragueta y tenía la polla fuera, mira si me gusta... ¿De verdad?, le pregunté. Después, sin darle tiempo a comprender lo que iba a pasar, me senté a su lado, aparté su mano y la reemplacé con la mía, besándole en la boca mientras hacía el trabajo que hasta entonces había hecho él solo. ¿Esto también te ha gustado?

Después, en la cena, comenté que mi amiga Rosarito iba a ir a probarse su vestido el domingo por la mañana. Que se lo estaba haciendo una costurera que trabajaba en su casa, en Vicálvaro, y que vendía ropa interior francesa de contrabando, mucho más bonita, adónde iba a parar, y más fina que la que podía comprarse en Ciempozuelos. Mi suegra se levantó para llevar los platos al fregadero y añadí algo más, en un murmullo destinado en exclusiva a los oídos de mi novio. Por lo visto, tiene cosas de colores, negras, y rojas, y todo eso, y volví a levantar la voz cuando mi suegra volvió a sentarse. Me encantaría ir con ella, la verdad, por el vestido pero sobre todo por lo de la ropa interior, que aquí no hay donde comprar nada bonito, fíjate, pero me quedaré con las ganas, porque... Yo voy a Madrid mañana por la tarde, me ofreció Juan Donato sin que le pidiera nada, puedes venirte conmigo, si quieres. ¿De verdad?, le miré como la mujer más enamorada que hubiera existido nunca sobre la faz de la tierra. Puedo llamar al asilo de Doctor Esquerdo y quedarme a dormir allí... ¡Ay, Juan Donato!, añadí antes de que tuviera tiempo de pensar en lo que acababa de decir, si me haces ese favor, no te arrepentirás. En ese momento empezó a sonreír como un bobo y yo le apreté un muslo por debajo de la mesa, yo te lo pagaré muy bien, y me eché a reír mientras él me agarraba la mano y me la colocaba encima de su bragueta, pero muy requetebién, te lo prometo... Aquella noche triunfé mucho como puta, fíjate. Más de lo que había triunfado nunca como mujer decente, las cosas como son.

El sábado, 27 de julio de 1956, fui a ver a la hermana Anselma por la mañana. Le enseñé el vestido, le pregunté si le parecería bien que mi traje de novia fuera parecido, le expliqué que tendría que hacerme también una chaqueta para no ir enseñando los brazos, porque sólo tenía una de punto que no pegaba en una boda, la verdad, y que tendría que comprarme unos zapatos negros, claro... Antes de que llegara a la ropa interior, me dijo que verme tan ilusionada la hacía muy feliz, y yo respondí en un susurro que más feliz estaba yo. Lo único es que para todo esto necesito dinero, añadí, y ella hizo muchos aspavientos, como si no pudiera perdonarse a sí misma por no haberlo pensado antes que yo. Por supuesto, ¿cuánto quieres? La comunidad de Ciempozuelos hacía las veces de caja de ahorros para mí, y para otras auxiliares que vivían en el manicomio. Sabía que, cuando desapareciera, la mayoría de mis ahorros, el dinero que me habían ido guardando del sueldo cada mes, desaparecería conmigo, pero aquella mañana conseguí salvar quinientas pesetas que la hermana tesorera me dio sin rechistar.

Por la tarde, cuando terminé de trabajar, subí a mi cuarto y rellené el bolso de tela que me había regalado Rosarito con dos mudas, un cepillo de dientes, una postal antigua de Viena Capellanes y el vestido que me compré para ir a bailar con Alfonso Molina seis años antes. Estuve a punto de escoger también un par de libros, pero pensé que a Germán no le importaría prestarme uno para el viaje. Me quité las zapatillas, me puse el único par de sandalias que tenía, mi falda nueva y una blusa estampada del verano anterior. Cuando cerré la puerta de mi cuarto, recordé en un instante todas las cosas buenas y malas que me habían pasado en aquel lugar, fui consciente de que con un poco de suerte no volvería a pisar aquellas baldosas, y me di cuenta de que todavía tenía algo que hacer.

—¿Quién eres tú?

Nunca había besado a doña Aurora. No me gustan los besos, esa fue una de las primeras lecciones que aprendí de ella, detesto a las personas besuconas, sepulcros blanqueados en su mayoría... Había escuchado esas palabras muchas veces, pero antes de marcharme, entré en su cuarto, me incliné sobre ella y la besé en la frente.

—¿Qué haces aquí? ¿Quién eres? ¿Cómo has entrado...?

Mi beso la despertó. Levantó la cabeza un instante para mirarme con un gesto de desconcierto que habría desembocado en terror si la morfina lo hubiera consentido.

—Soy María, la nieta del jardinero —murmuré, aunque suponía ya que no podía escucharme—. Me voy de aquí para siempre y vengo a despedirme —la besé en la mejilla y no reaccionó—. Usted ha sido siempre muy buena conmigo, bueno, casi siempre... —después de rectificar, volví a besarla y me marché sin hacer ruido—. Adiós, doña Aurora.

Juan Donato estaba esperándome en la puerta, la hermana Anselma sentada ya en el asiento del copiloto.

—No te importa, ¿verdad? —me preguntó cuando él me dijo que tendría que acomodarme en uno de los transportines de la parte de atrás.

—Por supuesto que no, hermana —respondí—. Pues no faltaba más.

Fuimos todo el camino hablando de la boda. Del sermón, de la música, de las flores, del coro, del traje del novio, de la ropa de sus hijos... La hermana Anselma tenía pensado estar en su pueblo hasta el 20 de agosto, pero iba a acortar sus vacaciones para ayudarme a prepararlo todo, a Juan Donato le gustaría llevarme a conocer el pueblo de sus padres, que estaba en la provincia de Albacete y era muy bonito, todas las hermanas estaban entusiasmadas y me estaban preparando una sorpresa para el ajuar, una cosa preciosa, ya la vería... Yo dije a todo que sí, sonreí todo el tiempo y di las gracias sin parar hasta que llegamos al Paseo de las Delicias.

—Odio esta ciudad —Juan Donato se saltó un semáforo, provocó un concierto de bocinas, se quedó atravesado en medio de la calle y tuvo que soportar un par de insultos—. De verdad que la odio, no sé cómo la gente puede conducir aquí...

En ese instante tuve una inspiración. Nunca había creído yo ser tan lista, pero tuve que reconocer que es verdad que la necesidad aguza el ingenio, como se dice, pues anda, claro, porque lo arreglé todo en un momento.

—Déjanos aquí mismo, anda, no te vayan a poner una multa —abrí la puerta mientras terminaba de explicarme—. Ya acompaño yo a la hermana a la estación y espero con ella a que llegue el tren. Luego tengo muy buena combinación para llegar a Doctor Esquerdo. Nos vemos mañana para cenar, espere, hermana Anselma, que la ayudo con la maleta...

—Bueno, pero no llegues tarde —me dijo mi novio como toda despedida—. Ya sabes que no me gusta cenar después de las nueve de la noche.

—Tranquilo, seré puntual.

A las nueve de la noche del día siguiente, domingo, 28 de julio de 1956, desembarqué en el muelle de la Estación Marítima de Palma de Mallorca. En la bolsa de tela que me había regalado Rosarito, junto con una vieja postal y un vestido de lunares, llevaba un pasaporte y una cédula de identidad emitidos a nombre de María Isabel Villar Rodríguez, una chica que tenía un año más que yo, vivía en Alicante y había nacido en un pueblo que estaba segura de no haber oído nombrar nunca, porque se llamaba Pego. Germán me había contado que era una militante clandestina que había pasado los Pirineos por el monte a principios de aquel mismo año y que ahora vivía en Francia con un nombre nuevo, falso. Es una identidad completamente segura, añadió. Si un policía te pide la documentación, enséñasela con mucha tranquilidad, sin ponerte nerviosa. Para ellos, esta mujer nunca ha dejado de vivir en España... Pero ningún policía se me acercó en todo el día, y sólo tuve que enseñar la cédula en la ventanilla donde compré el billete del barco.

Germán me había dado todo lo demás en un sobre, los documentos, el billete del tren que me llevaría a Valencia, quinientas pesetas como las que llevaba en el monedero y que no me dejó devolverle de ninguna manera, y una lista de instrucciones apuntadas en un papel que rompió antes de decirme adiós, sólo después de que las recitara de memoria una docena de veces por lo menos.

—¿Por qué has hecho esto?

Estábamos en la cama, muy cerca del final, la hora a la que tendría que levantarme, ducharme, vestirme, e irme sola a la estación, para no correr el riesgo de que alguien pudiera vernos juntos.

—Porque eres lo mejor que me ha pasado desde que volví a España...

Al escuchar eso, me apreté contra él, le besé en el cuello, me preparé para escuchar algo más.

—Y para que se jodan.

No dijo quién, no hacía falta. Yo entendí que no era sólo Juan Donato, tampoco la hermana Anselma, sino muchos más, un enemigo inmenso, pues anda, claro, un ejército de millones de enemigos, que eran los suyos, y los míos, los de nuestros padres, y los de muchos españoles como nosotros. Y en ese momento me dio pena, fíjate, porque mi cuerpo todavía era un reflejo de su cuerpo, porque mi piel aún estaba estremecida de placer, porque sólo cinco minutos antes, los dos habíamos sido una sola cosa. Y aunque era una locura más gorda que la que estaba a punto de hacer, algo que no iba a pasar porque no podía pasar, la verdad es que me habría gustado una declaración más romántica, unas cuantas palabras de amor, la promesa de un reencuentro.

Eso fue lo que pensé entonces. Con el tiempo, aprendería a apreciar el profundo romanticismo del gesto de Germán, el amor que latía bajo tanta generosidad sin recompensa.

—Buenas noches —el Bar Pueblo no estaba lejos del muelle y lo encontré a la primera—. Busco a Augusto Picornell.

El Mediterráneo me había parecido inmenso, mucho más grande y más azul de lo que imaginaba de pequeña, al mirar los mapas del atlas de doña Aurora. Pero al otro lado del mar, y de la barra de aquel bar, una mujer gorda y risueña me puso un chato de clarete, unas rodajas de pan y media sobrasada con una naturalidad casi maternal.

—Es mi marido. Ahora voy a avisarle, pero tú, de momento, cómete esto, que estarás muerta de hambre.

Salió del mostrador, se quitó el delantal y echó a andar hacia la puerta. Antes de dar tres pasos, se volvió como si acabara de darse cuenta de que se había olvidado de algo y sonrió.

—Estás en tu casa —yo nunca había ido más que de Madrid a Ciempozuelos, de Ciempozuelos a Madrid pero, en la otra orilla del mar, tan lejos de mi verdadera casa, la creí—. Bienvenida.

¿Quién me besó? Estoy segura de que alguien me besó, estaba aquí mismo, al lado de mi cama, y me dio un beso en la frente, pero no sé... ¿O lo habré soñado? No, no puede ser, alguien me besó, alguien tuvo que besarme porque me desperté y todo. A mí nunca me han gustado los besos. Siempre me han parecido raros porque tuve la suerte de que no me besaran mucho de pequeña. Así pude concentrarme en mis potencias, desarrollar un cerebro superior sin interferencias sentimentales, libre de ñoñerías estúpidas que me habrían debilitado, ensuciando mi espíritu con miedos y culpas. Mi padre, que me quería con locura, no era de besar, y mi madre... Esa sólo besaba a mi hermana Josefa, a mí no me quería, nunca me quiso, las dos estaban conchabadas contra mí, fueron las primeras... Espera, Aurora, no te duermas. ¿Habrá sido Josefa? Una vez la vi, estuvo por aquí, las hermanas me decían que no, que me habría confundido, sí, ya, voy a confundirme yo con esas dos pájaras... ¿Qué os creéis, que soy tonta? Pues no, ¡soy la más inteligente de las tres, a ver si os enteráis de una vez! Qué pena que mi madre hiciera falta para que yo naciera, y la otra... Llámame Pepita, que mi nombre no me gusta. ¡Ni hablar! Tú te llamas Josefa y te aguantas con tu nombre, cochina, que te llamen Pepita tus amantes, esos hombres que te hacen las guarrerías que te gustan, porque lo que soy yo... ¿Ves?, ya me estoy durmiendo otra vez. Estoy todo el rato dormida, y por un lado es bueno, porque el sueño aleja esos dolores que tenía antes, pero me duermo y no me entero de nada... ¿Qué hora será? Ya no sé en qué día vivo, abro los ojos y hace sol, vuelvo a abrirlos y es de noche. Tengo que hablar con Germán. Él es quien me pone las inyecciones, el único que se preocupa por mí, porque es el padre de mi hijo, claro está. Seguro que las inyecciones son buenas para el feto, pero... ¿Ya se ha vuelto a hacer de noche? No puede ser. ¿Será un eclipse? Pues parece que no, porque no vuelve la luz... Bueno, voy a aprovechar para pensar, ahora que estoy despierta. Concéntrate, Aurora, tienes que pensar muy bien. Seguro que el sueño es bueno para el niño. Él está ahí dentro, tan feliz, creciendo, engordando... Lo que no entiendo es por qué no me acuerdo de cuando lo hicimos. Me quedé embarazada a la primera, eso ya lo sabía yo, pero el momento concreto de... No me acuerdo de haberme acostado con Germán, y tuve que hacerlo, claro, porque no hay otra manera... Me voy a dormir porque tengo mucho sueño. Debe de ser tardísimo, hace mucho calor, tengo que decirle a la mosquita muerta que baje la persiana, aunque esa es otra. ¿Dónde está la mosquita muerta? Últimamente duermo casi todo el tiempo porque es lo mejor para nosotros, para el niño y para mí, el desgaste orgánico de un embarazo a mi edad es descomunal, eso me lo dijo... Ya no me acuerdo de quién me lo dijo, pero... ¿Y dónde estará la tonta esa? ¿De verdad hace tanto tiempo que no la veo? ¡Ay, yo qué sé! Duermo tanto que no... ¿Y qué hora será? El beso no me lo dio Josefa, porque esa siempre me ha odiado, igual que mi madre. No podían soportar que papá sólo me quisiera a mí, que yo fuera más lista que ellas, que estuviera siempre al tanto de sus componendas, sus tretas asquerosas, sus líos con hombres... Eran igual de viciosas, las dos, menos mal que yo... ¿Quién me besó? ¿Y por qué me acuerdo tanto de Josefa, de mi madre? Aparte del sueño, me pasan cosas muy raras, que pierdo peso en vez de ganarlo, por ejemplo. El vientre sí lo tengo hinchado pero, por lo demás, con todo lo que duermo, me estoy quedando en los huesos. Tengo que hablarlo con Germán, no como médico, sino como padre del niño, porque... Se me cierran los ojos, no puedo hacer nada, no sé si tanto dormir será bueno. Hilde sí me besaba. Lo hacía muy bien, como yo la había enseñado, sin melindres, sin cariñitos, se acercaba a mí y me daba un beso en la mejilla, al levantarse y al acostarse, nada más, y con mucho respeto, pero la última vez me besaron en la frente y apretaron fuerte, no sé quién... ¿Ya es de noche? ¡Qué barbaridad, cómo pasa el tiempo! ¿Y en qué mes estaré? Pues no lo sé, cómo voy a saberlo, si estoy todo el tiempo durmiendo. A lo mejor, Germán engendró a nuestro hijo mientras yo dormía. Claro, eso será, le parecería más delicado, querría ahorrarme esa asquerosidad, y yo se lo agradezco pero, claro, ahora no sé cuánto me falta... ¡Qué frío hace de repente! Me han puesto una manta, pero tengo la nariz helada. Yo creo que fue una mujer la que me besó, ¿pero quién? Hilde... ¡Ay, pobrecita Hilde! ¿Y por qué pienso tanto en ella ahora, por qué pienso en Josefa, y en mi madre? Qué mala suerte he tenido en esta vida, qué dolor tan grande tener que matar a mi propia hija, menos mal que no sufrió, eso sí que no habría podido soportarlo, me habría partido el corazón verla sufrir... Está lloviendo. Llueve muy fuerte, no tengo fuerzas para mirar a la ventana, pero oigo la lluvia en los cristales, que es lo que me faltaba, ya, con el sueño que tengo... Pero el feto está bien, creciendo, va a ser muy grande, muy robusto, porque me está dejando sin fuerzas, cada vez estoy más flaca, más débil, se lo lleva todo pero no me importa, él sabe que no me importa... ¿Y cuándo empecé yo a dormir tanto? Era verano, ¿no? Espera, Aurora, tranquila, tienes que tranquilizarte para poder pensar, tienes que pensar mucho, pensar bien, y ya no piensas. Ahora debe de ser invierno, porque hay muy poca luz, y llueve, y hace frío... No puede faltarme mucho, no puede faltar... ¿Por qué no me da patadas? El niño no me da patadas, aunque sigo sintiendo pinchazos de dolor cuando estoy despierta. Debe de ser tan grande que ya no puede moverse, pero... ¿Y cómo me quedé yo embarazada? ¿Cuándo elegí al padre? Había un hombre... El que me pone las inyecciones, sí, ese es, menos mal que me he acordado, pero...

Tengo mucho sueño. ¿Por qué tengo tanto sueño? Hilde ya no viene a verme. Estaba muy cambiada, tenía el pelo más bien rubio, muy largo, no le favorecía ese peinado, se lo dije..., ¿o no se lo dije? Pero ya no viene a verme. ¡Y qué delgada se ha vuelto, parece un figurín! No sé lo que me está pasando, que me estoy volviendo tonta de tanto dormir, pero no, Aurora, eso no puede ser, ¿estoy perdiendo mis potencias? No lo sé, tengo mucho sueño. Voy a dormirme un ratito, sólo un rato, a ver si me despierto más despejada, porque... No sé.

Cuando terminé de contárselo, me miró como si estuviera sonriendo para sí mismo, aunque sus labios no llegaron a curvarse.

—Claro que es político, Germán —después sonrió también para mí—. En una dictadura, todo es político.

Aquella noche todavía había dormido con María Castejón. Cuando ella se levantó para llegar a tiempo a la primera camioneta, faltaban un par de horas para que amaneciera, pero yo ya estaba despierto. Seguí en la cama, dándole vueltas a todo, hasta que me aburrí. En la terraza de mi bar favorito había una mesa libre a la sombra. Me pareció un buen presagio y, mientras me tomaba un café con leche y dos porras, decidí ponerme en marcha de inmediato.

—¿Tienes algún plan para comer?

—¿Yo? —detecté la sorpresa en la voz de Eduardo Méndez como si lo tuviera delante, y no al otro lado del teléfono—. Estoy trabajando, Germán.

—Ya lo sé, pero tendrás que comer, ¿no? Escoge un ventorrillo de esos que están cerca del sanatorio, el que más te guste, invito yo.

—Esto no será otro... —no debía de estar solo y tampoco encontró una manera de decirlo—. En fin, ya sabes, no tendrá que ver con tu nueva afición, ¿verdad?

—Pues me temo que sí, porque lo ideal sería que Pepe viniera contigo. ¿Eso puede ser?

El Sanatorio Esquerdo no se parecía demasiado al manicomio de mujeres de Ciempozuelos. Más pequeño, más moderno, tan progresista como podía ser un hospital para enfermos mentales en la España de Franco, permitía por ejemplo que los familiares o amigos de algunos internos, los que no representaban riesgo alguno para sí mismos ni para otras personas, comieran con ellos al aire libre durante sus visitas. Mi hermana y mi cuñado iban con sus hijos a comer con Pepe todos los domingos. Los niños ni siquiera tenían que acercarse a la puerta. Se quedaban jugando en el inmenso pinar que rodeaba el edificio hasta que su madre extendía una manta en el suelo y les llamaba para comer. El resultado no era muy distinto de las excursiones dominicales, La Pedriza, La Maliciosa, Peñalara, que Rita y yo habíamos hecho tantas veces con nuestros padres. El menú, tortilla de patatas, filetes empanados y sandía, era idéntico al de entonces, una propuesta tan irresistible que Eduardo y yo nos sumábamos al grupo siempre que podíamos.

Para un auténtico enfermo mental, esos pícnics habrían sido una bendición. Para Pepe, que aún no sabía hasta cuándo debería seguir escondido, resultaban igual de placenteros. Aunque el pinar formaba parte de un recinto vallado y vigilado, en el que nadie podía entrar o salir sin permiso, su extensión creaba una sensación de libertad casi completa. Desde muchos lugares, entre otros nuestro favorito, era imposible distinguir la valla. El edificio principal, rodeado por una verja de hierro forjado, antigua y muy bonita, apenas se atisbaba entre los troncos de los pinos viejos, altísimos. Allí estábamos tan bien, que muchos días, después de comer, nos echábamos una siesta y charlábamos durante horas, o jugábamos al mus hasta que mis sobrinos caían, rendidos de cansancio, al atardecer. Entre los pinos del Sanatorio Esquerdo, me convertí completamente en el tío Germán, un adulto del que abusar, al que seducir y extorsionar, más allá del hermano de mamá que solía comer en casa de la abuela de vez en cuando. Allí estreché mi relación con mi cuñado Rafa y, sobre todo, trabé amistad con un hombre muy especial.

Pepe Sin Apellidos, como le llamaba Eduardo, había nacido en un pueblo de Jaén y quizás por eso, antes de conocerle bien, me pareció un andaluz raro. Serio, casi tan seco como su acento, su gesto grave escondía un sentido del humor finísimo, elegante y afilado a partes iguales. Su principal virtud consistía en saber estar callado cuando no tenía nada que decir, y en decir lo justo, con mucha gracia, cuando hacía falta. Al conocerle bien, me pareció tan simpático que no entendí cómo había podido desarrollar la extraordinaria habilidad de borrarse pero, cuando le convenía, sabía distraer la atención de los demás sobre sí mismo hasta el punto de hacerse invisible, y ese no era el único recurso que manejaba con maestría. Por debajo de una cordialidad sencilla, de honrado hombre de campo, transparentaba en ocasiones la astucia sigilosa de un gato doméstico que nunca hubiera olvidado que era un animal salvaje. Y sin embargo, tenía el don de inspirar confianza, de atraer por igual a hombres y a mujeres, de caerle bien a todo el mundo. Eduardo contaba que, a los dos días de llegar al sanatorio, ya era íntimo de los celadores, se había hecho amigo de algunos psiquiatras y la mayoría de las enfermeras le sonreían al cruzárselo por el pasillo. Con esos datos, y la experiencia de la guerra que había vivido en mi adolescencia, pronto concluí que, pese a su exhaustivo conocimiento del cultivo de los olivos, de los que podía hablar durante horas sin llegar a repetirse, Pepe Sin Apellidos era un revolucionario profesional, un militante sin más oficio que trabajar para su partido. Que existieran personas como él, en un país como la España de Franco, en una época como la primavera de 1956, me resultó tan fascinante que, de vez en cuando, si Eduardo estaba de guardia y yo en Madrid, sin nada mejor que hacer, cogía el tranvía hasta Carabanchel para ir a buscar a Pepe, dar un largo paseo con él por el pinar, y hacer tiempo hasta la hora en la que el doctor Méndez nos hubiera citado en su despacho. Entonces, cambiábamos nuestra cervecería de la glorieta de San Bernardo por el tercer cajón de su escritorio, donde mi colega guardaba una botella, casi siempre de ron, y varios vasos, a los que pensaba recurrir si no lograba verlos a los dos juntos a la hora de comer.

—Me van a echar del trabajo por tu culpa, te lo advierto —pero el día que me despedí de María, los dos estaban esperándome—. Y no tenemos más que una hora —añadió, mirando el reloj—. Me he tenido que inventar que Pepe se queja de que no ve bien y le he llevado al oculista y todo para que le gradúe la vista, así que...

—Con una hora tengo de sobra.

Se me quedó corta, pero ninguno de los dos se quejó. No les conté nada de la semana que había pasado con María porque no era imprescindible para mis planes, pero tampoco habría sabido cómo definirla con exactitud. La yema batida con azúcar no me había defraudado. Era tan dulce como esperaba, la había disfrutado tanto como los postres de mi infancia, pero no podía recordarla sin que mi paladar se quejara, tan amargo era el regusto que había dejado en mi boca. Desde que miré a la nieta del jardinero a los ojos, en el umbral de mi puerta todavía, sabía que iba a vivir algo distinto de una aventura inocua, una orgía improvisada, una deliciosa sesión de sexo a secas. Su mirada decidida, desafiante incluso, no armonizaba bien con la posición de su cuerpo, los hombros encorvados, ligeramente humillados, la actitud de la víctima en un sacrificio que no me correspondía oficiar a mí. Detecté su urgencia, una avidez implacable que me impulsó a besarla sin palabras y me devolvió el deseo multiplicado por una cifra muy oscura. Entonces, mientras pude pensar, adiviné que entre nosotros habría mucho sexo y algo más. La entrega de María, una generosidad incondicional, sin contrapartidas, era la cáscara de un fruto escondido, profundamente enterrado bajo la soberana alegría de una mujer joven que buscaba placer donde le apetecía. Muy pronto descubriría que el hueso de aquel fruto estaba tallado en la madera de la desesperación.

—Sé que a primera vista no parece un asunto político —así empecé a contarle a Pepe lo que quería—, pero para mí sí lo es. Era consciente de que aquella historia se podría contar de otra manera. Como la pequeña tragedia de una fresca, una chica insensata, alocada, que se había ganado a pulso su desgracia. O como el pequeño chantaje de una monja soberbia, dispuesta a avasallar cualquier obstáculo para conseguir lo que tal vez ella consideraría incluso que era hacer el bien. O como una pequeña prueba de fuerza del insuperable poder que la Iglesia católica y el Estado franquista extraían de su íntima unión. O, en definitiva, sólo como un pequeño matrimonio más, consumado a la fuerza y a favor del protegido de una comunidad religiosa, contra la voluntad de una mujer insignificante, que no le importaba a nadie. Pero a mí sí me importaba María Castejón. Más allá de lo que habíamos vivido juntos, un oasis en el centro de un desierto, una isla fértil, acogedora, en medio del océano, un país diminuto de dos cuerpos alzados en rebeldía en la capital de un enorme país ocupado, sometido a la humillación perpetua de su miedo y de sus culpas, aquella mujer me había enseñado el valor de la compañía, había sido mi cómplice en la difícil protección de una loca asesina, había convertido el manicomio de Ciempozuelos en un lugar habitable para mí. Yo quería mucho a María Castejón. Me habría gustado tener la oportunidad de quererla más, de quererla del todo, de otra manera, pero mientras la tenía abrazada en mi cama, mientras sentía su piel pegada a la mía y la escuchaba hablar, ese improbable final feliz me importaba menos que el objetivo de liberarla del negro futuro al que parecía condenada. Y eso también era amor.

Mientras hablábamos, mientras bebíamos, mientras follábamos, había pensado mucho en los posibles desarrollos de aquel principio que en otras circunstancias habría representado una promesa dorada, dulce como el postre favorito de mi infancia. Si no hubiera cometido antes el mismo error, tal vez le habría propuesto que nos fugáramos, que se viniera conmigo a Suiza para empezar juntos una vida en común. No habría sido fácil, tampoco imposible, pero no tenía garantía alguna de que la madrileña estabilidad de una yema batida con azúcar se mantuviera intacta al otro lado de los Alpes. En realidad, no conocía mucho a María fuera de los muros del manicomio, un mundo cerrado, raro como ninguno. No sabía qué sentiría ella por mí cuando Juan Donato desapareciera de su horizonte, qué sentiría yo cuando me despertara a su lado en un país normal, previsible, tan monótono y plácidamente aburrido como la Suiza a la que pensaba volver antes o después. Probablemente, no sería un desenlace justo para ninguno de los dos, porque lo que necesitábamos para no equivocarnos era precisamente lo que no teníamos. Tiempo.

—Yo comprendo que tus superiores, quienes sean, no apoyen una operación como esta, pero he acudido a ti porque no conozco a nadie más que pueda ayudarme, aparte de mi hermana, que como siempre decís que no hay que meterla en líos porque está fichada...

Le estuve dando vueltas a todo hasta la última noche, la última madrugada más bien, cuando María deslizó una insinuación a la que seguramente no concedió importancia, algo sobre que aquel final no tenía por qué ser el verdadero final. Porque yo necesitaría que alguien me limpiara la casa una vez por semana al menos, me dijo, y a ella nadie podría reprocharle que trabajara como asistenta para reforzar la economía familiar. Al escuchar esas palabras, comprendí que la quería más de lo que creía. Aunque ella hubiera calculado lo contrario, yo no podría soportar que una mujer tan valiosa para mí se sometiera por su propia voluntad a aquella humillación, la clase de apaño, en apariencia bueno para todos, que habría hecho feliz a un clásico señorito hijo de puta como Alfonso Molina. María no podía saberlo porque ella tampoco me conocía demasiado bien. Por eso me sonrió como si no acabara de proponerme que contribuyera a liquidar definitivamente su dignidad, como si ayudarla a comprar vergüenza con placer, una alegría limitada a un par de horas de vez en cuando, fuera un buen negocio para los dos. En aquel momento, no sé por qué, me acordé mucho de mi padre, de todo lo que hablamos en el verano de 1933, después de que doña Aurora matara a su hija. Y no quise llevarle la contraria para ahorrarle la imagen de su propia pobreza, pero sobre todo para que no malinterpretara mi respuesta, acusando un rechazo que no existía. Me limité a pedirle que me hiciera caso, que siguiera las instrucciones que le había dado en nuestra primera noche. Entonces, cuando me contó su charla con la hermana Anselma, aquel chantaje que ella nunca llamaba por su verdadero nombre, ya había pensado en Pepe y en mi hermana. Una semana después, mientras la imaginaba abriendo mi casa con su llave a las nueve de la mañana para meterse en mi cama al rato de haberse levantado de la de su marido, lo único que pensé fue que haría lo que fuera para extirpar aquella imagen del futuro de los dos. María Castejón se había entregado libremente a mí para ser libre a mi lado, y su libertad también era asunto mío. Por eso llamé a Eduardo, por eso le invité a comer, y por eso hablé durante más de una hora con su falso paciente. Sólo con él, porque desde que descubrió el papel que había jugado en las maquinaciones de la hermana Anselma, la determinación de María a casarse con Juan Donato con tal de no denunciarle, mi amigo apoyó los codos en la mesa, se tapó la cara con las manos y no volvió a intervenir, ni a probar bocado.

—Pero se me ha ocurrido —mientras tanto, Pepe me miraba, me escuchaba en silencio, sin interrumpirme— que a lo mejor tú podrías presentarme a alguien que se ocupe de arreglaros estos asuntos de la documentación. María no puede marcharse con sus papeles auténticos, porque la superiora acabaría denunciándola por haber abortado y la encontrarían más pronto que tarde. Necesita una documentación falsa, y yo la pagaría, desde luego, no sé cuánto costará...

—Eso no hace falta —me sonrió antes de seguir hablando—. Mis auténticos superiores, como tú les llamas, están lejísimos y no se ocupan de estas menudencias. Lo de los pasaportes lo arreglamos entre nosotros. Voy a preguntarle a alguna gente. Que aparezca una documentación en blanco es un poquillo difícil, no te voy a engañar, pero si hubiera alguna segura circulando por ahí, sólo necesitaría un par de fotos. Del resto me encargo yo. Y por lo demás, puedes estar tranquilo...

Porque para él también era un asunto político, me dijo, porque en una dictadura todo es político. Después le dio un codazo a su médico para que volviera en sí. Eduardo miró la hora y se asustó, pero antes de marcharse me pidió que le diera un abrazo a María de su parte.

—No lo haré —le dije—, ni siquiera voy a decirle que he hablado contigo. No es seguro.

—Eso es —Pepe se rio y me señaló con el dedo—, así se hace...

Lo que hizo él me pareció asombroso, aunque no quiso darle importancia. Cuando me contó que alguien le había pasado la documentación de una tal María Isabel Villar Rodríguez, le pregunté si era falsa o auténtica, y me respondió con una carcajada.

—Eso nunca se pregunta, hombre. Lo importante es que parezca auténtica, y ten por seguro que cuando acabe con ella, eso es lo que va a parecer.

Lo hizo todo con el tapón de una botella de sidra, la punta de una navaja muy afilada, un lápiz y un mechero. No debía de ser la primera vez que afrontaba un reto semejante, porque me pidió tres botellas de una marca determinada, para obtener otras tantas posibilidades de conseguir una circunferencia de corcho de la misma medida que el sello que usaba la policía para estamparlo sobre las fotos de los documentos. Al final le sobraron dos. Con mucha paciencia y aún más habilidad, fue tallando sobre la base del tapón de la primera las letras y las líneas que se veían en la esquina inferior derecha de las fotos de la anterior propietaria de los documentos. Cuando terminó, quemó ligeramente el relieve para darle más consistencia y fue retocándolo, probándolo hasta que la tinta del tampón que le había prestado Eduardo dejó sobre una cartulina la huella que buscaba. Después, fijó dos de las fotos que le llevé en el pasaporte y la cédula con los que iba a escapar mi protegida, y tomó referencias con la punta de un lápiz, para poder borrarlas después. Cuando recogí los documentos, la cara de María estaba surcada por un segmento perfecto, perfectamente encajado, de la impresión de un sello que nunca la había tocado. Había tardado un día y medio en lograrlo. Yo no lo habría conseguido en una vida entera, pero cuando se lo dije volvió a reírse.

—¡Qué tontería! Esto es un oficio, como cualquier otro. Si te pones, lo aprendes, estoy seguro —después me miró, me adivinó el pensamiento y me demostró que no sólo era el hombre más simpático que había conocido en mi vida—. Ni se te ocurra darme las gracias, porque he pasado unos ratillos muy buenos con esto —también era el más generoso—. Agradéceselo a tu hermana, si acaso. Ella ha hecho lo más difícil.

Rita conocía a muchas militantes comunistas de Madrid, con las que había coincidido en la cola de la cárcel de Porlier justo después de la guerra, cuando iba a ver a nuestro padre. Antes de afiliarse a su partido ya era íntima amiga de algunas de ellas. Encontrar una documentación para María le costó menos trabajo que aceptar mi gratitud.

—Te parecerá bonito, que tenga que venir un extraño a pedirme un favor de parte de mi propio hermano.

—Pero Pepe no es un extraño —objeté—. Es amigo de los dos, y tuyo antes que mío.

—Eso da igual, lo que importa es que eres tú quien habría tenido que venir a hablar conmigo, aunque de todas formas... —se quedó pensando para no tener que decir que me perdonaba la ofensa que ella misma acababa de inventarse—. ¡Qué pena!, ¿no? Esa chica me habría caído bien, estoy segura, y para una vez que te lías con una que merece la pena... ¿Había que acabar mandándola a Mallorca? ¿No podría haberse quedado un poco más cerca?

—No lo sé —respondí, asombrado por una perspicacia de la que parecían haber carecido hasta entonces mis cómplices masculinos—. Eso ha sido idea de Pepe.

Había sido una buena idea. Y no sólo porque los comunistas mallorquines fueran excelentes camaradas, ni porque en la isla vivieran muchos ingleses, ni porque le hubieran mencionado un par de clínicas privadas, frecuentadas por extranjeros, donde contratarían a una auxiliar de enfermería sin preguntar mucho.

—Mallorca es lo mejor sobre todo por dos cosas —concluyó—. La primera es que, a la hora de buscar fugitivos, la policía franquista siempre se olvida de las islas. Lo sé, porque he mandado a mucha gente a Baleares, y a Canarias también. Y la segunda... —levantó en el aire los documentos que estaba a punto de entregarme y sonrió antes de sugerir que él era incluso más perspicaz que mi hermana—. La segunda es que, si María se quedara en la península, a lo mejor alguien podría tener la tentación de ir a verla de vez en cuando, y entonces esto no habría servido de nada. Lo entiendes, ¿no?

—Lo entiendo —admití.

En ese momento me pregunté si no nos habíamos pasado un poco de la raya, si verdaderamente era necesaria una operación tan compleja, implicar a tanta gente en dos orillas del Mediterráneo, para liberar a María Castejón de una simple boda con Juan Donato Fernández. Ni Pepe, ni Eduardo, ni Rita me habían reprochado aquel exceso, pero conservé cierta sensación de ridículo hasta que el 6 de agosto, la hermana Anselma volvió a Ciempozuelos con dos semanas de antelación sobre la fecha prevista. Cuando me saludó, con un simple movimiento de la mano, tenía la cara deformada por la cólera. La idea de atrapar a María Castejón a cualquier precio hacía retumbar sus pasos por el pasillo como si pretendiera romper las baldosas, y en su nariz sólo faltaba una anilla para completar la estampa de un toro furioso.

Aquel lunes fui a trabajar con la misma actitud que había exhibido la semana anterior, sin dejar de interesarme por María ni atender a los cotilleos que recorrían el manicomio en todas las direcciones. Como todas las mañanas, pregunté si se sabía algo, escuché que no, comenté que me parecía muy raro y no volví a mencionar el tema hasta que me subí en el taxi que me devolvió a Madrid. Cuando Eduardo se marchó a trabajar al Esquerdo, Arenas se ofreció a reemplazarle en nuestro acuerdo con los taxistas, y en algún momento de todos los viajes comentaba que Maroto tenía razón, que había sido un error mantener en la plantilla del hospital a una desgraciada como María Castejón, y que estaba seguro de que la hermana Anselma la encontraría.

—Hoy ha estado toda la mañana encerrada en su despacho con Juan Donato —nos informó el día del regreso de la superiora—, que no sé cómo puede seguir interesado en casarse con ese putón, por cierto, pero a partir de mañana va a empezar a interrogar a todo el mundo. Porque alguien tiene que saber algo, ¿no?

Roque, que desde la incorporación de Arenas había renunciado al asiento del copiloto para sentarse conmigo detrás, mantuvo la boca tan cerrada como de costumbre. Pero yo decidí que me convenía darme por aludido.

—La verdad es que no entiendo nada —reconocí en un tono manso, ligeramente apesadumbrado incluso—. Estaba muy contenta con la boda, ¿no? Cada vez que me la encontraba en el dormitorio de doña Aurora me contaba una novedad, de su vestido, de la ceremonia, de que las hermanas le habían prometido que iban a cantar... Yo estoy un poco preocupado, la verdad. No sé qué habrá podido pasarle.

La hermana Anselma me convocó al día siguiente. No fui el primero en pasar por su despacho. Antes habló con el doctor Robles, que la semana anterior había llamado en vano a todos los hospitales de Madrid, a los juzgados y a la policía municipal, por sugerencia mía. Después habló con Marisa, la auxiliar a la que María había recurrido para que cuidara a su abuela durante la semana que pasó en mi casa. Sólo cuando ella salió por la puerta con la cara tan blanca como si la superiora acabara de amenazarle con despedirla, la hermana Anselma gritó mi apellido desde su mesa. Cuando me senté ante ella, no bajó mucho el tono para decir que jamás había conocido a nadie tan ingrato y tan desvergonzado como esa desgraciada, esa loca empecinada en destrozarse la vida, que no había sido capaz de aprovechar la oportunidad que ella misma le había puesto delante, que no se merecía todo lo que la comunidad de Ciempozuelos había hecho por ella durante tantos años y que acabaría dando con sus huesos en la cárcel, que era donde tendría que haber estado desde hacía años. Al mirarla, tan guapa, tan majestuosa, tan cabreada, me acordé con nostalgia de la hermana Belén, pero no perdí mucho tiempo en echarla de menos. Había planificado cuidadosamente lo que iba a decir y la interrumpí con una suavidad no exenta de firmeza, para que comprendiera lo antes posible que yo no iba a dejarme acorralar como la pobre Marisa.

—Con todos mis respetos, hermana, creo que nos estamos equivocando de planteamiento.

—¿Qué? —estaba tan absorta en su propia furia que me miró como si no me hubiera entendido—. ¿Qué ha dicho?

—Digo que quizás no estamos enfocando bien este asunto —recibí una mirada de incomprensión aún más profunda y fui derecho al grano—. ¿Han denunciado ustedes su desaparición a la policía?

—¡Ah! —mi pregunta la dejó con la boca abierta y tardó unos instantes en cerrarla—. ¿Es que usted cree que ha desaparecido?

—¿Que si lo creo? —me permití el lujo de esbozar una sonrisa—. Es evidente que eso es lo que ha pasado, ¿no? Cuando una persona se marcha sin despedirse y nadie vuelve a verla, lo que suele decirse es que ha desaparecido.

—Ya, ya... Claro... Sí, pero... —la perplejidad fue profundizando en cada palabra las arrugas de su ceño fruncido—. No sé, es que cuando ha dicho usted esa palabra me he asustado, como si le hubiera pasado algo malo.

—Bueno —insistí con la misma suavidad—, es que igual le ha pasado algo malo. Yo no la conozco demasiado, pero me ayudó mucho cuando llegué aquí —había decidido que sería mejor no mencionar a doña Aurora—, cuando puse en marcha mi programa... No puedo saber qué tenía en la cabeza, claro, eso nunca se sabe, pero imagino que si se hubiera marchado por su propia voluntad habría dejado una carta, ¿no?, una explicación para su novio, al menos. Se la veía muy contenta con la boda. El día del entierro de su abuela me invitó y todo, así que... —le hice una pregunta cuya respuesta ya conocía—. ¿Quién fue la última persona que la vio?

—Pues... —frunció los labios como si le molestara tener que reconocerlo—. Creo que fui yo.

—¿Usted? —me hice el sorprendido.

—Sí... Juan Donato se pone muy nervioso cuando conduce por Madrid y ella le sugirió que nos dejara en una plaza donde podría dar la vuelta fácilmente. Luego me acompañó a la estación, estuvo conmigo hasta que llegó el tren, me ayudó a acomodarme y hasta me despidió con la mano desde el andén.

—¿Y la encontró usted rara o...? No sé —seguí jugando al detective—. ¿La vio asustada, o nerviosa? —negó con la cabeza antes de contestar.

—No, la verdad. Estaba muy normal, cariñosa, incluso... Me dijo qué tranvía iba a coger, y todo, para llegar al asilo que tenemos en Doctor Esquerdo, donde pensaba dormir. Había llamado por la mañana para preguntar si tenían sitio para ella. Le dijeron que sí, pero nunca llegó.

—¿Lo ve? —hice una pausa para que pudiera masticar la información que ella misma me había proporcionado—. Ya me he dado cuenta de que usted piensa que se ha fugado, que se ha marchado sin más, pero entre la estación y el asilo de Doctor Esquerdo quizás tuvo un accidente. Puede que la atropellara un coche, que sufriera un desmayo, que alguien la atacara... Por eso creo que lo mejor que podemos hacer es denunciar su desaparición y dejar que trabaje la policía.

Ahí se acabó la entrevista. Dejé a la hermana Anselma rumiando a su pesar la larga lista de desgracias que podría haber sufrido una chica joven, atractiva, en una gran ciudad como Madrid, y salí de su despacho con la convicción de haber estado brillante. Ya sabía que María estaba a salvo, en Palma de Mallorca, con la documentación de otra mujer, que la policía no encontraría su rastro ni siquiera si se molestara mucho en seguirle la pista a una delincuente de su calibre, empeño más que dudoso, pero esa certeza me resultó menos inspiradora que la actitud de su salvador. Lo único que tuve que hacer para despistar a la superiora fue seguir el ejemplo de Pepe Sin Apellidos, un maestro en la técnica de hacerse el tonto ante personas más tontas que él. Eso, que yo era un tonto, un pobre ingenuo que no tenía ni idea de la vida, menos aún de la naturaleza de las mujeres depravadas, fue lo que leí en los ojos de la hermana Anselma cuando empecé a hablar. Cuando terminé, ya no sabía qué pensar de mí, pero nunca volvió a molestarme.

Tres días después, un coche de la policía nacional aparcó en la puerta del manicomio. Se bajaron dos agentes uniformados que hablaron con el doctor Robles, con la hermana Luisa, con Marisa, con Juan Donato y con su madre. No preguntaron por mí, no estuvieron en Ciempozuelos ni dos horas, y no volvieron más. Poco a poco, la gran noticia de aquel verano se fue desvaneciendo, deshilachándose poco a poco, perdiendo fuerza al mismo ritmo que la luz de unas tardes cada vez más cortas. Sobre la figura de María Castejón fue cayendo una cortina de olvido, como si una ley tácita, que nadie había escrito pero nadie se atrevía a desafiar, la hubiera condenado a no haber existido jamás. En otoño, cuando Juan Donato se echó otra novia, una chica del pueblo que parecía encantada de haberlo enganchado, sólo tres personas nos acordábamos de ella en todo el manicomio. La primera era la hermana Anselma, incapaz de olvidar una ausencia que nunca dejó de interpretar como una imperdonable ofensa para sus bondadosos planes. La segunda era yo, que seguía echándola de menos todos los días, en los pasillos por los que la había perseguido, en el jardín donde estaba la glorieta donde nos habíamos divertido tanto, y también, algunas noches, en mi propia cama. La tercera era la que menos habría esperado.

—Y la chica, ¿dónde está? ¿Por qué no viene a verme?

Antes de saltarme las normas del manicomio para tratar con morfina a doña Aurora, busqué la complicidad de José Luis Robles. No era fácil, aunque sabía que desde que llegó la orden de la Dirección General de Sanidad se sentía en deuda conmigo. De hecho, desde la suspensión del programa nos llevábamos mejor que antes y, aunque no llegamos a ser verdaderos amigos, empezamos a quedar en Madrid de vez en cuando. Siempre me había invitado él, pero aquella vez invité yo. Más allá de las fechas de mis vacaciones, nunca le había pedido un favor, y sin embargo, aquel era arriesgado para él, sobre todo desde que la hermana Anselma ocupaba el despacho de la superiora.

—De acuerdo —había calculado que no entendería que me gastara el dinero en doña Aurora pero que tampoco hallaría razones para oponerse, y me confirmó enseguida una cosa y la otra—, pero con una condición.

No le interesaba de dónde fuera a sacar yo la morfina pero, hasta que mi paciente estuviera en un estado terminal tan crítico que él mismo pudiera autorizar su sedación, me pidió que espaciara las dosis de vez en cuando, para que nadie sospechara lo que estaba haciendo. Los dolores que sufría doña Aurora eran tan atroces que cada vez que recobraba la consciencia, sus gritos, unos alaridos que no parecían humanos, se oían en todo el pabellón del Sagrado Corazón. Yo intentaba acortarlos al máximo. Cada vez que veía entrar por la puerta a una hermana con la cara desencajada de terror, le anunciaba que iba a darle un analgésico. Ella asentía con la cabeza, se marchaba corriendo y, en el instante en que me dejaba a solas con mi paciente, le inyectaba otra dosis. En el breve plazo que tardaba la droga en hacer efecto, mientras el dolor remitía y el sueño aún no llegaba, siempre me preguntaba por María.

—La chica, la rubia, ¿dónde está? No la veo. Vino a besarme un día, era Hilde, claro, entonces lo entendí, a mí sólo me ha besado Hilde...

No había vuelto a tener noticias de María desde que Pepe me dijo que el paquete había llegado bien y en perfectas condiciones. No quise preguntarle nada más, pero cada vez que doña Aurora la echaba de menos, me dolía que no lo supiera, que probablemente nunca fuera a saberlo. Se habría emocionado mucho, aunque mi paciente la confundiera con su hija asesinada, o tal vez, precisamente por eso.

—Dígale que venga a verme, me ha traicionado, hasta ella, que es tonta de remate, me abandona... Quiero verla, quiero ver a Hilde, ahora es rubia, está muy flaca, no lo entiendo...

Muy pronto, el deterioro de mi paciente fue agudizándose hasta el punto de impedirle pronunciar frases completas. A finales de octubre, Robles me cubrió al fin las espaldas, autorizando oficialmente la sedación de Aurora Rodríguez Carballeira, aunque su permiso no implicaba el suministro de la droga. No era fácil de entender, pero a pesar de su estrechez, los alardes de rígido puritanismo que hacían tan difícil la vida de la gente, España tampoco se parecía a Suiza en su concepto de la moral pública. Lo descubrí al comprobar que, entre la ley y el delito existía una estrecha senda, transitable con dinero, que podía aprovechar para seguir encargándole la morfina a la amiga de Eduardo sin más complicaciones. No me pesó. Entendí las reservas de mi jefe porque, en los primeros días de septiembre, había ocurrido algo que me consagró definitivamente como un médico réprobo, el psiquiatra más indeseable del manicomio de mujeres de Ciempozuelos.

—Está muy avanzada...

El verano de 1956 terminó sin que tuviéramos noticias de la convocatoria de la reunión donde iba a resolverse la cuestión de la clorpromazina, pero yo no dejé de visitar a las pacientes de mi programa y seguí de cerca el embarazo de Rafaelita. Aunque nadie sabía exactamente cuándo salía de cuentas, yo tenía la impresión de que su embarazo llegaría a término antes que el mes de septiembre.

—Sí, eso es también lo que piensa el doctor —la novicia que estaba peinándola me dio la razón—. El martes que viene van a llevarla al hospital para operarla, bueno, para sacarle al niño... Ya sabe usted.

—Claro, el parto natural es inviable —asentí con la cabeza, mientras hacía mis propios cálculos—. Sólo faltan seis días. No sé si a su madre le dará tiempo a llegar.

—¿Su madre? —la novicia frunció el ceño—. ¿Y para qué va a venir su madre? Si en el hospital la van a tratar muy bien.

—Bueno, pero ella querrá estar con su hija. Eso es lo normal, ¿no le parece?

No dijo una palabra, pero se concentró en la goma con la que estaba recogiendo el pelo de Rafaelita como si hacerle una coleta fuera una tarea dificilísima. Sólo cuando hubo acabado, añadió algo más.

—No la llame, doctor —su voz era delgada, tan quebradiza como cualquiera de los cabellos que tenía entre las manos—. Se va a llevar un disgusto. Ya sabe usted que, en estos casos, los niños suelen nacer muertos, o mueren al poco de estar vivos, y para que lo vea, no merece...

—¿Quién le ha dicho a usted eso? —la miré y se puso colorada—. No es verdad.

—Sí —insistió—, ya sabemos que el niño no va a estar bien, pobrecito. Tendrá problemas muy graves, será esquizofrénico, como su madre, o vaya usted a saber. Lo más seguro es que nazca muerto.

—No —insistí—, eso no es verdad. No hay evidencia científica de que la esquizofrenia se herede de padres a hijos. Además, la madre no ha tenido ninguna complicación, lo sé porque he estado pendiente de ella. Le he tomado la tensión todas las semanas, he auscultado los latidos del feto... Lo más probable es que el hijo de Rafaelita sea un bebé perfectamente sano.

—Que no —negó con la cabeza varias veces—. No, ya lo verá. El niño va a nacer muerto, ya nos lo han dicho.

—¿Quién? ¿Quién se lo ha dicho?

—Pues... ¡Si lo sabe todo el mundo! —mientras hablaba, empezó a retroceder despacio—. Y ahora me tengo que ir —caminaba hacia atrás, cada vez más deprisa—. Perdóneme, pero tengo muchas cosas que hacer...

—Espere, por favor.

No me hizo caso. Me dio la espalda y se fue corriendo, como se había ido María Castejón tantas veces, pero yo ya no tenía ganas, ni el ánimo suficiente para perseguirla.

El 6 de septiembre de 1953, hice un largo viaje desde Berna hasta Viena.

A las ocho de la mañana tomé un tren para llegar a Zúrich. Allí me subí en otro, que abandoné en Múnich. Y tuve que esperar un par de horas antes de abordar un supuesto expreso, mucho más lento de lo que se podría deducir de su nombre, que me depositó en la capital de Austria al atardecer. Lo último que habría podido imaginar cuando experimenté el alivio de estirar las piernas sobre un andén vienés, fue que aquel largo viaje sería apenas el preámbulo de otro, mucho más largo.

¿Qué te pasa, Rebecca? Nada. Desde el invierno de 1952 repetí muchas veces la misma pregunta, ¿qué te pasa, Rebecca?, para obtener siempre la misma respuesta, nada, no me pasa nada, de verdad. Con el tiempo, mi mujer fue alargando esa frase, enriqueciéndola con ligeras variantes hacia el final. ¿Qué te pasa, Rebecca? Nada, es que estoy cansada, estoy preocupada, estoy triste. Nunca especificaba los motivos de su desánimo, como si estuviera segura de que yo lo atribuiría con docilidad a la vieja, útil tragedia de siempre, su madre, su hermana, la guerra, los campos de concentración, la muerte de Willi. Pero yo sabía que tenía que existir otra razón, porque antes del infarto de Leah Goldstein, la historia de su familia no era menos desgraciada y nosotros habíamos sido más felices. No me pasa nada, en serio, es que estoy triste, preocupada, cansada... No fui capaz de descubrir la verdad, pero la repetición de la mentira me fue persuadiendo de que los adjetivos sobraban. Daba igual el que ella escogiera en cada ocasión. El auténtico problema residía en el verbo estar, porque Rebecca no estaba. No había estado desde que volvió de Neuchâtel.

El 14 de febrero de 1952, fuimos juntos a ver a Lili apenas nos enteramos de que había tenido un infarto. Aquel día me sentí más unido a ella que nunca. Cuando mi coche se detuvo ante la fachada de la que durante años había sido también mi casa, una figura oscura, temblorosa, salió a toda prisa del interior y se apoyó en la puerta con los brazos extendidos, como si pretendiera impedir nuestra entrada, o convencerme de que no me había equivocado de hermana. La casa está bendecida, el rabino ha venido esta mañana, tenéis que purificaros antes de... ¡Vete a la mierda, Else! Rebecca intentó apartarla, forcejeó con ella y acabó tirándola al suelo antes de abrir la puerta. Mientras corría escaleras arriba, le ofrecí una mano a la más devota de los Goldstein, pero ella se negó a aceptarla como si temiera que el contacto con mis dedos pudiera contaminarla. Se levantó sin ayuda, se arregló la ropa y atravesó la puerta con paso lento, solemne, mientras murmuraba lo que no podía ser sino una oración.

Subí las escaleras solo y, en el umbral de su dormitorio, Samuel me abrazó con un velo turbio sobre los ojos. Me asusté mucho durante un instante, hasta que comprobé que no se debía a la pena, sino a la emoción. Rebecca, atravesada sobre la cama matrimonial, el cuerpo encogido en la posición propia de una cría asustada, rodeaba a su madre con los brazos, la cabeza apoyada en el pecho de la enferma que le acariciaba el pelo y le hablaba en un susurro, *mein Mädchen*, mi niña, sin dejar de sonreír. Era la primera vez que madre e hija se veían desde que nos casamos. Y si la muerte de un hijo había trastornado casi completamente a Leah Goldstein, el presentimiento de su propio fin la impulsó a desandar una parte de ese camino para hacernos la vida más fácil a casi todos. No sólo porque, al verme, levantó la mano izquierda para reclamarme a su lado, me besó y me dijo que se alegraba mucho de verme sin dejar de sonreír. También porque, después de reconciliarse íntimamente con Lili, Rebecca se levantó del lecho de su madre, se acercó a Else, le dio un abrazo y le pidió perdón, sin especificar la ofensa de la que aspiraba a redimirse.

Aunque Ava nunca llegó a concedérselo en voz alta, los tres días que pasamos juntos en Neuchâtel representaron una breve reedición de la mejor época que la familia Goldstein había vivido en su exilio suizo. Lili todavía estaba muy débil, pero su marido consideraba que el peligro había pasado. Poco después de nuestra llegada, Karl-Heinz apareció con Anna y con los niños. Lo primero que hizo fue coger en brazos a su suegra para dejarla instalada en la butaca más cómoda del salón, bien tapada con una manta, rodeada por sus tres nietos. Luego se fue a dejar su equipaje en el hotel donde habían reservado dos habitaciones, porque ya no cabíamos todos en la casa. Estuve a punto de ofrecerme a cederles mi viejo dormitorio, donde habrían podido acomodarse poniendo unos colchones en el suelo, pero mi mujer me apretó el brazo a tiempo. Nosotros no vamos al hotel de ninguna manera, me dijo, ni se te ocurra, que llevo mucho tiempo sin ver a mi madre. Lo entendí perfectamente y disfruté de su alegría, de la que compartieron Lili y Samuel al ver a sus hijas reunidas de nuevo, antes de volverme a Berna. No me extrañó que Rebecca, que en principio pensaba quedarse en Neuchâtel sólo tres días, cambiara de planes. El domingo, cuando me preparaba para volver a casa, me pidió que la recogiera al cabo de una semana. La amenaza de la muerte obra milagros, pensé entonces. No podía saber que una amenaza de la vida estaba a punto de obrar mi desgracia.

El martes, 19 de febrero de 1952, Samuel Goldstein y su hija menor salieron juntos a dar un paseo. Desde que recibieron la noticia de la muerte de Willi habían estado muy unidos, y aunque los dos celebraban por igual la restablecida armonía familiar, echaban de menos sus viejas correrías. Aquella tarde, les bastó con mirarse para sonreír y ponerse de acuerdo sin palabras. La heladería favorita de ambos estaba abierta todo el año, y el frío del invierno nunca les había parecido un motivo suficiente para renunciar a la copa de tres sabores con nata, fruta y sirope que Rebecca echaba tanto de menos en Berna. Aquí estamos muy bien, pero en ninguna parte hacen un helado tan rico como el de La Bella Italia de Neuchâtel, concluía invariablemente, después de probar la oferta completa de todas las heladerías de la ciudad. La Bella Italia tenía un salón con vistas al lago, que estaba lleno en todas las estaciones del año. Mientras corría para ocupar una mesa que acababa de quedarse libre frente a la cristalera, la hija predilecta del profesor Goldstein no se fijó en la clientela que abarrotaba el local, pero tampoco pudo evitar que un pequeño goloso la reconociera. Estaba estudiando la carta, sin acabar de decidirse por los tres sabores que escogería aquella tarde, cuando escuchó una vocecilla de timbre familiar, Fräulein Rebecca, Fräulein Rebecca... Thomas Meier había crecido mucho, pero le habría reconocido entre un millón de niños. ¡Qué alegría volver a verla, Fräulein Rebecca! El sobrino de Kurt se abalanzó sobre ella para abrazarla. Su antigua maestra se levantó, lo estrechó contra sí y giró ligeramente sobre sus talones. Con un solo movimiento, logró darle la espalda a su padre y obtener una panorámica perfecta de todo el salón. Si el niño hubiera podido verle la cara, no habría entendido la expresión de pánico que se deshizo enseguida, cuando Frau Meier levantó una mano para saludarla. Al comprobar que estaba sola con sus hijas, Rebecca respiró hondo, separó a Thomas de su cuerpo, le sonrió, le acarició la cabeza, se asombró de cuánto había crecido, le dio dos rotundos besos en las mejillas. Ya no soy Fräulein Goldstein, Thomas, le dijo al final, ahora soy Frau Velázquez. Me he casado, ¿sabes?, y vivo en Berna, he venido a pasar unos días con mis padres... Luego, con mucha naturalidad, acompañó a Thomas a su mesa, saludó a Frau Meier, besó a sus hijas y decidió que ya había vivido demasiadas emociones para una sola tarde. Era un antiguo alumno, le comentó a su padre antes de pedir dos bolas de chocolate y una de vainilla, su combinación favorita.

Al día siguiente, en Neuchâtel apenas amaneció. Bajo una luz oscura, turbia, impotente para disipar la memoria de la noche, el hielo se apoderó de la ciudad. Luego la dejó a solas con un resplandor bello y peligroso, un cielo inmaculado que empezó a romperse en pedazos muy pronto. A las diez de la mañana, la nieve era tan espesa que los copos parecían una lluvia de papelitos blancos, un ingrediente festivo en una celebración que nadie había convocado. A las diez y media, apenas se veía nada que no fuera nieve. La excepción era una figura vestida con un abrigo oscuro, de corte militar, un hombre joven e inmóvil, que permaneció de pie durante horas bajo la marquesina de una parada de tranvía que estaba exactamente enfrente de la casa de la familia Goldstein. Rebecca lo descubrió por casualidad. Se asomó a la ventana del salón, en la fachada delantera, para calcular si merecía la pena ir a comprar el pan, y le vio, pero no quiso mirarle. Hace un día espantoso, anunció mientras corría de nuevo los visillos, yo creo que es mejor que nos arreglemos tostando el pan que sobró de ayer... Nadie discutió su criterio. Su padre volvió a asomarse a la ventana al cabo de un rato para ver si la situación había mejorado, y se asustó. Ahí fuera hay un hombre que se va a congelar. ¡Qué barbaridad! Tiene el abrigo blanco de nieve ya, y eso que está debajo del tejadillo. Voy a ir a buscarle... No, papá, estate quieto. Rebecca lo agarró por un brazo, lo llevó a la cocina, déjale en paz, le dijo, ya lo he visto antes, es un adulto, él sabrá lo que hace ahí. Bueno, pero podemos darle un café, ¿no? Igual tiene algún problema... Que no, Rebecca se puso firme. En lugar de ayudar a los desconocidos, puedes echarme una mano a mí, le puso una cebolla en

484

una mano y un cuchillo en la otra, pícame esto muy finito, anda... A las once y media, con la comida ya enjaretada, la cocinera volvió a asomarse a la ventana y comprobó que nada había cambiado. A las tres de la tarde, la nieve dio una tregua. Rebecca comprobó que el hombre que llevaba cinco horas parado bajo la marquesina era indudablemente Kurt Meier, y él reconoció su rostro con la misma certeza al otro lado del cristal. Luego avanzó un paso, después otro, se quedó parado en medio de la calle y levantó una mano para saludarla. Rebecca no le devolvió el saludo. Volvió a correr el visillo, le dio la espalda a la ventana, escuchó la furiosa bocina de un coche y se asustó. Volvió corriendo a mirar y comprobó que Kurt se había apartado a tiempo. No sólo estaba vivo. También sonrió al gesto preocupado de la mujer que le miraba desde la ventana antes de irse por fin, andando muy despacio.

El jueves, 21 de febrero, no nevó y por eso hizo todavía más frío. Los termómetros estaban aún lejos de los cero grados cuando el mismo hombre, con el mismo abrigo, se paró en el mismo lugar. Rebecca lo vio antes de sentarse a desayunar y decidió evitar de una vez que su padre acabara invitándole a un café. Voy a hacer unos recados... Lili seguía sentada en una butaca del salón, frente a una ventana orientada por fortuna a una bocacalle perpendicular a la fachada de la casa. Rebecca la besó y se despidió de su padre con un grito. Espérame, gritó desde arriba el profesor Goldstein que, después del susto, se había ido reincorporando gradualmente al trabajo. En cinco minutos te llevo en coche a donde tengas que ir. ¡No!, eso era lo último que quería su hija, voy andando, que quiero que me dé un poco el aire... Cuando cruzó la calle, las piernas le temblaban. Al llegar hasta Kurt, señaló con el dedo en una dirección y echó a andar sin decir nada. Él la siguió hasta un pequeño café donde nunca habían estado juntos, se quitó el abrigo, se sentó frente a ella, atrapó por sorpresa una de las manos que había dejado apoyadas en la mesa. No, Kurt, Rebecca negó con la cabeza mientras la liberaba de sus dedos, esto no puede ser. He salido a buscarte para decirte que te olvides de mí, que me dejes en paz, que me he casado, que vivo en Berna, que he vuelto a Neuchâtel solamente porque mi madre ha tenido un infarto y casi se muere... Él la miraba y no decía nada. La dejó hablar hasta el final, escuchó que el domingo volvería a su casa, que su marido iba a venir a buscarla, que su madre ya estaba bien, que su familia solía ir a Berna a verla porque sabían que ella no quería estar en Neuchâtel, que nunca volverían a encontrarse. Escuchó todo eso y dijo solamente una cosa. Yo te quiero, Rebecca, nunca he querido a nadie como te quiero a ti. Al escucharlo, ella le miró. Levantó la cabeza, afrontó sus ojos intensamente azules, apreció la sombra sonrosada que el frío había impreso en su piel blanquísima, reconoció el contorno de los labios que había besado tantas veces. Así, vio la cara de Kurt Meier por primera vez desde que se había sentado en la silla de enfrente, porque hasta aquel momento siempre se las había arreglado para posar los ojos en otro lado, el azucarero, la servilleta, las vetas del mármol de la mesa, la fachada del edificio que se alzaba al otro lado de la calle, nunca en él. No había sido capaz de mirarle mientras le decía que no volvería a verle nunca más, pero no pudo resistirse a hacerlo cuando él le dijo que la quería. Te quiero, Rebecca. No puedo olvidarme de ti porque te quiero. No puedo renunciar a ti porque te quiero. Me da igual que te hayas casado con otro porque te quiero, porque sólo vivo por ti, Rebecca Goldstein...

El domingo siguiente llegué a la casa de mis suegros a media mañana y me encontré con muchas novedades. La primera fue que mi mujer estaba resplandeciente, tan guapa como aquel día que llamó a la puerta de mi casa de Berna sin avisar. No tuve mucho tiempo para admirarla, sin embargo. Antes de que pudiera ir a saludar a su madre, me cogió de la mano y me arrastró escaleras arriba, hasta mi antiguo dormitorio. Te he echado mucho de menos, me dijo mientras me desabrochaba los botones de la camisa, no te figuras cuánto... Con una pericia asombrosa para tanta urgencia, se bajó sin ayuda la cremallera de su vestido y lo dejó caer al suelo. Luego empezó a quitarme los pantalones y me arrastró a la cama al mismo tiempo y, sobre todo, con la misma pasión que me había estremecido al principio. Sólo después, mientras descansábamos, abrazados sobre la colcha que ni siquiera habíamos llegado a levantar, me di cuenta de que la explosiva sensualidad que me había parecido asombrosa cuando nos reencontramos en Berna había ido apagándose poco a poco, sin que yo la echara de menos hasta aquella tumultuosa reaparición. No se me ocurrió pensar en los motivos. Me contenté con disfrutarla una vez más antes de que Rebecca decidiera que ya podíamos incorporarnos a la reunión familiar.

Prepárate para un bombazo, me advirtió, como si aquella sesión de sexo matutino no hubiera sido bastante, te vas a quedar pasmado... En el salón, junto a Lili, estaba sentado un hombre al que no había visto nunca. Más cerca de los cuarenta años que de los treinta, iba vestido de una forma peculiar, que me habría recordado los atuendos domingueros de los alcaldes de los pueblos de España si su peinado no hubiera fulminado cualquier posible comparación. Llevaba un traje negro, una camisa blanca, inmaculada, sin corbata pero abrochada hasta el último botón, zapatos oscuros y un sombrero peculiar, como una chistera chata, su copa de menor altura que las que yo había visto hasta entonces, bien encajado sobre la frente. Lucía una barba espesa y cuidadosamente recortada, no demasiado larga, y a cambio, el pelo muy corto con la excepción de dos gruesos tirabuzones, espesos como las trenzas de una colegiala, que enmarcaban su rostro, cayendo justo por delante de sus orejas. Su aspecto era tan pintoresco que al verle, no me di cuenta de que Else estaba sentada a su lado. Ella fue quien nos presentó en francés, Monsieur Jacob Cohen, dijo, mi cuñado Germán Velázquez, el español, ¿te acuerdas de que te hablé de él? Me acerqué a Cohen con la mano tendida y así se quedó mientras él se inclinaba con las suyas unidas, a modo de saludo.

Después de besar a Lili, fui a la cocina y Samuel me puso al día. Jacob era, antes que nada, el prometido de Else, que pronto pasaría a llamarse definitivamente Ava Cohen. Hijo del gran rabino de la sinagoga de La Chaux-de-Fonds, rabino él mismo, llamado a suceder algún día a su padre, había conocido a su novia cuando ella le preguntó si conocía a alguien que diera clases particulares de hebreo. Yo mismo se las daría encantado, dijo el rabino, y Ava se deshizo para siempre de los últimos restos de Else Goldstein mientras la admiración que siempre había sentido a distancia por aquel hombre santo se transformaba en un amor casto, perfectamente ortodoxo. Pero a nosotros no nos dijo nada, me informó su padre. No sabíamos nada de Rabi Cohen hasta que esta mañana ha aparecido con él. Y no quiero ser mal pensado, pero tengo la impresión de que es una treta para recuperar a Lili. Else está muy preocupada porque esta semana ha pasado más tiempo con Rebecca que con ella, y por lo visto se ha olvidado de algunos rezos, esas devociones en las que antes siempre estaban juntas. Supongo que piensa que con un yerno rabino volverá al redil, pero yo no pienso consentirlo. Que vaya a la sinagoga si quiere, me parece perfecto, que observe el sabbath, no me importa, pero voy a hacer todo lo que pueda para que siga disfrutando de la vida como ahora, como antes...

Cuando nos sentamos a comer, Rabi Cohen nos hizo el honor de quitarse el sombrero, aunque no se deshizo del casquete de terciopelo negro que llevaba sobre la coronilla. Después, su novia y él protagonizaron escenas tan cómicas como si provinieran de una comedia. Aunque había nacido en La Chaux-de-Fonds y hablaba perfectamente francés, Jacob se dirigió a nosotros en hebreo, para darle a su prometida la oportunidad de lucirse haciendo de intérprete. Como Else hablaba mucho peor de lo que le habría gustado demostrar, tenía que preguntarle cada dos por tres, en francés, el significado de una u otra palabra, y así todos nos enterábamos de lo que él quería decir antes de que ella hiciera el esfuerzo de traducirle. Por lo demás, la obsesión de Rabi Cohen en aquella comida fue averiguar si yo tenía orígenes judíos, teniendo en cuenta el gran número de hebreos que habían vivido en España hasta finales del siglo XV. Su prometida me obligó a repetir todos mis apellidos hasta que, en el tercero de mi padre, Rojas, el rabino estalló en aplausos. Yo ya sabía que Rojas era un apellido judío, pero le dije que estaba muy orgulloso de que mis antepasados, ante la disyuntiva de comer chorizo o abandonar su tierra y todos sus bienes, hubieran escogido el chorizo, y mi comentario no le gustó.

Aquel domingo, 24 de febrero de 1952, Rebecca no volvió conmigo a Berna. Había visto su maleta abierta, llena de ropa recién doblada, en el suelo de mi antiguo dormitorio, pero Lili me dijo que le gustaría que mi mujer la acompañara al hospital, donde iban a ingresarla dos días, seguramente el martes y miércoles de la semana siguiente, para hacerle pruebas. Teniendo en cuenta los últimos acontecimientos, el perfil de mi inminente cuñado y los comentarios de mi suegro, me pareció una buena idea. No hace falta que vuelvas a buscarme, me dijo Rebecca mientras me despedía con un húmedo y largo beso, planificado para mortificar tanto a su hermana como a su prometido. Si todo va bien en el hospital, volveré en tren el viernes o el sábado. Todo fue bien, y el primer día de marzo, sábado, recogí a mi mujer en la estación, a la hora de comer.

Nunca supe qué había pasado en aquella semana, pero mi relación con Rebecca cambió de una manera radical a partir de entonces. La menor de los Goldstein, que en la peor crisis de su familia se había mostrado como un prodigio de equilibrio, empezó a experimentar unos súbitos, cíclicos cambios de ánimo, que la agitaban tan caprichosamente como si se hubiera convertido en una marioneta cuyos hilos guiaban otras manos. Eso era lo que estaba pasando, pero yo no lo sabía. No entendía por qué algunos días estaba eufórica, deseosa de arrastrarme a la cama a cualquier hora, y otros tan deprimida que no consentía que la tocara. El azar, que jugaba conmigo desde que mi suegra tuvo el infarto, me derrotó a finales de abril, cuando mi jefe me propuso dirigir un ensayo clínico de un nuevo medicamento. El laboratorio que lo fabrica dice que suprime incluso los síntomas de la esquizofrenia, añadió con una sonrisita. Claro, ¿qué van a decir ellos, si lo único que quieren es venderlo? Para ser sincero contigo, estoy seguro de que es una pérdida de tiempo, pero ya que nos han escogido... ¿A ti te interesaría? Yo quería ser psiquiatra, no entomólogo. Me interesó.

En el mes de mayo de 1952, empecé a pasar más tiempo en la Clínica Waldau que en mi casa. La verdad, aunque no me dejara en buen lugar, era que mis pacientes me resultaban más estimulantes que mi mujer. Los efectos del nuevo tratamiento me abrumaron hasta el punto de que dejé de contar las horas que pasaba en el trabajo, y Rebecca me apoyó mucho. Así interpreté yo que nunca pareciera echarme de menos. Era tan comprensiva con mis ausencias, me preguntaba con tanto interés por mis avances en el desayuno, a menudo la única comida que compartíamos, que sus vaivenes emocionales, los picos, cada vez más raros, y los valles, cada vez más profundos, de nuestra vida sexual, no llegaron a alarmarme. Tenía la cabeza en otra cosa. En junio, cuando me preguntó qué íbamos a hacer en las vacaciones, le confesé que aquel año no podía ausentarme de Berna y no se enfadó. Me iré unos días al campo con Sandrine, si no te importa, me dijo entonces. Le prometí que el año siguiente iríamos a Francia, a Italia, a donde ella quisiera, y me sonrió, me besó, me despidió en la puerta, como todos los días.

Yo nunca he querido engañarte, Germán... En octubre, Walter Friedli ya hablaba conmigo. Mi prestigio como psiquiatra se había disparado hasta alcanzar un nivel que yo jamás me habría atrevido a imaginar. El nuevo tratamiento había alcanzado un éxito rotundo y, desde el final del verano, mi agenda estaba tan repleta de compromisos que decidí organizar una sola visita diaria, citando a todos los colegas interesados en contemplar aquel fenómeno a la misma hora. De lo contrario, mi nueva tarea de guía turístico no me habría dejado tiempo libre para trabajar. Y sin embargo, ya sólo pensaba en Rebecca, que cada vez estaba más lejos y no quería contarme por qué. Cuando lo hizo, empezó diciendo que ella nunca había querido engañarme.

Fue un domingo de noviembre, un día insuperablemente triste. Había llovido durante toda la noche y seguía lloviendo cuando mi mujer se escabulló de mis brazos para ir a hacer el desayuno como si no hubiera nada más urgente. Cuando me levanté, aún no había terminado. ¿Quieres zumo de naranja?, me preguntó. Quiero que me digas lo que pasa, Rebecca, eso es lo único que quiero... Estaba de espaldas a mí, pero giró sobre sus talones muy despacio, se sentó a mi lado, encendió uno de mis cigarrillos, me dijo que nunca había querido engañarme. Tampoco quería romperle el corazón a mi padre, añadió, pero eso es lo que voy a hacer... Quizás por eso, ella, que siempre me había parecido tan valiente, no se atrevió a hablar con él. Cuando lo hice yo, en los primeros días de 1953, su hija ya no vivía en Berna. Se había marchado unas horas después de nuestra conversación y, desde entonces, nuestra relación se había limitado a dos llamadas telefónicas de su amiga Sandrine. La primera para decirme que estaba viviendo en su casa. La segunda, poco antes de Navidad, para contarme que se había ido a Alemania con Kurt Meier.

Cuando hablé con Samuel, estaba convencido de que Rebecca me había dicho la verdad. Nunca te he mentido, Germán, es cierto que siempre me has gustado, que de pequeña quería casarme contigo. Yo no elegí a Kurt, no elegí enamorarme de él, habría dado cualquier cosa por no tropezarme con un soldado del ejército de Hitler, cualquier cosa, pero lo que me pasó, pasó sin contar conmigo, mi voluntad no tuvo nada que ver... Luego, cuando comprendí lo que había hecho, cuando mi padre me dijo que le estaba rompiendo el corazón, le abandoné, tú lo sabes, me marché de mi casa, me fui de Neuchâtel, me habría ido al fin del mundo si hubiera hecho falta, esa es la verdad, y mucho más cerca te encontré a ti, que has sido siempre bueno conmigo, que eres tan bueno para mí. Pero estoy enamorada de Kurt, aunque no quiera. Esa es la verdad, a pesar de lo que significa, a pesar de que no me conviene, de que me va a costar romper con mi familia. Estoy enamorada de él y no sé hacer nada contra eso, no puedo hacer nada. Cuando volví a verle... No fui yo, Germán, te juro que no fui yo. Yo hice lo que había que hacer, le dije que se olvidara de mí, que estaba casada, que no me buscara, que nunca volveríamos a vernos, se lo dije, yo sé que se lo dije, pero mis oídos no me escucharon, mi cuerpo no se enteró, yo... Había salido a buscarle sólo para que no saliera papá, que llevaba dos días intrigado por el hombre de la marquesina, que el día anterior había querido invitarle a un café. Salí a buscarle, hablé con él, le dije lo que tenía que decirle y después... No sé qué me pasó, no lo sé. Yo intentaba alejarme, pero mis piernas iban hacia él, intenté separarle de mi cuerpo y mis brazos terminaron abrazándole, me besó y quise pensar, pero no pude, no pude... Sé que lo he hecho todo mal, que esto es malo para todos. Es injusto para ti, y también para él, porque le quiero, pero cada segundo pienso que no debería quererle, y acabo odiándome a mí, y odiando a Kurt, y no es un buen amor para ninguno, no es bueno, pero no consigo arrancármelo, echarlo fuera, acabar con él. Lo siento mucho, Germán, pero te juro que yo me casé contigo de buena fe, que yo quería que nuestro matrimonio funcionara, que no he visto a Kurt Meier ni hemos tenido contacto hasta que volví a Neuchâtel en febrero. No debería haberme casado contigo para huir de él, eso es verdad, pero tampoco te he usado de tapadera hasta que... Tienes que creerme, por favor, créeme, porque eso es importante para mí, porque es lo único que me queda. No te pido que me perdones, sólo que me creas. Sé que he destrozado tu vida, que he destrozado la mía y que destrozaré la de Kurt, pero yo no quería que pasara esto, no quería, y ahora no sé qué puedo hacer...

El 8 de septiembre de 1953, tras mi intervención en el simposio que me había llevado hasta Viena cuarenta y ocho horas antes, José Luis Robles me invitó a cenar para ofrecerme un trabajo en el manicomio de mujeres de Ciempozuelos. En mi respuesta, la familia Goldstein pesó más que la mía, mucho más que la clorpromazina. Diez meses después de su abandono, no le guardaba rencor a Rebecca. Había pensado mucho en ella y en mí, en su pasión por un hombre prohibido, en mi incapacidad para enfurecerme, para compadecerme, para lamerme las heridas tras su pérdida. No había logrado ir más allá del estupor, la sorpresa de que mi esposa se fuera con otro, de que yo no la echara demasiado de menos, de volver a encontrarme a solas con la soledad, mi compañera más antigua, la más leal. Si acaso, había experimentado una misteriosa envidia por el amor incondicional de la mujer que acababa de dejarme, porque yo nunca había sentido nada semejante. Sin embargo, había comprendido a tiempo la verdadera naturaleza de mi relación con Rebecca, un vínculo íntimamente ligado a la condición de expatriados que ambos compartíamos. Si una guerra no hubiera partido mi vida en dos, si otra guerra no hubiera cortado la suya en dos mitades, si yo hubiera seguido viviendo en Madrid, si ella no se hubiera movido de Leipzig, nunca me habría casado con Rebecca Goldstein. Aunque la hubiera conocido, aunque la hubiera tratado, aunque hubiéramos sido amigos, no le habría pedido que se casara conmigo y ella no me habría dicho que sí. Nuestra boda había sido una consecuencia más de la desdicha que nos había atrapado. Yo estaba solo, en Suiza, incapaz de contar mis deudas con la familia que me había cuidado, que me había protegido y ayudado a labrarme un porvenir. Rebecca estaba sola, en Suiza, cuidando de su padre mientras los dos vivían como parias, extranjeros en su propio hogar, sintiéndose tan culpables por comer salchichas como me sentía yo al pensar en mi casa, en mi país, la dictadura fascista por la que no debería haber sentido ni una pizca de nostalgia. Rebecca, que había nacido en Leipzig, que había empezado a hablar en alemán, que no era otra cosa que una mujer alemana, se había prohibido a sí misma pensar en Alemania. Así se enamoró del primer soldado del ejército del Reich que se cruzó en su camino. Lo mío había sido más simple todavía. Cuando la menor de las hermanas Goldstein apareció en mi vida, iba a cumplir treinta años sin haber logrado echar raíces en ninguna parte. Su familia, y no Suiza, había sido lo más parecido a una patria que había tenido desde que abandoné España. Casarme con Rebecca fue como volver a casa, pero la casa a la que creí volver nunca había sido la mía. Cuando ella me contó que no me había engañado, que habría hecho cualquier cosa para que nuestro matrimonio funcionara, la creí, porque los motivos que me habían empujado a aquella boda no eran muy distintos de los suyos. La única diferencia fue que ella se procuró un final muy feliz, muy desgraciado al mismo tiempo, para su historia de amor. Y como el amor no había tenido mucho que ver con mi historia, mi final fue más gris, más sucio, amargo pero infinitamente menos doloroso. Samuel Goldstein jamás quiso entenderlo.

La última noticia de Rebecca que habían tenido en su casa de Neuchâtel fue una llamada telefónica, breve y cargada de besos, en la que anunció a sus padres que aquel año no iba a poder ir a casa en Navidad porque no se encontraba bien y el médico le había recomendado descanso. Fue una mentira muy tonta pero funcionó durante unos días, los que ella necesitaba para largarse de Suiza e irse a vivir a Hamburgo con su amante. Al poco tiempo, Samuel empezó a acribillarme a llamadas. De sus preguntas deduje que su hija había recurrido a la excusa de la enfermedad, y le di largas, respuestas ambiguas y teóricamente tranquilizadoras, mientras me ocupaba de mí mismo. El primer domingo de 1953 expiró la tregua, un breve periodo de paz entre dos tormentas. El profesor Goldstein llamó al timbre de mi casa a media mañana. No me había anunciado su visita, pero yo ya estaba en condiciones de hablar con él. Mi auto-terapia había concluido con éxito, pero todas mis explicaciones naufragaron ante el sufrimiento de mi suegro.

Perdóname, Germán, es culpa mía, yo lo sabía, debería ha-bértelo advertido, lo sabía, y sin embargo dejé que te casaras con ella sin conocer la verdad, como si vuestro matrimonio hubiera podido ser un éxito, como si pudiera salir bien algo que nunca sale bien, yo lo sabía, tendría que habértelo advertido, pero tenía tantas ganas de que fuerais felices... Samuel Goldstein estaba agotado por la repetición de la tragedia que se había cebado en él durante los últimos veinte años. La huida de Rebecca había consumido sus últimas fuerzas, privándole hasta del recuerdo de la inteligencia, la serenidad con la que había sido capaz de gestionar la noticia de la muerte de Willi en 1945. En aquel mo-mento, me había parecido admirable. En el invierno de 1953, libre de todas las bacterias oportunistas que le habían torturado ocho años antes, no era más que un anciano desorientado, que se apoyaba en mí para poner en marcha los descabellados pla-nes que se le ocurrían. Mientras Rebecca vuelve a casa, me de-cía, que no puede faltarle mucho, es fundamental que Lili no se entere de nada. Tú tienes que lograrlo. Habla con la amiga esa a la que conoces, que la anime a llamar a su madre de vez en cuando, o mejor, vete a Hamburgo a buscarla, Germán, tráeme-la de vuelta, eso sólo puedes hacerlo tú, pero será mejor que vengas antes a Neuchâtel, ¿no?, tienes que venir de vez en cuan-do, acuérdate, para hablar con su madre, porque Lili no puede saber esto, no puede enterarse de nada, está muy delicada, ya lo sabes... Yo le escuchaba, intentaba razonar con él, conven-cerle de que Rebecca no iba a volver, y me entristecía verle tan perdido, tan embobado en una esperanza sin sentido, pero aun-que de vez en cuando logré que me escuchara, nunca conse-guí que aceptara lo que había ocurrido. No hemos tenido suerte, Germán, me decía, no la hemos tenido... Venía a verme todas las semanas, para alternar el discurso del perdón que me debía con el de la esperanza que sólo yo podría devolverle, en un bucle enfermizo sin fin, como si él y yo no hubiéramos tenido nunca otro vínculo que su hija Rebecca. Yo quería muchísimo a Samuel Goldstein. Le debía tantas cosas que no habría sabido por dónde empezar a contarlas. En el verano de 1953 me enseñó algo más.

Entonces descubrí que el amor no es una panacea, un hechizo capaz de curar cualquier herida, de salvar cualquier obstáculo, de arreglar cualquier destrozo. Yo quería muchísimo a aquel hombre, le compadecía hasta con la última fibra de mi corazón, me dolía en el alma contemplar el progresivo deterioro de la relación que mantenía con la realidad, pero no le soportaba. Primero llegó un momento en el que sentí que su compañía me asfixiaba. Poco después, me asaltó la convicción de que la mía no era menos perjudicial para él. Entretanto, Rebecca se quedó embarazada, me pidió el divorcio, se lo concedí de inmediato, se casó con Kurt Meier, y ninguno de esos acontecimientos hizo la menor mella en el ánimo de su padre.

El 16 de septiembre de 1953 era miércoles. A media mañana, salí de la Clínica Waldau, fui a una oficina de Correos que tenía servicio telefónico, llamé al manicomio de mujeres de Ciempozuelos, pregunté por el doctor Robles y le dije que sí.

Diez días después de que se cumpliera el tercer aniversario de aquella llamada, fui al despacho de José Luis Robles para presentar mi dimisión.

Él me escuchó en silencio. Todavía no eran las doce de la mañana, y sin embargo alguien le había informado ya de lo que había pasado la noche anterior. Yo le conté mi versión sin adornos ni opiniones. Aquella historia no admitía ni una cosa ni la otra. Cuando terminé, me dedicó una mirada cargada de sentido, o al menos yo interpreté que me estaba diciendo muchas cosas. Que entendía mi decisión. Que llevaba razón. Que nunca arriesgaría su puesto dándomela en público. Que si tuviera una retaguardia suiza a la que volver, seguramente le habría gustado hacer lo que había hecho yo. Que, como no la tenía, ya estaba hasta los cojones de mí, de que le buscara problemas, de que no supiera estar callado, de que me tirara de cabeza a cualquier conflicto en el instante en que se insinuara en el horizonte. Que iba a echarme de menos. Que estaba deseando perderme de vista.

—Lo entiendo, Germán —fue lo único que dijo con palabras—. Lo que me cuentas es... —no se atrevió a calificarlo con un adjetivo que yo pudiera repetir fuera de aquel despacho—. En fin, que acepto tu dimisión. Y lo siento mucho. Siento mucho todo lo que ha pasado desde que te propuse que vinieras aquí.

—No es culpa tuya —fui sincero.

—No lo sé —él también—. Seguramente sí es culpa mía. En cualquier caso, lo siento. Yo esperaba que todo fuera más fácil.

Me pidió que me quedara hasta fin de mes, para que los nuevos residentes tuvieran tiempo de adaptarse, y acepté sin discutir. Cuando salí de su despacho, me pregunté cómo hablaría de mí por los pasillos, qué diría si Arenas o Maroto le pidieran su opinión, pero enseguida comprendí que eso no iba a pasar. El parto de Rafaelita Rubio estaba destinado al mismo limbo de olvido donde se había perdido el rastro de María Castejón. Historias que no se sabían, que no se comentaban, que nunca habían llegado a suceder. Así fue hasta el punto de que, quince días más tarde, vino a buscarme, muy sonriente, y me pidió que le acompañara a su despacho.

—Toma, lee esto.

Me tendió un papel que tenía encima de la mesa, una comunicación de la Dirección General de Sanidad que le autorizaba a reemprender el tratamiento con clorpromazina que nos habían prohibido casi un año antes. Aquella decisión era tan caprichosa, tan incomprensible como la precedente. No había habido congreso de la asociación. No se había producido ningún debate público al respecto de la nueva medicación. No le habían explicado cuándo, cómo, por qué había cambiado el criterio del Gobierno. Vivíamos en España, no en Suiza. Aquí no se hacían preguntas. Nadie esperaba respuestas.

—Ya sé que te quieres ir. Y lo entiendo, pero voy a pedirte que lo retrases un poco más. Quédate para arrancar el programa, Germán. No pretendo retenerte, te lo prometo. Pero en tres meses puedes formar a un par de residentes de los que acaban de incorporarse, para que te sustituyan en el futuro. Y el 31 de diciembre, cuando consigamos recuperar el tiempo que hemos perdido, te marchas. Tienes mi palabra. Puedo anunciarlo hoy mismo incluso, si quieres.

—A la hermana Anselma no le va a gustar que me quede hasta fin de año —fue todo lo que se me ocurrió decir.

—De la hermana Anselma me encargo yo. Si la convenzo, ¿te quedarás?

La convenció. Me quedé. No lo hice por él, sino por Rafaelita, por su madre, por Gertrudis, por su hijo, por Sonsoles, por Luzdivina, por las demás y por la palabra que había dado a la hermana Belén. Lo hice por mis enfermas, que merecían la piedad, la solidaridad de unos psiquiatras que estuvieran de su parte. La perspectiva de volver a montar la unidad que habíamos desmantelado unos meses antes me produjo más desaliento que alegría, pero mi ánimo mejoró cuando entrevisté a los nuevos residentes. Robles me había dejado elegir y tuve la impresión de que lo había hecho bien.

—¿Le puedo preguntar una cosa, doctor Velázquez? —el primero que escogí se llamaba Carlos Suárez, acababa de terminar la carrera, tenía cara de niño bueno y se apresuró a desmentirla—. Si usted estudió en Lausana, y trabajaba en una clínica de Berna... ¿Cómo se le ocurrió volver a este país? No se ofenda, pero la verdad es que no lo entiendo.

—Bueno —sonreí a un gesto grave, incluso airado—, esa es una larga historia... Te la contaré cuando tengamos tiempo. Lo que tenemos ahora es mucho trabajo que hacer.

El segundo, un chico serio, muy delgado, de nariz larga y mirada melancólica, se llamaba Rodrigo Cabrera. Hablaba poco, tenía un expediente académico apabullante y había leído todo lo que había que leer, empezando por Sigmund Freud. Cuando mencionó ese nombre, ese apellido, me sostuvo la mirada. Freud era un autor prohibido en España. Apenas se estudiaba en la universidad, sus libros no se encontraban en las librerías. Él seguramente sabía que su simple mención habría bastado para excluirle de los equipos dirigidos por los psiquiatras más prestigiosos del país, y sin embargo pronunció su nombre con serenidad, sin mover un músculo de la cara. Eso me gustó tanto como la pregunta que me había hecho Carlos, pero los seleccioné por otro motivo. Antes de decidirme, llevé a todos los residentes a conocer a las internas del programa y estuve muy pendiente de ellos. Los dos miraron a Rafaelita Rubio con la misma respetuosa compasión. Los dos se habían enterado ya de lo que había pasado. Los dos la defenderían, a ella o a cualquier otra interna, si volviera a llegar un momento como el que me había tocado vivir a mí.

—¿Quién es usted?

El 25 de septiembre de 1956 visité una clínica privada, sorprendentemente lujosa, gestionada por una orden religiosa distinta de las Hospitalarias de Ciempozuelos. El servicio de maternidad ocupaba todo un pabellón de habitaciones muy espaciosas, a juzgar por la distancia que mediaba entre las puertas. Las paredes estaban pintadas de amarillo huevo y a trechos regulares, en los pasillos, había grandes macetas con plantas frondosas, bien cuidadas, que creaban un ambiente agradable, pacífico. Yo había llegado hasta allí pocos minutos después que la ambulancia que transportó a Rafaelita. Por la mañana, le había preguntado a una hermana, en el tono más inocente, en qué hospital le harían la cesárea, y ella, con la misma inocencia, me había dicho el nombre y hasta la hora a la que estaba prevista la intervención. Probablemente no sabía que, salvo en casos de urgencia, las intervenciones quirúrgicas programadas se suelen hacer por la mañana, no a las ocho de la tarde. Aquella hora, la mejor para evitar testigos indeseables, no fue suficiente para esquivarme a mí.

—Me llamó Germán Velázquez —quien me había interpelado era una monja joven, enérgica, seguramente una auxiliar, porque tenía las manos enrojecidas, ásperas de tratar con detergentes—. Trabajo en el manicomio de mujeres de Ciempozuelos. Soy el psiquiatra que trata a Rafaela Rubio y he seguido la evolución de su embarazo.

—¿Rafaela?

Bajo el delantal llevaba un hábito blanco. La toca, sencilla, del mismo color, carecía de las hermosas, volanderas alas que decoraban las cabezas de las monjas con las que yo estaba acostumbrado a tratar. No me gustó la forma en que me miró. Que tuviera que invertir unos segundos en descubrir de quién le estaba hablando me gustó todavía menos.

—¡Ah, sí, claro! La chica que está en el quirófano.

—Esa misma —a pesar de todo, sonreí para congraciarme con ella, pero no lo conseguí.

—Ya, pues usted no puede estar aquí.

—¿Por qué?

Me había sentado en uno de los bancos, obviamente dispuestos para las visitas, que enfrentaban la puerta de los quirófanos. No era el único. Dos bancos a mi izquierda, una pareja de mediana edad también esperaba. Ella estaba sentada, su tacón derecho repiqueteando sobre las baldosas como si marcara el ritmo de una melodía reservada exclusivamente a sus oídos. Él paseaba por el pasillo, diez pasos hacia la izquierda, otros diez a la derecha, sin dejar de fumar. Me parecieron demasiado jóvenes para ser los padres de una parturienta. Por su edad y su actitud, parecían más bien los de un bebé, pero ella estaba allí, inquieta, impaciente, completamente vestida. Igual que yo.

—Esta zona está reservada para los familiares, así que, si me hace el favor... —extendió la mano para señalar la salida, pero no me moví.

—Bueno, yo soy lo más parecido a un familiar que tiene Rafaela en este momento. Su madre, que se llama Salud Álvarez, vive en un pueblo de la serranía de Cuenca y no le ha dado tiempo a venir. El viaje es muy largo, la pobre tarda más de dos días cuando viene a ver a su hija. Por eso he venido yo, en representación suya, para asegurarme de que Rafaela está bien y para conocer a su nieto —hice una pausa, al comprobar cómo se le agrandaban los ojos, repentinamente empañados por un velo turbio—. O a su nieta.

—A su...

No terminó la frase. Cerró los ojos, negó con la cabeza y se concentró en enrollar el borde de su delantal durante un par de segundos. Se había puesto muy nerviosa. Tanto que, cuando volvió a hablar, me pareció una mujer distinta.

—Váyase, por favor —sus palabras ya no eran una orden, sino una súplica—. Usted no debería estar aquí, se lo digo en serio. Váyase, porque si no, se va a liar una... Por favor, márchese, por favor se lo pido...

En ese instante los dos oímos un ruido característico, el eco de unos pasos sobre un suelo de linóleo, la señal de que alguien se acercaba desde un quirófano. Ella me miró por última vez y se marchó a toda prisa. Yo me acerqué a la puerta para afrontar el último desenlace que habría podido imaginar para aquella escena.

—¡Doctor Velázquez!

El padre Armenteros se sorprendió al verme, no más que yo al encontrarle con un bebé recién nacido entre los brazos.

—¿Es el hijo de Rafaela? —le pregunté, mientras me acercaba a mirarlo.

Si hubiera tenido un minuto para pensar, para comprender por qué estaba yo allí, para calcular las consecuencias de su respuesta, quizás me habría dicho que no. Como no dispuso de ese margen, me dijo la verdad.

—Su hija, sí.

Sólo tuve un segundo para verla, pero por el color de su

piel, por la vitalidad con la que movía las piernas, por la fuerza con la que se echó a llorar, me di cuenta de que era una niña sana.

—Me la tengo que llevar al nido —y le cubrió la cabeza con un pico de la toquilla para que no siguiera mirándola—, como usted comprenderá...

Mientras se apartaba de mí, movió la cabeza hacia la derecha para indicar una dirección a la pareja que había estado esperando a mi lado. Yo los seguí a cierta distancia hasta la puerta del nido. Allí, el padre Armenteros traspasó a la hija de Rafaela a los brazos de la mujer, que la apretó contra su pecho, la besó en la frente y la acercó después a los labios de su marido, que posó en su cabeza un beso casi temeroso, antes de entregársela a la enfermera que esperaba en la puerta. Después, marido y mujer se quedaron pegados al cristal, mirando al bebé como si fuera suyo, un par de padres felices como tantos, como todos, mientras la hija de Rafaela Rubio, la nieta de Salud Álvarez, descansaba en su cuna.

El padre Armenteros me miró y se fue en la dirección opuesta a la que le habría obligado a tropezarse conmigo. Yo desanduve el camino casi corriendo. Cuando llegué al vestíbulo principal estaba jadeando y, aunque salí al jardín, no vi al sacerdote por ninguna parte. Mientras hacía tiempo para abordarle o para marcharme a casa, derrotado una vez más, volví a examinar las imágenes que acababa de ver y no me molesté en interpretarlas, tan evidente era su significado, pero pensé mucho en la niña que acababa de nacer. Aquella criatura no deseada, fruto del abuso, de la violencia, nunca sabría quién era, ni siquiera cómo se habría llamado si no hubiera sido arrebatada del vientre de su madre para ser entregada a unos extraños. Esa niña podría haber sido la alegría de su abuela, una mujer golpeada, sometida por la desgracia, que merecía una oportunidad para sentirse en paz consigo misma. Esa niña podría haber conocido a su madre, vivir con ella, recibir sus besos, sus caricias, sus cosquillas, cuando la clorpromazina le consintiera volver a ser ella misma, cuando le devolviera la identidad que la esquizofrenia le había robado. Esa niña podría haber vivido en un pueblo de la sierra, andar descalza por el monte, bañarse en las pozas en verano, escuchar historias en invierno cada noche, alrededor de la chimenea de su casa, dar de comer a las gallinas, recoger los huevos, jugar con los conejos. Podría haber tenido un perro, o un gato callejero, montar en una mula, subirse a la trilla en la época de siega, aprender a amasar pan, a cantar villancicos en Navidad, a hacer chorizos durante la matanza. Esa niña habría sido muy pobre, pero podría haber tenido una infancia feliz, con su auténtica familia. Y habría sabido quién era, cómo se apellidaba y por qué la conocían por el mismo mote por el que llamaban a su bisabuela. Habría sabido de dónde venía, quiénes eran las personas a las que quería, las personas que la querían, las que habrían sabido compensar con amor la ausencia del hijo de puta que la había engendrado, ese hombre que tal vez ni siquiera sabía que había llegado a nacer. Todo eso le habían robado a esa niña al robársela a su madre, a su abuela.

—No me extraña que perdieran ustedes la guerra, Germán —la hermana Anselma me dirigió una mirada risueña, casi compasiva—. La verdad es que no entienden nada.

El único aspecto que distanciaba a Antonio Vallejo Nájera de los eugenesistas alemanes que habían dado soporte teórico al terror nazi, tenía que ver con las esterilizaciones. Vallejo era un católico ferviente y no podía admitir que nada, nadie, interrumpiera la obra de Dios. Todos los niños concebidos en España tenían que nacer en España. Luego, la voluntad de los hombres hacía su parte. El Estado franquista, por algo ocupaba su cúspide un Caudillo ungido por la gracia del Altísimo, perfeccionaba la voluntad divina al arrancar a los recién nacidos de progenitores indeseables para entregarlos a familias que sí los merecían. Yo sabía todo eso. Mi padre me había enseñado a tiempo que la eugenesia era una ideología criminal. Pero el conocimiento no me ayudó a salvar la distancia que mediaba entre la teoría y la práctica, porque mi padre no había conocido a Rafaelita. No había conocido a Salud. No la había escuchado decir que lo bueno no era para ellos. No se había mirado en sus ojos de tortuga triste, apagados a lo largo de lo que parecían siglos de humillación, de privaciones, de resignación ante una vida tan dura como si fuera de piedra. Tampoco había probado nunca la impotencia de vivir con las manos atadas, con la boca cosida, con grilletes en los tobillos. Una de las últimas veces que le vi, me había dicho que tenía un salvoconducto especial, y sabía lo que decía. Al día siguiente del parto de Rafaela, cuando la hermana Anselma me convocó a su despacho, me alegré por él.

—Esa niña habría cagado en un corral —eso fue lo primero que se le ocurrió alegar—. Habría tenido piojos, pelagra, avitaminosis, carencias alimenticias de todo tipo. Habría ido a la escuela del pueblo, un aula con niños y niñas mezclados, de todas las edades, donde a duras penas le habrían enseñado a leer, a escribir y las cuatro reglas, y eso en el mejor de los casos. Si no hubiera muerto antes de tifus, o de algo peor, a los quince años la mandarían a servir en casa de algún rico del pueblo, a los dieciocho la casarían con un patán para que fuera viendo morir a sus hijos de uno en uno, a los pocos meses de haberlos parido en una covacha miserable. ¿Qué me está usted diciendo? —me sonrió con pocas ganas, para disimular que estaba perdiendo la paciencia conmigo—. Esa niña ya es la hija de un notario. Su madre la llevará a pasear al Retiro todas las tardes, contratará a las mejores nodrizas, velará para que nunca le falte de nada, ni siquiera lo más superfluo. Se criará sana, bien alimentada, irá a un colegio excelente, veraneará en una playa del norte, montará a caballo, o tocará el piano, la mimarán más de la cuenta, hará las mejores relaciones. Tendrá todas las posibilidades de ser feliz.

—Y nunca sabrá quién es.

—¡Claro que lo sabrá! —otra sonrisa, esta auténtica, reveló que tanta paciencia le había merecido la pena—. En su partida de nacimiento ya aparecen los nombres de sus padres. En el registro de la clínica donde nació, consta que la madre ingresó ayer, después de ponerse de parto a primera hora de la tarde, y no le darán el alta hasta pasado mañana. Esa niña jamás podrá sospechar que no es hija de sus padres, porque legalmente lo ha sido desde el instante en que empezó a respirar, mientras que la hija de Rafaela Rubio murió oficialmente a las tres horas de nacer. Así que, ya ve, siempre sabrá quién es. No debe preocuparse usted por eso.

En ese momento entendí qué había estado haciendo el padre Armenteros durante la media hora en la que le había esperado en vano en el vestíbulo de la clínica. Y algunas cosas más.

—Lo hacen ustedes bien.

—Lo mejor posible, no lo dude.

—Para que nadie descubra a lo que se dedican —concluí—. Para que nadie, ni ahora ni en el futuro, pueda probar jamás que le han robado una hija a su madre. Porque eso es lo que han hecho, hermana Anselma, lo llame usted como lo llame. Han robado un bebé, han borrado las pruebas y han falsificado los documentos necesarios para cubrirse las espaldas, para que esa niña nunca pueda acusarles de nada. A cambio, no tendrá que cagar en un corral, eso se lo concedo.

Había hablado con suavidad, sin levantar la voz, pero fue suficiente. La hermosa frente de la superiora se pobló de nubes mientras ambos nos mirábamos en silencio. Yo no la interrumpí, no dije nada.

—La comunidad no ha tenido nada que ver con esto —ella habló primero, y en su voz no sobrevivía ni un ápice de la soberbia que la había impulsado a llamarme a su presencia—. Las hermanas no saben nada, no vaya usted a creer... La decisión fue mía. El padre Armenteros vino a verme, y... Bueno, él se ocupa de estas cosas, yo lo sabía. Me dijo que lo más probable era que el niño de Rafaelita no viniera bien, que podría nacer muerto o con la misma enfermedad...

—Eso es mentira.

—No lo sé.

—Yo sí. Y es lo mismo que le habría dicho cualquier médico al que hubiera podido consultar. Tiene muchos alrededor, ¿no?

—No sé, no se me ocurrió, yo... —me miró un momento y apartó la vista para devolverla a los papeles que estaban sobre la mesa—. El padre Armenteros me dijo que conocía a una pareja buenísima que no podía tener hijos, que si el niño nacía sano, nunca le faltaría de nada y... Me pareció bien, qué quiere que le diga. Rafaela no podía hacerse cargo de su hijo, Germán, usted lo sabe.

En ese momento intenté calcular qué margen real de oposición a la voluntad del secretario personal del patriarca de las Indias Occidentales podría tener la superiora de Ciempozuelos. No debía de ser mucho, pero abandoné ese cálculo a tiempo. No me interesaba resolverlo.

—Pero Rafaela tiene una familia —eso era lo único que me importaba—. Una madre, unos abuelos, varios hermanos. Ellos sí habrían podido criarla. Y la niña es suya, de nadie más.

—Esa pobre mujer, que duerme en las estaciones... ¿Usted cree que se alegraría de tener una boca más que alimentar? ¿Cree que su nieta viviría mejor con ella? —el plazo de sus dudas expiró en esas preguntas, pero intuí que sus certezas no volverían a ser tan sólidas—. Yo he obrado bien, he hecho lo que me parecía mejor para todos —pese a la contundencia de sus últimas palabras—, para Rafaela, para su hija, para su familia —su esfuerzo por invocar un orgullo que retornó más pálido, más titubeante de lo que le habría gustado—. Y usted no tendría por qué haberse metido de por medio, eso lo primero, así que no tiene derecho a reprocharme nada, ¿está claro? Usted no tiene vela en este entierro.

A primeros de noviembre, Salud vino de visita. Qué desgracia, doctor, me dijo. Que ya sabía ella que sería difícil, porque estando su Rafaela como estaba, el embarazo no podía ser normal. Que le habría encantado ver a su nieta, tenerla en brazos un momento, aunque luego se hubiera muerto igual. Que le habían contado que tenía la cabeza demasiado grande, que estaba deforme, pero le habría dado lo mismo. Que así habría tenido un recuerdo bonito de su nieta, después de todo lo que Rafaelita y ella habían tenido que pasar. Que era una tonta por haberse hecho ilusiones, pero que ya le había tejido una toquilla y todo, por si podía llevársela a su casa.

—Guárdela, Salud —le abrí los brazos y se refugió en ellos—. Ya tendrá usted más nietos.

Cuando me separé de ella, la novicia que estaba peinando a Rafaela el día que me enteré de que la cesárea ya estaba programada, me miró y se fue corriendo. Tenía la cara tan desencajada que tal vez alguien le preguntaría qué había pasado. La posibilidad de que su respuesta llegara a los oídos de la hermana Anselma me inspiró una fugaz satisfacción. Porque la nieta de Salud ya habría empezado a pasear por el Retiro por las mañanas, bien abrigada con la mejor toquilla, en el mejor cochecito que pudiera comprarse con dinero.

Había pensado mucho en lo que debería hacer. Le había pedido consejo a Eduardo Méndez, a mi hermana Rita, y ninguno de los dos supo decirme nada. Pepe sí. Él no se escandalizó por lo que conté en una de nuestras comidas de los domingos. Por el aplomo con el que me recomendó no decirle nada a la abuela de la niña, comprendí que no era la primera vez que escuchaba una historia semejante. Me explicó que si le contaba la verdad a Salud, le buscaría un problema más que otra cosa. Que la noticia de que su nieta estaba viva, creciendo en otra casa, la alegraría, pero no la ayudaría a recuperarla. Que las consecuencias de una reclamación serían demasiado penosas para ella, para su familia. Que su denuncia nunca llegaría a las manos de un juez. Que alguien se encargaría de que se traspapelara por el camino. Que, mientras tanto, la Guardia Civil se presentaría en su casa todos los días. Que todas las semanas harían un registro, se llevarían a alguno detenido, destrozarían su huerto, les quitarían a los animales, vete a saber, me dijo, vete a saber. Que la serranía de Cuenca había sido zona de guerrilla. Que en el pueblo de Salud, la represión de la población civil era una tradición tan arraigada como la Virgen de agosto. Que florecerían las denuncias falsas, todas las que hicieran falta, hasta que la abuela renunciara a su nieta. Que cuando lo hiciera, habrían destrozado su vida, la de sus padres, la de sus hijos. Que, aunque pareciera mentira, lo mejor era no hacer nada. Y sin embargo, aquel día, mientras la veía acariciar a Rafaela, pensé que había algo que sí podía hacer por ellas.

—Venid un momento conmigo, por favor.

Carlos Suárez y Rodrigo Cabrera me siguieron sin hacer preguntas a una consulta desocupada. Cerré la puerta con pestillo, les ofrecí tabaco, encendí sus cigarrillos, el mío, y los miré a los ojos.

—El 25 de septiembre de 1956, a las ocho de la tarde, en la Clínica Santa Águeda, Rafaelita Rubio tuvo una hija sana, por cesárea. Un sacerdote al que conoceréis pronto, el padre Pedro Armenteros, estuvo presente. Él recogió a la niña, se la entregó a una pareja que estaba allí esperando, rellenó un certificado de nacimiento con todos los datos necesarios para simular que los padres adoptivos eran los naturales, e hizo otro certificado para justificar que el bebé de Rafaela había muerto a las pocas horas de nacer. Os lo cuento para que lo sepáis pero, sobre todo, para que no lo olvidéis. No le he dicho nada a la abuela porque saber la verdad sólo le causaría problemas, pero Franco no va a durar siempre. Cuando esto se acabe, yo ya no viviré en España, pero vosotros seguramente sí. Y a lo mejor tenéis una oportunidad de decir la verdad. A lo mejor podéis buscar a Rafaela, a su madre, incluso a su hija, y contarles lo que ha pasado.

—Pero, entonces... —Carlos estaba pálido de asombro—. Le han quitado la niña a la madre, le han dicho a la abuela que ha muerto y... —asentí con la cabeza—. ¡Qué hijos de puta!

—No te preocupes, Germán —Rodrigo, una versión siempre complementaria de su compañero, tenía la cara coloreada por la rabia—. A mí no se me va a olvidar, te lo juro.

—A mí tampoco. Nunca.

En aquel momento, apagué mi cigarrillo, abrí la puerta y seguimos trabajando como si no hubiera pasado nada. No volvimos a hablar del tema. No hizo falta. La respuesta de mis residentes me devolvió el ánimo, el calor que había perdido al abrazar a Salud. No evitó, sin embargo, que el 31 de diciembre me pareciera una fecha muy lejana, insoportablemente remota y aún más deseable.

—Pero Suiza es un país neutral, ¿no?

Eduardo Méndez me llamó un par de semanas después para contarme que Pepe Sin Apellidos se marchaba por fin del Sanatorio Esquerdo. Necesitaba dormir en Madrid el 22 de noviembre, porque iban a sacarle, no le había contado quién, ni cómo, en la madrugada del día siguiente. Me preguntó si podría dormir en mi casa, porque en la suya estaba su madre, y cuando accedí, se invitó a cenar con nosotros esa noche. Cenar, cenamos poco. A cambio bebimos mucho, hablamos más, y estuvimos despiertos, acompañando a Pepe, hasta las cinco de la mañana.

—¿Y a un país neutral te vas a ir a vivir? —me dijo cuando abrimos la tercera botella de vino—. ¿Para qué, para aburrirte?

Era una broma. Los tres nos reímos porque era una broma. Eduardo pronosticó que yo nunca me iría porque le había cogido demasiada afición a la delincuencia, y era una broma. Cuando despedí a Pepe con un abrazo, me advirtió que hasta Suiza no iba a venir a verme, y siguió siendo una broma. Le pedí que se cuidara mucho, me pidió que me cuidara más, y cerré la puerta con un ánimo todavía risueño, pese a la preocupación de que pudieran detenerle antes de llegar a su destino. No fue así. Cuando pregunté por él, Rita me dijo que no habían tenido noticias y que esa era la mejor noticia. Un broche insuperable, pensé, para una noche cargada de bromas.

No volví a pensar en Suiza mientras la clorpromazina volvía a hacer efecto en mis pacientes. Estuve demasiado ocupado comparando los resultados que obtenía con los del año anterior, celebrando muchos triunfos pequeños, admirando la felicidad que cada avance, por mínimo que fuera, dibujaba en los rostros de mis residentes. Aquel proceso me emocionó tanto como a ellos, pero cuando lamentaba por anticipado que fuera a perderme el próximo reencuentro de la auténtica Gertrudis con su hijo, miraba a Rafaelita y me convencía de que no podía seguir en Ciempozuelos. No lo dudé ni siquiera en la fiesta de Navidad, cuando volví a encontrarme con el padre Armenteros.

—¿Todavía por aquí, doctor Velázquez?

Vino hacia mí con la mano tendida, y apretó la mía entre las suyas con una sonrisa tan rebosante de cordialidad como su voz.

—Pues sí —le respondí—, pero no por mucho tiempo. Me voy la semana que viene, ya lo sabe, ¿no?

Siguió sonriéndome sin decir nada y aproveché la ocasión para presentarle a Carlos y a Rodrigo, que eran mucho más jóvenes y estuvieron más secos que yo. Eso no le desanimó.

—Hace usted bien —me dijo, sin modificar la radiante curva de sus labios—. Allí será más feliz que aquí. España no es un país para hombres como usted.

Podría haberlo dejado ahí. Podría haber girado a la derecha para ir a buscar una copa de vino. Podría haberme desplazado hacia la izquierda para saludar al doctor Robles. Podría haber fingido que no había escuchado sus palabras. Podría haberlo hecho, pero no lo hice.

—España es mi país, padre Armenteros —a cambio, sonreí yo también—, por mucho que le joda. Ya sé que le habría gustado que los suyos acabaran con todos los españoles como yo, pero no pudieron, y no fue porque no lo intentaran, desde luego. Así que España es tan mía como suya, aunque no le guste. Usted no es más español que yo. Y no tiene ningún derecho a opinar sobre si mi país me conviene o no. Eso lo decidiré yo, si no le importa.

Cuando terminé de hablar, Carlos Suárez me estaba pisando el pie derecho, Rodrigo Cabrera apretaba mi espalda con una mano, y yo seguía sonriendo todavía, a despecho del fuego blanco que ardía sin llama dentro de mi cuerpo. Y sin embargo, me sentía bien, mucho mejor que tres años antes, aquel día en que le recordé que, si Dios había creado todas las cosas, la tabla periódica de los elementos también era obra suya.

—Y ahora —añadí en un tono festivo, propio del lugar donde nos encontrábamos—, si nos disculpa, vamos a ver si bebemos algo.

—Claro, claro —estaba tan atónito que me dejó ir sin añadir nada, moviendo la mano derecha en el aire para esbozar un dibujo incierto, a medio camino entre una despedida y una bendición.

¿Y a un país neutral te vas a ir a vivir?, la voz de Pepe resonó en mis oídos sin que yo la hubiera invocado, ¿para qué, para aburrirte?

La fiesta de Navidad terminó sin más contratiempos y no tuvo consecuencias. Armenteros debió de pensar que no le compensaba quejarse a Robles una semana antes de perderme de vista, o que quizás era mejor no molestarme, teniendo en cuenta lo que sabía. Por una razón o por la otra, mi última semana de trabajo en Ciempozuelos fue plácida, tranquila, hasta que en la mañana del viernes, 28 de diciembre, Aurora Rodríguez Carballeira expiró sin hacer ruido.

Tuvo una muerte dulce, opuesta en todo a lo que había sido su vida. Yo había seguido yendo a verla todos los días, un rato por la mañana, la visita rutinaria que hacía a todas mis pacientes, y otro rato a última hora de la tarde, cuando sabía que no encontraría a nadie con ella en la habitación. Cuando salía de allí, tenía las manos vacías y un alijo de papeles escondido debajo de la camisa. Era el fruto de un registro silencioso, sistemático, que había durado más de dos meses.

En los cajones de su escritorio, entre las partituras del piano, en las cajas de cartón arrumbadas en el fondo de su armario, había encontrado documentos suficientes para reconstruir su amargo paso por el mundo. Poemas propios y ajenos, relatos fragmentarios de su infancia y de la de su hija, discursos, conferencias y artículos del pasado, escritos delirantes del primer periodo de su estancia en el manicomio, muchas listas, de libros, de nombres, de objetos, de tareas, recortes de periódico, dibujos, bocetos de los muñecos de trapo a los que una vez confió en dar vida, fotografías, postales, facturas, algunas cartas recibidas y muchos borradores de las que había enviado. Me lo fui llevando todo poco a poco, porque nadie se habría molestado en conservarlo. Estaba seguro de que las hermanas habrían quemado los papeles cuando desinfectaran su dormitorio y la memoria de doña Aurora se habría perdido. Cuando volví al manicomio para ir a su entierro, en la habitación 19 del pabellón del Sagrado Corazón sólo quedaba un piano. Y nadie había echado nada de menos.

La hermana Anselma no vino al cementerio. Dos de sus hermanas asistieron en representación de la comunidad. Aparte de ellas, del capellán y los enterradores, sólo estuvimos allí dos personas más. Margarita, que nunca había dejado de considerarla su amiga aunque doña Aurora la tratara con la punta del pie, me pidió permiso para venir conmigo. Llevaba un papel doblado en una mano. Cuando el responso terminó, me tiró de la manga y movió la mano hacia abajo. Quería que nos quedáramos un poco más.

—He escrito un... He escri... Una poe... Poesía —me tendió el papel que tenía en la mano—. Lea us... Léala mejor us... Yo me pongo... —negó con la cabeza—. Lea...

—*Aurora nos dio la inocentada de irse al cielo* —leí—, *a las once de la mañana. Era como el susurro del viento entre las flores. Era una mujer exquisita. Se fue con las primeras violetas.* ¿Esto lo ha escrito usted, Margarita?

—Sí —asintió violentamente con la cabeza—. Yo... Sí...

—Es muy bonito —me pareció asombroso que una mujer que no conseguía acabar una frase con fluidez, hubiera podido escribir aquellos versos—. Yo creo que a ella le habría gustado mucho.

—Pobre... Pobreci... ta.

Mientras volvíamos al manicomio en la camioneta de Juan Donato, miré Ciempozuelos por última vez, los campos secos, las manchas verdes de los árboles desperdigados, los tejados del pueblo en el horizonte. Ya no tenía nada que ver con ellos. La muerte de doña Aurora había sido tan puntual, tan oportuna como una bendición, como si ella misma hubiera querido liberarme del último vínculo que me retenía en aquel lugar.

Ya puedo irme a Suiza en paz, pensé.

Pero nunca me fui.

En el otoño de 1979, cuando ya casi había perdido las esperanzas, encontré un editor dispuesto a publicar *La madre de Frankenstein*.

—Me ha encantado tu libro —Miguel Antúnez ni siquiera se molestó en darme primero las buenas tardes—. Voy a publicarlo, desde luego.

Sólo después se levantó de la silla, rodeó la mesa, vino hasta mí y me apretó la mano con fuerza.

—¿Quieres un whisky? —su tono revelaba que no aceptaría una negativa con facilidad.

—Bueno... —y de repente ese whisky empezó a apetecerme muchísimo—, sí, gracias.

En febrero de 1957, cuando todavía no había encontrado el momento de planificar mi regreso a Berna, el doctor Jiménez Díaz se puso en contacto conmigo. Quería conocerme y me invitó a comer, pero no vino solo. Antes del café, ya me había ofrecido trabajo en la Clínica de la Concepción, que apenas llevaba un año y medio en funcionamiento. Su acompañante, el doctor Rallo, dirigía un servicio de psiquiatría que todavía estaba en fase de montaje. Me explicó su enfoque, una orientación psicoanalítica que resultaba revolucionaria en el ámbito de la psiquiatría hospitalaria española de la época, y el proyecto me pareció muy atractivo. No acepté incorporarme a su equipo por eso. Tampoco porque las condiciones que me ofreció mejoraran las de mi trabajo en Ciempozuelos. Ni siquiera por el lujo que suponía para mí, después de tanto taxi, poder ir andando a trabajar. Acepté, porque aquella oferta resolvía todos mis problemas de un plumazo. La verdad era que nunca había tenido ganas de volver a Suiza. Para no tener que pensarlo siquiera, después de Reyes me dediqué a organizar el archivo de Aurora Rodríguez Carballeira.

Desde el primer momento, mi intención había sido escribir un libro sobre ella, pero entre unas cosas y otras, tardé casi veinte años en terminarlo. Cuando estuve satisfecho con el resultado, envié el manuscrito a las editoriales más grandes, después a las medianas, y todas estuvieron unánimemente de acuerdo en rechazarlo. Es una historia muy triste, me dijeron unos. Una loca que mata a su hija no puede caer simpática, opinaron otros. Es un texto demasiado técnico, y a nosotros nos gusta vender libros, apuntó alguno. El argumento más repetido, sin embargo, fue que la película de Fernán Gómez había liquidado la historia de Aurora, que la había exprimido como a un limón al que ya no le quedaba ni una gota más de zumo. Como mucho, me interesaría un libro sobre la hija, me había sugerido el último, pero ¿sobre la madre...? Esa pregunta retórica me animó a probar suerte en otra clase de editoriales, pequeñas, independientes, con catálogos muy personales y misteriosamente exquisitos. Empecé por la que más me gustaba, un sello modesto que publicaba dos colecciones de volúmenes delgados, casi siempre de menos de doscientas páginas, muy focalizados en política, lingüística, ensayo literario y ciencias sociales. Y acerté.

—Me ha parecido interesantísimo, tu historia, la de ella, el reencuentro... Explica los efectos de la dictadura desde un ángulo que no se ha explorado. Demasiadas mujeres, eso sí —se sirvió otro chorrito de whisky y se echó a reír—. No vamos a vender ni una docena.

—Ya —como parecía entusiasmado por su fracaso comercial, me animé a reírme con él—. Eso es lo que me han dicho los demás. De hecho, me imaginaba que en una editorial tan

518

pequeña, aunque os interesara el texto, tampoco os ibais a animar a publicarlo.

—Tú no te preocupes por eso. Estamos bastante bien de dinero —rellenó mi vaso hasta nivelarlo con el suyo—. Parece mentira, pero desde que le ha dado por escribir sobre política... ¡Noam Chomsky nos está haciendo ricos!

Miguel Antúnez había nacido al final de la guerra. Antes de conocerle, sabía que tenía casi veinte años menos que yo, que provenía de una buena familia burguesa, que había empezado a militar en el Partido Comunista de España cuando era un chaval. Al entrar en su despacho, presidido por un grabado de Picasso dedicado a lápiz, me pareció además un progre de manual. Alto, barbudo, desaliñado, llevaba una camisa de cuadros con tres botones abiertos que no acababa de estar completamente dentro, tampoco fuera del todo, de la cinturilla de sus pantalones vaqueros, y fumaba sin parar. Frente a él, yo parecía, hasta para mí mismo, una versión caducada del mismo modelo, un rojo antiguo, bien afeitado, con su traje, su corbata, sus buenos modales. Éramos muy diferentes y, sin embargo, en aquella entrevista nos caímos muy bien. Llegaríamos a ser buenos amigos.

—De todas formas, si conoces a alguien que pueda darnos un empujoncito con el libro, tampoco nos vendría mal.

Habíamos estado juntos, bebiendo whisky y hablando de Aurora, durante más de dos horas, pero Miguel no dejaba de ser editor ni siquiera borracho.

—Haremos una presentación, por supuesto, pero me refiero a la prensa. Llegar a los periódicos, a las radios, nos cuesta mucho trabajo, y mira que lo intentamos. Tenemos una persona que se ocupa de eso, pero es muy difícil. Los grandes grupos son unos cabrones, no dejan espacio para nadie más.

—Un hermano de mi mujer trabaja como fotógrafo en *El País* —propuse casi con timidez—. ¿Quieres que hable con él?

—¡Pues claro, hombre! —me dio una palmada en la espalda que no esperaba y casi me tiró al suelo—. Una entrevista nos ayudaría muchísimo. Con eso igual llegamos a los cincuenta ejemplares, mira lo que te digo...

El 21 de junio de 1957, mi madre llamó al hospital a media mañana. No pude devolverle la llamada hasta la hora de comer y entonces me enteré de que Samuel Goldstein estaba agonizando. Supuse que la hija con la que había hablado era Anna, y ella misma me confirmó por la tarde que no estaban seguros de que su padre llegara vivo al día siguiente pero que, en el peor de los casos, me esperarían para el entierro. Aquella emergencia me obligó a subirme en un avión por primera vez en mi vida.

Al salir del trabajo fui a una oficina de Iberia y descubrí que tenía una única opción para volar a Suiza. Sólo había vuelos directos a Ginebra, ninguno nocturno. El primero del día siguiente despegaba a las once de la mañana y, antes de tomarlo, ya sabía que Samuel había muerto aquella madrugada. Cuando ocupé mi asiento, una azafata se acercó a mí. Hasta que la miré con atención, creí que había venido a consolarme porque llevaba el miedo pintado en la cara, pero me di cuenta de que ya la conocía. Me había fijado en ella muchas veces durante los últimos meses, mientras nos cruzábamos por Cea Bermúdez, o por Isaac Peral, mientras yo iba o volvía del hospital y ella paseaba en un carrito a una niña pequeña.

—¡No me digas que es la primera vez que vuelas! —aparte de eso, debía de haberme visto el miedo en la cara.

—Pues sí, la primera vez —sonreí y le devolví el tuteo—. Fíjate si seré paleto.

Ella se echó a reír, me contó todo lo que se le ocurrió para tranquilizarme y vino a verme varias veces durante el vuelo. Le conté por encima para qué iba a Ginebra y que había reservado una habitación en un hotel cercano al aeropuerto, aunque no sabía cómo sería. Es muy bueno, me aseguró, lo conozco porque es el mismo al que vamos nosotros... Se llamaba Lupe. Era morena, alta y no exactamente guapa, aunque su cara alargada, interesante, provocó en mí un efecto parecido al que una vez me había inspirado el rostro de Pastora. Aparte de eso, le sentaba muy bien el uniforme. Aquella noche, cuando entré en el bar del hotel con la remota esperanza de encontrarla después de asistir al entierro más triste, descubrí que la ropa de calle le sentaba igual de bien.

Cuando llegué a Neuchâtel, las tres hermanas Goldstein seguían en pie de guerra. La muerte de Samuel, lejos de reunirlas, había reavivado sus antiguos rencores. Madame Cohen, vestida de negro de la cabeza a los pies, el rostro cubierto por un velo tan espeso que sólo logré reconocerla gracias a que no se soltó ni por un solo instante del brazo de su marido, había exigido un entierro ortodoxo en un cementerio hebreo. Frau Meier, que no posó sus ojos en los míos ni siquiera cuando la besé en la mejilla después de darle el pésame, solamente quería acabar pronto, marcharse a Alemania y no volver a poner un pie en Suiza durante el resto de su vida. Frau Schumann consiguió que el entierro fuera estrictamente laico, de acuerdo con la voluntad que había expresado el difunto muchas veces, la última cuando ya estaba agonizando. Anna fue la única con la que pude hablar, tomarme un café después del entierro. Else y Rebecca se habían marchado ya cuando fui a darle un beso a su madre. Volví a Ginebra tan desanimado como si yo mismo fuera un funeral andante, pero mi vecina azafata estaba en la barra, tomando un cóctel con una compañera que se levantó para dejarme su taburete y esfumarse en cuanto me vio aparecer. A partir de ahí, todo fue sorprendentemente fácil. A Samuel no le importaría, me dije al descubrir que iba a elegir la alegría de acostarme con ella unas pocas horas después de dejarle en el cementerio. Volvimos a Madrid en el mismo avión y desde entonces apenas nos separamos.

Lupe estaba casada, pero su marido, piloto en la misma línea aérea, la había dejado por otra azafata, con la que se fue a vivir a Barcelona para no volver ni de visita, antes de que naciera su hija. Teresa nunca tuvo recuerdos de un padre que no fuera yo, porque aún no tenía tres años cuando me conoció. Unos meses más tarde, Lupe y yo nos fuimos a vivir juntos, con ella, a un edificio de la calle Francisco de Sales donde a ningún vecino se le pasó jamás por la cabeza que no estuviéramos casados, aunque Teresa me llamó Germán hasta que cumplió siete años.

—Me han dicho en el colegio que ya tengo sentido común —me contó al día siguiente—. ¿Qué es el sentido común?

—Pues... —busqué una manera sencilla de explicárselo—. El sentido común es lo que nos permite comprender bien las cosas, no equivocarnos, saber lo que es peligroso y lo que no lo es, lo que nos conviene hacer y lo que es disparate... Por ejemplo, bañarse en el mar un día de tempestad es no tener sentido común, ¿lo entiendes? —asintió, muy seria—. El sentido común nos ayuda a reconocer una cosa, o a una persona, como lo que en realidad es, sin tomarla por otra distinta.

—Ya, eso me ha dicho la seño, más o menos. Y por eso he pensado que te voy a llamar papá. ¿Puedo llamarte papá?

—Claro —y me emocioné tanto que tardé más de seis meses en volver a regañarla.

Quince años más tarde, cuando el hermano de Lupe vino con una periodista a hacerme la foto para la entrevista que publicaría *El País* a propósito de la salida de mi libro, Teresa se empeñó en sentarse en el brazo de mi butaca.

—Me haría ilusión salir en la foto con mi padre —le dijo a su tío—. ¿Os importa?

—Al contrario —fue su compañera la que respondió—. Así será más bonita, y más atractiva también. ¿Cómo te llamas?

Me hicieron más fotos, más serias, a mí solo, pero en la que publicaron al día siguiente aparecíamos los dos, yo mirando a Teresa, ella sonriendo descaradamente a la cámara.

Y a Miguel Antúnez le encantó.

En el quiosco de prensa de Whitechapel Station solían tener aquel periódico, y me gustaba comprarlo siempre que podía.

Algunos días ni siquiera podía acercarme a mirar la portada, las cosas como son, porque antes de irme a trabajar tenía que levantar a los niños, lavarlos, vestirlos, y Paul se portaba muy bien pero Mickey, que tenía pelusa de su hermano pequeño, se negaba a desayunar casi todas las mañanas, y al final teníamos que correr para llegar al colegio mientras ya estaba sonando el timbre.

Cuando me quejaba, mi marido insistía en que no hacía falta que trabajara porque ya ganaba él suficiente dinero para mantenernos a todos, pero yo nunca quise ni oír hablar de eso, pues anda, claro, no faltaba más, con lo que me había costado sacarme el título de enfermera y lo bien que estaba en el Royal London Hospital. Total, que me guardaba las quejas para mí misma, me iba a trabajar todas las mañanas y, de vez en cuando, me compraba *El País* por el camino, lo hojeaba en el descanso, a media mañana, y lo leía después, tranquilamente, por la tarde.

A veces, miraba mi vida y no me la podía creer. Sentía que una de sus dos mitades tenía que ser mentira, que era imposible que la nieta del jardinero del manicomio de Ciempozuelos, aquella niña que le daba vueltas y vueltas a un globo terráqueo cuando era pequeña para no haber llegado nunca más lejos de Madrid, hubiera podido convertirse en Mrs. Sharp, la enfermera que vivía en Hanbury Street, East London, hablaba inglés como una nativa, a lo sumo con un ligerísimo acento oriental, y había estado media docena de veces en la India. Sin embargo, yo era esas dos mujeres. Y no había sido tan difícil.

Cuando llegué a Mallorca, Augusto Picornell, que se portó conmigo como un padre, me buscó trabajo en una clínica privada, pequeña, que era propiedad de un médico británico. En invierno, no se distinguía del resto de las clínicas de la isla, pero en verano teníamos pacientes de muchas nacionalidades que casi siempre venían con pequeños problemas, insolaciones, gastroenteritis, otitis, intoxicaciones diversas, cuadros que podían ser muy dolorosos para ellos pero que para mí, acostumbrada a la rutina de un manicomio de mujeres, apenas representaban un catálogo de nimiedades, de contratiempos sin importancia. Allí me encontraba muy bien, pues anda, claro, mucho mejor que en Ciempozuelos, la verdad. La única condición que me puso mi jefe fue que aprendiera inglés y lo logré bastante deprisa, porque mi compañera de piso era una enfermera de Birmingham que acababa de llegar y no sabía hablar español.

En el verano de 1958 conocí a los Hamilton. Él era poco mayor que ella, aunque estaba muy cascado. Tenía una empresa con sedes en Manchester y en Gibraltar, y se había encargado de construir la base americana de Morón de la Frontera, cerca de Sevilla. Cuando estaban en Mallorca, de vacaciones, tuvo un derrame cerebral más fuerte que el de mi abuela y cuando ingresó lo dimos por perdido. Estuvo cuarenta y ocho horas coqueteando con la muerte pero sobrevivió, fíjate, y en condiciones mucho mejores que las de ella, o peores, vete a saber. No podía hablar, ni mover la mayor parte del cuerpo, pero recuperó la consciencia, aunque estaba tan débil que siguió ingresado casi cuatro meses, hasta que los médicos lo autorizaron a subir en una camilla al avión que lo devolvería a su casa.

—Vente con nosotros, María —su mujer, a la que todos conocían como Dolly, se llamaba Dolores, porque era hija de un argentino y de una inglesa—. Manchester no es tan bonito como esto, lo reconozco. Allí hace frío, el cielo es gris y llueve mucho, pero estoy dispuesta a pagarte el sueldo que me pidas, lo que quieras, te lo prometo. Yo no sé comunicarme con Richard, pero tú lo entiendes muy bien, y lo único que tendrías que hacer es ocuparte de él, lavarle, darle de comer y esas cosas, nada más. Yo ya estoy vieja, María, tengo casi setenta años. Me faltan las fuerzas para moverle, me hago un lío con las dosis de las medicinas, no sé lo que quiere decirme cuando hace esos ruidos... —en ese momento se le llenaron los ojos de lágrimas—. Nuestro único hijo vive en Gibraltar, no tengo cerca a nadie que pueda ayudarme y me da mucho miedo volver a casa sola.

—Me lo pensaré —su desamparo me conmovió tanto que esas tres palabras salieron de mi boca sin que las hubiera pensado antes—. Ya le diré lo que he decidido.

—¡Ay! Dime que sí, por favor.

Yo siempre había querido ver mundo, y el pasaporte de María Isabel Villar Rodríguez estaría en vigor hasta 1961. Eso fue lo que me decidió a aceptar porque, si no me gustaba Manchester, tendría tres años para volver. Y aunque allí fue donde, al fin, logré matricularme en una escuela de Enfermería, la verdad es que Manchester no me gustó, pero el capataz que dirigió la reforma de la casa de los Hamilton sí. Y mucho, las cosas como son.

Se llamaba Michael Sharp pero era moreno como un gitano, los ojos del color del carbón, los labios gruesos, los dientes muy blancos. Llamaba la atención en aquella cuadrilla de hombres crudos, con la piel del mismo rosa pálido que la de los cochinillos que había visto colgados en las carnicerías. Él no se ensució las manos mientras los demás tiraban tabiques, ampliaban un cuarto de baño y modificaban el salón para instalar el dormitorio principal en la planta baja. Tardaron dos meses más de lo previsto, pero yo celebré cada día de retraso, pues anda, claro, porque cuando se marcharon, ya había empezado a salir con Michael los sábados por la noche.

Él había nacido en Manchester, igual que su padre, pero su familia materna era hindú. Su abuelo bengalí, que había fundado un negocio de importación de artículos de la India que abastecía a la mitad de las tiendas de Brick Lane, murió aquel invierno, y mi futura suegra hizo valer su parte de la herencia para conseguir que nombraran a Michael jefe de una de las secciones de la empresa. Cuando lo logró, a mediados de 1960, se mudó a Londres. Quería que nos casáramos antes, pero yo no podía dejar sola a Dolly mientras Richard agonizaba lentamente. Su apego a la vida retrasó mi boda hasta el mes de marzo de 1961, y ahí se empezaron a torcer las cosas. Mi suegro nunca decía nada, porque la que mandaba en casa era su mujer, pero ella pensaba que, a los veintiocho años, yo era una novia demasiado mayor. Michael se empeñó en que tuviéramos hijos enseguida para desmentirlo y, como los dos fueron varones, mi suegra se quedó encantada conmigo, pero su alegría no duró demasiado. Nunca me perdonó que siguiera estudiando para acabar la carrera mientras criaba a mis hijos, y menos aún que encontrara trabajo justo después de dejar de amamantar a Paul.

—¿Qué estas leyendo? —el día que vi aquella foto en el periódico, me quedé tan pasmada que no oí los pasos de Michael cuando volvió a casa.

—Nada —le respondí, mientras lo metía debajo de un cojín del sofá—. ¿Qué quieres tomar, tienes hambre?

Michael era bueno y me quería mucho. Yo lo sabía, y le quería mucho a él, pero sólo éramos completamente felices en vacaciones, cuando nos íbamos de viaje los dos solos, con los niños. Entonces volvía a ser el chico del que me había enamorado en Manchester, divertido, despreocupado y buen bailarín. Pero antes o después volvíamos a Londres, y en Londres mi marido era incapaz de resistirse a la influencia de su gigantesca y pesadísima familia, pues anda, claro, no faltaba más, porque no le dejaban en paz, y ya no parábamos de discutir hasta las vacaciones del año siguiente. Que si las mujeres de sus primos no trabajaban, que si mi lugar estaba en casa, con los niños, que si lo que hacía era poner en duda todo el tiempo su virilidad, su capacidad para mantener a sus hijos, y yo pensaba, anda, que haberme ido de España para aguantar esto, a quien se lo cuentes... Total, que nos pasábamos la vida discutiendo pero sin pasarnos de la raya, con miedo de decir algo que echara a perder lo que los dos queríamos conservar a toda costa, y eso me agotaba más que el hospital, más que lidiar con la casa, con los niños. Y sin embargo, nos queríamos mucho. Yo no quería otro marido que Michael, él no quería más mujer que yo, y a veces hasta pensaba en hacerle caso, fíjate, en dejar de trabajar, despedir a la asistenta, ir a clases de hindi y hacer cursos de cocina bengalí, como mis cuñadas. Lo pensaba, pero enseguida comprendía que, si lo hacía, no íbamos a estar mejor, porque yo estaría peor, las cosas como son. Y tampoco dejaríamos de discutir, pues anda, claro, porque acabaría echándoselo en cara cada dos por tres. Así, de pelea en pelea, de reconciliación en reconciliación, iba pasando nuestra vida. Si alguien me hubiera preguntado si era feliz, no habría sabido qué contestar. Si hubiera dicho que sí, habría mentido. Si hubiera dicho que no, habría mentido igual.

Por eso me afectó tanto la foto de Germán Velázquez que vi en *El País*, y cuando pude leer la entrevista, que tuvo que ser al día siguiente, en el hospital, porque a Michael no le gustaba que leyera periódicos españoles, me emocioné mucho más. Primero, porque hubiera escrito un libro sobre doña Aurora. Después, porque me citaba un par de veces. Y luego por la chica, que en el pie de foto venía muy claro que era su hija, y a ver... ¿De dónde había salido esa hija, que ya había acabado la carrera, y era bióloga y todo, si en 1956 Germán no tenía ni novia? Lo que sí tenía en la foto, aparte de una hija tan mayor, era muy buen aspecto, fíjate, como de hombre al que le hubieran ido bien las cosas, que cuando le conocí, no parecía que fuera a pasarle nunca, la verdad. Y me alegré, pero me dio pena al mismo tiempo, o sea, no por él, sino por mí, por lo que podríamos haber vivido los dos juntos, pues anda, claro, aunque vete a saber...

Al salir de trabajar, entré en una librería, a preguntar si podría encargar un libro español y me dijeron que no, pero me dieron la dirección de otra especializada en libros extranjeros.

La madre de Frankenstein tardó casi dos meses en llegar a Londres. Después de recogerlo, me senté en un banco, abrí el paquete, y empecé a hojearlo casi con miedo.

La dedicatoria estaba en la tercera página.

A Lupe, todo.
A Teresa, siempre.
Y a María Castejón, por la compañía.

En palabras de Miguel Antúnez, la presentación fue un exitazo.

Los ciento veinte asientos de la sala estaban ocupados y había unas diez personas de pie, al fondo. Todos aplaudieron con mucha disciplina a Eduardo Méndez, que había escrito para presentarme un par de folios tan elegantes y divertidos como él, y después a mí.

En la primera fila, al lado de Lupe, estaba José Luis Robles con su mujer. Un poco más atrás se había sentado Maroto, flamante afiliado a la UCD que no se atrevió a decirme que era demócrata de toda la vida, como iba contando por ahí, pero me dio un abrazo muy aparatoso, por si lograba convencer a alguien de que éramos amigos. Me alegré mucho más de ver a Roque Fernández Reinés, que había renunciado a su primer nombre pero acababa de recuperar su apellido compuesto, y a Carlos Suárez. Ambos se habían quedado en Ciempozuelos, pero Rodrigo Cabrera, que se había venido conmigo a la Concepción, estaba allí también, aunque nos viéramos todos los días. A la derecha, mi hija Teresa se había sentado con Rita y con mis sobrinos. Mi cuñado, Rafa o Guillermo, según con quien hablara, estaba una fila más atrás con Pepe, que ya tenía apellidos, el primero Moya, el segundo Aguilera.

—No te lo vas a creer —me había confesado media hora antes del acto, mientras nos tomábamos una caña en el bar del Círculo de Bellas Artes—, pero no he podido encontrarla porque nadie se acuerda ya del nombre que venía en la documentación con la que se marchó. Como lo hicimos todo nosotros, no consta en ningún archivo, y han pasado tantos años que... Lo más seguro es que se haya quedado a vivir en el extranjero, porque los Picornell no han vuelto a tener noticias suyas, pero de todas formas... Menuda chapuza, ¿a que te parece increíble?

—No —le sonreí—, porque no me acuerdo ni yo.

—Hay que ver... ¡Qué malo es hacerse viejo!

Nos echamos a reír y me resigné a echar de menos a María en la presentación de un libro que también era suyo. Hasta que conocí a Lupe, había jugueteado de vez en cuando con la idea de buscarla algún día, pero cuando Rita me contó que se había ido a vivir a Inglaterra, estaba tan concentrado en Lupe, tan satisfecho con mi nueva vida, que se me olvidó hasta de que me lo había contado. Durante más de veinte años, aquella chica que sabía a yema batida con azúcar no dejó de estar presente en mi memoria, aunque nunca la eché de menos. Sólo al escribir la dedicatoria del libro, comprendí que no estaría terminado hasta que ella lo leyera, y me propuse buscarla, pero no la encontré.

Al acabar la presentación, mi editor estaba eufórico, porque habíamos vendido cincuenta y dos ejemplares.

—A este paso, vamos a tener que hacer una segunda edición —auguró antes de invitarnos a cenar para celebrarlo, y pocos días después, en efecto, la hizo, pero tuvo que saldarla casi entera.

En total, se vendieron quinientos setenta y tres volúmenes de *La madre de Frankenstein*.

Si alguien hubiera podido asegurarme que María Castejón lo había leído, no me habría importado que fueran tan pocos.

La historia de Germán
Nota de la autora

En 1989, el año en que me convertí en escritora, yo era una chica muy pedante que sabía mucho menos de lo que le gustaba aparentar. Gracias a esta combinación de defectos, Aurora Rodríguez Carballeira entró en mi vida.

Por aquel entonces, la novela gótica estaba muy de moda. A principios de los ochenta, una reedición de *Melmoth el errabundo*, de Charles Maturin, se había convertido en un modesto *best seller* que estimuló la publicación de otras obras clásicas del mismo género, entre ellas *El manuscrito hallado en Zaragoza*, de Jan Potocki, que leí poco después de acompañar a Melmoth en su vagabundeo. Por esa razón me fijé en un volumen que había llegado a las mesas de las librerías al mismo tiempo que mi primera novela. Se titulaba *El manuscrito encontrado en Ciempozuelos*, y supongo que estar en condiciones de relacionarlo con la novela de un autor polaco nacido en el siglo XVIII resultaría muy gratificante para mi pedantesca autoestima. Aquel libro encuadernado en tapa blanda, de color verde claro, formaba parte de una colección titulada Genealogía del Poder, perteneciente al catálogo de una pequeña editorial, La Piqueta, completamente desconocida para mí. ¡Ah!, pero en la portada, junto con una fotografía de una mujer joven sobre la que se superponía otra, de una señora con cara de general romano, aparecía un fotograma de una antigua adaptación cinematográfica de *Frankenstein*, inspirada en la novela de Mary Shelley, que también había leído. En resumen, el conjunto me pareció lo suficientemente gótico como para sustentar el impulso de comprar un libro que me ha acompañado desde entonces. La fascinación que me inspiraron la figura y la historia de Aurora Rodríguez Carballeira no ha hecho más que crecer a lo largo de los últimos treinta años.

Sin aquel libro, nunca habría existido este. Entre las deudas de gratitud, y son muchas, que he contraído a lo largo de la escritura de *La madre de Frankenstein,* ninguna es tan profunda como la que me vincula a su autor, el psiquiatra y ensayista asturiano Guillermo Rendueles Olmedo, que completó parte de su formación como psiquiatra residente en el manicomio de mujeres de Ciempozuelos en los años setenta del siglo pasado. Allí siguió participando en el movimiento de renovación psiquiátrica que cuestionaba los métodos de la psiquiatría tradicional para promover una transformación del tratamiento de las enfermedades mentales, una corriente severamente reprimida por la dictadura franquista. Cuando Guillermo llegó a Ciempozuelos, su militancia le había costado ya el despido de su primer destino, el Hospital Psiquiátrico de Oviedo, para abocarle a hacer el servicio militar como represaliado en la isla de La Gomera.

El manuscrito que el felizmente incorregible Rendueles encontró en Ciempozuelos, y que da título a su libro, es la historia clínica número 6.966 de ese establecimiento, la historia de Aurora Rodríguez Carballeira. Se trata de un documento sorprendentemente breve, pero tan sustancioso que inspiró en su rescatador un análisis exhaustivo, brillante y conmovedor, un texto irresistible que se lee casi como una novela. Además aporta, o al menos aportó a la lectora que escribe estas líneas, preciosos indicios acerca del impacto de la asfixiante moral nacionalcatólica sobre la vida privada de las internas de los manicomios, y por extensión, de las mujeres que vivieron en la España de posguerra.

Si existen obras capaces de cambiar la idea del mundo que tenían sus lectores antes de conocerlas, esta desde luego es una de ellas, hasta el punto de que no sería capaz de enumerar todos los datos, detalles e incluso ideas de Guillermo Rendueles que me he ido apropiando mientras leía y releía su libro. Y mientras escribía el mío.

La madre de Frankenstein es una novela de ficción construida sobre hechos reales. Mi inspiración original fue, desde luego, la vida y la muerte de Aurora Rodríguez Carballeira, una realidad que parece un alucinante, incluso delirante, argumento de ficción. Porque alrededor de la madre de Hildegart, de su vida, de su crimen y su destino, se fueron trenzando un buen número de historias, algunas falsas y muy hermosas, otras ciertas y mucho más feas.

Entre las primeras, destaca sin duda la fabulosa toma de Ciempozuelos acometida por Gustavo Durán en algún momento de la batalla del Jarama, que tuvo lugar entre el 6 y el 27 de febrero de 1937. En su libro de memorias, *La arboleda perdida*, Rafael Alberti cuenta un hermoso y frustrado episodio de amor filial que conquistó un éxito sólo comparable con su belleza. La madre de Gustavo Durán, doña Petra Martínez Sirera, vivía en efecto recluida en el manicomio de mujeres de Ciempozuelos. Su marido había conseguido ingresarla allí cuando sus hijos todavía eran pequeños, con el pretexto de sus desórdenes de ánimo. No es extraño que doña Petra estuviera deprimida, porque don José Durán nunca dejó de darle disgustos. Aquel hombre atractivo, inteligente, brillante, era muy mujeriego y algo más, un putero contumaz, habituado a simultanear la vida familiar con diversas relaciones paralelas hasta que decidió retirar a una joven prostituta con la que ya tenía una hija. Para librarse de su esposa legítima, la triste pero perfectamente cuerda doña Petra, la inhabilitó y consiguió recluirla en el manicomio. Su hijo Gustavo no se lo perdonó jamás.

El relato de la vida del comandante Durán, un hombre extraordinario al que André Malraux tomó como modelo para el protagonista de su célebre novela *L'espoir,* y a quien Ernest Hemingway citó por su nombre en la aún más célebre —para desgracia de la causa republicana— *¿Por quién doblan las campanas?,* excede con mucho la extensión de esta nota. El lector interesado en saber más del joven compositor que en 1927, a los veintiún años, logró que la famosísima Antonia Mercé, «La Argentina», estrenara su ballet *El fandango del candil,* para abandonar la composición poco después y descubrir en julio de 1936 un insospechado talento militar, debe leer *Comandante Durán.* Javier Juárez desentraña en este libro las claves de un personaje tan admirable como insólito, a quien su amigo Luis Buñuel consideraba el único homosexual auténtico de su pandilla de la Residencia de Estudiantes —porque en lugar de escandalizar en los cafés con poses afectadas, se acostaba con obreros sin dar publicidad a sus encuentros— antes de que, al alistarse en el Quinto Regimiento, se convirtiera en la excepción a la proverbial homofobia de su partido, el PCE.

Volviendo a Ciempozuelos, Rafael Alberti afirma que Gustavo se planteó la toma del manicomio de mujeres desde el primer momento, para fracasar en la operación más importante de su carrera militar, porque logró tomar el pueblo, pero no pudo rescatar a su madre. Existen dos versiones distintas de esta derrota sentimental. En la segunda parte de sus memorias, el poeta cuenta que cuando los hombres de Durán llegaron al hogar de doña Petra, encontraron el edificio vacío. Las internas habían huido detrás de un «loco vestido de blanco», que encabezaba una columna de enfermos fugitivos enarbolando una gran bandera monárquica. Otra versión propone un final más dramático. Los rebeldes, antes de abandonar la posición, abrieron todas las puertas del sanatorio para que las pacientes escaparan del recinto y corrieran despavoridas, embutidas en sus batas blancas —sólo en este color coinciden ambas versiones— hacia el escenario de la ofensiva. Así, los hombres de Durán habrían matado a la madre de su jefe y a sus compañeras de infortunio al confundirlas con una desbandada de regulares, las tropas marroquíes de Franco, que también vestían de blanco.

Mientras en la zona republicana corría la triste historia de doña Petra muerta o huida, desterrada por un malévolo azar a regiones inalcanzables para los amorosos brazos de su hijo Gustavo, en la zona rebelde circulaban otras que estremecían de horror los oídos de las personas de orden. Los periódicos publicaban que los rojos estaban abriendo las puertas de todas las cárceles y manicomios de su zona, para que los dementes, los criminales, la gentuza de la peor especie, vagara a sus anchas, robando, matando, destrozando cuanto encontraba a su paso. Luego, como consecuencia tal vez de la derrota, esta noticia traspasó la frontera de su territorio original para extenderse por los círculos de ambos exilios republicanos, dentro y fuera del país.

En la exacta intersección entre el edificio vacío que encontraron los hombres de Durán y la criminal irresponsabilidad de las autoridades republicanas, se forjó el último capítulo de la leyenda de doña Aurora Rodríguez Carballeira, la interna más famosa del manicomio femenino de Ciempozuelos, la mujer rica, de buena familia, muy culta, muy inteligente, muy progresista, muy feminista, muy bien relacionada, que el 9 de junio de 1933 disparó cuatro veces a su hija Hildegart, reivindicando su derecho a destruirla igual que un escultor destruye un boceto que no le satisface, con la intención de empezar de nuevo. Para comprender las dimensiones del impacto que este crimen produjo en la sociedad española de la época, es imprescindible conocer a su víctima, Hildegart Rodríguez Carballeira, que nació en Madrid, en diciembre de 1914, y apenas conoció a su padre. Educada en casa por su madre, desde muy pequeña ofreció síntomas de una extraordinaria inteligencia. Aprendió a leer a los dos años, a escribir a los tres, ingresó en la Universidad Central de Madrid a los trece y a los dieciocho ya era abogada. Sus numerosos artículos y libros —que Aurora siempre reivindicó como obra propia firmada por su hija— la convirtieron en la líder juvenil más influyente y celebrada de la izquierda española. Su activismo feminista y a favor de la eugenesia —que la impulsó a fundar, junto con su madre y otros promotores, la sección española de la Liga Mundial para la Reforma Sexual— llamó la atención de H.G. Wells y Havelock Ellis. El 9 de junio de 1933, después de que manifestara su voluntad de irse de casa y de aceptar una invitación para viajar sola al Reino Unido, donde planeaba una serie de conferencias, su madre la mató mientras dormía, le disparó cuatro tiros con un revólver. Juzgada y condenada, Aurora ingresó primero en la cárcel de Ventas y al cabo de dos años, en virtud de un dictamen psiquiátrico solicitado por el director de la prisión, fue recluida en Ciempozuelos.

El Estado franquista jamás desmintió los rumores que circularon sobre Aurora. Se podría decir incluso que los alentó. En *Usos amorosos de la postguerra española,* Carmen Martín Gaite reproduce un fragmento de un artículo de *El Español* que, en 1943, cita a la madre de Hildegart como ejemplo del más indeseable extravío del ideal de «mujer muy mujer», sumisa, hacendosa, beata e incansable paridora de hijos, que promovía la Sección Femenina. Pero no dice ni una sola palabra del destino de «aquella nietzchiana dama roja de los paseos eugenésicos por las rondas de Madrid en pos del garañón padre, ideal del superhombre que quiso concebir». Para los propagandistas del régimen franquista, nada habría sido más fácil que averiguar dónde estaba Aurora, pero no se tomaron esa molestia ni siquiera para asustar a las lectoras de las revistas femeninas de la época. Se diría que el modelo de mujer que representaba les seguía dando tanto miedo que preferían hablar de ella en pasado.

Mientras los que podrían haber hablado guardaban silencio, quienes no tenían acceso a información alguna elaboraron sus propias fantasías, confundiendo sus deseos con la realidad. Como si concedieran crédito a la liberación masiva de presos y enfermos mentales publicitada durante la guerra por los medios afines al Gobierno de Burgos, tanto los republicanos condenados a seguir viviendo en España como los que pudieron escapar para rehacer su vida al otro lado de los Pirineos, o del Atlántico, difundieron la noticia de que Aurora Rodríguez Carballeira seguía viva y en libertad, oculta en algún lugar, dentro o fuera del país, con documentación falsa.

El periodista Eduardo de Guzmán confirmó esa versión en 1973 al publicar *Aurora de sangre,* el libro que reúne los cuatro reportajes que publicó en el diario *La Tierra* a lo largo del verano de 1933. De Guzmán, que entrevistó a Aurora en la cárcel de Quiñones por petición expresa de la parricida, confiesa en las últimas líneas de su obra que ignora lo que puede haber sido de ella después de que «según parece, en 1936 y en los días confusos y caóticos del comienzo de la Guerra Civil, sale o escapa de su prisión». A continuación señala que es posible que haya muerto, pero que no se puede descartar que haya sobrevivido. «Que con su nombre propio o con cualquier otro que haya podido adoptar, siga envejeciendo dentro o fuera de España, rodeada de gentes que nada saben de la historia veraz y alucinante de Aurora Rodríguez Carballeira.»

La consecuencia más relevante de la publicación de *Aurora de sangre* tuvo lugar en 1977, cuando se estrenó *Mi hija Hildegart,* un largometraje dirigido por Fernando Fernán Gómez cuyo guion, firmado por Rafael Azcona y el propio Fernán Gómez, se inspira en el libro de De Guzmán, cuyo personaje interpretó en la pantalla el actor Manuel Galiana. El final de la película, que tuvo mucho éxito en la España de la Transición, insiste en la posibilidad de la fuga y desaparición de la madre de Hildegart, que siguió cosechando adeptos en el futuro.

El más significativo es Fernando Arrabal, que casi una década después dio el mismo título, *La virgen roja,* a dos de sus obras, el drama que estrenó en 1986 en un pequeño teatro de la calle Cuarenta y dos, en Nueva York, y la novela que publicó en España al año siguiente. El interés de este autor por la historia que ya habían contado De Guzmán y Fernán Gómez tiene sólidos motivos autobiográficos. Arrabal, que a los once años ganó el primer premio de un concurso de niños superdotados organizado por el régimen franquista, ha vivido siempre a la espera de conocer el destino de su padre, Fernando Arrabal Ruiz, teniente del ejército que, el 17 de julio de 1936, se mantuvo fiel a la

República en Melilla, donde estaba destinado. Detenido y condenado por los golpistas triunfantes en el norte de África, el teniente Arrabal pasó por diversas cárceles hasta llegar al penal de Burgos. El 29 de diciembre de 1942 logró escapar del hospital de aquella ciudad, al que había sido trasladado unos días antes tras fingir un brote de enfermedad mental. El fugitivo, vestido apenas con un pijama, se esfumó sólo unas horas después de un temporal que había dejado más de un metro de nieve en los campos que rodeaban la ciudad, y las autoridades jamás le encontraron, ni vivo ni muerto, pese al ahínco con el que le buscaron durante años. Quizás por eso, en la noche del estreno mundial de *La virgen roja*, su hijo Fernando esperaba que una señora muy mayor se le acercara al terminar la función para confesarle con una sonrisa que ella era Aurora Rodríguez Carballeira, y alimentar así la esperanza de que su propio padre siguiera vivo, a salvo.

Habría sido bonito.

Todas las historias trenzadas alrededor de la figura de Aurora y el manicomio de mujeres de Ciempozuelos son bonitas.

Pero, como suele suceder en España con esa clase de historias, ninguna es cierta.

La verdad, ya lo he advertido un poco más arriba, es mucho más fea.

Gustavo Durán nunca reconquistó Ciempozuelos. Aunque en la zona centro la guerra duró casi tres años, el legendario comandante del Quinto Regimiento no llegó a acercarse siquiera, en ningún momento, al manicomio donde su madre vivió recluida hasta su muerte. Después, su tenaz, constante amor filial se exilió con él en un carguero británico que zarpó del puerto de Gandía en los últimos días de marzo de 1939, cuando las tropas franquistas estaban a punto de tomar Valencia.

Al parecer, el comandante Durán, que nunca volvió a España, no estaba demasiado interesado en su propio personaje. No sólo no escribió sus memorias. Tampoco narró, alentó o confirmó en ningún momento el episodio de la amorosa toma de Ciempozuelos que Rafael Alberti elevó al rango de leyenda. Pese a la insistencia con la que se ha reproducido ese relato, lo cierto es que el ejército rebelde entró en Ciempozuelos el 6 de febrero de 1937, es decir, en la primera jornada de la batalla del Jarama. Después, las tropas republicanas, muy diezmadas en aquel sector, ni siquiera hicieron el amago de reconquistar el pueblo, que permaneció en manos franquistas hasta el final de la guerra. No existe nada más poderoso que una bella historia, pero tal vez, en el éxito de esta haya influido su contribución a tapar una historia muy fea.

El acontecimiento más relevante que tuvo lugar en Ciempozuelos durante la guerra civil fue una masacre atroz e incomprensible, fruto sangriento del odio anticlerical que sacudió la zona republicana en los meses inmediatamente posteriores al golpe de Estado del 18 de julio de 1936, cuyo fracaso desencadenó el conflicto. Fue atroz porque les costó la vida a treinta y dos personas, ejecutadas sin juicio y sin sentencia. Fue incomprensible porque, entre todas las órdenes religiosas asentadas en España, la Hospitalaria de San Juan de Dios era seguramente la menos susceptible de inspirar el furor homicida que le tocó padecer. En julio de 1936, los hermanos hospitalarios no se dedicaban a adoctrinar niños, ni a conspirar con la Curia, ni a llamar a la rebelión contra la República desde el púlpito de las misas dominicales. Su propósito, desde la fundación de su orden hasta nuestros días, consiste en acoger y cuidar a las personas de las que nadie más quiere ocuparse, enfermos mentales, deficientes, leprosos, adictos, personas desahuciadas por la medicina, por la sociedad, o por ambas a la vez. De la crónica de los hechos, aun confusa, cabe concluir que los atacaron porque eran un blanco fácil.

El 31 de julio de 1936, cuando no habían pasado ni dos semanas desde el inicio de la rebelión, el Ayuntamiento de Ciempozuelos se incautó del manicomio masculino situado en su término municipal. El concejal Tomás García, conocido como «Caramulas», fue nombrado gerente del sanatorio, cuyo jefe de personal pasó a ser otro concejal, Vicente Sánchez Rodríguez, de mote aún más temible, «Satanás». En aquel momento, las medidas que tomó la nueva dirección se limitaron a suspender el culto, los símbolos religiosos y los sacramentos a los enfermos. El 6 de agosto se realizó un registro de todo el edificio y se encontraron algunos fusiles. En el Archivo Hospitalario editado por la Fundación Juan Ciudad, de la Orden Hospitalaria de San Juan de Dios, en el año 2005, consta que los hermanos justificaron la propiedad de las armas alegando que las utilizaban «para la instrucción militar» (sic), argumento sobre el que no conocemos más detalles y que probablemente resultó decisivo para la suerte que corrieron. El 7 de agosto, los religiosos fueron detenidos y sustituidos por los enfermeros que trabajaban en el centro. Al día siguiente, cincuenta y tres hermanos de San Juan de Dios fueron trasladados a Madrid. Los días 13 y 19 de agosto se produjo la ejecución de algunos de ellos. Sólo quedaron en Ciempozuelos cinco hermanos, que realizaban trabajos específicos para los que la nueva gerencia no encontró sustitutos. Fueron ellos quienes, el 25 de octubre, junto con los enfermeros del centro, dirigieron una exitosa fuga en la que los acompañaron muchos internos, aunque recientes investigaciones sugieren que pudo no haber sido tan masiva como se ha creído durante años. Los días 28 y 30 de noviembre, siempre en 1936, fueron fusilados otros de sus compañeros. Al acabar la guerra, el número de hermanos de San Juan de Dios de la comunidad de Ciempozuelos asesinados a lo largo del conflicto ascendía a treinta y dos.

Pero todo esto ocurrió en el manicomio de hombres de la citada localidad. En el de mujeres, situado a una distancia que puede recorrerse a pie en poco más de diez minutos, la guerra no causó la menor alteración en la vida de las internas. Aunque oficialmente las Hermanas Hospitalarias pasaron a trabajar bajo la misma dirección que se ocupó del establecimiento masculino, sus nuevos responsables apenas lo visitaron al principio, para conocer las instalaciones y presentarse. Después no volvieron a interesarse ni por las locas ni por las cuerdas, ni por las monjas ni por las trabajadoras seglares que, en teoría, estaban a su cargo. Las habitantes del margen del margen, en primer lugar mujeres, después enfermas mentales, no les parecieron importantes ni siquiera como posible objeto de canjes o represalias. Dos años después de la toma de Ciempozuelos por las tropas rebeldes, se produce el único hecho bélico reseñable. En el invierno de 1939, en una fecha muy cercana a la caída de Madrid, en un día en el que no había ningún plan de vuelo programado, un solitario avión franquista bombardeó el manicomio femenino causando la muerte de siete internas. No está claro si fue un error, un accidente, o una decisión personal del piloto. En cualquier caso, Aurora Rodríguez Carballeira no estuvo entre las víctimas.

Porque Aurora jamás se fugó de Ciempozuelos. Ningún gobierno republicano ordenó abrir las puertas de todas las cárceles y manicomios de su zona, para que delincuentes y enfermos mentales se dedicaran a sembrar el terror. Eso es pura propaganda franquista, tan falsa como el papel asignado a la parricida más célebre de la historia de España en la más dramática de las versiones de la ficticia ofensiva del coronel Durán. Aurora no se quedó tranquilamente sentada en su habitación mientras el resto de las internas, vestidas de blanco, corrían despavoridas hacia las tropas que mandaba el hijo de una de ellas, porque eso jamás llegó a suceder. Lo cierto fue que la más célebre de las compañeras de la madre de Gustavo no sólo no dispuso de la menor oportunidad de escapar. Tampoco la deseó durante casi una década, el plazo de su idilio con la institución en la que estaba recluida. Después, reclamó su puesta en libertad en vano, requirió que se solicitara un indulto en su nombre, manifestó su disgusto con las hermanas, con los psiquiatras, con las condiciones de su reclusión, pero la idea de fugarse no se le pasó siquiera por la cabeza.

La madre y asesina de Hildegart Rodríguez murió en el olvido hasta el punto de que no existe acuerdo acerca del año en el que se produjo su muerte. La periodista, profesora e investigadora Rosa Cal, primera biógrafa de Aurora, cuya vida estudió en un libro publicado en 1991 y titulado *A mí no me doblega nadie,* sitúa su muerte el día 28 de diciembre de 1955. Sin embargo, Guillermo Rendueles, en *El manuscrito encontrado en Ciempozuelos,* y otros autores, como Carmen Domingo en *Mi querida hija Hildegart,* retrasan su muerte un año, hasta el día de los Inocentes de 1956. La efeméride es indiscutible porque una de sus compañeras de infortunio, Margarita M., escribió un poema en honor de «la mujer exquisita que se fue con las primeras violetas», en cuyo primer verso califica la muerte de Aurora como una inocentada.

No he encontrado información sobre las razones de esta discrepancia. Es cierto que la última anotación de la historia clínica de Aurora —«No hay modificación. Salvo en su tendencia a la demencia»— lleva la fecha del 4 de mayo de 1955, pero también lo es que, además de 1940, hubo otros años en los que no se añadió ni una sola línea al documento. Así ocurrió en 1947 y en 1949. Por otra parte, durante la última década de la vida de Aurora, las anotaciones fueron tan sucintas que a menudo constan de una sola frase entre las que se repiten tres, «No quiere venir a vernos», «No quiere nada con nosotros», «No quiere venir al despacho», como única observación de un año entero. No parece extraño, por tanto, que 1956 transcurriera sin que se consignara una sola palabra en la historia clínica de aquella paciente. Pero si he preferido situar la muerte de mi personaje en aquel año, en lugar de en 1955, no ha sido sólo por la lealtad que debo a Guillermo Rendueles, ni por la confianza que me inspira un autor que trabajó como psiquiatra en el manicomio de mujeres de Ciempozuelos y tuvo acceso directo a sus archivos, como demuestra el hecho de que fuera él quien publicó la historia clínica de Aurora Rodríguez Carballeira. También escogí 1956 porque, al relacionar esa fecha con las del descubrimiento y el desarrollo de la clorpromazina, descubrí que se ajustaba mucho mejor a la cronología de mi novela. Y en este punto, llega el momento de reconocer mi otra gran deuda.

Si *La madre de Frankenstein* nunca habría existido sin *El manuscrito encontrado en Ciempozuelos*, Germán Velázquez Martín no habría llegado a nacer sin *Pretérito imperfecto* y *Casa del Olivo*, los dos tomos de memorias que Carlos Castilla del Pino publicó, respectivamente, en 1997 y 2004.

Carlos, a quien tuve la suerte de conocer bastante bien muchos años antes de saber que algún día se convertiría en alguien tan importante para mí, nació en 1922. Es dos años más joven que Germán, y sin embargo lo he convertido en su tutor. En ese sentido, tanto el relato de su juventud y su formación como los obstáculos que accidentaron su carrera profesional, me han resultado también muy útiles para conformar en parte a otros personajes. Cuando intenta explicarle a Germán en qué país vive, Eduardo Méndez le debe tanto a Carlos como José Luis Robles al salir derrotado del despacho del director general de Sanidad.

Yo le debo mucho más. Desde la noticia de la clorpromazina hasta la revelación de la existencia del Sanatorio Esquerdo, sorprendentemente desconocido para una madrileña profesional como yo. Desde la descripción de los Cursillos de Cristiandad hasta el retrato de los psiquiatras que decidieron el rumbo de su especialidad en la España de Franco, Antonio Vallejo Nájera, coronel del Ejército Nacional, y Juan José López Ibor, miembro del Opus Dei, sendos representantes de los dos grandes pilares del engendro ideológico conocido como nacional-catolicismo, enemigos irreconciliables y, a la vez, íntimos socios en el ejercicio de un poder casi absoluto. Pero sobre todo le debo una atmósfera, el polvo que flota en el aire que respiran mis personajes, las sombras que estrangulan la luz en los pasillos de los manicomios. El extraordinario escritor que fue Castilla del Pino desarrolla rasgos dignos del mejor novelista al narrar pequeños detalles capaces de condensar el espíritu de toda una época. Así, al recordar su primera conversación con López Ibor, ante quien se presentó tras terminar la carrera con la intención de hacer la residencia en su equipo, cuando su futuro maestro le pregunta qué libros de psiquiatría ha leído, el aspirante cita varios títulos y añade al final que conoce toda la obra de Freud. La respuesta que recibe es, textualmente, «Olvídese de Freud». Yo he procurado no olvidar esas palabras mientras escribía esta novela.

Más importantes aún han sido para mí los fragmentos en los que Carlos evoca la vida de la pobre gente que llegaba desde los pueblos de la provincia hasta el Dispensario de Psiquiatría que él dirigía en Córdoba, antes y después de que los mandarines de la psiquiatría franquista recurrieran a toda clase de trampas y subterfugios para impedir su acceso a una cátedra universitaria. En aquel puesto, Castilla del Pino trató a muchas familias de enfermos mentales que carecían de recursos con los que costear unos tratamientos que recibían a cargo de la beneficencia pública. Su dignidad maltrecha, las huellas de la constante humillación que la vida representaba para ellos, la resignación con la que aceptaban la desgracia que se había cebado en sus seres queridos bajo la forma de unas enfermedades que no entendían, que no podían controlar, que les herían constantemente, a veces en el cuerpo, siempre en el corazón, le impresionaron tanto que le convirtieron en un hombre distinto. Carlos, que habría podido explotar la ventaja de provenir de una familia de víctimas de la represión republicana, lo que entonces se llamaba mártires del terror rojo, abandonó el bando de los vencedores por amor a esa pequeña, desdichada gente que recorría muchos kilómetros a pie y dormía en un banco, a la intemperie, con la remota esperanza de que él pudiera ayudar a sus familiares a estar mejor.

Así de extensa es mi deuda con Carlos Castilla del Pino.

El Madrid por el que caminan mis personajes en las páginas de este libro sigue los caminos que trazó un amigo suyo, otro psiquiatra español, autor de una novela memorable cuya lectura marcó mi juventud con una huella imperecedera. La escritura de *La madre de Frankenstein* me dio la oportunidad de releer en la madurez *Tiempo de silencio,* para descubrir que, lo que parece inmejorable a los veinte años, puede llegar a mejorar al cabo de varias décadas.

La decisión de emplear a la madre de María Castejón en el Viena Capellanes de la calle de la Montera pretende ser un público, y ojalá eficaz, homenaje a una novela tan espléndida como poco conocida. La madrileña Luisa Carnés publicó en 1934 *Tea Rooms. Mujeres obreras,* un relato basado en los años en que trabajó en la citada pastelería. Desde una perspectiva insólitamente moderna, con una fuerza y un talento asombrosos, Carnés relata la vida cotidiana de las empleadas reflejando la dureza de sus vidas, sus miserias familiares, la explotación laboral a la que están sometidas, sus pobres historias de amor, la estrechez de sus horizontes y sus anhelos revolucionarios. Después de haber obtenido en la España republicana un considerable reconocimiento, el exilio desterró la obra de Luisa Carnés, como la de tantos otros autores y autoras, a un limbo en el que jamás debería haber estado y del que sólo en la actualidad está siendo rescatada. Nadie lo merece más que ella.

En la Feria del Libro de Madrid de 2014, tal vez 2015, un desconocido se acercó a la caseta donde estaba firmando ejemplares. Me dijo que trabajaba en la Fundación Pablo Iglesias y que quería hacerme un regalo. Gracias a su generosidad pude leer *Un informe forense (El asesinato de Hildegart visto por el fiscal de la causa),* el libro que José Valenzuela Moreno, quien ejerció la acusación pública contra Aurora en el juicio por el asesinato de su hija, publicó en 1934. Este benefactor de mi novela había fotocopiado de cabo a rabo el ejemplar que se conserva en la biblioteca de la Fundación para entregármelo. Estoy segura de que me dio una tarjeta. Estoy segura de que la he perdido. Pero mi ignorancia de su nombre no afecta a la gratitud de la que quiero dejar constancia aquí.

Con todo, la obra que más ha influido en la escritura de *La madre de Frankenstein* es el intento fallido, uno más, de convertirme en autora dramática al que me consagré en algún momento que ya no recuerdo con exactitud, entre los últimos meses de 2017 y los primeros de 2018. Mientras preparaba esta novela, al releer aquel proyecto teatral, me di cuenta de que Aurora, y en buena parte Germán, estaban ya dentro de mí. Las piezas que pretenden reproducir el pensamiento de Aurora, y que en gran medida están basadas en sus delirios auténticos, provienen de aquel trabajo. Su formidable proyecto de recuperar la menstruación para concebir con la ayuda de su psiquiatra al definitivo redentor de la Humanidad, también, aunque es pura ficción, una trama inventada. Lo mismo sucede con el personaje de María Castejón, una creación mía que sin embargo evoca a una niña real, nieta del auténtico jardinero del manicomio de mujeres de Ciempozuelos en los años cuarenta, para la que doña Aurora cosió una muñeca con sexo y vello púbico que le regaló el día de Reyes de 1942. Yo me he limitado a convertirla en un regalo de cumpleaños. El episodio de la creación y destrucción de los grandes muñecos a los que la madre de Hildegart ambicionaba dar vida, y que inspira el título de esta novela, es igualmente auténtico, tanto como la brevedad con la que se recoge en su historia clínica.

Respecto a las terapias aversivas para «curar» la homosexualidad, que tanto hacen sufrir a Eduardo Méndez en las páginas de esta novela, encontré muy recientemente una referencia que avala un legendario tratamiento que cité, al escribirla, como un bulo no demasiado digno de crédito. En *Derecho penal franquista y represión de la homosexualidad como estado peligroso,* un monumental estudio que Guillermo Portilla Contreras publicó a finales de 2019, leí con asombro que en el Congreso Médico de San Remo, celebrado en marzo de 1973, Juan José López Ibor dijo: «mi último paciente era un desviado. Después de la intervención quirúrgica en el lóbulo inferior del cerebro presenta, es cierto, trastornos en la memoria y en la vista, pero se muestra más ligeramente atraído por las mujeres». Al investigar un poco más, descubrí que esta cita, que se comenta sola, había sido reproducida en 2007 en un reportaje de la entrevista *Interviú,* y recogida después, en 2015, en un artículo publicado en *Jot Down.*

No creo necesario detenerme mucho en la obra de Antonio Vallejo Nájera, célebre autor de la teoría del llamado «gen rojo», que establecía una relación directa entre el marxismo y la debilidad mental, o imbecilidad, como escribió él en ocasiones. Pero, por si algún lector tiene alguna duda, aclaro que lo que Germán Velázquez aprendió de su padre es rigurosamente cierto. También lo es que las teorías eugenésicas que Vallejo desarrolló en obras como *Eugenesia de la Hispanidad y regeneración de la raza* (1937), *Eugamia: selección de novios* (1938) o *Política racial del nuevo Estado* (1938), dieron amparo teórico al robo de niños recién nacidos que se practicó a lo largo de la dictadura franquista, primero en las cárceles, arrancando a los bebés de los vientres de las presas políticas, después en clínicas privadas y coyunturas mucho menos dramáticas que la que se cuenta en esta novela. A menudo, bastaba con que una mujer acudiera sola a determinadas clínicas para que saliera sin el bebé que acababa de parir y con un falso certificado de defunción del niño, o la niña, que crecerían en una familia ajena, sin conocer a sus verdaderos padres. Y aunque no puede achacarse responsabilidad directa en este asunto a ninguna orden religiosa, ni a la Iglesia católica como institución, lo cierto es que, desde que se empezó a investigar con rigor, no es raro encontrar algún sacerdote, o alguna monja, trabajando mano a mano con algún médico en las redes que se dedicaron a robar niños en la España de Franco y aún después.

Por último, quiero dejar constancia de que, a cambio, tanto la administración de clorpromazina en Ciempozuelos, en una fecha tan temprana como 1954 —Castilla del Pino cuenta en sus memorias el revuelo que produjo una comunicación del director del Psiquiátrico de Jaén en un congreso celebrado en 1956—, como la suspensión del tratamiento por orden administrativa, son pura ficción, una trama sin otro origen que mi imaginación.

El 4 de junio de 2018, cuando faltaban unos pocos días para la fecha en la que me había propuesto empezar a escribir una novela en cuya preparación había invertido ya varios meses, visité por fin el escenario principal de *La madre de Frankenstein*.

No fui hasta allí sola. Mi editor, y sobre todo amigo, Juan Cerezo se había puesto en contacto con la persona encargada de la comunicación y las relaciones públicas del Centro San Juan de Dios, para concertar una cita a la que me acompañó. Cuando llegamos hasta allí comprobamos que se trataba del manicomio masculino, el único que Google ofrece cuando se teclea en la barra «manicomio de Ciempozuelos». Pese al malentendido inicial, el resultado de aquella visita superó con creces mis expectativas.

Gracia Polo, tan generosa como entusiasta y aún más encantadora, no sólo nos enseñó el centro donde trabaja. Cuando le conté el argumento de esta novela, telefoneó sobre la marcha al Complejo Asistencial Benito Menni, como se conoce en la actualidad al antiguo manicomio femenino, para lograr que nos recibieran sus responsables, la hermana Nati, superiora de la Comunidad de las Hermanas Hospitalarias que gestiona el complejo, y el psiquiatra Francisco del Olmo Romero, director del Área de Salud Mental. Lo que yo pueda escribir aquí apenas logrará reflejar pálidamente la inmensa gratitud que siento por los tres. Su compañía, durante las horas que invertimos en visitar hasta el último rincón del lugar donde transcurre la mayor parte de esta historia, fue tan preciosa para mí que, con toda seguridad, esta novela habría sido distinta, y sobre todo peor, si no hubiera tenido la oportunidad de conocerlos.

Nunca olvidaré a la hermana Nati, que sabía por algunas de sus hermanas, las que llegaron a convivir con doña Aurora, que el armonioso sonido de su piano se escuchaba todo el día, de la mañana a la noche, en el pabellón del Sagrado Corazón. Algunos de los episodios que se cuentan en *La madre de Frankenstein,* como la tranquilizadora intervención de María en el dispensario, con una paciente a la que nadie le había contado por qué iban a ponerle un enema, o la impresionante descripción de las enfermedades mentales que hace la hermana Belén en su primera entrevista con Germán, se los debo sólo a la hermana Nati, una extraordinaria narradora oral.

Paco del Olmo me hizo regalos igual de valiosos, libros repletos de información sobre la historia de los dos manicomios de Ciempozuelos, en uno de los cuales encontré el nombre de Guillermo Rendueles en un listado de psiquiatras residentes, y sobre todo, dos publicaciones repletas de imágenes, editadas en 1931 y 1956 para conmemorar, respectivamente, el 50 y el 75 aniversario de la institución. Esas fotografías que el doctor Del Olmo tuvo la generosidad de escanear para mí, una por una, a pesar de todas las cosas que tendría que hacer al día siguiente de conocerme, me han prestado un apoyo constante a lo largo de la escritura de esta novela. Los pabellones, los dormitorios, los comedores, los jardines, las glorietas, los corredores por los que transitan mis personajes, existen porque Paco del Olmo lo hizo posible.

Quiero dar las gracias a mi amiga Ángeles Aguilera, que conoce muy bien el Sanatorio Esquerdo desde su infancia carabanchelera, por llevarme a pasear por sus pinares en una memorable mañana de sábado en la que nos acompañó su, y mi, querido Bienvenido Echevarría.

Tengo la suerte de que Adriana Estébanez, buena, inteligente, generosa y constante, sea también mi amiga. Ella, que trabajó durante años como enfermera en el Hospital Psiquiátrico Santa Isabel de León, leyó la primera versión de esta novela y no sólo me señaló varios errores, sino que encontró para mí sus soluciones. Además, en la tormenta doméstica que se desató sobre mi cabeza en octubre de 2019, cuando mi hija Elisa tuvo que afrontar seis eternas semanas de inmovilización con una pierna escayolada, me prestó una ayuda logística fundamental para que pudiera terminar esta novela a tiempo.

Cuando era pequeña, tenía una tata que se llamaba Agripina. Nosotros la llamábamos Ina. Yo la quería muchísimo.

Era muy joven, bajita, menuda pero fuerte. Tenía el pelo oscuro, los ojos pequeños, azules, la piel muy blanca. Había nacido en un remoto pueblo de la serranía de Cuenca, muy mal comunicado, y ocupaba el séptimo lugar en una familia de ocho hermanos, todos con nombres romanos excepto la pequeña, que se llamaba Pilar. Había venido a Madrid a servir siendo casi una niña porque su familia era muy pobre. Recuerdo muchas de las historias que me contaba, y que escuchaba cada año la que más me impresionaba. Porque todos los años, cuando se acercaba el 6 de enero, Ina siempre recordaba en voz alta que, en casa de sus padres, los Reyes Magos dejaban de regalo una naranja, una simple naranja y sólo una naranja, para cada niño.

El paso del tiempo no ha sido capaz de debilitar ni un ápice mi amor por aquella chica alegre, luminosa que, si me había portado bien, obraba el milagro del postre más delicioso con un tenedor, una yema de huevo y un poco de azúcar. Ina habría merecido la mejor de las suertes, pero el destino la maltrató hasta el final. Fue feliz durante muy poco tiempo, porque murió de cáncer cuando yo aún no había alcanzado la edad a la que ella se había puesto a servir, dejando dos hijos muy pequeños. Pero la muerte tampoco fue capaz de arrancarla de mi lado.

Siempre ha estado conmigo, y su recuerdo me ha acompañado en cada una de las páginas de una novela que también aspira a contar la vida de muchísimas mujeres españolas, todas distintas y todas semejantes, todas sometidas por igual a una de las consecuencias menos visibles, menos consideradas, de la larga dictadura del general Franco. La alianza entre el Estado y la Iglesia católica desató sobre ellas una represión íntima, invisible en apariencia, que las encarceló por dentro e intervino su vida privada, que coartó ferozmente su libertad para impedir que fueran felices mientras trabajaban como mulas a cambio de salarios de hambre y sin derechos de ninguna clase, que las indujo a avergonzarse de su propio cuerpo hasta el punto de convertir la manga corta en un pecado.

En memoria de todas esas mujeres, que no pudieron atreverse a tomar sus propias decisiones sin que las llamaran putas, que pasaron directamente de la tutela de sus padres a la de sus maridos, que perdieron la libertad en la que habían vivido sus madres para llegar tarde a la libertad en la que hemos vivido sus hijas, he escrito este libro.

Pero quiero que sus últimas palabras sean para Ina.

Almudena Grandes
18 de noviembre de 2019

Los personajes

(Los nombres en cursiva identifican a personas reales)

Tres narradores para una historia

GERMÁN VELÁZQUEZ MARTÍN, psiquiatra. Nace en Madrid en 1920. En 1939, tras la derrota de la República, logra exiliarse en Suiza, bajo la tutela de un viejo amigo de su padre, el profesor *SAMUEL GOLDSTEIN*. Estudia en Lausana, consigue un trabajo en una prestigiosa clínica privada de Berna y, aunque nadie lo entiende, decide regresar a España a finales de 1953 para poner en marcha el tratamiento con un nuevo fármaco en el manicomio de mujeres de Ciempozuelos.

MARÍA CASTEJÓN POMEDA, auxiliar de enfermería en el manicomio de mujeres de Ciempozuelos, donde su abuelo trabajó como jardinero, donde nació y ha vivido durante la mayor parte de su vida. Cuando era niña, *DOÑA AURORA* le enseña a leer y a escribir, y muchas cosas más. Al llegar a Ciempozuelos, GERMÁN descubre que no es sólo la única persona capaz de relacionarse con ella. También es la única que la quiere.

AURORA RODRÍGUEZ CARBALLEIRA, paranoica, autodidacta, extremadamente inteligente. Nace en Ferrol, como Pablo Iglesias y Francisco Franco, en 1879. El 9 de junio de 1933, al disparar cuatro balas a la cabeza de su hija, la célebre señorita *HILDEGART RODRÍGUEZ*, se convierte en la parricida más famosa de la historia de España. Juzgada, condenada y encarcelada por su crimen, el 24 de diciembre de 1935 es trasladada al manicomio de mujeres de Ciempozuelos, donde vive hasta su muerte.

En Gaztambide 21, primero derecha B

ANDRÉS VELÁZQUEZ, catedrático de Psiquiatría de la Universidad Central de Madrid, responsable de la Sanidad Pública en el Madrid sitiado, padre de GERMÁN y de RITA VELÁZQUEZ MARTÍN.

CARIDAD MARTÍN, viuda del DOCTOR ANDRÉS VELÁZQUEZ, madre de GERMÁN y RITA. Se gana la vida dando clases de piano, entre otras cosas.

RITA VELÁZQUEZ MARTÍN, militante del PCE en la clandestinidad y madre de familia fichada por la Brigada Político Social.

RAFAEL CUESTA SÁNCHEZ, marido de RITA, que le suele llamar GUILLERMO y nunca encuentra el momento de explicarle a su hermano por qué. Médico de profesión, trabaja en la agencia de transportes La Meridiana. Tiene mucho dinero y GERMÁN no sabe de dónde lo saca.

MANUEL CUESTA VELÁZQUEZ, primogénito de RAFAEL y RITA, nacido en 1951.

MARGARITA y ELOY, porteros del número 21 de la calle Gaztambide hasta que estalla la guerra.

LUCILA, carnicera del Mercado de Vallehermoso a la que se le desencaja la cara cuando su marido se fuga con una dependienta.

JUAN BOTELLA ASENSI, abogado y político español, nacido en 1884, que milita en diversos partidos republicanos. El 9 de junio de 1933 asume la defensa de AURORA RODRÍGUEZ CARBALLEIRA. Renuncia a ejercerla en septiembre de 1933, cuando es nombrado ministro de Justicia. Cesado al cabo de dos meses, nunca la retoma.

GRETI, la gata de GERMÁN, que hace una aparición estelar en la visita de AURORA a la consulta del DOCTOR VELÁZQUEZ.

MATILDE (HUICI), maestra, abogada y pedagoga española, nacida en 1890, que desempeñó un papel decisivo en diversas iniciativas destinadas a la promoción de la mujer antes y durante la Segunda República. Amiga de AURORA RODRÍGUEZ CARBALLEIRA y de HILDEGART, declara en el juicio como testigo. CARIDAD va a visitarla el día del crimen.

HERMINIA, criada de los VELÁZQUEZ que reemplaza a INA.

INA, a la que GERMÁN no dejará de echar de menos desde que, cuando él tiene diez años, abandona la casa de sus padres para casarse.

HILDEGART RODRÍGUEZ CARBALLEIRA, hija única de AURORA RODRÍGUEZ CARBALLEIRA. Nace en Madrid, en diciembre de 1914. Muere asesinada por su madre, el 9 de junio de 1933.

EDUARDO DE GUZMÁN, periodista y escritor español, nacido en 1908. De ideología anarquista, entrevista a Aurora en la cárcel de Quiñones en el verano de 1933 y publica en el diario La Tierra cuatro reportajes que alcanzan una enorme repercusión. Condenado a muerte tras la derrota de la República, su pena es conmutada por la de prisión y en 1943 recupera la libertad. Inhabilitado a perpetuidad para ejercer el periodismo, se gana la vida escribiendo novelas policíacas y del Oeste, ediciones baratas que publica bajo diversos seudónimos. Muere en Madrid en 1991.

PASTORA, amiga y camarada de RITA, que trabaja en un taller de reparación de medias. Es la viuda del TENIENTE MIGUEL SANCHÍS, héroe comunista que trabajó infiltrado en la Guardia Civil y se suicidó tras inutilizar su cobertura, al disparar sobre un guerrillero arrepentido que pretendía denunciar a sus compañeros.

CARMEN, hermana de PASTORA, que no está afiliada al PCE para preservar la seguridad de su casa, una buhardilla situada en la calle Buenavista número 16 que el Partido usa como piso franco.

María Luisa Velázquez, hermana del Doctor Andrés Velázquez, vencedora de la guerra civil.

En el manicomio de mujeres de Ciempozuelos

José Luis Robles, psiquiatra, discípulo de Andrés Velázquez, inhabilitado y posteriormente rehabilitado por el régimen franquista. En septiembre de 1953, siendo el director del manicomio de mujeres de Ciempozuelos, viaja a Viena para proponer a Germán Velázquez que regrese a España.

Ángela, esposa del doctor Robles. De nacionalidad alemana, llega a España a instancias de su hermano, miembro de la Legión Cóndor.

Eduardo Méndez, psiquiatra del equipo del doctor Robles. Amable, elegante, seductor, tiene una sonrisa cautivadora. Cuando Germán Velázquez llega a Ciempozuelos, descubre que es amigo de María Castejón. Lo será también suyo, íntimo y muy pronto.

Roque Fernández, como prefiere ser conocido Vicente Roque Fernández Reinés, otro psiquiatra del equipo de Robles, amigo de Eduardo, después también de Germán. Como no habla nunca, las auxiliares del manicomio le apodan «Mudito».

Arsenio, taxista de Madrid que llega a un acuerdo con los doctores Méndez, Fernández y Velázquez, para llevarles a Ciempozuelos cada mañana y devolverlos a Madrid cada tarde a cambio de una mensualidad fija que pagan entre los tres.

Marcelino, cuñado y colega de Arsenio que se alterna con él en los viajes de ida y vuelta entre el manicomio y la ciudad.

La hermana Belén, que ocupa el cargo de superiora de la Comunidad de las Hermanas Hospitalarias, propietarias y gestoras del manicomio de mujeres de Ciempozuelos, en enero de 1954.

Josefa Rodríguez Carballeira, hermana menor de Aurora, que la odia porque siempre ha sido la favorita de su madre y porque le arrebata a Pepito, su primera gran obra, cuando se hace famoso.

Pepito Arriola, cuyo verdadero nombre es José Rodríguez Carballeira, nacido en 1895. Hijo de soltera de Josefa, su madre lo deja en la casa de sus padres, en Ferrol, para irse a vivir a Madrid cuando es un bebé. Educado por Aurora, muy pronto demuestra un talento precoz como pianista. En 1899, su madre se lo lleva con ella a Madrid, donde da su primer concierto antes de cumplir cuatro años. Como sucede con tantos otros niños prodigio, su talento no sobrevive a su adolescencia. Muere en el olvido, en Barcelona, en 1954.

Faustina, enferma pobre de Ciempozuelos.

Juliana, o Julianita, la hija pequeña de Faustina, que muere mientras su madre le da el pecho.

Rafaelita Rubio, interna de Ciempozuelos, esquizofrénica con alucinaciones auditivas. Tiene veinte años y es tan hermosa como Germán jamás pensó que pudiera llegar a ser una esquizofrénica.

Salud Álvarez, madre de Rafaelita Rubio, que acude a visitarla cuando puede desde su pueblo, escondido en la serranía de Cuenca.

Doctor Arenas, joven y piadoso psiquiatra del equipo de Robles, que asiste habitualmente a los Cursillos de Cristiandad.

Doctor Maroto, amigo, colega y compañero de devociones de Arenas, al que acompaña a los Cursillos. Recoge firmas para que se despida a las enfermeras y auxiliares descarriadas.

Margarita, interna de Ciempozuelos. Se considera amiga de Doña Aurora aunque ella la rechaza. A su muerte, le escribe un poema.

Doña Isabelita, interna de Ciempozuelos que un día monta un escándalo en el dispensario.

La hermana Anselma, una monja muy guapa. Predecesora de la hermana Belén en el cargo de superiora de la Comunidad de las Hermanas Hospitalarias de Ciempozuelos, recupera el puesto en marzo de 1956.

Mari Carmen, una chica joven, con una leve deficiencia intelectual, empleada en las cocinas del manicomio.

Alfonso Molina, licenciado en Medicina que llega a Ciempozuelos en marzo de 1953 para sustituir al médico general del manicomio de mujeres.

Silvestre, el de Ventas, un chico joven, guapo y achulado, que se presenta un buen día en el manicomio, preguntando por Eduardo Méndez.

Un ginecólogo, amigo de Eduardo Méndez, que tiene la consulta en la calle Magdalena.

Sonsoles, paciente esquizofrénica del doctor Velázquez que, antes de recibir tratamiento con clorpromazina, se pasa las noches chillando.

Luzdivina, paciente esquizofrénica seleccionada para recibir el tratamiento.

Gertrudis, paciente esquizofrénica que, antes de ser tratada con clorpromazina, se levanta de la cama por las noches para ir a la cocina y buscar un cuchillo con el que matar a alguien.

El marido de Gertrudis, un hombre oscuro, resignado a la mierda de vida de los maridos de las esquizofrénicas.

El hijo de Gertrudis, un adolescente que no acepta la situación en que se encuentra su madre.

La hermana Luisa, supervisora de las auxiliares de enfermería en el manicomio de mujeres de Ciempozuelos, jefa de María Castejón.

La hermana Lourdes, secretaria del Doctor Robles.

Marisa, auxiliar de enfermería en el manicomio de mujeres de Ciempozuelos, amiga de María Castejón.

Carlos Suárez, joven psiquiatra residente al que Germán Velázquez selecciona para su equipo.

Rodrigo Cabrera, otro residente seleccionado por Germán.

Soldados de Cristo

Antonio Vallejo Nájera, psiquiatra nacido en 1889. Director desde 1930 del Manicomio (masculino) de Ciempozuelos, durante la guerra civil actúa como

554

la máxima autoridad en salud mental del bando franquista. Ascendido a coronel, recupera la dirección de Ciempozuelos tras el conflicto.

JUAN JOSÉ LÓPEZ IBOR, psiquiatra nacido en 1906. Miembro del Opus Dei. Rival y enemigo acérrimo de VALLEJO NÁJERA, nunca logra desplazar a este de la cúspide del poder, aunque goza de un gran prestigio en la España franquista. Se hace millonario con la práctica privada.

LEOPOLDO EIJO GARAY, obispo de Madrid-Alcalá y patriarca de las Indias Occidentales, nacido en 1878. Autor, junto con el cardenal Gomá y el obispo Plá y Deniel de la *Carta colectiva de los obispos españoles con motivo de la guerra de España*, en la que el clero se adhiere con entusiasmo al bando golpista. Promueve que Franco entre bajo palio en las iglesias españolas. Simultanea con su apostolado los cargos de Consejero Nacional de FET y de las JONS y procurador en Cortes.

PEDRO ARMENTEROS, sacerdote. Secretario de EIJO GARAY, es promotor de los Cursillos de Cristiandad entre otras actividades.

EL DIRECTOR GENERAL DE SANIDAD, máxima autoridad sanitaria en un país donde no existe ningún Ministerio de Sanidad.

En la casa del jardinero

SEVERIANO CASTEJÓN, jardinero del manicomio de mujeres de Ciempozuelos, abuelo de MARÍA.

MARUJA POMEDA, esposa de SEVERIANO, abuela de MARÍA.

La primera MARÍA CASTEJÓN POMEDA, hija de SEVERIANO y de MARUJA, madre de MARÍA, que se apellida igual que ella. Trabaja como dependienta en la confitería Viena Capellanes de la calle de la Montera. El 10 de julio de 1936, cuando su hija tiene cuatro años, se marcha a Málaga con su novio.

ARMANDO NOSEQUÉ, como la segunda MARÍA CASTEJÓN POMEDA llama a su padre, cuyo primer apellido nunca llega a conocer. Actor de teatro, conoce a la madre de María en el Viena Capellanes, donde suele cenar después de la función. El 10 de julio de 1936 se marcha a Málaga para rodar una película en la que ha conseguido un pequeño papel.

PAQUITA, actriz contratada en la misma película que ARMANDO. A finales de 1939, o principios de 1940, escribe una carta a SEVERIANO para informarle de las circunstancias en las que vio a su hija por última vez.

NORMAN BETHUNE, médico e investigador científico canadiense, que acude como voluntario para defender Madrid en el otoño de 1936. El 8 de febrero de 1937 presencia los acontecimientos que tienen lugar en la carretera Málaga-Almería.

DON ARTURO, médico general del manicomio de mujeres de Ciempozuelos.

Entre Gaztambide 21 y una casa en Neuchâtel

DON ESTEBAN, alto funcionario del Ministerio de Exteriores que viaja a Alicante el 28 de marzo de 1939, en la misma ambulancia que GERMÁN VELÁZQUEZ. Le acompaña UNA CHICA que podría ser su hija.

Un líder sindical que habría debido viajar solo, pero hace el mismo trayecto acompañado de su mujer.

Mariano, el conductor de la ambulancia.

Un marinero chileno, de la tripulación del buque *Maritime*, que decide la suerte de Germán al conseguir meterlo en la bodega de otro barco, el *Stanbrook*.

Archibald Dickson, capitán del *Stanbrook*, que zarpó del puerto de Alicante al atardecer del 28 de marzo de 1939 con su barco lleno hasta los topes de refugiados republicanos.

Helmut, chófer de habla alemana que en julio de 1939 conduce entre Marsella y Neuchâtel.

En General Mola, muy cerca del Retiro

El doctor Pérez Gutiérrez, médico de Madrid en cuya casa trabaja María Castejón como chica de servicio.

Doña Prudencia Molina, esposa del doctor García Gutiérrez.

Isabel Pérez Molina, la hija mayor del matrimonio. Es una chica topolino y se hace llamar Bel.

Pilar Pérez Molina, su hermana. También chica topolino, pero aunque intenta que la llamen Nena, todos la siguen llamando Pili.

Rosarito, compañera de María Castejón, empleada con más antigüedad en la casa de doña Prudencia.

Merce, chica de servicio empleada en una casa del primer piso del edificio.

Don Tomás, párroco de la iglesia que frecuenta la familia Pérez Molina. Los domingos ofrece programas dobles de cine en el salón parroquial. Son gratuitas aunque hay que consumir en el ambigú.

Doña Albertina, feligresa de don Tomás que se encarga de hacer la limonada que se vende cada domingo en el ambigú del cine. Cuando se queda viuda, dona a la parroquia los libros de su marido.

Antonio, mecánico en un taller de coches del barrio de Salamanca. Suele ir los domingos al cine de la parroquia.

Alfonso Molina, estudiante de Medicina, sobrino de doña Prudencia que vive en Santander. En febrero de 1950 se instala en casa de su tía para preparar un examen. Al cabo de tres meses se vuelve a Santander.

Ciudades pequeñas, bonitas, a orillas de un lago

Samuel Goldstein, psiquiatra judío alemán, catedrático en la Universidad de Leipzig, que se exilia en Suiza en el verano de 1935, antes de que entren en vigor las leyes antisemitas de Núremberg. Acoge a Germán Velázquez en julio de 1939.

Leah, conocida como Lili, esposa del profesor Goldstein.

Anna, cuyo nombre hebreo es Devora. La mayor de los hermanos Goldstein. Ya vive en Lausana con su marido cuando se exilian sus padres y hermanas.

Karl-Heinz Schumann, el marido de Anna, diplomático alemán, representante del Tercer Reich ante el Comité Olímpico Internacional.

JEAN PIAGET, epistemólogo, psicólogo y biólogo suizo que, en 1935, invita al profesor SAMUEL GOLDSTEIN, especialista en psiquiatría infantil y juvenil, a un simposio sobre trastornos de aprendizaje que tiene lugar en Ginebra.

MARTIN y ANNELIESE, hijos de KARL-HEINZ y ANNA.

WILHELM, conocido como WILLI, cuyo nombre hebreo es BARUCH. El segundo de los hermanos GOLDSTEIN. Músico de profesión, vive en Berlín.

YVONNE, joven francesa que trabaja en una sombrerería y se saca un sobresueldo posando para pintores. Es la pareja de WILLI GOLDSTEIN.

ELSE, cuyo nombre hebreo es AVA, la tercera de los hermanos GOLDSTEIN.

REBECCA, cuyo nombre alemán es HERTA, la pequeña y la única guapa de las tres hermanas.

HERR GRUBER, jefe del Partido Nazi en la embajada de Alemania en Suiza.

MARIO, inmigrante italiano que se convierte en el jefe de GERMÁN cuando este empieza a trabajar como lavaplatos en un restaurante denominado La Maison du Lac.

LUCA, estudiante de Medicina suizo de lengua italiana. Compañero de cuarto de GERMÁN en una residencia para estudiantes de la Universidad de Lausana.

MADAME JEANNERET, secretaria del DOCTOR GOLDSTEIN en la Maison de Santé de Préfargier, en Neuchâtel.

SANDRINE, amiga de la infancia de REBECCA GOLDSTEIN que se instala en Berna después de casarse.

EL MARIDO DE SANDRINE, gordo, simpático y con bigotes, como el modelo de un anuncio de cerveza.

THOMAS MEIER, nueve años, el alumno favorito de REBECCA GOLDSTEIN en la escuela de Neuchâtel donde hace prácticas como maestra.

KURT MEIER, hermano menor del padre de THOMAS. Emigra a Suiza tras el fin de la Segunda Guerra Mundial. Trabaja como portero nocturno en un hotel.

JACOB COHEN, hijo del rabino de la sinagoga de La Chaux-de-Fonds, rabino él mismo, profesor de hebreo de ELSE AVA GOLDSTEIN.

WALTER FRIEDLI, paciente esquizofrénico del DOCTOR VELÁZQUEZ en la Clínica Waldau de Berna.

MARIE AUGUSTINE BAUER, hermana de WALTER FRIEDLI que acude a visitarle todos los domingos.

En un hotelito discreto, cerca de Ventas
DOÑA ENCARNA, que alquila habitaciones por horas, cobrando por adelantado.

En el Sanatorio Esquerdo
JOSÉ MARÍA ESQUERDO, psiquiatra nacido en 1842. En 1877 funda en Carabanchel (Madrid) un sanatorio donde suprime las medidas coercitivas habituales en la época y promueve nuevas prácticas psiquiátricas. Anticlerical, antimilitarista, es elegido diputado en varias ocasiones, la última, en 1910, por la coalición republicana socialista en la que comparte lista con PABLO IGLESIAS y BENITO PÉREZ GALDÓS. Muere en 1912, como un símbolo del pro-

gresismo español. Resulta inexplicable que ningún ayuntamiento franquista le quite su nombre a la calle por la que es más conocido en la actualidad, mientras que su obra permanece en el olvido.

ALFREDO MARTÍN, psiquiatra, discípulo del DOCTOR ESQUERDO.

LA MARQUESA, aristócrata morfinómana, separada de su marido, amante de un general, que ingresa de vez en cuando para desintoxicarse.

PEPE SIN APELLIDOS, militante comunista clandestino, amigo de RITA y sobre todo de SU MARIDO que en la primavera de 1956 está en busca y captura.

En una finca llamada Las Fuentes

JUAN DONATO FERNÁNDEZ, casero, o arrendatario, de la finca agrícola cuya producción abastece al manicomio de mujeres de Ciempozuelos.

REME, esposa de JUAN DONATO. En 1948 cae enferma de una dolencia que la mantiene en estado vegetativo hasta su muerte.

JUAN, primogénito de JUAN DONATO y REME. No le perdona a MARÍA CASTEJÓN que le haga reír el día que su madre cae enferma.

CRISTINA, hermana de JUAN. Quiere ir al cine para saber qué se siente.

LA MADRE DE JUAN DONATO, que no abre las ventanas para que no entre el calor.

LA HERMANA DE JUAN DONATO, que guisa garbanzos con acelgas en pleno agosto.

Una vida inesperada

MIGUEL ANTÚNEZ, propietario en 1979 de una pequeña editorial independiente. Tiene una hija que se llama FRANCISCA pero prefiere que la llamen FRAN.

CARLOS JIMÉNEZ DÍAZ, prestigioso médico español, nacido en 1898, cuya gran obra es la fundación que lleva su nombre y tiene su sede principal en la Clínica de la Concepción de Madrid, inaugurada en 1955.

JOSÉ RALLO ROMERO, más conocido como PEPE RALLO. Psiquiatra nacido en 1926, creador y director del servicio de psiquiatría de la Clínica de la Concepción. Ferviente seguidor del Atlético de Madrid, muere en 2016.

LUPE, azafata de Iberia que, el 22 de junio de 1957, forma parte de la tripulación de un vuelo entre Madrid y Ginebra.

TERESA, hija de LUPE y de un piloto de la misma línea aérea.

Al otro lado del mar

AUGUSTO PICORNELL, comunista mallorquín, camarada de PEPE SIN APELLIDOS.

LA SEÑORA PICORNELL, esposa de AUGUSTO, regente del Bar Pueblo de Palma de Mallorca.

RICHARD HAMILTON, ciudadano británico que cae enfermo en el verano de 1958, mientras veranea en Palma de Mallorca.

DOLORES, más conocida como DOLLY, esposa de RICHARD HAMILTON.

MICHAEL SHARP, capataz que se encarga de reformar la casa de los HAMILTON cuando vuelven a Manchester.

MICKEY SHARP, primogénito de MICHAEL.

PAUL, su hermano pequeño.